ESTHER VERHOEF & BERRY ESCOBER

Verstoßen

GOLDMANN
Lesen erleben

Buch

Nach dem Tod seiner Frau ist Sil Maier mit Susan Staal liiert. Susans Nachbar Sven bittet Sil um Hilfe: Sein Sohn Thomas wurde entführt, und nun fürchtet er, dass dessen Mutter, von der Sven mittlerweile getrennt lebt, die Polizei einschalten und so das Kind in Gefahr bringen könnte. Denn eines haben die Entführer ganz deutlich gemacht: Keine Polizei, oder der Junge ist tot. Deshalb soll Sil Thomas zuerst finden. Eine Spur führt Sven und Sil nach Paris, doch als sich die Suche nach dem Kind einfacher gestaltet, als Sil zu Beginn annahm, kommen ihm Zweifel an Svens Integrität. Weiß Sven mehr über die Entführung, als er zugibt? Und ist er gar selbst darin verwickelt? Währenddessen wird Susan mit dem Tod ihres Vaters konfrontiert. Sie hatten kein besonders gutes Verhältnis zueinander, da Susan ihm die Schuld dafür gab, dass die Mutter die Familie verließ, als Susan noch ein Kind war. Nun soll das elterliche Haus von ihr zum Abriss freigegeben werden, da der Bau einer Autobahn über das Grundstück geplant ist. Susan entdeckt jedoch im Garten zufällig eine Stelle, an der jemand vor längerer Zeit etwas vergraben zu haben scheint. Sie ahnt Schreckliches und wendet sich an einen alten Freund der Familie, in der Hoffnung, dass er Genaueres über den Verbleib ihrer Mutter weiß. Aber sie erfährt mehr, als ihr lieb ist …

Autoren

Esther Verhoef ist eine der erfolgreichsten Autorinnen der Niederlande. Sie wurde vielfach ausgezeichnet, u. a. mit dem Niederländischen Krimipreis und dem Niederländischen Thrillerpreis, den sie als erste Holländerin nach Autoren wie Nicci French, Dan Brown und Henning Mankell gewann.

Die Autorin ist mit Berry Verhoef alias Berry Escober verheiratet, und gemeinsam haben sie sich auf das Schreiben von Thrillern verlegt. Ihre Trilogie um Sil Maier wurde für zahlreiche Auszeichnungen nominiert, und der zweite Band »Verstoßen« wurde mit dem »Diamanten Kogel« geehrt. Das Autorenpaar lebt mit seinen drei Kindern in der Nähe von Amsterdam.

Von Esther Verhoef & Berry Escober außerdem lieferbar:

Verraten. Thriller (47162)

Esther Verhoef
& Berry Escober

Verstoßen

Thriller

Deutsch
von Ilja Braun

GOLDMANN

Die Originalausgabe erschien 2004 unter dem Titel
»Onder druk« bei Karakter Uitgevers B. V.
und als Neuausgabe 2008
bei Ambo/Anthos Uitgevers, Amsterdam.

MIX
Papier aus verantwortungsvollen Quellen
FSC www.fsc.org
FSC® C014496

Verlagsgruppe Random House FSC-DEU-0100
Das FSC®-zertifizierte Papier *München Super* für dieses Buch
liefert Arctic Paper Mochenwangen GmbH.

1. Auflage
Deutsche Erstveröffentlichung Mai 2011

Umschlaggestaltung: UNO Werbeagentur, München
Umschlagmotiv: Getty Images/FinePic®, München
Redaktion: Mirjam Madlung
An · Herstellung: Str.
Satz: omnisatz GmbH, Berlin
Druck und Bindung: GGP Media GmbH, Pößneck
Printed in Germany
ISBN: 978-3-442-47160-7

www.goldmann-verlag.de

Eine Erinnerung haben
und nicht darüber sprechen können –
das ist eine von vielen Arten
der Einsamkeit.

Brigitte Bardot

1

Miguel pfiff die Melodie aus dem Radio leise mit und trommelte im Rhythmus dazu mit den Fingern aufs Lenkrad. Irgendein Discostück aus den Siebzigern. Besonders laut lief das Radio nicht. Das fiele sonst auf.

Durch das geschlossene Autofenster schaute er nach draußen.

Das gedrungene, holzverkleidete Gebäude der Vorschule lag schräg gegenüber auf der anderen Straßenseite. Die Vorderfenster, die auf den Spielplatz hinausgingen, waren fast bis auf den letzten Quadratzentimeter mit Figuren aus Pu der Bär und der Sesamstraße vollgemalt. Auf der Eingangstür klebten in der Mitte – oben und unten war Drahtglas – lauter Zettel mit irgendwelchen Mitteilungen.

Er kannte den kleinen weißen Bau inzwischen so gut, dass er mit geschlossenen Augen eine Zeichnung davon hätte anfertigen können. Maßstabsgetreu. Die Breite hatte er sich anhand der Betonplatten erschlossen, die den Spielplatz pflasterten, und mittels geschätzter Höhe und Tiefe die Kubikmeterzahl ausgerechnet. Um dann im gleichen Atemzug zu bestimmen, wie viel C4 er für den Kasten brauchen würde, wo es anzubringen wäre und in welcher Reihenfolge es optimalerweise gezündet werden müsste.

Völlig sinnlose Informationen.

Es durfte niemand zu Tode kommen. Das war ihm nachdrücklich aufgetragen worden. Aber mit irgendetwas musste er sich schließlich die Zeit vertreiben, während er hier reglos auf seinem Beobachterposten ausharrte. Ein bisschen Hirngymnastik, damit er nicht einschlief.

Er gähnte und sah auf die Uhr. Beinahe zwölf.

Eigentlich hätte er so einen öden Scheißjob jemandem wie Thierry überlassen sollen. Aber er hatte es nicht mal mit ihm besprochen. Thierry war jung und übermütig, das Testosteron dampfte ihm aus allen Poren. Also machte er womöglich Fehler. Um nicht zu sagen: machte er bestimmt Fehler. Die machte Thierry nämlich am laufenden Band.

Also übernahm er die Sache lieber selbst, obwohl er eigentlich zu gut dafür war. Der Manager von Tesco oder Lidl, der an der Kasse aushilft. Ein Mitglied des Shell-Vorstands als Tankwart. So kam er sich vor.

Aber gut, es gab Schlimmeres. Die Spuren von etwas Schlimmerem trug er tagtäglich mit sich herum. Grimmig kratzte er sich an den Mundwinkeln, schaute kurz in den Innenspiegel des Mietwagens, eines VW Golfs, und wandte verärgert den Blick ab. An die ramponierte Visage hatte er sich noch immer nicht gewöhnt. Bei nasskaltem Wetter wurden die Narben rot und fingen höllisch an zu jucken.

Um nicht ständig an seinem Gesicht herumzukratzen, legte er die Finger ums Lenkrad und konzentrierte sich auf das Vorschulgebäude. Unter den gemalten Bildern an der Wand saßen Kinder an niedrigen Tischen. Zwei Betreuerinnen, kaum älter als fünfundzwanzig, gingen auf und ab, klatschten in die Hände und lachten.

Er sah auf die Uhr. Punkt zwölf. Gleich würde die Zielperson abgeholt. Wie bereits letzten und vorletzten Freitag würde er dem Wagen folgen, um zu prüfen, ob die Fahrt ohne irgendwelche Umwege zu der in einem Außenbezirk gelegenen Villa führte.

Wenn dem so war, würde er seinen Beobachterposten verlassen. Dann konnte es richtig losgehen.

Darauf freute er sich. Aktion. Etwas *tun*, statt abzuwarten.

Während er gelangweilt die naive Fröhlichkeit hinter den Fensterscheiben im Blick behielt, schweiften seine Gedanken nach Kolumbien ab. Noch vor ein paar Jahren hatte er sich ein Leben fernab seines Vaterlands nicht vorstellen können. Aber da hatten sie ihm auch noch nicht diese Clownsvisage verpasst. Diese paranoiden *remalparidos*. Diese Arschlöcher.

Er hatte nur machen können, dass er wegkam, raus aus der Schusslinie, und sich ganz woanders ein neues Leben aufbauen. Das Schicksal hatte es gut mit ihm gemeint, das ließ sich nicht bestreiten. In Europa Arbeit zu finden, war, wie sich herausgestellt hatte, ein Kinderspiel. Erfahrung galt als seltenes Gut und wurde hier, auf der anderen Seite des Atlantiks, auch anständig bezahlt. Sein neuer Boss vertraute ihm hundertprozentig und ließ ihn so viel wie möglich selbst regeln. Der sah ihm nicht auf die Finger. Drei Mann unter sich und ein hohes Maß an Handlungsfreiheit – er konnte sich nicht beklagen.

Am Straßenrand vor der kleinen Schule hielten die ersten Autos. Automatisch griff seine Hand nach der Zeitung auf dem Beifahrersitz. Über dem Lenkrad schlug er sie auf und öffnete dann die Zellophanverpackung eines Schinkensandwichs, das er am Morgen bei der ersten Autobahntankstelle hinter der niederländischen Grenze gekauft hatte. Kauend sah er zur anderen Straßenseite hinüber. Wegen der Passanten machte er sich nicht allzu große Sorgen. Hierzulande waren die Leute viel zu sehr mit sich selbst beschäftigt, als dass sie auf andere achteten. Falls er überhaupt jemandem auffiel, ein Typ alleine im Auto, dann sah er mit Zeitung und Sandwich aus wie ein Mann, der in seinem Wagen Mittagspause machte.

Allmählich belebte sich die Gegend. Frauen auf Fahrrädern mit Kindersitzen vorn und hinten, in japanischen Blechkarossen oder auch zu Fuß, mit Kinderwagen, kamen auf das niedrige Gebäude zugeschwirrt wie Fliegen auf ein Stück Scheiße.

Der Saab war heute eher spät dran. Eine schlanke Frau stieg aus. Kostüm, lange rote Locken. Für eine Haushälterin oder ein Au-pair-Mädchen viel zu teuer angezogen.

Die Mutter der Zielperson.

Miguel biss noch einmal in sein Sandwich. Beobachtete, wie die Frau selbstbewusst über den Hof ging, mit erhobenem Kinn, und die anderen Frauen keines Blickes würdigte. Noch eine Woche, dachte er, dann würde ihre sichere kleine Welt einstürzen, in der Auffahrt zu ihrem eigenen Haus.

Die rothaarige Frau kam wieder heraus. Sie trug einen Jungen auf dem Arm, knapp einen Meter groß, mit dunkelblauer Baumwollhose und rotem Polohemd. Hellblondes, wirres Haar, leicht gelockt. Ein durch und durch verwöhnter *bambino*.

Er sah zu, wie die Frau die Zielperson in einem Kindersitz auf der Rückbank festschnallte. Als sie einstieg, ließ er den Golf an.

Langsam fuhr er hinter ihr her.

2

Eisige Kälte kam in den Raum gekrochen. Die trockene, frostkalte Luft brannte ihr in der Nase und in den Augen.

Als hätte jemand die Tür zu einer Kühlzelle geöffnet.

Der junge Mann stand im Türrahmen. Ein unregelmäßiger roter Fleck hatte sich auf der rechten Seite seiner Jacke ausgebreitet. Von dem Einschussloch im Oberarm aus hatte die Kugel durch die Muskelmasse hindurch ihren Weg in den Oberkörper gefunden und war ohne nennenswerten Widerstand durch das weiche Lungengewebe bis ins Herz vorgedrungen. Er war tot gewesen, noch bevor das Geschoss – ein Kaliber .45 aus einer Heckler & Koch Mark 23 mit Schalldämpfer – die andere Seite seines Brustkorbs erreicht hatte.

Sie hatte es mit eigenen Augen gesehen, vor zehn Monaten.

Er glitt ein Stück näher heran, wie eine widerwärtige Schachfigur, die von einer unsichtbaren Riesenhand auf dem Brett verschoben wurde. Am Fußende blieb er stehen. Vorwurfsvoll.

Das sah sie an seinem finsteren Blick.

Er war tot.

Sie lebte.

Sie kannte ihn nicht einmal. Sie hätte nichts tun können.

Der Mann, der neben ihm auftauchte, war etwas größer, auch etwas älter. Maßanzug, graumeliertes Haar. Von seinem Gesicht war nicht mehr übrig als eine klebrige Masse aus Knochensplittern und geronnenem Blut.

Sie sagten nichts, sie taten nichts. Sie standen einfach nur da.

Dutzendfach hatte sie das schon gesehen.

Sie wusste, was als Nächstes käme.

Die Frau.

Sie hatte ein rundes Loch im Schädel, wie ein monströses indisches Bindi. Ein 9-Millimeter-Geschoss hatte sich zwischen ihre eckigen Brauen gebohrt. Aus nächster Nähe. Das Einschussloch war die Quelle des Bluts, das in bizarren, rostbraunen feinen Strömen über die straffe Haut ihres Gesichts gelaufen und schließlich geronnen war. Hellgraue Augen starrten sie hasserfüllt an. Ihre Stimme hallte laut von den Wänden des Schlafzimmers wider. Ein Gurgeln, das aus dunkler Tiefe zu kommen schien. In einen hysterischen Schrei überging.

»Du bist ein Mörder. Hast du gehört? Ein Mörder!«

Lieber Gott, bitte lass das aufhören.

Die Frau kam näher. Bei jedem Schritt wuchs ihr Haar ein Stück nach, ruckartig, wie gefilmte Bohnengewächse im Zeitraffer. Es wurde immer dunkler und lockiger und fiel ihr in üppigen Wellen über die Schultern. Aus dem faltigen Hals schossen feine Linien hervor und verzweigten sich, bis ihr ganzes Gesicht davon bedeckt war. Abrupt verschwanden sie wieder, und das Gesicht nahm nach und nach eine neue Form an. Noch abscheulicher als das zerschossene Gesicht des Alten. Noch beunruhigender als das hohle, vorwurfsvolle Starren des Jungen. Noch beängstigender als der stahlharte Blick der Frau.

Als würde sie in einen Spiegel schauen. Dieselben dunkelbraunen Augen. Dasselbe Haar.

Es wurde das Gesicht ihrer Mutter.

Und dann fing ihre Mutter an zu schreien.

Susan saß aufrecht im Bett, schweißgebadet. Ihr Herz raste.

Der Schrei war echt.

Er kam aus ihrer eigenen Kehle.

Im nächsten Augenblick spürte sie, wie zwei Arme sie umfassten. Ein nackter Brustkorb, warm, beruhigend.

»Ganz ruhig.« Sil Maier strich ihr übers Haar.

Langsam öffnete sie die Augen, voller Angst, dass es noch nicht vorbei wäre, dass sie noch einmal in das Gesicht ihrer Mutter schauen müsste – in eine schrecklich entstellte, grässliche Erscheinungsform dieses Gesichts.

»Wieder dieser Alptraum?«

Sie nickte.

»Verdammt«, sagte er leise.

»Tut mir leid.«

»Du brauchst dich für gar nichts zu entschuldigen.« Er löste sich von ihr und wälzte sich aus dem Bett. Reckte sich. Gähnte. »Möchtest du was trinken? Ein bisschen fernsehen?«

Sie schüttelte den Kopf. »Nein, es geht schon, wirklich. Ist ja nur ein Traum.«

»Es ist mehr als nur ein Traum, und das weißt du.«

Mit feuchten Augen sah sie ihn an. Sie zitterte.

Er setzte sich wieder neben sie aufs Bett.

»Schau mich nicht so an«, sagte sie.

»Wie?«

»So mitleidig. Als ob ich zu bedauern wäre. Als wär ich so ein Idiot mit einem Problem. Ich brauche kein Mitleid, okay? Es wird schon langsam besser. Das letzte Mal, dass ich diesen Alptraum hatte, ist eine Woche her. Am Anfang jede Nacht, jetzt nur noch einmal in der Woche. Das ist ein Fortschritt.«

Er gab ein Brummen von sich.

»Es kommen auch ein paar Elemente aus *Tanz der Teufel* darin vor«, sagte sie schnell. »Den hab ich gesehen, als ich vierzehn war, und ich war schwer beeindruckt. Also …«

»In dem Jahr, in dem auch deine Mutter verschwunden ist.«

Sie nickte. »Daher kommt das bestimmt. Ein Sammelsurium von Ereignissen, von denen mein Unbewusstes anscheinend meint, dass ich sie noch verarbeiten muss. Aber es ist alles nicht wahr, und das weiß ich. Du brauchst nicht zu denken, dass ich durchdrehe. Es wird schon wieder.«

Er nahm ihr Gesicht zwischen die Hände und schaute sie ernst an. »Es kommt dir aber so vor, als ob es wirklich wäre.«

»Ja, im Traum. So wirklich, als könnte ich die Hand ausstrecken und sie berühren.« Plötzlich fing sie an zu weinen. Sie konnte es nicht mehr unterdrücken. Langes Schluchzen. Schniefen.

Er legte seine Arme um ihre bebenden Schultern. Sein Kinn auf ihren Kopf.

Sie litt an posttraumatischem Stress. Um das zu erkennen, brauchte man kein Psychologie-Diplom.

Und das Bittere war, dass es keinen Psychologen gab, dem sie mit dieser Geschichte hätte kommen können, ohne dass noch am selben Tag ein bis an die Zähne bewaffnetes Sonderkommando in ihre Wohnung einfiele. Denn es war nicht nur ihre Mutter, die als Geist aus grauen Urzeiten nachts an ihrem Bett Stellung bezog. Und erst recht war die Mutter nicht der unmittelbare Auslöser für diese lebhaften Angstträume, die Susans Nachtruhe und ihre Nerven in den vergangenen Monaten so oft auf die Probe gestellt hatten.

Er konnte ihr nicht helfen. Sie musste selbst damit fertig werden. Der einzige Beitrag, den er leisten konnte, war, sie zu lieben. Und mit ihr zu hoffen, dass es eines Tages vorbei wäre und sie wieder normal funktionieren könnte.

Er spürte ihren Körper leicht zittern und zog sie fester an sich. Roch einen Hauch von Shampoo in dem langen braunen Haar, das ihr schweißnass im Gesicht klebte. Küsste ihren Haaransatz und strich ihr über den Rücken. Spürte, wie sein Körper auf ihre Nähe reagierte, und verfluchte sich im Stillen dafür. Sex mit ihr war großartig. Aber es war der falsche Moment.

Er versuchte, an etwas anderes zu denken. »Bist du sicher, dass du nicht kurz aufstehen willst? Etwas trinken? Soll ich dir einen Tee kochen?«

Sie nickte vage und wischte sich mit der Hand die Nase ab.

Er ging ins Wohnzimmer. Der Holzboden unter seinen bloßen Füßen knarrte. Er knipste das Licht an und ging weiter in die offene Küche. Sah auf die Uhr an der Wand. Drei Uhr.

Er füllte den Wasserkocher, schaltete ihn ein, und während das Wasser zu säuseln begann, durchsuchte er die Schränke nach Tee. Susan hatte keinerlei Ordnungssystem, alles lag durcheinander. Fündig wurde er schließlich in einem Hängeschrank hinter den Tellern.

Er lehnte sich an die Spüle und ließ den Blick durch das Wohnzimmer wandern. Gelbe Couchgarnitur, Fußbodendielen aus Kiefernholz, an der Wand ein paar Kunstposter und Vergrößerungen ihrer fotografischen Arbeiten. Darunter auch eine Strandfoto aus Hurghada: symmetrische Reihen von Sonnenschirmen, die aussahen wie Soldaten in Reih und Glied, neben verwaisten Liegen vor dem Hintergrund einer untergehenden Sonne. Eine grobkörnige Momentaufnahme des ägyptischen Küstenorts, wo sie einander vor beinahe drei Jahren kennengelernt hatten.

Damals war er noch verheiratet gewesen, hatte noch mit Alice in dem selbst entworfenen Bungalow in Zeist gewohnt. Designereinrichtung aus gebürstetem Stahl, Naturstein und rotem Kalbsleder. Wenn er heute daran zurückdachte, kam es ihm vor wie eine Szene aus dem Leben eines anderen.

Als er die Milch aus dem Kühlschrank nahm, hörte er aus dem Schlafzimmer Susans unterdrücktes Schluchzen. Sie wollte nicht, dass er sie hörte. Sie war tapfer. Die tapferste Frau, die er kannte. Eine echte Powerfrau. Und er konnte ihr nicht helfen.

So gern er auch wollte.

Susan hatte mehr durchgemacht, als sie psychisch vertragen konnte. Das war in den letzten Monaten durchaus deutlich geworden. Keine einzige Nacht hatte sie mehr durchgeschlafen.

Nur weil er so ein verdammter Idiot gewesen war und geglaubt hatte, einfach alles im Griff zu haben, die ganze Welt.

Vor gar nicht so langer Zeit war er mit einem baumstarken Kerl aneinandergeraten, weil der ihn angebrüllt hatte: »Was glaubst du eigentlich, wer du bist, Superman?«

Der Typ hatte den IQ einer Amöbe gehabt, aber mit seiner Frage hatte er ins Schwarze getroffen. Das Leben abseits der normalen Gesellschaft hatte seine eigenen Gesetze, und die ließen ziemlich viel Spielraum. Je mehr Zeit man dort zubrachte, umso weniger fühlte man sich überhaupt noch irgendwelchen Gesetzen unterworfen, nicht einmal den Naturgesetzen. Wenn man sich öfter in Lebensgefahr befand als auf irgendeinem Empfang, dann wurde dieses Gefühl der Unbesiegbarkeit nur noch stärker. Aber es blieb nur ein Gefühl.

Im Grunde konnte er von Glück sagen, dass er jetzt hier war. Dass sein vermodernder Körper nicht ein paar Bäumen in einem abgelegenen Waldstück als Kompost diente. Oder den Schweinen eines korrupten Bauern als Futter. Der Faden war zu dünn. Und das Leben, das er jetzt hatte, war ihm zu kostbar. Susan war ihm kostbar.

Vor zehn Monaten, als er bei ihr eingezogen war, hatte er beschlossen: Es war vorbei. Aus. Vergangenheit.

Irgendwie weckte allein schon dieser Gedanke eine stille Panik, die er nach Kräften unterdrückte.

Das Schluchzen im Schlafzimmer war verstummt. Er hörte, wie sie die Decke aufschüttelte und wieder ins Bett ging. Die Sprungfedern der Matratze gaben ein leises Quietschen von sich.

Er nahm den Wasserkocher, goss das kochende Wasser in einen Becher und hängte einen Teebeutel hinein. Gab etwas Milch und zwei Stückchen Zucker hinzu. Noch mit Umrühren beschäftigt, machte er sich wieder auf den Weg ins Schlafzimmer, reichte ihr den Becher, setzte sich neben sie aufs Bett und legte eine Hand auf ihr Bein. Sie nippte an dem Tee, legte ihre Hand auf seine und strich geistesabwesend mit den Fingern darüber.

»Vielleicht brauchen wir mal einen Tapetenwechsel«, sagte er.

»Warum?«

Er zuckte mit den Schultern. »Vielleicht hilft es. Abstand gewinnen, im wahrsten Sinne des Wortes.«

»Wo sollen wir denn hin?«

»Das darfst du entscheiden.«

Sie nahm noch einen Schluck Tee. Denkfalten traten auf ihre Stirn. »Paris«, sagte sie schließlich. »Da war ich schon eine ganze Weile nicht mehr.«

Überrascht sah er sie an. »Paris? Das ist doch gleich um die Ecke. Da können wir ...«

»Ich muss nicht erst zwanzig Stunden im Flugzeug sitzen, das hab ich schon öfter erlebt. Paris, das klingt gut. Da kenne ich mich aus.« Sie unterbrach sich kurz. Strich ihm mit der Hand über den warmen Oberschenkel und weiter hinauf. »Manchmal ist es beruhigend festzustellen, dass bestimmte Dinge noch da sind.«

Er hielt die Luft an. Etwas Dunkles trat in ihren Blick. »Das ist auch noch da«, brachte er mit heiserer Stimme heraus.

Sie schenkte ihm ein mattes Lächeln. »Schön.«

»Beruhigt dich das?«

»Und ob.« Sie stellte den Becher auf dem Nachtschränkchen ab. »Aber ich glaube, ich brauche noch viel mehr Beruhigung.«

3

Walter fand es durchaus angenehm, frühmorgens schon zu arbeiten, zu einem Zeitpunkt, der von den meisten noch als späte Nacht betrachtet wurde. Er hatte dann das Gefühl, einen Vorsprung vor dem Rest der Welt zu haben. Ein Rhythmus, den er sich mit der Aufnahme seines Jurastudiums angewöhnt hatte: spät ins Bett, früh wieder raus. Mehr als sechs Stunden Schlaf gestand er sich nicht zu. Mehr brauchte er auch nicht.

Die gute Neuigkeit war, dass er den Statistiken zufolge in den nächsten Jahren mit noch weniger Schlaf auskommen würde. Die schlechte Neuigkeit war damit untrennbar verbunden: der bedenkliche Vorteil von Ermäßigungen im öffentlichen Nahverkehr, bei Konzerten und in Vergnügungsparks.

Es kam ihm geradezu surrealistisch vor: zweiundfünfzig zu sein.

Dabei hatte er sich noch nie so gut gefühlt wie in den vergangenen zwölf Monaten. Er hatte erst die fünfzig überschreiten müssen, um zu begreifen, dass ihm weit mehr Möglichkeiten offenstanden, als er immer gedacht hatte. Über manche Dinge sollte man nicht lange nachdenken. Man sollte sie einfach tun.

Das wusste er jetzt.

In den letzten, an der Seite von Emily verbrachten Jahren – es waren die letzten ihrer sechsundzwanzig Ehejahre – hatte er sich nach und nach an die Vorstellung gewöhnt, dass er keine dreißig mehr war. Dass die Uhr auch für ihn nicht stillstand, hatte er zunächst an praktischen Dingen gemerkt. Daran, dass er Fälle von Menschen – erwachsenen Menschen – vorgelegt bekam, deren Geburtsdaten in den sechziger Jahren lagen. Später kamen sogar Anwälte zu ihm, die in den Siebzigern zur Welt gekommen waren. Durchaus keine Rotznasen, sondern Leute mit einer ordentlichen Ausbildung, mit Erfahrung und einem scharfen Verstand, dem er Rechnung tragen musste.

Die anderen Dinge waren weniger auffällig. Sie hatten sich nach und nach eingeschlichen. Emily schloss sich einer Bridge-Runde an, während er selbst abends mit einer Zigarre und einem Buch in seinem Arbeitszimmer saß.

Dass es auch anders hätte sein können, kam ihm nicht einmal in den Sinn.

Als dann Valerie Nielsen wie ein roter Wirbelwind in sein Haus und seine Welt hineingestürmt war und nicht wieder daraus verschwinden wollte, hatte er sie zunächst ein bisschen wie eine Tochter behandelt. Langsam, aber sicher hatten sich dann jedoch die Machtverhältnisse verschoben, angefangen beim vertraulichen Duzen, bis ihm allmählich klar wurde, dass Valerie ihrerseits alles Mögliche in ihm sah, aber gewiss keine Vaterfigur.

Erst wollte er es nicht wahrhaben, ja nicht glauben. Valerie kam ihm vor wie ein Wesen von einem anderen Planeten, aus einer anderen Zeit. Und sie wollte *ihn*? Er bemühte sich umgehend, seine Versäumnisse nachzuholen. Kaufte ein Mountainbike und legte sich einmal pro Woche auf Emilys Sonnenbank. Sein Friseur verpasste ihm einen moderneren Schnitt, und als er sich daran erst einmal gewöhnt hatte, fiel es ihm auch leichter zuzugeben, dass er in einem roten Gaastra-Pullover tatsächlich jünger aussah. Sicher zehn Jahre jünger als im englischen Maßanzug, mit dem er bisher verwachsen schien.

Seine Wiedergeburt hatte sich innerhalb eines knappen halben Jahres vollzogen. Sie war Emily nicht entgangen, aber auch Valerie hatte sie bemerkt. Als sie ihrem Tierarzt endlich den Laufpass gab, konnte Walter sein Glück kaum fassen.

Für Emily war das Ganze weniger leicht zu verdauen. Noch immer rief sie ihn gelegentlich, wenn sie zu viel getrunken hatte, mitten in der Nacht wütend an. Aber sie hatte ihren Unterhalt und ihre Freundinnen vom Bridge.

Sie würde es schon überleben.

Valerie und ihr kleiner Thomas. Solange er diese beiden um sich hatte, kam er sich zwanzig Jahre jünger vor.

War er zwanzig Jahre jünger.

Und da durfte nichts dazwischenkommen.

Er stand auf, ging um seinen Nussbaumschreibtisch herum und über den Perserteppich zum Bücherschrank. Dort blieb er kurz stehen und lauschte. Valerie schlief noch. Thomas war bei seinem Vater.

Er war ganz allein.

Er kniete sich vor dem Schrank auf den Boden und schlug eine Ecke des Teppichs zurück. In dem Holzboden darunter befand sich ein Ring. Er nestelte ihn aus seiner Aussparung und zog daran. Die Luke ging auf.

Darunter befand sich ein ausbetonierter Hohlraum von kaum einem halben Meter Tiefe. Darin lag ein alter, staubiger Colt Python. In den Zylinder des schweren Revolvers passten sechs .357 Magnum-Patronen. Neben der Waffe lag eine Schachtel mit der passenden Munition. Walter hatte noch keine einzige dieser Patronen verschossen. Er hatte die Waffe Anfang der achtziger Jahre beiseitegeschafft und sie seither gehütet wie einen Schatz.

Sie war ein Andenken. Ein zugegeben zweifelhaftes Souvenir. Niemand wusste davon.

Neben der Waffe stand ein kleines Kästchen. Er beugte sich vor und fegte den Staub vom Deckel. Drehte den Schlüssel im Schloss und öffnete das Ding.

Ein vergilbtes, viereckiges Foto mit weißem Rand, aus demselben Jahr, in dem er auch den Colt an sich genommen und sein Jurastudium begonnen hatte. Von dem Foto hatte er sich seither genauso wenig trennen können wie von dem Colt. Auch wenn er es vernünftigerweise hätte verbrennen sollen.

Drei Männer waren darauf abgebildet. Er strich mit den Fingern über das glatte, dicke Papier. Wie jung sie damals noch waren. Anfang dreißig und noch so naiv. Ihre Gesichter strahlten förmlich vor Enthusiasmus und Selbstvertrauen. Geran Staal, der Bildhauer-Wüstling mit schwarzem Bart wie ein Seeräuber aus dem griechischen Altertum. Er selbst, ein langer bleicher Lulatsch im Oberhemd, mit unsicherem Lächeln und Intellektuellenbrille im Gesicht. Zwischen ihnen ein blonder Mann, gebräunt wie ein amerikanischer Präsidentschaftskandidat, selbstsicher grinsend.

Eine wenig überzeugend wirkende Zusammenstellung von Freunden. *Freunde*. Er kaute auf dem Wort herum und lächelte bitter. Ein dunkler Schatten kroch über sein Gesicht.

Nachdem er einen letzten Blick auf das Foto geworfen hatte, legte er es zurück, schloss die Luke und drapierte den Teppich wieder darüber. Setzte sich in den gepolsterten Ledersessel hinter seinem Schreibtisch und faltete auf der Schreibunterlage die Hände. Betrachtete mit schiefem Blick die vor ihm liegende Lokalzeitung und ihre Schlagzeile. Den Artikel hatte er seit gestern schon unzählige Male gelesen. Er hatte ihn ziemlich nervös gemacht.

Rijkswaterstaat, die oberste Straßen- und Wasserbaubehörde, hatte die Pläne vorangetrieben. Länger als ein halbes Jahr würde es jetzt nicht mehr dauern, bis die Probleme buchstäblich ans Licht kämen. Probleme mit weitreichenden Konsequenzen für alle Beteiligten.

Vor allem die Konsequenzen für ihn selbst machten Walter nervös. Ließ er den Dingen ihren Lauf, standen die Chancen, dass die Sache herauskam, zehn zu eins. Die Pathologen waren heutzutage ziemlich geschickt. Bestimmt waren sie in der

Lage, das Datum zu bestimmen, und wenn sie dann anfingen herumzuwühlen, war es durchaus möglich, dass sie dabei auf ihn stießen.

Es lag so lange zurück. Alle, die damals dabei gewesen waren, hatten geschwiegen wie ein Grab. Als ob es nie geschehen wäre. Aber manchmal bedurfte es keiner Worte, um eine Geschichte zu erzählen.

Er fuhr sich durch sein ergrauendes Haar und kniff die Augen zusammen. Es war nicht schwer sich auszumalen, was passieren würde. Sein Amt als Richter müsste er niederlegen. Damit konnte er zur Not noch leben. Aber im Windschatten des ganzen Medienspektakels würde Valerie ihn verlassen. Da war er sicher.

Sie würde ihn nie mehr sehen wollen.

Ein letzter Blick auf die Schlagzeile. Grimmig biss er sich auf die Unterlippe. Er wusste, was er zu tun hatte.

4

Die Weiden und schmalen Polderwege lagen direkt hinter dem historischen Stadtwall von Den Bosch, keine fünf Minuten von Susans Wohnung entfernt. Maier war schon eine Dreiviertelstunde in ruhigem Tempo von etwa elf Stundenkilometern gelaufen. Inzwischen befand er sich auf dem Rückweg. Sein Körper arbeitete wie eine gut geölte Maschine.

Er genoss die langsame Steigerung der Geschwindigkeit, den eintönigen Widerhall seiner Schritte auf dem Boden, seinen Körper, der bereit war, alles zu geben. Wie das Blut sich noch durch die kleinsten Äderchen hindurchpresste, um zusätzlichen Sauerstoff anzuliefern, sodass die Haut zu glühen anfing. Täglich lief er eine Runde von zwölf Kilometern. Manchmal hängte er noch ein paar dran, je nachdem, wie unruhig er sich fühlte und wie lange es dauerte, bis die Endorphine ihm jene Euphorie verschafften, von der er zunehmend abhängig wurde.

Normalerweise war das Laufen eine hervorragende Methode, um den Kopf frei zu bekommen. Heute ließen sich seine Gedanken einfach nicht in den Hintergrund drängen.

Die Unruhe nahm zu. Es hatte wenig Zweck, das zu leugnen. Sie plärrte in seinem Innern vor sich hin wie ein leise gedrehtes Radio. Ein Geräusch, das ihm kaum auffiel, solange er mit irgendetwas beschäftigt war, das ihm aber, wenn er abends hellwach im Bett lag, wie ein Nebelhorn durch den Kopf dröhnte.

Er versuchte, dieser Unruhe rational beizukommen, indem er sich klarmachte, dass er seinen Platz im Leben nunmehr gefunden hatte. Mit fünfunddreißig hatte er alles erreicht, was er sich wünschen konnte. In Susan hatte er jemanden gefunden, mit dem er fast alles teilen konnte. Seine Gedanken, sein Handeln und sein Bett. Schon das ist eine Seltenheit und Grund genug, verdammt gut auf sie aufzupassen. Sie waren gesund, und finanzielle Sorgen hatten sie auch nicht. Insgesamt verfügten sie über ausreichende Reserven, um nie mehr arbeiten zu müssen. Selbst sein teures Hobby – Autos – würde er sich bis ans Ende seiner Tage problemlos leisten können.

Geld an sich interessierte ihn nicht. Wohl aber die Freiheit, die es ermöglichte. Er brauchte niemandem mehr den Arsch zu küssen. Außer Susan, und das war alles andere als eine Strafe.

Keine schlechte Lage für einen, der ohne Vater in einem Münchner Problemviertel aufgewachsen und nach dem Tod der Mutter in einer ähnlich aussichtslosen Situation bei seiner Oma in Utrecht gelandet war. Ganz und gar nicht schlecht.

Eigentlich hätte es damit gut sein sollen.

Diese Unruhe war eine Schwäche. Ein Defekt in seiner Hirnstruktur, ein störender Fehler, eine krankhafte Windung, der er sich nicht mehr überlassen wollte. Dafür war er zu intelligent und auch zu willensstark.

Achte nicht darauf, Maier.

Ehe er sich's versah, war er wieder bei der Wohnung angekommen. Im Flur stieß er mit einem kleinen blonden Jungen zusammen. Erschrocken sah dieser hoch und rannte mit unsicheren Schritten ins Wohnzimmer zurück. Maier folgte ihm. In dem gelben Sessel saß Sven Nielsen, Susans Nachbar. Das Kind klammerte sich an Svens Bein und sah ihn mit großen Augen an. Er schien etwa drei Jahre alt zu sein und hatte das gleiche hellblonde Haar sowie eindeutig die gleichen feinen Gesichtszüge wie Sven. Bestimmt war es sein kleiner Sohn, der bei Svens Exfrau und deren neuem Freund lebte.

»Thomas bist du also schon über den Weg gelaufen, wie ich sehe.« Sven strahlte vor fast schon kindlicher Freude.

Maier ging vor dem Kleinen in die Hocke und hielt ihm die Hand hin. »Hallo, Thomas.«

Der Junge sah ihn aus glänzenden blauen Augen an und streckte zögerlich ein molliges Händchen aus. Maier zwickte neckisch hinein.

Das T-Shirt klebte ihm am Leib, und sein verschwitzter Körper schrie geradezu nach einer Dusche. Trotzdem nahm er sich nun erst eine Halbliterflasche Mineralwasser aus dem Kühlschrank und ließ sich neben Susan auf die Couch fallen.

Er kannte Sven seit zehn Monaten und konnte sich keines Tages entsinnen, an dem der Tierarzt nicht über seinen Sohn gesprochen hätte. Den kleinen Sohn, den seine Exfrau von ihm fernhielt, wobei sie sich von einem Haufen erbarmungsloser Anwälte helfen ließ, die Sven fast in den Wahnsinn getrieben hätten. Dass Thomas jetzt hier bei seinem Vater saß, war eindeutig ein Meilenstein.

Die Dusche konnte auch kurz warten.

»Er sieht aus wie sein Vater, was?« Sven drückte den Kleinen an sich, als wollte er ihn zerquetschen.

Es lag Maier auf der Zunge zu sagen, das würde sich hoffentlich noch legen – solche kleinen Sticheleien waren zwischen Sven und ihm nichts Besonderes –, aber er hielt sich zurück und nickte bloß freundlich. »Woher die plötzliche Wandlung? Hatte dein Anwalt doch bessere Argumente als die ganze Armee von Blutsaugern im Dienste deiner Ex?«

»Keine Ahnung. Vielleicht haben sie einfach kapiert, dass nichts dabei herauskommt, dass es einfach Unsinn ist, sich gegen eine Umgangsregelung zu sträuben. Ich habe Valerie nie auch nur den kleinsten Stein in den Weg gelegt, und schließlich war sie diejenige, die unsere Beziehung beendet hat. Ich glaube, sie wäre vor keinem Richter damit durchgekommen. Wahrscheinlich hat ihr neuer Freund ihr das auch gesagt.«

»Ist der nicht selbst Richter?«

»Ja, genau, der wusste wohl Bescheid.«

»Er hätte es dir aber auch schwer machen können, oder?« Maier nahm einen kräftigen Schluck Wasser.

»Kann sein, aber auch ein Richter muss sich an die Gesetze halten.«

»Und jetzt?«

»Jetzt bin ich Wochenend-Vater. Alle zwei Wochen kann ich Thomas freitags um Punkt sechs Uhr abholen und muss ihn sonntags um dieselbe Zeit wieder abliefern. Gestern Abend hab ich ihn also geholt. Stimmt's, Thomas?«

Der Kleine nickte geistesabwesend und steckte sich den Daumen in den Mund. Er war von einem Videoclip, der gerade im Fernsehen lief, völlig in Beschlag genommen.

Susan sah Sven mitleidig an. »Mist, dass es so gelaufen ist.«

»Ich weiß schon, es ist nicht alles«, sagte Sven, während er Thomas zerstreut über die blonden Locken strich. »Aber alle zwei Wochen ist besser als gar nichts. Thomas war für mich bisher immer eine Art Selbstverständlichkeit. Das wird in Zukunft anders.«

Kurz herrschte Schweigen. Im Fernsehen wurde der Videoclip von Werbung abgelöst. Thomas starrte mit unvermindertem Interesse auf die Mattscheibe.

»Wir hauen gleich wieder ab«, sagte Sven mit einem kurzen Blick auf die Uhr. »In den Efteling-Märchenpark. Und ich habe ihm versprochen, dass wir hinterher noch zu McDonald's fahren.«

Das Wort McDonald's entlockte dem hellblonden Knirps auf Svens Schoß nun doch eine Reaktion: Er sah kurz zu seinem Vater auf. Im nächsten Augenblick wandte er sich wieder dem Fernseher zu.

»Man kann gar nicht früh genug damit anfangen, den Kindern Kultur nahezubringen«, sagte Maier.

Sven nahm die halb neckische, halb zynische Bemerkung

für bare Münze. »Weißt du«, sagte er mit einem entschuldigenden Schulterzucken, »ich möchte bloß, dass er sich bei mir wohlfühlt. Gestern Abend hat er mich angeschaut, als ob ich ein wildfremder Mensch wäre. Erst wollte er gar nicht mit. Valerie musste ihn fast schon festbinden im Kindersitz. Ich wäre am liebsten im Boden versunken … Es hat wehgetan. Wahrscheinlich werde ich so ein typisch scheinheiliger Wochenend-Vater, der immer alles erlaubt und das Kind mit Geschenken überhäuft.«

»Er wird's schon vertragen«, sagte Maier. »Du hast ja auch eine ganze Menge nachzuholen.«

5

Es war eine der besseren Gegenden in Tilburg. Breite Alleen mit ausgewachsenen Bäumen. Ordentliche, geräumige Häuser aus dunkelbraunem Backstein mit Bleiglasfenstern.

Miguel fuhr hier bereits zum dritten Mal an diesem Morgen hindurch, um sich alles gut einzuprägen.

Olivier saß neben ihm.

»Wie willst du das angehen?«, fragte er, als sie das Haus hinter sich ließen und auf die Hauptstraße kamen.

»Thierry kommt mit mir mit«, brummte Miguel in gebrochenem Französisch. »Du setzt dich ans Steuer.«

Olivier musterte ihn von der Seite. »Mit diesem Auto?«

Miguel nickte unmerklich. »Ein niederländisches Kennzeichen fällt weniger auf.«

»Bon«, murmelte Olivier und starrte dann schweigend vor sich hin.

Die Sache gefiel ihm nicht, da lief irgendwas falsch. Er hatte kein gutes Gefühl dabei. Dass er sich auf Dinge einließ, die das Tageslicht scheuten, hatte er natürlich von Anfang an gewusst. Und zugegeben, Alain hatte ihn nicht erst lange überreden müssen. Es gab gutes Geld, und das konnte er wahrlich gebrauchen. Außerdem wurde nichts wirklich Schlimmes von ihm verlangt. Ein bisschen illegal war es, das schon.

Aber das war vor zwei Jahren, bevor Miguel zu ihnen gestoßen war. Seit der Kolumbianer mit von der Partie war, hatte sich viel verändert. Der tat die ganze Zeit so, als müsste er Rekruten auf einen Bürgerkrieg vorbereiten.

Nach und nach war Olivier immer tiefer in etwas hineingeraten, was er nicht mehr unter Kontrolle hatte. Bis zum Hals steckte er jetzt drin. Genau wie Alain, wenn auch dem das weniger auszumachen schien.

Olivier betrachtete das Flachland, das sie umgab. Ein Land, in dem er nie zuvor gewesen war. Les Pays-Bas, die Niederlande. Passte wie die Faust aufs Auge. Nirgends Hügel oder Berge. Wäre nicht alles zugebaut, man hätte fast meinen können, das Ende der Welt erreicht zu haben. Den Rand der Scheibe, von der man herunterpurzeln konnte.

Ein Schauder durchlief ihn.

Er hatte ein verdammt schlechtes Vorgefühl bei der Sache. Aber es gab keinen Weg mehr zurück. Er konnte nur das Beste hoffen.

6

Paris schlief nie. Durch das historische Herz der Metropole rauschte vierundzwanzig Stunden am Tag der Verkehr. In den breiten Alleen und unzähligen kleinen Gassen, in die das Sonnenlicht nie vordrang, wimmelte es von Menschen aus aller Herren Länder. Ein buntes Durcheinander der verschiedensten Bevölkerungsgruppen. Bei den Sehenswürdigkeiten aus der Zeit Ludwigs XIV. und Napoleons tummelten sich die Touristen. In rammelvollen Reisebussen wurden sie von Notre Dame zum Louvre und von dort ins Hotel zurückgekarrt, begleitet von gelangweilten Führern, die das alles schon tausendmal gesehen hatten.

Begriffe wie »früh« oder »spät« waren in der französischen Hauptstadt sehr relativ. In Paris waren immer Menschen auf den Beinen.

Nur hier nicht.

In dem unterirdischen Einkaufszentrum mit seiner spärlichen Beleuchtung war weit und breit kein Tourist zu entdecken. Hundert Meter weiter und eine Etage höher liefen die Massen an dem unauffälligen Eingang auf den Champs-Élysées einfach vorbei. Das Geknatter der Mofas und das Gehupe der Autos drang auch nicht bis hierher. Stattdessen war der Raum erfüllt vom monotonen Brummen einer alten Rolltreppe, von der ein muffiger Elektrogeruch ausging.

Susan sah zu Maier auf, der die Daumen in die Taschen seiner Jeans gehakt hatte und interessiert den Inhalt eines Schaufensters studierte.

»Was suchen wir hier eigentlich?«

Er gab keine Antwort. Schien nachzudenken.

»Sil?«

»Darüber hab ich was gelesen«, sagte er, halb in Gedanken. »Die Dinger sind anscheinend sehr effektiv.«

Sie folgte seinem Blick in das bis auf den letzten Quadratzentimeter vollgestopfte Schaufenster. Schlagringe, Totschläger, Luftdruckpistolen, Abhörapparatur, Wurfmesser.

Die Auswahl war so groß, dass sich nicht erraten ließ, welches Objekt gerade sein Interesse geweckt hatte.

»Worüber hast du was gelesen?«

»Über Elektroschockwaffen und Taser.«

Er deutete mit einem Nicken auf ein paar eckige, pistolenartige Waffen. Sie waren aus Plastik, in Gelb und Schwarz, und sahen ziemlich billig aus. Wie leichtgewichtiges Kinderspielzeug aus chinesischer Massenproduktion. Dass es sich durchaus nicht um Spielzeug handelte, signalisierten die Preise einem arglosen Passanten allerdings eindeutig.

»Das sind Waffen, mit denen man das Nervensystem seines Gegenübers außer Gefecht setzen kann«, sagte er, ohne den Blick vom Schaufenster abzuwenden. »Soweit ich weiß, waren sie in den Staaten schon seit den siebziger Jahren damit beschäftigt, die Dinger zu entwickeln und zu testen. Dort werden sie von der Polizei inzwischen auch tatsächlich eingesetzt, und viele Bürger tragen sie zur Selbstverteidigung. In den meisten Ländern sind sie frei verkäuflich. Hier in Frankreich anscheinend auch.«

»Wie funktioniert denn so ein Ding?«

»Man kann jemandem damit einen Stromstoß von hunderttausend Volt verpassen. Oder mehr, das hängt vom Typ ab. Die schwereren Modelle verursachen eine Art Kurzschluss im Nervensystem. Da fuchtelt jemand gerade noch mit einer Knarre herum, und im nächsten Moment liegt er flach. Völlig ausgeschaltet, bewusstlos. Angeblich fühlt es sich an, als ob man aus dem zweiten Stockwerk auf einen Betonboden runterknallt – und dann geht das Licht aus.«

»Also quasi wie eine Hinrichtung auf dem elektrischen Stuhl«, folgerte sie, »oder wie wenn man vom Blitz getroffen wird.«

»Nein, eben nicht. Das ist ja das Schöne. Nach allem, was ich gelesen habe, steht man nach etwa zehn Minuten einfach wieder auf. Man ist dann vielleicht noch ein bisschen benommen oder hat Muskelschmerzen, aber ansonsten scheint es keinerlei Nebenwirkungen zu haben. Eine echte Hightech-Waffe und zugleich eine so simple Erfindung, dass man sich fragt, warum nicht schon viel früher jemand darauf gekommen ist.« Er sah sie an. »Wenn du damals in Hurghada so ein Ding dabeigehabt hättest, wärest du ohne meine Hilfe ausgekommen.«

»Im Nachhinein bin ich ganz froh, dass ich nichts dergleichen hatte«, sagte sie leise. »Sonst hätten wir uns wahrscheinlich gar nicht kennengelernt.«

»Wenn mir eines leid tut, dann, dass ich diesen Kerl hab laufen lassen. Dass ich ihm nicht das Genick gebrochen habe. Typen, die Frauen belästigen, hören schließlich nicht von einem Tag auf den anderen wieder damit auf.«

»Dafür hättest du lebenslänglich bekommen.«

Er sah sie ernst an. »Niemand hätte mich gesehen.«

Sie wusste, dass er recht hatte.

»Lass uns mal kurz da reingehen.« Er zog sie mit in den Laden. Der war nicht besonders groß und genauso vollgepackt wie das Schaufenster. An den Wänden standen beleuchtete Vitrinen, in denen tausend verschiedene Verpackungen um die Aufmerksamkeit des Betrachters buhlten. Gegenüber vom Eingang befand sich ein breiter Ecktresen mit einer Glasscheibe, unter der neben verschiedenen Selbstverteidigungswaffen jede Menge angesagter Technikkram auslag.

Lächelnd kam eine junge Frau auf sie zu. Susan musste an Lara Croft denken. Sie könnte eine Zwillingsschwester sein.

Keine zwei Minuten später stand Maier über den Tresen gebeugt, die Hände auf das Glas gestützt, und nahm die verschiedenen Stungun- und Taser-Modelle in Augenschein. Mit wachsendem Enthusiasmus hatte Croft sie aus den Verpackungen herausgeholt. Sein Interesse verlagerte sich von den günstigeren, einfachen Stunguns, die man dem Gegner, um ihm Schmerz zuzufügen oder ihm das Orientierungsvermögen zu nehmen, direkt an den Körper pressen musste, immer mehr auf die Airtaser, mit denen man Menschen über einen Abstand von sieben Metern hinweg komplett außer Gefecht setzen konnte.

Während er eine der Pistolen in den Händen wendete, sah Susan schräg zu ihm hinauf und erkannte den Blick in seinen Augen wieder.

»Sil?«

»Hm?«

»Geht es hier eigentlich noch um Selbstverteidigung?«

Wortlos sah er erst sie, dann die Verkäuferin an, die jetzt, da ihr Verkaufsinstinkt sie vor aufkommenden Zweifeln des Kunden warnte, all ihren Charme ins Spiel brachte. Sie hypnotisierte Sil fast mit ihren mandelförmigen braunen Augen. Sie machte ihre Sache gut. Jedes menschliche Wesen mit einem Y-Chromosom und einem Faible für Frauen wäre schwach geworden.

Auf diesen Kunden hatte sie keine Wirkung.

Er löste sich vom Tresen und machte eine Dreivierteldrehung in Richtung Tür. »Du hast recht«, sagte er unbestimmt in den Raum hinein, »wir brauchen so was nicht mehr.«

Später an jenem Tag aßen sie in einem Irish Pub im Montmartre, das an den großen Hügel angebaut war und von wo aus man den größten Teil der Stadt überblicken konnte. Das Personal der in Dunkelbraun gehaltenen Kneipe schien in einen Musikgenre-Krieg verwickelt zu sein. Innerhalb der vergangenen halben Stunde waren die Gäste erst mit irischem Folk, dann mit Eminem und schließlich mit den Dire Straits beglückt worden, bis jemand ein schepperndes Radio angestellt hatte. Irgendein Moderator brabbelte vor sich hin und reihte französische Popmusik aneinander.

»Tut mir leid wegen heute Nachmittag«, sagte Maier zwischen zwei Bissen.

»Heute Nachmittag?«

»Mit den Taser-Waffen.«

»Ist schon gut.«

Schweigend setzten sie ihre Mahlzeit fort. Im Stillen versuchte Maier zu analysieren, warum er so schwer davon loskam. Auf Susan hatte Paris vielleicht eine beruhigende Wirkung – die Gebäude standen tatsächlich alle noch –, aber was seine Seelenruhe anging, so hätte sie sich keinen aufwühlenderen Ort aussuchen können. Allein am heutigen Tag hatte er vier potenzielle Zielpersonen ausgemacht, denen er normalerweise gefolgt wäre. An der Metrostation Gare du Nord stand offenbar eine Drogenübergabe bevor. Im Botschaftsviertel hatte er einige Männer auf Observationsposten gesehen, da lag also auch irgendetwas in der Luft. Und in dem Café, in dem sie sich gestern Abend einen letzten Absacker genehmigt hatten, waren ebenfalls allerlei nicht ganz astreine Dinge vor sich gegangen. Es fiel ihm einfach auf, weil er das Muster wiedererkannte. Die Mienen, die Gesten.

Aber das war nicht alles. In Geschäften sah er sich automatisch nach dem Notausgang um. Lokalisierte Sicherheitskameras und Wachpersonal. Beobachtete Leute auf der Straße, scannte Passanten, ordnete Einzelne als harmlos oder potenziell gefährlich ein. Registrierte verdächtige Autokennzeichen – Marke, Fahrzeugtyp, Farbe –, sowie die auffälligsten Personenmerkmale der Insassen.

Es war ein Automatismus geworden, ein Instinkt. Und zugleich war es der reine Wahnsinn. Denn es gab keinen Grund mehr, ständig auf dem Quivive zu sein. Keinen einzigen.

Er hatte immer gemeint, er hätte in den letzten, gelinde gesagt: turbulent verlaufenen Jahren eine gewisse Selbstkenntnis erworben. Eine ganze Weile war er davon überzeugt gewesen, dass nur sein früheres Leben mit Alice, das angenehm, aber auch recht behäbig gewesen war, zu diesen Turbulenzen hatte führen können.

Mit Susan war alles anders. *Susan* war ganz anders.

Aber er war er selbst geblieben.

Man konnte vor allem Möglichen davonlaufen, aber nicht vor sich selbst. Das wurde ihm zunehmend deutlich.

Achte nicht darauf.

Er beschloss, sich auf Susan zu konzentrieren. Sah zu, wie sie ihren Salat aß. Betrachtete ihr dunkelbraunes, zu einem Pferdeschwanz gebundenes Haar, das sich so herrlich glatt und schwer anfühlte, wenn es durch seine Finger glitt. Es war nur eine Nuance dunkler als ihre Augen. Sie hatte die Augenfarbe ihrer Mutter, hatte sie ihm erzählt. Und das war auch schon fast alles, was er von der Frau wusste, die Susan zur Welt gebracht hatte – außer dass sie eines Tages einfach verschwunden war, um zwanzig Jahre später in den Alpträumen ihrer Tochter zurückzukehren.

»Vielleicht solltest du darüber sprechen«, sagte er plötzlich.

Sie sah ihn an.

»Über deine Mutter«, erklärte er.

»Da gibt es nicht viel zu sagen.«

»Was war sie für eine Frau?«

Sie zuckte mit den Schultern. »Na ja, sie sah so ähnlich aus wie ich. Oder umgekehrt.«

»Hat sie gearbeitet?«

»Nicht mehr, seit sie Kinder hatte.«

»Und vorher?«

»Vorher hat sie fotografiert, genau wie ich. Aber sie hat es nie zu ihrem Beruf gemacht, weil dann erst Sabine zur Welt kam und fünf Jahre später ich. In den sechziger Jahren mussten Frauen zu Hause bleiben, wenn sie Mutter geworden waren, hat sie uns immer erzählt. Die gehörten hinter den Herd.«

»Wann ist sie verschwunden?«

»'83.«

»Und wie war das? Wie muss ich mir das vorstellen?«

Susan sah auf. »Sie war einfach weg. Von einem Tag auf den anderen. Als wir abends ins Bett gingen, war sie noch da, und am nächsten Morgen war sie weg. Kein Zettel, nichts.«

»Und fehlte irgendwas? Klamotten, ihr Pass, Bargeld?«

Sie schüttelte den Kopf.

»Hatten deine Eltern am Abend vorher Streit?«

»Sie hatten oft Streit. Sie waren beide immer gleich auf 180. Aber das bedeutete nicht viel.«

»Was ist wohl mit ihr geschehen?«

Sie zuckte mit den Schultern. »Keine Ahnung. Sil, wenn ich ehrlich bin … Ich möchte nicht drüber reden. Nicht jetzt. Es bringt sowieso nichts.«

Eindringlich sah er sie an.

»Ich will einfach einen netten Abend verbringen, okay?«, fügte sie hinzu. »Ohne komplizierten Kram. Alte Geschichten wieder aufzuwärmen, liegt mir nicht besonders.«

»Ich glaube, es wäre ganz wichtig, das doch gelegentlich zu tun. Die Sache macht dir mehr zu schaffen, als du zugibst.«

Sie seufzte tief. Ihr Blick glitt langsam von der Holztäfelung zum Fenster und auf die sonnige Straße hinaus, wo sich unablässig ein bunter Touristenstrom an den grauen Fassaden vorbeischob. »Es hat keinen Sinn«, sagte sie leise. »Es ist aus, vorbei, Vergangenheit. Ich will es einfach vergessen. Eine Weile ist mir das auch gelungen, bis ... na ja, bis ich diese Angstträume bekam. Ich hab genug davon, Sil. Ich hab so dermaßen genug davon, das kannst du dir gar nicht vorstellen. Dass ich's einfach nicht unter Kontrolle hab. Dass meine eigene Psyche sich diese miesen Spielchen mit mir erlaubt.«

»Ich kann dir vermutlich nicht helfen«, sagte er wahrheitsgemäß, »weil ich selbst anders gestrickt bin. Aber ich bin ziemlich sicher, dass es nicht schaden könnte, darüber zu reden.«

»Über sie zu reden, habe ich verlernt, glaube ich. Nachdem sie ein paar Monate lang nicht wieder aufgetaucht war, hat mein Vater uns gesagt, wir sollten sie vergessen. Sie ist einfach totgeschwiegen worden.«

Er zog die Brauen hoch.

»Meinem Vater widerspricht man nicht so leicht«, erklärte sie. Sie legte Messer und Gabel schräg auf den leeren Teller.

Prompt kam ein Ober, um abzuräumen. Maier bezahlte in bar.

Sie gingen nach draußen. Ohne ein besonderes Ziel vor Augen schlenderten sie durch Montmartre. Das weltberühmte Künstlerviertel bestand aus einem Wirrwarr enger, abschüssiger Straßen mit alten, dicht aneinandergedrängten grauen Häusern, in deren unteren Stockwerken sich Geschäfte befanden. Das Regenwasser lief entlang der hohen Bordsteinkanten durch die Gossen nach unten. Es wimmelte von Touristen. Auf den Bürgersteigen standen unzählige Kisten mit allem möglichen Firlefanz, es wurden Handtücher mit dem Motiv der Mona Lisa von da Vinci verkauft, und es gab Ständer mit Ansichtskarten. In den Schaufenstern lagen Lollis, vernickelte Schlüsselanhänger und Seife in Form des Eiffelturms. Alles fand anscheinend reißenden Absatz.

Eine der kleinen Straßen endete bei der cremefarbenen Sacré-Cœur, zu der eine breite Treppe mit hohen Stufen hinaufführte. Studenten verfütterten Brot an die Vögel.

Susan nahm ihren Rucksack ab und ließ sich auf den Stufen nieder, woraufhin Maier seine Jacke auszog und sich neben sie setzte. Die Ellbogen auf die Stufe in seinem Rücken gestützt, die Sonne im Gesicht, atmete er tief durch. Das Panorama war atemberaubend: Paris und seine gesamte Umgebung lagen einem zu Füßen. An einem klaren Tag wie diesem konnte man kilometerweit sehen. Ein idealer Aussichtspunkt.

Geistesabwesend spielte Susan mit dem Reißverschluss ihres Rucksacks.

Minutenlang sagten beide kein Wort. Sie schauten nur auf die Stadt hinunter, auf das sanfte Glitzern der hohen Bürogebäude mit ihren Glasfassaden und die viel niedrigeren Türme und runden Kuppeln der Gebäude in der Altstadt. Top-Architektur aus aufeinander folgenden Jahrhunderten, von diesem Abstand aus reduziert zu einem melierten Teppich in Beige- und Grautönen, im diffusen Licht der Sonne.

»Ich kam gerade aus der Schule«, sagte sie unvermittelt, während sie weiter in die Ferne starrte. »In unserer Auffahrt stand ein Polizeiwagen. Als ich ins Haus ging und die Beamten im Wintergarten sitzen sah, dachte ich erst, es wäre eingebrochen worden oder so. Aber dann sah ich meinen Vater und meine Schwester, und Sabine sagte: Mama ist weg. Am Morgen hatte ich gar nicht gemerkt, dass sie nicht da war. Es kam öfter vor, dass sie morgens länger schlief. Meine Mutter war ein Abendmensch. Genau wie mein Vater übrigens.« Mit dem Fingernagel pulte sie Dreck aus einer Ritze zwischen den Steinen. »In den nächsten Wochen war die Kripo bei uns Stammgast. Sie stellten immer wieder dieselben Fragen, und wir gaben immer wieder dieselben Antworten. Ich glaube, sie trauten der Sache nicht.«

Er musterte sie von der Seite. »Kein Wunder, würde ich sagen. Bei Vermissten fangen sie immer im engsten Familienkreis an: Ehepartner, Vater und so weiter. Das übliche Verfahren, um das Nächstliegende schon mal auszuschließen.«

Sie warf ihm einen raschen Blick zu. »Aber dann gehst du doch im Grunde davon aus, dass es Mord war, oder?«

Er zog die Brauen zusammen. Ja, davon ging er aus. Eine Mutter von zwei Kindern, die einfach plötzlich verschwindet, ohne irgendetwas mitzunehmen oder eine Nachricht zu hinterlassen? Ungewöhnlich. Kein Wunder, dass die Polizei sich diese Familie Staal etwas gründlicher vorgeknöpft hatte. »Hattest du das Gefühl, dass deine Mutter glücklich war?«

Zerstreut spielte Susan mit dem Reißverschluss ihres Rucksacks. »Ich weiß nicht. Das habe ich mich damals eigentlich nicht gefragt. Sie war einfach da.«

»Aber Streit hatten sie oft, deine Eltern?«

»Das schon, aber auch wieder nicht so schlimm, wie du jetzt vielleicht denkst. Sonst könnte ich mich dran erinnern.«

Zwei verkrüppelte Brieftauben kamen penetrant nahe herangehumpelt, verdrehten die Köpfe und schauten sie aus mit grauen Kerben umrundeten kleinen Augen forschend an.

»Und dein Vater? Wie ist der so?« Ihrem Vater war er nie begegnet. Er lebte in einem Pendlerdorf, keine zehn Kilometer Luftlinie von Susans Wohnung in der Innenstadt von Den Bosch entfernt. Seit Maier Susan kannte, hatte sie ihren Vater nicht ein einziges Mal besucht. »Er kommt schließlich auch nie zu mir«, sagte sie, wenn er sie darauf ansprach. Eigentlich sonderbar. Er selbst hatte seinen Vater nie kennengelernt. Hätte er gewusst, wie dieser hieß und wo er wohnte, er hätte ihn zweifellos auch besucht.

Es sei denn, der Typ wäre ein Arschloch.

»Mein Vater ist Bildhauer«, sagte sie. Ihr Gesicht verdüsterte sich.

»Schöner Beruf.«

Sie schüttelte den Kopf. »Wenn du ihn mal bei der Arbeit gesehen hättest, würdest du das nicht sagen. Er hat sein Atelier hinter unserem Haus, so eine grün gestrichene Holzscheune mit weißen Fensterrahmen und hoher Decke. Als Kind habe ich ihm manchmal bei der Arbeit zugesehen. Von der Tür aus, ich bin nie hineingegangen. Wenn er arbeitete, herrschte immer eine ganz unheimliche Atmosphäre. Er behaute seine Steine nicht aus Liebe, sondern aus Wut. Als ob er sie zerschlagen wollte.«

Maier musterte sie von der Seite. Ein Windstoß fuhr ihr ins Haar, wobei sich ein Büschel aus dem Pferdeschwanz löste und ihr in die Stirn wehte.

»Und doch kam immer was Schönes dabei heraus«, fuhr sie fort. »Er steckte viel von sich selbst in seine Arbeit. Bei jedem seiner Steine war das zu spüren. Deshalb war er auch immer so nervös, wenn die Auftraggeber kamen. Die standen dann mit Schlips und Anzug im Atelier herum, um seine Kunst zu begutachten und sich interessant zu machen. Er fand das furchtbar, weil diese Leute seines Erachtens alle nicht in der Lage waren, den Wert seiner Arbeit zu erkennen.«

»Was waren das denn für Auftraggeber?«

»Meistens Leute vom Staat. Beamte, die ein bestimmtes Budget für Kunst hatten und sich eigentlich gar nicht dafür interessierten. Aber dann mit irgendeinem pseudo-künstlerischen Geschwätz ankamen, du weißt schon. Ich erinnere mich noch, dass einmal ein Kunde eine Plastik für die Eingangshalle einer Firma haben wollte. Mein Vater hatte lange daran gearbeitet, viel länger als normalerweise. Leute, die ihr eigenes Geld ausgeben, sind viel kritischer, hatte er gemeint. Es war eine Art Frauenfigur geworden, etwas Abstraktes. Die Nacht davor hatte er durchgearbeitet, damit bis auf das letzte i-Tüpfelchen wirklich alles stimmte. Am Morgen war eigentlich kaum ein Unterschied zu sehen, aber er achtete immer sehr genau auf Details, die außer ihm niemand sah. Als mein Vater dem Kunden das Ergebnis zeigte, fing der als Erstes vom Preis an. Der sei doch im Grunde ziemlich hoch für einen Steinbrocken. Es war scherzhaft gemeint, das war ganz klar. Aber den Blick meines

Vaters werde ich nie vergessen. Er nahm einen Fäustel, holte aus und schlug der Figur einen Arm ab. Vor den Augen des Käufers hat er das Ding verstümmelt. »Kauf dir deine Statue im Gartencenter, hier hast du nichts verloren.« Damit warf er seinen Hammer dem Kunden vor die Füße und stampfte an mir vorbei nach draußen. Der Typ ging ihm nicht mal hinterher, das traute er sich nicht, mein Vater war damals ein baumstarker Kerl. Nicht gerade einer, mit dem man Streit suchte.«

»War wahrscheinlich nicht leicht, mit so jemandem zusammenzuleben.«

»Er war nicht immer so schwierig, nur phasenweise. Ich glaube, mein Vater hatte das Gefühl, er würde nicht ... na ja, nicht genügend wertgeschätzt. Er hat nie den großen Durchbruch geschafft. Musste sich immer abmühen. An seinen Plastiken lag es sicher nicht. Die waren klasse, das kannst du mir glauben. Aber um sie zu verkaufen, reichte das nicht. Im Nachhinein denke ich, dass er auch zu stolz war. Es kam wirklich oft genug vor, dass wir keinen Cent mehr hatten, aber er wollte ums Verrecken nicht vor dem Geld zu Kreuze kriechen. Sich nicht dem dummen Kapitalismus unterwerfen, in seinen Worten.«

»Und deshalb bekommt er jetzt nie von dir Besuch?«

»Nein, sondern weil es mich so an meine Mutter erinnert. Er wohnt immer noch in demselben Haus, und wenn ich hinkomme, muss ich immer dran denken, wie beschissen alles damals wurde, nachdem sie weg war. Er ist einfach nie wieder ganz er selbst geworden. Hat sich zurückgezogen, und die Leute haben einen Bogen um ihn gemacht.«

»Hatten deine Eltern keine Freunde?«

»Doch, bevor meine Mutter verschwunden ist, waren oft Leute bei uns zu Besuch. Es gab zwei, die praktisch bei uns wohnten, und außerdem kamen regelmäßig Künstler aus dem Ausland, vor allem aus der DDR. Dann sorgte mein Vater immer für Speis und Trank in Hülle und Fülle, obwohl wir uns das eigentlich nicht leisten konnten. Darüber stritten sie, glaube ich, meistens hinterher, wenn alle wieder weg waren. Meine Mutter war nicht besonders begeistert davon, soweit ich es mitbekommen habe. Ihres Erachtens kümmerte mein Vater sich zu viel um die Deutschen, statt dafür zu sorgen, dass wir als Familie finanziell über die Runden kamen. Aber wie dem auch sei – nachdem sie verschwunden war, kam jedenfalls niemand mehr. Und seit Sabine mit Michael nach Illinois gezogen war, wohnte ich da mehr oder weniger alleine.« Sie verzog den Mund zu einem freudlosen Grinsen. »Pippi Langstrumpf, nur anders. Dass Jules und ich damals so schnell geheiratet haben, war, im Nachhinein gesehen, wohl so eine Art Fluchtverhalten.«

»Dein Ex.«

»Yep«, sagte sie mit ausdrucksloser Miene. »Inzwischen wohnt er in Lelystad, glaube ich. Und mein Vater immer noch in diesem Spukhaus. Wenn ich nicht unbedingt muss, fahre ich da lieber nicht mehr hin.«

»Ich werd dich nicht hinjagen.«

Eine kühle Brise kam auf. Susan drückte den Rücken durch. »Wollen wir mal los?«

Er nickte und stand auf. Reckte sich. Sah zu, wie sie die Arme durch die Träger ihres Rucksacks steckte und ihren Pferdeschwanz in Ordnung brachte.

In der Metro spukte ihm immer noch die kurze Charakterisierung durch den Kopf, die Susan von ihrem Vater gegeben hatte. Dass ihre Mutter von zu Hause abgehauen war, lag durchaus im Bereich des Möglichen. Anderes ebenso. Aber dazu würde er sich nicht äußern.

Vorerst noch nicht.

Wenn sie wieder in den Niederlanden wären, wollte er diesen Schwiegervater mal persönlich kennenlernen.

Dann war es immer noch früh genug für Schlussfolgerungen.

7

Sie konnte jeden Moment da sein.

Thierry hielt die Waffe, die man ihm heute Morgen in die Hand gedrückt hatte, fest umklammert. Sie hatte keine Sicherung, und er wagte nicht, den Finger um den Abzug zu legen. Aus Angst, vor lauter Nervosität unabsichtlich abzudrücken. Einem Freund von ihm war das passiert. Der lag jetzt auf dem Friedhof und rottete unter der Erde vor sich hin.

Er warf seinem Chef einen nervösen Blick zu. Der war die Ruhe selbst, wie immer. Unglaublich, wie der das hinbekam. Und was er sonst noch so draufhatte. Miguel sprach fließend fünf Sprachen, er konnte sich überall auf der Welt verständigen. Der Mann war ein Genie.

Was er früher gemacht hatte, behielt der Kolumbianer für sich. Aber ganz sauber war es nicht gewesen. Von Miguels Mundwinkeln aus liefen zwei Narben auf seinen Hinterkopf zu. Da hatte jemand ein scharfes Messer angesetzt und mit kräftigem Druck durchgezogen. In Kolumbien, wie Miguel ihnen auf Nachfrage erzählt hatte. Da schien der Idiot auch noch stolz drauf zu sein.

Der Kolumbianer, wie sie ihn unter sich nannten, war ein sonderbarer Typ. Man wusste ihn lieber in den eigenen Reihen als auf der anderen Seite.

Das lauter werdende Geräusch eines Wagens drang an sein Ohr. Thierry spürte, wie er ins Schwitzen kam. Nichts durfte schiefgehen. Keine Verwundeten. So lauteten die Anweisungen.

Aber wenn sie von ihrer Gewohnheit abgewichen war und heute doch jemanden bei sich hatte? Und wie würde sie reagieren, wenn sie zwei maskierte, bewaffnete Männer auf sich zukommen sah? Würde sie mit ungläubigem Gesicht erstarren? Oder anfangen zu schreien?

Er hasste das. Man wusste nie, was einem bevorstand.

Thierry drückte sich noch tiefer in die Sträucher, von denen die Auffahrt zu der riesigen Villa gesäumt war. Immerhin standen sie gut geschützt, dachte er, nah am Hauseingang und etwa zwanzig Meter von dem elektrischen Tor entfernt, das sich gerade öffnete.

Die Schnauze des Saabs wurde sichtbar. Der dunkelgrüne Wagen kam die Auffahrt hinauf.

Rasch sah Thierry zu Miguel, der mit düsterer Miene wie eine Statue in den Sträuchern stand. Ein Höchstmaß an Selbstbeherrschung und Konzentration. Sobald Miguel ihm zunickte, musste er loslaufen und der Frau die Waffe vorhalten.

Miguel würde den Rest erledigen.

Das Auto fuhr an ihnen vorbei und kam vor dem doppelten Garagentor zum Stehen. Eine Frau stieg aus. Sie trug ein weißes Kostüm, die roten Locken fielen ihr über die Schultern. Sie öffnete die hintere Autotür, beugte sich ins Wageninnere und holte das Kind heraus. Verriegelte die Türen, hob den Jungen hoch und ging mit ihm auf die Haustür zu.

Ein Schauder durchlief Thierry. Seine Hände schwitzten. Wenn er bloß die Waffe gut im Griff behielt. Wenn die bloß nicht …

Miguel nickte ihm zu.

Er trat einen Schritt nach vorn und hielt die Pistole gerade vor sich.

Hinter ihm tauchte Miguel aus den Sträuchern auf. Mit wenigen Schritten stand er bei der Frau. »Gut zuhören, dann passiert nichts.«

Die Frau machte große Augen. Eher der schweigsame Typ. Sie erstarrte.

Miguel war in zwei Metern Abstand von ihr und dem Kind stehen geblieben. »Das Kind auf dem Boden absetzen«, sagte er. »On the ground.«

Aber sie hielt den Kleinen nur noch fester an sich gedrückt. Wie festgenagelt stand sie da und starrte die beiden Männer an. Versuchte sich einen Reim darauf zu machen, was hier vorging.

Der Groschen wollte einfach nicht fallen.

Der war wohl irgendwo im Automatenschacht hängen geblieben, und Thierry wusste, was das bedeutete. Dass jemand dem Automat einen ordentlichen Tritt versetzen musste. Das half immer.

»Lass das Kind runter, oder mein Kumpel knallt dich ab.«

Langsam regte sich etwas in der Frau. »Nein«, sagte sie mit zitternder Stimme. Und noch einmal, lauter: »Nein!«

Shit.

Miguel und er verständigten sich mit einem kurzen Blickwechsel. Darin waren sie geübt.

Thierry ging zu der Frau und setzte ihr in einer fließenden Bewegung die Pistole an die Schläfe, wobei er die Faust leicht drehte, wie er es aus Filmen kannte.

Die Frau wich zurück. Mit großen Augen starrte sie ihn an. Große grüne Murmeln mit langen, dunklen Wimpern. Er versuchte wegzusehen. Angst erregte ihn.

Das konnte er jetzt nicht gebrauchen.

»Lass das Kind los«, wiederholte Miguel. »Dann passiert nichts.«

Der Typ konnte verdammt cool bleiben. Nicht die Spur von Angespanntheit klang aus seiner Stimme.

»Warum?«, fragte die Frau. Es klang eher wie ein Schluchzer als wie ein Wort. Sie heulte fast schon. Es war bei ihr angekommen. So absurd die Situation ihr auch erscheinen mochte – sie hatte begriffen, was Sache war.

Der Groschen war gefallen.

Miguel suchte Blickkontakt zu ihm. Durch den schmalen Schlitz in seiner Biwakmütze meinte er zu erkennen, dass der Kolumbianer nun ebenfalls nervös wurde. In seinem Augenwinkel fing ein Muskel zu zucken an.

Die ganze Sache dauerte zu lange. Konnte auch schiefgehen. Möglich war das immer.

Im nächsten Augenblick traf Thierry eine Entscheidung. Steckte sich die Pistole in den Hosenbund und schlang der Frau von hinten den Arm um den Hals. Das Heulen des Kindes nahm er kaum wahr.

»Schnapp ihn dir!«, rief er Miguel zu. »L'enfant!«

Er konnte die Angst der Frau geradezu riechen, verdammt!

Nicht jetzt!

Er verstärkte den Druck seines Unterarms und drückte die Frau zugleich mit dem eigenen Oberkörper nach unten. »Das Kind, das Kind!«

Miguel setzte sich in Bewegung und zerrte den Jungen von der Mutter weg. Der Kleine kreischte.

Wie in Zeitlupe sah er Miguel wegrennen, die Auffahrt hinunter, das Kind fest unter den Arm geklemmt, durch das Tor, das hinter ihm langsam zuging.

Thierry folgte ihm nicht.

Sie war so nahe.

Ihre Angst.

Während seine Erektion gegen den Jeansstoff drängte, spürte er nur noch das Blut durch seinen Körper rauschen. Noch fester umklammerte er ihren Hals, vergrub sein Gesicht in ihren roten Locken und fuhr ihr mit der Zunge über das Ohr. Es war feucht von Schweiß, Angstschweiß. Tief sog er ihren Duft ein. Merkte kaum, dass er vor Erregung zitterte.

Das elektrische Summen des sich schließenden Tors riss ihn aus seiner Trance.

Mist! Bloß weg hier.

Langsam erschlaffte sein Griff. Die Frau sackte in sich zusammen.

Thierry sprintete auf das Tor zu und konnte gerade noch hindurchschlüpfen, bevor es quietschend ins Schloss fiel.

Etwa vierzig Meter weiter stand ein dunkelblauer Golf mit laufendem Motor am Straßenrand. Miguel saß auf der Rückbank, Olivier hinter dem Lenkrad. Letzterer lehnte sich über den Beifahrersitz, um die Autotür für ihn aufzuhalten.

Thierry ließ sich in den Sitz fallen. Er hatte die Tür noch nicht zugezogen, als Olivier schon aufs Gas trat. Als hinge sein Leben davon ab.

Thierry warf einen Blick auf die Rückbank, wo der kleine Junge lag, mit einer Papiertüte über dem Kopf. Seinen ruhigen Atemzügen nach zu schließen befand er sich bereits im Tiefschlaf.

Wie lange hatte er eigentlich dort gestanden?

Er zog sich die Biwakmütze vom Kopf und sah Miguel an. »Die Alte ist in Ohnmacht gefallen, glaube ich. Was jetzt?«

»Ich hab ihn schon angerufen«, sagte Miguel ruhig, wobei er Thierry genau ins Gesicht sah. »Er wird gleich kommen.«

Dieser Blick machte Thierry ganz nervös.

»Und übrigens, Thierry«, fuhr Miguel fort, wobei sein Tonfall so bedrohlich klang, dass Thierrys Nervosität sich noch steigerte, »schlag dir das aus dem Kopf.«

Er errötete und senkte den Blick. Bestimmt hatte er länger dort gestanden, als er sich erinnern konnte.

Verfluchtes Flittchen.

Allmählich wurde das tatsächlich zu einem Problem.

»Was meinst du?«, fragte er so beiläufig wie möglich.

»Du spurst nicht, Thierry. Du bist ein gottverdammter Idiot – ein *güevón*«, sagte Miguel ruhig. »Das meine ich.«

8

»Für Niederländisch wählen Sie bitte die Eins.«

Susan hielt das kleine Nokia-Handy fest umklammert. »Verdammt noch mal, Sil!«

Wie in Trance versuchte sie es erneut.

»Für Nieder…«, sie ließ das Ding auf den Glastisch fallen und trat ans Fenster. Auf dem kleinen Hotelparkplatz drei Stockwerke tiefer hatten die Autos allesamt französische Kennzeichen.

Kein dunkelblauer Land Cruiser.

Sil war heute früh losgezogen, um seine tägliche Zwölf-Kilometer-Runde zu laufen. Ob in Frankreich, in London oder in Den Bosch – sein Lauftraining war ihm heilig, davon ließ er sich durch nichts und niemanden abhalten.

Aber normalerweise war er vor elf zurück.

Und normalerweise ließ er sein Auto stehen.

Sie schaute auf die Uhr. Eins. Kein Grund zur Panik, sagte eine innere Stimme, die allerdings die Worst-Case-Szenarien, die ihr Unbewusstes am laufenden Band abspulte, nur mit größter Mühe zu übertönen vermochte. Vielleicht hatte er sich eine neue Strecke gesucht. War auf die Idee gekommen, zur Abwechslung anderswo laufen zu gehen, und mit dem Wagen hingefahren.

Möglich war es.

Aber es konnte auch etwas ganz anderes dahinterstecken.

Sie wandte sich vom Fenster ab, öffnete die Minibar und holte eine Dose Cola heraus. Beim Aufziehen des Verschlusses zitterten ihre Finger.

In der letzten Zeit war Sil oft mit den Gedanken woanders. Zunehmend fiel ihr eine Unruhe auf, die er hinter seiner Gelassenheit verbarg. Sie kannte ihn gut genug, um das zu durchschauen und zu begreifen, was in ihm vorging. Dieses Feuer, das so bedrohlich in seinen Augen loderte, ließ sich nur schwer löschen, nur wenige Maßnahmen konnten den in seinem Inneren wütenden Brand eindämmen. Reisen war davon mit Abstand die unbedenklichste: Für Sil bedeuteten Reisen noch Entspannung. Er glich einem rastlosen Streuner; das Unterwegs-Sein war sein Ziel, und er wollte noch so vieles sehen und entdecken. Nur um seinetwillen hatte sie überhaupt eingewilligt zu verreisen. Sie selbst wäre genauso gern zu Hause geblieben.

Um sich nicht verrückt zu machen, zog sie ein paar leere Reisetaschen unter dem Bett hervor. Öffnete den Kleiderschrank und fing mechanisch an, Klamotten in den Taschen zu verstauen. Dabei schoss ihr durch den Kopf, dass der Traum in der vergangenen Nacht nicht wiedergekehrt war. Vielleicht hatte Sil recht gehabt, und über die Sache zu reden, half tatsächlich.

»So, sind wir im Aufbruch begriffen?«

Erschrocken fuhr Susan herum.

Maier stand in der Tür. Sein graues T-Shirt war durchnässt.

»Schleichst du dich immer von hinten an Leute heran?«

»Nur an hübsche Frauen in hässlichen Jogginganzügen. Wo geht die Reise denn hin?«

»Ich habe einen Anruf vom Krankenhaus bekommen. Mein Vater hatte einen Herzinfarkt. Es sieht nicht gut aus, er hat nach seinen beiden Töchtern gefragt. Ich versuche dich schon den ganzen Morgen …«

»Hast du Sabine schon angerufen?«

»Noch nicht. Und die vom Krankenhaus haben sie auch noch nicht erreicht. Da drüben ist es jetzt mitten in der Nacht. Ich will erst mal zu ihm, dann probiere ich es später noch mal. Sie wird sowieso mindestens einen Tag unterwegs sein, falls sie einen Flug kriegt.«

Und falls sie überhaupt kommen möchte, fügte sie im Stillen hinzu.

»Wir fahren also zurück«, stellte er fest.

»Wohl oder übel.«

Gegen fünf Uhr nachmittags überquerten sie bei Meer die niederländische Grenze. »Fahr ruhig erst nach Hause«, sagte Susan. »Ich nehm dann den Vitara.«

»Soll ich nicht lieber mitkommen?«

»Ich glaube, mein Vater wäre nicht besonders erfreut, wenn ich dich ausgerechnet jetzt ihm vorstellen würde, wo er so verletzlich ist. Schwach zu sein, hasst er wie die Pest.«

»Dann warte ich eben auf dem Flur«, sagte er, während ihm bewusst wurde, dass er eher aus Neugier darauf drängte, als dass er sie unterstützen wollte.

Sie drehte sich zu ihm um. »Sil … ich glaube wirklich, dass ich das besser alleine über die Bühne bringe.«

Er warf ihr noch einen kurzen Blick zu, zuckte dann mit den Schultern.

Während der gesamten Dreiviertelstunde, die sie noch brauchten, um nach Hause zu kommen, sprachen sie kein Wort mehr.

Erst als sie mit dem Land Cruiser in ihre Straße einbogen und Maier den Wagen am Straßenrand parkte, sagte sie: »Gut, dann sehen wir uns nachher.«

»Warte mal.« Er langte nach einer Tasche, die hinten auf der Rückbank lag, und holte ein schwarzes Plastikding heraus. Aus einem Stück geformt, etwa zwanzig Zentimeter lang. Hinten schmal, vorn etwas breiter in eine Art flaches U zulaufend. An den beiden Enden des U je ein kupferfarbener Metallpol.

Sie wusste auf Anhieb, was es war: ein Stungun oder wie das Teil hieß. Bestimmt war er deshalb heute Morgen so spät zurückgekommen: Er war noch bei Lara Croft in ihrem dubiosen Laden auf den Champs-Élysées gewesen.

»Sil …«

Er sah sie kurz und eindringlich an. »Wir fangen hierüber keine Diskussion an, okay? Vielleicht kommst du erst heute Nacht nach Hause, und auf Krankenhausparkplätzen ist schon so einiges passiert.«

Sie presste die Lippen aufeinander und verkniff sich ihre Antwort.

Im engen Autoinneren erklärte er ihr das Funktionsprinzip der Waffe. Es war eigentlich ziemlich einfach. Sie nahm ihm das Stungun aus der Hand und schaltete es mit dem kleinen Schiebeschalter an der Seite ein, woraufhin zwischen den beiden metallenen Kontaktpolen eine unregelmäßige, blaue Linie entstand, die permanent in Bewegung war. Das laute statische Geknister ließ sie zurückschrecken. Mit dem Daumen schob sie den Plastikschalter wieder in die Ausgangsposition und ließ das Ding in ihrer Tasche verschwinden.

Auf dem Parkplatz des städtischen Krankenhauses war viel los. Susan parkte den Wagen irgendwo in der Mitte und ging über die Asphaltstraße zum Haupteingang. Drinnen orientierte sie sich an den Schildern, und keine fünf Minuten später stand sie vor dem Empfangsschalter der Intensivstation.

Die Schwester – nicht diejenige, die am Morgen angerufen hatte – hieß ihrem Namensschild zufolge Nancy. Nancy war von kräftiger Statur, hatte dunkel gerötete Wangen und trug Slipper mit Holzsohlen an den nackten Füßen. Sie klapperten auf dem harten Linoleumboden, als Nancy vor Susan zum Sprechzimmer neben der Rezeption ging.

Susans Vater, den Nancy unbeirrbar Herrn Scheran Staal

nannte, war anscheinend gestern gegen fünf Uhr nachmittags eingetroffen. Ihm sei unwohl geworden, und er habe gerade noch die Notrufnummer wählen können. Als der Krankenwagen bei ihm zu Hause angekommen sei, habe er nicht aufgemacht. Die Sanitäter seien durch die Hintertür ins Haus gelangt und hätten ihn im Wintergarten gefunden. Eher tot als lebendig.

Gestern Abend sei er kurz bei Bewusstsein gewesen, aber nicht in der Lage, zusammenhängende Sätze zu bilden. Heute Morgen sei das schon besser gegangen, und da habe er nach seinen Töchtern verlangt. Susans Handynummer habe man bei seinen Papieren gefunden und auf gut Glück angerufen. Bei Sabine in den Vereinigten Staaten sei niemand drangegangen.

Keine Stunde nachdem eine Krankenschwester mit Susan telefoniert hatte, habe er erneut einen Herzstillstand erlitten und sei reanimiert worden. Sein Zustand sei ernst, sagte Nancy, aber er befinde sich in guten Händen.

Die Schwester gab ihr ein paar Broschüren mit, die über Herzkrankheiten aufklärten, und deutete auf das Ende des Flurs, wo sich das Zimmer ihres Vaters befinde.

»Wir hatten schon Leute, die viel schlechter dran waren. So schnell werfen wir hier nicht das Handtuch!«, rief sie ihr fröhlich nach.

Von dieser Fröhlichkeit blieb wenig übrig, als Susan das Zimmer zögerlich betreten hatte. Sie erschrak über den Anblick, der sich ihr bot.

Ihr Vater war an Schläuche und Monitore angeschlossen, die seine Körperfunktionen überwachten. Sein Gesicht war fast so weiß wie das Laken, das bis zum Kinn hochgezogen war. Er schlief und atmete unregelmäßig ein und aus.

Sie zog einen Hocker unter dem Bett hervor und setzte sich. Starrte auf die Monitore, die zittrigen Linien vor schwarzem Hintergrund und die rätselhaften Zahlenwerte.

Dann erst wagte sie sich ihrem Vater zuzuwenden. Wie lange

hatte sie ihn nicht mehr gesehen? Ein Jahr, zwei Jahre? Mein Gott, es konnten sogar drei sein. Sie wusste es nicht mehr.

Älter geworden schien er, wie er da in diesem Bett lag. Viel stärker gealtert, als es nach ein paar Jahren plausibel wäre. Und ungepflegt, ja fast schon verwahrlost. Er hatte einen wüsten Bart und Brauen, deren krumme Härchen wie kleine Eisendrähte in alle Richtungen abstanden. Auch aus den Ohren und der Nase wuchsen ihm Haare. Seine Hände mit ihren gelblichen Schwielen, Narben und knorrigen Knochen waren indes immer noch groß und stark.

Was sollte sie sagen, wenn er wach würde? Fragen, wie es ihm ging? Eine bescheuertere Frage konnte man sich in dieser Situation kaum ausdenken.

»Susan? Bist du's?« Er drehte ihr leicht den Kopf zu. Unter dem Neonlicht wirkten seine hellgrauen Augen matt und ausdruckslos.

Sie beugte sich näher zum Bett. Wusste nicht, wohin mit ihren Händen. Sollte sie ihn berühren? Erst jahrelang nicht auftauchen, den Kontakt auf kurze Telefonate beschränken und dann plötzlich als mitfühlende Mutter Teresa an seinem Krankenbett auftauchen? Nein.

Sie legte die Hände in den Schoß.

»Hör mir zu.« Seine Stimme war ein schwaches Krächzen. Sie beugte sich noch etwas weiter zu ihm vor. »Sie wollen mich enteignen.«

Was faselte er jetzt? »Warum?«

»Die Gemeinde. Sie wollen unser Haus enteignen. Wegen der neuen Autobahn.«

Sie zog die Brauen hoch. Das hatte bestimmt in der Lokalzeitung gestanden, aber die las sie nie. Aktuelle Nachrichten nahm sie normalerweise sowieso nicht zur Kenntnis. Die Neuigkeiten hatten doch meist nichts Neues an sich: Alles war schon einmal geschehen und berichtet worden. Die Geschichte wiederholte sich unentwegt. Was wechselte, waren bloß die Pappkameraden und Schauplätze.

»Sie enteignen unser Haus.« Das Atmen fiel ihm schwer, er schloss die Augen. »Mein Haus. Unser Haus.«

Susan wusste nicht, was sie sagen sollte, also hielt sie den Mund. Wenn das stimmte, konnte sie darüber keine Sekunde lang traurig sein. Im Gegenteil: An dem Tag, an dem diese Mauern niedergerissen würden, das Dach einstürzte und die gammlige grüne Scheune, die er unbeirrbar als »Atelier« bezeichnete, nur noch ein Haufen Brennholz wäre, würde Susan eine Fahne aus dem Fenster hängen.

Das Haus war die einzige greifbare Erinnerung an das Verschwinden ihrer Mutter und ein Monument der Gefühlskälte, die in den Jahren danach dort geherrscht hatte.

Ihr Vater dachte anscheinend anders darüber. »Das dürfen sie nicht tun, Susan.«

»Papa, jetzt beruhige dich, ja? Die Welt geht doch nicht unter. Es sind nur Sand und Steine. Werd erst mal wieder gesund.«

»Das dürfen die nicht«, wiederholte er. Sein Brustkorb hob und senkte sich in schnellem Rhythmus, er atmete flach und hastig und rollte mit den Augen.

Unwillkürlich wich Susan zurück und sah auf den Monitor hinter seinem Kopf. Ein paar grüne Linien liefen senkrecht nach oben.

»Das darf nicht passieren!«

»Papa, ganz ruhig. Du machst dir zu viele Gedanken. Sieh erst mal zu, dass du wieder gesund wirst, und dann schauen wir zusammen, wie wir es verhindern können, ja? Das Wichtigste ist, dass es dir bald wieder besser geht.«

Er schüttelte den Kopf. »Ich sterbe.«

»Ach wo. Unkraut vergeht nicht.«

Er bekam einen Hustenanfall. »Doch. Diesmal schon. Das spüre ich.«

Sie schaute nochmals auf den Monitor, dann wieder auf ihn. Wusste nicht, wie sie mit der Situation umgehen sollte. »Jetzt hör aber mal auf«, rutschte es ihr heraus. »Dramatisier doch nicht so.«

Verärgert schüttelte er den Kopf, und kurz meinte sie wieder jenen Mann zu sehen, vor dem sie etliche Jahre zuvor geflohen war. Er war angespannt und wütend, wusste aber, dass er in seiner Lage wenig ausrichten konnte. Dass ihm wahrscheinlich die Kraft fehlte.

Kurz schloss er die Augen, schien sich auf seine Atemzüge zu konzentrieren. Ein paarmal atmete er nachdrücklich und tief ein und aus. Öffnete dann die Augen wieder und suchte Susans Blick. »Es tut mir so leid.«

»Was?«

»Alles, meine Kleine«, sagte er. »Alles, wirklich.«

Zögerlich legte sie ihre Hand auf seine, wobei sie achtgab, dass sie nicht an die Infusionsnadel kam, und drückte sie leicht. Seine Haut fühlte sich ebenso hart und rau an wie die Steine, mit denen er arbeitete.

»Es spielt keine Rolle mehr, Papa. Es ist vorbei.«

»Nein, es ist nicht vorbei.« Wieder schloss er die Augen und murmelte etwas, was sie nicht verstand.

Eine halbe Stunde blieb sie noch bei ihm. Seine Atemzüge wurden immer tiefer und ruhiger. Die Linien auf dem Monitor liefen auf normale Werte zurück.

Vorsichtig, um ihn nicht aufzuwecken, ließ sie seine Hand los und stand auf. Stellte den Hocker lautlos wieder unter das Bett. Drehte sich um und verließ den Raum.

9

Es klingelte an der Tür. Bis Maier den schneidenden Signalton aus der Kakophonie von elektrischen Gitarren, knallharten Schlagzeugklängen und Geschrei herausgehört hatte, dauerte es allerdings eine gewisse Zeit. Er tippte auf der Fernbedienung der Musikanlage auf leise. Es folgte ohrenbetäubende Stille.

An der Tür schaute er gewohnheitsgemäß zunächst durch den Spion. Sven. Er öffnete.

»Bierchen?« Ohne die Antwort abzuwarten, ging Maier in die Küche. Erst als er mit zwei Bügelflaschen Grolsch ins Wohnzimmer zurückkam, fiel ihm auf, dass sein Nachbar immer noch auf der Schwelle stand. Er sah leichenblass aus und zitterte sichtbar.

»Sven?«

Sven reagierte nicht, starrte einfach vor sich hin. Er hatte Ringe unter den Augen, und seine Haut war bleich und fleckig. Entweder hatte er die Nacht durchgemacht oder geheult. Oder beides.

Er kannte den Tierarzt noch nicht lange, aber doch gut genug, um zu wissen, dass er zu den wenigen Menschen gehörte, deren positiver Grundeinstellung nichts und niemand etwas anhaben konnte. Seine Scheidung von Valerie, der unfreiwillige Umzug, die Phase, in der er seinen kleinen Sohn nicht zu Gesicht bekommen hatte – während die meisten Menschen unter solchen Umständen schon längst eine schwere Depression bekommen hätten, hatte Sven nichts als Optimismus ausgestrahlt. Er hatte sich einfach nicht entmutigen lassen.

Irgendetwas musste jetzt verdammt im Argen liegen.
»Was ist los, Mann?«, fragte er.
»Ich kann mit niemandem darüber sprechen.«
»Worüber?«
Wie ein Zombie schlurfte Sven zum Esstisch.
Maier stellte ihm das Bier vor die Nase und setzte sich ihm gegenüber. »Schieß los.«
»Sie haben Thomas.« Sven schlug die Hände vors Gesicht.
Sofort richtete sich Maier gerade auf. »Thomas …? Wer?«
Sven zuckte mit den Schultern und schüttelte den Kopf. »Ich weiß es nicht. Wenn ich es nur wüsste, verdammt.« Er unterbrach sich, schluckte und sah Maier an. »Am helllichten Tag, ich schwör's dir!«
Maiers Augen verengten sich. Er brauchte einen Moment, bis ihm klar wurde, was Sven da gerade erzählte. Seine Züge erstarrten. »Wann?«
»Gestern«, sagte er leise. »Valerie kam mit ihm nach Hause, sie hatte ihn gerade von der Krippe abgeholt. Als sie aus dem Auto gestiegen war, kamen zwei maskierte Typen mit Knarren auf sie zu. Der eine hielt sie fest, und der andere riss ihr Thomas aus dem Arm und rannte mit ihm weg.«
Fast wäre Maier die Kinnlade heruntergeklappt. Alle möglichen Gedanken überstürzten sich in seinem Kopf. *Wer, warum?* »Verlangen sie Lösegeld?«
»Nein, nein. Es hat wahrscheinlich … mit einer Angelegenheit zu tun, in die Walter verwickelt ist oder verwickelt war. Sie benutzen ihn als Druckmittel. Ich …«
»Walter?«
»Der Neue von Valerie. Dieser alte Sack, der für sie eine Art wandelndes Statussymbol ist. Valerie meint, sie wollten Thomas benutzen, um in irgendeiner Sache Druck auf ihn auszuüben oder so. Und ich darf niemandem was sagen, verdammt. Ich muss die Schnauze halten. Eigentlich sollte ich auch dir das

alles nicht erzählen, aber ich kann kein Auge mehr zutun. Ich war noch nie im Leben derart am Ende. Thomas ist mein Ein und Alles … verdammte Scheiße!« Frustriert schlug Sven mit der Faust auf die Kiefernholzplatte. Die Bierflaschen vibrierten. Dann senkte er das Kinn auf die Brust und fing wie ein Kind zu flennen an. »Die Polizei weiß von nichts. Darf auch nichts erfahren.«

Das überraschte Maier nicht sonderlich. Die Entführer hatten für den gegenteiligen Fall wahrscheinlich mit den schrecklichsten Szenarien gedroht, die man sich ausmalen konnte. Maier hatte zwar selbst keine Kinder, aber was es bedeutete, jemanden zu lieben, wusste er durchaus. Den Rest konnte er sich denken. Dass er Mitleid mit Sven hatte, war noch zu wenig gesagt.

Plötzlich sprang Sven auf, ballte die Hände zu Fäusten, presste sie sich an die Schläfen und fing an, durch den Raum zu tigern. »Ich werde wahnsinnig, komplett wahnsinnig. Sie haben Thomas! Sie haben meinen Sohn in ihrer Gewalt, verdammt noch mal!« Die geballten Fäuste an die Stirn gedrückt, sah er Maier verzweifelt an. »Und ich kann nichts tun, rein gar nichts!« Er schluchzte. »Nur dasitzen wie ein Häuflein Elend und drauf hoffen, dass sie ihn vielleicht irgendwann zurückbringen.«

Schweigend sah Maier ihn an. Einen erwachsenen Mann zu entführen, galt in kriminellen Kreisen als grenzwertig. Eine Frau zu entführen, überschritt die Grenze bereits gehörig. Aber ein Kind zu entführen, das war einfach krank. Feige. Daneben.

Ein Druckmittel.

Dann war der Junge vielleicht noch am Leben.

»Was wollen sie genau?«, fragte er so ruhig wie möglich.

Sven zuckte mit den Schultern. »Walter, dieses Arschloch, will nicht damit rausrücken. Er weiß es nicht, behauptet er. Tappt angeblich genauso im Dunkeln wie Valerie. Ich glaube ihm kein Wort. Und Valerie denkt auch, dass er was vor ihr verbirgt.«

»Es gibt Mittel und Wege, Leute zum Reden zu bringen.«

Sven riss den Blick erschrocken von der Tischplatte los. »Meinst du, darauf wäre ich selbst noch nicht gekommen? Heute Nacht bin ich fast die Wände hochgelaufen. Ich war drauf und dran, mich ins Auto zu setzen, hinzufahren, sämtliche Fensterscheiben kaputtzuschießen und ihn aus dem Bett zu zerren, den selbstgefälligen alten Sack. Ich schwör's dir. Thomas wohlbehalten nach Hause zu bringen, dafür hätte ich zehn Jahre Gefängnis locker übrig. Ach was, mein Leben würde ich dafür hergeben, mein Leben!«

Maier betrachtete Sven schweigend. Sven war schon seit Jahren ein fanatischer Sportschütze. Der örtliche Schützenverein war etwas wie sein zweites Zuhause. In seinem Waffentresor hatte er eine stattliche Ausrüstung, und sein Prunkstück war eine Beretta 92 FS. Mit der konnte er zweifellos ziemlichen Schaden anrichten.

Dieser Walter täte gut daran, sich ein bisschen vorzusehen.

»Ich habe drei Schusswaffen zu Hause, und ich fürchte verdammt ernsthaft, dass ich sie benutzen könnte«, fuhr Sven nun etwas gelassener fort. »Deshalb bin ich lieber zu Hause geblieben.«

»Dieser Walter ist doch Strafrichter, oder? Sind das nicht Leute, die sich mit Mord und anderen schweren Delikten befassen?« Maiers Kenntnis von Gerichten, Richtern und allem, was damit zusammenhing, reichte nicht viel weiter als bis zum Amtsgericht. Strafzettel wegen Falschparkens oder Scherereien mit Mietverträgen, die auf den Namen seiner früheren Softwarefirma liefen – mit derlei Trivialitäten hatte er selbst bisweilen zu tun. Was er über Strafrecht wusste, stammte hingegen aus Zeitungsartikeln und Büchern. Nicht aus Erfahrung.

Was bei seinem Lebenslauf eigentlich erstaunlich war.

Und sich möglichst nicht ändern sollte.

»Ja«, antwortete Sven, »das stimmt.«

Maiers Augen blitzten. »Hat er vielleicht dafür gesorgt, dass die gesamte Führungsriege der europäischen Mafia-Organisationen in Untersuchungshaft kommt? Ein Kind zu entführen, das geht einfach viel zu weit. Ich kann es mir beinahe nicht vorstellen. Es ist nicht mal Walters eigenes Kind.«

Sven zuckte mit den Schultern. »Vielleicht wussten sie das nicht. Keine Ahnung.«

Maier versuchte es immer noch zu begreifen. »Warum sollte jemand das Kind eines Richters entführen? Das ist doch ein außergewöhnlich schweres Verbrechen. Das kann den Grund, warum sie das tun, kaum aufwiegen.«

»Ich schwör's dir, ich hab keine Ahnung.«

»Auch keine Vermutung, woher der Wind wehen könnte? Irgendeinen Hinweis oder so?«

»Nein.«

»Lässt sich so was finden?«

»Ich … ich könnte Valerie noch mal fragen«, sagte Sven.

»Tu das. Sag ihr, dass sie etwas herausfinden soll. Und gib mir dann Bescheid.«

Fragend sah Sven ihn an. »Meinst du … Würdest du …«

Er wollte Sven keine Hoffnungen machen. Er hatte noch keine Entscheidung getroffen.

Noch nicht.

Achte nicht darauf.

»Ich versuche mitzudenken. Mit dir zusammen eine Lösung zu finden, okay?«

Sven schien etwas sagen zu wollen, überlegte es sich dann aber anders. Er ging in den Flur. »Ich gehe dann mal«, rief er über die Schulter, »Valerie anrufen.«

»Sven?«

Er drehte sich auf dem Absatz um.

»Halt mich bitte da raus.« Er sprach mit großem Nachdruck. »Du warst nicht hier. Du hast mir nichts erzählt.«

Kurz sah er einen Funken Hoffnung in Svens Augen aufleuchten.

So indifferent wie möglich erwiderte Maier seinen Blick. »Halt die Ohren steif«, sagte er bloß noch.

Er hörte die Tür hinter dem Tierarzt ins Schloss fallen. Er stand auf, steckte sich nachdenklich eine Zigarette an und schaute durch die vom Windzug aufgesprungenen Türen auf die Dachterrasse hinaus. Meisen flogen hin und her, zum Efeu an der alten Stadtmauer, mit Futter für ihre Brut.

Ein Kind gehörte zu seinen Eltern. Es musste beschützt werden und sollte an Märchen glauben können. Und nicht von einer Bande feiger Krimineller in einem kleinen Hinterzimmer oder einer Scheune eingesperrt werden.

Mit dem größten Vergnügen hätte er diesen Typen ein paar 9-Millimeter-Patronen durch die Gurgel gejagt.

Unwillkürlich musste er an seine alte Waffe denken. Die hatte er nicht mehr. Den Rest schon. Verstaut in Reisetaschen, ganz unten in Susans Kleiderschrank. Seine Kondition war gut. Die Motivation groß. Er konnte sofort wieder einsteigen. Eine Schusswaffe war das Einzige, was ihm fehlte.

Der Ärger und die Erregung ebbten allmählich ab. An ihre Stelle trat kühle Berechnung, eine rationale Gelassenheit, die für Gefühle keinen Platz mehr ließ.

Susan ging davon aus, dass er es aufgegeben hatte. Er hatte ihr das mehr oder weniger versprochen. Aus. Vorbei. Nie wieder mit einer halbautomatischen, entsicherten Pistole auf dem Nachtschränkchen einschlafen. Keine Toten mehr. Nie wieder mitten in der Nacht auf eigene Faust bei Schwerkriminellen zu Besuch, um ihnen das zu nehmen, was ihnen am meisten am Herzen lag: ihr Geld – und manchmal, wenn es wirklich nicht anders ging, auch ihr Leben.

Vor Jahren hatte das angefangen, zunächst mit kleinen Fischen: Typen, die Drogen verkauften, Frauen belästigten, Handtaschen raubten – widerliche, kleine Männchen mit viel zu großen Egos. Es hatte sich als ganz einfach erwiesen. Viel zu einfach. Sodass er nach und nach immer einen Schritt weiter gegangen war. Die Latte immer höher gelegt und rasend schnell dazugelernt hatte: unsichtbar zu sein und unerkennbar zu werden, dafür zu sorgen, dass niemand in der Umgebung wusste, was man tat, zu lügen, alles allein zu erledigen. Autonom zu bleiben, keine Spuren und keine Zeugen zu hinterlassen. So blieb man am Leben.

Manche dieser Typen hatte er, wenn ihr Gesicht vor dem Lauf seiner HK aufgetaucht war, zum ersten Mal im Leben gesehen. Andere hatte er zuvor monatelang beschattet. Bekannte und unbekannte Gesichter, gerade noch ein erschrockener Augenaufschlag, im nächsten Moment ein widerwärtiger Brei aus Knochensplittern, Blut und Muskelfasern. Es hatte ihn keine Sekunde Schlaf gekostet. Seine Opfer gingen selbst über Leichen, es waren ernstzunehmende Gegenspieler, die früher oder später ohnehin an den Falschen geraten wären.

Es hatte sein Leben ausgefüllt. War sein Drive gewesen. Ein Balanceakt auf der dünnen Scheidelinie zwischen Leben und Tod, der Körper und Geist das Äußerste abverlangt und ihm ein Gefühl gegeben hatte, das mit nichts zu vergleichen war.

Mit gar nichts.

Und das nun endgültig der Vergangenheit angehörte.

An Susan hatte er genug.

Mit Daumen und Zeigefinger massierte er sich die Nasenwurzel.

Wie habe ich mir das jemals einreden können?

Gegen sechs kam Susan nach Hause, mit geröteten Wangen und einer vollen Papiertüte vom China-Imbiss.

»Wie geht's deinem Vater?«

Sie ging durch in die Küche, holte Teller aus dem Schrank und fischte Besteck aus der Schublade. »Nicht gut. Ich glaube kaum, dass er noch mal nach Hause kann.«

Sie stellte die Teller auf den Tisch und fing an, das Essen auszupacken. »Ehrlich gesagt: Ich glaube, er wird sterben.«

»Das tun wir alle irgendwann.«

»Aber er ein bisschen früher als wir. Er liegt im Sterben, Sil.«

»Und was sagen die im Krankenhaus?«

»Dass sie nicht so schnell das Handtuch werfen. Aber ich kann schließlich eins und eins zusammenzählen. Das ist einfach der Anfang vom Ende. Er hatte innerhalb weniger Tage mehrere Herzanfälle. Du hast ihn nicht gesehen. Wie er da im Bett liegt, ist er nur noch ein Schatten seiner selbst. Mein Vater ist ein alter, kranker, bemitleidenswerter Mann in einem Krankenhausbett.« Sie schüttelte den Kopf, und ihr Blick wurde glasig. »Es ist einfach nicht zu fassen. Ich glaube, ich habe ihm, wenn auch vielleicht unbewusst, immer die Schuld am Verschwinden meiner Mutter gegeben. Seiner Schroffheit, diesem beharrlichen Schweigen. Und seinen Wutanfällen.« Sie sah Maier unvermittelt ins Gesicht. »Warum wirft es mich dann so aus der Bahn, dass er im Sterben liegt? Warum? Ich begreife es nicht. Jahrelang habe ich ihn nicht sehen wollen, ganz bewusst. Gehasst habe ich ihn. Wollte nicht seine Tochter sein. Und jetzt stirbt er … und ich weiß nicht, wie ich damit umgehen soll.«

Das chinesische Essen stand unangerührt auf dem Tisch. Maier sagte kein Wort, hörte lediglich zu. Ihm war klar, dass sie keine Antwort erwartete, auch keinen Ratschlag. Sie wollte einfach laut denken. Gedanken aussprechen, um eine Struktur hineinzubringen. Die Worte fließen lassen und aus diesem Brei von Sätzen einen Kern zu fassen versuchen.

Er meinte zu wissen, worin dieser Kern bestand. Jahrelang

war sie damit beschäftigt gewesen, vor ihrer Jugend davonzulaufen. Sogar buchstäblich: Mit ihrer Kamera hatte sie die halbe Welt durchstreift. War selten zu Hause gewesen. Vielleicht hatte sie sich instinktiv einen Beruf ausgesucht, bei dem sie dauernd unterwegs war. Aber ob nun bewusst oder unbewusst – es hatte bestimmt damit zu tun, dass sie jeglicher Konfrontation mit ihrem Zuhause aus dem Weg gehen wollte.

Jetzt, da ihr Vater im Sterben lag, kam sie nicht mehr drumherum. War gezwungen, den Dämonenwald, dem sie vor Jahren entflohen war, erneut zu betreten.

Und hatte eine Heidenangst davor.

Susan brauchte keine Ratschläge, keine Antworten oder Lösungen. Sie brauchte eine Umarmung. Jemanden, der ihre Hand hielt und ihr sagte, dass alles gut würde.

Dieser Jemand sollte er sein.

»Ich habe mir alle Mühe gegeben, ihn zu lieben«, fuhr sie fort. »Wirklich. Es ist mir schlichtweg nicht gelungen. Nicht einmal jetzt, da er im Sterben liegt, kann ich auch nur ein Fünkchen Liebe für den Mann aufbringen. Bin ich denn so kalt? Eine oberflächliche, egoistische Tussi?«

»Unsinn«, antwortete er. »Du hast dich verschlossen vor ihm, in Reaktion auf seine Schroffheit und auf das, was du zu Hause mitgemacht hast. Aus Selbstschutz. Ein Abwehrmechanismus. Du kannst nichts dafür.«

Kurz sah sie aus, als würde sie zu weinen anfangen, doch sie hielt sich zurück und beruhigte sich wieder. Beim Essen sagte er wenig. Ließ Susan das Wort, die über ihren Vater sprach und sich vornahm, es am Abend noch einmal telefonisch bei ihrer Schwester zu versuchen. Sich fragte, ob sie sich wohl um das Begräbnis beziehungsweise die Einäscherung würde kümmern müssen, oder ob er dafür eine Versicherung hatte, und was aus dem Haus würde. Und sie erschrak, weil sie jetzt schon darüber nachdachte, obwohl noch kein Toter zu betrauern war.

Es ergab sich einfach kein guter Moment, um es ihr zu erzählen.

Gegen elf, Susan hatte sich auf der Couch an ihn gekuschelt und war eingeschlafen, klingelte es an der Tür. Vorsichtig befreite Maier sich von ihr, ging in den Flur und öffnete. Im Halbdunkel stand Sven. Er sah zerzaust aus.

»Ich habe eine Adresse«, sagte Sven. »Frankreich, Paris.«

»Woher hast du die?«

»Valerie hat gehört, wie Walter mit jemandem über eine Firma geredet hat, die …«

»Wie heißt die Firma?«

»Weiß ich nicht. Hör zu, Walter ist an einem schwierigen Fall dran, der wahrscheinlich mit Drogen zu tun hat und wohl eine ziemlich große Sache ist. Soweit Valerie es verstanden hat, sitzen deshalb eine ganze Reihe Leute in U-Haft, und darum geht es anscheinend.«

»Wie sicher ist sich Valerie?«

»Der Anwalt, der die Typen vertritt, wird von der Adresse aus bezahlt.«

Maier runzelte die Stirn. »Woher weiß sie das?«

»Über einen Freund von uns – einen Freund von ihr, meine ich. Der hat einen Job in dieser Kanzlei. Er hat sich auf Valeries Seite geschlagen und da ein bisschen herumgeschnüffelt.«

»Was ist das für eine Adresse? In Paris, sagtest du?«

Sven holte einen zerknitterten Zettel aus der Hosentasche und las den Straßennamen ab.

»Wo ist das ungefähr?«

»Keine Ahnung. Aber es ist immerhin ein Anknüpfungspunkt. Nicht wahr?«

»Kann jedenfalls nicht schaden, mal da vorbeizuschauen«, sagte Maier leise. Allmählich kam er wieder in Schwung. Das war sein Gebiet: kleinen Hinweisen nachgehen, Posten beziehen, Personen beschatten. Wenn man nur lange genug unsichtbar blieb und in der Lage war, eins und eins zusammenzuzählen, ergab sich nach einer Weile ein ziemlich verlässliches Bild. Dann konnte man gezielt handeln.

Aber in diesem Fall war schon das Posten-Beziehen eine Art russisches Roulette. Er hatte keine Ahnung, mit wem er es zu tun bekäme. Er wusste nur eins: Es waren keine netten Jungs. Vor Kindesentführung schreckten sie schon mal nicht zurück. Drogen, hatte Sven gesagt. Dahinter steckten oft komplexe, gut abgeschirmte Organisationen. Wasserdicht. Professionell. Knallhart.

Während Sven noch immer im Halbdunkel des Treppenhauses stand, arbeiteten Maiers graue Zellen auf Hochtouren. Er war daran gewöhnt, alles allein zu erledigen, was der Hauptgrund dafür war, dass er nie eine Vorstrafe bekommen hatte oder gar auf der Todesliste irgendeiner kriminellen Vereinigung gelandet war. Er hatte auch nie den klassischen Fehler begangen, sich seine Waffen bei illegalen Händlern zu besorgen, die später seinen Namen hätten nennen oder sein Äußeres hätten beschreiben können. Keine Helfer, keine Informanten, keine Beziehungen und folglich keine Spuren. Vollständige Autonomie. Davon war er niemals abgewichen.

Aber wenn er diese Sache auf seine eigene Art und Weise regeln wollte, brauchte er mindestens eine Woche, bis er sich eine geeignete Waffe besorgt hätte. Zeit war ein Luxus, den er sich nicht leisten konnte. Schließlich war ein Kind entführt worden. Jeder Tag zählte.

Svens Blicke schienen ihn zu durchbohren. Je länger er darüber nachdachte, desto klarer wurde ihm, dass es tatsächlich zu lange dauern würde. Es musste anders gehen. »Ich brauche Material«, sagte er.

Sven reagierte blitzschnell, als hätte er darauf gewartet. »Was genau?«

Maier schaute zu Boden. Vollends wurde ihm nun bewusst, dass er im Begriff stand, noch einen anderen klassischen Fehler zu begehen: von der eigenen Routine abzuweichen. Warum? Um des Kindes willen? Weil er glaubte, Sven vertrauen zu können?

Letztendlich konnte man niemandem vertrauen.

Er versuchte, das innere Unbehagen so weit wie möglich zu verdrängen. »Das meiste hab ich schon oder kann es mir selbst besorgen«, sagte er schließlich. »Aber nicht alles ist frei verkäuflich.«

Sven begriff sofort, worauf er hinauswollte. »Ich habe eine Beretta und eine …«

Maier schüttelte den Kopf. »Die machen zu viel Lärm. Ich bräuchte was mit Schalldämpfer. Am liebsten Heckler & Koch, .45er Kaliber.«

»Eine HK, da ist schwer dranzukommen. Eine andere .45er könnte ich vielleicht besorgen, mit allem Drum und Dran.«

»Soll mir recht sein. Kannst du dich ein bisschen umsehen, ohne dabei aufzufallen?«

Sven schien kurz zu zweifeln. »Beim Schützenverein gibt es einen Typen, von dem ich denke … na ja, von dem ich im Grunde weiß, dass er Beziehungen hat. Den könnte ich anrufen.«

»Nein«, sagte Maier schnell, »nicht anrufen. Geh bei ihm vorbei. Persönlich. Aber sag ihm, es ist für dich selbst. Nicht für mich oder einen Freund oder sonst wen. Okay? Die Welt ist verdammt klein und erst recht die Welt dieser Typen. Ich kann keine Spur gebrauchen, die hierherführt. Susan hat in der letzten Zeit schon genug mitgemacht.«

»Ich kümmere mich jetzt sofort drum«, sagte Sven und war die Treppe hinuntergelaufen, ehe Maier noch etwas entgegnen konnte.

Als er sich umdrehte, sah er Susan im Flur stehen. Sie hatte ein unförmiges T-Shirt an, und das Haar hing ihr in wirren

Strähnen ums Gesicht. Von dem kurzen Schlaf waren ihre Augen leicht geschwollen.

Er las es in ihren Augen: ein Gemisch von Enttäuschung, Angst und Resignation. Sie hatte alles mitangehört.

Sie wusste Bescheid.

Er hätte vor Scham im Boden versinken können. Was sollte er sagen? Dass jetzt das geschehen würde, wovor sie am meisten Angst hatte, ausgerechnet jetzt, da sie auf seine Unterstützung gehofft hatte? Da sie ihn dringender brauchte als je zuvor?

Susan war nicht der Typ, ihm eine Szene zu machen. Kein beleidigtes Schweigen, keine bitteren Vorwürfe, kein Drama. Sie verstand ihn. Sie war die einzige Frau, sogar der einzige Mensch, der ihn ganz und gar begriffen hatte. Vielleicht machte das die Sache noch schlimmer. Etwas zu verstehen war etwas anderes, als damit umgehen zu können.

Und das Timing hätte schlechter nicht sein können.

Er räusperte sich. Blieb stehen. »Sven hat ein Problem. Er war gestern schon hier deswegen. Wenn ich mich nicht darum kümmere, wird sein kleiner Sohn womöglich ermordet.«

Ihre Augen weiteten sich. »Thomas?«

Er ging zu ihr, fasste sie am Arm und schob sie sanft zurück ins Wohnzimmer, dirigierte sie zur Couch. »Setz dich noch mal kurz, bitte.«

Sie setzte sich, blieb aber auf der Hut.

Maier setzte sich ihr gegenüber auf den Couchtisch und nahm ihre beiden Hände. »Thomas ist entführt worden«, sagte er. Überging ihre erschrockene Reaktion. »Anscheinend hängt es mit irgendeiner Rechtsangelegenheit zusammen, mit der Walter zu tun hat, der neue Freund von Valerie. Du weißt schon, dieser Richter. Ein paar Leute sitzen in Untersuchungshaft und wollen jetzt Druck auf ihn ausüben.«

»Aber … aber warum Thomas?«

»Wahrscheinlich wissen sie nicht, dass Thomas nicht sein leibliches Kind ist. Oder es ist ihnen egal.«

»Mein Gott …« Sie brauchte eine Weile, um das Gehörte zu verdauen. »Aber was hast du damit zu tun?«, fragte sie dann. »Warum geht Sven nicht zur Polizei?«

»Er hat Angst, dass die Sache dann aus dem Ruder läuft und die den Kleinen umbringen. Susan, ich kann Sven jetzt nicht im Stich lassen. Nach allem, was er für mich getan hat.«

Letzteres war die reine Wahrheit. An seine erste Begegnung mit Sven konnte Maier sich nicht erinnern, weil er unter Schock gestanden hatte. De facto hatte er im Sterben gelegen. Sven hatte die Lage beurteilt und dann gehandelt. War nicht mit seiner Berufsethik oder sonst einem Quatsch angekommen, sondern hatte getan, was die Situation ihm abverlangte. Und das auch noch verdammt gut, zumal für jemanden, der zu christlicheren Zeiten Hunde kastrierte oder Kaninchen mit einer Spritze in die ewigen Jagdgründe beförderte. Dass Maier noch am Leben war, hatte er Sven zu verdanken. Und dass er jetzt bei Susan wohnte und nicht im Gefängnis saß, denn Svens Lippen waren nach jener Nacht fest versiegelt geblieben. Sven hatte ihm das Leben gerettet und nie eine Gegenleistung verlangt.

Seinen Sohn zurückzuholen oder es doch wenigstens zu versuchen, war das Mindeste, was Maier nun umgekehrt für ihn tun konnte.

Plötzlich schüttelte Susan den Kopf. »Nein, Sil. Darum geht es nicht. Nicht in Wirklichkeit.«

Es war beängstigend. Sie kannte ihn besser als er sich selbst. Dagegen anzugehen, wäre sinnlos. Sinnlos und beleidigend. »Tut mir leid, dass es ausgerechnet jetzt sein muss«, sagte er leise, »wo es deinem Vater gerade so schlecht geht.« Und dir auch, fügte er in Gedanken hinzu.

»Wann brichst du auf?«

»Sobald ich eine Waffe habe. Sven ist unterwegs und kümmert sich drum. Es kann bis morgen oder übermorgen dauern. Kann aber auch heute Nacht losgehen.«

10

Es war zehn nach halb vier Uhr morgens. Unsicheren Schrittes schleppte Walter Elias sich durch die Parkanlage hinter dem Haus von Geran Staal. Er atmete schnell und versuchte, möglichst nicht zu hyperventilieren. Die Schaufel, die er mitschleppte, kam ihm schwer vor wie ein Betonblock.

Angst vor der Dunkelheit hatte er nicht. Nicht mehr, seit ihm im Alter von etwa elf Jahren in einem Ferienlager klar geworden war, dass es Geister und Gespenster lediglich in der menschlichen Fantasie gab. Seither war die Nacht für ihn einfach eine Fase der Dunkelheit, die von vierundzwanzig Stunden ungefähr ein Drittel in Beschlag nahm – je nach Jahreszeit.

Mehr hatte es mit der Nacht nicht auf sich.

Kein einziger Unterschied.

Ihn schauderte.

Blätterrascheln und Wind gab es tagsüber genauso. Man achtete dann nur nicht darauf, vielleicht weil man weniger auf der Hut war. Vielleicht auch weil die Sinne, kaum dass die Sonne hinter dem Horizont versunken war, ein Eigenleben zu führen begannen. Als würden das Gehör und der Tastsinn automatisch schärfer, wenn die Sicht ausfiel.

Man hört plötzlich alles.

Nichts sieht aus wie immer.

Die Nacht fühlt sich anders an.

Unsicher blickte Walter zu dem Haus hinüber, das sich dunkel und bedrohlich gegen den Nachthimmel abhob. Die Rückseite, mit der amerikanisch aussehenden Veranda aus weißem

Holz, die Küche und der Wintergarten. Wie viele Abende hatte er dort gesessen, sich haltlos betrunken und in langen, warmen Sommernächten seinen Rausch auf dieser Veranda ausgeschlafen?

Die gute alte Zeit.

Jetzt schien niemand zu Hause zu sein. Oder vielleicht schlief Geran schon.

Sein Fuß stieß gegen etwas Hartes. Ein Geruch von fauligen Algen und Unrat stieg ihm in die Nase. Hier musste der Rand des Schwimmbads sein. Er schlurfte weiter. Gestrüpp und Unkraut raschelten ihm um die Beine. Alle paar Schritte blieb er stehen, um sich zu orientieren. Eine Taschenlampe hatte er gar nicht dabei, weil er Vorübergehende nicht alarmieren wollte.

Er kam sich vor wie ein Schauspieler in der Verfilmung von Stephen Kings *Friedhof der Kuscheltiere*.

Nur dass in diesem Garten kein Tier begraben lag.

Unwirklich war das, was er gleich tun würde. Sein Gehirn konnte es kaum begreifen. Er hatte keine Ahnung, wie es aussehen würde, zwanzig Jahre nach jener abscheulichen Nacht, in der Dinge geschehen waren, die nie hätten geschehen dürfen.

Das Schwimmbad lag nun in seinem Rücken. Statt nach Algen roch es jetzt nach Tannennadeln und feuchtem Waldboden. Rundum ragten alte Bäume mit dicken, unregelmäßigen Stämmen auf. Ein paar Birken glitzerten sanft im Mondschein.

Er ging noch etwa zehn Meter weiter, bis er eine freie Fläche von etwa hundert Quadratmetern erreicht hatte. Er befand sich jetzt hinter dem Schwimmbad und rechts vom Atelier. Das Herz schlug ihm bis zum Hals.

Sie hatten damals keine Markierungen angebracht. Es war begraben, um zu vergessen. Aber jetzt kehrte alles zurück, als hätte es die zwanzig Jahre nie gegeben: die Panik, das Zischeln und Flüstern, die Anspannung.

Und den Ort.

Er schaute zu Boden und meinte, noch vage die Ränder der Beete zu erkennen, die sich früher hier befunden hatten. Jetzt war alles mit Unkraut und Ranken überwuchert. Er blickte um sich. Die Weißbirke mit dem krummen Stamm war kräftig gewachsen, ihr Stamm war dicker geworden und bog sich unter dem Gewicht der Krone noch mehr durch als früher. Aber es war derselbe Baum.

Ja, hier war es. Genau hier.

Das Herz pochte unregelmäßig in seiner Brust. Er zog etwas Gestrüpp beiseite. Stieß die Schaufel in den Boden, den Fuß auf die Oberkante des Metalls gestemmt. Drückte das Schaufelblatt noch ein Stück tiefer ins Erdreich. Arbeitete entschlossen weiter. Wischte sich zwischendurch mit dem Ärmel die Stirn ab. Unterbrach die Arbeit gelegentlich, um zu lauschen und sich umzusehen. Fuhr dann fort.

Bis er einen Widerstand spürte. Einen spröden Widerstand an der Kante des Schaufelblatts, in etwa sechzig Zentimetern Tiefe. Er kniete sich hin und wühlte sich mit den Händen durch die Erde, in der Erwartung, auf die verholzten Wurzeln eines Baums oder Strauchs zu stoßen. Räumte ein paar biegsame Triebe und Zweige aus dem Weg. Hielt den Atem an.

Mit seinen feinfühligen Fingerspitzen ertastete er etwas, das weder pflanzlich noch holzig war. Es war hart. Es war rund.

Er erstarrte. Die Begegnung wurde ihm zu viel. Er musste sich zusammenreißen, um nicht laut aufzuschreien.

Was tat er hier?

Schnell schaufelte er mit den Händen die Erde in das Loch zurück, stand auf und lief strauchelnd davon.

11

Sven saß Maier gegenüber im Wohnzimmer und wühlte in einer Tasche. Er holte eine Pistole heraus und legte sie auf den Couchtisch. Sie sah gebraucht aus: Dellen und Kratzer. Schwarz und etwa zwanzig Zentimeter lang, vielleicht ein wenig kürzer. Schraubgewinde auf dem Lauf.

»Eine Glock21, Kaliber .45«, sagte Sven. »Die einzige Waffe mit Schalldämpfer, die auf die Schnelle zu haben war.«

Maier wendete die Waffe in der Hand. Nicht gerade eine Schönheit. Das einfache, funktionale Design erinnerte ihn zwar entfernt an seine alte HK Mark23. Aber die war um einiges schwerer gewesen. Das lag daran, dass der österreichische Glock-Fabrikant bestimmte Einzelteile nicht aus Metall, sondern aus schlagfestem Kunststoff verfertigt hatte. Das verschaffte der Waffe bei ihrer Einführung 1980 den Spitznamen »Plastikpistole«. Woraufhin es eine weltweite Aufregung gegeben hatte, weil Experten zunächst befürchteten, die Sicherheitsschleusen an den Flughäfen würden die Kunststoffwaffe nicht zurückhalten. Unsinn. Es steckte immer noch so viel Metall drin, dass selbst der schwächste Detektor anschlagen musste.

Mit einem Klicken löste Maier das Magazin. Es war leer. »Kapazität?«

»Fünfzehn«, antwortete Sven.

Er zog den Schlitten zurück und kontrollierte die Munitionskammer. Die Mechanik lief wie geschmiert. Er überprüfte das Spiel vom Schlitten zum Gehäuse. Es war minimal. Löste das Patronenmagazin aus dem Griff, überzeugte sich ein weiteres Mal, dass die Kammer leer war, richtete den Lauf schräg nach unten und drückte ab. Auch das funktionierte reibungslos. Trotzdem war unübersehbar, dass diese Pistole einiges mitgemacht hatte. In wie vielen Handschuhfächern, unter wie vielen Autositzen sie schon gelegen hatte, wollte Maier lieber nicht wissen. Sie war im Einsatz gewesen, und zwar oft. Aber anscheinend war sie auch gut gepflegt worden.

Er schob das Magazin in den Griff zurück und dachte noch einmal wehmütig an seine Heckler & Koch. Die vermisste er nun mehr denn je. Es war, als wäre er von einem BMW 5er auf einen Golf umgestiegen. Beides prima Wagen. Trotzdem. Bei dieser Glock geriet er nicht ins Schwärmen. Sie war einfach ein ordentlicher Gebrauchsgegenstand, der seinen Zweck erfüllte. Er musste nun wohl damit auskommen. Zehntausende Militärs kamen auch damit aus, so schlimm konnte eine Glock also nicht sein.

Er sah zu Sven auf. »Prima«, sagte er ohne große Begeisterung. »Hast du auch Patronen? Und einen Schalldämpfer?«

Sven nickte, beugte sich wieder über die Tasche, die vor ihm auf dem Boden stand, und fischte eine Schachtel .45 ACP-Munition heraus.

»Nur eine einzige Schachtel?«

»Ich kann auch noch mehr besorgen.«

Maier ließ sich den Schalldämpfer geben und schraubte ihn auf den Lauf. Nahm die Waffe noch einmal in Augenschein. »Laser?«, fragte er, wobei er auf eine kleine Öffnung unter der Mündung deutete.

Sven brummte bestätigend.

»Hast du damit Erfahrung?«

»Wir haben auf dem Schießstand ein bisschen damit herumgespielt, aber richtig nützlich ist es eigentlich nur im Dunkeln.« Sven richtete sich auf und ließ sich von Maier die Waffe reichen. »Der Laser braucht eine Mikrobatterie, so eine kleine, wie in einem Hörgerät.« Mit dem Zeigefinger betätigte er einen Schalter an der Vorderseite des Griffs und ließ den Laserstrahl über die Wand wandern. Ruckartig bewegte der kleine rote Lichtpunkt sich über die verputzten Wände. Im vollen Licht war der dünne rote Strahl kaum zu sehen.

»Es ist ganz einfach«, sagte er und gab Maier die Glock zurück. »Du richtest die Waffe nach Gefühl aus, schaltest den Laser ein, zielst, und peng! Immer ins Schwarze.«

Maier untersuchte den Schalter für den Laser. Der befand sich zwar dort, wo man ihn erwartet hätte, aber er würde sich doch erst daran gewöhnen müssen. »Wo hast du das Ding her?«, fragte er und legte die Waffe auf den Tisch.

Sven zuckte mit den Schultern. »Wenn man sich ein bisschen auskennt, ist es gar nicht so schwer. Nur teuer.«

»Wo du sie herhast, wollte ich wissen.«

»Von einem Typen aus dem Schießsportverband – wie ich gestern schon sagte. Und der hat sie seinerseits von irgendwelchen Ausländern.«

»Keine Spuren, die zu mir führen?«

Beschwichtigend hob Sven die Hände. »Mach dir keine Sorgen. Wenn ich sage, es ist okay, dann ist es das auch.«

Maier sah ihn kurz eindringlich an und richtete den Blick dann wieder auf die Glock. Er machte sich sehr wohl Sorgen. Die Sache gefiel ihm gar nicht.

»Wo hast du eigentlich schießen gelernt?«, fragte Sven unvermittelt.

Maier schraubte den Dämpfer vom Lauf ab. »Beim Militär.«

»Warst du bei der Armee?«

»Grundwehrdienst. Das Übliche.«

»Das muss aber lange her sein.«

»Ich habe eben ein gutes Gedächtnis.«

»Okay, schon gut. War nur eine Frage.«

Maier stand auf und ging hinüber. Holte eine Packung Camel

aus einer Küchenschublade, riss das Zellophanpapier ab und steckte sich eine Zigarette an.

»Ich dachte, du hättest aufgehört«, sagte Sven, als Maier zurückkam.

Maier sah ihn kurz an und setzte sich wieder auf die Couch. »Manche Gewohnheiten legt man nie ganz ab.« Mit Daumen und Zeigefinger massierte er seine Augenwinkel. Hätte sich am liebsten von seiner Umgebung abgeschottet. Um einen Moment allein zu sein und nachzudenken. Sich vorzubereiten.

Sven merkte das wahrscheinlich, machte aber trotzdem keine Anstalten zu gehen. Das ärgerte ihn.

»Wann fahren wir los?«, fragte Sven.

Maier zog die Augenbrauen hoch. »Wir?«

»Ja.«

»Ich arbeite alleine.«

»Es ist mein Sohn.«

»Und mein Leben. Ich werde keine zusätzliche Verantwortung übernehmen. Dass du mir eine Waffe besorgt hast, war schon brenzlig genug.«

»Hör zu. Ob es dir passt oder nicht, ich fahre hin. Dann treffen wir eben dort aufeinander, und das kann böse enden.«

»Friendly fire«, sagte Maier zynisch.

»Ungefähr, ja. Denn so oder so: Ich fahre nach Paris.«

»Das ist Wahnsinn, Sven. Du hast überhaupt keine Erfahrung. Du machst dir keine Vorstellung davon.«

»Ich kann schießen. Und zwar gut.«

»Auf einem Schießstand. Das kann man nicht vergleichen.« Maier begann durch den Raum zu tigern. »Was bildest du dir ein? Dass die Typen sich für dich ordentlich in einer Reihe aufstellen? Meine Güte!«

Svens Miene verhärtete sich. »Ich bin kein Idiot. Ich weiß, was ich aufs Spiel setze, und ich hab was in der Birne, okay? Zu zweit kriegt man mehr gebacken als alleine. Logisch.«

»Kann sein, dass du erschossen wirst.«

»Ich weiß. Und wenn ich nichts tue, kann es sein, dass Thomas erschossen wird. Da brauche ich nicht lange zu überlegen, Sil. Da hab ich mich ganz schnell entschieden.«

Maier sah ihn eindringlich an. Sven war fest entschlossen. Dass sie sich über den Weg laufen würden, war dann durchaus kein theoretisches Risiko. Dass sie einander Schwierigkeiten machen würden, ebenso – obwohl es näherlag, dass Sven ihm Probleme bereiten würde. Wenn er Sven mitnahm, konnte er wenigstens ein Auge auf ihn haben. Dann hatte er mehr Kontrolle über die ganze Sache. Außerdem war die Vorstellung, einen Leibarzt dabeizuhaben, durchaus verlockend. Sven konnte schneiden und Wunden nähen, er hatte allerlei Material, Medikamente, Schmerzmittel. Sowohl das Zeug als auch die Kenntnisse im Umgang damit konnten Maier durchaus zupasskommen. Und ja, Sven konnte schießen, was in Anbetracht der Tatsache, dass die übliche, monatelange Vorbereitung diesmal ausfiel, ebenfalls nützlich sein konnte. An und für sich wusste Sven von Waffen mehr, als er selbst je lernen würde. Außerdem schien Thomas ein eher scheues Kind zu sein. Bei seinem kurzen Besuch neulich hatte er sich schüchtern an seinen Vater geklammert. Wenn Maier Sven mitnahm und sie das Kind tatsächlich aufspürten, könnte der Vater sich um seinen Sohn kümmern. Das würde ein bisschen sanfter ablaufen, als wenn er selbst – ein Fremder – Thomas abschleppte. Und außerdem hätte er die Hände frei.

Je länger er darüber nachdachte, desto mehr Vorteile erkannte er. Die Küchenuhr zeigte zehn Uhr. Etwa vier Stunden Fahrt bis Paris, und das war noch das Geringste. Er musste Material besorgen, und von Susan wollte er sich auch richtig verabschieden. Vielleicht sah er sie schon in zwei Tagen, vielleicht aber auch erst in ein paar Wochen wieder. Möglicherweise war ihr Vater dann schon nicht mehr am Leben.

Möglicherweise bist du dann selbst nicht mehr am Leben.

»Okay.« Er versuchte, den Knoten im Magen möglichst nicht zu spüren. »Fahren wir zusammen.« Maier ging zum Sekretär, nahm sich einen Notizblock und kritzelte eine Liste drauf. Riss den Zettel ab und gab ihn Sven. »Morgen früh um sechs brechen wir auf. Sorg dafür, dass wir diese Sachen dabeihaben.«

Ohne Sven noch eines weiteren Blickes zu würdigen, ging er ins Schlafzimmer. Als er seine Reisetaschen aus dem Kleiderschrank herausfischte, hörte er die Tür ins Schloss fallen.

Er stapelte das Material auf dem Bett. Biwakmütze, Leatherman, Klebeband, Maglite, Sägeschnur, aufrollbare Werkzeugtasche. Alles noch da. Sogar sein Rollkragenpullover. Er verstaute alles wieder in der Tasche. Die .45er Munition und die Glock verschwanden in einem Seitenfach.

In einer Schublade im Wohnzimmer fand er einen alten Palmtop. Das betagte Teil gehörte mitsamt der Reisetasche und ihrem Inhalt zu den wenigen Dingen, die er aus Zeist mit hierhergeschleppt hatte. Es standen jede Menge Adressen und Telefonnummern drin. Den Namen, den er suchte, hatte er schnell gefunden: Jack Davids, ein Kunde, der mit Immobilien handelte und für den er damals mit Sagittarius ein umfangreiches Projekt realisiert hatte. Der Typ hatte in Paris als Wertanlage ein paar Neubau-Appartements gekauft und ihm angeboten, sich dort jederzeit einzuquartieren, weil sie die meiste Zeit über sowieso leer stünden.

Die Leute versprachen einem natürlich alles Mögliche und litten bisweilen an akuter Amnesie, wenn man sie später daran erinnerte, aber einen Versuch war es wert. In einem Appartement hätten sie mehr Privatsphäre als in einem Hotel. Schließlich würden sie vermutlich zu den sonderbarsten Zeiten ein und aus gehen.

Beim Wählen der Telefonnummer meinte er sich zu entsinnen, dass dieser Jack ihm von einer Wohnung in einer *résidence* erzählt hatte, nahe beim Bois de Boulogne, der grünen Lunge von Paris, einem immensen Park im Westen der Stadt. Also lag das Appartement auch westlich.

Am anderen Ende wurde quasi sofort abgenommen. Zum Glück wusste Jack auf Anhieb, wer Maier war. Er bedankte sich noch einmal für das maßgeschneiderte Computersystem, das dieser bei ihm installiert hatte und das offenbar praktisch problemlos lief. Was er von dem davor, das ihm ein anderer Programmierer hingefriemelt hatte, nicht behaupten könnte. Maier musste sich Mühe geben, Jacks Geplauder über Neubauimmobilien, Steuerbescheide und Personalführung nicht mit allzu großem Desinteresse zu begegnen. Nach ein paar Minuten brachte er die Appartements zur Sprache.

»Eins hab ich noch«, sagte Jack, »aber das ist so ein richtiges Safe House. Ob das für Alice und dich das Richtige wäre, bezweifle ich. Ich glaube, ihr würdet euch nicht wohlfühlen, es steht mehr oder weniger, äh … komplett leer.« Jack würde den Hausmeister, der einen Block weiter wohnte, von Maiers Kommen unterrichten und bat ihn vor dem Auflegen noch rasch, seine Frau Alice herzlich zu grüßen. Maier beschloss, ihn in dem Glauben zu lassen, obwohl Alice inzwischen zur Vergangenheit gehörte.

Innerhalb von einer Viertelstunde war die Sache geregelt, aber beim Auflegen kam es ihm vor, als hätte er ein Telefonat von einer ganzen Stunde hinter sich.

12

»Hey, habt ihr mich gehört? Ich werd dieses Kind nicht wickeln! Ich hasse Kinder. Und Kacke kann ich nicht ertragen.«

Alain und Olivier wechselten einen Blick und brachen in ein alkoholgeschwängertes Gekicher aus. »Werd doch endlich mal erwachsen, Mann«, feixte Olivier.

Zornig strich Thierry sein blondes Haar zurück. Die letzten Stunden hatten Alain und Olivier nur damit verbracht, Pizza zu essen, Bier zu trinken und ihn auf die Palme zu bringen. Letzteres war keine großartige Leistung. Er hatte sowieso von allem die Schnauze voll. Und das heulende Kind auf dem Rücksitz machte die Sache nicht gerade besser.

Olivier und Alain schienen davon nichts mitzubekommen. »Hast du Angst, dir dabei die Frisur zu ruinieren?«, fragte Alain höhnisch.

Thierry schaute Olivier an. Der Ältere der beiden, Anfang vierzig. Der hatte sogar selbst eine Tochter, verdammt. So sah er auch aus, mit seinem Bauchansatz, seinem altmodischen Outfit und seinen Geheimratsecken. Im Grunde hatte er etwas Monströses an sich. Mit seinen kurzen Beinen und seinem großen Kopf wäre er ohne Weiteres als Quasimodo für einen Low-Budget-Film in Frage gekommen: wenig Arbeit für die Maskenbildner. Für Leute, die aussahen wie Olivier, müsste es eigentlich ein Fortpflanzungsverbot geben.

Gut auszusehen, war wichtig. Das hatten die beiden Trottel noch nicht kapiert. Aber was sollte man von zwei verblödeten Landeiern aus der hinterletzten Provinz auch erwarten?

»Schau mal, Thierry«, sagte Olivier. »Es ist ganz einfach: Ich mach es nicht, Alain macht es auch nicht. Und von uns dreien siehst du ja wohl noch am weiblichsten aus.«

Sie bogen sich vor Lachen über ihren eigenen Witz.

Das Kind weinte immer noch. Gedämpft drang das Geheul durch die Wand, kläglich und eindringlich. Der Kolumbianer hatte ihnen Injektionen mitgegeben, um den Kleinen ruhigzustellen, aber die durften sie ihm nur verabreichen, wenn sie ihn irgendwo hinbringen mussten. Zu viel oder zu regelmäßig durfte man dem Kind das Zeug nicht zumuten, hatte der Kolumbianer gesagt, sonst wachte es unter Umständen nicht mehr auf. Und das sollte nicht sein.

Jedenfalls vorerst nicht.

Alain kippte den letzten Schluck aus einer schwarzen Bavaria-Dose hinunter und stellte sie geräuschvoll auf den Tisch. »Hey, wisst ihr was? Macht das mal unter euch aus mit dem Kind. Ich muss los. Dann hab ich noch ein bisschen was vom Wochenende. Mal sehen, was sich noch so auftut.«

Hinterlistig beäugte er Thierry. »Und du, Thierry, was hast du noch so vor heute Abend? In die Niederlande fahren, zu der Mutter von dem Gör?«

Olivier sah Thierry nun ebenfalls fröhlich an. »Eigentlich habt ihr ziemlich viel gemeinsam, du und das Kind, oder? Es gibt bestimmt so einiges zu besprechen in den nächsten Tagen.«

Thierry guckte begriffsstutzig. Worauf wollte der jetzt wieder hinaus?

»Der Kleine will zu seiner Mutter«, erklärte Olivier grinsend. »Genau wie du, oder?« Und indem er mit den Fingern seine Mundwinkel langzog, die Augen sperrangelweit aufriss und den spanischen Akzent in Miguels Aussprache des Französischen perfekt nachahmte: »Du bist ein gottverdammter Idiot, Thierry. Das meine ich.«

Alain kicherte wie ein Schulmädchen und rieb sich ein paar Tränen aus den Augen. »Ça c'est vraiment con pour toi, Thierry«, sagte er und grinste. »Hiermit bist du offiziell zum Kindermädchen ernannt. Sieh zu, dass du dich dran gewöhnst.«

Abrupt stand Thierry auf. »Okay, okay, ich mach's ja schon.« Er stieß einen leisen Fluch aus, nahm eine bereits geöffnete Pampers-Packung aus dem Karton bei der Tür und verließ den Schauplatz.

Alain wandte sich an Olivier. »Wann bringst du das Gör zu mir?«

»Übermorgen, Dienstag.«

»Und du bist sicher, dass es nur für eine einzige Nacht ist?«

»Oui. Mach dir keine Sorgen. Wenn du ihn Mittwoch im Laufe des Tages zum Hof bringst, übernehme ich ihn.«

Alain blieb sitzen. »Thierry bleibt also bis Dienstag hier? Mit dem Kleinen?«

»Wenn die Sache bis dahin nicht gelöst ist, ja. So ist das gedacht. Du hast schließlich noch was anderes zu tun. Und ich auch.«

»Sonnenblumen abernten?«

»Wird allmählich Zeit. Aber gut, ich finde, es ist keine schlimme Arbeit.«

»Einmal Bauer, immer Bauer, was?«

»Scheint so.«

Alain stand nun doch auf und steckte seinen Schlüsselbund ein, der auf dem Tisch gelegen hatte. »Ich habe immer noch kein gutes Gefühl dabei, den Idioten hier alleine zu lassen. Der ist doch ziemlich labil.«

»Überlass den mal mir.« Demonstrativ legte Olivier eine Pistole auf den Tisch. »Der Stümper wird gefälligst tun, was man ihm sagt. Das werd ich ihm gleich noch verklickern.«

13

Sil war heute früh losgefahren. Die halbe Nacht war er superkonzentriert mit irgendetwas beschäftigt gewesen. Sie hatte ihn nicht anzusprechen gewagt, um ihn nicht aus seiner Konzentration herauszureißen und unter Umständen zu irgendwelchen Fehlern zu verleiten. Gegen vier Uhr nachts war sie schließlich auf dem Sofa eingeschlafen. Zwei Stunden später hatte Sil sie geweckt, um ihr zu sagen, dass sie jetzt aufbrechen würden. Sven hatte hinter ihm gestanden, mit wildem Blick, eine Reisetasche über der Schulter.

Als sie die Tür hinter sich zugezogen hatten, war es, als sei mit Sil auch die Seele aus ihrer Wohnung gegangen.

Der Raum kam ihr leer vor. Fast schon feindselig.

Aber nicht halb so feindselig wie ihr eigener Körper ihr an diesem Morgen begegnete. Sie hatte ihre Tage bekommen, und nun schien ihr ein schwerer Backstein im Bauch zu liegen, der mit seinem Gewicht an dem zähen Gewebe zog, das die Organe an ihrem Platz hielt. Stiche bei jeder Bewegung, müde Beine wie nach einem Marathonlauf, ein hartnäckiger Kopfschmerz und ein konstanter Druck im unteren Rücken, als wollte jemand mit ganzer Kraft ihre Lendenwirbel nach außen drücken. Gegen das Schweregefühl im Unterleib und das leichte Unwohlsein, das damit einherging, kam kein Schmerzmittel an.

Das menschliche Fortpflanzungssystem hatte etwas Sadistisches an sich, dachte sie bitter. Kein Tierweibchen lief mit geschwollenen Brüsten herum, wenn es nichts zu säugen gab. Keines drohte einmal im Monat vor Schmerzen zu krepieren, weil blutiger Abfall aus der Gebärmutter abfließen musste. Selbst Hündinnen hatten dergleichen nur jedes halbe Jahr – und bei denen dauerte die Schwangerschaft nur zwei Monate, statt neun. Der weibliche Homo sapiens hatte von allen Säugetieren die schlechteste Karte gezogen.

Um die Stille zu vertreiben, hatte sie den CD-Player eingeschaltet und sich mit einem Kissen vor dem Bauch auf dem Sofa zusammengerollt. Als die ersten Klänge von The Church, *Under the Milky Way,* aus den Lautsprechern kamen, ließ sie sich in ihre Niedergeschlagenheit hineinsinken und hoffte, sie würde schnell einschlafen, und müsste nichts mehr fühlen oder denken.

Gegen zehn schreckte die Türklingel sie auf. Die CD war zu Ende. Sie rollte sich vom Sofa, stand auf und blieb vorgebeugt kurz stehen, damit der Stein in ihrem Unterleib sich an die veränderten Schwerkraftverhältnisse anpassen konnte.

Es war Reno. Meistens hingen ihm seine braunen Strähnen wie ein Fliegenvorhang vor den Augen. Jetzt hatte er sie unter ein geschickt verknotetes, blassschwarzes Tuch gebannt, was ganz seiner Vorstellung eines gepflegten Äußeren entsprach. Seine langen Beine steckten in einer schwarzen Schlabberhose voller Löcher, und er trug ein Paar ausgelatschter Springerstiefel. Mit seinen markanten Wangenknochen und den großen, dunkelbraunen Augen wirkte Reno auf eine bestimmte Kategorie von Leuten dennoch wie ein gut aussehender junger Mann. Reno war Gitarrist und Sänger von Stonehenge, einer Hardrockband. Sobald er auf einer Bühne stand, verwandelte er sich in eine Art magische Erscheinung. Für eine bislang noch kleine Fangemeinde war er eine Art Halbgott.

Einen Halbgott hatte sie nie in ihm gesehen. Einen jungen Typen mit einigem Talent, das schon, und mit noch mehr Problemen. Das Drogenproblem war noch nicht einmal das vordringlichste.

Breitbeinig saß er ihr gegenüber am Küchentisch, schlang ein belegtes Brot hinunter und schlürfte schwarzen Kaffee aus einem großen Becher. »Weißt du, wen ich gestern Abend zufällig getroffen habe?«, fragte er zwischendurch. »Einen Onkel von mir, der früher auf der Musikhochschule war und mir immer in den Ohren gelegen hat, ich sollte mir die Technik aneignen. Sonst würde ich es nie schaffen. Der alte Sack. Und weißt du, was er selbst jetzt macht?« Seine dunklen Augen glänzten.

Susan gab sich alle Mühe, möglichst interessiert zu wirken. Dass man Reno in derart guter Laune antraf, kam selten vor. Über Selbstmord redete er öfter als über das Wetter.

»Das glaubst du nicht«, sagte Reno. Er breitete die Arme aus, und seine Augen funkelten. »Er hat sich anheuern lassen auf so einer Fähre, die glaube ich zwischen Kiel und Oslo verkehrt, und da spielt er jetzt Abend für Abend vor lauter besoffenen Touristen *Sex Bomb*.«

»Wahrscheinlich technisch perfekt«, sagte Susan. Ein Lächeln konnte sie sich nicht verkneifen.

»Bestimmt«, sagte Reno und grinste. »Nur schade, dass niemand nüchtern genug ist, um das mitzubekommen. Das musst du dir mal reinziehen: auf einer Fähre! Bloß gut, dass das Ding schwimmt, denn tiefer kann man echt nicht sinken.«

Susan lächelte. Sie hatte selbst schon oft die Fähre nach Oslo genommen. Das Gros der Passagiere auf Fährschiffen zwischen Skandinavien und Deutschland konnte man in zwei Gruppen einteilen: zum einen deutsche und niederländische Leute über fünfzig mit Elchaufklebern auf ihren vollgepackten Wohnmobilen, zum anderen die berüchtigten – überwiegend männlichen – Sauftouristen aus Skandinavien, von denen Reno gerade erzählt hatte. Junge Leute zwischen zwanzig und dreißig, die sich eine Stunde nach dem Einschiffen schon derart abgefüllt hatten, dass sie sich an der Bar kaum noch auf den Beinen halten konnten. Auf dem deutschen Festland sackten sie Bier ein, das sie fachkundig in allerlei Koffern und Hohlräumen ihrer Wagen verstauten. Ein kleiner Vorrat für zu Hause, wo die gigantischen Verbrauchssteuern das Leben eines Alkohol-Liebhabers ziemlich teuer machten.

Aus welcher Perspektive man es auch immer betrachtete – ein Absolvent der Musikhochschule hatte sich sein zukünftiges Publikum sicher anders vorgestellt. Im Vergleich dazu war Reno mit seiner Art und Weise gar nicht so schlecht gefahren. Er spielte zumindest seine eigenen Songs, und das Publikum, so klein es auch sein mochte, kam extra für ihn.

Sie verspürte einen Stich im Unterleib.

Reno bemerkte ihr kurzes Zusammenzucken. »Ist irgendwas?«

Sie winkte ab. »Nein, nein, schon gut.«

»Du siehst übrigens furchtbar aus. Leichenblass.«

»Danke. Du auch.«

»Bist du sicher, dass …«

»Schon okay, Reno.«

Er sah sich um.«Ist Sil noch im Bett?«

»Der ist weg.«

Etwas in ihrer Stimme oder Haltung musste ihn alarmiert haben.

»Doch nicht für immer, oder?«

»Nein, er hat was zu erledigen«, sagte sie tonlos. »In etwa einer Woche dürfte er zurück sein.«

»Und wie geht es deinem Vater?«

»Der liegt im Sterben.«

Er nickte, seine Kiefer mahlten. »Macht's dir viel aus? Du hattest eher wenig mit dem Alten zu schaffen, oder?«

Sie sah ihn an. »Stimmt schon, aber … der Tod ist so … so endgültig.«

Er murmelte etwas und wirkte auf einmal besonders interessiert an den Farbflecken auf seiner Hose. »Ziemlich blöd für dich«, sagte er, um dann fast im selben Atemzug hinzuzufügen: »Hast du zufällig Wein im Haus?«

»Nein. Und das ist kein Zufall. Koffein kannst du kriegen, so viel du willst.«

»Ich würd dann auch gleich wieder los.«

Sie stand auf und ging mit den leeren Kaffeebechern in die Küche. Schenkte nach und kam ins Wohnzimmer zurück.

»San«, sagte er, »das Zimmer von Alex, wo ich im Moment wohne, weißt du? Da ist die Miete nicht bezahlt. Die setzen mich vor die Tür. Eigentlich wollte ich dich fragen, ob ich bei dir was unterstellen kann. Der Krempel ist ein bisschen empfindlich.«

»Warum zahlst du nicht einfach die Miete?«

Reno sah sie erstaunt an. »Miete zahlen?«

»Ja. Genau wie für den Proberaum.«

Er zuckte mit den Schultern und rührte geistesabwesend im Kaffee. »Den hab ich für vier Abende in der Woche. Das ist was anderes. Das Zimmer von Alex ist ja Wohnraum. Richtig mit Postadresse und so.«

»Gefällt's dir denn dort?«

»An sich schon.«

»Dann könntest du doch da bleiben?«

Reno zog die Brauen hoch, als hätte sie ihm gerade etwas völlig Neues eröffnet. »Eigentlich schon, ja.« Dann schüttelte er den Kopf. »Aber wenn mein Zeug im Trockenen steht, ist mir im Grunde egal, wo ich schlafe. Irgendein Dach über dem Kopf werde ich schon finden.«

»Bring die Sachen ruhig vorbei«, hörte sie sich selbst sagen. »Und wenn du willst, kannst du auch hierbleiben, bis Sil wiederkommt.«

»Danke.« Reno stellte den Becher auf den Tisch. »Dann mach ich mich jetzt mal vom Hocker. Ich komm heute Abend wieder. Bist du dann da?«

»Nach neun wahrscheinlich schon.«

Er zog die Tür hinter sich zu.

Sie trat ans Küchenfenster, zog den Vorhang zur Seite und sah Reno wie einen schwarzen, buckligen Schatten um die Ecke biegen, Richtung Innenstadt. Während sie auf den Gehsteig hinabstarrte, drängte sich ihr ein Gefühl auf, das sie nur allzu gut kannte. Ein beängstigendes und weinerliches Gefühl, wie sie es, seit Sil bei ihr eingezogen war, nicht mehr empfunden hatte.

Das Gefühl, allein zu sein. Ganz und gar allein.

Sabine wohnte schon seit Jahren in den Vereinigten Staaten. Von richtigem Kontakt zu ihrer fünf Jahre älteren Schwester konnte keine Rede mehr sein. Als sie noch zu Hause gewohnt hatten, war das allerdings auch kaum anders gewesen. Fünf Jahre Altersunterschied bedeuteten schon fast einen Generationenunterschied. Freundinnen von früher waren der Reihe nach in eine andere Welt eingetreten. Eine Welt mit Teilzeitjobs, gesundem Schuhwerk für Kinder, Diäten, kostenpflichtigen Krippen und Ehemännern mit Burn-out-Syndrom und blondierten Geliebten.

Erst war ihnen der Gesprächsstoff ausgegangen, dann das Gefühl der Verbundenheit. Und es waren keine neuen Menschen an ihre Stelle getreten.

Niemand, außer Sil.

Wie konnte es sein, dass sie fünfunddreißig geworden war und einfach niemanden hatte, der für sie da war?

Der Gedanke traf sie wie ein Schlag in den Magen.

14

Sie fuhren auf der E15, etwa zwanzig Kilometer vor dem Anschluss an den Périphérique. Hinter den mit Graffiti überzogenen Lärmschutzwällen ragten fantasielose Bürogebäude und unheimlich wirkende Wohnkasernen mit Satellitenschüsseln auf. Schon seit einer Dreiviertelstunde war die Tachonadel über die fünfzig nicht mehr hinausgekommen. Es war Anfang August, Hochsaison, und dem auf den Autodächern befestigten Gepäck nach zu urteilen würde in den nächsten Wochen ziemlich viel Rad gefahren und gepaddelt werden. Der Renault Laguna, den sie am Flughafen Charles de Gaulle angemietet hatten, war von Autos mit Anhängern, Fahrradträgern und Wohnwagen förmlich eingekesselt. Französische, niederländische, belgische, deutsche und britische Kennzeichen wechselten einander ab. Es war noch vor zwölf Uhr, aber das LCD-Display auf der Mittelkonsole zeigte, dass die Außentemperatur auf 32 Grad gestiegen war. Für nordeuropäische Verhältnisse geradezu tropisch.

Obwohl Maiers Blick auf die Straße gerichtet blieb, nahm er das Verkehrsgewusel kaum wahr.

Vor einer Woche war er auch schon hier unterwegs gewesen, auf genau dieser Autobahn. Seine Vergangenheit hatte hinter ihm gelegen, und seine Zukunft, Susan, hatte neben ihm gesessen. Dass er so bald wieder hier sein würde, hatte er damals nicht ahnen können. Und das Ziel dieser Reise wäre ihm erst recht nicht in den Sinn gekommen. Er schaute kurz zur Seite.

Keine Susan, sondern ein nervöser Sven.

Keine Musik, sondern metallisches Klicken.

Keine ausgelassene Fröhlichkeit, sondern spürbare Anspannung, die solchen Unternehmungen immer vorausging.

Sven gab sich alle Mühe, seine Nervosität vor Maier zu verbergen. Nicht mittels markiger Worte, sondern indem er immer stiller wurde. In der letzten halben Stunde hatte keiner von beiden ein Wort gesagt.

Sven kontrollierte die Waffen, was Maier selbst heute Morgen vor der Abreise bereits getan hatte und was folglich vollkommen überflüssig war. Das neurotische Klicken des Patronenmagazins im Gehäuse fiel ihm auf die Nerven. Er musste sich zusammenreißen, um Sven gegenüber nicht ausfällig zu werden. Auch das, so machte er sich klar, gehörte dazu.

Ihm machte der Stress wahrscheinlich weniger zu schaffen als Sven. Seit er vor Jahren seine Feuertaufe überstanden hatte, hatte er sich dermaßen oft in lebensgefährliche Situationen begeben, dass er sie schon nicht mehr zählen konnte.

»Steck das Zeug weg, Sven. Bevor ein LKW-Fahrer es sieht.«

Sven verstaute die Waffen wieder in der Reisetasche, die vor seinen Füßen stand.

»Schaust du mal auf der Karte nach, wo das ist? Die steckt hinten in der schwarzen Tasche.«

»Wo was ist?«

»Die Straße dieser Firma. Ich will da kurz vorbeifahren, bevor wir uns in der Wohnung einquartieren. Ein bisschen Lokalkolorit schnuppern.«

Sven reckte sich nach hinten und war die folgenden Minuten ganz damit beschäftigt, das Straßennetz von Paris zu ergründen.

Im Stillen fragte Maier sich zum wiederholten Mal, ob es wirklich klug gewesen war, Sven mitzunehmen. Auf einem Übungsplatz, einem Schießstand als Teil einer sicheren, betongeschützten Anlage, mochte er ja treffsicher sein, aber auf bewaffnete Kriminelle zu zielen und möglicherweise selbst jeden Moment getroffen zu werden, das war doch eine ganz andere Geschichte. Lautlos zu arbeiten, war im Übrigen auch nicht ohne. Augen im Hinterkopf zu haben. Einschätzen zu können, ob von nur vage erkennbaren, dunklen Umrissen eine Bedrohung ausging, oder nicht. Die eigenen Atemzüge unter Kontrolle zu behalten. Mit der größten Konzentration noch den kleinsten Lufthauch zu registrieren. Und so darauf zu reagieren, dass man im Zweifelsfall mit dem Leben davonkam und nicht einfach abgeknallt wurde.

Der Druck war enorm. Sogar richtig harte Jungs konnten ihm erliegen. Ob Sven unter solch großem Druck wohl richtig funktionieren würde, darüber dachte Maier nach, seit er beschlossen hatte, ihn mitzunehmen. Zu behaupten, es täte ihm leid, war es noch zu früh. Bedenken hatte er aber durchaus.

Als sie heute Morgen losgezogen waren, hatte er das Gespräch deshalb auch schnell auf praktische Dinge gelenkt. Dinge, auf die es ankommen würde, wenn sie erst in Paris waren und die Adresse geortet hatten. Dabei hatte er sorgfältig vermieden, etwas aus seiner Vergangenheit preiszugeben. Hatte jedes seiner Worte gut abgewogen. Weder Orts- noch Personennamen erwähnt. Vielmehr hatte er Sven eine Art Schnellkurs gegeben: in Kriegsführung.

Sven war nicht blöd. Dass diese Kenntnisse nicht aus irgendwelchen Computerspielen stammten, konnte er sich denken. Aber er war zum Glück so klug, dass er nicht nachfragte.

»Es liegt im Nordosten«, sagte Sven schließlich. »Mist. Jacks Safe House liegt ganz im Westen, genau am Périphérique. Mich trifft der Schlag.« Sven steckte die Karte weg.

»Behalt die mal lieber in der Hand. Ich schätze, dass wir gleich entscheiden müssen, welche Ausfahrt wir nehmen.«

»Gut, dass du an die Straßenkarte noch gedacht hast«, sagte Sven und schlug sie wieder auf. »Bei Renault haben sie die allermodernsten Navigationssysteme, und ausgerechnet den einen Wagen, der noch keins hat, den geben sie mir.«

»Tja, so was kommt vor«, sagte Maier leise.

»Warum wolltest du eigentlich nicht mit zu Hertz?«

Am Anfang einer der Straßen, die zum Charles de Gaulle führten, war Maier aus Svens Kangoo ausgestiegen und hatte eine Weile den startenden und landenden Fliegern zugeschaut. Auf internationalen Flughäfen wimmelte es von Kameras. Er wollte auf keinen Fall irgendwelche Spuren hinterlassen. Eine Dreiviertelstunde später hatte Sven ihn aufgegabelt, mit einem glänzend schwarzen Laguna.

»Ich wollte mal eine Weile nicht dein Geschwätz am Hals haben«, erklärte Maier und rang sich ein Lächeln ab.

Ein Wirrwarr aus alten Häusern, Geschäften und Firmen. Viel Kalksandstein und grober, von Autoabgasen geschwärzter Putz sowie Fensterläden mit Lamellen, die im zweiten und dritten Stock schief vor ungestrichenen Fenstern hingen. Kreuz und quer liefen mit krumm eingeschlagenen Nägeln befestigte schwarze Stromkabel über die Fassaden. Die asphaltierten Trottoirs waren uneben und stellenweise aufgeplatzt. Die Türen waren zugepflastert mit Pamphleten und Ankündigungen von Ereignissen, die in der Vergangenheit lagen. Hier und dort fehlte ein Haus, dann erstreckte sich brachliegender Grund zwischen den Außenwänden der Nachbarhäuser, an deren teils gekachelten Wänden noch der Verlauf der ehemaligen Zimmer und Treppen zu erkennen war. In den wenigen Geschäften, die nicht verbrettert und mit Graffiti vollgesprüht waren, wurden Waren aus anderen Teilen der Welt verkauft. Vor einem dieser Läden stand ein magerer Kerl mit olivfarbener Haut in der Tür und kaute gelangweilt auf irgendetwas herum.

Es war ziemlich ruhig, wie Maier auffiel. Reges Treiben konnte man hier wahrscheinlich erst nachts erleben.

»Hier ist es«, rief Sven plötzlich, vom Stadtplan aufsehend. »Hier links, ganz sicher.«

Maier bog ab. Eine kleine Gruppe schwarzer Frauen saß plaudernd auf den Stufen vor einem Hauseingang im Schatten. Mit ihren knallgrünen Gewändern wirkten sie in dem trübseligen Viertel wie eine exotische Oase. Sie schauten dem vorbeifahrenden Laguna hinterher.

Aus dem Augenwinkel registrierte Maier ihre neugierigen Blicke. Eben hatte er noch gedacht, dass ein Laguna in Frankreich nicht auffallen würde, aber der quasi fabrikneue Renault fiel hier genauso aus dem Rahmen wie ein geschniegelter Lipizzaner auf dem Schlachtpferdemarkt. Bei den anderen Autos, die hier am Straßenrand geparkt standen, handelte es sich durchweg um verrostete und verbeulte Schrottkarren älteren Baujahrs mit schief hängenden Stoßstangen.

Kurz vor einer Kreuzung rief Sven plötzlich aufgeregt: »Hier ist es, das Haus dort, rechts, Nummer 257.«

Ohne den Fuß vom Gas zu nehmen, versuchte Maier, sich das Gebäude rasend schnell einzuprägen. Ein großer, schlichter Backsteinbau, L-förmig und anders als die sonstigen Häuser in der Gegend mit großen Fenstern aus Drahtglas versehen. Vornehm und spartanisch zugleich. Eine ehemalige Schule oder Kaserne, vielleicht auch ein Krankenhaus. Zwei Stockwerke, etwa fünfzehn Meter von der Straße zurückversetzt, auf der rechten Seite frei stehend. Davor ein abgesackter Parkplatz, keine Autos. Zum Bürgersteig hin über die gesamte Breite ein mannshoher Zaun, von Stacheldraht gekrönt. Die beiden Hälften des Eingangstors wurden mit einer funkelnagelneuen Eisenkette zusammengehalten, an der ein ebenso neues, glänzendes Hängeschloss zu erkennen war.

Kein Firmenschild. Keine Klingel oder Gegensprechanlage.

Das Gebäude stand an einer Ecke. Maier bog rechts ab, um auch die Seitenfront in Augenschein nehmen zu können. Sie war fensterlos. Die Rückseite grenzte an Häuserzeilen. Keine Brandgasse, die Gebäude waren direkt aneinandergebaut.

Er fuhr weiter. Die Fenster zur Seitenstraße, in der sie sich jetzt befanden, waren zugezimmert, diese Häuser waren also anscheinend nicht bewohnt. Jedenfalls nicht von Leuten, die bei ungewöhnlichen Vorkommnissen die Polizei rufen würden. Wer sich hier herumtrieb, hatte das Stadium bürgerlicher Wachsamkeit bereits weit hinter sich gelassen.

»Nett hier«, sagte Sven. Er klang angespannt.

Maier hielt ein Stück weiter am Straßenrand. »Ich gehe zu Fuß ein paar Schritte zurück. Mal sehen, ob wir irgendwo Posten beziehen können, mit Blick auf das Haus. Und dann gehen wir erst mal was essen.«

Zwei Stunden später saßen sie unter dem Schirmdach eines lärmigen Straßencafés am Rand des Zentrums. Auf dem kleinen runden Tisch vor ihnen standen zwei Teller mit in Essig ertränktem Salat, wässrigem Thunfisch und Mais aus der Dose. Schweigend würgten sie das Zeug hinunter. Sven spülte mit einem großen Glas Kronenbourg nach, Maier mit Evian-Wasser.

Es war brütend heiß, und der Smog über der Stadt war fast zu sehen. Ein Unwetter würde nicht lange auf sich warten lassen. Scharen von Menschen liefen an dem schattigen Straßencafé vorbei: Touristen, Geschäftsleute, Obdachlose und Anwohner. Maier würdigte sie keines Blickes. Hinter einer Ray-Ban-Sonnenbrille, eine schwarze Baseballmütze tief in die Stirn gezogen, war er in Gedanken versunken. Sven trug die gleiche Kluft, aus denselben Gründen. Man konnte nie ausschließen, dass irgendwer einen an einem bestimmten Ort bemerkte, später noch einmal sah und dann eins und eins zusammenzählte. Kameras gab es mittlerweile auch überall. *Big Brother* war schon längst kein düsteres Zukunftsbild aus Orwells *1984* mehr, sondern alltägliche Realität.

»Birnen liegen lose im Korb«, sagte Sven plötzlich, »schräg rechts, auf zwei Uhr.«

Maier schaute nach rechts. Eine junge Frau plauderte mit einer Freundin. Sie trug ein blaues Top. Ebenso gut hätte sie nackt dastehen können. Maier wandte sich wieder Sven zu, der das Mädchen mit leicht geöffnetem Mund durch seine verspiegelte Sonnenbrille fasziniert anstarrte.

»Ist lange her, was?« Es war eher eine Feststellung als eine Frage.

»Ich bin auch nur ein Mensch.«

»Wenn es deine grauen Zellen beeinträchtigt, solltest du lieber was dagegen tun.« Maier nahm einen Schluck Wasser.

»Dazu bin ich nicht gekommen. Als Valerie gegangen ist, musste ich erst mal einfach überleben. Meine Wohnung sah aus, als hätte eine Bombe eingeschlagen, und das ganze Hickhack um Thomas war auch nicht besonders hilfreich. Was soll eine Frau mit einem Typen anfangen, der ständig darüber jammert, dass er seinen Sohn nicht sehen darf?«

Maier guckte hoch. »Ich dachte, Frauen wären von Ärzten immer ganz hin und weg.«

»Nicht von solchen, die ihren Arm in den Mastdarm einer Kuh stecken.«

Maier konnte sich ein Lächeln nicht verkneifen. »Wenn du dich wäschst, bevor du nach Hause kommst, scheint mir das kein unüberbrückbares Hindernis zu sein.«

Sven grinste. »Du hast leicht reden. Du brauchst ja nur mit den Fingern zu schnippsen, wenn dir eine gefällt.«

»Halb so wild.«

»Ach ja? Und wenn du mit Fliegerjacke und Levis aus deinem Porsche aussteigst, oder aus diesem Geländewagen? Mann, das ist doch Absicht!«

Maier hob beschwichtigend die Arme. »Wie du meinst.«

Sven schüttelte den Kopf und zeigte mit dem Finger auf ihn.

»Du … du bist ein richtig durchtriebenes Aas. Und das weißt du ganz genau.«

Maier verzog das Gesicht zu einem freudlosen Grinsen. Natürlich wusste er das. Aber es war anders, als Sven glaubte. Und er wollte dieses Thema jetzt schon gar nicht mit Sven durchkauen. Er war selbst erst vor Kurzem dahintergekommen, warum er seinen Körper so gut in Schuss hielt, seine Kondition so trainierte. Nicht wegen der Aufmerksamkeit der Frauen. Sondern er tat das für sich selbst. Denn er wusste, irgendwann würde der Tag kommen, da er in den Spiegel schaute und ein alter Mann, der ihm vage bekannt vorkäme, mit zurückweichendem Haaransatz und wässrigen Augen, würde seinen Blick erwidern. Und vor diesem unvermeidlichen Tag graute ihm. Maier hatte nicht viele Schwächen. Aber er wusste sehr wohl, dass jene sonderbare Windung in seinen Gehirngängen seinem Leben irgendwann ein vorzeitiges Ende bereiten würde. Freund Hein würde nicht an sein Sterbebett treten, um ihn abzuholen. Er würde dem Gauner zuvorkommen. Immer noch besser, denn als runzliges Häuflein leberfleckiger Haut mit spröden Knochen am Fenster eines Altersheims zu sitzen, zum Schluss zu kommen, dass das eigene Leben vorbei war, und sich ängstlich an leere Erinnerungen zu klammern. Abhängig zu sein von dreißigjährigen Frauen in Gesundheitslatschen, die mit einem redeten wie mit einem vierjährigen Kind. Und einen auch so behandelten.

Wie einen dementen alten Sack.

Der einzige Mensch, der das begriff, war Susan. Und sie akzeptierte es. Sie wusste, dass das, was sie verband, nicht damit enden würde, dass sie friedlich, Hand in Hand, mit Blick auf herbstliche Wälder dasitzen und vor sich hin sinnieren würden, im Altersheim *Shady Pines*.

Du kannst alles kontrollieren, Sil Maier. Alles. Bis auf das Unvermeidliche.

Er wandte den Blick Sven zu, der, eifrig auf einem Salatblatt kauend, all seine Aufmerksamkeit wieder auf die Frau gerichtet hatte. Sie war sich des Aufruhrs, den sie unter den Männern anrichtete, die hier in dem knallheißen Straßencafé saßen, anscheinend nicht bewusst. Oder im Gegenteil, vielleicht stand sie gerade deshalb so lange in der flimmernden Hitze herum.

Maier trank noch einen Schluck Wasser und schaute dem vorbeikriechenden Verkehr zu. Er wollte an nichts denken als an das, was sie heute noch vorhatten, aber zugleich wusste er, dass noch zu viel Druck im Kessel war. Ein wenig Entspannung konnte nicht schaden. Die Gelegenheit kam vielleicht nicht so bald wieder.

In Situationen wie dieser konnte man nicht weit vorausplanen.

»Warst du seit Valerie wirklich mit keiner Frau mehr zusammen?«

»Doch«, sagte Sven, »ein Mal schon.« Mit einer verlegenen Schulterbewegung wandte er den Blick von Maier ab.

Plötzlich aufmerksam geworden, richtete dieser sich auf. Diese Kopfbewegung und das Wegschauen Svens beunruhigten ihn. Er verspürte einen Stich der Eifersucht. Sven hatte schon Tür an Tür mit Susan gewohnt, ehe er selbst dort auch nur einen Fuß über die Schwelle gesetzt hatte. Wenn jetzt gleich eine Beichte folgte, die mit Susan zu tun hatte, wurde es kritisch. Er konnte einiges vertragen, und Sven war ein netter Typ, aber allein schon beim Gedanken daran wurde ihm schlecht. Unwillkürlich umklammerte er sein Glas.

»Ich bin eines Abends spät im Internet gewesen – hab gechattet, um genau zu sein«, sagte Sven, dem Maiers plötzliche Angespanntheit ganz entging. »Mit einer Frau, die sich gerade erst hatte scheiden lassen. Sie wollte sich selbst wiederfinden oder so in der Art. Eigentlich ziemlich klischeehaft. Irgendwann dachte ich dann: kann mir doch egal sein, und hab nach ihrer Adresse gefragt.«

Maier ließ sich erleichtert in seinen Rohrstuhl zurücksinken und atmete wieder aus.

»Die Alte war total gestört, sag ich dir«, fuhr Sven fort. »Amsterdam, eine Wohnung im vierten Stock, nach hinten raus, die Frau macht die Tür auf, und ich seh auf Anhieb: voll Klag.«

»Klag?«

Sven wandte sich ihm zu, mit hochgezogener Braue. »Willkommen auf der Erde! K-l-a-g: Klasse-Leib, Arsch-Gesicht.«

Maier prustete in sein Glas.

»Sie hat mich quasi in die Wohnung reingezerrt. Du glaubst es nicht: alles in Rosa, Lichterketten an der Decke, Kerzen. Es sah verdammt nach Luxusbordell aus – nicht, dass ich je in einem gewesen wäre.«

»Okay, und dann?«

»Na ja, ich hab mich echt nicht wohlgefühlt. Ich dachte … gleich kommt ein Typ mit einer Videokamera aus dem Schrank gesprungen und der soll dann mitmachen, oder so. Ich wusste wirklich nicht, was ich zu erwarten hatte. Das war alles total daneben.«

Maier musste grinsen. Er sah es alles vor sich: Sven inmitten von weichem, rosa Plüsch, schüchtern um sich blickend, mit Schweißperlen auf der Stirn.

Er selbst hätte sich sofort wieder aus dem Staub gemacht.

»Und dann?«

»Keine fünf Minuten später saß ich bei ihr im Schlafzimmer. Na ja, *saß* …« Sven schüttelte den Kopf. »Meine Güte, die hat das halbe Haus wach geschrien.«

»So nervös warst du dann also doch nicht«, sagte Maier grinsend.

Sven zuckte entschuldigend mit den Schultern.

Maier nahm noch einen Schluck Mineralwasser. »Ich finde, man muss schon ziemlich lebensmüde sein, um als Frau jemanden aus dem Internet aufzugabeln und ihn nachts, wenn man allein ist, bei sich in die Wohnung zu lassen. Wer weiß, was für gestörte Idioten da ankommen.«

»Sie hatte es nötig, schätze ich. Genau wie ich. Aber das eine Mal hat mir dann auch gereicht. Zumal mir hinterher eingefallen ist, dass ich in der Woche vermutlich nicht der Einzige war.«

»Also keine Klags mehr?«

Sven schüttelte den Kopf. Er nahm einen Bierdeckel vom Tisch und wölbte ihn zwischen Daumen und Fingern. »Nein«, sagte er leise. Die Fröhlichkeit wich aus seinen Zügen. »Ich war Besseres gewöhnt. Valerie … – du hast sie ja nie kennengelernt, aber sie ist verdammt hübsch, sag ich dir. Und intelligent obendrein. Sie hatte alles, was man sich wünschen konnte, und ich hatte keinen Blick dafür. Fand es immer ganz selbstverständlich. War nur mit der Praxis und den Kunden beschäftigt. Im Grunde also mit mir selbst. Ich war verheiratet und hatte ein Kind – alles geritzt und geregelt, dachte ich wohl. Was sollte mir schon passieren? Mein Gott, ich war so unglaublich dumm.«

»Wie hat Valerie diesen Richter-Kerl eigentlich kennengelernt?«

Sven verzog das Gesicht zu einer Grimasse. »Über mich. Lustig, was? Ich habe die beiden sozusagen miteinander bekannt gemacht.«

»Und wie kam das?«

»Ich habe Walters Pferde behandelt. Vier englische Vollblut-Rennpferde und ein KWPN-Dressurpferd, auf dem seine Frau eigentlich zu selten geritten ist. Darüber hat er sich des Öfteren beschwert. Valerie hatte immer schon geritten, seit ihrer Kindheit, also habe ich sie, als ich wieder mal zu Walter musste, einfach mitgenommen. Dann ist sie immer öfter dort gewesen. Irgendwann hat sie angefangen, mit dem Gaul an Turnieren teilzunehmen, während Walters Frau, Emily, auf Thomas aufgepasst hat. Da sie selbst keine Kinder bekommen konnten, kümmerte Emily sich nur allzu gerne um Thomas. Und mir war es auch ganz recht. Ich hatte den Rücken frei, konnte Abend- und Nachtdienste machen, ohne dass Valerie sich beschwerte, und Thomas war in guten Händen.« Unablässig knickte Sven den Bierdeckel hin und her. »Eines Tages musste dann eine seiner Stuten nach Frankreich gebracht werden, um dort ihr Fohlen zur Welt zu bringen.«

»Wäre das nicht auch in den Niederlanden gegangen?«

»Schon, aber dann hätte das Tier bei französischen Rennen nicht an den Start gedurft. Und in Frankreich ist der Sport um einiges lukrativer als in den Niederlanden. Wenn man mit Rennpferden was verdienen will, muss man ausweichen. Das hab ich ihm sogar noch selbst erzählt … Ich habe ein paar Jahre in Frankreich gearbeitet.«

»Das wusste ich gar nicht. Was hast du denn da gemacht?«

Sven winkte ab. »Nichts Besonderes. Als Tierarzt eben. Hatte hauptsächlich mit Pferden zu tun.«

»Okay, und dann?«

»Er musste eine dieser Stuten wegbringen und fragte Valerie, ob sie mitwollte. Aber bei mir gingen die Alarmglocken immer noch nicht an. Er war schließlich fast zwanzig Jahre älter, graue Haare, alt, du weißt schon. Und hässlich. Dünn wie mein kleiner Finger und vier Meter lang oder so.«

»Aber er hatte Einfluss und Status«, bemerkte Maier. »Mehr als du.«

Sven sah ihn verständnislos an.

»Status, Geld, Macht. Das wirkt. Instinktiv. Egal, wie einer aussieht oder wie alt er ist – wenn er nur genug Einfluss hat, kriegt er jede Frau rum.«

Sven schien aufrichtig erstaunt. »So einfach ist das?«

Durch seine verspiegelte Sonnenbrille sah Maier Sven schweigend und mit gerunzelter Stirn an. Diese naive Lebenseinstellung war ihm bei seinem Nachbarn schon öfter aufgefallen. Vielleicht hatte er doch zu oft in den Hintern einer Kuh hineingeschaut. Sodass er sich auch in seinem Alltag eine Art Tunnelblick angewöhnt hatte.

»Sieh dich doch um«, sagte Maier schließlich. »Je reicher und einflussreicher die Männer, desto hübscher und jünger die Frauen, die um sie herumscharwenzeln.«

»Ach komm! Wir reden hier über einen Richter. Nicht über einen Popstar.«

»Das ist deine Wahrnehmung. Valerie hat das offenbar anders gesehen.«

»Dann war ich vielleicht tatsächlich naiv. Dass sie etwas für ihn empfinden könnte, ist mir keine Sekunde lang in den Sinn gekommen. Außerdem schien mit seiner Ehe alles in Ordnung zu sein. Na ja, langer Rede kurzer Sinn: Auf diesem *haras*, diesem Gestüt in der Normandie, muss dann irgendwas passiert sein. Denn danach hat Valerie mich immer zurückgewiesen, wenn ich ... na ja ... mich ihr nähern wollte. Zu müde, keine Lust, was auch immer. Sie ist mir ausgewichen. Und irgendwann war sie einfach verschwunden. Hat sich nicht mal getraut, es mir ins Gesicht zu sagen. Eines Nachts kam ich nach Hause, und auf dem Küchentisch lag ein Brief.« Der Bierdeckel, den Sven zwischen den Fingern gespannt hatte, brach in der Mitte durch. »Und dann fing das Hickhack mit der Vormundschaft an. Warum das so kompliziert werden musste, habe ich bis heute nicht begriffen. Thomas war ... ist mein Ein und Alles.« Sven schniefte und wandte den Blick ab.

Die Frau mit dem blauen Top war verschwunden.

»Wir finden ihn wieder«, sagte Maier. »Und sobald wir wissen, wo sie ihn festhalten, hole ich ihn da raus, das schwöre ich dir.«

15

Seine Haut sah heute Morgen noch dünner aus. Fast schon durchsichtig. »Wo bin ich?«, fragte er.

»Im Krankenhaus in Eindhoven, auf der Intensivstation.«

»Nicht mehr in Den Bosch?«

Susan schüttelte den Kopf. »Nein, hier haben sie bessere Geräte und so.«

»Darauf kommt's sowieso nicht mehr an.«

»Doch, natürlich.«

»Wo ist Sabine?«

Sie biss sich auf die Unterlippe. Was sollte sie sagen? Sie hatte Sabine erst gestern telefonisch zu fassen gekriegt. Ihre Schwester würde nicht in die Niederlande kommen. Nicht wegen eines lebenden Vaters und wegen eines beinahe toten erst recht nicht. Sabine hatte Susan guten Mut gewünscht und sie ohne sonderliche Begeisterung eingeladen, sie auf dem Bauernhof besuchen zu kommen, wenn sie den ganzen Ärger hinter sich hätte. Kurz vor dem Auflegen hatte sie noch erwähnt, sie sei im siebten Monat schwanger. Und damit, hatte sie gesagt, könne Susan ja auch die Abwesenheit ihrer Schwester erklären – schwangere Frauen wurden von den Luftfahrtgesellschaften nicht an Bord gelassen.

Dass ihre Schwester schwanger war und sie selbst folglich demnächst Tante würde, kam für Susan völlig überraschend.

Gefühlsarmut als Familienleiden.

Susan beugte sich leicht über das Bett.»Sabine kann nicht kommen«, sagte sie. »Sie kann den Hof nicht allein lassen.«

Kurz blieb es still. Müde schüttelte er den Kopf, eine Bewegung, die ihn sichtlich anstrengte. »Es tut mir so leid.«

»Das ist sinnlos. Was geschehen ist, ist geschehen, da hilft auch keine Reue.«

Er schluckte mit Mühe. Sie fragte sich, ob er vielleicht etwas zu trinken brauchte. Aber eigentlich diente ja die Infusion dazu, ihm ausreichend Flüssigkeit zuzuführen.

»Du sollst wissen, dass ich es mein ganzes Leben mit mir herumgetragen habe«, fuhr er mit schwacher Stimme fort. »Dass ich es nie gewollt habe. Nicht so.« Plötzlich sah er ihr direkt ins Gesicht. »Es ist alles meine Schuld.«

Sie horchte auf. Etwas in seiner Stimme signalisierte ihr, dass es nicht mehr nur um sein Unvermögen ging, eine Familie zusammenzuhalten und seinen Kindern ein guter Vater zu sein.

»Wovon sprichst du?«

Er schloss die Augen, und seine Brust bewegte sich ruckartig auf und ab. Er fing sichtlich an zu schwitzen. Verzog das Gesicht zu einer Grimasse, als hätte er Schmerzen.

Sie schielte kurz auf den Monitor und richtete den Blick dann wieder auf ihren Vater.

»Sie dürfen es nicht finden …«, brachte er erschöpft heraus. »Sonst wird alles … deine Mutter, das … Haus …«

Er geriet ins Stocken. Sie sah, wie das blasse Gesicht ihres Vaters langsam grau wurde, als würde jemand von unten nach oben einen Farbfilter vor sein Gesicht schieben. Seine Lippen wurden graublau. Um seine Augen bildeten sich violettfarbene Ringe. Totenstill lag er da.

Bewegte sich nicht mehr.

Es war, als betrachte sie einen Toten.

Zur gleichen Zeit ging irgendwo auf dem Flur ein Alarm los. Ein gebieterischer Piepton. Susan sah auf den Monitor. Der zeigte keinerlei Aktivität mehr an. Sie sprang auf.

Hastige Schritte auf dem Linoleum. Dann flog die Tür auf.

Zwei Schwestern und ein Pfleger kamen in den Raum gestürzt und hätten sie fast über den Haufen gerannt. Susan wich ein paar Schritte zurück. Dann konnte sie nur noch tatenlos zusehen.

Wie in einem Traum beobachtete sie die Pfleger, die sich über ihren Vater beugten und verschiedene Kunstgriffe anwendeten. Ein Arzt wurde gerufen, und bis er schließlich kam, schien eine Ewigkeit zu vergehen. Die Schwester eilte davon und kehrte mit einem Schränkchen auf Rollen zurück, das mit allerlei Kabeln und zwei Metallpads versehen war, die der Arzt hastig übernahm. Ein Pfleger zog das Laken vom Brustkorb weg, und jetzt erst sah Susan, wie mager ihr Vater geworden war. Der Arzt platzierte die Pads. Als der Körper ihres Vaters kurz aufzuckte, wandte sie den Blick ab. Es folgte eine Stille, derweil alle Anwesenden abwartend auf den Monitor schauten. Eine knisternde Spannung lag im Raum.

Der Arzt schüttelte den Kopf und versetzte die Pads auf der Brust ihres Vaters ein wenig. Ängstlich sah Susan zum Monitor hinüber. Keinerlei Veränderung.

Links neben dem Bett wurde konzentriert eine Injektion vorbereitet.

»Vielleicht warten Sie besser auf dem Gang«, sagte einer der Pfleger. Es klang nicht zwingend notwendig.

Susan trat ein paar Schritte zurück. Der Arzt ließ sich die Spritze anreichen und rammte sie ihrem Vater in den Körper. Susan kniff die Augen zu. Als sie sie wieder öffnete, fiel ihr Blick als Erstes auf den Monitor. Immer noch gerade, horizontale Linien.

Sie wusste nicht, wie lange das Ganze gedauert hatte, ob fünf Minuten oder eine halbe Stunde. Es waren Bilder an ihr vorbeigezogen, die sie bislang nur aus Fernsehserien wie *Emergency Room* gekannt hatte.

Schließlich wurde alles still. Die Niedergeschlagenheit im

Raum war fast mit Händen zu greifen. Über das Bett hinweg wechselte der Arzt mit den Schwestern und Pflegern ein paar Blicke, dann sahen sie Susan an. Ausdruckslos, beinah apathisch. Als würde ihnen erst jetzt bewusst, dass sich noch jemand im Raum befand.

Der Arzt trat einen Schritt vor. »Es tut mir leid«, sagte er und fügte überflüssigerweise hinzu: »Ihr Vater ist gestorben.«

Eine Schwester, die hinter ihm stand, warf einen Blick auf die große weiße Uhr über der Tür und machte sich auf ihrem Klemmbrett eine Notiz.

Der Todeszeitpunkt, wurde Susan klar. Ein letzter Verwaltungsakt.

Geran Staal war tot.

16

Die leer stehende Fabrik befand sich auf der anderen Straßenseite, schräg gegenüber. Von einem kaputten Fenster im zweiten Stock aus hatten sie freie Sicht auf den Haupteingang des Gebäudes. Sven stand rechts von diesem Fenster, die Schulter an die schmutzige Mauer gedrückt. Maier hatte sich in derselben Haltung ihm gegenüber postiert und blickte die Straße in die andere Richtung hinunter.

Fast acht Stunden standen sie schon so da. Vierhundertachtzig Minuten. Wie Statuen. Sie hatten kaum ein Wort gesprochen. Maiers Muskeln protestierten mittlerweile deutlich.

Das Gebäude gegenüber schien verlassen. Es war keinerlei Aktivität zu verzeichnen. Mit jeder Stunde, die verstrich, nahm die Hoffnung, dass mit diesem ersten, eher dürftigen Hinweis etwas anzufangen wäre, weiter ab.

Maier wusste jedoch, dass sie sich davon nicht entmutigen lassen durften. Früher hatte er bisweilen zwei Wochen lang zehn Stunden täglich Beobachtungsposten bezogen. Hartnäckig, entschlossen, obsessiv. Irgendwann geschah immer etwas. Und so unbedeutend es auch scheinen mochte – nicht selten stellte dieses kleine Geschehen ein wertvolles Puzzleteil dar.

Observationszeit war keine verlorene Zeit. Das hatte er sich in Gedanken nun schon gut vierzig Mal wiederholt.

Um die lange Stille zu überbrücken, machten seine grauen Zellen Überstunden. In seinem Kopf reiften allerlei Ideen heran, von Pizzabote-Spielen bis Nach-dem-Weg-Fragen. Doch er verwarf sie alle. Er war fast zwanzig Jahre älter als der durchschnittliche Pizzabote, und ohne ein Moped oder Motorrad mit Firmenaufkleber würde er sofort auffallen. Und nach dem Weg fragen? Hier, in dieser gottverlassenen Gegend, bei einem zugeketteten Tor?

Das wäre nicht überzeugend.

Solange er weder Thomas' Aufenthaltsort noch seine Entführer kannte, musste er sich bedeckt halten. Keine schlafenden Hunde wecken.

»Verdammt, das wird doch nichts hier«, flüsterte Sven. Er schüttelte die Beine aus und ließ den Kopf um den Nacken kreisen.

»Still.«

Es näherte sich ein Auto, ein dunkelgrauer Renault 21. Es waren schon mehr Wagen vorbeigefahren, aber dieser fuhr langsamer als die anderen. Als sei er am Ziel.

Maier verspürte ein leichtes Prickeln, ein flatteriges Gefühl im Bauch. Aus zehn Metern Höhe beobachtete er, wie der Wagen vor dem Tor anhielt. Ein Mann von auffälliger Statur stieg aus. Klein, eher untersetzt. Spärlicher Haarwuchs, graue Hose, weißes Hemd. Er beugte sich beim Gehen leicht vor und bewegte sich steif, als hätte er Rückenprobleme. Sven und Maier sahen ihn zum Tor gehen und das Schloss abnehmen. Er fuhr den Renault auf den Parkplatz und kam dann zurück, um das Tor wieder zu verriegeln.

Auf dem abgetakelten Treppenabsatz vor der Tür blieb er kurz stehen und schaute um sich. Er machte keinen besonders entspannten Eindruck.

Maier und Sven hockten totenstill da, geduckt unter den kaputten, von Spinnweben überzogenen Fenstern.

Jemand öffnete die Tür. Der Ankömmling trat ein, und hinter ihm ging die Tür wieder zu.

Maier spähte zu dem Wagen hinab. Vor allem das Nummernschild ließ ihn aufmerken: Es endete auf 37. In Frankreich konnte man am Nummernschild sehen, in welcher Region der Wagen zugelassen war. In etwa einem Jahr wäre es damit vorbei, hatte er gelesen, aber bislang ließen die letzten beiden Ziffern noch auf das jeweilige Departement schließen. Paris lag im 75sten. Der Wagen war also nicht von hier. Er hatte keine Ahnung, wo sich das 37ste Departement befand, aber das war kein Staatsgeheimnis und würde sich leicht herausfinden lassen.

Sven hatte anscheinend denselben Gedanken. Und war sogar schon einen Schritt weiter. »Indre-et-Loire«, flüsterte Sven.

Maier sah kurz zu ihm. »Was?«

»Siebenunddreißig. Das ist Indre-et-Loire. Da hab ich ein paar Jahre lang gearbeitet.«

»Hier in der Nähe?«

»Eigentlich nicht.«

Noch etwa eine halbe Stunde lang starrten sie gespannt auf die geschlossene Tür. Wieder kam Maier die Idee in den Sinn, als falscher Pizzabote unten zu klingeln, aber eine besonnene, vorsichtige Stimme in seinem Kopf warnte ihn, es nicht zu tun.

Die Minuten krochen vorbei. Noch zäher als zuvor. Während zwei Augenpaare ununterbrochen auf die Tür des Gebäudes gerichtet waren. Ab und zu auch zur Straße hinabspähten, wenn dort jemand vorbeigelaufen oder -gefahren kam. Alles blieb still.

Erst nach einer guten Stunde öffnete sich die Tür wieder.

Der Mann mit dem sonderbaren Gang trug ein Bündel im Arm zu seinem Wagen. Auf dem Fuße gefolgt von einem mageren jungen Kerl mit schmalem Gesicht und auffälligem, schulterlangem blondem Haar und in rotem, ärmellosem T-Shirt.

Maier behielt die beiden genau im Blick. Versuchte, sich die Gesichter einzuprägen, um sie bei einem nächsten Mal wiederzuerkennen. Aber vor allem zog das Bündel, das der Mann trug, seine Aufmerksamkeit auf sich. Eine graue Decke mit einem anscheinend biegsamen, leicht gekrümmten Inhalt, den er im Arm trug wie ein Baby.

Als der Mann sich auf ungeschickte Weise bückte, um die Autotür zu öffnen, fiel die Decke zurück und gab das Verborgene preis. Es war kein Zweifel möglich.

»Thomas«, sagte Sven eine Spur zu laut. »Verdammt, das ist Thomas!«

Maier sah zu Sven hinüber und bemerkte gerade noch rechtzeitig, dass dieser im Begriff war aufzustehen. Wenn die beiden Männer jetzt nach oben schauten, konnten sie ihn sehen.

Reflexartig griff er nach Svens Arm und zog ihn zu Boden. »Runter mit dir, verdammt«, zischte er. »Bist du wahnsinnig? Willst du sie aufschrecken? Alles vermasseln? Du Schwachkopf! Kopf runter!«

»Ich knall den Typen ab!« Sven griff nach der Waffe, die er sich in den Hosenbund gesteckt hatte.

Maiers Finger schlossen sich wie ein Schraubstock um Svens Oberarm. »Reiß dich zusammen, du Idiot!« Seine Augen sprühten Funken, und seine Stirn war nur wenige Millimeter von Svens entfernt. »Deine Beretta ist auf einen Abstand von über dreißig Metern nicht mehr zielgenau. Das kann nur schiefgehen. Das ist kein Scharfschützengewehr, und das solltest du eigentlich wissen, du verdammter Hobbyschütze.«

Langsam kam Sven wieder zu sich. Maier lockerte seinen Griff. Sven sackte auf dem feuchten Betonboden in sich zusammen.

Maier richtete sich auf und schaute nach draußen, wo der Renault gerade langsam davonfuhr. Der Typ mit dem weißen Hemd saß hinter dem Lenkrad, der blonde mit dem roten T-Shirt auf der Rückbank. Sie fuhren die Straße nach Osten hinunter.

»Sie sind weg«, sagte er.

Sven hockte immer noch auf dem Boden. In der einen Hand hielt er die Beretta, mit der anderen strich er sich nervös durchs

Haar. »Jetzt hätte ich es fast versaut«, sagte er leise, mit abgewandtem Gesicht.

Anscheinend weinte er jetzt. Maier wollte das nicht sehen. Nicht dass er es unverständlich oder irgendwie sonderbar gefunden hätte. Nur sehen wollte er es nicht. Er richtete den Blick auf einen Riss in der hohen Decke, durch den ein Lichtstrahl in den Raum fiel.

»Ich sehe ihn bestimmt nie wieder«, hörte er Sven sagen.

Maier drehte sich zu ihm um. »Sie bringen ihn woanders hin. Das könnte ein gutes Zeichen sein.«

»Oder eben nicht.«

Maier hätte Sven gern versichern wollen, dass alles gut werden würde. Aber unter den gegebenen Umständen konnte niemand irgendetwas garantieren. Und doch glaubte er irgendwie nicht, dass sie dem Jungen etwas antun würden. Thomas war schon vor Tagen entführt worden. Meistens überlebten entführte Kinder nicht mal den ersten Tag. Offensichtlich brachten sie Thomas jetzt woanders hin, und die Vorsicht, die sie dabei walten ließen, ließ darauf schließen, dass er noch lebte.

Es ergab wenig Sinn, ein lebendiges Kind von einem Ort zum anderen zu bringen und alle damit verbundenen Risiken auf sich zu nehmen, nur um es dann zu töten. Das erschien schlichtweg nicht logisch.

»Wir haben jetzt mehr, als wir erwarten konnten«, sagte Maier. »Gleich am ersten Tag ein Treffer. Das ist verdammtes Glück, also Kopf hoch.«

»Thomas kann jetzt sonstwo sein.«

Mit einem Ruck löste Maier sich von der Wand. »Komm, wir gehen.«

»Und dann? Sollen wir im 37sten Departement durch die Gegend kurven und nach einem alten, dunkelgrauen Renault 21 Ausschau halten? Von denen wimmelt es doch nur so. Wir stehen wieder ganz am Anfang.«

Maier sah ihn schweigend an. Er wusste genau, was als Nächstes zu tun war, aber das würde er Sven derzeit noch nicht erzählen. Der musste erst wieder zur Besinnung kommen.

»Ja«, sagte Maier, »wir stehen wieder am Anfang. Aber wir haben ihn einmal gefunden, und ein zweites Mal wird es uns auch gelingen. Vertrau mir.«

»Ich will hierbleiben. Vielleicht kommen sie zurück.«

Maier schüttelte den Kopf. »Die fahren bestimmt nicht zum Spaß durch die Gegend. Komm, das hat keinen Zweck.«

Er hielt Sven die Hand hin. Der ließ sich hochziehen.

Hohl hallten ihre Schritte nach, während sie das Fabrikgebäude verließen.

17

In der Lobby vom Mercure Hotel in Nieuwegein herrschte ein Getümmel. An der Bar saßen Geschäftsleute, die sich, bevor sie auf ihre Zimmer gingen, noch ein letztes Gläschen genehmigten und nebenbei die Gelegenheit nutzten, den paar anwesenden Frauen zu imponieren.

Walter saß in einem dunkel gepolsterten Klubsessel. Ihm gegenüber ein Mann, dem er zwanzig Jahre lang nicht mehr begegnet war. Wäre es nach ihm gegangen, hätte das auch die nächsten zwanzig Jahre so bleiben können.

Roger Wendel sah immer noch aus wie ein amerikanischer Präsidentschaftskandidat: widerlich perfekt. Sonnengebräunte Haut, Zähne wie aus der Zahnpastareklame und kräftiges, gewelltes dunkelblondes Haar. In seinen grauen Augen lag eine vorgetäuschte Wärme und Verbundenheit, ein effektiver Rauchvorhang für die Kälte, die darunter lag. Er trug einen Anzug von Fabio Borelli und ein hellrosafarbenes Hemd aus demselben italienischen Modehaus, wie Walter an den makellosen, handgestickten Knopflöchern und den Perlmutt-Knöpfen zweifelsfrei erkannte. Sündhaft teuer. Trotzdem ging Roger nicht gerade sorgfältig damit um. Sein Jackett hing zerknittert über der Rückenlehne des Sessels, und die Manschetten des Hemds, das mindestens vierhundert Euro gekostet haben musste, waren lässig aufgerollt.

In Rogers Gegenwart war Walter sich immer irgendwie viel zu lang, linkisch und schäbig vorgekommen. Die alte Unsicherheit kehrte nun zurück.

»Hätte nie gedacht, dass wir noch mal miteinander anstoßen würden«, sagte Roger in die nach der kurzen, verlegenen Begrüßung entstandene Stille hinein. »Das Leben steckt voller Überraschungen, nicht wahr?«

Walter vermied jeden Blickkontakt auf das Sorgfältigste. »Wir hatten auch keinen rechten Anlass.«

Über den Rand seines Glases sah Roger zu ihm hinüber. »Was kann ich für dich tun, Wally?«

Allein schon mit dieser Anrede vermochte Roger ihn auch nach zwanzig Jahren noch auf die Palme zu bringen. Ich heiße Walter, hätte er am liebsten gesagt. Aber er schluckte den Protest hinunter. »Vielleicht können wir das besser draußen besprechen. Oder … oder im Auto.«

»Das scheint mir nicht nötig.«

Jemand stieß Walter mit dem Ellbogen an der Schulter an und murmelte eine Entschuldigung, die in dem allgemeinen Stimmengewirr und Gelächter unterging. Verschwörerisch beugte der Richter sich über den runden Tisch vor. »Es gibt da ein Problem«, sagte er, wobei er um sich schaute, also wäre er von lauter Undercoveragenten umgeben, die nur darauf lauerten, sich auf ihn zu stürzen. »Es ist eine Situation entstanden, die … nun ja …«

Rogers Blick war stechend.

»Ein Problem mit Geran«, fuhr Walter fort.

»Geran Staal? Habt ihr noch Kontakt?«

»Nein, das nicht. Schon seit … seit damals nicht mehr. Aber er ist letzte Woche gestorben.«

Roger war aufrichtig überrascht. Er zog die Brauen hoch. Kein Härchen saß schief, wie Walter auffiel. Wahrscheinlich schmierte er morgens Brauen-Gel von irgendeiner irre teuren Londoner Marke hinein.

»Das tut mir leid. Er hatte das Herz am rechten Fleck. Schade. Und das Haus erben jetzt seine Töchter?«

»Das Haus wird abgerissen. Darum hab ich angerufen. Die A50 wird verlängert und soll mehr oder weniger mitten durch Gerans Haus laufen.«

Einen Augenblick schien Roger aus der Rolle zu fallen. Sein Lächeln erstarb. »Das Haus ist ein Jahrhundert alt. Steht unter Denkmalschutz.«

»Geran hatte vor einer ganzen Weile ein Verfahren angestrengt, um zu verhindern, dass sein Grund und Boden enteignet würden. Sogar die Regionalpresse hat darüber berichtet.«

»Aber ohne Erfolg.«

Walter nickte. »Und nachdem er nun tot ist, steht ihnen nichts mehr im Weg.«

»Ist bald damit zu rechnen?«

»Möglicherweise schon. Ein Stück weiter haben sie schon die ersten Bäume gefällt.«

»Wegholen«, entschied Roger resolut.

»Das … das habe ich versucht.«

»Versucht?«

Walter hob die Schultern und senkte sie wieder. »Ich kann es nicht.«

»Du kannst es nicht?«

»Nein. Ich … ich geh da nicht mehr hin.«

Roger gab sich keine Mühe, seinen Ärger zu verbergen. Grimmig nahm er einen Schluck von seinem Cognac. »Das gibt Scherereien«, sagte er schließlich. »Und zwar jede Menge.«

»Nicht unbedingt«, sagte Walter rasch.

»Nein … nicht unbedingt, das stimmt.« Roger sah Walter forschend an. »Es hat sich wenig verändert, Wally, stimmt's? Wir werden älter. Aus Bauern werden Läufer, aus Läufern Türme, und am Ende dürfen wir selbst die Figuren auf dem Brett verschieben. Aber im Wesentlichen ändert sich nichts. Es sind immer noch dieselben, die den Dreck wegmachen müssen. Wally macht sich die Hände nicht schmutzig, stimmt's?«

Unter anderen Umständen wäre Walter schwer pikiert gewesen. Jetzt war er eher beruhigt. Roger würde ihm die Sache abnehmen.

Dieser schwenkte den französischen Cognac im Glas. »Mach dir keine Sorgen, Wally«, sagte er plötzlich. »Geh nach Hause, zu deiner lieben Frau. Leg dich ins Bett. Die Sache wird geregelt.«

Walter stand auf. Zögerlich streckte er die Hand aus, ließ sie dann aber verlegen in der Tasche verschwinden.

»Danke, Roger« sagte er bloß. Nickte einem Anzugträger, der für ihn zur Seite getreten war, freundlich zu und ging nach draußen.

18

Maier parkte das Auto am Rand eines löchrigen Trottoirs und stieg aus. Es wehte eine leichte Brise, und hinter dünnen Wolken leuchtete der Vollmond und tauchte die Straßen in einen blauen Schein.

Er warf einen Blick auf seine Seiko. Halb vier. Dass es noch sehr früh war, spürte er auch im Kopf. Drei Tassen starker Kaffee waren nicht dagegen angekommen. Sven hatte ziemlich protestiert, als ihm klar geworden war, dass Maier ihn eher k.o. schlagen als mitnehmen würde. Schließlich hatte er sich damit abgefunden.

Die Aktion, die Sven sich gestern geleistet hatte, bereitete ihm Sorgen. Beim Anblick seines Sohns war es in seinem Hirn zu einem Kurzschluss gekommen. Völlig unerwartet war seine Sicherung durchgebrannt.

Am liebsten wäre Maier nach dem heutigen Nachmittag nicht in das kahle Safe House von Jack zurückgekehrt, sondern direkt zum Bahnhof gefahren, um Sven in den Thalys zu setzen. In Den Bosch konnte er sich besser nützlich machen als hier. Zumindest lief er da niemandem vor die Füße.

Zu Fuß machte Maier sich in Richtung des Gebäudes auf den Weg. Es war ziemlich ruhig auf der Straße, was ihn erstaunte. Die wenigen Passanten, denen er begegnete, würdigten ihn keines Blickes und glitten wie Schemen an ihm vorüber. Die Krankheit der Großstadt konnte auch von Vorteil sein.

So weit wie möglich hielt er sich im Schatten der Häuser, nahe an der Hauswand, und achtete auf jede Bewegung in seinem Blickfeld. In Vierteln wie diesem wurde Leuten für ein Paar Schuhe die Kehle durchgeschnitten. Vorsorglich hielt er zu den Türnischen einen etwas größeren Abstand.

Er befand sich nun auf der linken Seite der alten Fabrik, von der aus Sven und er das gegenüberliegende Gebäude beobachtet hatten. Er schaute um die Ecke und sah es im Mondschein daliegen. Die Laternen in dieser Straße standen wahrscheinlich bloß noch herum, weil es zu aufwendig gewesen wäre, sie abzumontieren. Keine einzige funktionierte.

Das Gebäude war L-förmig. Die fensterlose Front der Stirnseite lag direkt am Bürgersteig. Rechts davon, zwischen der Straße und der Längsseite des Gebäudes, befand sich der Parkplatz. Maiers Blick glitt über das Tor. Es war verschlossen, die Kette mit dem glänzenden Hängeschloss hing wieder an Ort und Stelle. Auf den unordentlichen, verrosteten Stacheldraht oben auf dem Tor war er vorbereitet.

Er brannte geradezu darauf, in das Gebäude hineinzugehen, aber noch war es dafür zu früh. Er bog nach links ab und ging in die entgegengesetzte Richtung. Checkte aus dem Augenwinkel die zu beiden Seiten der Straße geparkten Autos. Nichts Auffälliges. Auf dem Rückweg scannte er die Fenster und Türen der eng zusammengedrängten Häuser, wobei er um dunkle Nischen und Hauseingänge nach wie vor einen Bogen machte. Die meisten Fenster waren verbrettert. Die verlassenen, unbeleuchteten Straßen wirkten surreal und düster.

Mit schnellen Schritten überquerte er die Straße und ging direkt auf das Tor zu. Es standen keine Autos auf dem Parkplatz, und es brannte kein Licht hinter den Fenstern. Er schaute sich noch einmal um. Kein Mensch. Setzte den Rucksack ab und zog den Reißverschluss auf. Der Grand Foulard gehörte zu den wenigen Luxusgegenständen, die er in Jacks Appartement gefunden hatte. Er faltete ihn der Länge und der Breite nach und warf den Ballen dann auf den Stacheldraht. Stemmte die

Füße gegen das Tor, zog sich hinauf und kraxelte auf der anderen Seite herunter. Den Stoff wieder loszubekommen, war nicht leicht. Vorsichtig zog er ihn aus dem Stacheldrahtgewirr heraus und suchte dann so rasch wie möglich Schutz im Schatten des Gebäudes, ging in die Hocke und verstaute den Foulard wieder im Rucksack.

Dann wandte er sich dem Gebäude zu. Bereits heute Nachmittag war ihm aufgefallen, dass nirgends eine Alarmanlage zu entdecken war, und auch Überwachungskameras hatte er nicht gesehen. Das wollte noch nicht viel heißen. Moderne, avancierte Sicherheitssysteme waren dummerweise ziemlich unauffällig. Wohingegen viele allzu deutlich erkennbare Kameras, diese großen weißen Dinger mit viereckigem Regenschutz über der Linse, die drohend und allsehend an den Fassaden hingen, in Wirklichkeit nur Attrappen waren. Billige Abschreckung. Jedenfalls konnte er nicht unbedingt davon ausgehen, dass sein Besuch unbemerkt blieb.

Maier holte eine kleine Maglite aus der Hosentasche, knipste das Ding aber noch nicht an. Noch reichte das Mondlicht aus. Mannshohe Fenster aus dickem Drahtglas in Stahlrahmen auf Schulterhöhe. Die Oberlichter waren geschlossen. Er ging zur Eingangstür. Von links wie von rechts führte eine kleine Betontreppe mit einem dünnen Metallgeländer zu ihr hinauf. Auf dem Treppenabsatz blieb er stehen. Drehte sich zur Straßenseite um. Nichts. Es war auch viel zu dunkel, als dass jemand hätte sehen können, was er hier tat. Er schaltete die Maglite ein und richtete ihren Strahl auf das Schloss, wobei er das Licht mit der anderen Hand und dem Körper so abschirmte, dass es von der Straße aus nicht zu sehen war.

Die Tür war mit einem Zylinderschloss versehen. Da kam er nicht weiter. Die Dinger konnte man lediglich herausklopfen. Aber das würde Einbruchsspuren hinterlassen und auch zu viel Lärm verursachen. Die hohen Wände hier verstärkten jeden Laut um ein Vielfaches. Und Einbruchsspuren konnte er nicht riskieren. Nicht, solange sie Thomas in der Gewalt hatten.

Er stieg die Stufen wieder hinunter und nahm erneut die Fenster an der parallel zur Straße liegenden Längsseite des Gebäudes in Augenschein. Es sah nicht danach aus, als hätte man von irgendwoher einen leichten Zugang. Unter seinen Sohlen knirschte es. Er ging in die Hocke und beleuchtete die Stelle mit der Taschenlampe. Ein schwarzes Gitter mit rostigen Stellen. Darunter ein Loch mit einem Kellerfenster.

Wäre er nicht so angespannt und konzentriert gewesen, hätte er darüber gelacht: Die Leute verriegelten Türen und sicherten Fenster, ließen aber ein etwas unter dem Straßenniveau liegendes Kellerfenster einfach offenstehen. Gekippt, aber immerhin. Und groß genug, um hindurchzuschlüpfen.

Er ging auf die Knie und umfasste mit den behandschuhten Händen das Gitter. Es war bleischwer, aber nach einigem Rütteln löste es sich knarrend aus der Stahlumfassung. Er legte sich flach auf den Bauch und schob die Finger hinter den Fensterrahmen. Versuchte, das Fenster ein Stück weiter aufzuziehen. Es bewegte sich keinen Zentimeter. Er richtete noch einmal den Lichtstrahl darauf. An der Unterseite befand sich ein Feststeller, und an der Oberseite hing das Ding in zwei Scharnieren. Er richtete sich auf und schüttelte den Rucksack ab. Nahm den Leatherman aus der Vordertasche und rollte die Gerätetasche auf. Schaute sich noch einmal zur Straße um. Fetzen von abklingendem Motorradlärm. Keine Schritte, keine Autos, kein Mensch.

Er nahm einen kleinen Meißel, legte sich flach auf den Bauch, sodass er mit dem Oberkörper halb in der Vertiefung verschwand, und fing an, die Scharnierstifte herauszuschlagen. Der Feststeller war mit zwei kleinen Schrauben angebracht, die er mit einem Kreuzschlitzschraubenzieher öffnete. Das Fenster lockerte sich. Er rüttelte daran, bis es sich aus der Verankerung löste, und lehnte es an die Wand. Nachdem er die Gerätschaften wieder in seinem Rucksack hatte verschwinden lassen, ließ er diesen in das Loch hinunter.

Durch den entstandenen Hohlraum glitt er dann selbst ins Gebäudeinnere hinab, wobei er den pechschwarzen Raum unter sich vorsichtig mit den Spitzen seiner Turnschuhe abtastete. Er stieß gegen etwas Hartes. Vielleicht eine Truhe oder auch ein Tisch oder Schrank. Jedenfalls gab es nicht nach, wenn er sein Körpergewicht darauf verlagerte. Er setzte den anderen Fuß ebenfalls auf. Jetzt war er drinnen.

Er drehte sich um und holte den Rucksack herein. Nahm die Biwakmütze heraus und zog sie über. Falls er hier irgendjemandem begegnete, wollte er lieber nicht erkannt werden. Er setzte den Rucksack wieder auf, zog die Riemen an, nahm die Maglite aus der Seitentasche seiner Hose und ließ den Lichtstrahl durch den Kellerraum wandern.

An den Wänden standen einige Kisten und leere Regale. Etwa fünf Meter entfernt befand sich eine kleine steinerne Treppe, die zu einer Tür führte. Er stand auf einer Tiefkühltruhe. Stieg herunter und öffnete den Deckel. Leer.

Dann ging er auf die Tür zu. Sie ließ sich einfach öffnen.

Gewohnheitsgemäß hielt er kurz inne.

Ein archaischer Teil des Gehirns, das sogenannte Reptil- oder Stammhirn, dient zusammen mit dem limbischen System dazu, den Menschen bei der Wahrnehmung von Lauten, Formen und Bewegungen, welche vom Vertrauten abweichen, vor etwaiger Gefahr zu warnen. In einer unbekannten Umgebung reagiert man auf beinahe alles – umso mehr, je größer die nervliche Anspannung ist. Unbewusst bereitet der Körper sich bei jedem undefinierbaren Klappern oder Rascheln auf eine Kraftanstrengung vor, indem er rasend schnell Substanzen produziert, die den Herzschlag beschleunigen und die Nerven teilweise gegen Schmerz immunisieren. Aber der Körper lernt schnell dazu und speichert Umgebungsreize zunächst in einem Kurzzeitgedächtnis, das wie ein Filter funktioniert. Der verdächtige Schatten am Rande des Blickfelds wird dann als Schatten eines sich langsam hin- und herbewegenden Zweiges eingeordnet. Der plötzliche metallische Knall, der einen eben noch erstarren ließ, erweist sich als das Abschaltgeräusch eines Heizungsventils. Auch ein Klappern im Entlüftungsschacht verursacht dann keinen Adrenalinschub mehr. Wenn man sich genug Zeit nimmt, die Geräusche und die Atmosphäre der eigenen Umgebung erst einmal auf sich wirken zu lassen, kann man sich auf die wesentlichen Dinge viel besser konzentrieren. Etwa auf Laute und Bewegungsreize, die mit gutem Grund alarmierend wirken.

Nachdem bis auf das leise Geräusch des Windes an den Fenstern etwa zehn Minuten lang alles völlig still geblieben war, straffte Maier sich. Glitt seitlich durch die einen Spaltbreit geöffnete Tür. Blieb mit dem Rücken zur Wand stehen.

Er befand sich in einem breiten Flur mit hoher Decke. Es roch muffig und vor allem nach Schimmel. Der Boden war mit grau meliertem, schmutzigem Linoleum ausgelegt, übersät mit kleinen weißen Flecken, die im blassen Mondlicht, das durch die Fenster einfiel, leicht glitzerten. Von der Decke abgeblätterter Putz. Feuchtigkeit.

Ihm gegenüber lagen einige Räume, die wirkten wie Klassenzimmer. Oder wie Krankensäle: eine Vertäfelung von gut einem Meter Höhe, darüber weiß getünchte Fenster in Stahlrahmen. Am Ende des Flurs, auf der linken Seite, eine doppelte Schwingtür. Rechts von ihm eine fensterlose Wand.

Mit ein paar Schritten hatte er den am weitesten rechts gelegenen Raum erreicht. Er blieb kurz stehen und horchte. Kein Laut. Er öffnete die Tür und zog sich sofort wieder zurück. Keine Reaktion. Er schaltete die Maglite ein. Das Klassenzimmer, oder was auch immer es sein mochte, war leer. Dasselbe Linoleum wie auf dem Flur. Auch hier ein starker Schimmelgeruch.

Er trat wieder auf den Flur und probierte es bei der nächsten

Tür. Schon etwas weniger vorsichtig. Auch dieser Raum war leer. Der dritte und vierte ebenso. Dieser gesamte Gebäudeflügel war menschenleer.

Schließlich stand er vor der Schwingtür. Schwarze Stoßpuffer und längliche Drahtglas-Einsätze. Er bildete mit den Händen einen Trichter und versuchte hindurchzuspähen, aber es war dunkel dahinter. Beim Öffnen hallte das laute Knarren durch das gesamte Gebäude. Das Herz schlug ihm bis zum Hals. Er geriet ins Schwitzen. Instinktiv wanderte seine Hand zu der Glock, die er unter der Jacke trug. Er zog die Waffe hervor und fühlte sich gleich ein bisschen besser. Eine rein psychologische Reaktion, denn hier tatsächlich zu schießen, war ausgeschlossen. Keinerlei Geräusch zu verursachen und unsichtbar zu bleiben, war jetzt wichtiger denn je. Er bremste die Tür mit dem Fuß ab, damit sie beim Zurückschwingen kein lautes Geräusch verursachte, trat einen Schritt nach rechts und hielt inne.

Es war eine Art Vorraum. Schräg rechts vor ihm führte eine etwa einen Meter breite Steintreppe in den ersten Stock. Rechts davon, in der Ecke, gab es eine kleine Abstellkammer mit Holzwänden und einer Luke. Zu seiner Linken, knapp fünf Meter von der Schwingtür entfernt, befand sich die Haupteingangstür mit einem gläsernen Windfang. Weiter hinten begann ein breiter Flur mit Türen zu beiden Seiten.

Er machte die Maglite an und ging auf den Holzverschlag zu. Der Lichtstrahl erhellte eine kaputte Matratze, auf der ein offener, platt gedrückter Pizzakarton lag. Er trat näher und sah, dass noch ein paar Pizzastücke übrig geblieben waren.

Essensreste. Ein Schlafplatz.

Maier kniete bei dem Pizzakarton und verschob die einzelnen Stücke vorsichtig mit dem Finger. Kein Schimmel, nicht verdorben. Viel länger als einen Tag konnten die hier noch nicht liegen.

Er drehte sich um und ging an dem Windfang vorbei in den

Flur. Beim Gehen quietschten seine Turnschuhe leise auf dem Linoleum.

Die erste Tür zu seiner Linken ließ sich lautlos öffnen. Drinnen stand ein altmodischer Metallschreibtisch. Den unordentlich darum gruppierten Holzstühlen nach zu urteilen, diente er als Esstisch. Ein schaler Geruch von Bier und Zigaretten hing im Raum. Auf der Schreibtischplatte lagen zwei zerknüllte leere Gauloises-Packungen in einem überfüllten Aschenbecher. Daneben ein Karton mit Abfall. Er warf einen Blick hinein. Weitere leere Pizzakartons sowie ein paar eingedellte Bavaria-8.6-Bierdosen.

Er ging in den Flur zurück und öffnete die nächste Tür. Hier hatte es sich jemand ein bisschen gemütlich gemacht, wie ihm auffiel. Neben einem Bett mit Stahlgestell hingen unordentlich aus einem Pornoheft herausgerissene und mit Reißzwecken an die Wand gepinnte Pornobildchen. Schauerlich jung aussehende Frauen starrten ihn blassgesichtig an. Allesamt in anstößigen Posen.

Großartig.

Er hob das Kopfkissen hoch. Die Matratze, die Decken. Nichts.

Gerade als er wieder auf den Flur hinausgehen wollte, hörte er ein lautes Rummsen, gefolgt von Schlüsselgeklirr. Schlurfende Schritte.

Sein Atem stockte.

Schnell wich er zurück, bis an die Wand. Instinktiv griff er nach dem Schalldämpfer in seiner linken Hosentasche. Ohne hinzusehen, schraubte er das Ding auf den Lauf. Schluckte unwillkürlich.

Leichte Schritte. Ein Mann, alleine. Und gut gelaunt, jedenfalls pfiff er fröhlich vor sich hin. Oder er hatte Angst, alleine in dem großen Gebäude, und vertrieb sich diese Angst mit möglichst viel Lärm.

Maier wartete. Lauschte, bis in die kleinste Muskelfaser angespannt, die Glock fest umklammert. Sein Herz raste in der Brust, wieder musste er schlucken.

Die Schritte kamen näher. Gehetzt sah er um sich. Nirgends eine Möglichkeit, sich irgendwie wegzuducken. Er konnte nur bleiben, wo er war, sich ruhig verhalten und darauf hoffen, dass dieser Kerl, wer auch immer es war, nicht gerade hierherkam, sondern weiterging.

Im Flur ging das Licht an. Durch den Türspalt fiel es in den Raum. Mit der Spitze seines Turnschuhs stieß er die Tür vorsichtig etwas weiter zu. Zog sich wieder zurück.

Wartete.

Die Schritte kamen jetzt wirklich ziemlich nahe.

Er fasste die Glock etwas fester.

Im nächsten Augenblick ging die Tür auf, und jemand betätigte den Lichtschalter.

Reflexartig richtete Maier die Glock auf den Eindringling. Blinzelte im plötzlichen grellen Licht mit den Augen.

Das Pfeifen hatte aufgehört.

Ein junger Kerl stand im Türrahmen.

Halblanges, blondes Haar, das ihm in Wellen über die Schultern fiel. Ebenmäßige, gebräunte Haut, rotes T-Shirt, Jeansjacke. Knapp zwanzig Jahre alt und schätzungsweise siebzig Kilo schwer. Derselbe junge Typ, der gestern Nachmittag mit dem untersetzten Kerl zusammen gewesen war, der Thomas in den Renault gebracht hatte. Wie angewurzelt blieb er stehen. Keiner von beiden rührte sich vom Fleck.

Als Grünschnabel von achtzehn hatte Maier von seinem ziemlich unorthodoxen Fahrlehrer gelernt, bei Bahnübergängen, beim Sich-Einfädeln auf die Autobahn, vor einer gelben Ampel und in allen anderen Zweifelsfällen grundsätzlich Gas zu geben. Das hatte er sich gut gemerkt, und weil es funktionierte, auch in anderen Bereichen angewendet: im Geschäftsleben, in Liebesangelegenheiten und bei Sozialkontakten. Im Zweifelsfall Gas geben, das war sein Lebensmotto geworden.

Bevor der andere kapiert hatte, was seine Sinne ihm vertickerten, stürmte Maier auf ihn zu. Er rammte ihn so kräftig mit der Schulter, dass der Junge zurückgeschleudert wurde, mit voller Wucht auf das Linoleum im Flur knallte und bis an die Wand weiterrutschte.

Er versuchte sich zu berappeln, aber Maier pflanzte ihm unsanft ein Knie in den Magen und rammte ihm im selben Atemzug die Glock an die Schläfe. Der andere zuckte und blieb dann regungslos liegen.

Maier stützte seine Hände links und rechts neben dem blonden Kopf auf den Boden. Er atmete schwer, das Adrenalin strömte ihm wie Feuer durch den Körper.

Okay, Maier, gute Aktion. Und jetzt?

Es dauerte einen Moment, bis er klar denken konnte. Er stand auf und schüttelte den Rucksack ab. Zog aus einem mit dünnem Gummi zusammengehaltenen Bündel einen Kabelbinder hervor. Drehte den Typen auf den Bauch und schnürte ihm die Handgelenke zusammen. Rollte ihn auf den Rücken und fand in der Brusttasche der Jeansjacke ein Handy. Er tastete die Hosenbeine ab. In einem Knöchelholster steckte ein schwarzes Klappmesser, das ziemlich schwer in der Hand lag. Maier klappte es auf und betrachtete die zierliche, spitze Klinge. Verdammt scharf und sicher nicht zum Kartoffelschälen gedacht. Er schob Handy und Messer in seine eigene Seitentasche. In der anderen Hosentasche des Jungen fand er einen Schlüsselbund. Er zog die Jacke hoch. Kein Holster, keine Schusswaffe. Tastete die Arme ab, drehte den Kerl wieder auf den Bauch, befühlte den Rücken. Keine weiteren Überraschungen.

Der Typ atmete flach und war noch nicht wieder bei Bewusstsein. Auf seiner Schläfe, wo der Griff der Pistole ihn getroffen hatte, zeichneten sich allmählich ein dunkler Fleck ab.

Maier rollte ihn erneut auf den Rücken und versetzte ihm ein paar Ohrfeigen. Nicht zu kräftig, nicht zu sanft. »Aufwachen!«

Zäh verstrichen die Sekunden, bis der junge Mann benommen die Augen öffnete und sofort wieder schloss. Als könnte er so das Unheil abwehren.

Maier fasste ihn am Kiefer und rüttelte seinen Kopf hin und her. »Hier spielt die Musik!«

Der andere zwinkerte kurz mit den Augen und hielt sie dann offen. Im vollen Licht waren sie von einem unnatürlich kräftigen Blau. Getönte Kontaktlinsen. Mit geschlossenen Augen hatte er ein bisschen wie ein Engel auf dem Bild eines alten Meisters ausgesehen. Nachdem er sie geöffnet hatte, war von dieser Wirkung nichts mehr übrig. Sein Blick offenbarte den ganzen schlauen Opportunismus einer Kanalratte. Wahrscheinlich war der Pornobildchen-Sammler höchstpersönlich Maier in die Hände gefallen. So ein Hitzkopf, der einem in der Disco ein Messer in den Rücken stieß, nur weil man ihn versehentlich angerempelt hatte.

Er würde ihm keinen Millimeter Freiraum lassen.

Maier zog ihn hoch. Unsicher, als hätte er zu viel getrunken, hielt der Junge sich auf den Beinen. Maier stieß ihn vor sich her, bis er mit dem Rücken an der Wand stand, und setzte ihm die Glock an die Schläfe, den Finger am Abzug. Schießen würde er nicht. Nicht hier. Das gab sonst eine Riesensauerei.

Der junge Typ war dermaßen überrumpelt, dass solche Details ihm wahrscheinlich nicht in den Sinn kamen.

»Hör gut zu, Freundchen«, sagte Maier. »Ich will wissen, wo das Kind ist.«

Der andere sah ihn verstört und ängstlich an. Seine Augen schossen nervös hin und her, wie bei einem panischen jungen Pferd.

Verdammt! Plötzlich fiel es Maier wie Schuppen von den Augen. Der verstand überhaupt nicht, was er sagte.

»Parlez Anglais?«, versuchte er.

»Non, non.«

»Français?«

Der Junge nickte heftig mit dem Kopf, bis er realisierte, dass ihm eine Pistole an die Schläfe gehalten wurde. Daraufhin erstarrte er.

Maier fluchte lautlos. So wurde das alles nichts. Er hatte hier jemanden am Schlafittchen, der wusste, wo Thomas war. Ein absoluter Glücksfall, aber die Sprachbarriere war ein unüberwindliches Hindernis. Maiers Französisch war erbärmlich. Er konnte gerade mal Bier bestellen, nach der Rechnung fragen und einen Satz über das Wetter von sich geben. Aber weder seine Grammatik noch sein Wortschatz reichten, um diesen Kerl auszufragen. Schon gar nicht, um die Antworten zu verstehen.

Gleichzeitig beschlich ihn das Gefühl, dass es unvernünftig wäre, hier noch allzu lange zu bleiben. Vielleicht tauchten gleich noch andere auf.

Unwillkürlich dachte er an Sven. Der hatte immerhin als Tierarzt in Frankreich gearbeitet und auch hier gelebt. Schon in der Kneipe hatte er das Wort geführt, und nicht nur war Svens Französisch Maier beeindruckend flüssig vorgekommen, sondern er hatte auch bemerkt, dass die Angesprochenen, statt erst in gebrochenem Englisch darum zu bitten, dass er seine Worte wiederholte, immer gleich in Aktion getreten waren. Das war ein deutliches Zeichen.

Sven musste dolmetschen.

Aber wo? Jacks Safe House bot sich für ein Verhör nicht gerade an: ein Appartement mit Nachbarn, die möglicherweise zu Hause waren, denen man im Treppenhaus über den Weg laufen konnte. Aber viele andere Optionen fielen ihm nicht ein. Die Gegend kannte er schließlich auch nicht. Auf gut Glück in irgendeinen dunklen Wald zu fahren, war noch viel brenzliger. In manchen dunklen Wäldern war nachts erstaunlich viel los.

»Ecoutez«, sagte er nach einigem Nachdenken. »Hör zu. Marchez avant moi.« In französischen Ohren klang das wahrscheinlich total bescheuert. Dass Maier eine Glock auf den anderen gerichtet hielt, machte indes viel aus.

Er zog den Typen von der Mauer weg, stieß ihn vor sich her und drückte ihm den Pistolenlauf zwischen die Schulterblätter.

Der Junge brauchte nicht viel Ansporn. Die gefesselten Hände hinter dem Rücken, ging er mit schnellen Schritten voraus.

Maier fischte den Rucksack vom Boden, steckte einen Arm durch den Trageriemen und achtete darauf, seinem Gefangenen dicht auf den Fersen zu bleiben. Als sie bei der Eingangstür angelangt waren, rief Maier: »Stopp!« Der andere gehorchte auf Anhieb.

Im Halbdunkel mit der einen Hand nacheinander die verschiedenen Schlüssel durchzuprobieren und mit der anderen die Glock im Anschlag zu halten, war ein ziemlicher Mist. Unablässig flitzten Maiers Augen zwischen dem Schloss und seinem Gefangenen hin und her. Es war weder Zeitpunkt noch Ort, jemanden zu unterschätzen. Seine Hände waren zwar zusammengebunden, aber wenn er auch nur ein bisschen etwas von Kampfsport verstand, konnte er Maier einen schmerzhaften Tritt versetzen. Oder einen Kopfstoß. Wer täglich im Fitnesscenter trainierte und sich so viele Anabolika spritzte, dass das Testosteron ihm aus allen Poren troff, der konnte seinem Gegner jederzeit einen gut gezielten Kopfstoß versetzen, und das Licht ging unwiderruflich aus.

Der vierte Schlüssel passte. Draußen stand ein mindestens fünfzehn Jahre alter, dunkler Mercedes 190 auf dem Parkplatz, keine zwei Meter von dem heruntergekommenen Treppenaufgang entfernt.

»Ton voiture?«

Ein offensichtlich widerwilliges Nicken.

Er warf einen Blick auf das Kennzeichen. Es endete auf 75,

also ein in Paris gemeldeter Wagen. Wahrscheinlich war es das Beste, den alten Schlitten einfach mitzunehmen. Den Laguna hatte er drei Häuserblocks weiter geparkt. In einer Gegend, wo man immer damit rechnen musste, dass aus dem nächsten Hauseingang ein verzweifelter Junkie herausgesprungen kam und auf einen losging, spazierte man besser nicht mit einem an den Händen gefesselten Typen die Straße entlang. Noch hatte er keine Polizei gesehen, aber falls die hier in der Gegend doch noch aktiv wurde, wollte er lieber nicht gesehen werden.

Außerdem würde es schneller gehen, wenn er den Wagen gleich mitnahm. Und darauf kam es jetzt an. Er musste zusehen, dass er zu Thomas kam, ehe die anderen herausgefunden hatten, dass einer von ihnen fehlte.

Maier zog die Tür hinter sich zu, fasste den anderen beim Kragen und stieß ihn vor sich her die Treppe hinunter. Dann schubste er ihn mit ganzer Kraft in Richtung des Mercedes. Der junge Typ blieb hinter dem Auto stehen und drehte sich zitternd zu ihm um. Sah ihn nicht an, sondern starrte auf den Boden vor seinen Füßen.

Mit dem Autoschlüssel, der ebenfalls an dem Bund hing, ließ sich der Kofferraum des Mercedes problemlos öffnen.

Im nächsten Augenblick holte Maier aus. Mit einem dumpfen Schrei klappte der junge Kerl zusammen und ging stöhnend zu Boden. Hustend und würgend blieb er mit angezogenen Knien liegen.

Maier steckte die Glock ein und schaute zur Straße hinüber. Noch immer kein Mensch. Dann holte er wieder die Kabelbinder aus dem Rucksack und band seinem Opfer erst die Fußgelenke und dann auch die Beine zusammen, knapp über den Knien. Er hievte das menschliche Bündel in den Kofferraum, holte eine Rolle silbernes Isolierband aus der Seitentasche, riss ein großes Stück davon ab und klebte dem Jungen den Mund zu, von einem Ohr bis zum anderen. Nachdem er sich vergewissert hatte, dass die Nasenlöcher frei waren, warf Maier den Deckel des Kofferraums zu und lief schnell zu dem Gitter, das vor der Vertiefung für das Kellerfenster noch immer auf dem Boden lag.

Als er bei dem Loch kniete, wurde ihm bewusst, dass es klug wäre, das Fenster wieder an Ort und Stelle festzuschrauben. Aber sein Herz hämmerte wie wild, er wollte hier weg. Sich noch länger aufzuhalten, hieß, die Götter zu versuchen.

Er setzte das Gitter wieder ein und lief zu dem Mercedes zurück. Am dringlichsten war, aus diesem Franzosen etwas herauszubekommen. Und zwar schnell.

Er ließ den Dieselmotor an und fuhr von dem Gelände herunter.

19

Es war totenstill in Susans Wohnung. Nach einer kurzen Nacht, in der sie kein Auge zugetan hatte, hatte sie sich mit einer Tasse Tee aufs Sofa gekuschelt und ein Buch aufgeschlagen. Sie hatte die Buchstaben zu Wörtern und die Wörter zu Sätzen zusammengefügt. Aber der Inhalt der letzten zwanzig Seiten war nur sehr vage hängengeblieben.

In zwei Tagen fand die Einäscherung statt. Was dafür noch zu regeln gewesen war, hatte sie im Wesentlichen auf die Reihe bekommen. In dem Krematorium vor Ort würde eine bescheidene kleine Andacht stattfinden. Keine Blumen, keine Feierlichkeiten. Anzeigen hatte sie auch nicht verschickt. Es hatte ihr die Kraft dafür gefehlt. Im Grunde hatte sie mehr oder weniger den Kopf in den Sand gesteckt. So fühlte sich ihr Kopf auch an. Aber um die ganzen Scherereien mit dem Haus kam sie trotzdem nicht herum. Um die Erbschaft.

Eine Hypothek lastete nicht mehr auf dem Haus. Ihr Vater hatte es schon schuldenfrei von seinen Eltern übernommen. Rijkswaterstaat, eine Dienststelle des Verkehrsministeriums, war bereit, für das große frei stehende Haus und die eintausenddreihundert Quadratmeter Grundbesitz eine beträchtliche Summe zu zahlen. Obwohl es auf dem freien Markt, wenn es denn in besserem Zustand gewesen wäre, wahrscheinlich noch einmal die Hälfte mehr eingebracht hätte. Wenn man es gründlich renovieren würde, stünde es einer prestigeträchtigen Anwaltskanzlei nicht schlecht zu Gesicht.

Der Beamte, mit dem sie am Nachmittag gesprochen hatte, war bemüht gewesen, sich seine Freude und Erleichterung nicht allzu deutlich anmerken zu lassen. Schließlich war jemand gestorben.

Neunhunderttausend Euro. Davon beanspruchte der Staat etwa zwanzig Prozent – eine Form legalen Diebstahls, bekannt unter der Bezeichnung Erbschaftssteuer. Von dem, was übrig blieb, stand die eine Hälfte ihr, die andere Hälfte Sabine zu. Die würde ihr Glück nicht fassen können.

Aber die Euphorie, die andere empfunden hätten, wenn ihnen ein Vermögen in den Schoß gefallen wäre, empfand Susan derzeit nicht. Sie fühlte sich alles andere als gut.

Die letzten Worte ihres Vaters ließen sie nicht mehr los. Vielleicht hatte er nur deliriert, und sie maß der Sache zu viel Bedeutung zu. Es tat ihm leid, hatte er gesagt. Und es hatte mit ihrer Mutter zu tun. Was konnte er damit bloß gemeint haben?

Nur zu gern hätte sie die Erbschaft gegen dieses Wissen eingetauscht.

»Danke, Papa«, sagte sie laut in den Raum hinein, »jetzt kann ich für den Rest meines Lebens darüber nachgrübeln.«

Wenn sie überhaupt mit irgendjemandem darüber sprechen wollte, dann mit Sil. In den letzten Tagen hatte sie den Impuls ihn anzurufen mehr als einmal unterdrückt, weil ihr jedes Mal, wenn sie den Hörer in die Hand nahm, vor Augen stand, wie Sil und Sven sich vor einer Bande bewaffneter Gruseltypen versteckt hielten und aus Sils Nokia plötzlich eine elektronische Fassung von *Nothing else matters* ertönte. Eigentlich wusste sie natürlich, dass Sil viel zu professionell war, um in einer solchen Situation sein Handy eingeschaltet zu haben. Ein wie auch immer gearteter Anruf würde ihn derzeit nur ablenken.

Sie klappte das Buch zu und zog die Knie an. Starrte das vergrößerte Foto vom Strand in Hurghada an, das über dem Sekretär hing. Kämpfte gegen das Gefühl von Hoffnungslosigkeit und Weinerlichkeit an, das in Schüben wiederkehrte.

Sil war weg. Womöglich sah sie ihn nie wieder.

Sie hatte immer gewusst, dass er eines Tages fortgehen würde. Nicht, weil sie ihm nichts bedeutete oder er sie nicht liebte, wie er es ausdrückte. Sie war überzeugt, dass er das auch wirklich glaubte. So stark glaubte, dass er sogar für sie sorgen wollte – einer der wenigen konservativen Züge, die sie an ihm entdeckt hatte. Und dennoch hatte sie stets die unterschwellige Angst gehabt, dass er eines Tages – wie ein Jagdhund, der bei einem Waldspaziergang das Wild roch – von den gebahnten Wegen abkommen und unterwegs sein Zuhause vergessen würde. Blind seinen Instinkten folgen und schließlich nur noch Augen für die Fährte haben würde, die immer frischer und stärker, verführerischer und kräftiger wurde, bis die unvermeidliche Konfrontation folgte.

Seek and destroy.

Und es war immer denkbar, dass die Beute sich nicht wie eine Beute benahm. Schneller war, schlauer. Tödlicher. Sodass sie in den Tagen und Wochen, nachdem die ängstliche Vermutung zur Gewissheit geworden wäre, nur noch vermuten konnte, wo seine letzte Konfrontation stattgefunden hatte: in einem gottvergessenen Winkel des Rotterdamer Hafens, einem verdreckten Hinterzimmer in einer Kneipe an der belgischen Küste.

Oder irgendwo in Paris.

Die Tränenschleier ließen das Zimmer verschwimmen. Wütend wischte sie sich die Augen und schnaubte in ein Küchenpapier. Saß dann apathisch da und starrte vor sich hin.

Sie war durch die halbe Welt gereist. Hatte sich eine Wohnung gekauft. Eine Existenz aufgebaut. Sinnvolle Dinge getan. Das Leben in vollen Zügen genossen, Tag für Tag.

Oder etwa nicht?

Dass die Leute in ihrem Umkreis einen anderen Weg gewählt und sie allmählich ihre sozialen Ankerpunkte verloren hatte, war wohl der Preis, der für ein aufregendes und regelloses Leben, das sich mal hier und mal dort abspielte, quer über alle Längen- und Breitengrade hinweg, gezahlt werden musste.

Alleinsein hatte sie nie als Problem empfunden, im Gegenteil. Vielleicht aus Gründen des Selbstschutzes: Binde dich an Menschen, und du wirst von ihnen verlassen.

Wie von ihrer Mutter.

Wie von Sil.

Weinte sie jetzt etwa? Sah fast so aus.

Zornig fuhr sie sich mit dem Ärmel übers Gesicht und holte tief Luft. Das war gar nicht gut. Die pure Selbstzerstörung.

Sie sollte vielleicht aufhören zu grübeln. Lieber irgendetwas anfangen.

Es gab schließlich mehr als genug zu tun.

Sie musste das Haus ausräumen. Was da alles noch herumlag und -stand, wusste sie gar nicht genau. Jedenfalls wollte sie den Kram nicht dort stehen lassen, bis der Abbruchbagger kam. In Gedanken sah sie schon die Nachbarn in den Trümmerhaufen scharren, wie Möwen auf der Müllkippe. Sah vor sich, wie sie den in der Grundschule liebevoll aus Ton getöpferten Aschenbecher mit der Aufschrift FÜR MAMA aus dem Schutt ziehen und achtlos über die Schulter wieder wegwerfen würden. Die alten Fotoalben durchstöbern. Die Tagebücher mit nach Hause nehmen und mit roten Ohren darin herumschnüffeln. Sich über den unglaublichen Saustall lustig machen, der im Laufe von ein paar Jahrzehnten bei dem kontaktgestörten Künstler und seinen beiden Töchtern entstanden war. Doch was im Hause Staal so alles vor sich gegangen war, ging niemanden etwas an.

Wirklich niemanden.

Also hatte sie schließlich nicht Sil auf seinem Handy angerufen, sondern eine Nummer aus den Gelben Seiten. Und einen Abfallcontainer bestellt.

Morgen früh würde er im Garten hinter dem Haus aufgestellt, und dann würde sie mit dem Aufräumen anfangen. Und vor allem mit dem Aussortieren und Wegwerfen. Um den Kopf frei zu bekommen. Eine Ablenkung, um nicht nachdenken zu müssen. Nicht an Sil denken zu müssen. An den Tod ihres Vaters. Oder an ihre Mutter. Letzteres war noch am unwahrscheinlichsten.

Ihr graute jetzt schon davor.

20

»Das kannst du nicht machen, Mann!« Svens Stimme überschlug sich fast und schallte durch das kahle Badezimmer.

Vor ihnen auf den weißen Fliesen lag, in einer unnatürlichen Körperhaltung, der blonde junge Mann. Die Hände auf den Rücken gebunden. Schweißperlen im Gesicht. Das Klebeband hatte Maier ihm bereits vor einer halben Stunde unsanft vom Mund gerissen, aber er hatte dennoch so gut wie nichts gesagt. Schien vor Angst unter Schock zu stehen. Das Einzige, was man ihm mit viel Mühe hatte entlocken können, war sein Name, Thierry. Darüber hinaus hatte er nur verstört vor sich hin gestarrt. Sich abgekapselt.

Maier war selbst auch schon in einer solchen Situation gewesen. Und genau wie der Jungspund hier hatte er mit keiner Wimper gezuckt. Aber eines war sicher: Wenn dieser Thierry etwas wusste – und davon war er überzeugt –, dann würde er schon noch reden.

Maier setzte sich seitlich auf den Klodeckel und nahm eine Camel aus der Packung. Steckte sie an und inhalierte tief. »Wenn er nichts weiß«, sagte er, während er demonstrativ den Dämpfer auf die Glock drehte, »dann ist er auch nichts wert. Sag ihm das.«

Svens Blick wanderte von dem jungen Mann zu Maier und wieder zurück. »Willst du ihn ermorden, oder was? Mein Gott! Vielleicht wollte er da einbrechen oder so. Vielleicht hat er mit der ganzen Sache gar nichts zu tun. Sil, du knallst ihn jetzt doch wohl nicht ab, oder? Sag mir bitte, dass das ein Witz ist!«

»Er war heute Nachmittag dabei«, sagte Maier um einiges ruhiger, als ihm zumute war. »Der weiß genau Bescheid. Wenn er uns erklärt, wo wir hinmüssen, bleibt er am Leben. Wenn nicht, ist es hier und jetzt vorbei. Dann vertun wir bloß unsere Zeit.«

Sven zitterte und hatte vor Aufregung schweißnasse Hände. »Ich kann das nicht, Sil, ich …«

Maier explodierte fast. »Willst du deinen Sohn zurück oder nicht? Wenn der Typ nicht bald mit irgendwas rausrückt, siehst du ihn vielleicht nie wieder! Der Hund kann dir verdammt noch mal erzählen, wo sie ihn festhalten, aber er kriegt sein Scheißmaul nicht auf! Kannst du dir das vielleicht mal klarmachen? Sag's ihm, los!«

Sven wollte etwas entgegnen, überlegte es sich aber anders. Er drehte sich um und ging vor dem Gefangenen in die Hocke. »Mein Freund will dich umbringen«, sagte er auf Französisch.

Der Junge reagierte, indem er sich noch weiter in die Ecke zu drücken versuchte. Als könnte er durch die Wand hindurchkriechen, wenn er sich nur anstrengte.

»Du hast nur dann eine Chance, wenn du uns erzählst, wo deine Freunde meinen Sohn festhalten. Sonst kann ich nichts für dich tun, rien, aber wenn du redest, versuche ich dir zu helfen, okay?«

Keine Reaktion. Wie taubstumm hielt der Junge starr den Blick auf einen Punkt am Boden gerichtet.

Panisch schaute Sven zu Maier hinüber, der noch einmal an seiner Zigarette zog, die Glock lässig in der Rechten, den Ellbogen aufs Knie gestützt. Sein Gesicht verriet keine Gefühlsregung.

Es entstand eine unbehagliche Stille, unterbrochen nur vom schnellen Atmen des Jungen. In dem kleinen Badezimmer war es heiß und schwül. Die Ausdünstungen ihrer schwitzenden Körper beschlugen als Kondenswasser die Kacheln an der Wand und den Spiegel überm Waschbecken.

Maier musterte Sven wortlos. Dieser drehte sich zu ihm um wie zu einem geradewegs aus der Hölle hervorkriechenden Monstrum. Heute Nachmittag, als er von dem alten Fabrikgelände aus mit eigenen Augen Thomas gesehen hatte, war er noch selbst das Monstrum gewesen, blutrünstig bis dort hinaus. Ein ganzes Heer von Feinden hätte der Tierarzt mit bloßen Händen ermordet, um seinen Sohn zurückzubekommen, oder hätte zumindest den fanatischen Versuch dazu unternommen. Aber jetzt, da der Feind ein menschliches, allzu menschliches Gesicht hatte, in Todesangst auf dem Boden des Badezimmers lag und schwer atmete, war von dieser Mordlust nicht mehr viel übrig.

Nicht dass es Maier gewundert hätte. Er hatte mal ein autobiographisches Buch von einem Soldaten gelesen, der auf dem Schlachtfeld einen verletzten nach seiner Mutter schreienden Feind in den Armen gehalten und getröstet hatte, bis der andere seinen Verwundungen erlegen war. Noch die gröbsten, härtesten Kerle, die einiges mitgemacht hatten – und zu der Sorte gehörte Sven ganz sicher nicht –, wurden plötzlich von Mitgefühl überwältigt. Insofern kamen Svens Empathie für den blondhaarigen jungen Kerl und die Abscheu vor Maiers gefühlskalter Haltung nicht ganz überraschend. Sie mochten es zwar mit einem gestörten Scheißkerl zu tun haben, der Kinder entführte oder jedenfalls an ihrer Entführung beteiligt war – aber er war ein Mensch. Letztendlich waren sie das alle. Was immer sie auch auf dem Kerbholz hatten.

Aber für Empathie war es weder die richtige Zeit noch der richtige Ort. Irgendjemand musste bei der Sache bleiben.

Maier riss sich zusammen und zwang sich, alle Gefühle auszuschalten. Alle Gefühle außer Wut, Aggression und Hass. Die er nun ganz auf denjenigen richtete, der da wie ein Zenbuddhist in Trance auf die weißen Bodenfliesen starrte.

Es gelang ihm.

»So dauert das noch Stunden. Wenn nicht Tage«, sagte er zu Sven und warf seinen Zigarettenstummel achtlos in das Waschbecken.

Mit wildem Blick sah Sven ihn an. Sein Gesicht ein einziges Fragezeichen.

»Sag dem Scheißfranzosen, ich bin's leid«, sagte Maier. Er stand auf und ging ins Wohnzimmer. »Ich hab die Schnauze voll von ihm.«

Keine zwanzig Sekunden später kehrte er ins Bad zurück, begleitet von einem ohrenbetäubenden Lärm aus dem Fernseher im Wohnzimmer. Ein Livekonzert von Phil Collins. Maier hatte den Ton voll aufgedreht. *Something happened on the way to heaven.*

Der Typ saß immer noch in derselben Haltung da.

Maier ignorierte die Panik in Svens Blick. Zielte mit der Glock schräg nach unten und drückte ohne Zögern ab. Der gedämpfte Knall ging im Geschmetter der Trompeten, das nachfolgende Geschrei im Gejauchze des Konzertpublikums unter. Blut floss in dünnen Strömen über die weißen Fliesen und fand seinen Weg durch die flachen Fugen. Der junge Kerl zuckte unkontrolliert mit dem Bein.

»Du hast ihm in den Fuß geschossen!«, schrie Sven.

Maier hörte ihn kaum. Der Adrenalinschub hatte ihn einen Augenblick lang erstarren lassen. Jetzt aber stürzte er sich auf sein Opfer, packte den Mann am Unterkiefer und drückte ihm die Waffe in den Mund. Dass Sven ihn von hinten umklammert hatte und »Nicht, nicht!« schrie, nahm er kaum wahr.

»Letzte Gelegenheit!«, überbrüllte Maier die Musik. »Sag es ihm, Sven! Wenn er das Maul nicht aufmacht, knall ich ihn ab!«

Sven schrie dem Franzosen etwas Unverständliches zu.

Nach ein paar Sekunden, die eine Ewigkeit zu dauern schienen, nickte der kurz, fast unmerklich mit dem Kopf. Maier zog die Pistole aus dem Mund und trat einen Schritt zurück.

Der Junge hustete und zuckte mit dem Bein. Seine blonden Locken waren verklebt. Der Schweiß lief ihm in dünnen Strömen über Stirn und Wangenknochen.

»St. Maure«, sagte er heiser. »Il est à St. Maure.«

Sven beugte sich zu ihm und stellte eine Frage nach der anderen. Die Antworten kamen prompt, jedenfalls schien es Maier so.

Die Musik dröhnte in seinen Ohren. *How many times can I say I'm sorry* sang ein Frauenchor voller Hingabe.

Sven wandte sich wieder Maier zu. »Ein Bauernhof, kurz vor St. Maure«, sagte er, »unterhalb von Tours. Er liegt an der Straße nach Bordeaux, zwei oder drei Stunden Fahrt von hier. Er kann uns den Weg zeigen.«

Maier verstand ihn kaum. »Hol die Karte«, sagte er knapp.

Geistesabwesend starrte Sven ihn an.

»Die Frankreich-Karte und was zum Mitschreiben! … Und stell diesen beschissenen Lärm ab.«

Sven verschwand im Wohnzimmer. Die Musik verstummte. Kurz darauf kam er mit einer Straßenkarte von Frankreich zurück.

Maier breitete sie im Bad auf dem Boden aus. Fuhr von Paris aus mit dem Finger über das Papier und fand schließlich einen Ort namens Tours. »Hier irgendwo?«

»Ja, noch etwas weiter unten. Ich … ich kenn mich da unten ein bisschen aus«, sagte Sven.

»Zufällig das 37ste Departement?«

»Ja.«

»Schreib die Adresse auf und alles, was er sonst noch weiß. Dann fahren wir gleich los.«

»Und … und …«, stotterte Sven und schaute den jungen Kerl an, der offensichtlich Schmerzen hatte, »… was machen wir mit ihm?«

»Der kommt mit. Sicherheitshalber. Verbinde ihm den Fuß.

Ich will nicht, dass er verblutet ist, wenn ich noch irgendwelche Fragen habe.«

Als wäre der Teufel hinter ihm her, stürzte Sven erneut aus dem Raum. Kam mit einem kleinen Köfferchen zurück und kniete sich neben den Verwundeten. Als er ihm den blutigen Schuh ausziehen wollte, schrie er wieder vor Schmerzen auf.

»Sag ihm, er soll sein Maul halten«, sagte Maier und zog sich ins Wohnzimmer zurück.

Während er seine Schuhe, die Biwakmütze, den Laptop und ein paar andere Sachen zusammensuchte, drang ein gedämpftes Stöhnen aus dem Bad. Sicher gab Sven ihm Morphium. In diesem Köfferchen schleppte er eine halbe Apotheke mit. Weil Maier darum gebeten hatte, hatte er sogar einen Infusionsbeutel mit Glukose-Wasser dabei. Man konnte nie wissen.

Erst nachdem er alles zusammengesucht hatte, setzte Maier sich kurz aufs Bett und stützte das Gesicht in die Hände. Aus dem Bad drang ein Übelkeit erregender, süßlicher Blutgeruch zu ihm, vermischt mit einem stechenden Kräuterduft.

Bestimmt lag es daran, dass sich ihm fast der Magen umdrehte. Am Geruch. Der drückenden Hitze. Am Smog. Dem Schlafmangel. Der stickigen Wohnung. Aber er wusste, dass das Unsinn war.

Lange hatte er sich nicht mehr so dreckig gefühlt.

Er ging zum Fenster und öffnete es. Eine kühle Morgenbrise strich ihm über das verschwitzte Gesicht. Es war schon beinahe hell. Der Himmel mattrosa. In der Ferne dröhnten die Autos auf dem Périphérique. Das abgelegene Viertel schien allmählich aufzuwachen.

Er atmete tief durch. Erst einmal, dann noch einmal.

In den vergangenen Jahren war er mehrmals Menschen begegnet, die mit großem Vergnügen anderen Leuten Informationen zu entreißen versuchten, die richtiggehend auflebten, wenn sie ihr Opfer schreien und leiden sahen. Kranke Idioten.

Er hatte dem Jungen nicht wehtun wollen.

Es machte keinen Spaß, einem gefesselten, wehrlosen Typen von knapp zwanzig Jahren so viel Angst einzujagen, dass der einknickte und seine Kumpel verriet. Nein, besonders stolz auf sich selbst war Maier nicht. Und dass dieses ganze Schauspiel, diese One-Man-Show, ihm so viel leichter von der Hand gegangen war, als er sich selbst zugetraut hätte, beunruhigte ihn. Wie war noch mal der Spruch von Nicholas Cage in diesem dick aufgetragenen, konsequent unterbelichteten Film? Irgendwie so: »If you want to change the devil, the devil changes you.«

Wieder hörte er Gewinsel aus dem Badezimmer, gefolgt von Svens beruhigenden Worten.

Der Gedanke, der sich ihm jetzt aufdrängte, bewirkte nicht, dass es ihm besser ging. Im Gegenteil: Wenn er sich vorstellte, was noch auf ihn zukam, wenn sie erst den kleinen Thomas diesen Typen entrissen hätten, fühlte er sich eher noch elender.

Offene Fragen waren lebensgefährlich. Als trüge man Sprengstoff am Körper und ließe die lange Lunte, die man hinter sich herschleifte, einfach weiterbrennen. So lang die Lunte auch sein mochte und so schnell man auch rannte, im Zickzack und mit Sprüngen, irgendwann kam doch unwiderruflich der Augenblick, da das letzte Ende durchbrannte und man die tödliche Rechnung der eigenen Nachlässigkeit präsentiert bekam.

Brennende Lunten gehörten ausgetreten, auch wenn sie nur vor sich hin schmorten.

Spuren gehörten verwischt.

Er beschloss, sich darauf zu konzentrieren. Nicht zu weit vorausdenken.

First things first.

Er warf einen Blick auf seine Seiko. Es war Viertel vor sechs am Morgen. Den Hof, von dem Thierry gesprochen hatte, konnten sie noch vor neun Uhr erreichen. Aber erst musste hier aufgeräumt werden.

Wenn Sven fertig war, würde er das Bad wischen. Alles so gut wie möglich sauber machen. In einer der Bodenfliesen befand sich jetzt wohl ein Einschussloch.

Darum konnte er sich später kümmern.

Er ging in die Küche, um nach Chlorreiniger und einem Aufwischtuch zu suchen. Die Magenschmerzen versuchte er zu ignorieren.

21

Sie waren gut zweieinhalb Stunden gefahren, im frühen Morgenlicht, durch eine hügelige Landschaft mit wogenden Kornfeldern. Dazwischen Laubwälder und weite Ebenen verblühter Sonnenblumen, die ihre welken Köpfe hängen ließen.

Maier sah nichts als dunkelgrüne und beigefarbene Flächen, über denen eine bedrohlich graue Wolkendecke hing.

Thierry lag mit Kabelbindern gefesselt und zusammengerollt im Kofferraum seines eigenen Mercedes und durchlebte vermutlich die furchterregendste und unbequemste Autofahrt seines bedenkenswert kurzen Lebens.

Vor einer halben Stunde hatte Maier angehalten und den Kofferraum geöffnet. Einerseits weil er nicht sicher war, ob Thierry genug Luft bekam. Andererseits um noch ein paar Informationen aus ihm herauszuholen.

Schweißnass und mit einem fachmännisch verbundenen Fuß, auf den jeder Labrador Retriever stolz gewesen wäre, hatte er Sven in verstottertem Französisch noch einmal genau erklärt, wo sie hinmussten. Was sie dort möglicherweise erwartete, wie die Sicherheitsvorrichtungen aussahen – angeblich gab es keine – und wie eventuell anwesende Personen bewaffnet waren. Dann hatten sie den Kofferraum wieder zugesperrt und waren weitergefahren.

Maier schaute in den Rückspiegel. Sven folgte ihnen mit dem schwarzen Laguna in knapp dreißig Metern Abstand.

Ziel ihrer Reise war das Dorf Sainte-Maure de Touraine, ein in hügeliger Umgebung gelegenes Viertausend-Seelen-Nest.

Gerade war Maier an dem rot umrandeten Ortsschild vorbeigefahren. Das Dorf, das aus eng aneinandergebauten Häusern mit verputzten Fassaden und hölzernen Fensterläden mit Lamellen bestand, wurde in fast gerader Linie von der Straße durchschnitten. Es gab ein kleines Restaurant und ein Dorfhotel, und ein großes Schild verwies auf den wenige hundert Meter von der Zufahrtsstraße entfernten INTERMARCHÉ-Supermarkt. Zu dieser frühen Stunde waren nur wenige Menschen auf den Beinen.

Im nächsten Augenblick fuhr Maier schon wieder aus dem Dorf heraus. Die von Thierry erwähnte Erkennungsmarke, eine Vogelscheuche, war nicht zu übersehen gewesen: eine schätzungsweise acht Meter hohe Puppe aus Strohballen und -rollen, zusammengehalten von schwarzen Plastikplanen und Seilen. Auf einem weißen Spanntuch war mit schwarzer Farbe irgendein landwirtschaftliches Spektakel gegen Ende des Monats angekündigt. Von einem Kornfeld zu seiner Linken aus grinste die einsame Puppe ihn an.

Hier war es also. Gleich musste er links abbiegen. Sie waren nahe dran. Maier spürte, wie seine innere Anspannung wuchs.

Eigentlich war er es gewohnt, solche Aktionen gut vorzubereiten. Fast wie besessen gut vorzubereiten. Er hatte immer dafür gesorgt, dass er über die Zielpersonen mehr, viel mehr wusste, als streng genommen nötig war. Diesmal wusste er faktisch gar nichts. Bloß das, was Thierry ihm erzählt hatte: dass die Straße bei einem Bauernhof enden würde, wo sich zwei Männer aufhielten, einer etwa fünfunddreißig, der andere etwa vierzig Jahre alt, beide mit Faustfeuerwaffen. Der ältere der beiden fuhr einen Renault 21. Der andere einen weißen Kleintransporter, dessen Marke Thierry nicht wusste.

Maier spähte in die Ferne, in der Hoffnung, einen Blick auf den Hof zu erhaschen, aber das hügelige Kornfeld versperrte ihm die Sicht. Er bremste und bog links ab. Sven folgte ihm in kurzem Abstand. Die asphaltierte Straße machte eine kleine Kurve und stieg dann leicht an. Auf dem höchsten Punkt wurde sie schmaler, und aus dem Asphalt wurde abrupt ein hubbeliger schmaler Weg, der diesen Namen eigentlich gar nicht verdient hatte. Es war eher eine Wagenspur im hellbraunen Lehm, in der Mitte ein spärlicher Streifen dürres gelbes Gras. Links und rechts noch mehr verdorrtes Gras, gedrungene Sträucher voll schwarzer Brombeeren und dahinter, rechts und links, Stoppelfelder. Hier waren die Sonnenblumen allesamt abgeerntet worden.

Dass es anscheinend schon so lange trocken war, kam Maier entgegen. Auf diesem knallharten Lehmboden voller Brüche und Risse würden weder die Autoreifen noch seine Schuhsohlen bedeutsame Spuren hinterlassen.

Ein Stück weiter, auf der rechten Seite des Wegs, lag inmitten der Stoppelfelder ein kleines Waldstück. Kurz bevor er daran vorbeigefahren wäre, lenkte er den Mercedes auf das Feld. Fuhr vorbei an dem Waldstück zu seiner Linken, bis er dahinter herauskam und das Auto von der Wagenspur aus nicht mehr zu sehen war.

Der alte Mercedes bockte, als Maier damit quer über eine festgetrocknete Fahrrille von dicken Traktorreifen hinwegsetzte. Im Schritttempo fuhr er ein Stück weiter und fand schließlich eine unter ein paar dicht belaubten Bäumen gelegene Einbuchtung. Enorme Bündel zusammengebundener Zweige sowie Baumstämme mit roten Markierungen auf den Sägeflächen lagen auf dem Boden. Hinter einem der meterhohen Stapel von Ästen hielt Maier an, zog den Zündschlüssel aus dem Schloss und stieg aus. Sven folgte seinem Beispiel. Mit einem Gesicht, von dem die Anspannung geradezu abstrahlte, kam er auf ihn zugelaufen.

Stirnrunzelnd schaute Maier auf die Staubwolken, die der Mercedes und der Laguna aufgewirbelt hatten. Hoffentlich fielen die niemandem auf.

»Was jetzt?«, fragte Sven. Er sah erhitzt aus, und um das zu unterstreichen, wischte er sich mit dem Ärmel den Schweiß von der Stirn.

»Ich packe erst meine Sachen. Dann müssen wir uns etwas einfallen lassen, um die Autos vor fremden Blicken zu schützen.«

Sven sah sich um. »Hier kommt doch niemand her.«

»Das kann man nie wissen.«

Maier holte seinen Rucksack aus dem Kofferraum des Laguna und legte ihn auf die Böschung. Schleifte dann mit beiden Händen ein paar Zweigbündel heran und lehnte sie schräg an die Autos. Sven tat es ihm gleich. Eine Weile arbeiteten sie schweigend weiter und gingen schließlich an den Rand des Feldes, um das Endergebnis aus einem gewissen Abstand zu betrachten.

Nachdem er die Camouflage der Autos begutachtet hatte, drehte Sven sich zu der Hügellandschaft hinter ihnen um. »Und wenn ein Bauer vorbeikommt? Ich finde, es sieht nach zwei mit Zweigen bedeckten Autos aus.«

Maier zuckte mit den Schultern. »Besser bekommen wir's nicht hin. Aus größerem Abstand fällt es nicht auf, also wird sich schon niemand bemüßigt fühlen, es sich aus der Nähe anzuschauen.«

»Was machen wir jetzt?«

»Wenn unser neuer Freund recht hat, kann der Hof nicht weit weg sein. Bleibst du hier und passt auf ihn auf? Dann schau ich mich mal um.«

»Ich komme mit.«

Maier schüttelte den Kopf. »Nein, Sven, sorry. Ich habe keine Ahnung, wie wachsam die Jungs sind. Tu mir den Gefallen, bleib hier. Mach zwischendurch ab und zu mal den Kofferraum auf, damit der Kerl ein bisschen frische Luft kriegt, aber binde ihn nicht los und fang nicht an, mit ihm über seine Mutter und arme kleine Kinder und so zu quatschen. Und wenn er zu schreien anfängt, klebst du ihm den Mund mit Isotape zu. Alles klar?«

Sven nickte.

Maier ging zum Waldrand zurück, hob den Rucksack vom Boden und holte eine Rolle Klebeband heraus. Warf es in hohem Bogen Sven zu, der es ungeschickt auffing.

Dann kehrte er Sven den Rücken zu und verschwand in dem Waldstück. Dort nahm er sich kurz Zeit, um noch ein paar Dinge aus dem Rucksack herauszunehmen. Seine Tarnhose hatte er noch an, was ihm im Wald zupasskam, sowie einen schwarzen Rollkragenpullover und Turnschuhe.

Im Auto hatte er kurz mit dem Gedanken gespielt, sich als Tourist auszugeben. Wer in kurzer Hose und Hawaiihemd mit einem Fernglas dastand und den Himmel nach fliegenden Viechern absuchte, erweckte keinen Argwohn. In einem solchen Outfit würde er weniger auffallen als jetzt. Lief man hingegen mit Biwakmütze und Tarnklamotten durch die Gegend, war es nicht angesagt, Fußgängern freundlich zuzuwinken, als wäre alles in bester Ordnung.

Auf dem Weg nach St. Maure hatte er die Idee eine Weile reifen lassen und schließlich verworfen. Für Verkleidungsaktionen blieb keine Zeit.

Er zog sich die Biwakmütze über den Kopf und die Handschuhe an. Schnallte das Holster um und zog eine dünne Baumwolljacke über. Holte die Glock heraus und zog den Schlitten zurück, sodass die erste Patrone in die Munitionskammer wanderte und die Waffe scharf war. Steckte sie ins Holster.

Es befanden sich noch vierzehn Patronen im Magazin. Sicherheitshalber kalkulierte er auf zwölf. Wenn das Magazin mitsamt Patronen jahrelang herumgelegen hatte, konnte man sich auf die Metallfeder, die bei einem Feuergefecht die Patronen in rasend schnellem Tempo hochdrückte, möglicherweise nicht mehr hundertprozentig verlassen. Sie konnte an Spannkraft verloren haben, wodurch die letzte Patrone nicht mehr oben ankam, möglicherweise auch die vorletzte nicht. Wenn man davon ausgegangen war, auf jeden Fall vierzehn Schuss zur Verfügung zu haben, konnte das unangenehm werden.

Von der Geschichte dieser Waffe wusste er überhaupt nichts, und er hatte auch keine Zeit gehabt, sich darum zu kümmern. Also ging er vorsichtshalber davon aus, dass die Magazinfeder eine Menge mitgemacht hatte.

Zwölf Patronen. Wenn das nicht reichte, dann saß er sowieso ziemlich in der Scheiße. Dann würde es auf ein oder zwei Schuss mehr auch nicht ankommen.

Thierrys Messer verschwand in der Seitentasche seiner Tarnhose.

Er machte kehrt und lief zum Saum des Waldes vor, auf die Wagenspur zu. Legte das letzte Stück auf dem Boden robbend zurück. Thierry zufolge gab es weder Sicherheitsmaßnahmen noch Wachen. Aber besonders viel Wert maß er dieser Aussage nicht zu.

Lieber ging er auf Nummer sicher und hielt sich nahe am Boden, damit Sträucher und Gestrüpp ihn verbargen. Es fiel ihm leicht. Er kam nicht mal außer Atem. Sorgen aber bereitete ihm das Geräusch, das die Fortbewegung seiner neunzig Kilo Körpermasse verursachte. Wegen der anhaltenden Trockenheit war der Waldboden mit abgefallenen Blättern und knochentrockenen dünnen Ästen übersät. Er hinterließ eine Spur der Verwüstung. Es sah aus, als wäre eine Horde von Elefanten durch den Wald getrampelt.

Ein anderes Übel war seine dunkle Kleidung. Im Wald war sie vorteilhaft, aber vor offener Landschaft würden sich Tarnhose, schwarze Biwakmütze und Pullover doch sehr abheben. Er musste so lange wie möglich im Schutz der Sträucher zu bleiben versuchen.

Eine Weile robbte er in etwa vier Metern Abstand parallel zu der Wagenspur, bis er am anderen Ende des Waldstücks herauskam, wo sich ihm die Sicht auf ein weiteres sanft abschüssiges Feld eröffnete. Es war vollkommen verlassen. Die Bauern hatten hier so viel Land, dass sie Zäune oder sonstige Absperrungen nicht brauchten. Allerdings gab es etwa zwei Meter von der Wagenspur entfernt einen knochentrockenen und etwa anderthalb Meter tiefen Graben.

Er zog sich dorthin und ließ sich hineinsacken. Als er mit einem Plumps unten landete, flogen zwitschernd ein paar Vögel auf.

Gebückt und schnell lief er los. Nach etwa dreißig Metern machte er Halt, setzte sich, nahm die Biwakmütze vom Kopf und verstaute sie in der Seitentasche seiner Hose. Sein Haar war etwa genauso schwarz wie diese Mütze, aber weil er noch kurz vor ihrem Aufbruch die Haarschneidemaschine eingesetzt hatte, schimmerte jetzt die Haut durch. Als Tarnfarbe war das noch besser.

Direkt vor ihm machte die Wagenspur eine Kurve nach links. Auf der gegenüberliegenden Seite war der Bewuchs höher und dichter. Sträucher, ein paar Bäume. Noch immer keine Spur von Bebauung. Er kroch vor und zog sich hoch. Spitzte die Ohren, hörte aber nichts außer Vogelstimmen und Verkehrslärm von der Autobahn, etwa drei Kilometer westlich. Er schaute nach links und nach rechts. Kletterte aus dem Graben, sprintete über die Wagenspur hinweg und verschwand auf der gegenüberliegenden Seite wieder zwischen den Sträuchern. Kroch dann noch ein paar hundert Meter neben dem Weg entlang.

Schließlich konnte er durch das Blätterwerk hindurch ein paar sandfarbene, eckige Konturen wahrnehmen. Langsam und mit nochmals gesteigerter Wachsamkeit kroch er durch die Sträucher vorwärts, sich des Knackens und Knisterns der Zweige und Blätter voll bewusst.

Ein Gehöft, vom Baustil her anders als die Höfe hier in der Gegend. Verputzte Wände mit dicken Sandsteinblöcken um die Fenster und an den Hausecken. Dunkelgraue Dächer mit Schieferplatten.

Von hier aus konnte er alles gut überblicken. Der größte Teil der beinahe L-förmig angeordneten Gebäude wurde von einer großen Scheune verdeckt, die der Wagenspur gegenüberlag und den langen Teil des L darstellte.

Sie war keine sechs Meter von ihm entfernt. In der Mitte befand sich eine ursprünglich wohl von großen Toren verdeckte Öffnung.

Er blieb etwa zehn Minuten zwischen den Sträuchern liegen. Ließ die Umgebung auf sich wirken. Nichts als Vogelstimmen, zirpende Grillen und summende Insekten. In der Ferne rauschte der Verkehr über die Autobahn. Der Lärm wurde hier weit über das Land getragen.

Der Hof wirkte menschenleer. Aber das konnte täuschen.

Er sprang auf und lief schnell auf die andere Seite. An die Scheunenwand gedrückt, ging er seitlich weiter zu der Toröffnung. Schaute um die Ecke. Der etwa zwanzig Meter lange und höchstens sechs Meter tiefe Lagerraum war nach Augenmaß mit einer Schräge an das Wohnhaus angebaut. Der Boden war aus Beton oder sah zumindest danach aus. In etwa fünf Meter Höhe befand sich die Unterseite des Schieferdachs, das auf einer Konstruktion von kreuz und quer angebrachten Leisten und krummen Baumstämmen auflag. Quer durch die Wände ragten große Holzbalken in den Raum hinein. In der gegenüberliegenden Wand war auf genau derselben Höhe ein großes Loch. Er nahm an, dass die Scheune derzeit als eine Art überdachtes Zugangstor diente, denn er hatte keinen Weg gesehen, der außen herumgeführt hätte.

Er schlüpfte in das Gebäude hinein. Drückte sich sofort wieder mit dem Rücken an die Wand und ging in die Hocke. Unter den Dachsparren flatterten Tauben auf und flogen durch die Toröffnung der Freiheit entgegen.

Bis auf ein wenig Gerümpel war die Scheune leer. Maiers Blick fiel auf einen alten Kühlschrank, einen Traktor, auf Holzkisten, Kanister und ein paar kaputte Gartenstühle. Keine sichtbaren Kameras oder Bewegungsmelder.

Er spurtete auf die gegenüberliegende Seite und drückte sich dort erneut an die Wand. Jetzt hatte er Sicht auf das Anwesen.

Vor dem Bauernhaus, keine zehn Meter von ihm entfernt, stand ein dunkelgrauer Renault 21.

22

»Mann, was für eine Hütte!« Reno stand mit Susan im Bogen der Auffahrt vor dem Haus und kriegte den Mund nicht mehr zu.

Das zweigeschossige Herrenhaus wirkte fast grotesk in dem an eine Parkanlage erinnernden Garten mit uralten Bäumen.

Susan betrachtete ihr elterliches Haus, als sähe sie es zum ersten Mal. Die Treppe vor der dunkelrot gestrichenen Holztür, die großen, hohen Fenster mit Ornamenten aus Stein. Alles jämmerlich verwahrlost. Die geschwungene Auffahrt war überwuchert. Die Fenster waren fast blind vor Schmutz, der sich mit den Jahren in immer dickeren Schichten darauf abgelagert hatte. Die Farbe blätterte ab. Die Regenrinne hing schief. Mehrere Dachziegel fehlten.

Das ganze Haus brach allmählich zusammen.

Das entging Reno völlig.

»Bist du hier aufgewachsen, San? Wart ihr dermaßen reich?«

»Hat mein Vater geerbt«, sagte sie knapp. »Von seinen Eltern, meinen Großeltern.«

Sie ging rechts um das Haus herum, gefolgt von Reno, der sich voll Bewunderung umsah.

Auf dem von Unkraut durchwachsenen Rasen stand ein gelber, metallener Abfallcontainer. Susan schielte zu dem Atelier hinüber, rechts im hinteren Teil des Gartens. Der hölzerne Bau war zum Teil von Zaunwinden überwuchert. Hunderte von weißen, kelchförmigen Blumen verliehen der dunkelgrünen Scheune etwas beinahe Idyllisches.

Beinahe.

Das Atelier würde sie sich ganz zum Schluss vornehmen.

»Na, dann mal los«, sagte sie, um sich selbst Mut zu machen, als sie die Holzveranda betrat und die Küchentür öffnete. Unter ihren Turnschuhen federte das Holz leicht.

Die Atmosphäre in der Küche erinnerte noch am ehesten an eine Gruft. Es hatte sich in all den Jahren wirklich nichts verändert. Auf einem Brett über der Spüle standen Shampooflaschen, Bleichmittel und Bienenwachs, überzogen von einer dicken Staubschicht. Alles wirkte, als stünde das Haus schon ein Jahrzehnt lang leer.

Reno sagte kein Wort. Schaute sich bloß um.

Susanne seufzte. »Lass uns oben anfangen, dann arbeiten wir uns nach unten vor.«

»Okay.«

Durch die Wohnküche kamen sie in einen düsteren Flur. An der hohen Decke ein Kronleuchter. Auf dem Boden ein grün geblümter Läufer. Schulterhohe Wandvertäfelung. Durch den schmalen Glaseinsatz in der Eingangstür fiel spärliches Licht. Schweigend stiegen sie die Treppe hinauf.

In diesem Haus hatte sie mehr Zeit verbracht als irgendwo sonst auf der Welt. Aber es war so lange her, dass sie sich vorkam wie ein Eindringling. Es war nicht ihr Haus, sondern das ihres Vaters. Dessen Körper würde morgen früh für immer verschwinden, in einem auf achthundert Grad Celsius vorgeheizten Ofen des örtlichen Krematoriums.

»Nett hier«, flüsterte Reno.

»Ja, gemütlich, nicht wahr?«

An der Wand neben der Treppe hingen gestickte Wandbilder im Laura-Ashley-Stil: Kinder auf einem Schaukelpferd, ein Mädchen mit Ringellöckchen auf einer Schaukel. Diese Stickereien gehörten zu den wenigen Dingen, die noch von ihrer Mutter stammten. Nach Jeannys Verschwinden hatte Geran

Staal alles weggeworfen, was an sie erinnerte. Susans Mutter hatte diese Bilder selbst in Handarbeit angefertigt. Wahrscheinlich hatte ihr Vater sie übersehen.

Wie er so vieles übersehen hatte.

Oben war es noch dunkler als unten. Der Flur hatte keine Fenster. Das obere Stockwerk lag auf Holzbalken auf, sodass beim Gehen auch hier der Boden unter ihren Füßen federte. Sie tastete die Wand nach dem Lichtschalter ab. Er funktionierte nicht.

Sie öffnete eine der Türen und trat ein. Die Decke des Schlafzimmers ihrer Eltern war fast dreieinhalb Meter hoch, und das Sonnenlicht wurde durch alte braunscheckige Gardinen gefiltert.

Wie lange war sie hier nicht mehr gewesen? Seit Jahren.

Leere und Vergänglichkeit waren allgegenwärtig in diesem Haus. Wie hatte ihr Vater es hier um Himmels willen ausgehalten? Wie unglaublich bitter musste es gewesen sein, allmorgendlich in einem Haus aufzuwachen, das so voller Erinnerungen war? In dem die Abwesenheit derer, die es einst mit Leben gefüllt hatten, noch viel schmerzhafter sein musste, als sie sich überhaupt vorstellen konnte?

Sie bekam fast Schuldgefühle, weil sie den Besuch bei ihrem Vater immer wieder hinausgezögert hatte. Ihn so gut wie nie angerufen hatte. Ihn all die Zeit in seinem eigenen Saft hatte schmoren lassen. Ihn mehr oder weniger behandelt hatte, als wäre er schon tot.

Er war aber selbst schuld, Susan, schoss es ihr durch den Kopf. Er hat alle anderen davongejagt. Quäl dich nicht so.

Sie räumte die Schränke aus, und auf dem Bett stapelten sich nach und nach immer mehr Kleidungsstücke. Das ganze Haus sollte so schnell wie möglich leer werden. Reno riss einen Müllsack von der Rolle, die er mit nach oben genommen hatte, und fing an, die Klamotten hineinzustopfen.

Schweigend arbeiteten sie sich von einem Zimmer ins nächste vor. Reno lief mehrmals nach unten und warf die Säcke in den Flur, der sich allmählich füllte. Was wirklich nichts mehr wert war, landete im Abfallcontainer. Alte Kleiderbügel, dreißig Jahre alte Rasierseife, ein geborstener Spiegel, psychedelisch gemusterte Tagesdecken. Es nahm kein Ende mit all dem Krempel, der zehn Jahre lang einen festen Ort und Zweck gehabt hatte, und der jetzt im Container verschwand.

In einem der Erdgeschossräume befand sich ein Bücherregal mit lauter alten Büchern. Reno streifte mit den Fingerspitzen über ihre Rücken. »Puh, eine ganze Menge Lesestoff.«

Susan reagierte nicht.

»Schau doch mal, das ist ja eine richtige Bibliothek.«

»Die sind … waren von meinem Vater«, sagte sie.

»Was machst du damit?«

»Wegwerfen.«

»Ist das nicht schade drum?«

»Außer ihm hat da nie jemand reingeschaut. Ich wüsste nicht, was ich damit anfangen sollte.«

Reno nahm einen dicken Wälzer aus dem Regal und klopfte den Staub ab. »Hier, von Karl May, ist das nicht der mit den Cowboybüchern?«

»Das ist Karl Marx.« Sie zog einen leeren Bananenkarton zu sich heran und fing an, die Bücher hineinzustapeln. »Marx, der Vater des Kommunismus.«

»Oh. War dein Vater Kommunist?«

»Mit Leib und Seele.«

Gegen elf klopfte es an der Haustür. Susan eilte nach unten. Die Tür klemmte, sie musste ziemlich daran zerren. In der Auffahrt stand ein apfelgrüner Möbeltransporter, und vor ihr auf den Treppenstufen warteten zwei Männer mittleren Alters, deren T-Shirts mit der Aufschrift ZWEITE CHANCE dieselbe Farbe hatten wie der kleine Frachtwagen.

Zu viert schleppten sie erst die Kleidersäcke nach draußen, dann die Betten, die auseinandergenommenen Kleiderschränke, die Nachttischchen, die Lampen, die Sitzgruppe. Die Möbelstücke verschwanden eines nach dem anderen in dem geräumigen Frachtwagen, wo sie fachmännisch mit Schnüren und Spannseilen fixiert und mit Decken vor Stoßbeschädigungen geschützt wurden. Die Männer pfiffen fröhlich und ausgelassen vor sich hin, machten Witze. Je mehr Betriebsamkeit sich ausbreitete, desto mehr schien die Traurigkeit zu verfliegen, die auf dem Haus lastete. Natürlich, dachte Susan, war das Haus über Jahre hinweg von den Menschen, die darin gelebt hatten, geprägt worden. Wenn es jetzt jemand in Schuss brächte, wenn Leben hier einziehen würde, Kinder da wären oder Freunde, dann könnte es ein wunderbarer Ort werden, den man gerne aufsuchte. Ein Zuhause. Wie es eines gewesen war, vor langer Zeit, ehe ihre Mutter verschwunden war.

Aber so würde es nie mehr werden.

Das obere Stockwerk war mittlerweile leer geräumt. Die Männer nahmen noch einen Sessel und ein paar Klamotten aus dem Wohnzimmer mit. Sie versprachen, im Laufe des Tages den Rest zu holen.

Susan zog die Haustür zu. Sie war müde. Es war sehr warm, mindestens fünfundzwanzig Grad. Reno saß mit einer Dose Bier im Schatten der Veranda hinter dem Haus. Seine Springerstiefel standen vor ihm im hohen Gras, und mit seinen knöchrigen Fingern drehte er sich gerade eine Zigarette.

Susan setzte sich mit einer Flasche Cola zu ihm.

Sie wusste, dass Reno praktische Tätigkeiten aller Art immer extrem anstrengend fand. Er war ein Gefühlsmensch. Er konnte stundenlang dasitzen und vor sich hin träumen, auf seiner Klampfe zupfen, komponieren. Die Ärmel hochzukrempeln, lag ihm weniger. Umso mehr wusste sie es zu schätzen, dass er mitgekommen war. Außerdem betrachtete er das Haus mit ganz anderen Augen. Teilte ihre Geschichte nicht. Das half ihr dabei, nicht von Gefühlen überwältigt zu werden.

»Ist ja alles nicht so wild«, sagte sie, den Blick auf den Garten gerichtet. »Heute Abend wird es schon ein ganzes Stück leerer sein.«

Reno brummte etwas vor sich hin. Ließ die Bierdose zwischen den Fingerspitzen baumeln. Die selbstgedrehte Zigarette verströmte einen schweren, süßlichen Duft. »War das hier schon immer so, San?«

»Nein, nicht immer. Man kann es sich jetzt kaum vorstellen, aber als meine Mutter noch lebte, war das Haus immer voller Leute. Der Himmel weiß, wo die alle herkamen, wo meine Eltern sie aufgabelten. Und mein Vater hatte zwei gute Freunde, die praktisch Tag und Nacht hier herumhingen.«

»Siehst du die noch gelegentlich?«

Sie nahm einen Schluck von ihrer Cola. »Nach dem Verschwinden meiner Mutter war das soziale Leben hier mehr oder weniger vorbei.«

»Hast du dich mal gefragt, was mit ihr passiert ist?«, fragte Reno vorsichtig.

Nachdenklich schaute sie auf die Rasenfläche. »Ja, oft.« Wieder musste sie an die Worte ihres Vaters denken. Dass es ihm leidtue. War das nur das wirre Gerede eines Sterbenden gewesen, der Traum und Wirklichkeit nicht mehr auseinanderhalten konnte? Oder ein letzter Versuch der Buße? »Aber ich werde es wahrscheinlich nie erfahren«, fuhr sie fort. »Also wäre es eher masochistisch, wenn ich es trotzdem herauszufinden versuchen würde. Glaube ich.«

»Meinst du wirklich?«

Susan hatte ihn nicht gehört. Ihre Gedanken schweiften in die Vergangenheit ab. »Vor allem im Sommer war es hier schön. Wir hatten sogar ein Schwimmbad.«

Reno sah sie an. »Echt?«

Sie deutete mit einem Nicken in Richtung des Containers. »Dahinter. Ein altes Schwimmbad mit grünen Fliesen und alten Statuen. Die sind jetzt bestimmt total überwuchert. Oder verschwunden. Jedenfalls sind sie nicht mehr zu sehen.«

Reno stand auf. »Mal schauen.«

Sie erhob sich ebenfalls und ging von der Veranda, hinter ihm her. Im Wettstreit von Unkraut und Rasen hatten die Brennnesseln die Oberhand gewonnen. Vorsichtig wich Susan ihnen aus.

Das Schwimmbad war etwa acht Meter lang und halb so breit. Viel war von ihm nicht übrig. Im Becken stand mehrere Zentimeter hoch das Regenwasser, grün vor Algen, sodass man nicht auf den Grund sehen konnte.

»Hier sind wir früher immer geschwommen«, sagte sie leise. »Im öffentlichen Schwimmbad waren wir nie.«

»Das war bestimmt lustig«, sagte Reno mit einem gutmütigen Lächeln.

»Ja, allerdings.«

»Ist das das Atelier von deinem Vater?« Er zeigte auf die grüne Scheune.

»Ja.«

»Darf ich mal schauen?«

»Tu dir keinen Zwang an.«

Susan blickte Reno nach, wie er mit seinen langen Beinen durch das Unkraut stiefelte und in Richtung Scheune verschwand. Sie steckte die Hände in die Hosentaschen und ging ziellos ein paar Schritte durch den Garten. Drehte sich dann um und schaute zum Haus. Dass es schon bald nicht mehr dort stehen würde, konnte sie sich kaum vorstellen. Sie hätte ihre Kamera mitnehmen sollen. Ein paar letzte Fotos von dem Haus machen.

Vielleicht morgen.

»San! Schau dir das an!«

Sie sah auf und ging zur Scheune hinüber. Plötzlich sackte

ihr Fuß ein, weil das Erdreich an der Stelle weich und locker war. Sie strauchelte und fiel auf die Knie. Richtete sich wieder auf und klopfte sich den Sand von der Hose. Drehte sich um und stellte fest, dass sie einen tiefen Fußabdruck im Boden hinterlassen hatte. Trat einen Schritt zurück und sah genauer hin. Sonderbar. Der ganze Garten war zugewuchert. Überall wuchs Unkraut, und wo wenig Sonne hinkam, war der Boden hart und von Schlingpflanzen und Moos überzogen. Nur hier nicht.

Sie kniete sich hin und fing an, den losen Boden zu durchwühlen. Die Erde war feucht und blieb an ihren Händen hängen. Sie stieß auf Pflanzentriebe, fahl und dünn, sowie auf hölzerne Wurzelstöcke mit faserigen Enden. An den Rändern des umgewühlten Bodens fanden sich umgeknickte Brennnesseln und Blätter.

»Alles in Ordnung?« Die Stimme in ihrem Rücken hörte sie kaum. Sie starrte auf das Stück Boden vor ihren Füßen und versuchte zu erfassen, was dies zu bedeuten hatte.

»Hier hat wohl kürzlich jemand gebuddelt«, bemerkte Reno.

»Sieht so aus, ja.«

»Aber warum?« Er sah sich um. »Hatte dein Vater einen Hund?«

Sie schüttelte den Kopf. »Er konnte Hunde nicht ausstehen.«

Susan richtete sich auf. Insgesamt war das umgewühlte Stück Boden etwa zwei Meter lang und gut einen Meter breit. Ein sonderbarer Umriss. Sie stellte ihren Fuß genau neben den Abdruck von ihrem Adidas-Turnschuh. Wieder sank sie ein. Der Boden war locker und weich.

»Hier hat jemand was weggeholt.« Sie merkte kaum, dass ihre Stimme zitterte. »Erst kürzlich. Hier war irgendwas eingegraben.«

Wieder kniete sie sich hin. Starrte wie versteinert auf die umgewühlte Erde.

Es tut mir so leid … sie dürfen es nicht finden.

Die pechschwarzen Puzzlestücke fügten sich zu einem Ganzen, zu einem Bild, das so grauenhaft war, dass es ihr Denken gänzlich erstarren ließ.

Kalter Schweiß brach ihr aus.

»Susan?« Reno stand hinter ihr. »Was ist los?«

»Ich muss etwas tun«, sagte sie, ohne aufzuschauen.

»Was?«

»Ich will wissen, was hier passiert ist. Ich muss es wissen.«

Renos Blick wanderte von der umgewühlten Erde zu Susan. »Was hier passiert ist ...?«

Susan biss sich auf die Unterlippe, während sie mit den Fingerspitzen die lockere Erde durchkämmte. »Ich weiß nicht mehr, was ich denken soll.«

»San, das kann doch alles Mögliche sein. Ein Stück Boden mit lockerer Erde, na und?«

»Das ist ganz frisch, Reno.«

»Vielleicht hat dein Vater hier irgendwelchen Müll eingebuddelt. Oder er wollte ein Beet anlegen.« Er schaute um sich. »Zugegebenermaßen kein besonders naheliegender Ort dafür.«

»Ich muss mit diesen alten Freunden meines Vaters reden. Seit meine Mutter verschwunden ist, habe ich die nie wieder gesehen. Dabei standen sie hier vorher quasi täglich auf der Matte. Vielleicht ... vielleicht wissen die mehr.«

Reno schwieg.

»Und ... wenn es nun wahr ist? Wenn meine Mutter damals ...« Sie geriet ins Stocken. »Wenn er sie weggeholt hat«, fuhr sie flüsternd fort, »wegen der Enteignung? Und dann die Herzbeschwerden bekommen hat, von dem Stress?«

Perplex sah Reno sie an. »Kann sein«, sagte er bloß.

»Ja. Kann sein. Und ich will wissen, ob es wirklich so war.«

»Was waren das denn für Freunde?«

Sie stand auf und klopfte sich erneut den Sand von der Hose. »Walter Elias und Roger ... Roger irgendwas.«

23

Maier lag höchst unbequem, mit dem Oberkörper unter einem enormen Brombeerstrauch, am Rande des Anwesens, genau gegenüber der Eingangstür des Wohnhauses. Es war vier Minuten nach halb zwölf Uhr mittags. Gut anderthalb Stunden war er damit beschäftigt gewesen, den gesamten Gebäudekomplex auszukundschaften.

Er spähte zwischen den Zweigen hindurch in den Himmel. Die bedrohliche Wolkendecke war nun an einigen Stellen aufgerissen, und es sah danach aus, dass das Gewitter oder zumindest der Regen, den er erwartet hatte, ausbleiben würde. Die Sonne brannte immer heißer. Selbst im dunklen Schatten unter den Baumwipfeln war die Hitze zu spüren.

Konzentriert schaute er zu dem Haus auf der anderen Seite hinüber und versuchte sich anhand des äußeren Anblicks ein Bild davon zu machen, wie das Gebäudeinnere beschaffen sein musste. In der Mitte der gelb verputzten Fassade befand sich unter einem dunkelbraun gebeizten Türbalken eine Tür, die ehemals weiß gewesen war, von der die Farbe abblätterte und stellenweise blankes Holz preisgab. Links davon zwei verwitterte weiße Sprossenfenster, rechts nur eines. Alle drei etwa gleich groß, einen guten Meter hoch und etwa siebzig Zentimeter breit. Er vermutete, dass sich die Küche an der linken Seite befand und das Wohnzimmer rechts. Die Dachgaube rechts über der Eingangstür ließ darauf schließen, dass sich über dem Erdgeschoss ein weiteres Stockwerk befand, aber sonderlich viele Zimmer konnte es insgesamt trotzdem nicht geben. In der Breite maß das Gebäude kaum fünf Meter, sodass ihm eine ellenlange Suche nach Thomas erspart bliebe.

Vorausgesetzt, Thomas befand sich tatsächlich in diesem Haus.

In den zwanzig Minuten, die er hier schon lag und für ganze Schwärme um seinen Kopf schwirrender Mücken ein gefundenes Fressen darstellte, hatte er eine Art von Plan geschmiedet. Es würde ihm wahrscheinlich nicht erspart bleiben, das Haus zu betreten.

Aber er würde nicht alleine gehen.

Ein zusätzliches Augenpaar, zusätzliche Feuerkraft waren hochwillkommen. Denn wie er es auch drehen und wenden mochte, er sah keine Möglichkeit, ungesehen oder gar geräuschlos hineinzugelangen. Rund um das Haus lag scharfkantiger Kies, der bei jedem Schritt knirschte. Der Weg übers Scheunendach würde genauso viel Lärm machen – die Schieferplatten waren dort oben mit dünnen, kleinen Nägeln befestigt, und besonders viel Vertrauen in die nachlässig und chaotisch wirkende Dachkonstruktion dieser Scheune hatte er nicht. Sich heimlich hineinzuschleichen, fiel also aus.

Sie mussten auf den Überraschungseffekt setzen.

Wenn Sven seine Pistole hier genauso schnell ziehen konnte wie gestern in Paris – und vor allem bereit wäre, sie auch einzusetzen –, dann sollte er das ruhig tun. Ein Problem stellte allerdings seine Nervosität dar. Nichts war gefährlicher als ein untrainierter und äußerst angespannter Typ mit dem Finger am Abzug, zumal in einer Umgebung, wo jederzeit wehrlose Unbeteiligte auftauchen konnten. Selbst geschulte Polizisten neigten in solchen Extremsituationen bisweilen dazu, reflexartig auf alles zu schießen, was sich bewegte. Es war nicht einmal ein rein theoretischer Gedanke, dass Sven am Ende seinen eigenen Sohn abknallte, weil seine Nerven bis zum Zerreißen angespannt waren.

Er würde die Sache gleich noch mit Sven besprechen. Ihm einschärfen, dass es darauf ankam, erst nachzudenken, bevor man handelte. Vielleicht konnte er ihn dazu bringen, den Finger auf den Abzugsbügel zu legen, statt direkt an den Abzug selbst, wenn sie in das Haus einfielen. Um seine Reaktionsgeschwindigkeit ein bisschen zu drosseln.

Maier behielt das Haus, das teils im Schatten eines großen Walnussbaums auf der linken Seite verborgen lag, unablässig im Blick. Der Renault hatte sich nicht vom Fleck bewegt. Nicht der kleinste Laut war nach draußen gedrungen. Kein Radio, keine Stimmen. An den Fenstern keinerlei Bewegung. Nichts.

Allmählich fragte er sich schon, ob da drinnen überhaupt jemand war. Ob die Vögel nicht längst ausgeflogen waren. Ob die Typen einfach das Auto hier hatten stehen lassen. Aber das würde man noch früh genug herausfinden.

Es wurde Zeit, zurückzugehen und Sven ins Schlepptau zu nehmen.

Auf Ellbogen und Zehen gestützt, arbeitete er sich rückwärts aus dem Brombeerstrauch heraus. Die langen Zweige mit ihren scharfen Dornen waren nicht schlimm gewesen, solange er reglos dagelegen hatte, aber nun, wo er wegwollte, schienen sie plötzlich sehr an ihm zu hängen. Die Dornen verhakten sich in seiner Kleidung. Zerschrammten ihm Gesicht und Hände. Kaum hatte er einzelne entfernt, hatten sich schon wieder zwanzig neue festgesetzt. Am einfachsten wäre es, sich ruckartig loszureißen, aber das würde zu viel Bewegung im Gestrüpp verursachen. Ein wackelnder Brombeerstrauch fiele jedem, der zufällig gerade durchs Fenster auf den Hof schaute, sofort auf.

Den Strauch still verfluchend, arbeitete er sich beharrlich nach hinten heraus. Versuchte, die tiefen Schrammen, die die Dornen ihm zufügten, wo sein Körper unbedeckt war, möglichst nicht zu spüren.

Die Haustür ging auf.

Reflexartig drückte er sich flach auf den Boden. Blieb totenstill liegen und hielt die Luft an.

Ein Mann erschien im Türrahmen. Dunkles, zurückgekämmtes, dünnes Haar, leichter Bauchansatz, höchstens eins fünfundsechzig groß, vielleicht sogar ein wenig kleiner. Er schien um die vierzig zu sein, womöglich war er aber auch zehn Jahre älter. Sicher war nur eins: Dies war der Mann, der Thomas von Paris hierhergebracht hatte. Der Fahrer des Renault 21. Er trug noch dieselbe, für seine kurzen Beine zu lange graue Hose und ein weißes Hemd. Körperhygiene gehörte offenbar nicht zu seinen obersten Prioritäten, oder er hatte kofferweise dasselbe Outfit dabei. Drei zum Preis von zwei, aus dem Monoprix.

Der Mann war nun auf den Hof hinausgegangen und blinzelte ins grelle Sonnenlicht. Gähnte. Kratzte sich ungeniert im Schritt und kam dann mit langsamen Schritten auf ihn zu.

Ohne den Blick abzuwenden, glitt Maiers Hand langsam zur Glock hinunter, die in dem Holster unter seiner Jacke steckte. Die Dornen zerschrammten ihm die Hände. Er bewegte sich ausgesprochen langsam. War wachsam.

Der Mann blieb mitten auf dem Hof stehen, auf seinem Kahlkopf glänzte die Sonne. Gelangweilt schaute er sich um und griff dann in seine Tasche. Im selben Augenblick zog Maier die Glock und streckte sie mit beiden Händen vor sich. Gespannt wartete er, was passieren würde.

Der Mann zog ein Handy heraus.

Er wählte eine Nummer und hielt sich das Ding ans Ohr. Anscheinend nahm schnell jemand ab, denn quasi im selben Augenblick begann er, in schwungvollem, schnellem Französisch draufloszureden, lange Sätze ohne Punkt und Komma, so kam es Maier vor. Der Mann nickte, schüttelte den Kopf, gestikulierte. Regte sich offenbar über irgendwas auf.

Hatten sie Thierrys Verschwinden bemerkt? Ging es darum,

dass Thomas woandershin gebracht werden sollte? Bekam der Kerl gerade den Auftrag, die Sache zu Ende zu bringen?

... oder hatte er das bereits getan?

Der Mann steckte sein Handy wieder ein. Schien ins Haus gehen zu wollen, zögerte aber. Dann drehte er sich um und kam direkt auf das dornige Versteck zu, in dem Maier sich verborgen hielt. Er spürte, wie ihm das Blut in den Adern gefror. Keinen Meter von ihm entfernt blieb er stehen, am Rand des Hofes, und öffnete den Reißverschluss seiner Hose. Maier stockte der Atem. Er hatte einen Kloß im Hals, wagte aber nicht zu schlucken.

Ein gelber Strahl prasselte neben ihm nieder und lief in winzig kleinen Rinnsalen über den ausgetrockneten Lehmboden. Von seiner Liegeposition aus konnte er lediglich die Füße des Manns sehen, die in ein paar altmodischen, schwarzen Herrenslippern mit Goldschnalle steckten, sowie die schlecht sitzende Hose beziehungsweise den umgeschlagenen Saum der Hosenbeine.

Maier rührte sich nicht. Hielt ganz still. Wurde gleichsam eins mit dem Boden, auf dem er lag. Seine schwarze Biwakmütze, der Pullover, die Handschuhe und die Tarnhose bedeuteten hier im Schatten glücklicherweise einen Vorteil. Außerdem würden sich die Augen des anderen, nachdem er gerade noch mitten auf dem Hof im blendenden Sonnenlicht gestanden hatte, erst an die Dunkelheit gewöhnen müssen. Hoffentlich war seine Blase vorher geleert. Maier war zwar gut getarnt, aber der Kerl stand so nahe, dass die kleinste Bewegung ihn verraten würde.

Er versuchte, nach oben zu schauen, ohne dabei den Kopf zu bewegen. Verdrehte die Augen, so weit er konnte, aber trotz aller Anstrengung ließ sich nicht viel erkennen. Lediglich die Augenmuskeln taten ihm weh, und er bekam stechende Kopfschmerzen.

Der Mann stand grauenerregend dicht vor ihm. Würde er den Arm nur ein kleines Stückchen weiter ausstrecken, könnte er ihn berühren. Blieb nur zu hoffen, dass der Kerl den Blick in die Ferne gerichtet hielt.

Es waren die längsten Sekunden seines Lebens. Sämtliche Fasern in seinem Körper waren bis zum Zerreißen gespannt. Das Adrenalin schoss ihm durch die Adern. Glatt und schwer lag die Glock in seiner Hand. Er krümmte den Zeigefinger äußerst langsam um den Abzug. Er konnte zwar nicht schießen, bevor er wusste, ob der andere allein war, aber das vertraute, kühle Metall in der Hand zu spüren, vermittelte ihm das beruhigende Gefühl, die Situation besser im Griff zu haben.

Quälend langsam verstrichen die Sekunden. Die Welt war plötzlich extrem klein. Direkt vor seinen Augen suchten rote Waldameisen, die sich wie überschwemmt vorkommen mussten, einen sicheren Unterschlupf. Kreuz und quer krabbelten sie auf dem harten Lehmboden übereinander her. Liefen über seine Hand und den Lauf der Glock, die auf dem Boden auflag.

Urin tröpfelte nach. Dann wurde der Reißverschluss wieder zugezogen. Der Mann blieb vor dem Gestrüpp stehen.

Maier spürte, wie seine Nackenhaare sich aufrichteten.

Es blieb still.

Das fühlte sich gar nicht gut an. Da lief irgendwas ganz schief.

Langsam, extrem langsam hob er den Kopf. Holte in kurzen Atemzügen Luft, so leise wie möglich. Die Knie gerieten in sein Blickfeld. Er hob den Kopf noch weiter an. Ganz langsam. Über den Rand der grauen Hose hing ein zerknitterter Hemdsaum.

Es war eine plötzliche Bewegung, die seinen Instinkt alarmierte. Blitzschnell rollte er sich auf die Seite. Ein zwanzig Zentimeter langes Messer sauste so knapp an seinem Gesicht vorbei, dass er den Luftzug an der Wange spürte. Er wollte noch ein Stück weiterrollen, wurde aber vom zähen Brombeergestrüpp aufgehalten. Er hatte sich in den dornigen Zweigen verhakt, steckte fest. Blitzschnell reagierte er.

Ungedämpft verursachten die Schüsse einen enormen Lärm, sie mussten bis auf den Marktplatz in St. Maure zu hören sein.

Der Mann sackte in sich zusammen. Kippte dramatisch zur Seite weg und blieb im Brombeerstrauch hängen. Regungslos. In der Mitte seines weißen Hemds breitete sich schnell ein roter Fleck aus.

Maier befreite sich aus dem Gestrüpp und stürmte auf die Tür zu. Im Flur war es dunkel und kühl. Ein enormer Kontrast zum Hof, wo die Sonne auf dem Kies glitzerte. Flecken tanzten ihm vor den Augen. Er ging in die Hocke, die Glock beidhändig vorgestreckt. Lauschte. Reglos wie eine Skulptur verharrte er, an den Türpfosten gelehnt, und wartete darauf, dass seine Augen sich an die Dunkelheit gewöhnten.

Für den Bruchteil einer Sekunde, der eine Ewigkeit zu dauern schien, sah er plötzlich ein Bild von Thomas vor sich, auf dem Schoß seines Bewachers, der ihm mit der einen Hand den Mund zu und mit der anderen ein Messer an den Hals hielt. Maiers Gegenspieler, der nun auf seine Schritte lauschte. Auf seine Atemzüge.

Eine kalte Hand griff nach seinem Herz.

Wo?

Sein durch die Konzentration geschärftes Gehör fing keinen Laut auf, der irgendwie bedeutsam schien. Die Flecken vor seinen Augen lösten sich auf. Ihm gegenüber eine Treppe nach oben. Links davon eine offene Tür. Scharf rechts eine geschlossene. Weiter zur Mitte hin, neben der Treppe, führte ein schmaler Flur in die Tiefe und endete wiederum bei einer Tür. Er sprang auf. Das Herz raste ihm wie wild im Brustkorb.

Er machte einen Schritt auf die linke Tür zu und spähte durch die Öffnung. Es handelte sich um eine Wohnküche, im hinteren Teil des Raums eine Küchenzeile, moosgrün mit Holzgriffen.

Darüber befand sich ein kleines Fenster. Er ging in die Hocke und stieß die Tür ein Stück weiter auf. Die Glock fest im Griff, drehte er sich seitlich, um weniger Angriffsfläche zu bieten.

Bis auf einen Tisch aus Eichenholz mit zwei überfüllten Aschenbechern, ein monströses Pferdegemälde aus den siebziger Jahren und an der gegenüberliegenden Wand einen enormen Kamin, fast so breit wie das Zimmer lang, war der Raum leer.

Mit der Glock im Anschlag drehte Maier sich um, stürzte zwei Meter durch den Flur auf die gegenüberliegende Tür zu und drückte die Klinke hinunter. Versetzte ihr einen Stoß und duckte sich. Es war ihm schon fast zur Gewohnheit geworden, sich in derartigen Situationen immer möglichst nahe am Boden zu halten. Falls hinter der Tür jemand mit einer wie auch immer gearteten Waffe im Anschlag stand, ging dieser davon aus, dass der Eindringling aufrecht und nicht kriechend oder robbend in den Raum kam. Die Verwirrung, die er mit diesem Schachzug stiftete, konnte von Vorteil sein.

Knarrend ging die Tür auf. Durch ein Fenster fiel Licht von draußen auf die Terrakottafliesen. In der Ecke stand ein niedriger Fernsehschrank, aus demselben rustikalen Eichenholz wie der Esstisch in dem anderen Raum, mit einer ungleichmäßig gehäkelten, vergilbten kleinen Decke.

Er schluckte und lauschte. Nichts.

Rasend schnell robbte er bäuchlings vorwärts. Eine grüne Sitzgruppe, die ihre beste Zeit vor etwa dreißig Jahren gehabt hatte. Auf den Rücken- und Armlehnen weitere selbst gehäkelte kleine Decken.

Großmutters Fernsehzimmer.

Wo zum Teufel ist Thomas?

Er sprang auf und rannte durch den engen Flur an der Treppe vorbei nach hinten durch. Drückte die Klinke hinunter, zog die Tür auf. Eine Toilette. Leer. Zunehmend beunruhigt, stürmte er die Treppe hinauf. Die Stufen knarrten und knackten unter seinen Schritten, aber um den Lärm, den er verursachte, kümmerte er sich keine Sekunde. Falls irgendjemand da war, war er von den Schüssen längst alarmiert.

Er stieß einen leisen Fluch aus. Es hätte noch andere Möglichkeiten gegeben als diese Schüsse. Dass er schließlich auch ein Messer dabeigehabt hatte, mit dem er den viel kleineren Mann vermutlich sogar trotz seiner unvorteilhaften körperlichen Lage hätte unterkriegen können, war ihm gar nicht in den Sinn gekommen. Er beging einen Fehler nach dem anderen.

Mist, Mist, Mist!

Die Treppe machte eine Biegung nach oben und endete auf einem Absatz, kaum einen Quadratmeter groß. Zwei Türen, eine links, eine rechts.

Ohne auch nur eine Sekunde zu zögern, öffnete er die linke. Ein Badezimmer. Zwischen dunkelbraun gemusterten Kacheln flitzte eine Eidechse auf das Licht zu und verschwand beim Fensterrahmen im Mauerwerk.

Er stieß die Tür weiter auf. Kroch ein Stück vor und lugte um die Ecke. Ein Bad, eine Duschzelle mit hellblauem Plastikvorhang.

Leer.

Keuchend wie ein dämpfiges Pferd, zog er sich zurück. Wurde immer nervöser. Die letzte Tür.

Der Türgriff aus Bakelit an der braunen Hochglanztür hakte. Die Versuchung, einfach hineinzustürmen, war groß, aber solche Fehler wurden oft genug gemacht und gingen oft genug tödlich aus. Auf Ellbogen und Zehenspitzen arbeitete er sich langsam voran. Auf dem Boden ein grüner, geknüpfter Teppich, genau wie im Flur. Der dicke, braune Vorhang hinten im Zimmer war zugezogen. Im Halbdunkel erkannte er ein Doppelbett. Benutzt. Die weißen Laken hingen zusammengeknüllt halb auf den Boden herunter. Links und rechts davon zwei weiße, kitschige Nachtschränkchen mit Goldverzierung.

Niemand.

Das war doch einfach nicht möglich.

Er musste irgendetwas übersehen haben.

Er sprang auf und trat wieder auf den Flur hinaus. Schaute nach oben. Durchhängende, vergilbte Gipsplatten, die mit braun gestrichenen Latten befestigt waren. Keine Luke, keine Treppe, kein Dachboden. Aber das hatte er von draußen schon gesehen. Lauter schräge Wände, er stand direkt unter dem Dach.

Ein Keller.

Er hastete die Treppe hinunter. Stieß die Tür zu seiner Rechten mit der Schulter auf und stürmte auf den Spülschrank zu. Rechts davon befand sich eine kleine, braune Tür. Sie sah aus, als gehörte sie zu einem Einbauschrank, aber vielleicht bot sie einen Zugang zum Keller. Maier drückte die Klinke, aber die Tür ging nicht auf. Unter dem schwarzen, matten Bakelit-Griff befand sich ein Schlüsselloch.

Laut fluchend schaute er sich nach einem Schlüsselhaken um. Es war keiner zu entdecken. Er zog die Schubladen unter der Spüle auf. Brachte Geschirrtücher und Bürsten zum Vorschein, durchwühlte den Besteckkasten, nahm ihn heraus. Kein Schlüssel.

Angetrieben von Ohnmacht und Frust drehte er sich um, stieß sich von der Spüle ab und trat mit aller Kraft, die er aufbringen konnte, neben dem Schloss gegen die Tür. Sie rumpelte laut in ihren Angeln und gab dann ein Knacken von sich. Parallel zum Türrahmen zeichnete sich ein J-förmiger Riss ab. Maier atmete tief durch, zog das Bein seitlich hoch und trat noch einmal zu, kräftiger diesmal und ein Stück weiter rechts. Versuchte den brennenden Schmerz, der ihm dabei in die Hüfte schoss, zu ignorieren. Rund um die Türklinke zeichnete sich jetzt ein bogenförmiger Riss ab. Er trat noch einmal zu und stieß dabei einen Schrei aus.

Das Holz splitterte.

Keuchend trat er noch ein paarmal nach, bis sich eine Öffnung gebildet hatte. Dahinter war es stockfinster.

Möglicherweise war da jemand.

Während er sich mit dem Rücken gegen die niedrige Spüle drückte, hielt er mit ausgestreckten Armen die Glock im Anschlag. Wartete. Neigte den Kopf leicht zur Seite, um hineinzuschauen. Nichts als Finsternis.

Allmählich gewöhnten sich seine Augen daran. Hinter der Tür führte eine Treppe nach unten. Er sah sich noch einmal um. Horchte, ob von draußen irgendein Geräusch zu vernehmen war. Etwa ein Automotor. Nichts. Der Monoprix-Mann war mausetot, von dem waren keine Überraschungen zu befürchten. Aber es konnte jeden Augenblick ein zweiter Mann auftauchen.

Falls der nicht dort unten war.

Mit Thomas.

Wegen der niedrigen Decke zog er den Kopf ein und stolperte die kleine Holztreppe hinunter. Unten sah er die Hand vor Augen nicht. Ein weiteres Mal verfluchte er sich selbst: Die Maglite befand sich in seinem Rucksack, im Brombeerstrauch.

Der Boden unter seinen Turnschuhen war holprig, aber hart. Er schlurfte ein Stückchen vor, tastete mit den Händen die Wand ab, die aus unordentlich geschichteten, groben Natursteinen zu bestehen schien. Langsam zog er sich dann wieder Richtung Treppe zurück, wobei er mit der Hand über das Mauerwerk strich. Irgendwo musste ein Lichtschalter sein.

Er stieg die wackligen Stufen wieder hinauf. Ganz oben, direkt hinter der Tür, befand sich ein Lichtschalter. Als er ihn umlegte, ging unten eine Lampe an.

Erneut polterte er die Treppe hinunter. Der Kellerraum war

knapp fünf mal fünf Meter groß. Von der Decke hing eine nackte Glühbirne herunter, die ein gelbliches Licht verbreitete. Auf dem Boden lagen alte, gebrannte braun-orangefarbene Fliesen kreuz und quer durcheinander. An den Wänden Holzregale mit Konserven und Einweckgläsern. Den vergilbten Etiketten und Spinnweben zufolge standen die dort schon eine ganze Weile.

Eine Tür links neben der Treppe zog seine Aufmerksamkeit auf sich. Sie sah relativ neu aus. War anscheinend aus Metall. Schloss fugendicht an den Rahmen an. Keine Klinke, bloß ein Zylinderschloss.

Eine Zelle?

Rasch blickte er sich um, konnte aber wieder keinen Schlüssel entdecken. Aufdrücken ließ sich die Tür ebenfalls nicht, so kräftig er auch die Hände gegen das Metall stemmte. Er fing an, zwischen den Weckgläsern zu suchen und sie hin und her zu schieben, wobei zwei herunterfielen und auf dem Boden zu Bruch gingen. Der Geruch verdorbener Früchte stieg ihm in die Nase. Kein Schlüssel.

Wer den hatte, konnte er sich allerdings denken.

Er drehte sich um, und jeweils drei Stufen auf einmal nehmend, sprintete er die Treppe wieder hinauf, stürzte durch die Küche und den Raum mit dem Esstisch auf den Flur hinaus und blieb im Rahmen der Eingangstür stehen. Die Sonne brannte erbarmungslos auf den Hof herab. Dunkle Flecken tanzten ihm vor den Augen.

Während er seinen Augen Zeit gab, sich an die Helligkeit zu gewöhnen, spitzte er die Ohren. Es konnte immer noch sein, dass plötzlich eine weitere Person auftauchte. Thierry hatte von zwei Männern und zwei Autos gesprochen, aber bisher hatte er lediglich den Renault 21 gesehen und dessen Fahrer, den Monoprix-Mann. Wenn der zweite Kerl sich jetzt nicht im Keller befand, konnte er jederzeit noch kommen. Wenn er ausgerechnet jetzt auf den Hof eingebogen käme, würde es ziemlich brenzlig.

Er spurtete auf die andere Seite hinüber und beugte sich über den Toten, dessen Oberkörper noch immer von dem Brombeerstrauch gestützt wurde. Der Unterkiefer war leicht abgesackt, die Augen halb geschlossen, als ob der Mann in Traumgefilden weilte. Die fahle Haut und der unregelmäßige, dunkelrote Fleck auf seinem Hemd, etwa auf Höhe des Zwerchfells, zeigten allerdings deutlich, dass dieser Mann nicht schlief.

Die grünen Mistfliegen hatten ihn auch bereits gefunden. Giftig summten sie um Maier herum, als dieser den Toten an den Beinen von den Sträuchern wegzog. Gehetzt schaute er sich um und horchte noch einmal in die Ferne. Nichts, lediglich das Gesumme der Fliegen und das monotone Dröhnen von der Autobahn in der Ferne.

Er zerrte die Leiche über den Hof in den Flur und ließ den Oberkörper dort mit einem dumpfen Laut auf die Terrakotta-Fliesen fallen. Von der Anstrengung war er außer Atem geraten, und er schwitzte. Draußen herrschten mindestens dreißig Grad. Hier drinnen hingegen war es relativ kühl.

Er kniete sich neben den Mann auf den Boden und fing an, dessen Hosentaschen zu durchsuchen. Die Fliegen summten wie wild um seinen Kopf. Er fand eine Packung Kaugummi und einen Autoschlüssel mit Renault-Logo. Dann ein Handy. Er drehte den leblosen Körper auf die Seite. Die Rückseite des Hemdes war fast komplett dunkelrot eingefärbt. Es wies ein Loch von der Größe eines Tischtennisballs auf. Das .45er-Geschoss hatte das weiche Gewebe durchquert, rollend und kippend, und hatte auf seinem mörderischen Weg nach draußen eine enorme Verwüstung angerichtet.

Rasch warf Maier einen Blick nach draußen. Auf der kleinen Stufe vor der Haustür war eine rote Schleifspur zu erkennen, und auch auf der Schwelle klebte Blut.

Es war die reinste Sauerei.

Hoffentlich kommt jetzt niemand.

Bloß nicht jetzt.

Er drehte die Leiche noch weiter um. Plötzlich gab der leblose Körper einen Laut von sich, der aus dem Bauch zu kommen schien, eine Art tiefes Seufzen. Maier zog die Hände zurück, als hätte er einen Stromstoß bekommen. Wie in Zeitlupe rollte der Mann von selbst wieder auf den Rücken. Sein Mund stand nun sperrangelweit offen, der Unterkiefer lag auf der Brust. Unter den halb geschlossenen Lidern lugten zwei graue Augen hervor, starrten blind an die Decke.

Der Kerl ist mausetot, sagte Maier zu sich selbst. Der kann keinen Mucks mehr von sich geben.

Er überwand seinen Abscheu, zog die Handschuhe aus und legte Zeige- und Mittelfinger an den Hals des Mannes. Kratzige Bartstoppeln spürte er an den Fingerspitzen, und die Haut fühlte sich noch warm an, aber es war kein Herzschlag zu spüren.

Maier schüttelte den Kopf. Womöglich hatte der Kerl noch einen Rest Luft in den Lungen gehabt, der durch das Gezerre und die veränderte Körperposition entwichen war. So etwas musste es sein. »Eine ganz normale biologische Reaktion, Maier, Körpergase, kein Grund zur Beunruhigung«, flüsterte er leise vor sich hin, um sich Mut zu machen.

Es hatte sich verdammt echt angehört.

Er drängte die Gefühle so weit wie möglich beiseite, zögerte jedoch mit der weiteren Inspektion des Toten. Die Sache war alles andere als angenehm. Es war nicht seine erste Leiche. Aber man gewöhnte sich nie daran. Schon gar nicht auf so engem Raum wie hier, wo er dem Toten fast schon intim nahe war, während alles in ihm danach lechzte wegzukommen.

Je schneller, desto besser.

Er beugte sich noch einmal über die Leiche und griff in die

andere Hosentasche. Ein Schlüsselbund. Mit den Schlüsseln in der Hand sprang er auf und rannte zum Keller zurück, zu den alten Weckgläsern und der Metalltür.

Einer der Schlüssel passte. Die schwere Metalltür ließ sich ohne das leiseste Quietschen öffnen.

Im nächsten Augenblick blieb er wie angewurzelt stehen.

24

»Hast du darüber mal nachgedacht?« Reno schaute Susan mit weit aufgerissenen Augen an, als versuche er, einen Basedow-Kranken zu imitieren. »Was für eine Farbe eigentlich meine Augen haben?«

»Braun.«

Reno ließ sich in den Sessel zurücksinken. »Siehst du, genau das meine ich.«

Susan blätterte im Telefonbuch von Den Bosch.

»Was?«

Er spreizte die Finger. »Augen sind weiß. Bloß die Iris hat eine Farbe. Und trotzdem reden alle von blauen oder braunen Augen. Während eigentlich …«

»Reno?«

»Ja?«

»Deswegen würde ich jetzt nicht unbedingt eine Bürgerinitiative gründen.«

Kein Elias.

In der ganzen Stadt nicht.

Sie suchte weiter, im Umkreis.

»Hast du Bier im Haus?«, hörte sie Reno fragen.

»Wenn, dann im Kühlschrank.«

Susan stand auf und ging in ihr Arbeitszimmer. Fuhr den PC hoch. Im Online-Telefonverzeichnis konnte man nicht nur einzelne Orte, sondern ganze Provinzen nach einem Namen absuchen. Das würde schneller gehen.

Falls Walter Elias überhaupt noch in den Niederlanden wohnte.

Reno erschien im Türrahmen. »Ist kein Bier mehr da«, beschwerte er sich. Als sie nicht reagierte, trat er hinter ihren Stuhl. »Willst du jetzt die halben Niederlande nach diesem Freund von deinem Vater absuchen?«

»Die ganzen Niederlande. Und zur Not auch noch Belgien.«

»Der kann doch auch emigriert sein. Oder tot. Oder eine Geheimnummer haben.«

Sie ignorierte ihn und beugte sich zum Monitor vor. In Drenthe gab es ein Zeitarbeitsbüro namens Elias. In Flevoland hießen sechs Leute Elias mit Nachnamen, aber keiner der Vornamen fing mit W an. Am häufigsten war der Name in Nord-Brabant und den vier großen Städten im Westen des Landes vertreten. Es gab Beratungsfirmen, Juristen, Architekten und Schuhgeschäfte, die so hießen.

Nach zehn Minuten hatte sie alle Provinzen durch und mehr als zweihundert Personen mit dem Nachnamen Elias gefunden. Sie legte einen Block vor sich auf den Schreibtisch. Am besten rief sie erst diejenigen an, bei denen ein W als Anfangsbuchstabe des Vornamens verzeichnet war.

Sie drehte sich zu Reno um. »Wenn du magst, hol uns doch was zu essen. Sandwiches oder so, und eine Tüte Milch. Nimm ruhig mein Portemonnaie.«

»Auch Bier?«

»Ja, bring ruhig mit.«

25

Der unterirdische Raum war in Neonlicht getaucht. Er war etwa zehn Meter lang und halb so breit. Links und rechts Arbeitsflächen aus Metall, wie in einer Restaurantküche, und in der Mitte etwa sechzig Zentimeter breite Metallgestelle, die bis unter die Decke reichten. Der gesamte Raum war weiß gefliest. Es roch nach Putzmitteln und alles sah ausgesprochen effizient und hypermodern aus. Dieser Raum war eindeutig nachträglich in dem alten Haus eingerichtet worden.

Ein Labor? Ein *illegales* Labor?

Er schaute kurz über die Schulter zurück. Der andere Kellerraum war düster, staubig, heruntergekommen. Für ein altes Bauernhaus völlig normal. Er blickte wieder nach vorn. Der Kontrast war bizarr.

Wurde hier Ecstasy hergestellt?

Klar war jetzt zumindest, dass dieses Haus, ja der ganze Hof, als Tarnung fungierte. In Wirklichkeit spielte die Musik hier unten. Ein alter Bauernhof von Hunderten in der Gegend. Wer erwartete schon inmitten dieser ländlichen Region ein so modernes Labor?

Einen Augenblick lang vergaß er alles andere: Thomas, die Leiche im Flur und die Tatsache, dass er sich beeilen musste.

Er stieg die vier weiß gefliesten Stufen hinunter und sah sich die kleinen Fläschchen und Gefäße in den Gestellen an. Sie enthielten Flüssigkeiten, und die Etiketten waren mit irgendwelchen Codes beschriftet, die er beim besten Willen nicht entziffern konnte. Sven vielleicht schon. Der hatte Medizin studiert.

Das konnte warten.

Jetzt erst Thomas.

Die einzigen Räumlichkeiten, die er noch nicht untersucht hatte, waren die Scheune rechts neben dem Haus und der halb verfallene Speicher.

Er verließ den Raum und steckte die Schlüssel in die Hosentasche. Im Flur begegnete er wieder dem Toten und einem ganzen Schwarm von Fliegen, die ihn als Futterstelle für ihre Nachkommenschaft entdeckt hatten. Er stieß die Tür zum Salon auf und schleppte die Leiche hinein. Das Hemd, klebrig vom stellenweise schon geronnenen Blut, war bis unter die Achseln hochgerutscht und gab einen schwarz behaarten Bauch mit rotbraunen Blutflecken und blasser Haut preis.

Maier machte die Tür wieder zu und ging nach draußen. Einer der Schlüssel aus der Tasche des Toten passte zur Haustür. Er schloss auf und lief zur Scheune hinüber. Blieb stehen, lauschte, hörte aber nichts als die vertrauten Geräusche der Grillen, Vögel und Fliegen – sowie das Rauschen der Autobahn. Hier war offenbar sonst niemand.

Er verbrachte noch etwa zehn Minuten in der Scheune. Suchte nach Bodenluken und unauffälligen Türen. Öffnete alte Futtertruhen und stieß auf eine Armeekiste aus dem Zweiten Weltkrieg, vollgestopft mit vermotteten Decken, aber weit und breit war kein Kind. Ganz vorsichtig, in banger Erwartung dessen, was er womöglich entdecken würde, hob er den Deckel einer alten Kühltruhe an. Der Anblick eines toten Mannes war schon kein besonders erquicklicher gewesen. Der eines toten Kindes hätte ihm den Schlaf geraubt. Da war er ziemlich sicher.

Von Thomas keine Spur.

Es wurde allmählich Zeit, zu Sven und ihrem gemeinsamen neuen Freund zurückzukehren, dem Blondschopf. Dieser Thierry wusste bestimmt mehr, als er verraten hatte. Dem musste man noch mal gründlich auf den Zahn fühlen.

Er ging durch die Scheune, blieb am Eingang sicherheitshalber noch einmal stehen und warf einen Blick nach rechts auf die Wagenspur, die von Sträuchern und Bäumen flankiert wurde. Nichts als Hitzeflimmern und Grillengezirp. Es war wirklich verdammt heiß. Das setzte ihm allmählich richtig zu. Sein Pullover war am Rücken völlig durchgeschwitzt, und der feuchte Rollkragen fing an zu jucken.

Er spurtete auf die andere Seite des Wegs und duckte sich hinter die Sträucher. Möglicherweise war das ganz überflüssig, aber er wollte lieber jede Begegnung vermeiden. Nachdem er sich etwa fünfhundert Meter durchs Gestrüpp geschlagen hatte, landete er wieder vor dem Graben. Hier zog er sich die Biwakmütze vom Kopf. Besonders viel Erleichterung brachte das nicht. Es war trotzdem noch knallheiß, und er spürte, wie ihm der Schweiß den Rücken runterlief.

Gebückt lief er auf dem harten, unebenen Boden des Grabens zurück. Als er den Waldrand erreicht hatte, schlug er sich wieder in die Sträucher und arbeitete sich zielstrebig in Richtung der Autos vor.

Er hielt nach Sven Ausschau, konnte ihn aber nirgends entdecken. Vielleicht hatte er sich irgendwo hingesetzt oder machte ein Nickerchen im Wagen. Es war schließlich auch für ihn eine lange Nacht gewesen.

Maier spürte es selbst. Er lechzte nach einem Becher starken Kaffee.

Als er den Standplatz der beiden Wagen erreicht hatte, verschwand seine Müdigkeit schlagartig.

Eine eiskalte Hand klammerte sich um seinen Magen.

Sven saß mit geschlossenen Augen an das Hinterrad des Laguna gelehnt. Mit der linken Hand fasste er sich an den rechten Oberarm. Blut. In seinem Gesichtsausdruck mischten sich Schuldbewusstsein und blanke Panik.

Maiers Augen schossen schnell von links nach rechts. Die

Zweige, die den Mercedes verdeckt hatten, waren verschwunden, und der Kofferraum stand sperrangelweit offen.

»Wo ist Thierry, verdammt?«, zischte er, wobei er Svens Zustand einfach überging.

Mit einem Nicken deutete Sven auf den Waldrand und stammelte: »T… tut mir leid …«

Jetzt quetschte die Hand den Magen zusammen.

Thierry stand keine fünf Meter entfernt. Mit zitternder Hand hielt er Svens Beretta im Anschlag. Im Bruchteil einer Sekunde hatte Maier die Situation erfasst. Seine Kehle fühlte sich auf einen Schlag ebenso trocken an wie der Lehmboden unter seinen Sohlen. Die anfängliche Überraschung wurde durch Wut abgelöst.

Thierry stand regungslos da und schaute ihn aus glühenden Augen triumphierend an. Offenbar zu Recht.

Maier dachte an die Glock, die unter seiner Jacke im Holster steckte. Verfluchte sich selbst dafür, dass er sie dort hatte stecken lassen. Dass er wie der erstbeste Idiot zu den Autos geschlendert war, als käme er gerade von einem Sonntagsspaziergang zurück. Dass er hier nicht dieselben Vorsichtsmaßnahmen getroffen hatte wie drüben beim Hof. Dass er diese Situation nicht vorhergesehen hatte, wurmte ihn maßlos.

Er hatte sich auf Sven verlassen. Auf jemand anderen.

Ein unverzeihlicher Fehler.

Mit festem Blick sah Maier zu Thierry hinüber. Das selbstsichere Grinsen in seinem Engelsgesicht stand in bemerkenswertem Kontrast zu seiner zitternden Hand. Thierry hatte Angst, war nervös.

Maier zwang sich, konzentriert nachzudenken. Zwei Mann hätten sich Thierrys Angaben zufolge auf dem Hof aufhalten sollen. Angetroffen hatte er aber nur einen. Dass der andere sich nicht hatte blicken lassen, lag möglicherweise daran, dass Thierry ihn gewarnt hatte – zum Beispiel mit Svens Handy.

Er riskierte einen Seitenblick zu Sven und schaute dann wieder Thierry an, der am Waldrand stand und sich offenbar nicht entschließen konnte, wie es nun weitergehen sollte.

»Hat er jemanden angerufen?«, fragte Maier.

»W … was?«

»Ta gueule! – Schnauze halten!«, brüllte Thierry und trat einen Schritt vor.

Maier versuchte ihn zu ignorieren. Es war einfach zu wichtig: Hatten sie es mit einem einzigen Gegner zu tun, hier und jetzt, oder wusste mittlerweile eine komplette, straff organisierte Ecstasy-Bande über ihren Besuch Bescheid?

Es war lebenswichtig.

Er entschloss sich, es drauf ankommen zu lassen.

»Sven, antworte! Hat er telefoniert? Jemanden angerufen?«

»Nein«, sagte Sven. Seine Stimme war schwach.

»Ta gueule, enculé!«

Maier hielt den Kopf leicht schräg. In Situationen wie dieser spielte man besser nicht den besonders Schlauen. Das funktionierte nur in amerikanischen Actionfilmen. In Wirklichkeit wurden Leute mit dem Finger am Abzug davon ziemlich nervös. Wütend.

Und drückten dann einfach ab.

Er rührte sich nicht vom Fleck, vergewisserte sich aber, indem er unmerklich das Bein vor- und zurückbewegte, dass Thierrys Kampfmesser sich noch in der rechten Tasche seiner Hose befand. Das schwere Stück Metall war deutlich zu spüren.

Langsam hob er die Arme. Die Handinnenflächen Thierry zugewandt. In der Wange spürte er einen Muskel zittern.

Mit der freien Hand fing Thierry plötzlich wild zu gestikulieren an, wobei er Maier alles Mögliche zurief. Seine Nervosität schien sich in einem endlosen Redefluss zu entladen. Er sprach so schnell, dass Maier lediglich ein paar einzelne Wörter mitbekam. Nicht genug, um irgendetwas zu begreifen.

Aus dem Augenwinkel sah er Sven. Der lehnte noch immer am Laguna. Mit niedergeschlagenem Blick und einem vor Hitze und Angst geröteten Gesicht, auf dem der Schweiß glänzte.

»Er ist stinksauer«, sagte Sven leise, als Thierrys Redeschwall endlich versiegte. »Weil du ihn in den Fuß geschossen hast. Das wird er bei dir auch machen, sagt er. Und …«

»Schon gut«, unterbrach Maier ihn, ohne den Blick von Thierry abzuwenden. »Ich kann's mir denken.«

Während er seinem Gegenüber unverwandt in die stahlblauen Augen schaute, liefen die Zahnräder in seinem Kopf auf Hochtouren. Aus dem Wust von Möglichkeiten und Unmöglichkeiten kristallisierte sich ein alles beherrschender Gedanke heraus, der wie ein Mantra in ihm nachhallte: Er musste verhindern, dass Thierry die Zügel in der Hand behielt.

Koste es, was es wolle.

Denn sonst würden sie das nicht überleben. Sven nicht, er selbst nicht, und Thomas schon gar nicht. Wo immer sie ihn auch festhielten.

Dies hier würde übel werden. Ganz übel.

Thierry rief ihm etwas zu. Es klang wie ein Befehl, aber er verstand es nicht.

»Du sollst ihm deine Waffe hinwerfen«, übersetzte Sven.

»Lenk ihn ab.« Maier stieß die Worte hervor, als würde er seinen Freund anschnauzen. Sah Thierry dabei so ungerührt an, dass der unmöglich erraten konnte, was er gesagt hatte.

Um Thierrys Aufmerksamkeit zu halten, fing er ganz langsam an, den Reißverschluss seiner Jacke aufzuziehen. Zog die beiden Hälften langsam auseinander, sodass das Pistolenholster mit der Glock sichtbar wurde. Näherte die Hand dem Griff der Waffe. Fasste die Pistole mit Daumen und Zeigefinger an, als ginge es darum, an einem Tatort Beweismittel sicherzustellen. Zog sie wie in Zeitlupe aus dem Holster und warf sie vor sich auf den Boden.

Er spannte sämtliche Muskeln an. Thierry würde jetzt schießen. Da war er ziemlich sicher. Im nächsten Augenblick wäre er ein Stück seines Fußes los.

Plötzlich wurde die Stille von einem abscheulichen Schrei zerrissen, einem Urschrei, in dem sich Schmerz, Wut und Ohnmacht mischten.

Sven!

Mit wahrer Todesverachtung hatte Sven sich auf den blonden jungen Mann gestürzt, schreiend wie ein tollwütiger Stier, und dessen Handgelenke umklammert. Der Lauf der Beretta schnellte nach oben und schwenkte ruckartig von links nach rechts. Der Schuss blieb aus.

In den zwei Sekunden, die Maier brauchte, um die miteinander ringenden Männer zu erreichen, hatte er das Messer gezogen und die Klinge aufspringen lassen. Kurz sah es aus, als wollte er Thierry über den Haufen rennen. Doch mit der gleichen Bewegung packte er ihn, riss ihn nach vorn und nahm den blondschöpfigen Kopf in einen stahlharten Schwitzkasten. Thierry fing zu kreischen an wie Schlachtvieh, hoch, dünn und wahnsinnig, als die zwölf Zentimeter lange, glatt polierte und scharf geschliffene Stahlklinge bis zum schweren Griff aus Kunststoff in seinem Bauch verschwand. Der Stahl traf nicht auf den geringsten Widerstand. Glitt mühelos durch die zähe Haut. Schnitt sich einen verwüstenden Weg durch das weiche Organfleisch.

Maier dachte weder an die Beretta, noch an Sven und Thomas. Ein neuer Gedanke, der alles andere in den Hintergrund drängte, hatte sich seiner bemächtigt: *Bring das hier zu Ende.*

Er zog Thierry näher an sich heran, ruckelte am Messer, drehte die Klinge im Fleisch herum. Zog sie heraus und stach erneut zu. Warme Flüssigkeit lief über seine Handschuhe und die nackten Handgelenke. Er spürte, wie der fremde Körper in seiner tödlichen Umarmung zuckte und erzitterte. Rauschhaft durchfuhr ihn plötzlich die Erkenntnis, dass der jetzt angerichtete Schaden nicht mehr zu beheben wäre. Fatal.

Das Gekreische war verstummt. Er spürte keinerlei Widerstand mehr.

Maier zog das Messer zurück und gab den Körper des anderen frei. Keuchend trat er einen Schritt zurück, am ganzen Leib zitternd. Dass Sven neben ihn trat, bekam er nur halb mit. Die Beretta noch in der Hand, sah der dem mörderischen Schauspiel atemlos zu, mit offenem Mund und Abscheu im Blick.

Thierry sackte in sich zusammen, die blutigen Fäuste gegen den Magen gepresst. Stürzte zuckend vornüber. Hustete Blut, das dunkelviolette Flecken auf seiner Jeans hinterließ. Sein Gesicht sank auf den knochentrockenen Lehmboden herab, sein Körper zuckte leicht, ein Zittern durchlief ihn.

Maier sah zu, wie Thierrys Körper von Konvulsionen erschüttert wurde, bis der letzte Hauch Leben aus ihm gewichen war.

Alles wurde still.

Als hielte die Welt die Luft an.

Keine Vögel. Kein Autolärm. Keine Grilllen.

Nur eine leichte Brise, die wie ein unsichtbarer Zeigefinger an einer von Thierrys blonden Haarlocken zog.

Maier und Sven standen wie erstarrt, nicht in der Lage, irgendetwas zu tun oder zu sagen.

»War das … jetzt wirklich nötig?«, durchbrach Sven schließlich die Stille.

»Schießen ging nicht. Zu laut.«

Brennende Lunten gehörten ausgetreten.

»Ich hatte seine Pistole umklammert. Wir waren zu zweit. Er konnte unmöglich …«

»Sven?«

»Ja?«

»Er muss hier weg.«

Sven nickte. »Ja, ja«, sagte er geistesabwesend, als hörte er gar nicht richtig zu. »Ich weiß.« Mechanisch steckte er die Beretta in den Hosenbund, unfähig, den Blick von dem abgeschlachteten Menschen, der ihm zu Füßen auf dem Stoppelfeld lag, abzuwenden.

»Wie ist er freigekommen?«, fragte Maier. Er beugte sich vor, um Thierry unter die Achseln zu fassen.

Der junge Mann konnte kaum mehr als siebzig Kilo wiegen, fühlte sich aber um einiges schwerer an. Maier spürte, wie sich ihm der Magen umdrehte. Er schleifte die Leiche in den Schutz der Bäume am Waldrand, wobei er sich bemühte, seine wachsende Übelkeit zu unterdrücken. Er konnte sich nicht erinnern, sich jemals so dreckig gefühlt zu haben. Seine Handschuhe waren blutverschmiert, die Handgelenke ebenfalls.

Er sah Sven an, der noch immer keine Antwort gegeben hatte. Regungslos stand er auf dem Feld, den gesenkten Blick auf den blutdurchtränkten Boden vor seinen Füßen gerichtet.

»Sven?«

Keine Reaktion. Maier ging zu ihm zurück. Hielt den Kopf schief, um seinem Nachbarn in die Augen schauen zu können. Geistesabwesend starrte Sven vor sich hin. Maier erwartete, dass er jeden Moment in Tränen ausbrach. Aber nichts dergleichen. Als ob irgendeine Verbindung abgerissen, der Kontakt zu seiner Gefühlswelt lahmgelegt wäre.

Unter Schock.

»Er … er musste pinkeln«, fing Sven unvermittelt zu stottern an, ohne den Blick zu heben. »Ich hatte die Wahl: entweder ihn losbinden oder ihm helfen. Also hab ich die Beretta geladen und den Plastikstreifen durchgeschnitten. Und erst hinterher ist mir eingefallen, dass ich gar keine neuen Dingens, äh …«

»Kabelbinder.«

»… Kabelbinder, genau, dass ich die gar nicht hatte. Die steckten ja in deinem Rucksack.«

Nachdenklich musterte Maier das blasse Gesicht seines Freundes, der auf einen Schlag dreißig Jahre gealtert zu sein schien.

Sven schaute auf. Sein Blick glitt zum Waldrand und ruhte dann auf Thierrys Leiche. Seine Miene verhärtete sich.

»Er war es«, sagte er plötzlich, »er hat Thomas entführt. Und Valerie halb zu Tode gewürgt, bis sie in Ohnmacht gefallen ist. Es hat ihm sogar Spaß gemacht, meinte er. Und dann hat er noch gesagt, als Nächstes wird er ...« Sven schüttelte den Kopf, bekam die Worte nicht heraus. Mit den Handballen wischte er sich imaginären Schmutz aus den Augen.

Aus Erfahrung wusste Maier, dass das, was Sven da wegwischen wollte, sich nicht einfach wegwischen ließ. Nie mehr.

Entweder lernte er, damit zu leben, oder er ließ sich davon in den Wahnsinn treiben.

»Der wird gar nichts mehr«, sagte Maier. »Hilf mir mal. Wir legen ihn in den Kofferraum.« Sein Blick wanderte in Richtung des Hofs. »Wir sehen schon noch, was wir mit ihm machen.«

So gut es eben ging, hatten sie sich frisch gemacht. Während Sven in dem alten Bad unter die Dusche gestiegen war, hatte Maier am Küchenfenster Wache gehalten, mit durchgeladener Glock. Dann hatten sie getauscht.

Es hatte lange gedauert, bis das abfließende Wasser nicht mehr von rosaroten Schlieren durchzogen war, so viel Blut hatte er aus seiner Kleidung und den Handschuhen herausgespült. Nachdem er selbst und seine Klamotten wieder sauber waren, hatte er noch die Terrakotta-Fliesen im Flur geschrubbt.

Jetzt standen sie zusammen in der Küche. Svens Arm steckte in einer provisorischen Schlinge, gemacht aus einem Laken, das Maier im Wäscheschrank gefunden hatte. Sein eigener schwarzer Rollkragenpullover war vom chlorhaltigen Leitungswasser noch ganz feucht. Maier unterdrückte ein Frösteln. Durch die nassen Klamotten und den Mangel an Sonnenlicht hinter diesen dicken Wänden war sein Körper völlig ausgekühlt.

Auch fühlte er sich auf sonderbare Weise niedergeschlagen. Als hätte er all seine Trümpfe verspielt.

»Können wir mit den Handys irgendwas anfangen?« Mit einem Nicken deutete Sven auf die beiden identischen französischen Alcatels auf dem Esstisch aus Eichenholz.

Maier schüttelte den Kopf. »Ich hab schon geschaut. Die Adressbücher sind leer.«

»Und die gewählten Rufnummern?«

»Wenn sie zum Beispiel einen Code vereinbart haben, kann das kontraproduktiv sein.«

Als Sven ihn verständnislos ansah, fügte er hinzu: »Wenn sie zum Beispiel verabredet haben, sich bei Anrufen mit einer bestimmten Begrüßungsformel zu melden oder so etwas.«

Sven wischte sich mit dem Ärmel seines blauen Replay-T-Shirts den Schweiß von der Stirn. »Können wir's nicht einfach ausprobieren?«

»Nein. Zu riskant.«

»Was dann?«

»Warten, bis sich jemand meldet. Wenn sie von Thierry und dem anderen Typen nichts mehr hören, werden sie irgendwann schon von selbst auf die Idee kommen, hier mal nach dem Rechten zu schauen.«

»Geht das nicht auch anders?«

»Ich wüsste nicht, wie. Du?« Plötzlich fiel Maier das Labor wieder ein. »Hier im Keller ist so eine Art von Labor. Vielleicht wirst du schlau draus.«

Sven schwieg.

»Sven?«

»Was … was für ein Labor?«

»Ich dachte, dass du das vielleicht wüsstest.«

Sven folgte ihm über die Treppe in den Keller. Maier schloss die Tür auf. Das Licht brannte immer noch. Er schaute schräg über die Schulter nach oben. Bewegungsmelder.

Erneut fiel ihm der frappierende Kontrast zu den anderen Räumen des Hauses auf. Hier war es frisch und roch nach Chlor, während sonst überall der muffige Geruch fünfzig Jahre alter Fußböden in der Luft lag.

»Und?«, fragte Maier. »Was sagst du dazu?«

Zögerlich stieg Sven die gefliesten Stufen hinunter und trat vor das Metallgestell in der Mitte des Raums. Las die Etiketten. Sah sich die Flüssigkeiten an. Verschob kleine Gläser von links nach rechts. Drehte sie um und betrachtete die Rückseiten. »Keine Ahnung«, sagte er.

»Diese Codes, das sind keine chemischen Formeln oder so?«

Langsam schüttelte Sven den Kopf, während er weiter kleine Gläser hin und her schob. Er schien tief in Gedanken versunken zu sein. »Nein, nicht dass ich wüsste. Jedenfalls keine, die ich kennen würde.«

Im Schein der Neonlampen sah Sven todmüde aus. Er hatte Schmerzen, wurde Maier plötzlich bewusst. Und er war durcheinander, verstört. Am heutigen Tag war nicht nur auf ihn geschossen worden, sondern er hatte auch einen Mord mit angesehen, und er befand sich nach wie vor im Ungewissen über das Schicksal seines kleinen Sohns. Das war wahrscheinlich ein bisschen viel auf einmal gewesen. Wie ein müder Zombie hielt er sich noch auf den Beinen, der Blick in seinen Augen war leer. Wahrscheinlich konnte er überhaupt nicht mehr klar denken.

Zugleich wurde Maier bewusst, dass es um ihn selbst nicht viel besser bestellt sein konnte. Es war fast drei Uhr nachmittags, und er war total erschöpft. Das typische Adrenalin-Tief. Zeit für eine Pause. Er wusste genau, dass man, wenn man eine Expedition wie diese durchhalten wollte, die Gelegenheit zu essen oder zu schlafen nicht verpassen durfte. Es konnte jederzeit etwas passieren, das einen zwang, die Befriedigung solcher existentiellen Bedürfnisse ein paar Stunden, wenn nicht länger, aufzuschieben. Außerdem hatte er mit leerem Magen noch nie sonderlich gut nachdenken können.

»Lass gut sein.« Maier ging in den Vorraum zurück. »Erst mal schauen, ob es hier irgendwo Kaffee gibt. Und was zu essen.«

Schweigend gingen sie die Kellertreppe wieder hinauf. Wie ein unruhiger Patient im Wartezimmer setzte Sven sich an den Eichenholztisch.

Maier durchforstete die Küchenschubladen, schaute zwischendurch immer wieder nach draußen. Die Luft über der Zufahrt flimmerte vor Hitze, aber es war und blieb alles still. Das konnte sich allerdings jederzeit ändern. An Schlaf war nicht zu denken.

Rechts neben dem Durchlauferhitzer fand er eine Tüte Reis. Daneben eine Dose, sein Blick fiel auf das Etikett. Offenbar irgendetwas mit Fleisch, vielleicht Haschee in Soße. Jedenfalls sah es geradezu verführerisch nach richtigem Essen aus. Aber zum Kochen hatten sie zu wenig Ruhe.

In einem der oberen Schränke fand er löslichen Kaffee und darunter einen verbeulten Topf mit verrußtem Boden. Er drehte den Wasserhahn auf. Es war kaum Druck auf der Leitung, das Wasser kam in unregelmäßigen Stößen.

Im Kühlschrank fand er ein Stück Ziegenkäse, eine halbe Dose Oliven, ein Glas mit etwas Joghurtähnlichem und eine Flasche Fruchtsaft. Außerdem zwei zusammengeklappte Toasts mit Marmelade in einem Plastikbeutel.

Er prüfte die Daten auf den Verpackungen. Alle noch ziemlich frisch. »Oliven, Käse?«, bot er Sven an, während er zwei Teller aus dem Schrank nahm und gleichzeitig nach draußen spähte.

Sven hatte seinen Koffer auf einem Stuhl aufgeklappt und beugte sich nachdenklich über den Inhalt. Er schien nicht richtig zuzuhören. »Ich habe ein Problem«, sagte er.

»Nein, du *bist* verdammt noch mal ein Problem«, antwortete Maier.

Als ihn Svens Blick traf und ihm bewusst wurde, dass er bloß versucht hatte, seinen Frust an Sven abzureagieren, hätte er sich auf die Zunge beißen können. Es war menschlich, aber nicht fair. Sven hatte ihn enttäuscht, aber waren Enttäuschungen nicht immer eine Folge zu hoher Erwartungen?

Trotz seiner anfänglichen Zweifel hatte er erwartet – oder besser: gehofft –, dass Sven ihm eine Stütze wäre, dass man zu zweit mehr erreichte als allein. Er hatte sich getäuscht. Aber das war nicht Svens Schuld.

Normalerweise hätte er dafür eine Antenne gehabt und darauf reagiert. Diesmal nicht, und das lag daran, dass eine tiefere Schicht psychologisch in die Sache hineinspielte. Sven schien umgeben zu sein von einem unruhigen Kraftfeld, das genauso unbeständig und unberechenbar war wie Sven selbst. Es brach aus seinem Denkmuster aus, warf alles über den Haufen. Der Tierarzt sandte widersprüchliche Signale. Das war von Anfang an so gewesen, aber Maier gestand es sich erst jetzt ein, oder es wurde ihm vielleicht auch erst jetzt in dieser Deutlichkeit bewusst: Svens Gegenwart machte ihn nervös.

»Entschuldige, Sven.« Er drehte sich zu ihm um. »Das nehme ich zurück.«

Mit seiner unverletzten Hand winkte Sven ab. »Du hast ja recht. Ich habe mich wie der letzte Stümper benommen. Ich … ich glaube, für solche Aktionen bin ich einfach nicht gemacht.«

»Wer ist das schon«, sagte Maier seufzend.

Das musste reichen. Kein Gezanke, keinen Ärger. Er musste Sven einfach nach Hause schicken, unter irgendeinem Vorwand, bevor ein Unglück geschah, das nicht wieder rückgängig zu machen wäre. Das er sich dann selbst zuzuschreiben hätte. Denn er wusste ja jetzt Bescheid.

Das Wasser kochte. Maier fand zwei Becher, spülte sie unter

dem spritzenden Hahn aus und tat eine großzügige Portion löslichen Kaffees hinein. Schüttete dann dampfendes Wasser drüber. Nicht mal der Geruch erinnerte an Kaffee. Aber Hauptsache, es war genügend Koffein drin, sodass er endlich seine Gedanken ordnen könnte. Er war schlicht übermüdet. Körperlich wie geistig.

»Wo ist das Problem?«

»Mir fehlt Material«, sagte Sven. »Ich hab alles für diesen Kerl verbraucht.«

»Was genau brauchst du?«

»Von allem etwas. Nähgarn – ich hatte zwei von diesen Sets mit Nadel und Garn dabei.« Er grinste säuerlich. »Beim Einpacken hab ich noch gedacht: Das ist vielleicht ein bisschen viel des Guten, die werden wir doch nicht brauchen. Aber denkste. Alles für Thierry verbraucht. Und Morphium. Es tut verdammt weh, Mann. Als hätte sich ein ganzes Rudel von Ratten in meinen Arm verbissen. Und … na ja, ganz banalen Verband. Ist einfach alle. Ich hatte zu wenig dabei. Ganz schön blöde.«

»Man kann eben nicht alles vorplanen.«

»Wenn ich gewusst hätte, was für ein Scheißkerl dieser Thierry war, hätte ich seinem Fuß nicht so eine Fünf-Sterne-Behandlung angedeihen lassen, sondern ihn mit Salzsäure überschüttet.«

»Dafür bist du nicht der Typ. Sei froh drum.«

»Vielleicht doch. Seit heute.« Sven zischte und verzog das Gesicht.

Maier nahm ein paar Oliven aus der Dose, schnitt den Käse in kleine Stücke und verteilte beides auf einem gebrochenen Frühstücksbrett. Stellte es zusammen mit einem Becher löslichem Kaffee auf den Tisch. Sven fiel gierig darüber her.

»Antibiotikum brauche ich auch«, sagte Sven mit vollem Mund. »Das kann sich entzünden, solche Wunden sind heimtückisch. Ich will den Arm nicht verlieren.«

Maier nahm ihm gegenüber Platz und aß abwechselnd von dem Ziegenkäse und dem Brot. Sven hatte recht. Sie wussten schließlich nicht, wie lange sie hier noch würden ausharren müssen. Eine unbehandelte Schusswunde konnte sich schrecklich entzünden. Dann hätten sie noch ein zusätzliches Problem am Hals.

»Und wo willst du das Zeug herkriegen? Krankenhaus oder Hausarzt fallen ja wohl aus.«

»Damals, als ich hier gearbeitet habe, wohnte ein Freund von mir in der Gegend. Auch Tierarzt, mit eigener Praxis. Vielleicht könnten wir da kurz vorbeifahren.«

Maier schüttelte den Kopf. »Kommt nicht in Frage.«

»Ich könnte doch so tun, als ob ich alleine im Urlaub wäre. Ich bin geschieden, und es ist Hochsaison. Überall sind jetzt Touristen.«

»Aber nicht mit Schusswunden.«

Maiers Blick fiel auf die Armschlinge. Es schimmerten bereits ein paar rote Flecken durch den Verband hindurch. In etwa einer Stunde wären die zu einem einzigen großen Fleck zusammengelaufen. Die Wunde musste genäht werden.

»Und wenn ich mit einem Wilderer aneinandergeraten wäre?«

Manchmal konnte Sven beachtlich scharfsinnig und schnell denken. In Frankreich war die Jagd eine ganz große Sache. Unfälle waren dabei gang und gäbe, besonders nach der Mittagszeit, wenn die Jäger sich eben erst einen halben Liter Wein hinter die Binde gekippt hatten und schon wieder munter in den Wald hineinspazierten.

Aber der Plan hatte auch seine Schwachpunkte. »Vielleicht drängt er dich, die Polizei zu rufen und Anzeige zu erstatten«, sagte Maier. »Und fragt sich, warum du nicht einfach ins Krankenhaus gehst.«

»Da fällt mir schon was ein.«

»Wenn du erst vor Ort darüber nachzudenken anfängst, ist das ein bisschen spät.«

»Im Krankenhaus wird man immer gleich einen Tag lang festgehalten«, sagte Sven schnell. »Ich könnte sagen, dass ich nicht so viel Zeit habe. Dass ich in Eile bin. Oder keine Versicherung habe. Oder …«

»Oder was ausgefressen hast. Das wird nämlich das Erste sein, was ihm dazu einfällt, wenn er nicht ganz blöd ist.«

»Und wenn schon. Ich seh ihn doch nie wieder. Ich lass mir das Zeug geben, bezahle und bin wieder weg. Wenn ich nichts unternehme, habe ich morgen ein Pochen in dieser Wunde, als ob jemand mit dem Vorschlaghammer drauf herumhämmert. Und dann dauert es nicht mehr lange, und ich bin meinen Arm los.« Sven sah richtig unglücklich aus.

»Wo wohnt der Typ?«

»In Poitiers. Nicht weit von hier.«

»Kannst du Auto fahren?«

Sven sah ihn verständnislos an. »Du meinst … ich soll da alleine hinfahren?«

»Einer von uns muss hierbleiben.«

Das war tatsächlich so. Doch zugleich fand Maier die Aussicht auf ein bisschen Ruhe eine ausgesprochen reizvolle Perspektive. Über die nächsten Schritte nachdenken zu können, ohne Svens heißen Atem im Nacken. Ohne mit undurchdachten, ja gänzlich unvorhersehbaren Querschüssen von seiner Seite rechnen zu müssen.

»Wie lange fährt man bis dorthin?«

»Äh … nicht so lang, 'ne Dreiviertelstunde, schätze ich.«

»Und meinst du, du schaffst das?«

»Wenn's sein muss.«

»Dann mal los. Nimm den Laguna. Aber, Sven, merk dir eins: Du kannst hier nicht einfach auf den Hof fahren, wenn du zurückkommst.«

»Nein, ist klar. Soll ich dich anrufen?«

»Ich hab das Handy auf stumm geschaltet. Schick mir eine SMS, wenn du bei dem Kreisel bist.«

»Bei dem Kreisel?«

»Der Kreisel bei diesem Restaurant, wo man nach St. Maure abfährt. In anderthalb Stunden fange ich an, alle Viertelstunde nachzuschauen, ob eine Nachricht von dir gekommen ist. Bleib auf jeden Fall dort, bis ich zurückgerufen habe.«

Sven nickte.

»Und halt die Augen offen. Vielleicht ist der andere, von dem dieser Thierry erzählt hat, schon auf dem Weg hierher. Der kann dir jederzeit über den Weg laufen, wenn du hier wegfährst, und wenn du wiederkommst, auch.«

Sven erhob sich. An der Tür drehte er sich noch einmal zu Maier um. »Ich habe heute einen Fehler gemacht. Und gestern auch. Und ich kann mir vorstellen, wie du jetzt über mich denkst. Aber glaub mir, ich lerne schnell. Das passiert mir nicht noch mal. Ich brauche bloß ein bisschen Morphium, Nähzeug, Antibiotikum und Verbandszeug. Mehr nicht. In etwa einer Stunde hab ich das geregelt. Und diesmal mache ich nichts falsch, wirklich nicht.«

Maier wollte gerade etwas entgegen, als ein eindringlicher Summton den Raum erfüllte. Sie sahen einander an.

»Ein Anrufer«, flüsterte Maier und griff nach dem schwarzen Handy, das dem Monoprix-Mann gehört hatte. APPEL stand auf dem Display.

»Appel?«, fragte Maier nachdenklich.

»Appel, Anruf«, erklärte Sven. »Anscheinend mit unterdrückter Rufnummer.«

Das Handy summte weiter vor sich an.

»Ich geh dran.« Sven streckte bereits den Arm aus.

Maier reagierte nicht. Das Telefon summte weiter.

»Gib schon«, sagte Sven, »keine Sorge.«

Zögerlich reichte Maier es ihm hinüber. Sven nahm das Gespräch an, hielt sich das Handy ans Ohr und wartete.

»D'accord«, sagte er kurz darauf, beendete die Verbindung und sah Maier nervös an. »Er ist unterwegs, sagt er.«

»Wer?«

»Keine Ahnung. Ein Typ.«

»Wo ist er jetzt?«

»Das hat er nicht gesagt.«

Rasend schnell traten sie in Aktion. Sven legte seine Beretta auf den Tisch. Einhändig versuchte er die Waffe zu laden, was ihm nicht gelang.

Maier übernahm, gab ihm die Pistole zurück und sagte: »Geh du nach oben. Von dem Fenster im Schlafzimmer aus, oben links, kann man die Zufahrt im Auge behalten. Du hältst für mich Ausschau, in Ordnung? Nur spähen, nicht schießen! Wenn du etwas siehst, gibst du es mir durch. Achte drauf, dass du selbst nicht zu sehen bist. Und sprich leise.«

Aufgeregt sah Sven ihn an. »Meinst du … glaubst du, dass …«

Maier zuckte mit den Schultern. »Kann sein.«

Sven wollte gerade loslaufen, als Maier ihn an der Schulter festhielt. »Verpatz es nicht.«

Für den Bruchteil einer Sekunde trafen sich ihre Blicke, ein Augenblick des Einvernehmens. In Svens Augen las Maier ein Versprechen.

Während er ihn die Treppe hinaufstürmen hörte, griff er nach seinem Rucksack. Dass Sven mit dieser ganzen Aktion etwas zu tun hatte, konnte die Gegenseite sich leicht ausrechnen – wegen seiner Verbindung zu Thomas.

Sil Maier nicht. Sie wussten nicht mal, wer er war. Und das wollte er gern so belassen.

Er zog sich die Biwakmütze über den Kopf und bezog Stellung im Flur, neben der Eingangstür. Schraubte den Dämpfer auf den Lauf der Glock und blieb mit dem Rücken an die Wand gedrückt stehen, die Waffe in der Rechten.

Wie viele hatte er zu erwarten? Nur einen, wie Thierry behauptet hatte, oder waren sie zu mehreren? Die Tür hatte keinen Glaseinsatz, er musste sich ganz auf die Informationen verlassen, die Sven ihm vom Schlafzimmer aus zuspielte. Dass er schon wieder ganz auf Sven vertrauen musste, erschwerte ihm die Konzentration beträchtlich. Zu vieles konnte schiefgehen.

Er schaute zu der abgeschlossenen Tür. War es eigentlich plausibel, dass die abgeschlossen war?

Er fischte den Schlüsselbund des Monoprix-Manns aus der Hosentasche und schloss auf, ohne die Tür jedoch zu öffnen. Als er noch viel mit Kriminellen zu tun gehabt hatte, war er häufig auf nicht abgeschlossene Türen gestoßen, aber nie hatte eine sperrangelweit offen gestanden.

»Weißer Lieferwagen.« Gedämpft drang Svens Stimme von oben zu ihm.

Im selben Augenblick hörte er draußen einen Dieselmotor. Dann das Knirschen von Kies unter Autoreifen. Oben lief Sven über die Holzdielen. Seine Schritte hallten durch das ganze Haus und brachten die Deckenleuchte zum Erzittern.

Anscheinend lief er zur Frontseite hinüber, um dann über der Wohnküche stehen zu bleiben. Er musste sich nun bei der kleinen Dachgaube des Badezimmers befinden, von der aus man Sicht auf den Hof hatte.

Maier verhielt sich ganz still. Hoffentlich stellte Sven keinen Unsinn an. Hoffentlich blieb er auf Tauchstation. Hoffentlich …

»Ein Mann«, hörte er von oben. »Er steigt aus.«

»Still jetzt.«

Knirschender Kies. Eine kurze Pause, dann erneutes Knirschen. Ein Quietschen und Knacken, gefolgt von einem metallischen Rumpeln, wie von einer Seitentür, durch die man an die Ladefläche herankam.

»Thomas«, hörte er Sven oben flüstern.

Er konnte sich lebhaft vorstellen, wie Sven sich jetzt fühlte. Welchen Ausdruck sein Gesicht jetzt annahm. Er drückte den Gedanken sofort weg. Konzentrierte sich auf die Geräusche, die von draußen kamen.

Zögerliche Schritte.

Die Zeit schien stillzustehen, während Maier sich anstrengte, allein von dem Gehörten darauf zu schließen, was draußen vor sich ging. Sobald der Kerl durch die Tür kam, musste er in Aktion treten. Er wusste genau, wie. Es war nicht das erste Mal. Und er stand auch nicht zum ersten Mal unter Druck. Doch nie zuvor war dieser Druck auch nur halb so groß gewesen. Denn diesmal war der Feind nicht allein. Er hatte ein Kind bei sich. Es durfte nichts schiefgehen.

Maier vernahm keinen Laut mehr. Vor der Tür war alles ganz still.

Vielleicht, so schoss ihm durch den Kopf, kam es dem anderen sonderbar vor, dass sein Komplize ihn nicht begrüßte, ihm nicht entgegenkam oder nicht wenigstens die Tür für ihn aufmachte. Maier hatte keine Ahnung, wie diese Typen normalerweise miteinander umgingen. Wie nahe oder fern sie sich standen. Zum Beschatten war keine Zeit geblieben. Jetzt konnte sich das rächen.

Aber für Bedenken war es jetzt zu spät.

Erneut hörte er Schritte auf dem Kies, die ihm nun zögerlich vorkamen. Er griff fester um die Glock. Drückte sich dichter an die Wand.

Starrte fieberhaft den Türgriff an.

Nichts geschah.

Inzwischen war er sich sicher: Der Kerl war eine andere Art von Empfang gewöhnt. Der stand jetzt da und grübelte darüber nach, was er tun sollte. Andernfalls wäre er schon längst drinnen gewesen.

Im nächsten Augenblick kam von oben ein ohrenbetäubendes Getöse. Es dauerte kurz, bis Maiers überspannte Nerven es richtig eingeordnet hatten: Wasser, durchlaufendes Wasser. Sven hatte die Toilettenspülung betätigt. Genau der richtige Einfall. Scharfsinniges, schnelles Handeln. Wer auf der Toilette saß, konnte nicht gleichzeitig seinen Kollegen begrüßen.

»Olivier?«, rief der Unbekannte zögerlich.

Maier kniff die Augen zu. Mist!

»La porte est ouverte«, antwortete Sven rasch von oben, mit gedämpfter Stimme.

Maier riss die Augen wieder auf und schluckte. Lehnte den Kopf an die Wand. Das war link. Gewagt. Sehr sogar.

Die Tür ging nach innen auf. Sonnenlicht fiel auf die Fliesen und die braune Treppe. Maier drückte sich noch mehr an die Wand, die Glock mit ausgestreckten Armen vor sich. Wenn er dafür eine Antenne hatte, konnte der Unbekannte Maiers Anwesenheit instinktiv spüren. Also musste es schnell gehen. Bevor dieser Typ auch nur zu ahnen begann, dass hier etwas nicht stimmte.

Durch den Mund holte Maier Luft. Nahm all seine Konzentration zusammen. Das Erste, was er sah, war eine Decke: dieselbe graue Pferdedecke, die er schon in Paris zu Gesicht bekommen hatte.

Mit dem grauen Bündel in den Armen trat der Mann ein, blieb aber hinter der Tür verborgen. »Olivier, ça va?«

Jetzt!

Maier tat einen Sprung nach vorn. Im selben Augenblick wurde ihm die Tür vor den Kopf geschlagen, sodass er taumelte. Er ging zu Boden.

In raschem Tempo eilten Schritte über den Hof davon.

Maier fluchte. Seine Schulter hatte einen kräftigen Schlag abbekommen, und seine rechte Gesichtshälfte fühlte sich taub an. Rasend schnell robbte er vor, die Glock beidhändig vorgestreckt.

Von seiner Statur her war der Mann unauffällig. Er trug eine Jeans und ein enges gelbes T-Shirt, das in der grellen Sonne fast schon zu fluoreszieren schien. Die Pferdedecke glitt auseinander, und an der Schulter des Mannes kam der hin und her schlingernde blonde Kopf von Thomas zum Vorschein.

Maier zielte, den Finger am Abzug. Biss die Zähne zusammen. Zögerte.

Er konnte nicht schießen.

Nicht, solange Thomas dabei war.

Der Mann rannte auf einen weißen Citroën-Lieferwagen zu, der in der Mitte des Hofes stand. Drehte sich um, und ohne Thomas loszulassen, zog er eine Waffe aus dem Hosenbund. Lief weiter und zielte dabei auf den Hauseingang.

Maier krümmte sich und spürte im nächsten Augenblick einen Luftzug am Gesicht, gefolgt von einem lauten, in der Hügellandschaft widerhallenden Knall. Dann ein zweiter Schuss, der das Holz der Treppe in seinem Rücken durchlöcherte.

Er reagierte instinktiv. Zielte und drückte ab. Zweimal nacheinander. Die .45 ACPs aus seiner Glock durchschlugen das dicke Verbundglas der Windschutzscheibe, die sofort in tausend stumpfe, wasserfallartig herabrieselnde Stücke zersplitterte. Eine der beiden Kugeln durchbohrte die Kopfstütze des Fahrersitzes. Der Mann hatte sich geduckt und rollte nun zur Seite weg, riss Thomas mit. Die Pferdedecke fiel in den Staub.

Maier sah, wie der Mann sich hinter dem Radkasten des Autos wegduckte, um dann plötzlich wieder aufzutauchen, sich auf der Motorhaube abzustützen und erneut anzulegen. Intuitiv drehte Maier sich auf die Seite, um weniger Zielfläche zu bieten. Gespenstisch dicht neben ihm schlug eine Kugel tief in die massive Wand ein.

Noch im selben Augenblick streckte er den Arm vor und

feuerte zweimal nacheinander. Der Mann verschwand aus seinem Blickfeld.

Dann war alles still.

»Du hast ihn getroffen«, rief Sven von oben. »Scheiße, du hast ihn getroffen!«

Sven kam die Treppe heruntergerast, mit großen Sprüngen über jeweils drei bis vier Stufen und schließlich über den am Boden liegenden Sil Maier hinweg und rannte auf den Hof hinaus.

Auch Maier sprintete, die Glock schussbereit in der Hand, auf den Wagen zu.

»Thomas!«, hörte er Sven rufen. »Thomas!«

So schnell er konnte, lief Maier um den Lieferwagen herum.

Sven kniete bei seinem Sohn. Etwa einen Meter weiter lag der Mann in dem gelben T-Shirt, auf dem sich jetzt dunkle Flecken abzeichneten. Maier beugte sich über ihn. Ein kleines rundes Loch unterhalb der Augenhöhle. Er zog den Kopf des Mannes nach hinten und legte ihm die Finger an den Hals, suchte nach der Halsschlagader.

Nichts.

Die Pistole lag neben dem Vorderrad. Maier fischte sie vom Boden und steckte sie ein. Durchsuchte den Toten, öffnete dann die Vordertür des Wagens und schaute unter die Sitze und ins Handschuhfach. Fand aber nichts, was ihm wichtig erschienen wäre.

Dann wandte er sich an Sven.

Der schien in Trance gefallen zu sein. Tränen standen ihm in den Augen. »Thomas, Thomas, Thomas«, flüsterte er in einem fort und drückte seinen Sohn an sich.

Erst jetzt fiel Maier auf, dass Thomas gar nicht reagierte. Dass er schlapp wie eine Lumpenpuppe in Svens Armen baumelte, mit geschlossenen Augen, halb offenem Mund. Es war ein grauenhafter Anblick.

Mit raschen Blicken suchte Maier den Körper des Kleinen nach irgendwelchen Verletzungen ab.

Er konnte keine entdecken.

Sven kam langsam zu sich. Der Vater in ihm wollte das Kind einfach fest in den Armen halten, doch irgendwo tief in seinem Innern regte sich der Arzt und gewann allmählich die Oberhand.

Er trug das Kind über den Hof ins Haus.

Maier zögerte. Sah um sich, warf noch einen Blick auf den Toten und folgte Sven dann nach drinnen.

Sven legte seinen kleinen Sohn auf den Esstisch. Zog seine Augenlider hoch, erst das eine, dann das andere. Legte ihm das Ohr an die Brust, ertastete den Puls. Schaute ihm in den Mund. Und die ganze Zeit über liefen Sven geräuschlos Tränen über die Wangen.

Maier zog sich die Biwakmütze vom Kopf. Blieb schräg hinter Sven stehen. Das kleine Kind auf dem Tisch. Der Vater, der immer wieder die lebenswichtigen Körperfunktionen kontrollierte. Er konnte sich nicht entsinnen, jemals etwas derart Ergreifendes, ja Herzzerreißendes gesehen zu haben.

»Schlafmittel«, sagte Sven schluchzend. »Das muss es sein. Das muss es einfach sein …«

Hörbar atmete Maier aus.

»Ich glaube, sie haben ihn ruhiggestellt«, fügte Sven hinzu. »Diese Schufte. Diese dreckigen Schufte.« Er beugte sich über seinen Sohn, als wollte er ihn mit dem eigenen Körper vor allen bösen Einflüssen der Außenwelt beschützen. Als wollte er ihn mit seiner Liebe panzern, so umarmte Sven den schlafenden Kleinen. Strich ihm über die blonden Locken, küsste vorsichtig seine feuchte Stirn.

Maier stand wieder am Küchenfenster und schaute auf die Zufahrt hinaus. »Wir müssen hier weg«, sagte er knapp. »Komm.«

26

»Hier bei Elias.«

Susan hielt den Telefonhörer mit beiden Händen. Bei Elias, das bedeutete wahrscheinlich, dass die Person am anderen Ende eine Haushälterin oder ein Kindermädchen war. »Guten Tag, hier spricht Susan Staal. Ist Walter Elias auch zu Hause?«

»Worum geht es?«

Susan setzte sich gerade hin. Dies war das erste ihrer Telefonate, bei dem der Vorname Walter am anderen Ende eine mehr oder weniger bestätigende Reaktion hervorrief. »Es geht um meinen Vater, Geran Staal«, sagte sie. »Er ist vor Kurzem gestorben, und da Walter Elias und mein Vater früher befreundet waren, dachte ich, er möchte das vielleicht wissen.«

»Herzliches Beileid. Ich werde es ihm ausrichten.«

Vielleicht war diese Frau doch mehr als eine Haushälterin. Oder wollte gern diesen Eindruck erwecken. »Ich würde es ihm lieber selbst sagen.«

Kurze Stille am anderen Ende. »Einen Moment, bitte«, hörte sie dann.

Gedämpftes Geflüster. Die Frau hielt ihre Hand vor die Sprechmuschel.

»Walter Elias.«

»Guten Tag, mein Name ist Susan Staal. Ich bin die Tochter von Geran Staal.« Bewusst legte sie eine kurze Pause ein.

Der Mann am anderen Ende reagierte nicht.

»Sie waren früher öfter bei uns zu Besuch, wenn ich mich nicht täusche.«

»Es tut mir leid, aber ich weiß nicht, wer Sie sind. Ich fürchte, Sie haben den Falschen erwischt.«

Zitterte seine Stimme? Zögerte er? Oder bildete sie sich das nur ein?

»Sie waren doch mit meinem Vater befreundet, Geran Staal, oder?«

»Nein, tut mir leid. Ich kenne keinen Geran Staal. Es tut mir sehr leid für Sie.«

»Kurz zu meiner Information: Sie haben in den achtziger Jahren doch in Den Bosch gewohnt, oder?«

Wieder ein paar Sekunden Schweigen. »Ja, das ist korrekt. Aber ich habe Ihren Vater nicht gekannt. Nochmals, Sie täuschen sich.«

»Das muss dann wohl so sein, ja. Entschuldigen Sie bitte die Störung.«

Sie legte auf und starrte vor sich hin.

War das möglich, dass sie einen anderen Walter Elias an die Strippe bekommen hatte? Sie schüttelte den Kopf. Nicht nur hatte er zugegeben, in Den Bosch gewohnt zu haben, auch die Stimme war ihr bekannt vorgekommen. Es konnte nur der alte Freund ihres Vaters gewesen sein.

Sie biss sich auf die Unterlippe. Vielleicht war dies genau der richtige Moment, genau der richtige Anlass, die Sache ein für alle Mal in Ordnung zu bringen. Sie hatte nichts zu verlieren.

Gar nichts.

Ihr Zeigefinger wanderte über die Notizen auf ihrem Block. Rasch hatte sie gefunden, was sie suchte: die Adresse von Walter Elias.

27

Maier lenkte den Laguna auf die A10 Richtung Paris. Das kleine Poitiers, wo Sven seinen alten Freund hatte aufsuchen wollen, lag hinter ihnen. Die Praxis gab es noch, auch den Assistenten kannte Sven noch von früher, aus der Zeit, als er hier gelebt und gearbeitet hatte. Benoît selbst hingegen war aus der Studentenstadt weggezogen. Dem Assistenten zufolge hatte der Tierarzt sich vor einem Jahr in eine Gemeinschaftspraxis eingekauft, in der Kleinstadt Le Chesnay, einen Steinwurf östlich von Paris.

Dorthin waren sie nun unterwegs.

Wenn es nach Maier gegangen wäre, wären sie gleich bis in die Niederlande durchgefahren. Jede weitere Minute in Frankreich war aus seiner Sicht eine zu viel. Von Poitiers aus waren es sieben bis acht Stunden Fahrt nach Hause.

Aber Sven wollte nicht. Er hatte ohnehin schon viel Blut verloren. Was ihm nicht viel ausmachte, es war ihm bloß ein bisschen schwindlig zumute. Aber die Wunde an sich bereitete ihm Sorgen. Zum einen tat sie einfach weh, zum anderen sah sie tatsächlich nicht gut aus. Sven hatte Angst vor einer Infektion, vor allem vor einer Amputation. Wenn er Pech hatte, konnte es schnell darauf hinauslaufen. Jede Stunde zählte. Das Risiko, seinen Arm zu verlieren, wollte er nicht eingehen.

Das konnte Maier ihm schwerlich verübeln.

Auf dem Weg von der Tierarztpraxis Richtung Autobahn waren sie an einem riesigen Mr.-Bricolage-Baumarkt vorbeigekommen. Kurz entschlossen war Maier auf dessen Parkplatz gefahren. In den vergangenen Stunden war so viel geschehen, dass er die kaputte Bodenfliese in Jacks Safe House fast vergessen hatte. Die musste noch ersetzt werden. Es schien ein unwichtiges Detail, erst recht nach allem, was sie heute schon durchgemacht hatten. Aber Details waren wichtig. Ein Einschussloch in einer Badezimmer-Fliese konnte noch Jahre später Fragen aufwerfen. Das konnte er sich nicht leisten.

Er hatte zunächst das Zubehör besorgt und dann lange vor einer Wand mit unzähligen Bodenfliesen gestanden, in seiner Erinnerung grabend. Was die Größe anging, war er sich ziemlich sicher, aber es gab mehr als ein Dutzend verschiedener Weißtöne und ebenso viele unterschiedliche Oberflächenstrukturen. Schließlich nahm er von jeder Sorte, die ihn auch nur entfernt an die Fliesen in Jacks Appartement erinnerte, einen Karton mit. Trotzdem wagte er nicht unbedingt darauf zu vertrauen, dass die richtige dabei war.

Aber sie hatten ohnehin noch den einen oder anderen Programmpunkt vor sich, bevor sie nach Hause konnten. Maier hatte sich darauf eingestellt, eher spät anzukommen. Vielleicht sogar erst nach Mitternacht.

Er schaute in den Innenspiegel. Sven döste auf der Rückbank vor sich hin, den blonden Kopf an die Stütze gelehnt, seinen in die Pferdedecke eingewickelten Sohn im Arm.

»Ist Thomas immer noch nicht aufgewacht?«

Sven schlug die Augen auf. Er beugte sich vor und sah dem Kleinen ins Gesicht. »Nein. Keine Ahnung, was sie ihm da eingeflößt haben. Aber es wirkt verdammt lange.«

»Bist du sicher, dass es überhaupt ein Schlafmittel war?«

»Nein, aber was sollte es sonst sein?«

Rechts von der Autobahn ragten hohe, außergewöhnliche Gebäude aus Stahl und Glas in den Himmel, flankiert von billigen Kettenhotels. FUTUROSCOPE stand auf Wegweisern am Straßenrand.

»Hast du schon überlegt, wie es jetzt weitergehen soll?«

»Wenn wir wieder zu Hause sind und er immer noch nicht wach ist, bringe ich ihn ins Krankenhaus. Es bleibt mir wohl wenig anderes übrig«, antwortete Sven.

»Nein, ich meinte, wo du ihn hinbringst. Und wer auf ihn aufpasst. Du selbst oder Valerie.«

»Vielleicht ist es besser, wenn er vorläufig bei mir bleibt.«

Maier sagte nichts. Er wusste aus Erfahrung, dass man erst wieder ruhig schlafen konnte, wenn man den Stecker aus der Organisation herausgezogen hatte: den Chef, den Mann oder die Frau, die am Schaltbrett saß. Dann wurde so ein Laden orientierungslos, fiel auseinander. Und dann war man schnell vergessen.

Er dachte noch einmal an die drei Männer zurück, denen sie begegnet waren. Keiner von ihnen hatte einen besonders professionellen Eindruck gemacht. Es hätte ihn sehr gewundert, sollte einer von ihnen tatsächlich der Anführer gewesen sein. Wahrscheinlich gab es noch jemand anderen, der in der Hierarchie über ihnen stand und der es bei diesem Ausgang der Geschichte nicht bewenden lassen würde.

Also konnte man sich noch nicht einfach zufrieden zurücklehnen.

»Die Typen werden dich nicht in Ruhe lassen, Sven. Nicht solange der eigentliche Grund für diese Entführung weiter akut ist. Wenn sie ihre Hausarbeiten gemacht haben, wissen sie, wo du wohnst. Dann kommen sie ihn früher oder später abholen. Oder sie schnappen sich Valerie.« Um seinen Worten Nachdruck zu verleihen, ließ Maier eine kurze Pause entstehen. »Du musst unbedingt Druck auf Walter ausüben.«

Mit einem kurzen Blick in den Rückspiegel versuchte er, Svens Reaktion abzuschätzen. Dieser schaute nachdenklich aus dem Fenster. Obwohl die Klimaanlage auf vollen Touren lief, stand ihm Schweiß auf der Stirn.

»Warum?«, fragte Sven unsicher und wich Maiers Blick aus.

»Weil an dieser ganzen Geschichte was faul ist, Sven. Darum.«

Sven antwortete nicht. Maier bemerkte, wie er schluckte.

»Walter kann ich das nicht erzählen«, sagte er schließlich. »Er würde doch wissen wollen, wie wir Thomas da rausgeholt haben. Wenn er Wind davon kriegt, was da abgegangen ist, bin ich dran. Und du auch. Er ist Strafrichter. Das sind doch alles Kreuzritter der Moral, du weißt schon. Theoretiker. Die bringen es fertig und schicken uns zum Dank dafür, dass wir ein Kind gerettet haben, fünfzehn Jahre in Frankreich hinter Gitter. Nur weil das so in ihren Gesetzbüchern steht.«

»Und wie willst du Walter dann Thomas' wundersame Heimkehr erklären? Willst du behaupten, eine gute Fee hätte ihn dir zurückgebracht?«

»Weiß ich noch nicht. Da fällt mir schon noch was ein.«

»Hör doch auf mit dem Geschwätz, Nielsen!«

Inzwischen war er sich sicher. Von Anfang an hatte er das undeutliche Gefühl gehabt, dass irgendetwas nicht stimmte. Dass Sven mehr wusste, als er zugab. Seine ganze Haltung deutete darauf hin, seine Nervosität und seine widersprüchlichen Reaktionen. Am Anfang hatte Maier sich noch eingeredet, dass Nervosität in solchen Situation schließlich normal war. Aber der Verdacht war nur stärker geworden.

Außerdem hatte er mit Drogenbanden so seine Erfahrungen. Die waren straff organisiert. Diesmal war er wohl eher an einen schnell zusammengetrommelten Haufen Kleinkrimineller geraten. Keine Sicherheitsmaßnahmen, schlechte Bewaffnung, keine Hunde. Im Grunde war er einfach so in das Haus hineinspaziert. Der Kontrast zu den paramilitärischen Strukturen knallharter Drogenkartelle hätte kaum größer sein können.

Sven oder Elias – einer von den beiden nahm es mit der Wahrheit nicht so genau. Und wenn seine Intuition ihn nicht täuschte, dann eher Sven als Walter Elias. Denn in einem Punkt hatte der Tierarzt nicht unrecht: Strafrichter waren Theoretiker. Nicht zufällig hatten sie jahrelang Paragraphen studiert und eingepaukt. Der Buchstabe des Gesetzes war solchen Leuten quasi heilig. Um in dem vorgegebenen Rahmen funktionieren zu können, musste man bestimmte Denkstrukturen verinnerlicht haben. Von denen wich man nicht ohne Weiteres ab. Ob es nun vernünftig war oder nicht – der archetypische Strafrichter würde sich nie im Leben von einem Haufen Krimineller knebeln lassen. Das kam solchen Leuten einfach nicht in den Sinn.

Wenn Walter von dieser Sache irgendetwas gewusst hätte, hätte er sofort alle Hebel in Bewegung gesetzt, die ihm zur Verfügung standen: die Hebel des Gesetzes. Strafrichter hatten täglich mit Staatsanwälten und Polizeipräsidenten zu tun. Bestimmt hatte auch Elias solche Leute in seinem Freundeskreis. Und garantiert hätte er die noch am Tag der Entführung selbst zusammengetrommelt. Blitzschnell.

Sodass Sven und er hier gar nicht erst aufgekreuzt wären.

Diese ganze Geschichte stimmte hinten und vorne nicht. Nachdem sie nun ein bisschen Druck vom Kessel genommen hatten und er wieder halbwegs klar denken konnte, kam ihm die glückliche Aneinanderreihung von Zufällen immer unwahrscheinlicher vor. Erst diese Adresse in Paris, die Sven auf Anhieb herausbekommen hatte, dann das 37ste Departement, wo er früher gearbeitet hatte und sich gut auskannte … von Minute zu Minute wurde Maier klarer, dass mehr dahinterstecken musste. Dass Sven mit grundlegenden Informationen hinter dem Berg hielt.

»Erzählst du mir gelegentlich noch, was hier eigentlich los ist, oder erwartest du, dass ich den Quatsch, den du mir aufgetischt hast, tatsächlich glaube?«

Durch den Rückspiegel sah er Sven direkt in die Augen. Erschrocken schaute dieser zurück, wandte dann aber schnell den Blick ab und sah nach draußen.

Minutenlang blieb es still im Wageninnern. Sie überholten einen Sattelzug, der Laguna raste mit hundertvierzig Stundenkilometern über den Asphalt, und die Landschaft flitzte nur so an ihnen vorbei.

»Du hast mich in diese Sache reingezogen. Ich will wissen, worauf ich mich gefasst machen kann.«

Schweigen.

Vor unterdrückter Wut fuhr Maier, ohne es zu merken, immer schneller. In einiger Entfernung tauchte ein *aire* auf, ein Rastplatz. An der entsprechenden Ausfahrt bog Maier von der Autobahn ab und an geparkten Autos und Wohnwagen vorbei, bis sie zu jenem Bereich gelangten, wo nur noch Lastwagen standen und es ansonsten ziemlich ruhig war. Er hielt an, stellte den Motor ab und drehte sich zu Sven um.

»Also?«

Sven war alles Blut aus den Wangen gewichen. Seine Haut sah blasser aus als sein T-Shirt, und rote Flecken waren auf seinen Hals getreten.

Im selben Augenblick regte sich etwas unter der grauen Pferdedecke. Sven zog sie zur Seite und beugte sich über Thomas. Der sah sich erschrocken um, blinzelte mit den Augen und schloss sie wieder.

»Thomas.« Sven zog den Jungen an sich. »Thomas, bist du wach? Thomas, ich bin's, Papa. Papa ist bei dir.«

Zwei kleine Arme kamen zum Vorschein und klammerten sich an Sven fest. »Ich will zu Mama«, kam eine schüchterne Stimme unter der Decke hervor.

»Wir fahren zu Mama, Liebling, wir fahren jetzt zu Mama.«

Maier schwieg. Sven legte den unversehrten Arm um sein Kind, Tränen liefen ihm über die blassen Wangen. Immer wieder flüsterte er seinem Sohn zu, dass alles gut werden würde, dass sein Vater bei ihm sei und dass sie jetzt nach Hause führen.

Maiers Wut ebbte langsam ab.

Welchen Grund Sven auch immer gehabt haben mochte, ihn anzulügen, die Sache konnte warten.

28

Miguel saß in einem Internetcafé im Süden von Paris und loggte sich in sein Account ein. Das tat er immer montags, mittwochs und freitags gegen halb neun Uhr abends. Dann erstattete er Bericht, selbst wenn es nichts zu melden gab. Er starrte auf den Bildschirm, doch was er vor sich sah, war nicht die Startseite von Wanadoo.

Sondern das Blutbad. Anders ließ sich, was er vor nicht einmal vier Stunden in St. Maure angetroffen hatte, nicht beschreiben. Bilder, wie er sie zuletzt in Kolumbien gesehen hatte. Und wenn er ehrlich war: In Kolumbien war es schlimmer gewesen. Viel schlimmer. In seiner Heimat, wo das Chaos regierte, war es in den letzten Jahren üblich geworden, Leuten erst die Kehle durchzuschneiden und sie dann in Stücke zu hacken.

Seine Männer waren zumindest körperlich noch ganz gewesen, als er sie gefunden hatte.

Aber trotzdem mausetot.

Als auf seine Telefonanrufe niemand reagiert hatte, hatte er gleich gewusst, dass die Kacke am Dampfen war. Thierry hatte sein Handy manchmal einfach ausgeschaltet, was Miguel extrem auf die Nerven ging, aber Alain und Olivier gingen immer sofort dran. Diesmal jedoch nicht, und das war ausgesprochen sonderbar. Eine Abweichung von der üblichen Prozedur.

Er war sofort in den Wagen gesprungen.

Anderthalb Kilometer vom Hof entfernt hatte er Thierrys 190er Mercedes entdeckt, geparkt hinter einem Waldstück. Jeder normale Bürger wäre einfach daran vorbeigelaufen, aber seinem geübten Auge war das unnatürliche Glitzern von Metall und Glas nicht entgangen. Im Kofferraum hatte Thierry selbst gelegen – beziehungsweise das, was von ihm übrig war. Ein brauner, blutverklebter Klumpen Fleisch, der bereits zu verwesen angefangen hatte. Die Hitze im Kofferraum hatte den Prozess wahrscheinlich beschleunigt. Der Gestank war nicht zum Aushalten.

Kurz, nur ganz kurz, schoss ihm eine plausible Erklärung durch den Kopf: Alain und Olivier hatten genug gehabt von Thierry und ihn auf brutale Weise aus dem Weg geräumt. Miguel hätte sich nicht darüber gewundert. Bei seinen Kompagnons hatte Thierry sich nicht gerade beliebt gemacht.

Aber der Fundort sprach eindeutig gegen diese Version der Geschichte. So knallblöde waren sie nicht, das Auto mit der Leiche im Kofferraum außerhalb des Geländes abzustellen.

Auf Umwegen und mit gesteigerter Wachsamkeit näherte er sich dem Hof. Unterwegs traf er auf Spuren. Er hatte jahrelang im Urwald gearbeitet und gelernt, dass die Natur Bände sprach, wenn man ein Auge dafür hatte. Wusste, worauf man achten musste. Zerbrochene Äste und dünne, biegsame Zweige, die sich alle in derselben Richtung hinter stärkeren Zweigen und Ästen festgehakt hatten. Undeutliche Fußabdrücke im Boden. Winzige schwarze Baumwollfäden, die ihm unmissverständlich zuflüsterten, dass vor nicht langer Zeit schon mal jemand sich seinen Weg durch dieses Gestrüpp gebahnt hatte.

Beim Haus war er mindestens ebenso umsichtig vorgegangen. Ganz langsam, mit Späherblick und gespitzten Ohren, um keine Bewegung und kein Geräusch zu verpassen, hatte er die unmittelbare Umgebung vom Hof durchkämmt. Dortselbst hatte er den Renault von Olivier und den Lieferwagen von Alain gefunden, Letzteren mit zertrümmerter Windschutzscheibe. Ein kurzer Blick auf die Autos sagte ihm eigentlich schon, dass die Eigentümer dieser Wagen nicht mehr darin fahren würden.

In dieser Vermutung bestärkten ihn die Patronenhülsen, die den Hof übersäten. Und das Blut. Undeutliche Schleifspuren, die zur Haustür führten. Und noch mehr entdeckte er. Einen Brombeerstrauch beispielsweise, in dem es sich jemand über längere Zeit hinweg gemütlich gemacht zu haben schien. Davon zeugten die platt gedrückten Blätter und Zweige sowie weitere schwarze Fussel, die in den Dornen hängen geblieben waren. Derselbe Stoff, auf den er zuvor schon gestoßen war.

Durch den unterirdischen Gang, dessen Zugang sich unter einer dicken Schicht Stroh in einem der Ställe verbarg, war er zu dem Labor vorgedrungen. Dieses war anscheinend verschont geblieben. Es schien auch nichts zu fehlen. Vielleicht war es unentdeckt geblieben. Beim Anblick eines auf dem Boden zu Bruch gegangenen Einweckglases runzelte er die Stirn. War es denkbar, dass dies aufs Konto seiner eigenen Leute ging? Olivier hätte die Scherben und die Sauerei nie im Leben einfach so liegen gelassen. Das Haus seiner Großtante hatte ihm immer sehr am Herzen gelegen. Während der Bauarbeiten für das Labor hatte er ständig gefegt und Staub gesaugt. Immer Angst gehabt, dass irgendwas dreckig werden könnte. Olivier hätte auf jeden Fall aufgeräumt. Hatte hier vielleicht ein Ringkampf stattgefunden? Entsprechende Spuren waren jedenfalls nicht zu finden: kein Blut. Und alles Übrige stand auch noch an Ort und Stelle.

Der Geruch des Todes wehte ihm entgegen, sobald er die Tür zur Küche öffnete. Im Flur lag Alain. Sein Gesicht zerschossen. Olivier fand er nebenan, im Salon. Er lag auf dem Rücken vor dem Fernsehschrank, die Arme lang ausgestreckt, als hätte seine Lieblingsfußballmannschaft gerade einen Volltreffer gelandet. Der Volltreffer steckte in seinem Bauch.

Von dem Kind weit und breit keine Spur. Er wusste, was das zu bedeuten hatte. Die ganze Operation war den Bach runtergegangen.

Er war noch eine gute Stunde damit beschäftigt gewesen, die stofflichen Überreste seiner Kumpel wegzuschaffen. Er hatte den Mercedes geholt, in einer Scheune geparkt und die Scheunentüren geschlossen.

Kurz hatte er mit dem Gedanken gespielt, das Labor komplett auszuräumen, das Innere des Hauses mit Benzin aus den Kanistern in der Scheune zu begießen und die ganze Chose abzufackeln. Selbst wenn das Labor unentdeckt geblieben war – als Tarnung war der Hof keinen Pfifferling mehr wert. Allerdings hatte nicht er darüber zu entscheiden.

Nachdenklich starrte Miguel auf den Computerbildschirm und nahm noch einen Schluck von dem dünnen Kaffee. Der heiße Inhalt blähte den Plastikbecher richtig auf. Er schaute nach links. Ein Junge von etwa sechzehn Jahren, vermutlich arabischer Herkunft, ging ganz in einem Online-Game auf. Rechts von ihm saß eine dunkelhäutige junge Frau in einem dünnen Blumenkleid und schrieb stirnrunzelnd eine Mail.

Genau das musste er jetzt auch tun: eine Mail schreiben. Aber es fiel ihm schwer, die richtigen Worte zu finden. Ob nun in der fremden oder in seiner eigenen Sprache, es lief auf dasselbe hinaus: Sie hatten es vermasselt. Nein, schlimmer: Er hatte es vermasselt.

Ihm stand noch deutlich vor Augen, wie entgeistert sein Chef gewesen war, als er das Kind von der Mutter weggeholt hatte. Warum eigentlich, hatte Miguel nicht recht begriffen. Er hatte den Auftrag bekommen, diesen Sven Nielsen ordentlich unter Druck zu setzen. Wie, das durfte er sich selbst aussuchen, solange dabei niemand ums Leben kam. In Kolumbien wurden jeden Tag durchschnittlich sieben Menschen entführt. Zwei- bis dreitausend im Jahr. Männer, Frauen, Kinder. Journalisten, Mitarbeiter von Hilfsorganisationen – Arme genauso wie Reiche. Es war eine effektive Methode, die eigenen Interessen durchzusetzen. Um ihre Liebsten wiederzubekommen, waren die Leute zu allem bereit. Svens Sohn zu entführen, war ihm als das Naheliegendste erschienen. Erst die Reaktion seines Chefs hatte ihm klargemacht, dass er sich einen Schnitzer geleistet hatte. In Europa war jede einzelne Entführung eine große Schlagzeile wert. Die eines Kindes erst recht.

Per E-Mail hatte sein Chef ihm aufgetragen, den Kleinen sofort zurückzubringen. Aber als Miguel in St. Maure angekommen war, war der Junge nicht mehr dort gewesen. Jemand war ihm zuvorgekommen.

Wie auch immer. Er hatte die ganze Operation jedenfalls sträflich unterschätzt.

Damit musste er nun allein fertig werden.

Er loggte sich in sein Hotmail-Account ein und tippte eine Nachricht. Er fasste sich kurz und bat ausdrücklich um Instruktionen. Formulierte vorsichtshalber so, dass die Mail, wenn sie in falsche Hände geraten sollte, wenig hergeben würde.

Er schickte die Nachricht ab und schlenderte zur Kaffeemaschine. Wenn sein Chef nicht jetzt sofort antwortete, dann bestimmt noch vor zehn. Mit einem Plastikbecher voll heißem Kaffee setzte er sich wieder vor den Computer und schlug die Zeit tot, indem er im Internet surfte.

Hin und wieder glitt sein Blick zu den übereinandergeschlagenen Beinen der dunkelhaarigen Frau neben ihm. Ihr kurzer Rock gab die Sicht auf ihre rasierten Waden frei. Er versuchte gar nicht erst, Blickkontakt zu ihr zu bekommen. Es war sinnlos. Mit seinen von den Mundwinkeln bis zu den Ohren verlaufenden zackigen Narben war er ein Monster, eine wandelnde Zombie-Show. Also fickte er derzeit nur noch Frauen, die entweder zu stoned oder zu betrunken waren, um mitzubekommen, was sie taten. Oder so hässlich, dass sie mit dem erstbesten steifen Schwanz vorliebnahmen. Die Frau neben ihm war allerdings weder stoned noch betrunken. Und hässlich schon gar nicht.

Außerdem hatte er anderes zu tun.

Er konzentrierte seine Aufmerksamkeit wieder auf den Bildschirm.

Keine Reaktion. Hoffentlich meldete der Chef sich noch im Lauf des Abends.

Er loggte aus und ging nach draußen.

29

Im linken Außenspiegel sah er Sven zurückkommen. Er hatte eine neue Armschlinge und trug in der linken Hand eine volle Plastiktüte. Etwa zehn Meter hinter ihm, an der Straßenecke, stand ein Mann in weißem Kittel, der sich mit erhobener Hand von Sven verabschiedete. Der hatte noch die letzten Meter zum Wagen, bevor er sich auf dem Rücksitz niederließ.

»Musstest du dich jetzt unbedingt von ihm rausbringen lassen?«, fragte Maier.

»Tut mir leid. Ich hab mir nichts dabei gedacht. Er ist einfach mitgekommen.«

Maier drückte auf den Startknopf rechts neben dem Lenkrad. Der Laguna sprang an, und er steuerte den Wagen vom Rand des Bürgersteigs auf die zu beiden Seiten von Blumenkübeln gesäumte breite Allee. Le Chesnay war durchaus eine schöne Stadt, und die Gemeinde tat offenbar ihr Bestes, damit das so blieb, aber an Maier ging das völlig vorüber.

Thomas kroch seinem Vater auf den Schoß und klammerte sich an ihn.

»Alles in Ordnung?«, fragte Maier.

»Ja. Es steckte keine Kugel drin. Aber das Muskelgewebe ist ziemlich kaputt, und es ist viel Dreck in die Wunde gekommen. Er hat sie ausgespült und genäht.«

»Und hat er irgendwelche Schwierigkeiten gemacht?«

Sven zögerte. »Die Geschichte von dem Jäger hat er geschluckt, aber er fand es sonderbar, dass ich nicht ins Krankenhaus gegangen bin. Ehrlich gesagt, ich bin kaum wieder rausgekommen. Eigentlich fand Benoît es unverantwortlich, in meinem Zustand in die Niederlande zu fahren. Ich sollte lieber über Nacht bei ihm bleiben, hat er gesagt. Er hatte schon den Telefonhörer in der Hand, um seiner Frau Bescheid zu sagen, dass sie das Bett für mich machen sollte. Ich bräuchte dringend Bettruhe, meinte er. Ich musste ihm hoch und heilig versichern, dass ich über Nacht in Paris bleiben würde, sonst hätte er mich gar nicht gehen lassen. ... Können wir nicht vielleicht doch in Jacks Appartement übernachten? Und morgen früh aufbrechen?«

»Du kriegst alle Bettruhe der Welt. In sechs bis sieben Stunden.«

»Aber ...«

»Du hast jetzt dein Morphium, einen frischen Wundverband und das Antibiotikum. Ich muss schnell die Sache mit der Bodenfliese regeln, dann bringen wir den Wagen zurück, und danach kannst du die ganze Rückfahrt über schlafen. Wenn du die Augen wieder aufmachst, sind wir schon in den Niederlanden.«

Sie hatten den Autobahnring rund um Paris noch nicht erreicht, da standen sie schon im Stau. Der Laguna war zwischen Lastwagen, Pkw und Reisebussen eingequetscht. Motorräder schlängelten sich im Schritttempo zwischen den Wagen hindurch. Den Staumeldungen aus dem Radio zufolge war dies erst der Anfang.

Frustriert schlug Maier mit den Fäusten aufs Lenkrad. »Fuck!«

»Sil?« Sven meldete sich von der Rückbank aus zu Wort. »Mir ist nicht gut.«

Maier schaute kurz über die Schulter zurück. Sven war kreidebleich und völlig verschwitzt. Er sah aus, als könnte er jeden Augenblick in Ohnmacht fallen.

»Ich muss schlafen. Ich brauche ein Bett. Bitte, von diesem dauernden Stop and Go wird mir ganz übel.«

Mit einem raschen Blick auf die Uhr stellte Maier fest, dass es halb zehn Uhr abends war. In Jacks Safe House erwartete ihn noch ein ziemliches Stück Arbeit. Der Austausch der Fliese musste an sich kaum länger als eine halbe Stunde dauern, vorausgesetzt, eine von denen, die er beim Mr. Bricolage gekauft hatte, passte in Größe und Farbe. Aber dann mussten sie auch noch den Laguna bei Hertz abgeben, und wenn nicht er selbst ins Visier der Überwachungskameras auf dem Flughafen geraten wollte, musste Sven das erledigen. Der aber sah leichenblass aus, war todmüde und gestresst. Den Tierarzt in diesem Zustand auf den hektischen Charles-de-Gaulle-Flughafen zu hetzen, brachte sie möglicherweise noch in Schwierigkeiten. Vielleicht fuhr er jemandem hinten drauf oder fiel am Schalter in Ohnmacht. Denkbar war alles.

Maier wollte am liebsten nach Hause, so spät es auch werden mochte. Aber unter den gegebenen Umständen war eine Übernachtung in Paris wahrscheinlich keine schlechte Idee. Eine Nacht in Jacks Appartement gut durchschlafen, sodass sie am nächsten Morgen halbwegs fit aufbrechen konnten.

»Okay«, sagte er, während er im Rückspiegel Svens erschöpften Blick auffing. »Wenn du drauf bestehst …«

30

Susan stand vor einem zwei Meter hohen Zaun, der Walter Elias' Vorgarten vom Bürgersteig trennte. Das Tor war geschlossen. Das sanfte Licht einer einsamen Laterne fiel auf die perfekte Gartenanlage und die Auffahrt mit Kopfsteinpflaster. An deren Ende, keine dreißig Meter von Susan entfernt, stand das herrschaftliche Haus.

Walter Elias hatte sie als einen armen Studenten in Erinnerung, als jemanden, der sich in eher fortgeschrittenem Alter an der Uni eingeschrieben und seinen Lebensunterhalt mit allerlei Jobs bestritten hatte. Was genau er studiert hatte, wusste sie nicht mehr, aber diesem Haus und dem gesamten Drum und Dran nach zu urteilen wohl nicht gerade Philosophie.

Wieder begann der Zweifel an ihr zu nagen. War es auch wirklich kein Irrtum? Stand sie hier nicht vielleicht doch bei dem falschen Walter Elias vor der Tür?

Sie schüttelte den Gedanken ab. Sie würde schon früh genug dahinterkommen. Auch wenn sie sich nach all der langen Zeit an viele Details nicht mehr erinnern konnte – bestimmte Merkmale standen ihr noch klar vor Augen. So war der Walter, den sie damals gekannt hatte, extrem lang und dürr gewesen. Wenn gleich ein hitzköpfiges kleines Männlein hervorgestürmt käme, konnte sie sich immer noch überlegen, wie sie aus der Sache wieder herauskam.

Im Übrigen tat sie ja nichts Verwerfliches.

Bei anderen Leuten an der Tür zu klingeln, war nicht verboten. Auch nicht mitten in der Nacht.

Rechts von dem Tor stand eine Säule mit einer modernen Gegensprechanlage. Susan trat einen Schritt vor und betätigte den von hinten beleuchteten Klingelknopf. Vor Spannung zitternd, hielt sie ihn eingedrückt.

Nach etwa einer Minute ging im ersten Stock Licht an, woraufhin sie den Klingelknopf losließ. Im nächsten Augenblick fiel ein rechteckiger Streifen Licht in die Auffahrt, und aus der Gegensprechanlage kam eine krächzende Stimme.

»Was ist los?«

Sie beugte sich vor. »Walter Elias?«

Ein paar Sekunden Stille. »Ja, das bin ich. Wer ist da? Was ist denn los?«

»Susan Staal. Ich habe heute Nachmittag angerufen. Ich würde Sie gern sprechen.«

»Jetzt …?«

Stille.

»Menschenskind«, rief er plötzlich. »Hau ab, bevor ich die Polizei rufe!«

»Erst wenn ich mit Ihnen gesprochen habe.«

Wieder ein Augenblick der Stille. »Sie sprechen doch mit mir.«

»Unter vier Augen.«

»Worum geht es?«, tönte es aus der Gegensprechanlage, die derart schepperte, dass die Worte kaum zu verstehen waren.

»Um meine Mutter.«

»Ich rufe jetzt die Polizei. Das ist ja ungeheuerlich.« Es klang nicht sonderlich überzeugend.

»Tun Sie das«, sagte Susan knapp. Sie hatte damit gerechnet. Es machte ihr nichts aus. Die sollten sie ruhig verhaften, wenn sie es nicht lassen konnten. Sobald sie freikäme, stünde sie hier wieder vor der Tür. So lange, bis ihre Fragen beantwortet wären.

Der Zaun knarrte. Unwillkürlich wich sie ein Stück zurück.

Das Tor öffnete sich automatisch, und vor der Haustür sprang ein Licht an. Angespannt ging Susan die Auffahrt hinauf.

Ein Mann in grünem Bademantel und mit vom Schlafen plattgedrückten grauen Haaren öffnete die Tür.

Es war zwanzig Jahre her, dass sie Walter Elias zum letzten Mal gesehen hatte. Er war es. Zweifellos. An seinen Augen las sie ab, dass er sie ebenfalls erkannt hatte.

»Komm rein«, sagte er.

Er ging voraus. Der Flur führte zu einem Raum an der Rückseite des Hauses. Auf dem Parkett lag ein großer Perserteppich in Blau- und Elfenbein-Tönen, und an der Wand stand eine antike Uhr. Hinter dem englischen Schreibtisch ein Bücherregal, das bis unter die Decke reichte.

»Setz dich.« Mit einer einladenden Geste deutete Walter auf einen kleinen Chesterfield-Sessel hinter dem Schreibtisch.

»Ich bleibe lieber stehen.« Ihre Stimme bebte.

»Auch gut.«

Walter nahm nun selbst in dem Sessel Platz. Das gemaserte rote Leder knarrte. »Was möchtest du wissen?«

»Mein Vater ist letzte Woche gestorben. Vor seinem Tod hat er noch etwas über meine Mutter gesagt.«

Walters Pupillen schienen sich zu weiten. Aber vielleicht täuschte das auch.

»Ich habe so das Gefühl, dass sie nicht mehr am Leben ist«, fuhr sie fort. »Und dass du mir darüber mehr erzählen kannst. Vorher werde ich dieses Haus nicht wieder verlassen.«

Walter schob den Füllfederhalter auf seiner Schreibunterlage ein Stück von sich weg. Er errichtete eine Barriere, eine symbolische Grenze: bis hierher und nicht weiter.

Und er mied ihren Blick.

»Du weißt es«, sagte sie. »Du weißt, was damals geschehen ist.«

»Manchmal ist es besser, bestimmte Dinge nicht zu wissen«, sagte er knapp.

»Das zu beurteilen, ist nicht deine Sache«, sagte sie streitlustig. »Ich habe ein Recht darauf, es zu erfahren.«

Kurz schwiegen sie beide. Außer dem Ticken der Standuhr war in dem Arbeitszimmer kein Laut zu vernehmen.

Walter sah Susan an. Mahlte mit den Kiefern, als kaute er auf irgendetwas.

Dann schüttelte er den Kopf. »Es ist so lange her, lass es doch ruhen.«

Also doch.

»Nein.«

Sie trat einen Schritt auf ihn zu, blieb vor seinem Schreibtisch stehen. Ließ die Hand in ihre Tasche gleiten und schloss die Finger um das Stungun. Zu Hause hatte sie gründlich die Gebrauchsanweisung studiert. 750 000 Volt konnte das Ding erzeugen. Auf dem Weg nach Tilburg hatte sie sich unzählige Male vorgestellt, wie sie die durch Walter Elias' Körper hindurchjagen würde, wenn der es sich einfallen ließe, ihr irgendein Theater vorzuspielen.

Mittlerweile war sie sich nicht mehr so sicher.

Vielleicht lag es an Walters Haltung. Der Mann ihr gegenüber wirkte weder feindselig noch arrogant. Er strahlte eher eine Art von Traurigkeit aus. Resignation.

Das befremdete sie.

»Wenn …«, setzte sie an, »… wenn mein Vater sie ermordet haben sollte, könnte ich meinen Frieden damit schließen. Er ist nicht mehr unter uns. Er ist tot. Wenn ich wüsste, dass es tatsächlich so war, könnte ich es wenigstens innerlich einordnen.«

Walter blickte erstaunt auf. »Meinst du das ernst, Susan? Dein Vater küsste den Boden unter ihren Füßen. Er hätte ihr nie ein Haar gekrümmt, niemals.«

Ihre Unterlippe zitterte. Der Jähzorn und die dominante Art ihres Vaters hatten ihre gesamte Jugend überschattet. Als Kind hatte sie ihn geliebt, wie alle Kinder ihre Eltern lieben: vorbehaltlos. Aber die Angst vor seinen Wutausbrüchen und der Schmerz, den er ihr mit seinen hartherzigen Worten und seiner Gefühlskälte zugefügt hatte, hatten diese Liebe nach und nach erstickt. Bis sie schließlich sogar angefangen hatte, einen Mörder in ihm zu sehen. Den Mörder ihrer Mutter.

Hatte sie ihn so falsch eingeschätzt?

Sie zitterte am ganzen Leib. Um nicht loszuheulen, musste sie sich so zusammenreißen, dass sie unwillkürlich den Mund verzog.

»Wer war es?«, flüsterte sie. »Sag es mir. Ich bin keine vierzehn mehr. Ich kann es verkraften. Wer hat meine Mutter ermordet?«

Walter holte tief Luft. Lehnte sich in seinem Sessel zurück. Fuhr sich durchs graue Haar und blickte hilfesuchend um sich. Dann sah er ihr plötzlich direkt ins Gesicht.

»Deine Mutter, Susan«, sagte er, wobei er jedes Wort sorgfältig abwog, »ist nicht tot.«

31

Der Wind zerrte an Miguels Jacke, während er die Feuertreppe an der Seite der achtstöckigen Wohnkaserne hinaufstieg. Die Stufen ächzten unter seinem Gewicht. In dieser Höhe hatte der Wind freies Spiel. Noch höher, hoch oben am dunklen Himmel, waren heute Nacht keine Sterne zu sehen. Eine dichte, stürmisch vorangetriebene Wolkendecke über der französischen Hauptstadt reflektierte das orangefarbene Leuchten ihrer Millionen Lichter. Plötzlich drehte sich der Wind und fuhr ihm in das schwarze Haar. Jeden Augenblick konnte ein Unwetter losbrechen.

Er warf einen kurzen Blick nach unten. Aus zwanzig Metern Höhe sah dort alles so klein und unbedeutend aus. Ab und zu fuhren winzige Spielzeugautos auf der breiten Hauptstraße vor dem Gebäude vorbei. Leuchtende Laternen bildeten gelbe gepunktete Linien zwischen den dunklen, rechteckigen Gebäuden. Lärm aus der Stadt fing man hier oben so gut wie gar nicht mehr auf.

Er stand jetzt ganz oben auf der Feuertreppe, die im Zickzack bis knapp unter das Dach führte. Vorsichtig legte er den länglichen Kunststoffkoffer ab. Er war so lang, dass er ein Stück über den Absatz hinausragte. Miguel legte den Kopf in den Nacken. Das flache Dach des Bürogebäudes befand sich noch etwa vier Meter über ihm.

Er ging in die Hocke und holte ein zehn Meter langes Kletterseil aus dem Rucksack, dann ein weiteres, etwas kürzeres, das er auf dem Koffer ablegte. Die längere Leine rollte er bis zur

Hälfte ab und befestigte einen schweren Ankerhaken daran. Er nahm sich Zeit, so was musste man gründlich machen. Ein unordentlich gelegter Knoten konnte den Unterschied zwischen Leben und Tod bedeuten.

Er richtete sich auf. Jetzt kam der schwierigste Teil: dort oben einen Halt zu finden. Er schleuderte den Ankerhaken in hohem Bogen hinauf. Schlingernd folgte ihm das daran befestigte Seil. Zu tief. Mit einem lauten *Dinnng!* schlug das Metall gegen das Mauerwerk und fiel wieder herunter. Er holte noch einmal aus, nahm diesmal mehr Schwung. Mit Adleraugen verfolgte er die Flugbahn des Hakens, als wollte er ihn über den Dachrand hinüberdirigieren. Das dreizackige Ding verschwand hinter dem Dachrand. Vorsichtig zog er an dem Seil. Befestigte den Karabiner. Zog das Seil straff. Probierte es mit mehr Kraft. Der Haken gab nicht nach. Er umfasste das Seil mit beiden Händen und hängte sich probeweise mit seinem gesamten Körpergewicht daran. Es hielt.

Aus dem Rucksack holte er einen Nylon-Brustgurt, den er über seine Jacke zog. Rollte das Kletterseil weiter ab und machte den Karabiner daran fest. Ein auch nur halbwegs beschlagener Bergsteiger hätte einen Koller bekommen, aber Miguel arbeitete mit seinen eigenen Methoden, und die hatten sich seit zwanzig Jahren wunderbar bewährt. An dem Kunststoffkoffer zu seinen Füßen waren zwei weitere Karabinerhaken befestigt. Er zog das kürzere Seil durch diese hindurch und befestigte es an seinem Handgelenk.

Dann lehnte er sich schräg zurück und zog sich mit beiden Armen an dem Seil hoch, die Füße gegen das Mauerwerk gestemmt. Den immer stärkeren Wind ignorierend, arbeitete er sich in gekonnter Alpinisten-Manier an der Wand des Bürogebäudes hinauf, während seine behandschuhten Hände das Seil mit eisernem Griff umklammerten. Schritt für Schritt, Griff für Griff arbeitete er sich vor.

Fast war er oben. Schon hörte er das Metall des Hakens unter seinem Gewicht am Mauerwerk scheuern. Mit zusammengebissenen Zähnen brachte er einen Ellbogen aufs Dach, schwang das rechte Bein über die Kante. Rollte über den breiten, hohen Dachrand, kauerte sich auf die Fersen und holte das Seil ein. Rollte es auf und verstaute es wieder im Rucksack. Dann löste er den Knoten vom Handgelenk und legte sich flach aufs Dach, sodass er hinunterspähen konnte. Was jetzt kam, war Präzisionsarbeit. Ganz langsam zog er den Koffer hoch, wobei er penibel darauf achtete, dass der ein Meter dreißig lange Gegenstand nicht gegen die Mauer stieß. Das wäre einem kleinen Desaster gleichgekommen. Nachdem er den Koffer sicher geborgen hatte, löste er das Seil und verstaute auch dieses im Rucksack.

Jetzt hatte er alle Zeit der Welt.

Solange er sich vom Dachrand fernhielt, konnte ihn hier oben niemand sehen. Mit vorgebeugtem Oberkörper ging er über den Belag aus Ziegelgrus zur Rückseite des Gebäudes. Lehnte den Rucksack an die Kante des Dachrands, die mit ihren etwa achtzig Zentimetern Höhe fast schon wie eine breite Betonreling aussah. Indem er sie als Rückenlehne benutzte, machte er es sich gemütlich. Nahm einen Frühstücksriegel aus dem vorderen Fach seines Rucksacks und aß ihn mit großem Appetit. Spülte den süßlichen Geschmack mit dem Inhalt einer Viertelliterflasche Perrier hinunter. Gelangweilt blickte er in den Himmel, wo die Wolken sich übereinanderstapelten und zusammenballten, unablässig in Bewegung.

Es wirkte in dieser Höhe fast, als würde das Gebäude sich sanft im Wind hin- und herwiegen. Wahrscheinlich war das tatsächlich der Fall, auch wenn man drinnen nie etwas davon merkte. Das Zellophan und die leere Flasche verschwanden wieder in der vorderen Rucksacktasche.

Konzentriert öffnete er nun den Koffer. Die tschechische CZ

700 Sniper Subsonic glänzte leicht. Die insgesamt einen Meter und zweiundfünfzig Zentimeter lange Waffe wog annähernd sieben Kilo und bot im Magazin zehn .308 Winchester-Subsonic-Patronen Platz. Vorsichtig nahm er das schwarz beschichtete Scharfschützengewehr aus dem Transportkoffer. Das Zielfernrohr, ein Schmidt & Bender PM II, war millimetergenau eingestellt. Man musste sich sehr vorsehen, die Justierung nicht zu beeinträchtigen. Auffällig war an der Waffe vor allem der Durchmesser des Laufs, der größer war als bei der normalen CZ 700. Das lag an dem Schalldämpfer: Dies war eins der wenigen Scharfschützengewehre, bei denen man keinen Gehörschutz benötigte. Vor allem wenn es in Strömen regnete, war es fast unmöglich, die Herkunft eines Schusses eindeutig zu bestimmen. Entsprechend war die tschechische Präzisionswaffe ideal dafür geeignet, in bevölkerungsreichen Gebieten aus großer Entfernung zu schießen.

Ideal für Meuchelmörder.

Er stellte das Zweibein, das den Lauf stützte, auf den Rand des Dachs. Nahm das geladene Magazin aus dem Koffer und ließ es einrasten. Drückte die Verriegelung des Repetierhebels hoch, zog Letzteren dann zurück und schob ihn wieder nach vorn, sodass die erste Patrone aus dem Magazin in den Lauf geschoben wurde. Den Sicherungshebel löste er vorläufig noch nicht.

Er spähte durch das Zielrohr, das wie ein Fernglas funktionierte und ein bemerkenswert helles und scharfes Bild der Umgebung wiedergab.

Langsam ließ er das schwach leuchtende Fadenkreuz über die Fassade des Gebäudekomplexes hinuntergleiten. Auf dem umzäunten Parkplatz der modernen Wohnsiedlung standen nur wenige Wagen.

Einer davon war ein schwarzer Renault Laguna.

32

Er musste schlafen. Jeder Muskel in seinem Körper war übersäuert und lechzte nach Ruhe. Doch aus irgendwelchen Gründen war Maier trotzdem hellwach. Er ließ den Blick auf den beiden Schlafenden ruhen. Sven lag in dem metallenen Doppelbett auf dem Rücken, den verletzten Arm mit der Schlinge auf der Decke, den anderen beschützend um den Kopf seines Sohns gelegt. Sein Gesicht sah jetzt ganz entspannt aus, er wirkte Jahre jünger. Aller Druck war von ihm abgefallen, jegliche Anspannung aus seinen Zügen gewichen. Jetzt, da er seinen Sohn in Sicherheit wusste, war seine Haut ganz glatt und weich geworden.

Thomas drückte sich einen Zipfel der Decke ans Gesicht, das andere mollige Händchen lag reglos in der Hand seines Vaters. Verwuscheltes blondes Haar und eine ruhige, flache Atmung.

Stumm stand Maier am Fußende und betrachtete das Bild, das sich ihm darbot.

Unschuld. Geborgenheit. Liebe.

Kurz spürte er einen Stich von Eifersucht.

Er war auch einmal so ein kleiner Junge gewesen. Aber einen Vater, dem er so viel bedeutet hätte, hatte er nie gehabt. Nur Wegwerfväter, dutzendfach. Keiner von ihnen war lang genug geblieben, um etwas zurückzulassen, was für Maier von Bedeutung gewesen wäre. Nur fantasielose Mitbringsel, Kuscheltiere, schnell noch an der Tankstelle gekauft, zusammen mit dem Blumenstrauß für seine Mutter. Als eine Art Abfindung oder als Eintrittsgeld für die paar Stunden, die sie mit ihr verbrachten und während derer sie die innere Leere dieser Frau ausfüllten, bis sie wieder verschwanden, um nie zurückzukehren. Und eine noch viel größere Leere zu hinterlassen.

Die Tankstelle an der Straße zu ihrem Viertel hatte nach dem Tod seiner Mutter wahrscheinlich einen beträchtlichen Umsatzrückgang zu verzeichnen gehabt.

Mit einem letzten Blick auf den schlafenden kleinen Jungen ging er ins Bad. Die Neonlampe flackerte langsam auf. Er nahm das Loch in Augenschein, das die .45 in den Fußboden geschlagen hatte. Es war kaum vierundzwanzig Stunden her, aber ihm schien es Wochen zurückzuliegen. Gleichzeitig meinte er, das Schießpulver noch riechen zu können. Und das Blut.

Er drehte sich zum Spiegel um, betrachtete sein Gesicht. Falten um die Augen, dunkle Ringe darunter. Kleine Bartstoppeln. Markante, dunkle Brauen und ein Augenpaar, das ihn dermaßen intensiv anstarrte, dass er kaum anders konnte als gebannt zurückzustarren.

Ins Gesicht eines Mörders.

Bei seiner Konfrontation mit Thierry in St. Maure hatte er kurz einen überwältigenden Adrenalinstoß verspürt. Eine Erregung, einen Rausch. Als Thierry dann wie ein abgeschlachtetes Tier auf dem lehmigen Boden lag: nur noch Übelkeit.

Dann hatte sein Verstand wieder das Kommando übernommen. Und zwar so schnell und effizient, dass er selbst darüber erschrak, wenn er jetzt daran zurückdachte.

Er hatte keine Wahl gehabt, sagte er sich selbst. Früher oder später wäre es sowieso so gekommen.

Eine üble Sache blieb es trotzdem.

Töten war nichts Heroisches. Überhaupt nicht.

Aber es war das, was ihn antrieb. Genau sein Ding. Sein Talent.

Thomas war in Sicherheit. Aber hatte er sich deshalb auf diese ganze Angelegenheit eingelassen? Nein. Es hatte mit Thomas nichts zu tun. Der war bloß der Aufhänger gewesen. Das Alibi, mit dem er sein Gewissen beruhigt hatte.

Das war von Anfang an so gewesen.

Als Sven ihn um Hilfe gebeten hatte, hätte er ihn durchaus noch überreden können, zur Polizei zu gehen. Sven war ihm nicht gewachsen. Er hätte ihn derart manipulieren können, dass er noch am selben Tag zu einem Kripobeamten gelaufen wäre.

Aber das hatte er nicht getan.

Weil er es in seinem tiefsten Innern gar nicht gewollt hatte. Weil er in Wirklichkeit nur darauf gebrannt hatte, dem eigenen Körper und Geist noch einmal das Äußerste abzuverlangen. In genau die Hölle zurückzukehren, der er vor nicht einmal zehn Monaten mit knapper Not entkommen war.

Was zum Teufel trieb ihn dazu? War er geistig gestört? Gehörte er zu einer neuen Art von Serienmördern, die zur Abwechslung nicht Frauen um die Ecke brachten, um sich Kleider aus ihrer Haut zu schneidern, oder die mit Jungfrauenblut Botschaften an Häuserwände schrieben, die ihnen von fremden Stimmen eingeflüstert worden waren, sondern die einfach Leute über den Haufen knallten, die zufällig auf der falschen Straßenseite gingen?

War er im Grunde nicht selbst auf die falsche Seite geraten?

Aber wer hatte eigentlich zu entscheiden, wo genau diese Trennlinie verlief? Er selbst, getrieben von einem Drang, den er nicht unterdrücken konnte, doch intelligent genug, um seine Taten immer wieder vernünftig zu begründen – und sich damit zu arrangieren? Oder das Gesetz, das auch nur von fehlbaren Menschen gemacht war? Oder vielleicht Gott? Ein unfehlbarer Gott – die Antwort auf alle Fragen, auf die es noch keine Antworten gab?

Warum reichte ihm eigentlich Susan nicht? Hatten sie zusammen nicht alles, was sie sich wünschen konnten?

Für Sil Maier war das anscheinend nicht genug.

Was sind deine Prioritäten?

Die Antwort war noch nie so eindeutig gewesen. Hier saß er, in einem unpersönlichen Appartement in Frankreich, mit drei frischen Morden auf dem Gewissen. Und nicht in Den Bosch zu Hause bei Susan, obwohl sie ihn gerade jetzt dringend brauchte.

Am meisten erschreckte ihn jedoch, dass er erst jetzt wieder an sie dachte. In den letzten Tagen war es ihm nicht einmal in den Sinn gekommen, sie anzurufen. Sie zu fragen, wie es ihr ging – und ihrem Vater. Oder ihr ein Lebenszeichen von sich zu geben. Mit einem simplen Telefonanruf die Sorgen zu zerstreuen, die sie sich womöglich machte.

Keine verdammte Sekunde lang hatte er auch nur daran gedacht.

Man musste kein großer Psychologe sein, um daraus seine Schlüsse zu ziehen. Aber noch nie war es so schwer gewesen, wirklich hinzusehen.

Susan hatte Gefühle in ihm erweckt, von deren Existenz er vorher nicht einmal gewusst hatte. Doch all ihre Sanftmut, ihre Intelligenz und ihre Sinnlichkeit zusammen hatten der Destruktivität, die in ihm wütete, keinen Einhalt zu gebieten vermocht. Die wucherte in einem dunklen Winkel seines Geistes, zu dem Susan keinen Zugang hatte.

Und er selbst ebenso wenig.

Warum?

Vielleicht grübelte er einfach zu viel. Alles hatte seine Grenzen. So auch sein Vermögen zu begreifen, was ihn umtrieb. Der menschliche Geist konnte sich selbst nie ganz erfassen, hatte er einmal gehört. So wie eine Dose zwar viele Dinge, aber nicht sich selbst umfassen, wie eine Schlange nicht sich selbst auffressen konnte.

Also brauchte man es gar nicht erst zu probieren.

In seinem Kopf überschlugen sich die Gedanken.

Prioritäten. Entscheidungen. Diese ständigen Scheißentscheidungen.

Er drehte den Hahn auf und hielt den Kopf schräg unter das strömende Wasser. Rieb sich mit den Händen über das Gesicht. Schüttelte den Kopf wie ein nasser Hund und trocknete sich mit der Vorderseite seines T-Shirts ab. Ging ins Wohnzimmer, holte sein Handy aus der Jackentasche und rief Susans Handynummer an.

33

Fünf Uhr morgens, und noch immer ließ die Sonne sich nicht blicken. Auf der Autobahn schlitterte Susans Vitara hin und her. Der Regen prasselte auf das dünne Kunststoffdach und peitschte gegen die Fenster, auch die Scheibenwischer wurden mit den Wassermassen nicht mehr fertig. Das fünfzehn Jahre alte Fahrgestell rumpelte und ächzte.

Susan hatte das Radio angestellt, hätte aber nicht einmal sagen können, ob gerade Musik lief oder gesprochen wurde. Die dunkle Autobahn, auf der sich unzählige große Pfützen gebildet hatten, in denen die Reifen ihres kleinen Geländewagens nur ausnahmsweise Halt fanden, sah aus wie ein Flickenteppich. Die beiden rechten Fahrspuren wiesen Spurrillen auf, die sie ihrem japanischen Gefährt nicht zumuten wollte. Die Reifen der dort fahrenden Lastwagen verspritzten so gigantische Fontänen, dass Überholmanöver Selbstmordversuchen gleichkamen. Die waghalsige Fahrt erforderte ihre gesamte Konzentration.

Susan spähte durch die Regenschleier hindurch auf die roten Rücklichter der vor ihr fahrenden Wagen. Vor zwanzig Minuten war sie an Antwerpen vorbeigekommen. Sie sah auf den Tacho: siebzig Stundenkilometer.

Hinter Gent ließ der Sturzregen etwas nach. Der Himmel hellte sich in blassen Grüntönen auf, aber die Sonne blieb noch verborgen hinter einer dicken Wolkendecke. Susan gähnte. Ihr Rücken und alle ihre Glieder fühlten sich total verspannt an.

Wie im Rausch fuhr sie weiter. Versuchte sich daran zu erinnern, wie es in Wales ausgesehen hatte, als sie zum letzten Mal dort gewesen war. Das lag keine vier Jahre zurück. Sie war für eine Reportage über eine Landwirtschafts-Schau hingefahren, von wo aus es keine vierzig Kilometer bis zu dem Wohnort ihrer Mutter gewesen wären. Das wusste sie mittlerweile.

Meine Mutter wohnt in Wales.

Aber warum, in Gottes Namen?

»Das musst du Jeanny selbst fragen«, hatte Walter auf die Frage geantwortet. »Ich habe mich ohnehin schon sehr weit aus dem Fenster gelehnt.« Er war in einer sonderbar düsteren Stimmung gewesen.

Wales. Nie hatten sie dort Ferien gemacht. Weder Bekannte noch Freunde hatten sie in der Gegend, Susan konnte sich an nichts aus ihrer gesamten Jugend erinnern, was auch nur entfernt mit Wales zu tun gehabt hätte, so sehr sie auch in ihrem Gedächtnis herumwühlte. Die Ausländer, die im Haus ihrer Eltern ein und aus gegangen waren, woher stammten die? Aus Deutschland. Soweit sie sich erinnern konnte, waren es immer nur Deutsche gewesen. Nie jemand aus Wales.

Um Viertel nach sieben, als es seit etwa einer Stunde hell war und sie bei Calais den Schildern TUNNEL SOUS LA MANCHE folgte, um an Bord des Zugs zu gelangen, der die Autofahrer auf die andere Seite des Kanals bringen würde, regnete es immer noch.

Bei einem der Schalter hielt sie an. Ein französischer Schalterbeamter fragte, wie lange sie auf der Insel bleiben würde. Einen Tag? Fünf Tage? Es gab anscheinend entsprechend unterschiedliche Tarife für die Überfahrt. Da sie es im Vorhinein nicht sagen konnte, zahlte sie schließlich für eine einfache Fahrt.

Arbeiter in knallgelben Jacken und mit Walkie-Talkies dirigierten sie über die seitliche Einfahrt in den Bauch eines metallfarbenen Zugs. Nachdem sie durch mehrere enge, von Neonlicht erhellte Waggons hindurchgefahren war, kam sie hinter einem belgischen Volvo zum Stillstand. Sie stellte den Motor ab, legte den ersten Gang ein und lehnte sich zurück.

Es war nicht leicht, sich in dem kargen Zug die Zeit zu vertreiben. Die meisten Leute blieben in ihren Autos sitzen oder gingen daneben gelangweilt auf und ab, um die Glieder ein bisschen auszuschütteln. Einige machten sich auf die Suche nach den Toiletten.

Susan streckte sich, zog die Füße auf den Sitz und faltete die Straßenkarte auf. Von Folkestone führte die M20 nach London. Im Südwesten der Hauptstadt musste sie in einem unübersichtlichen Straßengewirr die M4 nach Westen finden. Aus Erfahrung wusste sie, dass der grundsätzlich verstopfte Autobahnring um London einem gründlich die Laune verderben konnte. Jetzt, Anfang August, war es vielleicht nicht ganz so schlimm. Viele Briten lagen jetzt an den Stränden Spaniens oder machten Urlaub auf französischen *gîtes*. Die Strecke von Folkestone bis zur walisischen Grenze konnte sie vielleicht in drei Stunden zurücklegen.

Summend setzte der Zug sich in Bewegung. Schon bald führte der Tunnel beträchtlich in die Tiefe. Sie spürte den Druckunterschied in den Ohren. Draußen vor den Fenstern sah man die graue Innenwand des Tunnels, der neununddreißig Kilometer lang war und vierzig Meter unter dem Meeresboden der Nordsee verlief. Nicht gerade ein Zimmer mit Aussicht. Die Fenster hätte man sich auch sparen können. Oder die Tunnelwände einer Gruppe von Graffiti-Künstlern überlassen und ihnen damit das Geschenk ihres Lebens machen. Täglich reisten mehr als achtzehntausend Menschen durch den Eurotunnel nach England oder Frankreich, las sie in einer Broschüre. Sechseinhalb Millionen im Jahr. Trotzdem, so tief unter dem Meeresboden in einer Röhre zu sitzen, das blieb eine beängstigende Vorstellung.

Sie holte ihr Nokia aus der Tasche. Jemand hatte sie anzurufen versucht. »1 nicht beantworteter Anruf«, zeigte das Display an. NUMMER UNTERDRÜCKT stand auf dem Display. Jemand mit einer Geheimnummer.

Sil?

Sie ließ sich den Zeitpunkt anzeigen: heute Nacht, fünf Minuten nach vier. Vor nicht mal vier Stunden. Sie setzte sich aufrecht. Sie hatte nichts gehört, überhaupt nichts. Mit dem Daumen strich sie über die Tasten ihres Handys.

Zurückrufen?

Nein.

Sie schaltete den Vibrationsalarm ein und ließ das Ding in ihrer Hosentasche verschwinden.

34

Miguel lag reglos auf dem Dach. Seine schwarze Jeans klebte ihm an den Beinen, und seine Turnschuhe und Socken waren klitschnass. Von dem langen Stillsitzen waren seine Knie ganz taub geworden. Seine Narben juckten höllisch, aber er erlaubte sich keinen Augenblick der Unaufmerksamkeit.

Das mit Gummi überzogene Kolbenblech des tschechischen Scharfschützengewehrs ruhte auf seiner Schulter. Seine Wimpern berührten das Glas des Zielfernrohrs, mit dem er unablässig den Haupteingang des Wohnkomplexes im Auge behielt. Mit dem linken Auge schaute er in unregelmäßigen Abständen zu einem Fenster im ersten Stock hinauf. Gerade hatte jemand die Jalousie hochgezogen, aber was drinnen vor sich ging, konnte er trotzdem nicht erkennen. Immerhin war es ein Vorzeichen. Es konnte nicht mehr lange dauern, bis sie nach draußen kommen würden.

Er dachte noch einmal an die E-Mail, die sein Chef ihm gestern um fünf nach halb zehn geschickt hatte. Kurz war Miguel über die Reaktion erstaunt gewesen. Jetzt war offenbar Schluss mit lustig. Auch sein Chef sah wohl allmählich ein, dass elegante Methoden selten effektiv waren. Die Mail hatte an Deutlichkeit nichts zu wünschen übrig gelassen: Sven Nielsen sollte ausgeschaltet werden. Möglicherweise befand der Tierarzt sich in Begleitung eines Manns mit einem schwarzen Renault Laguna. Auch der durfte nicht überleben.

Das Kind hingegen musste unversehrt bleiben. Um jeden Preis.

Zwei Stunden lang war Miguel gestern um den westlichen Teil auf dem Périphérique herumgekurvt und hatte sämtliche Parkplätze aller teureren Wohnkomplexe systematisch durchkämmt. Gerade hatte er angefangen, sich Sorgen zu machen, ob er die Zielperson überhaupt noch aufspüren würde, als er in diese Straße eingebogen war.

Die knappe Ortsbeschreibung passte. Und siehe da: ein schwarzer Renault Laguna. Mit dem richtigen Kennzeichen.

Sein Chef konnte beruhigt sein.

Im Lauf der letzten Stunden hatte Miguel sich auf eine Strategie festgelegt. Ein Kopfschuss wäre unmittelbar tödlich. Erneutes Anlegen und Zielen kostete ihn höchstens ein paar Sekunden. Nummer zwei wäre an der Reihe, eher er überhaupt begriffen hätte, was geschehen war. Bei freiem Schussfeld wäre es wirklich eine Sache von Sekunden.

Das Problem war das Kind. Das würde wahrscheinlich auf dem Arm getragen, was bedeutete, dass er wenig Spielraum hätte. Ein halber Zentimeter Abweichung hier oben konnte unten leicht eine Ungenauigkeit von zehn Zentimetern ergeben.

Die Sache musste unbedingt gelingen. Er musste zeigen, was er wert war. Seinem Chef beweisen, dass es eine ausgezeichnete Idee gewesen war, Miguel García Lopez anzuheuern.

Besonders zufrieden war der Chef in der letzten Zeit nicht mit ihm gewesen. Schon die Entführung des Kindes war ihm entschieden zu weit gegangen. Dass nun auch noch seine drei Männer ausgeschaltet worden waren, setzte dem Ganzen die Krone auf.

Miguel versuchte, nicht daran zu denken. Um einen sauberen Schuss abgeben zu können, musste er ruhig sein. Das Zittern so weit wie möglich eindämmen. Zum Schießen würde er den Atem anhalten und dann genau zwischen zwei Herzschlägen abdrücken, damit sein Körper im entscheidenden Augenblick so reglos wie möglich war.

Miguel konzentrierte sich auf seine Atemzüge. Regelmäßig und ganz ruhig atmete er ein und aus. Versetzte seinen Körper in einen Zustand der Entspannung, wie es ihn normalerweise nur im Schlaf gab. Langsam, aber sicher bestand seine Welt nur noch aus dem Ausschnitt, den er durch das Zielfernrohr sah. Aus einer zweiteiligen Schiebetür, die sich jeden Moment öffnen konnte, um seine beiden Zielpersonen hindurchzulassen.

One shot, one kill.

Lärm von der Straße riss ihn aus seinem hypnotischen Zustand heraus. Dort unten gab es irgendeine Aufregung.

Unwillig riss er sich von dem Zielfernrohr los und spähte in die Tiefe. Fünfundzwanzig Meter weiter unten stand ein gelber Firmenbus mit offenen Türen. Zugleich kam ein Lastwagen mit Anhänger auf den Parkplatz gefahren. Der Anhänger war knallblau, und die Metallkonstruktion auf der Ladefläche sah aus wie ein beweglicher Kran. Zwei Männer in gelber Arbeitskleidung, vermutlich Fahrer und Beifahrer des kleinen Busses, gaben dem Lastwagenfahrer irgendwelche Instruktionen. Eine ziemliche Wichtigtuerei da unten. Gebannt starrte er hinunter.

Bis einer der Arbeiter plötzlich heraufschaute. Rasch zog Miguel den Kopf zurück.

Was immer sie vorhatten, anscheinend wollten sie hier herauf. Deshalb der Kran. Vielleicht sollte eine Antenne installiert werden, ein Mobilfunkmast oder so was.

Er musste hier weg.

Unterdrückt fluchend packte er die CZ wieder ein, als er plötzlich ein Scharren hörte. Er wandte den Kopf in die Richtung, aus der es gekommen war. In der Mitte des Dachs befand sich ein viereckiger Kasten mit einer Metalltür an der Rückseite. Ein Zugang vom Treppenhaus zum Dach.

Wie erstarrt blieb Miguel sitzen, einen Moment lang unentschlossen.

Hinter dem kastenartigen Aufbau kam ein Mann in gelbem

Overall zum Vorschein. Er schien tief ins Gespräch mit jemandem verwickelt, der sich außerhalb von Miguels Blickfeld befand. Ohne sich umzusehen, stellte der Mann zwei schwere Gerätekoffer ab und verschwand wieder.

Vorgebeugt rannte Miguel zu der Feuertreppe. Ließ den Kunststoffkoffer an einem Seil auf deren obersten Absatz hinunter und kletterte hinterher. Missmutig brummte er in sich hinein. Eine Verzögerung, sagte er sich, ein Aufschub. Aber damit war die Mission keineswegs abgeblasen.

Jetzt war Plan B dran.

Der war subtiler. Aber genauso effektiv.

35

Maier war früh auf den Beinen. Um sechs Uhr von selbst aufgewacht. Er ging ins Bad, duschte und setzte Kaffee auf. Sven und Thomas schliefen noch. Nachdem er einen Kaffee getrunken hatte, fühlte er sich allmählich wieder wie ein Mensch. Er ging in den Flur und nahm die Plastiktüte aus dem Mr. Bricolage in Poitiers mit ins Bad.

Auf dem Boden kniend, fing er an, die kaputte Fliese mit Hammer und Meißel herauszuschlagen. Es machte gehörigen Krach. Er hoffte nur, dass er in den Nachbarwohnungen niemanden aus dem Schlaf riss. Die Einzelstücke verstaute er in der Plastiktüte und pulte dann mit der scharfen Kante des Meißels das mittlerweile platt geklopfte Geschoss aus dem Beton heraus. Bestrich den Untergrund mit Leim und passte eine neue Fliese ein. Der Farbunterschied war minimal – wenn man es nicht wusste, war es kaum zu sehen. Er konnte sich ein Lächeln nicht verkneifen.

Er stand auf, setzte Fugenmörtel an und schmierte ihn in die Zwischenräume. Mit einem nassen Tuch, auf das er ein wenig Spülmittel gegeben hatte, wischte er die Reste ab. Stand dann auf und nahm sein Werk noch einmal aus einigem Abstand in Augenschein. Bevor sie in etwa einer Stunde aufbrachen, würde er die Stelle noch einmal mit einem trockenen Tuch sauber wischen. Der Fugenmörtel nahm nach dem Trocknen womöglich einen etwas helleren oder dunkleren Ton an, aber dass das auffallen würde, kam ihm ausgesprochen unwahrscheinlich vor. Wie es jetzt war, musste es reichen.

Keine Spuren mehr.

Er ging in den Flur zurück, stellte die Tasche bei der Tür ab und betrat noch einmal das Wohnzimmer. Ein weißer, dreißig Quadratmeter großer Raum. Jack hatte nicht übertrieben, als er das Appartement »mehr oder weniger komplett leer« genannt hatte. Graues Laminat, weiße Wände, weiße Decke. Ein Zweisitzer aus Leder und ein Kubustisch, auf dem er heute Nacht dankbar seine Füße abgelegt hatte. An der Längsseite ein niedriger weißer MDF-Tisch und ein Fernseher. Zur Beleuchtung hing eine Hundert-Watt-Birne von der Decke, danach war das Budget offenbar aufgebraucht gewesen. Kein Bild an der Wand, kein Teppich auf dem Boden, nichts. Der Raum war so kahl, dass jeder Laut nachhallte. Ein Durchgangs-Appartement. Unpersönlich.

Er ging weiter ins Schlafzimmer. Thomas war mittlerweile aufgewacht und sah ihn mit großen Augen an. Sven schlief noch.

»Hallo, Thomas«, sagte er freundlich. »Möchtest du was essen?«

Ängstlich drängte der Kleine sich an seinen Vater.

»Ich schon«, murmelte Sven und streckte sich. »Wie spät ist es denn?«

»Viertel nach sieben. Ich hab meine Sachen schon gepackt.«

Sven schlug die Decke zur Seite und legte den Arm um Thomas. Der sah Maier immer noch argwöhnisch an. Sven strich Thomas durchs Haar. Im Morgensonnenlicht glänzte es ebenso perlmuttern wie das seines Vaters.

Sven räkelte sich noch einmal: ausgestreckter Arm, angespannte Bauchmuskeln über den Boxershorts. Dann ein glückseliges Lächeln. Der Tierarzt sah aus, als wollte er gleich einen Reigen tanzen und *A brand-new day* anstimmen. Für ihn hatte der Tag gut angefangen, stellte Maier fest. Ausgezeichnet sogar. Thomas war gerettet, sie hatten sich ausgeschlafen, und das Morphium trug sicher auch seinen Teil zu einer euphorischen Stimmung bei.

Die Armschlinge sah noch aus wie gestern. Kein frisches Blut.

»Du schuldest mir noch eine Geschichte«, sagte Maier, wohl wissend, dass er Svens gute Laune damit auf einen Schlag verdarb.

Der ließ sich allerdings nicht so leicht aus dem Feld schlagen. Er grinste. »Weißt du was? Ich erzähle dir alles. Macht mir nichts mehr aus. Ich fühl mich verdammt gut!«

»Das merk ich schon.«

Maier ging ins Wohnzimmer, zog die Jalousie vor dem Fenster hoch und schaute auf den Parkplatz hinunter. Der Laguna stand noch da. Immerhin.

Er hörte ein Schlurfen hinter sich.

Sven setzte seinen Sohn vor dem Fernseher auf den Boden und drückte ihm ein Sandwich mit Marmelade aus einer Zellophanverpackung in die Hand. Er zappte der Reihe nach durch die Kanäle. Als er merkte, dass Thomas auf einen Zeichentrickfilm angesprungen war, legte er die Fernbedienung aus der Hand und ging in die Küche.

Maier folgte ihm und sah zu, wie Sven sich Kaffee einschenkte. Gegenüber der Spüle befand sich ein kleiner viereckiger, grün gesprenkelter Tisch, an dem zwei Stühle mit Rohrrahmen standen. Sven setzte sich.

Maier lehnte mit verschränkten Armen an der Spüle. Er würde Sven jetzt nicht wieder davonkommen lassen. Und wenn im nächsten Augenblick das Haus einstürzte: Er wollte hier und jetzt hören, was der Tierarzt ihm zu sagen hatte.

»Ich höre«, sagte er nur.

»Du hattest recht«, sagte Sven nach einem kurzen Moment. Er nahm einen Schluck Kaffee. »Wie du selbst gestern sagtest: Walter weiß von nichts. Er denkt, dass Thomas bei mir ist. Dass er Ferien macht. Unmittelbar nach der Entführung haben sie mich angerufen, und ich bin auf der Stelle zu Valerie gefahren. Sie war völlig außer sich. Ich habe sie auf Knien angefleht, Walter nichts zu sagen, weil der bestimmt die Polizei gerufen hätte. Er kennt so viele Leute … sie hätte ihn nicht abhalten können und ich erst recht nicht. Hätten wir die Polizei in die Sache hineingezogen, hätten wir riskiert, dass Thomas es nicht überlebt. Das habe ich ihr gesagt. Und das hat ihr eingeleuchtet.«

Maier steckte sich eine Camel mit Filter an und nahm einen kräftigen Zug. Unverwandt blickte er Sven an.

»Ich habe sie angefleht, mir eine Woche Zeit zu geben«, fuhr Sven fort. »Ihr geschworen, dass ich eine Lösung finden und die Sache ausbügeln würde. Was sie gerade durchmacht, ist … die Hölle. Am Ende habe ich ihr gesagt, sie soll zu dem Campingplatz fahren, wo der Wohnwagen ihrer Eltern steht, und dort bleiben, bis ich mich melde. Sie war mit den Nerven derartig am Ende, dass Walter, wenn sie zu Hause geblieben wäre, garantiert etwas gemerkt hätte. Sie hat ihm erzählt, sie würde mit einer Freundin Last Minute nach Portugal fliegen. Ich habe selbst daneben gesessen, als sie mit ihm telefoniert hat. Den Mund musste ich mir fusselig reden, um sie dazu zu bringen. Den Ausschlag hat dann wohl gegeben, dass es womöglich aus dem Ruder gelaufen wäre, wenn die Polizei sich der Sache angenommen hätte. Was ich auch tatsächlich immer noch glaube.«

Maier ließ Sven nicht aus den Augen. »Und deshalb bist du zu mir gekommen.«

Sven rieb sich den Mund ab und strich sich durchs Haar. »Ich … ich schäme mich so. Ich hab wirklich alles verbockt, glaube ich.«

»Weiter.« Sven sollte wieder zum Kern der Sache kommen.

Den Blick auf die Tischplatte gerichtet, fuhr der Tierarzt fort. »Als ich noch hier in der Gegend gearbeitet habe, war ich oft auf der Rennbahn, in der Nähe von Poitiers. Routineuntersuchungen, Impfungen und so was. Dort habe ich Alain Lardin kennengelernt. Netter Typ, oder zumindest machte er einen netten Eindruck. In meinem Alter und sehr versiert. Hatte eine Weile bei einem Apotheker gearbeitet und viel über die Entwicklung von Impfstoffen und dergleichen gelernt. Später hat er damit weitergemacht, in seiner Freizeit. Er hatte sich auf dem Dachboden ein kleines Labor eingerichtet und war überzeugt, dass er eines Tages irgendeine Superformel entwickelt hätte, mit der er stinkreich würde. Ich glaube, er hätte es sogar geschafft. Er war sehr kreativ. Aber auch launenhaft, und er trank gern mal einen über den Durst. Manchmal nahm er sogar Kokain oder so was, und dann wusste er überhaupt nicht mehr, was er tat.«

»Klingt ja reizend.«

Gleichmütig zuckte Sven mit der unversehrten Schulter. »Wenn er arbeitete, war Alain immer ganz ernsthaft bei der Sache. Aber ansonsten führte er ein eher wildes Leben. Am Anfang kannte ich hier natürlich nicht viele Leute. Im Gegensatz zu ihm. Er kannte einfach jeden. Vom Bäckermeister bis hin zu den zwielichtigsten Typen – er kam mit allen gut aus. Am Freitagabend fragte er mich ab und zu, ob wir nicht zusammen losziehen sollten, was trinken gehen. Frauen aufreißen und so weiter, du weißt schon. Ich muss zugeben, das war immer ziemlich lustig mit ihm. Er leistete sich Sachen, die wirklich unmöglich waren, und er scherte sich nicht weiter drum. Irgendwie mochte ich das. Eine echte Type. Man konnte Spaß mit ihm haben. Na ja, jedenfalls haben wir uns angefreundet.«

Allmählich fing Maier an zu ahnen, worauf diese Geschichte hinauslaufen würde.

»Irgendwann bin ich dann in die Niederlande zurückgegangen und hab meine Praxis eröffnet«, fuhr Sven fort. »Das war alles weit weniger lukrativ, als ich es mir vorgestellt hatte. Die

Leute denken immer, man würde als Tierarzt so viel verdienen. In Wirklichkeit dauert es ewig, bis man die Praxis und die Geräte abbezahlt hat. Kaum hat man endlich wieder ein bisschen finanziellen Spielraum, muss man schon wieder neu investieren. Man kommt den technischen Entwicklungen kaum hinterher. Früher hat man seine Blutproben an ein Labor geschickt. Heutzutage steht man schon doof da, wenn man die paar Blutwerte nicht selbst ermitteln kann. Oder kein Computersystem hat. Und das hört einfach nicht mehr auf. Scheren, Skalpelle – glaub mir, immer wenn »med.« vor etwas steht auf dem Bestellzettel, kostet es gleich ein Vermögen. Es ist ein Fass ohne Boden.« Er stellte seinen Becher auf dem Resopaltisch ab und seufzte tief. »Es lief nicht gut. Es lief gar nicht gut. Ich hab mich abgerackert bis zum Gehtnichtmehr. Tag- und Nachtdienste, Wochenendschichten. Mitten in der Nacht riefen mich Leute an, weil ihre Katze schräg gefurzt hatte, und schon saß ich im Auto.«

»Und was hat Valerie dazu gesagt?«

Sven sah Maier erstaunt an. »Das war genau das Problem. Ohne Valerie hätte ich es vermutlich ganz gut geschafft. Sie gab dauernd Geld aus, das wir gar nicht hatten. Meine Schuld. Ich ließ sie in dem Wahn, dass das alles kein Problem sei. Wie schlecht wir tatsächlich dran waren, hat Valerie nie erfahren. Ich habe den Kopf in den Sand gesteckt und mir eingeredet, dass es nächste Woche schon besser würde oder nächsten Monat. Ich stopfte ein Loch mit dem anderen, aber es kamen immer wieder neue dazu. Eine finanzielle Kraterlandschaft, ich kam einfach nicht mehr mit. Als Valerie dann schwanger wurde, habe ich mich zwar gefreut, aber zugleich hatte ich Angst, dass wir überhaupt nicht mehr zurechtkommen würden. Valerie ließ einen Innenarchitekten kommen, um das Kinderzimmer entwerfen und einrichten zu lassen … Ich wiederum steuerte geradewegs auf die Insolvenz zu, konnte es ihr aber nicht sagen. Es ging einfach nicht. Also halste ich mir noch mehr

Arbeit auf. Auch im weiteren Umkreis, ich hab wirklich alles getan, was ich konnte, um wenigstens ein bisschen etwas dazuzuverdienen.«

»Und dann hat Alain Lardin angerufen«, sagte Maier.

Sven blickte auf. »Nein, er stand eines Tages bei mir vor der Tür.« Ein Schatten legte sich auf sein Gesicht. »Er war mit der Entwicklung eines neuen Mittels beschäftigt. Doping für Rennpferde. *Tunen* wird das genannt, so wie man Autos frisiert. Nicht nachweisbar, meinte Alain, die Blutproben kamen offenbar durch jede Dopingkontrolle. Und angeblich wirkte das Zeug. Ein Aufputschmittel für die Muskeln, das zugleich der Übersäuerung der Muskulatur entgegenwirkte. Ein super Stoff. Ich war am Anfang etwas skeptisch. Auf so was hatte die Sportwelt natürlich seit Langem gewartet. Alle, die auch nur ein rudimentäres biologisches und chemisches Hintergrundwissen hatten und gern ein bisschen was dazuverdienen wollten, pfuschten zu Hause mit irgendwelchen Hormonen herum, immer in der Hoffnung, eines Tages das große Wundermittel zu erfinden.«

»Sind denn beim Pferdesport die Preisgelder so hoch?«

»Es gibt Rennen, bei denen der Gewinner fünfhunderttausend Euro bar auf die Kralle kriegt. Dann lohnen sich solche Risiken unter Umständen. Nicht in den Niederlanden natürlich, da ist mit Pferderennen nicht viel los, und es steckt auch kaum Kohle drin, aber in Frankreich oder Italien sieht das schon ganz anders aus. Und wenn du noch weiter über den Tellerrand hinausschaust, wirst du feststellen, dass es zum Beispiel in den USA oder Australien eine ganz andere Nummer ist, von Asien noch ganz zu schweigen. Überleg dir mal, wie wild die Leute in den Niederlanden oder England auf Fußball sind – und das ist noch meilenweit von dem entfernt, was Pferderennen für einen durchschnittlichen Chinesen bedeuten. International geht es da um unglaublich viel Geld.«

Maier gab ein Brummen von sich. Er hatte vor einiger Zeit tatsächlich eine Fernsehdokumentation über Pferderennen in China und Hongkong gesehen. Ganze Familien verzockten da ihr Monatseinkommen auf der Rennbahn. Zocken gehörte zur Kultur.

»Aber das Preisgeld ist noch gar nichts im Vergleich zu den Gewinnen, die man mit Wetten machen kann«, fuhr Sven fort. »Vor allem wenn ein Pferd, das bislang ein Outsider war und keine großen Leistungen vorzuweisen hat, plötzlich gewinnt, dann hat man schnell mal das Vierzigfache vom ursprünglichen Einsatz wieder heraus. Rechne dir mal aus, was das bedeutet, wenn du fünftausend einsetzt. Lass ein paar Leute mit deinem Geld dasselbe tun, und du stehst im Goldtalerregen. Vom Deckgeld noch ganz zu schweigen. Wenn ein junger Hengst derart auftrumpft, kommt die Nachfrage nach seinem Sperma in Gang, und zwar auf der halben Welt.« Sven nahm noch einen Schluck von seinem Kaffee, der inzwischen kalt geworden war. »Die Gewinne sind also enorm. Folglich sind alle auf der Suche nach dem Wundermittel für Superpferde. Weil man damit stinkreich werden könnte.«

»Gibt es wirklich Züchter, die ihren Pferden absichtlich Dopingmittel geben?«

Sven sah auf. »Machst du Witze? Die Frage ist eher, ob es auch welche gibt, die das nicht tun. Alain sah schon das große Geld in seine Taschen fließen. Er war dermaßen begeistert, dass er mich damit ansteckte. Wenn ich mitmache, habe ich gedacht, bin ich endlich meine ewigen Geldsorgen los.«

»Aber es kam anders«, stellte Maier fest.

»Es war alles noch im Versuchsstadium. Das große Problem ist natürlich immer der Praxistest. Es gibt Mittel, die bei manchen Pferden fantastisch funktionieren, während andere daran krepieren. Man weiß es vorher nie genau. Manche Substanzen scheinen die Tiere eine ganze Weile problemlos zu vertragen, und dann bekommen sie plötzlich Probleme. Weil der Stoff zum Beispiel die Magenwand angreift oder auf das Nervensystem einwirkt oder sonst irgendetwas verursacht, was für das Tier eines Tages tödliche Folgen hat. Finde erst mal einen Rennstallbesitzer, der dir erlaubt, seinen Tieren ein Mittel zu spritzen, von dem du nicht mal selbst weißt, ob es funktioniert. Womöglich fügt es den Pferden Schaden zu, oder es ist plötzlich doch im Blut nachweisbar, wenn man aus Versehen einen Kubikzentimeter zu viel injiziert hat. Darauf lassen die sich nicht ein. Pferde sind kostbar. Da stecken enorme Investitionen drin. Die überlassen dir ihre Tiere nicht einfach für irgendwelche Experimente.«

»Also hat er das Mittel getestet, ohne die Eigentümer davon in Kenntnis zu setzen.«

»Ja, genau. Eine Zeit lang hat er es ausprobiert, und das Zeug schien in Ordnung zu sein. Er hat es mit einer Magensonde eingeführt, über die Nüstern. Eine ziemlich aufwendige Prozedur, zumal er sich ja dabei nicht erwischen lassen durfte. Mittlerweile hatte er einen Geldgeber gefunden, der die Sache für potenziell lukrativ hielt und ihn dabei unterstützte, das Zeug im großen Maßstab auszutesten. So wie er es darstellte, war es quasi risikolos. Und ich brauchte das Geld. Also dachte ich irgendwann: Ich bin von Beruf Tierarzt, nicht Heiliger. Zuerst habe ich versucht, an die großen Gestüte heranzukommen, aber da kriegte ich keinen Fuß in die Tür. Die haben ihre eigenen Leute. Doch es gibt auch Privatleute, die eher zum Spaß ein paar Rennpferde haben. Weil sie es toll finden, beim Derby auf der Rennbahn im VIP-Room zu sitzen, statt mit Hinz und Kunz auf der Tribüne. Manche haben wohl auch einfach ein Faible für den Sport oder zu viele Thriller von Dick Francis gelesen.«

Allmählich dämmerte Maier etwas. »Walter Elias?«

Sven warf ihm einen schuldbewussten Blick zu. »Ich habe

zwei seiner Pferde behandelt, ohne dass er davon erfahren hätte. Und nicht nur *seine* Pferde.« Er starrte wieder auf die Tischplatte. »Das Zeug wirkte. Wie Alain das hingekriegt hat, weiß ich nicht, aber die Gäule gingen ab wie nichts, kamen problemlos durch alle Dopingkontrollen und blieben obendrein gesund. Ich bekam zweitausend Euro im Monat in bar. Dafür musste ich die Pferde behandeln, mir entsprechende Notizen machen und sie an Alain weitergeben – das war alles. Es war eine Win-Win-Situation. Valerie konnte von dem Geld shoppen gehen. Wir konnten in Urlaub fahren. Und ich konnte bei den normalen Kunden immer mehr Löcher stopfen.«

»Wo hast du das Zeug denn herbekommen? Ich nehme an, dass sie es nicht einfach mit der Post geschickt haben.«

Sven blickte kurz zur Seite. »Einmal im Monat habe ich es abgeholt. In Paris.«

»In dieser alten Kaserne, oder was immer es war«, brummte Maier.

Sven nickte und schloss für einen Moment die Augen. »Tut mir leid«, sagte er mit dünner Stimme. »Es war mein einziger Anknüpfungspunkt. Ich hatte drauf gehofft, dass sie den Vertrieb immer noch von dort aus organisierten. Alain ist umgezogen, und ich habe keine Ahnung, wo er jetzt ist. Die letzten Male haben wir uns immer nur dort getroffen.«

Grimmig drückte Maier seine Zigarette im Spülbecken aus. Er wusste noch genau, wie Sven erst auf dem Périphérique und später auch in der Hauptstadt selbst mit dem Stadtplan herumhantiert hatte. Dabei hätte er den Weg in Wirklichkeit blindlings gefunden, nachdem er die Strecke schon so oft zurückgelegt hatte. Monatlich.

Svens Nervosität hatte von Anfang an etwas Doppelbödiges gehabt.

»Was ist schiefgegangen?«

»Nachdem ich das Zeug etwa ein Jahr lang eingesetzt hatte,

ist eins von den Pferden krank geworden. Der Eigentümer hat mich mitten in der Nacht telefonisch aus dem Bett geklingelt. Aber ich kam zu spät. Ich habe Blut- und Gewebeproben genommen und sie zu Hause unter das Mikroskop gelegt. Die Zellen waren total degeneriert. So was hatte ich noch nie gesehen.«

»Und was hat der Eigentümer getan?«

»Nichts. Er hat den Abdecker kommen lassen, und der Sache wurde nicht weiter nachgegangen.«

»Weil der Tierarzt Sven Nielsen gesagt hat, den Kadaver zu sezieren, sei nicht nötig.«

Sven verzog das Gesicht zu einer Grimasse. »Ja, ich musste mir den Mund fusselig reden. Ich hatte eine Heidenangst, es könnte herauskommen.«

»Dass du als Tierarzt, statt den Tieren wieder auf die Beine zu helfen, sie zu Tode behandelt hast?«

»Das wusste ich am Anfang nicht.«

»Aber dass die Möglichkeit bestand, wusstest du sehr wohl.«

Sven erbebte. »Ja. Das lässt sich nicht leugnen. Ich war auch nicht besonders stolz auf mich selbst. Ganz und gar nicht.«

Maier steckte sich noch eine Zigarette an. »Es blieb nämlich nicht bei diesem einen Pferd.«

»Das zweite war keine zwei Monate später dran«, sagte Sven resigniert. »Ich hab gedacht, ich drehe durch. Wieder Proben genommen, dasselbe Bild. Ich hab nachts kein Auge mehr zugetan, weil ich immer Angst hatte, dass wieder jemand wegen eines kranken oder toten Pferdes anrufen würde. Und irgendwann wäre jemand misstrauisch geworden und hätte darauf bestanden, dass die Todesursache von einem externen Experten festgestellt wird. Was dann über mich hereingebrochen wäre, will ich dir lieber nicht erzählen. ... Mir war klar, dass wir aufhören mussten. Ich wollte sofort Schluss machen.«

»Aber davon wollte Alain nichts wissen.«

Sven grinste freudlos. »Alain meinte, wenn man das Mittel nicht länger als ein Jahr einsetzen würde, könnte nichts schiefgehen. Ein Jahr, eine Saison reichte in der Regel schon. Aber ich vertraute der Sache nicht mehr. Zumal ich das zweite Pferd mit eigenen Augen hatte sterben sehen, und es war kein Vergnügen. Das sind enorme Tiere. Da stirbt immer gleich so viel auf einmal. Das mit anzusehen, ist ein echtes Drama, kann ich dir sagen.«

»Vor allem, wenn man weiß, dass man selbst dran schuld ist.«

Sven starrte auf einen Punkt an der Wand. »Der Besitzer stand neben mir und heulte. Er hat mich angebettelt, ich sollte doch etwas tun, was auch immer, um das Tier wieder auf die Beine zu bringen – koste es, was es wolle. Und ich stand daneben und heulte mit, aber aus ganz anderen Gründen. Für mich stürzte eine Welt ein. Ich hatte Mitleid mit dem Pferd und auch mit seinem Besitzer, aber verdammt, ich hatte auch eine Heidenangst, dass die Sache ans Licht käme.«

Unvermittelt sah er Maier direkt ins Gesicht. »Diesen Privatleuten liegt das Wohl ihrer Pferde wirklich am Herzen. Und so hätte es bei mir auch sein sollen. Heulend stand ich bei diesem sterbenden Pferd, während der verzweifelte Besitzer sich an meine Schultern klammerte. Und mir wurde klar, dass ich total auf die schiefe Bahn geraten war. Dass ich viel zu weit gegangen war.«

»Das wurde dir dann erst klar«, sagte Maier.

»Ja. Erst dann.«

Sven schob seinen Becher auf dem Tisch hin und her.

Maier musste noch einmal an das unterirdische Labor in St. Maure denken. Die kleinen Gläser, die dort herumgestanden hatten, hatte Sven genauso hin und her geschoben. Das waren also die Grundstoffe für ein illegales Dopingmittel gewesen. Oder sogar die Endprodukte. Jedenfalls Substanzen, die Sven verdammt gut kannte. Trotzdem hatte er auf Maiers Frage, ob er damit etwas anzufangen wisse, ausweichend geantwortet. Der zusätzliche Stress und Druck dieses Moments fanden in seinem sowieso schon überspannten Geist einen Ausweg in stereotypen Bewegungen, wie bei einem Autisten.

Maier starrte auf den Kaffeebecher und die zitternden Finger, die ihn umklammerten.

»Aber die anderen waren nicht begeistert davon, dass du aussteigen wolltest«, sagte er.

»Nein«, sagte Sven überrascht und hielt auf einen Schlag die Hände still. »Vor einem Monat war ich zum letzten Mal in Paris. Ich habe Alain die Proben gegeben und ihm gesagt, dass ich nicht mehr wollte. Dass das böse enden würde. Dass er ebenfalls damit aufhören musste. Aber er ist total ausgerastet, und erst in dem Moment wurde mir klar, wie tief er selbst in der Sache drinsteckte. Der Typ, der ihm finanziell ausgeholfen hatte, wollte sein investiertes Kapitel doppelt und dreifach zurück.«

»Wer war das?«

»Keine Ahnung. Wirklich nicht. Er wollte es mir nie erzählen, verständlicherweise. Als ich zum letzten Mal dort war und Alain gegen mich loswetterte, musste ich plötzlich an Valerie denken, die mich verlassen hatte, und an Thomas, der mir vorenthalten wurde. Und plötzlich sah ich, was für eine armselige Figur ich abgab – ein Tierarzt, der seine Seele an den Teufel verkauft hatte. Ich musste dringend mit mir selbst ins Reine kommen. Wie sollte ich sonst meinen Kunden noch unter die Augen treten? Oder später meinem eigenen Sohn? Der Gedanke hat bei mir das Fass zum Überlaufen gebracht. Ich hab ihm gesagt, für mich ist jetzt Schluss, und ich würde sie anzeigen. Ich bin kein Verräter, Sil, das kannst du mir glauben. Aber ich wollte reinen Tisch machen.«

»Und?«

»Noch am selben Abend bekam ich in der Praxis einen Anruf. Jemand, den ich nicht kannte, sagte in gebrochenem Französisch, wenn ich nicht den Mund hielte, würde meinem Sohn etwas zustoßen. Und dass ich den Pferden weiter dieses Zeug geben sollte. Sie wollten Prozentzahlen wissen. Sie wollten allen Ernstes herausbekommen, wie viele Pferde draufgehen und wie viele das Zeug überleben würden … Und ich war blöd genug, dem Typen zu sagen, dass er sich zum Teufel scheren soll. Dass ich sie zwar nicht anzeigen würde, weil mich das meine Praxis kosten würde, aber dass ich bestimmt nicht weiter Pferde abmurksen würde. Dass sie sich das Zeug in den Arsch stecken sollten und dass ich nicht mehr nach Paris kommen würde, um es abzuholen. Und den Monat drauf bin ich tatsächlich nicht hingefahren. Später haben sie noch mal angerufen und wollten mich warnen, aber ich habe einfach den Hörer aufgeknallt. Drei Wochen danach ist dann Thomas entführt worden.«

»Wie hast du davon erfahren?«

»Am Telefon, wieder von demselben Typen. Ich bin sofort ins Auto gesprungen und nach Tilburg gerast. Valerie hockte noch ganz apathisch vor der Wohnungstür. Zu Walter hatte sie noch keinen Kontakt aufgenommen, sie war total neben der Spur.«

Sven sah zu Maier auf. Ein Moment der Verbindung zwischen ihnen, wie unlängst in St. Maure, in der Küche. Dann war der Moment verflogen.

»Willst du nicht hören, warum ich dich angelogen habe?«

Maier schüttelte den Kopf. »Nein, ich kann's mir ungefähr denken.«

Er war sich ziemlich sicher, wo der Hund begraben lag. Er konnte es Sven nicht verübeln. In seine finanziellen Probleme, die er anscheinend jahrelang mit sich herumgeschleppt hatte, hatte der Tierarzt nicht mal seine eigene Frau eingeweiht. In diesem Fall war die Scham noch viel schlimmer. Sven war tief gesunken und sich dessen mittlerweile auch selbst bewusst. Hinzu kam, dass er kaum hatte einschätzen können, inwieweit er Maier vertrauen konnte. Sven hatte Maier zwar einmal an einer Schusswunde operiert, wusste aber bis heute nicht, wie es damals zu der Verletzung gekommen war. Sehr wohl aber hatte er einen Partner in ihm entdeckt. Einen Partner, der sich vielleicht nicht zu fein war, sich die Hände schmutzig zu machen.

Also hatte er einen Versuchsballon steigen lassen. Hatte einen Köder ausgeworfen, um zu sehen, ob Maier zuschnappte. Um seine Reaktion zu testen. Indem er hinzugedichtet hatte, Walter hätte mit der Sache zu tun, hatte er der Sache einen Anstrich von Legalität gegeben – Walter war immerhin Strafrichter – und die Schuld von sich abgewälzt.

Nachdem die Sache einmal ins Rollen gekommen war, war ihm wenig übrig geblieben, als an seiner Geschichte festzuhalten.

Es passte genau zu Svens bizarren Denkstrukturen. Eigentlich ein Wunder, dass man mit einer so chaotischen Mentalität ein Medizinstudium abschließen konnte. Sven musste hochbegabt sein. Und womöglich zugleich an irgendeiner Art von Autismus oder einer ähnlichen Abweichung leiden, für die die Wissenschaft noch keinen Namen und keine übereinstimmenden Symptome gefunden hatte. Vielleicht auch nie finden würde.

Niemand war hundertprozentig, stromlinienförmig normal. So etwas gab es gar nicht. Obwohl man Sven auf den ersten Blick durchaus dafür hätte halten können: Er machte einen umgänglichen, offenen, sowohl sachlichen als auch humorvollen Eindruck. Vielleicht täuschte der nicht einmal. Aber in einer tieferen seelischen Schicht lag da bestimmt etwas im Argen, was Sven indes durch seine hoch entwickelte Intelligenz im täglichen Leben gut kaschieren konnte.

Es erklärte einiges. Es erklärte die Person Sven.

Plötzlich tat er ihm richtig leid.

Bedächtig atmete Maier den Rauch aus. »Hast du irgendeine Ahnung, wer dieser Anrufer gewesen sein könnte?«

»Nein, wirklich nicht. Niemand, den ich kenne, da bin ich sicher. Der Akzent sagte mir auch nichts.«

»Wer war sonst noch dabei, wenn du das Zeug abgeholt hast?«

»Niemand. Nur Alain. Aber ich weiß, dass mehr Leute dazugehörten. Alain sprach in dem Zusammenhang immer von *wir*.«

Das genügte. »Wenn du den Kangoo nimmst und mit Thomas nach Hause fährst, würde ich den Laguna noch eine Woche behalten, vielleicht auch länger.«

»Warum?«

»Ich würde gern mal bei Alain Lardin vorbeischauen.«

»Zwecklos.«

»Du weißt doch, wo er gewohnt hat. Das ist schon mal ein Ansatz.«

»Du hast ihn erschossen, auf dem Hof.«

Maier hob die Brauen und schwieg.

»Waren da noch mehr Freunde von dir?«

Sven schüttelte den Kopf. »Die anderen beiden kannte ich nicht.« Er sah Maier in die Augen. »Sie hören nicht auf, oder? Sie machen bestimmt weiter. Es ist alles nur noch schlimmer geworden, stimmt's?«

Maiers Blick schweifte ins Wohnzimmer. Thomas hatte sein Brot aufs Laminat gekrümelt und starrte glasig auf die Fernsehmattscheibe.

»Nein. Wir haben Thomas befreit, und sie haben drei Mann verloren. Aber sie schrecken möglicherweise nicht davor zurück, noch ein paar Schritte weiter zu gehen. Es ist sowieso verdammt riskant, solange wir nicht wissen, wer der Geldgeber ist. Solange wir nicht wissen, mit wem wir es zu tun haben.«

Mit wem ich es zu tun habe, korrigierte er in Gedanken. Als Partner hatte er Sven abgeschrieben. Das würde er ihm noch deutlich machen müssen. Am besten tauchte Sven mit seinem Sohn irgendwo unter, zum Beispiel in einem Ferienhaus in Deutschland, und ließ sich von Valerie Gesellschaft leisten. Nachdem sie das Kind wieder los waren, kamen die Halunken sonst womöglich noch auf die Idee, sich Svens Exfrau unter den Nagel zu reißen.

»Hast du Valerie von mir erzählt?«, fragte er unvermittelt und sah Sven durchdringend an.

»Nein«, sagte Sven resolut. »Wirklich nicht.«

Maier sah ihn forschend an. Sven hatte schon so viel gelogen. Ihm noch zu glauben, fiel nicht leicht. »Ich frage dich noch einmal, und diesmal will ich eine ehrliche Antwort. Es ist wichtig: Was hast du Valerie über mich erzählt?«

»Ich habe nichts gesagt.«

»Valerie denkt, du kümmerst dich allein um die Sache?«

Sven reagierte geradezu entrüstet. »Sie weiß gar nichts. Auch nicht, ob ich alleine bin oder das A-Team engagiert habe. Nichts, ich habe ihr von dem ganzen Schlamassel kein Sterbenswörtchen erzählt. Ich hab bloß gesagt, sie soll mir eine Woche Zeit geben, die Sache zu klären, und so lange in dem Wohnwagen bleiben.«

Etwas in Maier sagte ihm, dass Sven die Wahrheit sagte.

»Hast du sie schon angerufen?«

»Nein.«

»Dann tu das am besten jetzt gleich, bevor sie ausflippt und doch noch zum nächsten Polizeirevier läuft, um da ihr Herz auszuschütten.«

36

Susan war auf der M20 unterwegs, etwa zwanzig Kilometer vor London. In den vier Jahren, die sie nicht mehr auf der Insel gewesen war, hatte sie völlig vergessen, wie sehr die Briten sich in ihrer Mentalität von den Menschen auf dem europäischen Festland unterschieden. In den zahlreichen Fernsehserien schienen die Briten – von ihrer Selbstironie abgesehen – ganz normale Europäer zu sein. Doch das täuschte.

Vor einiger Zeit hatte sie eine Untersuchung gelesen, die besagte, achtzig Prozent der britischen Frauen würden lieber ihren Mann als ihren Hund vor die Tür setzen. Sie meinte, bei ihren früheren Besuchen auch begriffen zu haben, warum. Die Männer hatten in der Regel eine Schwäche für das Pub um die Ecke, wo sie über »die Alte zu Hause« ihre Witze rissen.

Es war nicht die einzige Eigenart der Briten. Linksverkehr, andere Währung, andere Steckdosen mit anderer Voltzahl, Meilen statt Kilometer. Die Briten schienen jede Gelegenheit wahrzunehmen, sich vom restlichen Europa zu distanzieren. Das hatte Susan auch früher schon bemerkt, aber wieder vergessen. Es fiel ihr alles wieder ein, als ein laut hupender Vauxhall – im sonstigen Europa hieß die Marke Opel – sie fast von der Straße abgedrängt hätte.

Sie massierte sich die Schläfen. Ein Pochen im Kopf, bleischwere Lider und ein Gefühl, als wollte sich ihr der Magen umdrehen. Sie brauchte dringend einen Kaffee.

Schließlich bot sich die Möglichkeit, von der Autobahn abzufahren. Vieles hatten die Briten auch ganz prima geregelt.

Beispielsweise gab es für Autobahnreisende praktische, große Einkaufszentren, wo man übernachten konnte, einkaufen, zocken und tanken. Susan ging in eine überdachte Shopping Mall, zog Bargeld aus einem Automaten und stellte sich bei Costa, einer Coffee-to-go-Kette, in eine lange Schlange. Den Kaffee bekam man in Plastikbechern mit Deckel, weil die meisten Kunden ihn im Auto trinken wollten – das kannte sie aus den USA. Die Becher waren riesig. In die kleinste Größe passte immer noch genügend schwarze Brühe, um zwanzig Wüstenratten zu ertränken. Sie entschied sich für Cappuccino und nahm einen gezuckerten Donut aus einem kleinen Korb an der Kasse. Mehr bekam sie wahrscheinlich doch nicht herunter. Ihr Magen rebellierte, weil sie so nervös war und so wenig geschlafen hatte.

Während sie gegen den Strom von Müttern mit Kinderwagen und Anzugträgern zum Ausgang ging, fing ihr Nokia zu vibrieren an. Beim Versuch, das Handy möglichst schnell aus der Jackentasche herauszufischen, hätte sie um ein Haar den Kaffeebecher fallen gelassen.

»Susan?«

Der Becher fiel auf das Pflaster.

»Sil?«

»Wie geht's deinem Vater?«

»Er ist tot.«

Kurz blieb es still. »Also doch.«

»Ja. Ich war dabei.« Sie kannte ihn gut genug, um zu wissen, dass er nicht näher darauf eingehen wollte. Nicht am Telefon. Also fragte sie: »Wo bist du?«

»In Paris.«

»Und was ist mit Thomas?«

»Sven und Thomas sind hier bei mir. Wir brechen gleich auf. In etwa fünf Stunden bin ich bei dir.«

»Ich bin gar nicht zu Hause. Ich bin in England.«

Kurz blieb es still. »Ein Foto-Auftrag?«

»Nein, äh ...«

Ein älterer Mann starrte im Vorbeigehen demonstrativ auf den Kaffeebecher vor Susans Füßen und warf ihr einen vorwurfsvollen Blick zu.

»Ich war mit Reno zum Aufräumen in dem Haus von meinem Vater, und ...« Ihr stockte der Atem. Erst jetzt fiel ihr das sonderbare Loch wieder ein, das sie im Garten ihres Elternhauses gefunden hatte. Damit hatte alles angefangen. Das war ihr ganz entfallen. »Ich musste plötzlich an zwei alte Freunde von meinem Vater denken«, fuhr sie fort, »die nach dem Tod meiner Mutter wie vom Erdboden verschluckt waren. Einen der beiden habe ich aufgespürt. Letzte Nacht hab ich bei ihm geklingelt, und ...«

»Letzte Nacht?«

Sie ging darüber hinweg. »... und er hat gesagt, dass meine Mutter noch lebt. Ich musste ihn ein bisschen drängen, aber schließlich hat er mir ihre Adresse gegeben. Sie lebt angeblich in Wales. Ich bin sofort weitergefahren, ich hätte sonst doch kein Auge zugetan. Jetzt bin ich kurz hinter London.«

»Hat er dir erzählt, warum?«

»Nein, das sollte ich sie selbst fragen. Es kommt mir alles ganz unwirklich vor.«

»Ich wünschte, ich könnte bei dir sein.«

»Aber das geht nicht?«

Kurz blieb es still. »Nicht so einfach«, sagte er schließlich und schien kurz zu zögern. »Ich kann am Telefon nicht darüber reden. Aber ich verspreche dir, dass ich mich melde und so schnell wie möglich nachkomme.«

»Kann ich dich anrufen?«

Wieder ein Zögern. »Lieber umgekehrt. Wenn ich zu Hause bin und sich alles beruhigt hat, rufe ich dich an.«

»Ja, in Ordnung«, hörte sie sich selbst sagen. Sie gab sich alle Mühe, ihre Enttäuschung möglichst nicht durchklingen zu lassen. »Reno schläft übrigens zurzeit bei uns. Er ist aus seiner Wohnung rausgeflogen.«

»Schon in Ordnung. Also, wir fahren gleich los. Ich melde mich heute Abend.«

»Ich liebe dich.«

»Ich dich auch. Pass auf dich auf.«

37

»Du hast *was* gesagt? Du unglaublicher Vollidiot!« Roger sprang auf und packte Walter am Kragen. Stieß ihn grob zurück in den Chesterfieldsessel und blieb vor ihm stehen.

Walter wandte den Kopf ab, als könnte sein alter Freund ihn jeden Augenblick schlagen. Was tatsächlich nicht ausgeschlossen schien. »Das Mädel wusste nicht mehr ein noch aus«, murmelte er. »Was hätte ich denn tun sollen?«

»Sie auf eine falsche Fährte locken natürlich!«

»Wenn … wenn sie Jeanny tatsächlich findet, wird der schon was einfallen«, sagte Walter vorsichtig. »Die wird schon kapieren, dass sie den Mund halten muss. Das tut sie schließlich schon seit zwanzig Jahren.«

»In ihrem eigenen Interesse.«

»Dann wird sie es doch auch weiter tun.«

Roger drehte an seiner Schlipsnadel und setzte sich auf Walters Schreibtisch. Schlug die Beine übereinander und sah Walter ausdruckslos an. »Wie kannst du da so sicher sein? Wenn sie ihrer Tochter in die Augen sieht, bekommt sie vielleicht plötzlich das Bedürfnis, ihr Herz auszuschütten. Was verstehst du schon von Frauen?«

»Mord ist nach achtzehn Jahren verjährt«, sagte Walter rasch. »Sie wird bestimmt nicht von sich aus Anzeige erstatten, dazu hat sie keinerlei Grund. Und … und vielleicht würden sie sich wegen der Verjährung gar nicht erst damit befassen.«

»Ich kann mir sehr gut vorstellen, dass die Justiz sich das zumindest mal anhören würde, Wally. Es geht hier schließlich nicht um eine Frau, die ihrem Mann mit der Bratpfanne den Schädel eingeschlagen hat. Da spielt viel mehr hinein, und einiges davon können sie auch von Jeanny erfahren. Dann dauert es nicht lange, bis sie zu dir kommen. Und zu mir.«

Beide schwiegen sie.

»Wie hat das Mädel dich eigentlich gefunden?«, unterbrach Roger schließlich die Stille.

»Keine Ahnung. Sie hat angerufen, und ich hab so getan, als hätte sie den Falschen erwischt, ehrlich. Aber heute Nacht stand sie plötzlich vor der Tür.«

»Geran?«

Wie um seine Würde zurückzugewinnen, richtete Walter sich auf, doch es änderte nichts daran, dass er zu Roger aufschauen musste. »Kann sein. Vielleicht wollte er in letzter Minute noch reinen Tisch machen.«

»Du hast keine Ahnung, was du dir da eingebrockt hast«, sagte Roger, der schon nicht mehr zuhörte, sondern wieder wütend wurde. »Sieh dich hier noch mal gut um, Wally. Schau dir noch mal an, was du dir aufgebaut hast. Nächste Woche stellen sie hier alles auf den Kopf.«

»Was hätte ich denn tun sollen?«, fragte Walter plötzlich kämpferisch. »Wenn ich nichts gesagt hätte, hätte sie weitergesucht. Dann wäre sie mit ihren Vermutungen zur Polizei gelaufen. Oder womöglich gar zu irgendeiner Fernsehsendung, und eines bösen Tages hätte hier ein Reporter mit Kamerateam vor der Tür gestanden.«

»Du hättest mich sofort anrufen sollen, als sie hier war«, sagte Roger. Seine Stimme klang eisig. »Und sie hier festhalten.«

»Und dann?«

Rogers Reptilaugen sahen ihn ausdruckslos an. »Sie sind es nicht wert. Du hättest es besser wissen müssen …« Er griff in seine Jacke und zog eine silberfarbene Pistole hervor, die er Walter ohne Zögern an die Schläfe drückte. »Genug geschwätzt. Wo wohnt sie? Wo wohnt Jeanny?«

Walter biss die Zähne zusammen und kniff die Augen zu.

»Die Schnepfe ist unterwegs zu ihrer Mutter, oder? Schnurstracks, weil du ihr erzählt hast, wo sie sie findet, stimmt's? Du hast es die ganze Zeit über gewusst. Du hattest bei ihr einen Stein im Brett, nicht wahr? Was Geran und ich nie hingekriegt haben, hast du mit deinem linkischen Verhalten geschafft. Sie hat Geran geliebt, aber du warst ihr Busenfreund, dem sie alles erzählte. Und, hat sie dir immer schön geschrieben, wie's ihr geht? Hast du ihr Geld zugesteckt?«

Walter spürte Speicheltröpfchen auf seinem Gesicht landen. »Nein, nein, wirklich nicht.«

»Raus mit der Sprache. Wo steckt sie?«

»Ich weiß es nicht. Wirklich nicht, ich …«

»Du bist kühn, Wally.« Roger entsicherte die Waffe. Das Klicken war deutlich zu hören. »Ich gebe dir drei Sekunden. Eins …«

»Wales!«, stieß Walter hervor. »Sie lebt in Wales.«

38

Im Nordwesten von Bristol führte die M4 über eine gebührenpflichtige Brücke, die Severn Bridge. Das imponierende Bauwerk verband Südengland mit Wales. Susan erhaschte einen kurzen Blick auf die breite Bucht. Es war Ebbe. Zwischen den flachen Strömen sah man sandige Uferflächen.

Auf der anderen Seite zahlte sie viereinhalb Pfund für die Überfahrt. Ein großes Schild hieß sie in Wales willkommen.

Und Wales war schön, sogar von der Autobahn aus, welche die Schönheit des Hinterlands nur selten preisgibt. Das ganze Land war grün, grün in allen Schattierungen, vom kräftigen Grasgrün der Wiesen bis zum tiefen Dunkelgrün der Wälder an den Flanken der Hügel, deren dicht gedrängte Baumkronen aus einiger Entfernung an Brokkolifelder erinnerten.

Sie fuhr an der Hafenstadt Newport vorbei und warf ab und zu einen Blick auf die Straßenkarte, die ausgebreitet neben ihr auf dem Beifahrersitz lag.

Die Straßenschilder zeigten neben den englischen Begriffen und Ortsnamen immer auch die walisischen. Obwohl Wales bereits seit 1536 dem Vereinigten Königreich angehörte, genau wie Nordirland und Schottland, legte man hier großen Wert auf die eigene Sprache und Kultur. In dem chauvinistischen nördlichen Teil von Wales wurde Keltisch sogar als erste Fremdsprache gelehrt. Von früher wusste Susan noch, dass der walisische Süden, wo sie auch jetzt unterwegs war, weniger zum Nationalismus neigte. Das hatte seine Gründe. Wales war lange Zeit sehr arm gewesen. Noch vor wenigen Jahrzehnten war ein Auskommen lediglich im Minenbau, bei der Schafszucht oder in der Armee zu finden gewesen. In letzter Zeit hatten jedoch die Londoner das südliche Wales als relativ nahe gelegene Feriengegend entdeckt. Man brauchte keine zwei Stunden im Auto zu sitzen, um die Londoner Hektik mit ihren grauen Häuserblocks und endlosen Verkehrsstaus hinter sich zu lassen. Dass die Einheimischen ihre Butter aufs Brot bekamen, verdankten sie mittlerweile hauptsächlich dem Tourismus. Im Vergleich zu früheren Zeiten war das Geld leichter und vor allem risikoloser verdient. Also waren die Leute im südlichen Wales auch eher bereit, Englisch zu sprechen, und überhaupt waren mit den Londonern viele englische Einflüsse in die Region gekommen, die sich zu halten schienen.

Bei Newport nahm sie die A4042 nach Abergavenny, oder, auf Walisisch, Y Fenni. Auf der B-Road, die geradewegs nach Norden führte, wurde Susan aufs Neue von der landschaftlichen Schönheit ergriffen. Kilometerweit erstreckten sich jahrhundertealte Mauern aus aufeinandergestapelten grauen Steinen und Kieseln: *dry stone walls*, die hügelauf- und abwärts den Bewegungen der Landschaft folgten, Zufahrten zu höher gelegenen Höfen oder die Grenzen von Schafsweiden markierten.

Sie fuhr durch graue Steindörfer mit Bogenbrücken und unzähligen fröhlichen Blumenkübeln voll rosafarbener, gelber und roter Blütenpracht, vorbei an Pubs und Taverns mit geschmackvoll bemalten Aushängeschildern, die GOOD FOOD versprachen, roten Backsteinhäusern mit weißen Fenstern und grauen Schieferdächern sowie in hellem Rosa oder Gelb gestrichenen Fassaden, die aussahen, als warteten sie nur darauf, dass endlich ein Fotograf von *Homes & Gardens* vorbeikäme. Überall standen Blumenkübel: noch vor den heruntergekommensten Anwesen, auf den Steinmauern, in den Höfen und an den Hauswänden, neben Türen und wo immer sonst noch Platz war. Susan schoss der Gedanke durch den Kopf, dass es ein Vermögen kosten musste, Haus und Hof ständig so geschmückt zu halten.

Bei Abergavenny fuhr sie von der B-Road ab und geriet auf eine schmale Asphaltstraße, die von enormen, teils vier Meter hohen Hecken flankiert wurde, sodass sie sich vorkam wie in einem Irrgarten. Die *hedgerows* bestanden aus Weißdornsträuchern, Hainbuchen und Farnen, stellenweise schimmerte das darunter verborgene Mauerwerk durch. Herauswachsende Zweige streiften Susans Wagen. Im Abstand von jeweils einer Meile gab es Haltebuchten, damit Autos aneinander vorbeikamen.

Walters Zettel hielt sie die ganze Zeit über fest in der Hand. Bei einer der Haltebuchten bremste sie ab und fuhr links an die Sträucher heran. Lange grüne Stängel tickten gegen die Windschutzscheibe und schleiften über den Lack.

Angeblich lebte ihre Mutter westlich des Weilers Llanfrynach. Auf den Straßenschildern, die an Kreuzungen die Entfernungen in Meilen angaben, hatte sie den Ortsnamen noch nicht entdeckt. Auf der detaillierten Karte von Großbritannien, die sie irgendwann einmal von einem englischen Lastwagenfahrer geschenkt bekommen hatte, war das Dorf aber durchaus verzeichnet.

Sie fuhr weiter. Die Sträucher am Straßenrand verschwanden und gaben den Blick auf enorme Hügel frei. Die runden Kuppen boten sich den Blicken in allen denkbaren Grau-, Grün- und Violettschattierungen dar. Auf den Kämmen waren kleine ausgefaserte Tupfer in schmutzigem Weiß zu erkennen. Offensichtlich Schafe. Die weiter entfernten Gipfel lagen hinter undurchsichtigen Wolkenbänken verborgen. Jeden Augenblick konnte es zu regnen anfangen. Susan zitterte und stellte die Heizung an. Gestern, in den Niederlanden, war es noch dreißig Grad warm gewesen. Hier in Wales waren es höchstens vierzehn bis fünfzehn Grad.

Die schmale asphaltierte Straße führte über einen unter Strom stehenden Wildrost, ein *cattle grid*. Nun geriet sie also in eine Gegend, wo Ponys und Schafe frei herumliefen. Pferden begegnete sie nicht, wohl aber Schafen, die für den Sommer geschoren und an den Flanken rot und grün markiert waren. Sie liefen vor dem Auto weg, blieben im Schutz der Böschung stehen und schauten Susan lange nach, kauend und mit wackelnden Schwänzen.

Die Schafe waren nicht die einzigen Lebewesen in diesem hügeligen, abgegrasten Gebiet. Es wurde anscheinend als militärisches Übungsgelände genutzt. Ein Warnschild ermahnte die Reisenden, dass sie, falls eine rote Fahne gehisst sei, nicht von der Straße abkommen sollten. Als Susan nach oben blickte, sah sie in luftiger Höhe tatsächlich eine solche am Mast flattern. Dies und der dunkelgrau bewölkte Himmel kam ihr wie ein schlechtes Omen vor. Ein paar Kilometer weiter stiegen dunkle Rauchwolken auf.

Ob es durch die Fahne kam, den Rauch oder das Wissen, dass sie dem Haus ihrer Mutter immer näher kam – jedenfalls wurde Susan zunehmend nervös. Eine sonderbare Art von Unsicherheit, eine Mischung aus Aufregung und Angst. Sie hatte ihre Mutter zwanzig Jahre lang nicht gesehen.

Würde sie sie wiedererkennen? Sie wiedererkennen wollen?

Sie stellte das Radio an und drehte so lange am Sendersuchknopf, bis sie die melancholischen Gitarrenklänge von U2 hörte. Einen besseren musikalischen Rahmen als *The unforgettable fire* konnte man sich für diese Landschaft wahrlich nicht denken, jedenfalls, solange man nicht auf den Text achtete. Das tat sie nicht.

Nach ein paar Kilometern überquerte sie einen weiteren Wildrost und ließ damit das offene Gelände hinter sich. Das Herz schlug ihr bis zum Hals. Bei der nächsten Einbuchtung hielt sie an und spähte durch die dreckige Windschutzscheibe des Vitara nach draußen. Rechts von der kleinen Straße stand ein weißes Hinweisschild. »B&B«.

Hier war es.

Als sie das Radio ausschaltete, merkte sie, dass ihre Hände feucht waren. Sie legte den ersten Gang ein. Gehorsam holperte der kleine Geländewagen die ungepflasterte Zufahrt hinauf, die leicht anstieg und oben eine Biegung nach links machte. Hinter einer Reihe von Bäumen zeichnete sich ein Gebäude ab. Ein traditionelles walisisches Haus aus grauen, unregelmäßigen Steinen mit grauem Dach und weißen Fenstern. Auch hier standen Blumenkübel und -töpfe auf dem Hof: rosa, violett, lila. Rechts vom Haus gab es eine Art Schuppen mit Türen und kleinen Fenstern, halb verborgen in einem kleinen Waldstück, in der Verlängerung der Zufahrt. Noch mehr Töpfe, noch mehr Blumen. Sanft schaukelte eine Gartenbank an ihren Metallketten im Wind. Dies musste das Bed & Breakfast sein. Trotz der Ferienzeit standen keine Autos auf dem Hof.

Der lag wie ausgestorben da.

Susan zog den Zündschlüssel ab und stieg aus. Links vom Haus fing hinter einem weißen Holzzaun ein schwarz-weißer Border Collie an zu bellen. Sie sah sich um. Links vom Zaun, auf gleicher Höhe mit dem Haus, befand sich eine offene Scheune mit grünem Spundwandprofil. Auch dort kein Mensch.

Sie ging auf das Haus zu.

Der Hund bellte und wütete in einem fort. Hüpfte auf und ab wie ein Pingpongball. Mit Schaum vor dem Maul.

Susan unterdrückte ein Schaudern. Vor der Haustür war eine kleine Stufe. Ihre Blicke wanderten über den Türrahmen. Keine Klingel. Neben der Tür eine Schiffsglocke aus Kupfer mit einem Seil. Sie schwang es kurz hin und her, so sinnlos es auch scheinen mochte, nachdem der Hund sie bereits mehr als deutlich angekündigt hatte. Die tiefe Glocke trieb den Wachhund erst recht in den Wahnsinn. Sein Gebell schien sich vor Wut zu überschlagen. Ängstlich schaute Susan zu dem Zaun hinüber. Normalerweise hatte sie keine Angst vor Hunden, aber dieser machte sie doch nervös.

»Quiet!« Die Frauenstimme kam von der Rückseite des Hauses her.

Der Hund hörte zu bellen auf, legte die Ohren an und lief schwanzwedelnd weg. Im nächsten Augenblick war er nicht mehr zu sehen.

Susan trat an den Zaun und legte die Hände auf die von den Hundepfoten ganz dreckige Kante. Zehn Meter weiter, auf einem Stück Wiese, rieb der Collie seinen geschmeidigen Leib an den Beinen einer Frau.

»I'm so sorry«, rief diese ihr entschuldigend zu. »But it's his job.«

Susan stand dort wie festgenagelt.

Die Frau war kleiner als sie. Schlank. Halblanges braunes Haar, von grauen Strähnen durchzogen und hinten mit einem Gummi zusammengebunden. Ein ovales Gesicht mit Lachfalten. Dunkle, freundliche Augen mit dünnen Brauen und einer geraden Nase.

Lächelnd kam sie näher und entschuldigte sich immer weiter für den Hund, der ein *naughty boy* sei, was eher wie eine Ermutigung klang als wie eine Ermahnung, und schien ohnehin nicht an Susan gerichtet zu sein. Der Hund wedelte mit dem Schwanz und jaulte, während er seinem Frauchen unruhig um die Beine strich.

Die Frau stand nun auf der anderen Seite des Zauns. Erst jetzt sah sie Susan ins Gesicht.

Ihre braunen Augen begegneten Susans und leuchteten für einen Moment auf. Wurden dann ganz groß. Ihr Kopf wich ein Stück zurück, als bräuchte sie mehr Abstand, um den Blick scharf zu stellen. Dann schlug sie die Hand vor den Mund.

39

Maier fuhr Svens roten Kangoo konstant mit gemächlichen hundertzehn Stundenkilometern. Ein kurzer Blick auf seine Mitreisenden zeigte ihm, dass Thomas sich auf dem Beifahrersitz an seinen Vater gekuschelt hatte und eingeschlafen war. Die kleinen Füße mit den Schnürschuhen baumelten vor dem Sitz in der Luft.

»Vielleicht ist es ganz gut, wenn ihr beide erst mal in dem Wohnwagen bei Valerie bleibt.«

Sven warf ihm einen skeptischen Blick zu. »Meinst du?«

»Ich schätze mal, dass die wiederkommen und versuchen werden, sich an dir schadlos zu halten.«

Sven verzog das Gesicht. »Valerie und ich zusammen auf einem Wohnwagenplatz. Interessanter Gedanke. Die schießt mich doch ab.«

Maier grinste. Drückte aus einem Blister einen Kaugummi heraus und hielt ihn Sven hin.

Der schüttelte den Kopf und starrte mit ernster Miene geradeaus. »Wenn sie erfährt, dass Thomas in Sicherheit ist, stehen die Chancen, dass sie Walter doch noch in die Sache einweiht, hundert zu eins. Schließlich hat sie dann keinen Anlass mehr, damit hinter dem Berg zu halten.«

»Auch nicht, wenn du dadurch in Schwierigkeiten gerätst?«

Sven seufzte tief. »Valerie hasst mich. Jetzt erst recht. Dass sie auf mich hören würde, kann ich mir echt abschminken.«

Maier sagte nichts. Es war kein unrealistisches Bild, das der Tierarzt da entwarf. Valerie würde sich wahrscheinlich heulend in die Arme ihres neuen Lovers werfen und alles ausplappern, was sie wusste. Wobei ihr Exmann sicher nicht besonders gut wegkommen würde.

»Denk dir eine Geschichte aus«, sagte Maier. »Das kannst du doch gut. Was wir beide im Kopf haben, du und ich, was wir erlebt und getan haben, lässt du beiseite. Wisch es einfach weg. Stattdessen gehst du von Valeries Wissensstand aus, betrachtest die Dinge aus ihrer Perspektive. Das wird dein Ausgangspunkt, sozusagen das Skelett deiner fiktiven Erinnerung. Versuch dir alle Details dieser neuen Wahrheit zu vergegenwärtigen: Ort, Zeit, alles. Präg dir alle Einzelheiten genau ein, und halte eisern daran fest. Dann kommst du da vielleicht halbwegs ungeschoren raus.«

»Meinst du?«

»Niemand kann in deinen Kopf hineingucken. Auch ein Kripobeamter nicht, falls du mit einem zu tun bekommst.«

Er würde ganz bestimmt mit einem zu tun bekommen. Umso wichtiger war es, dass er gut vorbereitet war. Es ging Maier dabei nicht nur um Sven. Schließlich hatte er bislang alles getan, um nicht selbst ins Schussfeld zu geraten. Sie waren mit Svens Wagen nach Frankreich gefahren. Maier hatte sich weder beim Autoverleih noch sonst wo auf dem Flughafen blicken lassen. An keinem entscheidenden Ort waren sie gemeinsam vor Überwachungskameras aufgetaucht. Bislang war alles gut gegangen. Aber Sven konnte sich jederzeit verplappern. Seinen Namen ausplaudern.

Und dann wäre alles umsonst.

Sven überlegte seine Worte genau. »Welchen plausiblen Grund für die Entführung könnte es geben, mit der ich selbst nichts zu tun hätte? Und dann müsste mir noch einfallen, warum ich Valerie erzählt habe, sie soll eine Woche ohne Walter untertauchen.« Er warf Maier einen kurzen, unsicheren Blick zu und sagte: »Vergiss es. Ich bin am Arsch.«

Ein kurzer Schauer prasselte auf die Windschutzscheibe des Kangoo. Sie waren fast an der belgischen Grenze.

»Du bist der Fantast von uns beiden«, sagte Maier schließlich. »Wir sind noch etwa drei Stunden unterwegs. Lass dir was einfallen.«

»Was denn? Dass ich zum Spaß zwei Freunde damit beauftragt habe, Thomas zu entführen? Soll ich sagen, ich hätte in Kauf genommen, dass mein eigener Sohn traumatisiert wird, nur um ihr eins auszuwischen? So was in der Art? Dann kann ich besser gleich die Wahrheit sagen.«

Maier blickte schweigend vor sich auf die Straße. Die nordfranzösische Landschaft sah aus, als hielte jemand einen grauen Filter vor die Linse. Oder wie ein Gemälde von Willink. Knallgrüne Wälder mit silbernen, fast strahlenden Konturen. Weiße Kühe vor einem beeindruckenden, grau gebürsteten Horizont.

Die Wahrheit, so schoss ihm plötzlich durch den Kopf, beinhaltete drei Morde, allesamt begangen von Sil Maier.

»Nein«, sagte er. »Nicht die Wahrheit. Eine Wahrheit. Eine andere Wahrheit.«

Eine Wahrheit, in der ich nicht vorkomme, Sven.

»Nämlich?«

Maier dachte nach. Wenn Sven nur einen kleinen Teil der Wahrheit preisgab, würde sich die Kripo wie ein Rudel hungriger Wölfe auf die Geschichte mit den Rennpferden stürzen. Mit einem ganzen Team von Ermittlern, die ihm viel Arbeit abnehmen würden. Dann konnte er zu Susan.

Wo er schon längst sein sollte.

»Kanntest du diesen Olivier?«, fragte er.

»Nur vom Sehen. Ein Jockey aus Poitiers.«

Das erklärte die bemerkenswerte Körperhaltung.

»Und der Blonde?«

»Noch nie gesehen.«

»Alain kanntest du aber ganz gut, stimmt's?«

Sven nickte.

»Okay. Hör zu. Hier deine neue Wahrheit: Du bist nach Paris gefahren, zu dieser Kaserne, weil das dein einziger Anhaltspunkt war. Du hast ein paar Tage da gewartet, bis du Alain abfangen konntest. Alain ist ein alter Freund von dir. Er hatte Mitleid. Er wusste nicht, dass du der Vater von dem Kleinen bist. Und er hat dann dafür gesorgt, dass du Thomas zurückbekommen hast. Weil er auch fand, dass das zu weit ging. Kapiert?«

Sven hatte sich ihm in seinem Sitz leicht zugewandt. Er war ganz Ohr.

»Heute Morgen hat er dir Thomas übergeben. Dann hast du den Laguna zum Verleih zurückgebracht und bist nach Hause gefahren.«

»Und die Leichen in St. Maure?«

»Da bist du nie gewesen, du kennst den Ort überhaupt nicht. Was immer in St. Maure passiert ist, hat sich außerhalb deines Blickfelds abgespielt. Da warst du schon auf dem Heimweg. Verstehst du? Die Kripo ist nur daran interessiert, eine schöne, runde Geschichte zu bekommen, die sie abheften können. Wenn sie die Leichen überhaupt finden, was ich bezweifle, dann ist die nächstliegende Erklärung, dass Alains Boss sauer auf ihn war. Dass er jemanden beauftragt hat, ihn zu liquidieren. Das ist nicht ohne Widerstand abgegangen und dann irgendwie aus dem Ruder gelaufen. Kommt vor. Ein Haufen Krimineller, die sich gegenseitig abgeschlachtet haben, na gut. Akte geschlossen.«

»So einfach ist das?«

»Du warst nicht dabei. Nur darum geht es. Du hast Thomas aus Paris mit nach Hause genommen, und fertig.«

Sven nickte wieder.

»Es würde mich wirklich wundern«, fuhr Maier fort, »sollten sie diese Leichen jemals finden. Die hat der Obermacker bestimmt längst beseitigen lassen. Wahrscheinlich haben sie das Labor demontiert und dann den ganzen Hof abgefackelt.«

Sven ließ das Ganze kurz auf sich wirken. »Aber wie stehe ich denn dann da?«

»Straffrei kommst du nicht davon. Jedenfalls nicht ganz. Aber wenn du an dieser Geschichte festhältst, kriegen sie dich bloß für die Sache mit den Pferden dran. Vielleicht kommen sie auch dahinter, dass zwei gestorben sind, weil du sie mit illegalem Zeug ›behandelt‹ hast. Keine Ahnung, ob es bei euch so was wie eine Ethikkommission gibt, aber deine Praxis wirst du vermutlich schließen müssen. Was dich auch erwarten mag, es ist sicher weniger einschneidend, als wenn du mit der ganzen Geschichte herausrückst.«

Sie überquerten die belgische Grenze.

Über der Autobahn wogten dunkle Wolkenmassen, tief, wie Luftschiffe. Die Strohballen auf dem Weideland, die bei der Hinfahrt noch goldgelb, dürr und trocken ausgesehen hatten, waren jetzt vom Regen durchnässt und ganz braun.

Maier warf Sven einen kurzen Blick zu. Er war sich noch nicht sicher, ob diesem der Ernst der Lage tatsächlich bewusst geworden war. »Sollen die sich ruhig die Zähne daran ausbeißen«, drängte er weiter. »Du jedenfalls weißt nichts von Morden. Nichts von Leichen, nichts von einem Olivier, einem Thierry oder St. Maure. Du hast in Paris deinen alten Freund aufgespürt, der hat dir deinen Sohn übergeben, du hast Thomas mitgenommen und bist heute Morgen in die Niederlande zurückgefahren. So. Mehr weißt du nicht. Die Morde musst du komplett aus deinem Kopf radieren. Denk dir lieber noch ein paar Details aus. Wie war das, als du Alain getroffen hast? Wie ist euer Gespräch verlaufen? Wo hast du geschlafen? Wann genau hast du ihn zum zweiten Mal gesprochen, wie ging die Übergabe vor sich, und wo fand sie statt? Warum hast du nicht deinen eigenen Wagen genommen? Lauter solche Sachen werden sie dich fragen. Immer wieder, in immer neuen Formulierungen und wechselnder Reihenfolge. Sie werden darauf achten, ob du dich verhedderst. Und sie werden jede beschissene Kleinigkeit überprüfen. Du kannst also zum Beispiel nicht sagen, du hättest in einem Hotel übernachtet, denn dem würden sie sofort nachgehen. Und auch nicht, dass du in Jacks Safe House warst, sonst kommen sie über Jack auch mir auf die Spur.«

»Ich könnte ja in die alte Kaserne eingebrochen haben«, schlug Sven vor, »auf der Suche nach Thomas. Und in Ermangelung sonstiger Anhaltspunkte einfach dort geblieben sein. Bis Alain kam.«

»Prima. Bau das ein bisschen aus, sodass eine wasserdichte Geschichte draus wird. Setz es schlüssig zusammen. Nimm es von allen Seiten unter die Lupe. Vor allem solltest du ihnen von diesem anonymen Geldgeber erzählen. Dann haben sie was, woran sie sich festbeißen können.«

Sven hob seinen Arm ein wenig. »Und das hier? Wie soll ich die Schusswunde erklären?«

»Keine Ahnung.«

Sven schwieg einen Augenblick. Dann sagte er nachdenklich: »Mit der Schusswunde bin ich bei Benoît Dechavanne in Le Chesnay gewesen. Bei dem stehen sie bestimmt auch bald vor der Tür. Wie soll ich das erklären? Als Jagdunfall? Das erscheint dann plötzlich in einem ganz anderen Licht, oder?«

»Es wimmelt von Tierärzten. Warum sollten sie gerade auf den kommen?«, fragte Maier.

»Er war auch ein Freund von Alain.«

Der Kangoo geriet ins Schlingern. Maier lenkte gegen. »Du hast dir die Schusswunde von einem Kumpel der Entführer deines Sohns flicken lassen?«

»Benoît gehört nicht zu denen.«

Maier kochte vor Wut. »Woher weißt du das so genau?«

»Der hat genug Geld, schon von Haus aus. Benoît hat das nicht nötig. Der ist mehr ein Idealist. Einfach ein netter Typ.«

»Genauso nett wie Alain?« Maier gab sich keine Mühe mehr, seinen Zynismus zu verbergen. »Wie war das noch gleich mit dieser Praxis in Le Chesnay? Sagtest du nicht, da hätte er sich eingekauft, um mehr mit Pferden arbeiten zu können? Zufall, was? Oder bin ich jetzt paranoid?«

Sven schwieg.

»Wohl eher nicht«, fuhr Maier fort. »Und er hat auch noch versucht, dir Schwierigkeiten zu machen, oder? Er wollte, dass du nicht nach Hause fährst, sondern bei ihm übernachtest.«

Maier sah ihn kurz von der Seite an. Sven starrte auf seine Schuhe.

»Der steckt doch mit denen unter einer Decke, Sven. Um bei seinem Boss einen Stein ins Brett zu kriegen, wollte er dich da festhalten, und als das nicht geklappt hat, ist er mit nach draußen gekommen. Und warum? Wegen dem Auto, dem Kennzeichen. Und um herauszufinden, ob du alleine warst. Er wollte an Informationen kommen.«

Maiers graue Zellen arbeiteten auf Hochtouren. Hatte dieser Benoît ihn gesehen? Hatte er Sven noch in den Laguna einsteigen sehen, woraus er hätte schließen können, dass Sven nicht alleine war, sondern einen Fahrer hatte, einen Helfer?

»Vielleicht kommen sie ja gar nicht auf ihn«, sagte Sven bedrückt.

»Eins ist für dich von Vorteil«, sagte Maier. »Wenn Benoît tatsächlich zu diesen sauberen Jungs dazugehört, wird die Kripo nicht besonders schlau aus ihm werden. Dann wird er behaupten, dich nie gesehen zu haben. Das scheint mir das Wahrscheinlichste.«

Sven seufzte tief und schaute nach draußen. »Was für ein Schlamassel.«

»Denk dir jetzt endlich eine runde Geschichte aus, Nielsen.

Im Lügengeschichtenerfinden bist du ja offenbar sehr talentiert. Ich habe dir das Skelett präsentiert. Jetzt sorg gefälligst dafür, dass ein bisschen Fleisch auf die Knochen kommt.«

Maier kaute grimmig auf dem Sportlife-Kaugummi herum. Er schmachtete nach Nikotin. Thomas lag immer noch im Tiefschlaf. Wütend riss er das Zellophan seiner letzten Camel-Packung auf und steckte sich eine Zigarette an. Sven wagte anscheinend keine Einwände zu erheben. Als das Nikotin allmählich in seine Blutbahn gelangte, spürte Maier, wie es in seinen Adern zu prickeln anfing und die Haut sich zusammenzog. Wie sich ein Gefühl von Leichtigkeit in seinem Kopf ausbreitete.

Wie er sich allmählich beruhigte.

»Wo bist du mit Valerie verabredet?«, fragte er, nachdem die anfängliche Benommenheit verflogen war.

»Im Mercure-Hotel in Den Bosch.«

»Okay. Du kannst selbst nicht fahren, also bringe ich dich hin. Ich warte dann draußen. Und morgen früh fahre ich zu Susan. Wann ich zurückkomme, weiß ich noch nicht, aber versprich mir bitte eins ...«

Ganz kurz sah er Sven direkt ins Gesicht. »Wenn ich aus Wales zurückkomme, will ich kein Sonderkommando als Empfangskomitee.«

»Sil«, sagte Sven bedächtig, »ich ... ich weiß, warum du das denkst. Ich bin selbst dran schuld. Vielleicht glaubst du mir nicht, wenn ich sage, dass ich nie im Leben deinen Namen nennen würde, aber das macht nichts. Du wirst es schon sehen. Was du für mich getan hast, hätte niemand sonst für mich getan. Niemand. Dass ich zum Dank jetzt mein Maul halte, ist doch wohl selbstverständlich.«

Unwillkürlich musste Maier an jene nunmehr zehn Monate zurückliegende Nacht denken, in der Sven ihn operiert hatte. »Du hast mir das Leben gerettet«, sagte Maier. »Was ich getan habe, war also das Mindeste. Jetzt sind wir quitt.«

»Das kann man nicht vergleichen. Du hast dein Leben aufs Spiel gesetzt, um Thomas zu retten. Um dich zu operieren, brauchte ich mich bloß über mein Berufsethos hinwegzusetzen.« Sven rang sich ein säuerliches Lächeln ab. »Und auf das gab ich ja ohnehin nicht viel. Zugegeben, ich habe eine Menge Lügen erzählt, aber ich werde dich nicht anzeigen. Niemals.«

Maier schluckte die sarkastische Bemerkung, die ihm auf der Zunge lag, herunter. »Ich glaub's dir«, sagte er bloß.

40

Die in antikem Kiefernholz gehaltene Küche war klein und hatte eine niedrige Decke mit hölzernen Tragbalken und gelb gestrichenen, verputzten Wänden. Eine stimmungsvolle Umgebung, in der man sich gleich willkommen fühlte – ganz anders als in der grün gefliesten Dreißigerjahre-Küche, in der Susan ihre Mutter wohl zum letzten Mal gesehen hatte.

Susan sah ihre Mutter an. Die wich ihrem Blick aus. Es gab in ganz Europa wahrscheinlich keine hundert Personen, die einander so viel zu erzählen gehabt hätten wie diese beiden. Zu erklären. Zu erläutern.

Jeanny hatte bislang nur wenig preisgegeben. Susan hatte erzählt, dass Geran gestorben war, und Jeanny hatte das abgetan mit: »Dein Vater war ein Hitzkopf. Ein Wunder, dass er nicht schon früher gesundheitliche Probleme bekommen hat.«

Viel mehr hatte sie nicht gesagt. Allmählich wurde das Schweigen peinlich. Susan putzte sich mit einem Papiertaschentuch die Nase.

»Warum bist du weggegangen?«, fragte sie nun schon zum dritten Mal. Sie gab sich große Mühe, es nicht vorwurfsvoll klingen zu lassen. Es gelang ihr nicht so recht.

»Das ist eine schwierige Sache.«

»Schwierig?« Susan sprang auf. »Ich habe meine ganze verdammte Jugend über geglaubt, du wärest tot! Heute Nacht erst habe ich erfahren, dass du noch lebst, und zwar von einem Kerl, der uns früher ständig die Bude eingerannt hat, sich aber plötzlich nicht mehr hat blicken lassen, nachdem du weg warst. Ein fremder Typ weiß, wo du wohnst! Und ausgerechnet du wagst es, mir zu sagen …« Ihr Blick traf die Frau, die ihr auf einem Küchenstuhl reglos gegenübersaß. Sich plötzlich ihrer Raserei bewusst werdend, verstummte Susan. »Entschuldige«, lenkte sie ein. »Entschuldige, so meinte ich es nicht.« Sie setzte sich wieder.

»Doch«, sagte Jeanny. »Du meintest es ganz genau so, und ich kann es dir nicht verdenken. Du hast das Temperament deines Vaters.«

»Danke für das tolle Kompliment.«

Jeanny wischte sich die Tränen aus den Augen. »Sorry. Ich kann so was einfach nicht gut.«

Susan wünschte, sie könnte ruhiger bleiben. Einfach ganz vernünftig reden. Aber es gelang ihr nicht. Sie zitterte am ganzen Leib, war aufgewühlt, ja rasend vor Wut. »Erzähl es mir doch einfach! Ich bin schließlich deine Tochter! Was zum Teufel war so wichtig, dass du dich aus dem Staub machen und mir meine ganze Jugend versauen musstest? Weißt du, was aus Papa geworden ist, nachdem du weg warst? Ein Wrack. Er gab so gut wie kein Wort mehr von sich. Kannst du dir vorstellen, wie das ist, wenn man Abend für Abend alleine vor seinem Teller sitzt? Tagein, tagaus? Woche für Woche, Jahr für Jahr? Es hat keine zwölf Monate gedauert, bis auch Sabine wegzog, und ich musste zusehen, wie ich alleine zurechtkam in diesem verdammten eiskalten Haus. Weißt du, was das für ein Gefühl ist, wenn alle anderen Kinder zur Zeugnisausgabe in Begleitung ihrer Eltern kommen und du dich alleine auf dein Fahrrad schwingen und nach Hause radeln musst, wo dein Vater halb betrunken im Bett liegt? Papa lebte nur noch in seiner eigenen Welt. Wie ein Gespenst geisterte der durchs Haus, man kam nicht mehr an ihn heran. Es kam auch niemand mehr zu Besuch. Hinter dir fiel die Tür ins Schloss, und unser Leben war aus und vorbei!«

Jeanny fing an zu weinen.

Susan holte tief Luft, erst einmal, dann noch einmal. »Findest du nicht, dass ich zumindest mal erfahren dürfte, warum du uns hast sitzen lassen, Sabine und mich?« Ihre Stimme zitterte. »Machst du dir einen Begriff davon, wie sehr ich mich im Stich gelassen fühlte?«

Jeanny stand auf, ging zur Spüle, riss ein paar Blatt Papier von einer Küchenrolle ab und putzte sich die Nase. Mit dem Rücken zu Susan blieb sie stehen. »Susan … glaub mir, ich habe damals keine Alternative gesehen. Es gab einfach keine. Als ich fortging, war alles unsicher. Ich wollte euch nicht in meine Probleme hineinziehen. Sabine stand schon mit einem Bein in ihrem neuen Leben, und du hattest gerade die Grundschule hinter dir. Indem ich alleine gegangen bin, konnte bei euch das meiste bleiben, wie es war. Du konntest weiter zur Schule gehen, deine Ausbildung weitermachen.«

Ach ja, dachte Susan, natürlich. Die Schule. Meine Ausbildung. Die Speerspitzen ihrer Erziehung, immer leise eingeflüstert, wenn ihr Vater es nicht hörte, weil er sich in der selbstgewählten Armut seines Künstlerdaseins eingeigelt hatte. Ihre Mutter hatte darüber schon immer anders gedacht, hatte schon immer andere Dinge wichtig gefunden als ihr Vater. Geputzte Schuhe und eine gute Ausbildung zum Beispiel. Damit man später einen Job bekam, der einen in die Lage versetzte, seine Heizkostenrechnung zu bezahlen.

Jeanny stand noch immer mit dem Rücken zu Susan.

»Wusste Papa, dass du gehst?«

Jeanny schnäuzte sich die Nase und wischte sie mit dem Küchenpapier ab. »Ja.«

»Die Polizei ist da gewesen. Sie haben die ganze Nachbarschaft ausgefragt. Es stand in der Zeitung. Papa hat nie etwas verraten. Jahrelang hat mich das verfolgt. In der Schule hieß es immer, er hätte dich ermordet. Ein Roter, so einem konnte man sowieso nicht trauen … als ob Kommunisten grundsätzlich Verbrecher wären. Ich wusste damals nicht mal, was das ist, ein Roter.«

Langsam drehte Jeanny sich um. Ihr Gesicht war vom Heulen ganz rot, ihre Lider geschwollen.

»Ich hab dich vermisst, Mama«, sagte Susan. »Ich brauchte dich, und du warst nicht da.«

Langsam kehrte Jeanny zum Küchentisch zurück und nahm gegenüber von Susan Platz. Zog mit den Nägeln Kreise auf der Tischplatte aus Kiefernholz. »Du hast recht«, sagte sie leise. »Du hast ein Recht darauf, es zu erfahren.« Sie ergriff Susans Hände, drückte sie und strich nervös mit den Daumen über ihre Handrücken. »Weißt du noch, dass wir regelmäßig Künstler zu Besuch hatten, aus der DDR?«

Susan nickte. »Von diesem Austauschprojekt. Aber seit du weg warst, ist niemand mehr gekommen. Obwohl es doch eigentlich eher Papas Gäste waren.«

»Das Austauschprogramm war eine Tarnung. Das waren gar keine Künstler. Wir waren ein Safe House, Susan. Wir nahmen Leute bei uns auf, die im Auftrag der Stasi in den Westen kamen, um Informationen zu sammeln.«

Susan brauchte eine Weile, um das auf sich wirken zu lassen. Ihre Kindheit war ziemlich ungewöhnlich gewesen. Wie ungewöhnlich, war ihr allerdings erst später bewusst geworden, als sie sich mit Gleichaltrigen über diese längst vergangene Zeit austauschte. Sie hätte alles Mögliche als Erklärung dafür erwartet. Dies nicht.

»Künstler gerieten normalerweise nicht in Spionageverdacht«, fuhr Jeanny fort. »Sie kamen in aller Öffentlichkeit über die Grenze, man kannte ihren Aufenthaltsort, sie hatten einen guten Grund, hier zu sein. Es war die perfekte Tarnung. Und dein Vater war nur allzu gern bereit, dabei behilflich zu sein.«

»Was für Informationen suchten sie denn?«

»Alles Mögliche. Über Wirtschaftsfirmen, Chemie, Politik, Waffen. Deine Generation hat das nicht miterlebt, aber du darfst nicht vergessen, dass es nach dem Zweiten Weltkrieg zwischen den Menschen vor und hinter dem Eisernen Vorhang so gut wie keinen Kontakt gab. Internet oder Handys waren noch nicht erfunden. Die Grenzen wurden streng bewacht, und Reisende mussten bei jedem Grenzposten ihren Pass vorzeigen. Von freiem Reiseverkehr zwischen Ost und West konnte keine Rede sein. Der gegenseitige Argwohn war enorm, und entsprechend groß war das Bedürfnis, sich gegenseitig in die Töpfe zu gucken. 1961 wurde die Berliner Mauer gebaut, ein Jahr später kam es zur Kuba-Krise. 1968 sind die Länder des Warschauer Pakts in die Tschechoslowakei eingefallen. Ich war damals schwanger mit dir. Sabine ging in die erste Klasse. Die ganze Welt war der reinste Hexenkessel, Susan, man rechnete ständig mit dem großen Knall. Die Amerikaner waren in Vietnam, China war mit Atomversuchen zugange … es konnte jeden Augenblick aus dem Ruder laufen.« Sie seufzte und gab Susans Hände frei. »Geran war von einem Freund angesprochen worden, der für einen Chemiekonzern arbeitete. Der war seinerseits mit der Frage kontaktiert worden, ob er irgendwelche Künstler kannte, die kommunistisch eingestellt waren. Worum es ging, wurde ziemlich schnell klar. Sie waren auf der Suche nach Gastfamilien. Offiziell lief das alles unter dem Etikett ›Ideen- und Erfahrungsaustausch zwischen Künstlern aus Ost und West‹. Wir hatten genug Platz, und unser Haus lag ein Stück abseits der Straße in einer Waldschneise, sodass man ungestört bleiben konnte. Es war ideal. Dass dein Vater für den Kommunismus schwärmte, weißt du ja. Er hatte immer noch die Vorstellung, die Kommunisten wären auf dem Vormarsch, und er wollte einer der Ersten sein, sie hier zu begrüßen. Außerdem witterte er eine Chance voranzukommen. Er hoffte, dass er später, wenn es so weit wäre, in dem neuen kommunistischen Staatsapparat eine wichtige Position bekleiden könnte. Also stimmten wir zu.«

Susan blieb die Sprache weg. »Ich dachte … na ja, ich dachte immer, du wärest da gar nicht unbedingt einer Meinung mit ihm gewesen.«

»Das kam erst später. Ich war noch so jung damals. Verblendet war ich. Ich liebte deinen Vater, von ganzem Herzen. Ich bewunderte ihn. Er hatte klare politische Vorstellungen und konnte sie mit Verve vermitteln. Ganze Abende haben wir durchdiskutiert, und ich fand ihn faszinierend. Er sah die Dinge klarer als die meisten. Um dir ein Beispiel zu geben: Religion, sagte er, sei ein Instrument der Herrschenden, mit dem sie ihr Volk klein hielten. Das war für mich damals eine Offenbarung. Ich hatte eine katholische Erziehung genossen und mir darüber nie Gedanken gemacht. Dein Vater sah solche Dinge anders als ich es gewohnt war, er betrachtete sie in einem anderen Licht. Das fand ich anziehend. Ich verließ mich auf sein Urteil und fügte mich seinen Entscheidungen blindlings.«

Susan schwieg. Als die anderen Kinder aus ihrer Schule zur Erstkommunion gegangen waren, hatte sie deren Vorankommen als Zuschauerin verfolgt. Für sie hatte es keine Geschenke gegeben, keine Zeremonie, kein Festkleid, keine Feier. Sie hatte nicht dazugehört. Im Hause Staal war immer alles auf den harten, materialistischen Kern reduziert worden. Kahl und schnörkellos. Statt zu Gottesdiensten war ihr Vater lieber zu Elternabenden gegangen, um dort Diskussionen über das Schulsystem anzuzetteln, mit denen er nach und nach alle Lehrer gegen sich aufbrachte. Das war in ihrer Schulzeit nicht ohne Auswirkungen auf sie geblieben: Susan Staal, die Kommunistentochter, das Kind dieses sonderbaren Künstlers. Es hatte sie schon früh zur Außenseiterin gemacht.

»Aber dann ist irgendwas schiefgegangen, oder?«, fragte Susan.

»In der Praxis wurde nicht viel aus seinen großen Entwürfen für eine neue Welt mit gleichen Chancen für alle. Schon kurz nachdem Sabine zur Welt gekommen war, zeigte sich im Grunde, dass er überhaupt nicht vorhatte, sich mit mir zusammen um das Kind zu kümmern. Er hatte als Inspirationsquelle seine Bildhauerei. Und seine Gäste aus dem großartigen Ostblock, mit ihren großartigen politischen Ideen. Immer blieb alles an mir hängen. Er arbeitete oft nachts und legte sich tagsüber schlafen. Wenn Sabine weinte, musste ich sie trösten. Mit deiner Geburt hat sich auch nichts geändert. Immer drehte sich alles nur um ihn: Geran, Geran und nochmals Geran. Während er sich persönlich entwickelte, saß ich mit den schmutzigen Windeln da.«

»Du hättest doch deine Fotografie nicht aufzugeben brauchen.«

Jeanny zog eine Augenbraue hoch. »Eine arbeitende Frau in den sechziger und siebziger Jahren? Wenn sie heirateten oder schwanger wurden, wurden die meisten Frauen damals entlassen. Kindertagesstätten gab es nicht, schon gar nicht in der Provinz. Und dein Vater machte keinen Finger krumm.« Jeanny entfuhr ein tiefer Seufzer. »Er ließ mir keinerlei Freiheit. Er wollte eine Frau mit freiem Geist, und er verbannte mich in die Küche. Ganz banal. Bürgerlich. Es hat mich Jahre gekostet, dahinterzukommen, dass es nicht Liebe war, was dein Vater für mich empfand, sondern der Drang zu besitzen. Zu kontrollieren. Ich war sein Vogel im Käfig, den er anschauen konnte, wenn er Lust dazu hatte.« Jeanny schaute durchs Küchenfenster nach draußen. »Dein Vater war ein Theoretiker. Er las viel und diskutierte gern, er redete alle unter den Tisch. Aber wenn es um praktische Dinge ging, war er hilflos wie ein Kind. Das wirkliche Leben hatte er einfach nicht im Griff. Ich habe Jahre gebraucht, das zu begreifen. Wir lebten zwar noch in ein und demselben Haus, hatten aber nicht mehr viel gemeinsam. Ich glaube, am Ende habe ich ihn nicht mal mehr geliebt. Ich liebte den Mann, der er hätte sein können und der er in meiner naiven Wahrnehmung einmal gewesen war.«

»Bist du wegen Papa weggegangen?« Susan zögerte kurz. »Hat er dich geschlagen?«

Jeanny schüttelte den Kopf. Ihre Lippen formten ein Nein. »Er war einfach, wie er war, und ich habe es geschehen lassen.« Sie seufzte und erhob sich. »Ich setze mal Tee auf.«

Susan stützte das Kinn auf die Faust und blickte nach draußen. Sie versuchte sich zu vergegenwärtigen, wie es gewesen war, als ihre Mutter noch zu Hause gelebt hatte. Das war schwierig, weil sie immer auf die Zeit nach ihrem Verschwinden fixiert gewesen war. Abgesehen davon, dass ihr Vater die Elternabende vermurkste und dass ihre Eltern ihr meistens verboten, Schulfreundinnen einzuladen, hatte sie eine stabile und liebevolle Jugend gehabt.

Ihre Mutter war fürsorglich gewesen. Ihr Vater war zwar tatsächlich oft abwesend, vor allem gedanklich, aber das hatte sie nie als Problem empfunden. Es war einfach so. Zum Problem wurde es erst, als ihre Mutter nicht mehr da war und Geran nicht einmal den Anschein eines Familienlebens aufrechterhalten konnte. Trotzdem, so sehr sie auch in ihren Erinnerungen wühlte, nie war ihr aufgefallen, dass in der Ehe ihrer Eltern etwas nicht gestimmt hätte. Natürlich hatten sie manchmal Streit – es knallte sogar regelmäßig –, aber doch nie in einem Maße, dass die Familie darunter litt.

Nun stellte sich jedoch heraus, dass sich im Hause Staal Dinge abgespielt hatten, die sie nicht mal geahnt hatte. Die Typen, die sie ab und zu auf der Couch im Wintergarten angetroffen und mit denen ihr Vater spätabends stundenlang in seinem Atelier Gespräche geführt hatte, waren also keineswegs einfach Freunde gewesen. Hatte Walter das auch gewusst? Und dieser andere Kerl, dieser Roger? Waren die auch kommunistisch eingestellt?

»Here you are.« Jeanny stellte zwei Gläser Tee auf den Tisch. Schenkte Milch ein und setzte sich. »Ich werde dir jetzt etwas erzählen, und ich hoffe, dass es dich nicht zu sehr schockiert.«

Susan blickte ihre Mutter forschend an. Sie war ganz Ohr.

»Im Sommer '83 war ich einfach ausgelaugt. Ich hatte es satt, mit allem allein fertig werden zu müssen, und die Ehe mit Geran hing mir zum Hals heraus. Ich glaube, wir waren an einem Tiefpunkt angelangt. Für mich selbst hatte ich schon einen Plan entworfen. Denn dass ich bei ihm nicht bleiben würde, war mir klar. Nur hatte ich kein Geld. Also wollte ich wieder anfangen zu fotografieren, ein paar Auftraggeber finden und mir langsam eine Rücklage bilden, von der Geran nichts zu wissen brauchte. Ich hatte mir alles genau überlegt. Sabine war damals schon mit Michael zusammen, es war eine Frage von Monaten, bis sie ausgeflogen wäre. Du warst sehr selbstständig, schon als kleines Kind. Wolltest dir immer gern selbst etwas aufbauen. Ich sah es schon kommen, dass du mit achtzehn aus dem Haus gehen würdest. Und ich fing an die Tage zu zählen, weil ich wusste, dass ich dann auch wegkönnte … Mein Zusammenleben mit deinem Vater glich damals eher einem Waffenstillstand als einer Ehe.« Jeanny seufzte tief. »Versprich mir, dass du nicht sofort wütend wirst, sondern mich ausreden lässt, ja?«

Susan nickte. Jetzt kam es. Der Grund, den ihre Mutter damals gehabt hatte. Die Antwort auf die Frage, die sie seit zwanzig Jahren beschäftigte.

»Eines Abends brachte Geran jemanden mit nach Hause, der schon öfter bei uns gewesen war. Einen Mann aus Chemnitz. Mitte zwanzig. Er war mir früher schon aufgefallen. Aber mehr auch nicht. Im Nachhinein denke ich, dass ich wahrscheinlich einfach verzweifelt war. Dein Vater und ich …« Jeanny kratzte sich nervös am Ohr. »Sagen wir, ich vermisste etwas. Wir hatten schon ewig … ich meine …«

»Verstehe«, sagte Susan rasch.

»Carl Ecke hieß er. Er sah außergewöhnlich gut aus. Wundervolle Augen. Schönes langes, dunkles Haar. Wie er mich ansah … ich kam mir zum ersten Mal seit Langem wieder vor wie eine Frau, nicht nur wie eine Mutter oder ein Heimchen am Herd. Und ich merkte, dass die Anziehung auf Gegenseitigkeit beruhte. Ich erspare dir die Details, jedenfalls sollte er eines Abends mit Geran, Walter und Roger zusammen in der Stadt etwas trinken gehen. Im letzten Augenblick sagte er, er fühle sich nicht wohl, und zog sich ins Atelier zurück. Die anderen wollten trotzdem los, ohne ihn. Ich habe gewartet, bis sie außer Hörweite waren. Bin zur Treppe gelaufen und habe gehorcht, ob ihr beiden, Sabine und du, schon eingeschlafen wart. Dann bin ich ins Atelier gegangen.«

Susan stand der Mund offen. Wollte ihre Mutter jetzt ernsthaft von einem One-Night-Stand erzählen? Im Atelier ihres Vaters, wohlgemerkt?

Jeanny blickte nach draußen. »Das Problem war, dass ich sie nicht hörte, als sie nach Hause kamen. Plötzlich standen sie zu dritt im Türrahmen. Ich wäre am liebsten im Boden versunken. Geran stürzte sich auf Carl und schlug ihn halb tot. Walter und Roger gingen dazwischen, und Carl machte sich aus dem Staub. Ich wollte ins Haus flüchten, aber dein Vater kam mir nach und brachte mich in den Wintergarten. Es war das reinste Tribunal. Roger saß regungslos in dem Stuhl in der Ecke und rauchte eine Zigarre, Walter stand mit blassem Gesicht daneben, dein Vater wütete und zeterte. Als er sich gerade ein bisschen zu beruhigen schien, kam plötzlich Carl von der Veranda hereingestürmt. Er fuchtelte mit einem Revolver in der Hand herum und wollte Geran erschießen. Er sah furchterregend aus, dein Vater hatte ihm wirklich eine gehörige Abreibung verpasst. Jetzt wollte er Blut sehen. Sie schrien alle durcheinander, und ich geriet in Panik. Ich … ich wollte ihn nicht …« Jeanny rieb sich mit den Händen übers Gesicht und unterbrach sich kurz.

»Diese Katzenplastik, die dein Vater zu unserer Hochzeit für mich gemacht hat, kannst du dich an die erinnern? Ich hätte immer gern eine Katze gehabt, aber ich bin allergisch, also hat er eine aus Granit für mich gemacht.«

Susan erinnerte sich. Erst in der vergangenen Woche hatte sie die Plastik in den Händen gehalten. Sie war nicht in den Container gewandert, sondern lag nun in Zeitungspapier eingewickelt in einem Karton im Keller.

»Sie befand sich neben mir auf dem Schrank«, fuhr Jeanny fort. »Carl stand mit dem Rücken zu mir, zwischen mir und deinem Vater. Er wollte ihn erschießen. Ich geriet in Panik.«

Ihr Blick wurde glasig, und sie fasste sich an die Schläfe, als würde sie den Moment in Gedanken erneut durchleben. »Er blutete nicht einmal«, sagte sie leise. »Wie angewurzelt standen wir da. Keiner sagte einen Ton. Schließlich sagte Walter, wir müssen das melden. Aber Roger sagte, das geht nicht. Er meinte, wenn bekannt wird, dass im Hause Staal ein Stasi-Funktionär ermordet worden ist, überleben wir alle den Herbst nicht. Wir waren nicht die einzigen Leute in den Niederlanden, die Stasi-Spitzel bei sich einquartiert hatten. Es hätte uns den Kopf gekostet. Buchstäblich. Auch für euch war es gefährlich. Die ganze Situation war grauenerregend. Stundenlang haben wir zusammengesessen, gebrainstormt, wild durcheinanderdiskutiert. Ich hatte Carls Körper mit einem Bettlaken zugedeckt, weil ich fürchtete, dass ihr beide von dem ganzen Tohuwabohu wach werden, nach unten kommen und ihn dort liegen sehen könntet. Geran und Roger haben ihn schließlich auf die Veranda gelegt, außer Sichtweite. Und dann kam Roger mit seinem Lösungsvorschlag, der zu dem Zeitpunkt der einzig richtige schien. Es kam damals immer wieder vor, dass Leute in den Westen überliefen. Sportler, Wissenschaftler, Künstler. Aber auch Spione. Bei der erstbesten Gelegenheit machten sie sich aus dem Staub. Roger würde seinen Kontaktleuten erzählen, Carl wäre verschwunden. Vermutlich übergelaufen. Wenn er es überzeugend genug rüberbrächte, würden sie ihm das abnehmen. Die Leiche sollten wir im Garten begraben. Unser Haus war alt und sollte bald unter Denkmalschutz gestellt werden. Niemand brauchte von der Sache zu erfahren, weder jetzt noch später. In dreihundert Jahren würden sie vielleicht irgendwelche Überreste finden, meinte auch Walter, aber sicher nicht früher. Es gab in der Gegend keine größere Straße, und es waren auch keine Neubauten geplant.«

»Also habt ihr ihn hinter dem Schwimmbad begraben«, unterbrach Susan ihre Mutter.

Jeanny sah beunruhigt auf. »Woher weißt du das?«

Susan erzählte von dem umgewühlten Boden. Von Geran, der sich auf seinem Sterbebett mehr Sorgen um die Enteignung von Haus und Grundstück als um seinen körperlichen Zustand gemacht hatte. Sie erzählte, wie sie die beiden alten Freunde ihres Vaters aufzuspüren versucht hatte, aber nur den einen, Walter, schließlich gefunden hatte. Sie sprach auch die Vermutung aus, dass ihr Vater womöglich die Reste der Leiche beseitigt und die damit verbundene seelische Belastung so schlecht vertragen hatte, dass er im Krankenhaus gelandet war. Als schließlich alles aus ihr heraus war, hatte sie eine trockene Kehle, und hinter der Stirn verspürte sie ein heftiges Pochen.

»Furchtbar, dass du das durchmachen musstest«, sagte Jeanny leise. Sie stand auf und legte ihrer Tochter verlegen den Arm um die Schulter. »Du bist kreidebleich. Müde bist du, oder?«

Müde war stark untertrieben. Das Gespräch hatte Susan aufgewühlt. Zudem hatte sie vergangene Nacht nicht geschlafen, war stundenlang gereist und hatte viele neue Eindrücke zu verarbeiten.

»Komm«, sagte Jeanny, »geh schlafen. Morgen ist auch noch ein Tag.«

41

Maier saß im Laderaum des Kangoo, der nach einer Mischung aus nassem Hund und Desinfektionsmittel roch. Es war hier hinten zwar nicht auf Sitzkomfort angelegt, schien ihm aber immer noch besser, als wenn Valerie oder sonst jemand ihn am Steuer von Svens Wagen sitzen sehen würde. Zwischen den vielen silbergrauen Leasing-Wagen stach der knallrote Renault deutlich hervor. Auf dem Parkplatz vor dem McDrive bei Rosmalen, gleich an der A2, herrschte ein ständiges Kommen und Gehen. Familien in Volkswagen, Teenager mit Nabelpiercings und Liebespaare.

Die Hitze flimmerte. Selbst jetzt, gegen zehn, herrschten noch etwa achtundzwanzig Grad. Im Laderaum des Kangoo war es bestimmt noch zwölf Grad heißer. Der Schweiß lief ihm übers Gesicht, und das T-Shirt klebte ihm am Rücken. Er nahm sich vor, zu Hause als Erstes unter die Dusche zu gehen.

Das Mercure Hotel befand sich etwa dreißig Meter von ihm entfernt, auf einer Achse mit dem McDonald's. Sven war vor gut einer Stunde mit Thomas ausgestiegen, hinübergegangen und durch den überdachten Eingang im Innern verschwunden. Maier schlang den Rest Thunfischsalat hinunter und ließ seinen Blick über die Hotelfenster schweifen. Jetzt saß der Chaot also da drinnen und tischte die Geschichte seiner Exfrau auf. Die ihm wahrscheinlich die Hölle heiß machte.

»Fass dich kurz«, hatte er Sven noch eingeschärft, »so kurz wie möglich. Je weniger du sagst, desto weniger leicht gerätst du ins Schwimmen.«

Er sah auf die Uhr. Eine Stunde war nicht gerade kurz. Genau genommen war eine Stunde sogar lang genug, um Valerie dreißig verschiedene Versionen der Geschichte zu erzählen.

Trotzdem machte er sich keine großen Sorgen. Irgendwie glaubte er einfach, dass Sven sich schon zusammenreißen würde. Er hatte seine Exfrau jahrelang belogen. Auf ein Mal mehr oder weniger kam es jetzt auch nicht mehr an.

Was ihn sehr wohl leicht beunruhigte, war, dass Sven ihm in den letzten Tagen ziemlich ans Herz gewachsen war. Der Tierarzt würde aller Wahrscheinlichkeit nach eine Weile hinter Gitter müssen. Ganz ungeschoren würde er nicht davonkommen. Wenn Valerie später ihrem Mann ihr Herz ausschüttete, und das würde sie mit Sicherheit tun, war die Sache für Sven gelaufen.

Maier würde ihn vermissen.

Neben ihm lagen ein Getränkehalter aus grauer Pappe, zwei leere Flaschen Mineralwasser und eine Big-Mac-Verpackung. Er stopfte den Müll in eine große Papiertüte, die ebenfalls auf der Ladefläche herumlag, und knüllte diese zu einem festen kleinen Ball. Wischte sich mit dem Ärmel den Schweiß von Stirn und Schläfen. Schaute wieder nach draußen.

Sven kam näher. Allein. Nein, doch nicht. Er hatte eine rothaarige Frau im Schlepptau, die Thomas auf dem Arm trug. Das musste Valerie sein. Sven hatte nicht zu viel versprochen, sie war tatsächlich ziemlich hübsch. Nicht ganz sein Typ, aber er konnte gut verstehen, dass Sven etwas an ihr fand. Oder an ihr gefunden hatte. Schlank, lange Beine und ein fein geschnittenes Gesicht. Sie trug eine schwarze Hose, und das Rot ihrer Bluse mit Umschlagkragen biss sich mit dem Farbton ihrer hochgesteckten Locken. Sonderlich ausgeschlafen sah sie nicht aus.

Nachdem die beiden sich voneinander verabschiedet hatten, kam Sven direkt auf ihn zu. Seine Miene war zugleich besorgt und angespannt.

Als kurz darauf ein dunkelgrüner Saab mit Valerie am Steuer an Sven vorbeifuhr, duckte Maier sich noch tiefer hinter die Rückenlehne. Durch die Heckscheibe sah er, wie das schwedische Cabrio, ohne das Tempo zu drosseln, vom Parkplatz brauste. Als es außer Sicht war, krabbelte Maier nach vorn auf den Fahrersitz und ließ das Fenster herunter. Die laue Brise von draußen sorgte kaum für Abkühlung.

Sven öffnete die Tür und ließ sich neben Maier in den Sitz fallen. »Sie hat's geschluckt«, sagte er. »Von A bis Z.«

»War das eine so lange Geschichte? Du bist beinahe eine Stunde da drin gewesen.«

»Ich bin fast nicht zu Wort gekommen. Sie hat mich pausenlos ausgeschimpft. Was ich für ein Versager bin. Dass ich Thomas nie mehr zu Gesicht kriege, dass ich kriminell bin, dass sie sich nie mit mir hätte einlassen sollen …« Sven seufzte und starrte düster vor sich hin. »Sie verlangt Polizeischutz. Auf der Stelle hat sie bei Walter angerufen. Der Sack hat wahrscheinlich schon den Polizeipräsidenten und weiß Gott wen noch bei sich am Tisch sitzen. Bestimmt stehen die demnächst bei mir vor der Tür.«

»Dein letzter freier Abend, mein Junge.«

Sven sah Maier an. »Ich weiß. Und ich habe mich bereits damit abgefunden. Weißt du … mir ist gerade klar geworden, dass ich Thomas wahrscheinlich nie wiedersehen werde. Wenn mir das vor einem Monat jemand prophezeit hätte, wäre ich wahrscheinlich total durchgedreht. Aber jetzt habe ich meinen Frieden damit. Er hätte tot sein können, durch meine Schuld. Valerie hat recht. Ich bin ein Versager. Und ein Krimineller.«

Maier startete den Kangoo. Fuhr vom Parkplatz.

Der wirkliche Schock stand Sven erst noch bevor, wenn sein Körper das Adrenalin und den Stress abgebaut hätte und die Realität ihm richtig zu Bewusstsein kam. Dann würde ihm klar werden, dass er seine Praxis los war und seinen Sohn nicht würde heranwachsen sehen. Dass er tatsächlich mit leeren Händen dastand. Ganz von vorn anfangen musste.

Und dann würde er komplett abstürzen.

Natürlich war Sven an all dem selbst schuld. Aber das machte es nicht weniger bitter.

Die Dämmerung war hereingebrochen. Maier schaltete die Innenbeleuchtung ein.

Als sie sich der Ampel am Ende der Straße näherten, fragte Sven: »Kannst du noch eben bei meiner Praxis vorbeifahren? Ich möchte ein bisschen zusätzliches Verbandszeug und ein paar andere Sachen mitnehmen. Zu Hause habe ich nichts.«

Sie legten die kurze Strecke schweigend zurück. Svens Praxis lag am Rand eines Wohnviertels. Maier parkte halb auf dem gegenüberliegenden Bürgersteig.

Als Sven links hinter dem freistehenden Gebäude verschwunden war, fischte Maier sein Handy aus der Tasche und spielte mit dem Gedanken, Susan anzurufen. Entschied sich aber dagegen, weil Sven jeden Augenblick zurückkommen konnte. Er fühlte sich müde und dreckig. So müde, dass er nicht sicher war, ob er es überhaupt noch bis unter die Dusche schaffen oder doch auf der Stelle ins Koma sinken würde, kaum dass die Wohnungstür hinter ihm ins Schloss gefallen wäre. Er war völlig fertig. Nicht nur hatte er in der letzten Nacht in Paris kaum ein Auge zugetan, sondern auch die lange Reise, die Hitze und die Anspannung forderten allmählich ihren Tribut.

Morgen früh würde er sich besser fühlen. Erholt, erfrischt und ausgeschlafen. Er freute sich darauf, zu Susan zu fahren, aber das war nicht das Einzige. Nachdem er tagelang im Verkaufsschlager von Renault durch die Gegend getuckert war, hatte die Aussicht auf eine lange Fahrt über kurvige Straßen in seinem eigenen Carrera S4 geradezu etwas Festliches an sich.

Er streckte sich und spürte die Müdigkeit wie eine Decke über sich fallen. Seine Augenlider wurden schwer wie Blei.

Er war mit seinen Kräften am Ende. Was jetzt noch kommen mochte, war nicht mehr sein Problem. Valerie und Thomas würden Polizeischutz erhalten. Sven würde vermutlich noch heute Abend verhaftet, und – wie bitter das auch sein mochte – so war doch wenigstens für seine Unversehrtheit gesorgt. Und Svens Geschichte enthielt genügend Hinweise, anhand derer herauszufinden sein musste, wer die Drahtzieher in dieser ganzen Hormon-Doping-Sache waren.

Noch ehe Susan und er aus Wales zurück waren, konnte der ganze Fall gelöst sein.

Immer träger döste er vor sich hin.

Er wusste nicht, wie viel Zeit vergangen war, eine Minute oder auch zehn, als er aus dem Augenwinkel einen Schemen wahrnahm, der vom anderen Ende des Gebäudes her jetzt auf ihn zugelaufen kam. Das musste Sven sein. Mechanisch streckte Maier die rechte Hand aus, um den Wagen zu starten.

Sven schien es eilig zu haben.

Sehr eilig.

Der Mann, der im Begriff war, knapp vor dem Kangoo vorbeizurennen, dann aber abrupt stehen blieb, um einen Lastwagen passieren zu lassen und sich dabei mit der behandschuhten Hand auf der Motorhaube abstützte, war nicht Sven.

Maier fuhr in seinem Sitz hoch. Ein dunkelhaariger Mann, gedrungener Körperbau, schulterlange Locken und monströse Narben im Gesicht. Als mit lautem Dröhnen der Laster vorbeizog, wandte der Mann den Kopf nach rechts, und für den Bruchteil einer Sekunde begegneten sich ihre Blicke. Maiers Finger hielten wie erfroren den Zündschlüssel. Dann setzte der Fremde sich in Bewegung und verschwand auf der anderen Straßenseite zwischen zwei Häuserzeilen.

Es war alles viel zu schnell gegangen, als dass Maier irgendwie hätte reagieren können.

Aber er war schlagartig hellwach. Tausende von Alarmglocken schallten durch seinen Kopf. Reflexartig wandte er sich zur Rückbank um und zog den Reißverschluss der Reisetasche auf. Fand die Glock, zog den Schlitten zurück, steckte sich die Waffe hinten in den Hosenbund und stieg aus. Während er den gepflasterten Weg zum Hintereingang der Tierarztpraxis entlanggging, wurde die dumpfe Vorahnung in seinem Bauch immer beklemmender.

Er hätte mitgehen sollen, er hätte Sven nicht allein lassen dürfen. Sie waren schneller, als er erwartet hätte.

Er hatte sie unterschätzt.

Verdammt!

Hinter dem Haus befand sich ein von Mauern eingegrenzter kleiner Hof. Die Eingangstür der Praxis stand einen Spaltbreit offen.

Er zog die Glock.

Sein Herz pochte laut in der Brust.

Irgendwas war hier ziemlich faul. Das spürte er. Er *wusste* es.

Mit der Schuhkante drückte er die Tür ein Stück weiter auf. Streckte die Pistole vor, presste den Rücken an die Wand, duckte sich. Ein paar hohe, gelbe Container, kleinere und größere Plastikbehälter. Maier war oft genug hier gewesen, um zu wissen, wofür die dienten. Für tote Tiere, medizinischen Abfall und anderen von Operationen übrig gebliebenen Dreck. Auf einem Brett lagen Handtücher und Medizinpackungen. Mit wenigen Schritten über den gefliesten Boden hatte er die zweite Tür erreicht. Die war verschlossen. Dahinter, so wusste er, befand sich der Operationsraum, ein kleines Zimmer mit Schränken, Medikamenten und medizinischem Gerät an den Wänden und einem hydraulischen Operationstisch in der Mitte.

Maier zog sich den Ärmel seiner Baumwolljacke über die Hand und drückte die Klinke herunter.

Den Geruch, der ihm entgegenschlug, hätte er aus tausend anderen Gerüchen heraus sofort erkannt. Er hatte ihn im Laufe der Zeit besser kennengelernt, als ihm lieb war. Ihn schauderte. Er wollte das nicht sehen.

Nicht Sven. Nicht hier.

Svens Oberkörper lehnte seitlich an einem Wandschrank. Sein weißes Replay-T-Shirt war blutdurchtränkt. Die rote Flüssigkeit glitzerte im Neonlicht, sein Mund stand offen, unter den halb geschlossenen Lidern starrten seine Augen glasig nach oben. Er stand in einer dunkelroten Pfütze wie eine Wachsfigur aus dem Gruselkabinett.

Maier stockte der Atem.

Langsam ging er auf den Tierarzt zu. Immerhin war er geistesgegenwärtig genug, den Blutspritzern und Flecken auf dem Boden auszuweichen. Er beugte sich vor. Nahm Svens Kopf in die Hände und hob sein auf die Brust gesunkenes Kinn behutsam an. Die Haut fühlte sich noch ganz warm an.

In der Kehle klaffte ein tiefer, fast gerader Schnitt, durch den ein knorpeliges Stück Luftröhre zu sehen war.

»Scheiße«, murmelte er. »Verdammt, Sven.«

Der Anblick von Sven tat ihm in der Seele weh. Er schnappte nach Luft. Raus hier.

Sofort.

Vorsichtig den Blutflecken ausweichend, lief er nach draußen. Steckte die Glock wieder in seinen Hosenbund, stützte sich an der Backsteinmauer ab und legte den Kopf in den Nacken. Versuchte, seinen Atemrhythmus unter Kontrolle zu bekommen.

Einatmen, ausatmen.

Die schwüle Abendluft vermochte den Geruch aus dem Operationszimmer nicht zu vertreiben. Aus der Ferne drangen Stimmen zu ihm, Gelächter, Wortfetzen, auch Rauchschwaden. Irgendwo in der Nähe wurde anscheinend gegrillt.

Ein herrlicher Sommerabend.

Seine Hände zitterten heftig, und sein Magen krampfte sich

zusammen. Er holte noch einmal tief Luft und schloss die Augen. Er durfte hier auf keinen Fall hinkotzen.

Sein Erbrochenes würde als Beweismittel in einer Plastiktüte landen und von einem fleißigen Laboranten bis ins Letzte durchanalysiert werden.

… ausatmen. Einatmen.

Er schluckte. Seufzte. Sog Luft durch die Nase ein.

Rieb sich das Gesicht.

Sein Magen beruhigte sich etwas, aber die Übelkeit blieb.

Die letzten, mit Sven verbrachten Tage zogen an ihm vorüber. Sven in dem Pariser Straßencafé, mit Sonnenbrille und Mütze, sein heikles Abenteuer im rosa Plüsch. Sven mit seinem kleinen Sohn in Jacks Appartement, selig schlummernd. Sven, apathisch den toten Thierry anstarrend. Die Bilder bestürmten Maier wie ein zu schnell ablaufender Film, so sehr er sie auch zu verscheuchen suchte. Immer weiter.

Er konnte es kaum fassen. Wollte es nicht fassen. Er wollte fluchen, um sich schlagen, sein Magazin leerballern, herausbrüllen: »Warum habt ihr nicht mich genommen? Mich, verdammt! Nicht Sven!« Doch er starrte nur geistesabwesend vor sich hin. Minutenlang.

Dann gelangten allmählich die Geräusche von der Straße wieder in sein Bewusstsein. Ein paar Jugendliche auf Fahrrädern radelten vorbei. Sie unterhielten sich mit lauten Stimmen, und ihre Räder rasselten und schepperten auf dem Klinkerpflaster.

Eine andere Welt.

Er musste hier weg, das wurde ihm allmählich klar. Ungesehen und ohne Spuren zu hinterlassen. Er war der Hauptverdächtige. Der Kangoo, der noch am Straßenrand stand, die Schlüssel im Zündschloss, war voll von Maiers DNA-Spuren. Kleine Härchen, Hautschuppen, Staub, Fingerabdrücke. Nicht mehr sauber zu kriegen. Noch die kleinste Faser war eine zu viel.

Es gab nur eine einzige Möglichkeit zu verhindern, dass wegen dieses Mords demnächst ein paar freundliche Beamte bei Susan vor der Tür stünden. Maier hatte es schon öfter getan. In einem anderen Leben, unter anderen Umständen.

Nun würde er es wieder tun.

Aber dafür musste es dunkel sein. Noch war es zu dämmrig, die schwarzen Rauchschwaden wären meilenweit zu sehen.

Das war nicht das Einzige.

Morgen früh oder heute Nacht schon würde Svens Leiche gefunden. Dann würden sie in der Nachbarschaft ihre Ermittlungen aufnehmen. Ein Kripo-Beamter würde ihm Routinefragen stellen.

Und er wusste zu viel.

Wenn er sich nicht schnell wieder in den Griff bekam, konnten sie das morgen an seinen Augen ablesen.

Der Kerl, den er gerade hatte wegrennen sehen, der Anblick der Leiche in dem Operationszimmer, Olivier, Alain und Thierry, St. Maure, Jacks Safe House: Er musste seine biologische Festplatte komplett neu formatieren und mit einer neuen Wahrheit überschreiben.

Mit einer Wahrheit, in der Sven nicht vorkam.

Er schaute in den Himmel, in dessen Dunkelblau-Schattierungen die untergehende Sonne bereits rote Streifen eingezogen hatte. In etwa einer halben Stunde wäre es dunkel. Dann konnte er mit dem Kangoo wegfahren, ohne erkannt zu werden.

Er ließ sich auf das harte Pflaster sinken und rührte sich nicht. Warten auf den Anbruch der Dunkelheit.

42

Wie ein Raubtier umkreiste Skipper eine Gruppe von Schafen, die ihn ängstlich im Auge behielten. Sie machten abrupte, ruckartige Bewegungen und stießen aneinander. Der Schäferhund hypnotisierte sie mit stechenden Blicken aus seinen gelben Augen.

»Come here«, rief Jeanny.

Skipper reagierte prompt. Flitzte auf Jeanny zu, strich mit gesenktem Kopf um ihre Beine und blickte scheu zu ihr auf, als wäre er es gewohnt, tagtäglich Prügel zu beziehen.

Durch das Tal zog sich ein kleiner Fluss, über den Susan mit einem Sprung hinwegsetzte. Die Wiese war schon ziemlich abgegrast und sah wie ein Teppich aus, die Oberfläche federte leicht unter den Schritten. Überall lagen hart gewordene Schafskötel. Es war windig, und Susan wünschte, sie hätte einen ordentlichen Mantel mitgenommen. Das restliche Europa mochte unter einer Hitzewelle leiden – hier in Südwales merkte man davon wenig.

»Du hast mir noch gar nicht erzählt, was dich eigentlich hierher verschlagen hat«, sagte sie, als Jeanny sich wieder an ihre Seite gesellt hatte.

Am Morgen hatten sie Kaffee getrunken, Brote gegessen und über alles Mögliche geredet, nur nicht über den unmittelbaren Grund dafür, dass Jeanny die Niederlande verlassen hatte.

»Schau dich doch um.« Mit weit ausholender Geste deutete Jeanny auf die Umgebung. »Ist es hier nicht wie im Paradies? Hügel, Weiden, kleine Baumgruppen, Hecken, schöne Höfe, freundliche Menschen und Tiere. Als wäre man in eine Ansichtskarte hineingeraten. Das hat mich hergezogen. Dieses Traumbild. Wenn man schon die eigene Identität aufgeben und seine Vergangenheit vergessen muss, dann doch möglichst in einem Land wie diesem. In einem Paradies.«

Eine Antwort auf ihre Frage war das nicht. Susan konnte schwer einschätzen, ob ihre Mutter nur eine Nebelbombe geworfen oder sie nicht verstanden hatte. Sie fragte aber nicht nach. Nachdem sie gut ausgeschlafen war, verspürte sie kein großes Bedürfnis mehr, die Sache zu forcieren.

»Mit diesem Traumbild vor Augen kam ich hierher«, sagte Jeanny. Sie steckte die Hände in die Taschen ihrer Wachsjacke. »Aber ich bin schnell dahintergekommen, dass es hier auch nicht anders ist als in den Niederlanden oder sonst wo. Nur die Aussicht ist anders. Aber eine schöne Umgebung kann die innere Leere nicht auffüllen, geschweige denn kompensieren. Man gewöhnt sich nach einer Weile daran und nimmt sie gar nicht mehr wahr.«

Skipper stürmte erneut davon, um ein paar Schafe zu terrorisieren, die ein Stück weiter oben auf dem Hügel standen. Jeanny bemerkte es nicht.

»Wenn ich in den letzten Jahren eines gelernt habe«, fuhr sie fort, »dann, dass man Dinge, die man nicht in den Griff bekommt, am besten von sich abgleiten lässt. Das geht nur, wenn man sich selbst als Zuschauer sieht. Nicht als Teilnehmenden. Man lässt Leute in die Vorhalle« – sie deutete auf ihren Kopf – »eintreten, aber nicht hier.« Jeanny legte sich die flache Hand auf die Brust. »Wenn man das einmal draufhat, dann erreicht einen nichts mehr. Dann wird alles ein bisschen einfacher.«

Susan musterte ihre Mutter schweigend. Jeannys Niederländisch hatte, anders als das von Sabine, unter der englischsprachigen Umgebung nicht besonders gelitten. Ihrer Mutter rutschte zwar manchmal das eine oder andere englische Wort in einen Satz hinein, aber ihre Aussprache war noch genau wie früher. Bis hin zu dem weichen g. Aber auch wenn sie sich noch genauso anhörte wie vor zwanzig Jahren, etwas Wesentliches hatte sich verändert. Ihr Vater war nach Jeannys Fortgehen zum Einsiedler geworden. Seine Frau hatte sich unabhängig von ihm für denselben Weg entschieden.

»Ich hatte keine Wahl«, fuhr sie fort. »Jeanny Staal ist tot. So fühlte es sich damals schon an, und daran hat sich nichts geändert. Hier heiße ich Jane Morris. Kinder, einen Mann und ein Leben in den Niederlanden habe ich nie gehabt. Wenn dir plötzlich bewusst wird, dass du das alles loslassen musst, dass du nie mehr zurückkannst, dann ist das wirklich wie sterben. Glaub mir, hier habe ich mit der Zeit begriffen, warum sich manche Menschen, wenn sie einen Fehltritt begangen haben, lieber stellen als fliehen.«

Susan hörte aufmerksam zu und ließ die Worte ihrer Mutter auf sich wirken. Auf ihre Frage hatte sie noch immer keine Antwort bekommen. »Aber warum musstest du fortgehen?«, hakte sie vorsichtig nach. »Wenn dieser … dieser Freund als Überläufer galt, hättest du doch leicht außen vor bleiben können, oder?«

Jeannys Gesicht verzog sich zu einem bitteren Grinsen. »Nachdem Roger und Geran Carl begraben hatten, konnte ich keine Nacht mehr durchschlafen. Ich ging auch nicht mehr in den Garten. Da lag eine Leiche – von der niemand wusste, außer deinem Vater, Walter, Roger und mir. Du hast manchmal sogar draußen gespielt, mit deiner Freundin … wie hieß die noch gleich?«

»Melanie.«

»Genau, Melanie. Ich weiß noch, wie ich einmal in der Küche stand und euch am Rand des Schwimmbads stehen sah. Ganz nah bei Carl. Ich musste mich extrem zusammenreißen, um nicht laut zu kreischen. Ich bin in den Flur gerannt und hab losgeheult.«

»Und Papa?«, fragte Susan. »Wie ist der denn damit umgegangen?«

»Er ließ keine Gelegenheit aus, mich daran zu erinnern, dass es alles meine Schuld sei. Ich hätte euch verraten, meinte er, aber in erster Linie ihn. Und ich wusste, dass sein Urteil nicht milder werden würde. Eher strenger.«

Susan konnte sich lebhaft vorstellen, was das für ein Gefühl gewesen sein musste. Ein Geheimnis mit sich herumzutragen, war immer eine Belastung. Das wusste sie selbst nur zu gut. Anders als sie hatte Jeanny aber niemanden gehabt, der ihr beigestanden hätte. Sie war nicht nur gezwungen gewesen, alleine damit fertig zu werden, sondern hatte sich auch noch zur Wehr setzen müssen. Bestimmt hätte ihr Vater den Druck auf seine untreue Frau mit der Zeit noch verstärkt, da war sie sicher. Wenn er recht behalten wollte, konnte er schrecklich sein. War das der Grund gewesen? Der Grund, warum sie gegangen war?

Nein. Es steckte noch mehr dahinter.

»Aber das war nicht der Grund«, sagte Susan laut.

Jeanny sah auf.

»Warum du gegangen bist«, fügte sie zur Verdeutlichung hinzu. »Denn drei bis vier Jahre später wäre ich ja auch ausgezogen. So lange hättest du auch noch warten können. Du hattest doch schon jahrelang gewartet.«

Jeanny wich ihrem forschenden Blick aus. »Du hast den gleichen analytischen Verstand wie dein Vater.«

Susan hielt die Luft an. Steckte die Hände in die Taschen und ballte sie zu Fäusten.

»Es war wegen Roger«, sagte Jeanny.

»Roger?«

Jeanny sah plötzlich angespannt aus. »Er war derjenige, der den Kontakt zur Stasi hielt. Roger füllte sich die Taschen damit, dass er Menschen hin und her schob. Das hatte ich damals noch nicht kapiert. Erst später bin ich dahintergekommen. Er hatte ihnen erzählt, Carl sei nicht alleine abgehauen, sondern hätte mich mitgenommen. Damit hatte er im Grunde mein Todesurteil gefällt.«

»Aber warum? War Roger nicht ein Freund von euch?«

Jeanny gab ein Schnauben von sich. »Ein Freund? Nein, ein Freund war er nie. Er spielte mit uns, Susan, er beobachtete uns wie ein Wissenschaftler seine Fruchtfliegen. Ich hatte fast zwanzig Jahre Zeit, über seine Beweggründe nachzudenken, aber ich bin nur auf eine einzige Erklärung gestoßen: Er tat es, weil es in seiner Macht stand.«

Der Hund gab ein kurzes Kläffen von sich. Mit aufgerichtetem Schwanz schaute er zu dem kleinen Gehöft hinüber. Das graue Steinhaus war aus dieser Höhe kaum mehr als ein vager Umriss in der Landschaft. Auch Jeanny schaute nun zu dem Haus, wobei sie mit der Hand die Augen abschirmte.

»Erwartest du jemanden?«

»Nein.«

Im nächsten Augenblick wandte der Hund seine Aufmerksamkeit wieder den Schafen zu. Schwanzwedelnd lief er ihnen hügelaufwärts nach.

»Wird wohl eine Katze gewesen sein. Oder der Postbote.« Jeanny trat den Rückweg nach unten an.

Susan folgte ihr, wobei sie gut aufpasste, dass sie auf den zwischen Grasbüscheln verborgenen glatten Felsblöcken nicht ausrutschte. »Aber Roger muss doch gewusst haben, wie schwer es für dich werden würde. Und für uns.«

Jeanny sah ihr direkt ins Gesicht. »Roger war in mich verliebt. Oder so etwas Ähnliches, was ihm wie Liebe vorkam. Vom ersten Tag an, als Geran ihn mit nach Hause brachte, machte er mir Avancen. Auf den ersten Blick war er ein gut aussehender Mann: sonnengebräunt, gepflegte Erscheinung. Aber mir graute vor ihm. Roger war eine richtige Schlange. Man wusste nie, was in ihm vorging. Ich hielt ihn auf Abstand, und genau das wurmte ihn. Je mehr ich mich fernzuhalten versuchte, desto fanatischer wurde er. Allmählich fand ich es richtig bedrohlich. Zurückgewiesen zu werden, das konnte Roger einfach nicht akzeptieren. Ich habe das damals gleich gespürt. Aber ich habe es immer wieder verdrängt.«

»Warum hat denn Papa nichts unternommen?«

»Wenn der es gewusst hätte, hätte er Roger wahrscheinlich erschlagen.«

»Du hättest es ihm sagen müssen.«

Ohne darauf zu reagieren, begann Jeanny weiterzugehen. »An dem Abend, als die Sache mit Carl so aus dem Ruder gelaufen war, verhielt Roger sich auffällig still. Im Nachhinein denke ich, dass da wahrscheinlich irgendeine Sicherung bei ihm durchgebrannt ist. Ich glaube, er kam nicht darüber hinweg, dass er mehr oder weniger verloren, versagt hatte. So sah Roger die Dinge. So sah er Menschen. Roger betrachtete alles als Spiel und Menschen als Schachfiguren. Die man hin und her schieben konnte, um sein Ziel zu erreichen. Ich glaube, er war an jenem Abend als Einziger in der Lage, klar zu denken. Also konnte er dem Ganzen die Richtung geben, die ihm am besten passte. Indem er uns überredete, Carl im Garten zu begraben, obwohl tausend andere Orte sich viel besser dafür geeignet hätten, führte er schon einen Teil seines Plans aus. Die Beziehung zwischen deinem Vater und mir wurde dadurch auf eine enorme Zerreißprobe gestellt. Das muss er gewusst haben. Und er hat Walter mit in die Sache hineingezogen. Walter war jemand, der sich von unserem Lebensstil angezogen fühlte, von den Ideen deines Vaters und auch von Rogers Charisma. Aber im Grunde war er ein sehr unsicherer Mensch. An Roger und deinem Vater konnte er sich ein wenig aufrichten. Indem Roger ihn zum Mitwisser machte, bürdete er ihm einen Teil der Schuld auf und machte ihn damit mundtot. Aber das war mir damals nicht bewusst. Und den anderen wohl auch nicht. Wie Roger es darstellte, klang es alles ganz logisch. Und als ich dahinterkam, dass er die Sache ganz in seinem Sinne arrangiert hatte, war es zu spät. Da kam ich aus dem Ganzen schon nicht mehr raus.«

»Dann hat er aber mit hohem Einsatz gespielt«, sagte Susan. »Schließlich hättest du dir auch überlegen können, ihn anzuzeigen. An deiner Stelle hätte ich das wahrscheinlich getan. Ich glaube, ich wäre lieber ins Gefängnis gegangen, als mich so manipulieren zu lassen.«

Jeanny sah ihre Tochter ungerührt an. »Klar. Du hast keine Kinder. Aber was hätte aus dir werden sollen, wenn dein Vater und ich im Gefängnis gelandet wären? Du warst minderjährig, du wärest in ein Heim gekommen. Mit dem Risiko, dass die Stasi eines Tages an dir ein Exempel statuieren würde. Inzwischen ist die Mauer gefallen, und die Stasi ist eine Fußnote in den Schulbüchern. Es ist Geschichte. Aber das wussten wir damals noch nicht. Konnten wir auch nicht wissen. Wir steckten mittendrin. Die Bedrohung war ganz real. Roger wusste, dass ich das Risiko nicht eingehen würde. Nicht eingehen konnte. Er wusste genau, dass ich ihn niemals anzeigen würde, weil ich damit meine eigene Familie kaputtgemacht hätte.«

»Du bist um meinetwillen gegangen«, sagte Susan leise.

Jeanny drehte sich zu ihr um. »Es wäre nie so weit gekommen, wenn ich diesen Fehltritt nicht begangen hätte. Wäre ich an jenem Abend nicht ins Atelier gegangen, wäre das alles nicht passiert. Das muss ich seither oft denken.«

Susan hatte Roger nur undeutlich in Erinnerung. »So wie du Roger beschreibst, wäre es eines Tages sowieso schiefgegangen.«

»Wer weiß.«

»Ich kann kaum glauben, dass Papa das alles zugelassen hat. Er muss doch außer sich gewesen sein vor Wut.«

Jeanny grinste freudlos. »Die Stasi war nicht blöd. Aber ziemlich paranoid. Wenn plötzlich auch noch Roger verschwunden wäre, so kurz nach Carl, hätten sie ein paar Leute bei uns vorbeigeschickt. Dein Vater war cholerisch, aber er war kein Idiot.«

Susan wich dem plötzlich tieftraurigen Blick ihrer Mutter aus. »Es war also pure Rachsucht«, sagte sie leise.

»Roger war gekränkt. Es war reines Machtgehabe.«

»Wie ist es weitergegangen?«

»Nachdem er mich mehr oder weniger für vogelfrei erklärt hatte, drückte er mir einen britischen Pass in die Hand. Ich schlug ihn auf und stieß auf mein eigenes Passbild. Er hatte alles schon geplant, alles. An der Fähre in Vlissingen setzte er mich ab. Bei der Ankunft in England wurde ich gleich von einem Kerl abgeholt, der Roger als Freund betrachtete. Fast drei Jahre lang habe ich bei ihm gewohnt, bis ich endlich eine Gelegenheit fand zu entwischen. Roger hat mich bis heute nicht gefunden.« Sie lächelte bitter. »Das ist mein kleiner Sieg.«

»Warum bist du denn nicht wieder nach Hause gekommen?«

»Ich hab mich nicht getraut. Ich hatte immer noch Angst, meine Rückkehr könnte böse Folgen haben.«

»Aber '89 ist doch die Mauer gefallen. Danach konnte Roger dir doch nichts mehr anhaben.«

Jeanny starrte auf die Spitzen ihrer Stiefel und verlangsamte ihre Schritte. »Ich saß vor dem Fernseher damals, und ich weiß noch, dass ich kurz davor war, meine Sachen zu packen und mit dem erstbesten Schiff in die Niederlande zurückzufahren. Aber ich … traute mich nicht mehr. Ich meine, nach all den Jahren, was hätte ich tun sollen? Bei euch an der Tür klingeln und sagen: ›Hallo, Mädels, da bin ich wieder!‹?« Jeanny schüttelte den Kopf. »Das ging doch nicht, Susan. Ihr hättet doch wissen wollen, was los gewesen war. Und ich hätte euch erzählen müssen, dass ich euren Vater verraten hatte. Denn nichts anderes war es: ein Verrat. An ihm und an euch. Ich hätte euch erzählen müssen, dass in unserem Garten eine Leiche liegt. Stell dir das mal vor, wie hätte ich euch das erklären sollen? Dass eure Mutter nicht nur eine Ehebrecherin war, sondern auch eine Mörderin?«

»Das ist doch Unsinn. Du hast Papa beschützt, damit er nicht erschossen wurde. Carl zu ermorden, hattest du doch gar nicht vor.«

»Macht das einen Unterschied?«

Susan schwieg.

»Ich hätte euch nie erzählen können, was damals wirklich geschehen ist. Um meinet- und euretwillen nicht, aber auch aus Rücksicht auf deinen Vater und Walter, der da mit hineingerutscht war. Um mich, euch und andere in Schutz zu nehmen, hätte ich lügen müssen.« Jeanny blieb stehen und sah Susan ins Gesicht. »Ich wollte nicht meine eigenen Kinder belügen. Da blieb ich lieber hier.«

»Aber jetzt hast du es erzählt.«

Jeanny sah sie unsicher an.

»Ich glaube, es war richtig so«, fügte Susan hinzu. »Wenn du mir das erzählt hättest, als ich neunzehn oder zwanzig war, hätte ich wahrscheinlich nicht damit umzugehen gewusst.«

»Und jetzt schon?«

Susan zuckte die Achseln. »Die Dinge laufen nun mal, wie sie laufen. Du bist wieder da, Mama. Darauf kommt es jetzt an. Der Rest ist unwichtig.«

Jeanny blieb stehen. »Ich habe heute Nacht wach gelegen und nachgedacht. Ich ... möchte in die Niederlande zurück. Dich besser kennenlernen. Ich will alles wissen. Was du erlebt hast, wer dein Freund ist, deine Bekannten und Freunde kennenlernen, dein Zuhause sehen. Und ich will in die Staaten, zu Sabine. Um ihr die Dinge zu erklären.«

Susan schwieg, was Jeanny offenbar als Zurückweisung auffasste. »Mir ist klar, dass du dir inzwischen ein eigenes Leben aufgebaut hast. Dass es seine Zeit braucht. Du brauchst nicht zu befürchten, dass ich dir die Tür einrennen werde.«

Susan musterte ihre Mutter von der Seite. »Mama, du kannst gern erst mal bei uns wohnen, wenn du willst. Aber wie willst du denn deine Rückkehr erklären? Du bist doch in den Niederlanden als vermisst gemeldet.«

»Ich habe einen britischen Pass. Und an den Namen Jane Morris habe ich mich mittlerweile hervorragend gewöhnt. Außer dir und Sabine braucht niemand zu erfahren, dass ich zurück bin.«

»Aber die Leute werden dich wiedererkennen.«

»Das sind doch Details.«

»Und Roger? Ist der auch ein Detail?«

»Über Roger habe ich nachgedacht. Roger hat mir zwanzig Jahre meines Lebens genommen. Ich habe meine Zeit abgesessen. Ich werde ihn aufsuchen und ihm klarmachen, dass er mich in Ruhe lassen muss. Außerdem werde ich meine Schulden begleichen. Ihn entschädigen.«

»Entschädigen?«

Jeanny lächelte. »Roger hatte mich in Manchester bei einem gewissen Henry untergebracht. Ein komischer Kauz, schon etwas älter, der alles Mögliche für ihn organisierte. Zum Beispiel die falschen Pässe, die er seinerseits von einem in London ansässigen Inder bekam. Das wusste ich, weil es sich direkt vor meiner Nase abspielte.«

Susan sah Jeanny verständnislos an.

»Diesem Typen habe ich hinter Henrys Rücken einen neuen Pass abgekauft. Von dem Geld, das Roger dort hinterlegt hatte.«

»Was kostet denn so ein falscher Pass?«

»Zweihundertfünfzig englische Pfund habe ich damals bezahlt.«

»Und die willst du ihm zurückgeben?«

»Nein, ich will ihm fünfzigtausend Pfund zurückgeben. Mit Zinsen.«

Susan blieb stehen.

»Henry hat eine Menge Geld für Roger verwaltet, aber er war ziemlich nachlässig. Davon habe ich das Haus hier gekauft. Und das B&B sichert mir ein bescheidenes Einkommen.«

Susan stand immer noch wie angewurzelt da. Roger schien ihr jemand zu sein, den man besser nicht unterschätzte. Dass Jeanny es geschafft hatte, ihn zu überlisten, stieß ihm wahrscheinlich ziemlich sauer auf. Hinzu kam, dass sie ihm einen ordentlichen Batzen Geld gestohlen hatte. Je länger Susan darüber nachdachte, desto weniger konnte sie sich mit der Vorstellung anfreunden, dass Jeanny diesen Roger auf eigene Faust aufsuchen wollte.

»Du kennst ihn ja wohl besser«, sagte sie. »Aber nach allem, was er dir und uns angetan hat, erscheint er mir ziemlich gefährlich.«

»Auch er ist älter geworden. Menschen verändern sich, und mit dem Alter kommt die Milde.«

»Auch bei jemandem wie Roger?«

Jeanny zuckte mit den Schultern. »Mord ist in den Niederlanden nach einer gewissen Zeit verjährt. Unter Druck setzen kann er mich damit nicht mehr. Die Stasi ist Geschichte, die Mauer gibt es nicht mehr, der Kalte Krieg ist vorbei. Alles ist vorbei. Vergangenheit. Er bekommt seine fünfzigtausend Pfund inklusive Zinsen von mir zurück, und im Gegenzug soll er mich in Ruhe lassen. Roger hat Spaß daran, andere vor seinen Karren zu spannen und zu manipulieren. Aber noch viel wilder ist er auf Geld. Das habe ich damals, als ich noch bei Henry wohnte, sehr wohl begriffen, und ich glaube nicht, dass er sich in der Zwischenzeit geändert hat. Roger ist ein Mistkerl, aber dumm ist er nicht. Wenn er die Wahl hat, wird er sich für das Geld entscheiden.«

Susan sagte nichts. Es schien ihr nicht der richtige Weg. Aber sie konnten sich später immer noch einen anderen überlegen, der weniger auf Konfrontation hinauslief. Weniger riskant wäre.

Mittlerweile hatten sie das kleine Anwesen erreicht. Vor der Scheune stand ein ziemlich neuer Opel Corsa. Es saß niemand am Steuer. Plötzlich flitzte Skip in Richtung der Gästezimmer davon und war im nächsten Augenblick verschwunden. Sie hörten ihn laut bellen.

»Skip, here!«

Schuldbewusst kehrte der schwarz-weiße Border Collie zurück und strich den beiden Frauen um die Beine.

Hinter dem Bed & Breakfast kam ein Mann zum Vorschein. Er trug eine schwarze Jeans und ein eng anliegendes schwarzes T-Shirt. Abgesehen von den angegrauten Schläfen war auch sein halblanges, lockiges Haar tiefschwarz.

Skip knurrte.

Als der Mann näher kam, erschrak Susan: Sein Gesicht war entstellt. Dicke Narben mit kleinen Knoten liefen von den Mundwinkeln aus in unregelmäßigen Zickzacklinien über seine Wangen. Der eine Mundwinkel war leicht nach oben verzogen.

Unwillkürlich musste Susan daran denken, wie sie in Mexiko an der Küste vor Playa del Carmen geschnorchelt hatte. Sie war im Anblick der Korallen und im Gefühl von Schwerelosigkeit derart aufgegangen, dass sie das Verschwinden der vielen Fische, von denen sie gerade noch umgeben gewesen war, gar nicht bemerkt hatte. Wie aus dem Nichts tauchte plötzlich der Barrakuda auf. Silbern glänzend im gefilterten Sonnenlicht, mindestens einen Meter zwanzig lang. Stromlinienförmig und hart wie ein Torpedo. Er lag totenstill im Wasser, als gäbe es überhaupt keine Strömung. Schaute sie mit einem einzigen kalten, ausdruckslosen Auge an. Dass Pfeilhechte Menschen angriffen, kam selten vor. Trotzdem reichte der bloße Anblick des Raubfisches aus, um sie in Panik zu versetzen. Strampelnd und prustend war sie aufgetaucht und hatte das Meer während ihres restlichen Aufenthalts gemieden.

Dieser Mann weckte dasselbe Gefühl in ihr. Die gleiche düstere Bedrohlichkeit ging von ihm aus.

Drei Meter vor ihnen blieb er stehen und sah Jeanny und Susan an. Obwohl er nicht wirklich lächelte, sorgten die Narben dafür, dass ihm ein permanentes sardonisches Grinsen ins Gesicht geschrieben stand. »Wie ich sehe, gibt es hier ein Bed & Breakfast«, sagte er in gebrochenem Englisch. Eine sonore, dunkle Stimme.

»We're fully booked. Alles ausgebucht. Sorry«, sagte Jeanny rasch.

Der Mann lächelte nun doch oder unternahm zumindest einen entsprechenden Versuch, wobei er seine obere Zahnreihe entblößte, in der mehrere Löcher klafften. »Sind Sie da sicher?« Er trat einen Schritt auf sie zu.

Automatisch wich Susan zurück, versuchte instinktiv, Abstand zu wahren. Im selben Augenblick drang von der Straße ein Geknatter an ihr Ohr, und aus dem Augenwinkel sah sie einen grünen Traktor, der sich an den alten Bäumen und der grauen Steinmauer entlang mit lautem Getucker die holprige Zufahrt hinaufschleppte.

Der Mann sah sich um. Schaute wieder Jeanny und Susan an. »Dann entschuldigen Sie die Störung«, sagte er. Er ging zu seinem Corsa, stieg ein, ließ den Motor an und wendete. Kaum hatte der Traktor das Gelände erreicht und die Zufahrt freigegeben, gab er Gas und war verschwunden.

»Hast du das gesehen?«, fragte Jeanny. Ihre Stimme zitterte. »Er hatte Handschuhe an.«

Susan schüttelte den Kopf. »Nein, ist mir nicht aufgefallen. Aber was für ein …«

»Zombie.«

Der Traktor hatte angehalten. Ein älterer Mann in olivgrünem Overall sprang vom Fahrersitz herunter. Seine schmutzige Mütze hatte dieselbe graue Farbe wie seine schalkhaften Augen.

Jeanny lief auf den Mann zu und umarmte ihn. »Du kommst wie gerufen, Howard.«

Er klopfte Jeanny auf den Rücken. »Du weißt doch, Beauty, du brauchst nur anzurufen.«

Jeannys Lächeln wurde breiter. »Das wird dich noch das Leben kosten.«

»Versuch lieber nicht, mich herauszufordern, meine Dame.«

Skip schwänzelte um den Mann herum und leckte ihm untertänig die Hand. »Howard ist sein Züchter«, erklärte Jeanny.

Susan hörte es nicht. Sie blickte dem Corsa nach, der gerade auf die Straße abbog und im nächsten Augenblick aus ihrem Blickfeld verschwunden war.

43

»Dürften wir Ihnen ein paar Fragen stellen?«

Das Licht war so grell, dass Maier die Augen zusammenkniff. Umrisshaft erkannte er vor seiner Tür zwei Gestalten. Die eine hielt ihm einen Ausweis hin.

Kripo.

Es war noch nicht mal zehn Uhr morgens. Die ließen kein Gras darüber wachsen. »Worum geht es denn?«

»Ihr Nachbar, Sven Nielsen, ist heute Nacht tot aufgefunden worden. Wir haben Hinweise darauf, dass er keines natürlichen Todes gestorben ist.«

Heute Nacht schon.

Natürlich: Valerie und Walter, der Richter. Sie hatten noch am selben Abend alle Hebel in Bewegung gesetzt. Nachdem sie Sven zu Hause nicht angetroffen hatten, waren sie in die Praxis gefahren.

Er konnte froh sein, dass er früh genug weg gewesen war.

Maier versuchte, schockiert auszusehen. »Sven?«

»Dürfen wir hereinkommen?«

»Äh … ja, natürlich.«

Maier machte die Tür ein Stück weiter auf und ging vor den beiden her ins Wohnzimmer. Der Flur stand voll mit schwarzen YAMAHA-Geräten, mit Verstärkern, Kabelrollen, Stromkabeln und hölzernen CD-Kisten. Reno hatte sein gesamtes Hab und Gut bei Susan abgestellt. Als Maier gestern Abend nach Hause gekommen war, hatte er sich fast das Genick gebrochen. Die Ermittler drängten sich seitwärts daran vorbei.

Dass sie erst jetzt kamen und nicht schon in der Nacht aufgetaucht waren, war wohl ein gutes Zeichen. Es deutete auf Nachbarschaftsermittlungen hin. Nicht auf ein Verhör.

Sven hatte Wort gehalten.

Beim Gedanken an Sven wurde ihm flau im Magen. Resolut wehrte er das Gefühl ab.

Die neue Wahrheit, Maier.

Im Wohnzimmer bat er die beiden Ermittler an den Esstisch. Er versuchte, so interessiert und schockiert wie möglich zu wirken. »Was ist mit Sven passiert?«

»Darüber dürfen wir leider keine Mitteilungen machen, solange die Ermittlungen noch nicht abgeschlossen sind. Würden Sie uns dennoch ein paar Fragen beantworten?«

Maier nickte.

»Wie heißen Sie?«

»Silvester Maier.«

»Ist das Ihr vollständiger Name?«

»Ja.«

»Geboren in ...?«

»München, Deutschland.«

Der Fragensteller sah kurz auf. Ein älterer Mann Anfang sechzig. Dickes graues Haar, Brille mit schwarzer Fassung. »Haben Sie die niederländische Staatsangehörigkeit?«

»Ja. Ich bin mit acht Jahren in die Niederlande gekommen.«

»Ihr Geburtsdatum?«

»8. Dezember 1968.«

»Ist dies Ihre Wohnung?«

Das wissen Sie doch längst.

»Nein. Sie gehört meiner Freundin, Susan Staal.«

Ihm fiel auf, dass immer derselbe die Fragen stellte. Der andere behielt ihn aus einer gewissen Distanz heraus im Blick.

Der Fragensteller und der Beobachter.

»Ist sie zu Hause?«

»Nein.«

»Kommt sie später noch?«

»Nein. Sie ist zurzeit in Wales.«

»Warum?«

Familienbesuch? Das prüften sie nach. Susans Mutter war als vermisst gemeldet. Er brauchte es auch nicht unnötig zu verkomplizieren.

»Um Fotos zu machen.«

Der Fragensteller hob erneut den Blick, mit lehrerhaft gerunzelter Stirn und müden, unter buschigen Brauen tief in ihren Höhlen sitzenden Augen.

»Das ist ihr Job«, antwortete Maier auf die unausgesprochene Frage. »Sie ist Fotografin.«

»Wie lange ist sie schon dort?«

Schon seit hundert oder zweihundert Jahren.

»Etwa seit drei Tagen.«

Der Fragensteller machte sich auf seinem Block eine Notiz. »Wie ist sie nach Wales gereist?«

»Mit dem Auto.«

»Hat sie die Fähre genommen oder den Tunnel?«

Verdammt.

»Keine Ahnung.«

»Das hat sie Ihnen nicht erzählt?«

»Nein.«

»Wann kommt sie zurück?«

»Das weiß ich nicht. Sie wollte mich anrufen. Wahrscheinlich gegen Ende der Woche.«

Die beiden Ermittler wechselten einen Blick. Er entging Maier nicht. »Haben Sie die Anschrift ihres Aufenthaltsorts?«

Ich hätte sie anrufen müssen.

»Nein, leider nicht.«

»Können Sie uns Geburtsdatum und Geburtsort Ihrer Freundin nennen?«

»3. Februar 1969, hier in Den Bosch.«

»Seit wann wohnen Sie hier, Herr Maier?«

»Seit November letzten Jahres.«

»Sie sind hier aber nicht gemeldet.«

»Stimmt, das muss ich noch erledigen.«

»Ihre vorige Anschrift?«

Maier nannte ihnen seine alte Adresse aus Zeist.

»Wie lange wohnt Ihre Freundin schon hier?«

»Etwa sechs Jahre, glaube ich.«

Der Fragensteller nickte und kritzelte wieder etwas auf sein liniertes Blatt. Der andere, ungefähr im selben Alter, saß mit verschränkten Armen da. Beobachtete ihn.

Sie waren perfekt aufeinander eingespielt. Echte Schwergewichtler.

»Wohnen hier sonst noch Leute, die nicht gemeldet sind?«

»Nein.«

Maier konnte nur hoffen, dass Reno im Bett blieb, wo er ihn heute Nacht laut schnarchend angetroffen hatte. Wenn sie anfingen, Reno zu vernehmen, war das Ergebnis schwer vorauszusagen. Reno war manchmal ziemlich bedöst.

»Was machen Sie beruflich?«

»Zurzeit nichts.«

Wieder der Lehrerblick. »Arbeitslos?«

»Nein, ich hatte eine Softwarefirma, die ich verkauft habe.«

»Sie brauchen nicht mehr zu arbeiten?«

»Ja, genau.«

Der Beobachter gab daraufhin zum ersten Mal einen Laut von sich, nämlich eine Art Schnauben. Die beiden Männer schauten sich gegenseitig an, als wollten sie sagen: Was machen wir bloß falsch?

»Wo waren Sie gestern Abend gegen halb zehn?«

Meine Güte, diese Pathologen waren richtig gut.

»Ist es um die Zeit passiert?«

»Dazu dürfen wir keine Aussage machen. Es ist für uns aber wichtig zu wissen, womit Sie zu diesem Zeitpunkt beschäftigt waren.«

»Ich war entweder joggen oder gerade wieder zurück. Schwer zu sagen.«

»Alleine?«

»Ja.«

»Und wo?«

Sie können nicht in deinen Kopf hineinschauen, wenn du ihnen keinen Zugang bietest.

Maier deutete vage Richtung Westen. »Hinter dem Wall, auf dem Polder.«

»Wie lange waren Sie unterwegs?«

»Meistens laufe ich anderthalb Stunden. Gegen acht oder halb neun bin ich aus dem Haus, also werde ich so zwischen halb zehn und zehn wiedergekommen sein.«

»Sind Sie unterwegs irgendjemandem begegnet, der das bestätigen könnte?«

Das lief allmählich auf ein Verhör hinaus. Sie wollten wissen, ob er ein Alibi hatte. »Nein. Ein paar andere Jogger habe ich gesehen, aber gesprochen habe ich mit niemandem.«

»Sind Sie mit Ihrem Nachbarn gut ausgekommen?«

Maier zuckte mit den Schultern. »Normal.«

»Was heißt für Sie normal, erzählen Sie doch ein bisschen.«

»Er kam ab und zu auf eine Tasse Kaffee rüber. War ein netter Kerl. Wir hatten ganz normalen nachbarschaftlichen Kontakt.«

Zu glatt!

Er fügte hinzu: »Ich kann gar nicht glauben, dass er jetzt tot ist …«

»War Herr Nielsen oft hier bei Ihnen?«

Tricky. Eigentlich dauernd. Das wussten womöglich noch andere Leute.

»Ziemlich regelmäßig.«

»Was verstehen Sie darunter?«

Maier hob die Hände. »So ein-, zweimal die Woche. Immer kurz mal zwischendurch.«

»Haben Sie Ihren Nachbarn als Freund betrachtet?«

Ja, komischerweise schon. Sven war ein Freund.

Maier schüttelte den Kopf. »Nein. Eher als Bekannten.«

»Ist Ihnen in den letzten Wochen irgendetwas Außergewöhnliches aufgefallen? Zum Beispiel Leute, die bei ihm zu Besuch waren?«

»Nein.«

»Benahm er sich irgendwie anders als sonst?«

»Ist mir nicht aufgefallen.«

»Irgendwelche Autos vor der Tür, die da sonst nicht stehen?«

»Nein, hier darf man sowieso nur mit Parkausweis stehen.«

»Stand das Auto Ihres Nachbarn gestern hier vor der Tür?«

»Nicht, als ich aus dem Haus gegangen bin. Und wohl auch nicht, als ich zurückkam.«

»Haben Sie vor dem Haus irgendjemand Fremden gesehen? Leute, die nicht hier wohnen?«

»Nein, niemand.«

»Haben Sie gestern Abend bei Ihrem Nachbarn noch Licht brennen sehen?«

»Als ich vom Joggen wiederkam, war es noch hell. Danach bin ich nicht mehr draußen gewesen.«

»Wie haben Sie Ihren Nachbarn kennengelernt?«

»Er wohnt nebenan. Da lernt man sich von selbst irgendwann kennen.«

»Sie haben ihn also …«, der Fragensteller blätterte in seinem Notizblock zurück, »im November letzten Jahres kennengelernt?«

»Ja, genau.«

»Hatten Sie gemeinsame Interessen? Waren Sie mal zusammen im Urlaub, hatten Sie ein gemeinsames Hobby?«

»Nein.«

»Haben Sie Ihrem Nachbarn mal bei irgendetwas geholfen?«

Und ob.

»Wie meinen Sie das?«, fragte Maier. Mit einer Gegenfrage ließ sich am leichtesten Zeit gewinnen, in der man über die eigene Antwort nachdenken konnte.

»Zum Beispiel beim Streichen der Wohnung«, antwortete der Fragensteller, »oder irgendwelchen handwerklichen Geschichten im Haushalt.«

»Nein.« *Bei so was nicht.*

»Wann haben Sie ihn zum letzten Mal gesehen?«

Maier holte tief Luft und verdrehte die Augen nach rechts oben. Über Körpersprache hatte er einige Bücher gelesen. Und setzte das Gelernte praktisch um. Dieser Stand der Augen signalisierte Nachdenken.

»Ich glaube, letzte Woche oder so.«

»Geht es ein wenig genauer?«

Maier gab sich alle Mühe, aufrichtig zu wirken, strich sich mit der Hand über den Mund, hob die Arme. »Puh. Keine Ahnung. Letzte Woche Montag? Oder Dienstag? So was in dem Dreh. Warten Sie … Samstag. Wahrscheinlich Samstagvormittag.«

Der Fragensteller machte sich eifrig Notizen.

»Versuchen Sie bitte, sich noch einmal Ihr letztes Gespräch mit Ihrem Nachbarn in Erinnerung zu rufen. Wissen Sie noch, was er zu Ihnen gesagt hat?«

Maier sah den Mann erstaunt an und kratzte sich an der Schläfe. »Er war mit seinem kleinen Sohn hier. Er lebt in Scheidung … ich meine: lebte in Scheidung. Ich weiß noch, dass er mit dem Kleinen in den Efteling-Märchenpark fahren wollte. Und dass er froh war, jedes zweite Wochenende mit dem Knirps verbringen zu können.«

»Das war alles?«

»Mehr oder weniger schon.«

»Ist Ihnen weiter nichts Besonderes aufgefallen? War Ihr Nachbar beispielsweise irgendwie nervös?«

Resolut schüttelte Maier den Kopf. »Nein, absolut nicht. Das hätte ich gesehen. Im Gegenteil, er war ziemlich ausgelassen.«

»Wissen Sie noch, wie er am Samstag gekleidet war?«

Maier brachte die Augen wieder in Nachdenk-Stellung. »Ich habe wirklich keine Ahnung. Normal, Freizeitkleidung, glaube ich.«

»Hatte er eine Freundin?«

»Nicht dass ich wüsste.«

Sie verstanden ihr Fach. Aber sie hatten anscheinend keinen Anhaltspunkt. Vielleicht hatte Sven seiner neuen Wahrheit noch irgendeinen besonderen Dreh gegeben, der es Valerie erschwert hatte, sich einen Reim darauf zu machen.

Er musste ihnen allmählich irgendetwas vor die Füße werfen, sie auf die richtige Spur bringen.

»Wenn Ihr Nachbar so oft hier war, müssten Sie das doch von ihm wissen.«

»Er hat nie was dazu gesagt. Über so was haben wir nicht gesprochen.«

»Sondern worüber?«

»Alltagskram. Wir standen uns nicht besonders nahe. Manchmal hat er von seiner Arbeit erzählt, von irgendwelchen schwierigen Operationen. Dass er darüber nachdachte, seine Wohnung zu kaufen. Oder wir redeten über witzige Fernsehwerbung und so was.«

»Was wissen Sie über die Tierarztpraxis Ihres Nachbarn?«

»Wenig. Manchmal ist er plötzlich wegen irgendwelcher Notfälle auf dem Handy angerufen worden, wenn wir gerade zusammensaßen.«

»Kam das oft vor?«

»Wie meinen Sie?«

»Dass er plötzlich telefonisch weggerufen wurde?«

Die Frage ließ Maier aufhorchen. Er bemühte sich jedoch, sich nichts anmerken zu lassen.

»Mir fällt da plötzlich was ein«, sagte er nachdenklich. Ließ absichtlich eine kurze Pause entstehen.

Die Männer beugten sich ein Stück nach vorne.

»Einmal hat er, als er gerade hier war, einen Anruf bekommen, der ihn ziemlich aus der Fassung brachte. Es war nur ein kurzes Gespräch, aber das Komische war, dass er plötzlich französisch redete. Es hatte irgendwas mit Pferden zu tun.«

Der Hinweis verfehlte seine Wirkung nicht. Wie Enterhaken schlugen sich die Blicke in ihn und versuchten, sein Inneres nach außen zu kehren. Jetzt kam es nur noch darauf an, Zurückhaltung zu üben, vage zu bleiben. Sonst ließen sie ihn vom heutigen Tage an keine Sekunde mehr in Ruhe.

»Könnten Sie das etwas genauer erläutern?«

Maier hob erneut die Hände. »Ich kann mich nicht genau dran erinnern, mein Französisch ist nicht besonders gut. Ich weiß auch nicht, ob es was damit zu tun hat, aber … ich fragte mich halt, warum er Französisch sprach. Soweit ich weiß, hatte er keine Verwandten oder Freunde in Frankreich. Also hab ich gefragt, worum es ging, nur so aus Interesse. Er sagte irgendwas von wegen, sie könnten ihm gestohlen bleiben, und als ich nachfragte, wollte er nicht weiter darauf eingehen.«

»Und es hatte etwas mit Pferden zu tun, sagten Sie?«

»Ja. Wie gesagt, mein Französisch ist nicht besonders gut, aber ich kenne das Wort *cheval*, und das kam in dem Gespräch öfters vor, das weiß ich noch. Ich hab dann aber nicht nachgefragt.«

»Wann war das?«, fragte der Ermittler rasch.

»Ich glaube … vor etwa zwei Wochen. Aber nageln Sie mich nicht drauf fest.«

»Abends, mittags?«

»Abends. Ziemlich spät. Gegen elf oder so.«

»Und was hat Ihr Nachbar im Anschluss an dieses Telefonat gemacht?«

»Nichts, er ist gleich gegangen.«

Für den Bruchteil einer Sekunde sahen die beiden Ermittler einander an. Dann wandte der Fragensteller sich wieder an Maier. »Sprach er gelegentlich über seine Kunden? Über unzufriedene Kunden?«

»Er hat zwar manchmal ein bisschen was erzählt, aber mir schien da alles in Ordnung zu sein. Zumindest war nie die Rede davon, dass irgendwelche Kunden wütend auf ihn gewesen wären.« Maiers Blick wanderte von einem zum anderen. »Ist das Ihre Vermutung? Dass er von einem seiner Kunden ermordet wurde?«

Die Ermittler gingen darüber hinweg. »Wissen Sie, ob Ihr Nachbar sonst noch irgendwas mit Frankreich zu tun hatte? Hat er dort Urlaub gemacht? Hatte er vielleicht ein Haus dort?«

»Nicht dass ich wüsste.«

Das reichte. Sven hatte jahrelang in Frankreich gearbeitet. Das konnte auch Valerie ihnen erzählen. Wenn sie erst mal heraushatten, wo er gewohnt und gearbeitet hatte, dann mussten sie praktisch drauf stoßen. Alain Lardin war inzwischen sicher auch als vermisst gemeldet.

Die Schlussfolgerungen würden sie dann schon selbst ziehen.

»Waren Sie mal in seiner Tierarzt-Praxis?«, fuhr der Fragensteller fort.

Allerdings, erst gestern Abend noch. Gegen halb zehn.

»Ja, ich bin neulich mit ihm zusammen hingefahren.« Das musste genügen, um DNA-Spuren oder Fingerabdrücke in Svens Praxis zu erklären.

»Hatte das einen besonderen Anlass?«

»Sein Auto hatte eine Panne gehabt, da hab ich ihn hingebracht und abends wieder abgeholt.«

»Wann war das?«

»Vor zwei oder drei Wochen.«

»Wann haben Sie seinen Wagen zum letzten Mal gesehen?«

Gestern Abend um elf auf der Mülldeponie, als gerade Flammen aus den Fenstern schlugen. Eure Leute sind wahrscheinlich gerade vor Ort und fischen Svens Beretta aus dem verkohlten Blechhaufen heraus.

»Keine Ahnung. Ich glaube … vorgestern oder so? Gestern jedenfalls nicht.«

»Denken Sie bitte noch einmal gut nach. Es ist wichtig.«

»Ich würde Ihnen gern helfen, aber ich weiß es wirklich nicht.«

Der stille Beobachter nickte dem Fragensteller zu und machte Anstalten zu gehen.

»Wir wären mit unseren Fragen durch, Herr Maier. Vielen Dank für Ihre Mitarbeit. Würden Sie uns Bescheid geben, wenn Ihre Freundin wieder zurück ist? Wir möchten ihr auch gern ein paar Fragen stellen.«

»Natürlich, kein Thema.«

Die beiden gingen in Richtung Flur. Maier eilte voraus, um die Tür aufzuhalten.

»Wir werden Ihre Aussage nachher oder morgen schriftlich festhalten«, sagte der Fragensteller, »und kommen dann noch einmal wegen Ihrer Unterschrift vorbei. Sind Sie in den nächsten Tagen zu Hause?«

Nein, verdammt!

»Ja.«

»Sollen wir vorher einen Termin abmachen?«

»Kann sein, dass ich irgendwo auf einer Terrasse sitze. Ist ja kein Wetter, um den ganzen Tag drinnen zu hocken.«

»Wir können ja vorher schnell durchklingeln.«

»Gern, ja.«

Maier drückte die Tür hinter den beiden ins Schloss, ging

zum Wandtelefon und warf einen Blick auf seine Seiko. Zwei Minuten nach elf. In Wales war es eine Stunde früher. So allmählich musste auch Susan aufgestanden sein.

Er nahm den Hörer ab, legte ihn aber sogleich wieder auf die Gabel.

Alles deutete auf eine Routine-Befragung der Nachbarschaft hin. Aber es konnte genauso gut ein unauffälliges Verhör gewesen sein. Heutzutage machten sie sich auch im Handumdrehen am Telefonanschluss zu schaffen. Und was tat einer, der mehr wusste, wohl als Erstes, nachdem die Ermittler aus der Tür waren?

Reno hatte ein Handy.

Maier ging ins Schlafzimmer. Reno lag quer über dem Bett ausgestreckt, die Decke wie eine Baumwollschlange um den Körper gewunden. Seine Klamotten lagen in einem Haufen auf dem Boden. Unter anderen Umständen hätte Maier sich über seinen ungebetenen Gast geärgert. Jetzt hätte er ihn am liebsten an sich gedrückt.

Der Reihe nach hob Maier die Sachen hoch. Schließlich fiel das Handy aus der Tasche von Renos Hose. Maier ging zurück in Susans Arbeitszimmer und rief ihre Handynummer an.

Sie nahm mehr oder weniger sofort ab. »Hallo, Reno.«

»Nein, hier ist Sil. Wo bist du?«

»Bei meiner Mutter. Sie kommt mit in die Niederlande. Es ist … na ja, ich erzähl's dir später. Lange Geschichte.«

»Ihr kommt also hierher?«

»Ja, das haben wir vor.«

»Wann denn?«

»Sie muss das mit dem Hund noch klären, das macht sie wahrscheinlich morgen. Aber, äh …«

»Ja?«

»Ist alles gut gegangen mit …«

»Ja«, sagte er rasch, »alles in Ordnung.«

»Du glaubst gar nicht, wie mich das erleichtert.«

Etwas in ihrer Stimme klang jedoch gar nicht besonders erleichtert oder froh, wie sie behauptete.

Genauso wenig wie ich selbst.

»Du klingst aber nicht so glücklich«, sagte er. »War es schwierig, euer Wiedersehen?«

»Nein, das nicht, gar nicht.«

Anscheinend zögerte sie. Er kannte Susan gut genug, um ihre Anspannung zu bemerken. »Was ist denn los?«

»Da war gerade so ein Typ hier, der war mir unheimlich. Aber er ist wieder weg, ich hab wahrscheinlich bloß ein bisschen überreagiert.«

»Ein Bekannter deiner Mutter?«

»Nein, die hatte ihn auch noch nie gesehen.«

»Und was war so unheimlich an ihm?«

»Die ganze äußere Erscheinung. Und er trug Handschuhe. Es ist gar nichts weiter gewesen, aber …«

Maier hob ruckartig den Kopf. »Handschuhe? Mitten im Sommer?«

»Ja. Mir ist es gar nicht aufgefallen, aber meiner Mutter.«

»Und was wollte er?«

»Meine Mutter betreibt hier ein Bed & Breakfast. Er hatte das Schild gesehen und wollte ein Zimmer mieten. Meine Mutter hat gesagt, es ist alles voll.«

»Und stimmt das?«

»Nein, sie wollte einfach, dass er wieder ging. Aber ich glaube, er ging dann nur, weil ein Freund meiner Mutter zu uns stieß.«

»Wie sah der Kerl genau aus?«

»Schwarzes Haar, eher dunkle Haut. Also nicht ganz weiß, aber auch nicht richtig dunkelhäutig. Und er hatte fiese Narben im Gesicht.«

Maier schluckte. Überlegte, ob er allmählich paranoid wurde oder ob hier tatsächlich etwas ganz schön faul war.

»Hör zu: dunkler Hauttyp, schwarze, halblange Locken, gedrungen, breites Gesicht? Narben quer über die Wangen, sehen aus wie aufgeklebt?«

»Ja«, hörte er sie sagen, »genau. Aber woher …«

Maier war vor lauter Adrenalin im Blut fast erstarrt. »Susan, setz dich bitte kurz irgendwo hin.«

»Ich sitze sowieso schon.«

Maier richtete den Blick an die Decke und holte tief Luft. Kratzte sich am Schädel. Es würde sie treffen wie ein Schlag. Und er konnte die Wucht nicht mildern. »Sven ist ermordet worden. Gestern, in seiner Praxis.« Er ließ ihr keine Zeit, darauf zu reagieren. »Ich war draußen vor der Tür. Den Typen, den du gerade beschrieben hast, habe ich da wegrennen sehen. Kurz hat er mir direkt in die Augen geschaut.«

Susan schwieg.

»Wer ist sonst noch bei euch?«

»Niemand. Meine Mutter wohnt alleine hier.«

»Und der Freund, von dem du gerade gesprochen hast?«

»Der ist schon wieder weg.«

»Seht zu, dass ihr alles verriegelt«, sagte er. »Ich komme sofort zu euch. Haltet ihn euch vom Leib. Was immer auch geschieht, lasst den Typen auf keinen Fall ins Haus.«

»Wie … wie ist Sven gestorben?«

»Er hat ihm die Kehle durchgeschnitten.«

Maier hörte, wie ihr der Atem stockte. Nach einer kurzen Pause fragte sie: »Und … Thomas?«

»Thomas geht es gut, der ist bei seiner Mutter.« Maier griff nach einem Kugelschreiber, der auf dem Rand der Wandverkleidung lag, und nahm sich einen Notizblock vom Tisch. »Gibst du mir eure Adresse?«

Sie gab sie durch und erklärte ihm, wie man am einfachsten hinkam.

»Dann leg ich jetzt auf. Versprich mir, dass du gut auf dich aufpasst. Ich bin so schnell wie möglich bei dir.« Maier beendete das Gespräch und starrte eine volle Sekunde verstört vor sich hin.

Gähnend kam Reno ins Wohnzimmer gepoltert. Durch den Türrahmen sah er Maier in Susans Arbeitszimmer sitzen. »Hallo, Sil«, sagte er erstaunt, mit nuscheliger Stimme.

Geistesabwesend hob Maier die Hand. Fuhr Susans Computer hoch und ging ins Internet. Nachdem er zehn Minuten lang in rasendem Tempo die Seiten dreier großer Fluggesellschaften abgesucht hatte, hätte er vor lauter Frust fast den Bildschirm vom Tisch gerissen. Am heutigen Tag gab es keinen einzigen Direktflug nach Cardiff oder Newport. Und mit dem Auto dauerte es zu lang. Günstigstenfalls sieben Stunden.

Er schob den Schreibtischstuhl zurück und ging wieder ins Schlafzimmer.

Reno stand in der Küche und musterte ihn neugierig. Maier merkte es gar nicht. In der Schreibtischschublade fand er seinen alten Palmtop. Er blätterte darin herum, bis er die Telefonnummer von Frank Smit gefunden hatte.

Frank hatte eine Importfirma für Partyware und eine Handvoll Läden mit Grabbelkisten-Kram. Er klapperte die halbe Welt nach Handelsware ab, vor allem nach Firmen, die fast oder ganz pleite waren, sodass er die Lagerbestände für einen Pappenstiel aufkaufen und über seine eigenen Läden anbieten konnte. Teilweise machte er absurd hohe Gewinne, fiel aber auch regelmäßig auf die Schnauze. Maier erinnerte sich noch an ganze Lastwagen voller kanariengelber Inline-Skates Größe 45 und marokkanischer Patchwork-Jacken aus Ziegenleder mit Spitzkragen. Frank liebte die Freiheit, nahm es mit der Rechtschaffenheit nicht immer so genau und unterhielt über Europa verstreut vier Wohnsitze und noch weit mehr Geliebte, von denen seine Frau nichts wusste. Der Grund, weshalb Maier ihn jetzt anrief, war jedoch, dass Frank einen Flugschein besaß. Und eine Cessna.

Er tippte die Mobilfunknummer in Renos Handy.

»Frank Smit.«

»Hallo, Frank, hier ist Sil Maier. Wie geht's?«

»Maier, alter Ganove! Das ist ja Ewigkeiten her. Was machst du so? Bist du in Südfrankreich in Rente gegangen?«

Er hatte bei Frank offenbar bleibenden Eindruck hinterlassen.

»Nicht wirklich. Ich betreibe eine kleine Firma für, äh ... Landwirtschaftsprodukte. Frank, hör mal, ich hab ein akutes Problem, und da musste ich an dich denken.«

»Schieß los.«

»Ich merke gerade, dass ich heute Nachmittag eine Verabredung in Brecon habe, in Wales.«

»Das fällt dir ja früh auf.«

»Eben. Und wenn ich da nicht rechtzeitig aufkreuze, geht mir ein ziemlich großer Auftrag durch die Lappen. Also habe ich überlegt, wie ich möglichst schnell hinkomme. Hast du deine Cessna noch?«

»Ja. Aber heute sind mir wirklich die Hände gebunden, Mann. Kannst du den Termin nicht einfach verschieben? Ich fliege dich mit dem größten Vergnügen hin, aber nicht heute.«

»Ich muss wirklich unbedingt heute hin, Frank. Geld spielt keine Rolle.«

Am anderen Ende der Leitung blieb es kurz still.

»Hast du Bares?«, fragte Frank zögernd.

Bares. Sein Ausdruck für Schwarzgeld.

Frank hatte kapiert, wie dringlich sein Problem war.

Wahrscheinlich war es nicht das Einzige, was er kapiert hatte.

»Ich könnte wohl was organisieren«, antwortete Maier.

»Brecon, sagst du?«

»Ja.«

»Ich ruf dich gleich zurück. Gib mir mal deine Nummer.«

Maier zögerte. Renos Telefonnummer kannte er nicht, und

den Festnetzanschluss wollte er lieber nicht benutzen. »Ruf mich einfach unter dieser Nummer zurück, geht das?«

»Alles klar.«

Frank beendete das Gespräch.

Zeit verging. Fünf Minuten. Zehn Minuten. Eine Viertelstunde.

Maier nutzte sie, um die Internetseiten der übrig gebliebenen Fluggesellschaften durchzuschauen: Ryan Air, British Airways, Easyjet, Transavia. Keine einzige flog heute Cardiff an oder auch nur einen Ort in der Nähe. Und die Seiten bauten sich so quälend langsam auf, dass er vor lauter Frustration fluchend vor dem Bildschirm saß.

Das Handy meldete sich mit Vibrationsalarm.

»Sil? Ich hab dein Problem gelöst, Mann. Du musst zum Flughafen Eindhoven. Wenn du da die große Hauptstraße runterfährst, liegt die Flughafenhalle zu deiner Rechten. Direkt dahinter biegst du rechts ab, in Richtung Luftwaffengelände. Wenn du dann bei der Schranke nach hinten durchfährst, kommst du zum Vereinsheim des Eindhovener Aeroklubs. Da musst du nach Eric Benders fragen. Soweit klar?«

Maier kritzelte ein paar Abkürzungen auf ein Blatt Papier. »Ja.«

»Er erwartet dich, und er hat auch seinen Flugplan schon eingereicht. Ich weiß nicht, was du vorhast, und ich will es auch nicht wissen, aber wenn du jemanden suchst, der dich ohne viel Geschwafel von A nach B bringt, ist er dein Mann. Und er braucht Geld. Wenn du ihm Bares mitbringst, setzt er dich mit seiner Kiste auch auf dem Marktplatz in Bagdad ab.«

»Vielen Dank, Frank. Ich steh in deiner Schuld.«

»Nichts zu danken. Komm doch gelegentlich mal vorbei und räum hier ein bisschen Müll von der Festplatte.«

»Mach ich.« Maier schaltete das Handy aus und ging ins Schlafzimmer.

Aus dem Augenwinkel sah er Reno mit einer Flasche Bier in der Hand dastehen. Von einem stärkenden Schnellfrühstück hatte der seine eigene Vorstellung.

Beim Kleiderschrank ging Maier in die Hocke und tippte einen vierstelligen Code ein. Die kleine Tür des Safes gab ein leises Klicken von sich. Er holte ein paar Bündel mit Zweihunderter-Scheinen heraus, schloss den Tresor, zweifelte kurz, entnahm dann noch einmal ein weiteres Bündel. Das musste reichen.

Er griff seine Windjacke von der Stuhllehne und ging nach draußen.

Die Tür zu Svens Appartement stand sperrangelweit offen, drinnen hörte er Stimmen. Draußen standen mitten auf der Straße ein Polizeibus sowie zwei weitere Wagen, die er nicht kannte.

Er ging die Stufen vor dem Eingang hinunter zu seinem Porsche, der in der Sonne vor sich hin schmorte. Das Leder war glühend heiß geworden. Kaum war Maier eingestiegen, lief ihm der Schweiß aus allen Poren.

Er ließ den Wagen an, schaltete die Klimaanlage ein, öffnete Fenster und Dach und schloss die Hände fest um das Lenkrad. Die Glock lag in seinem Rucksack, in einem Schließfach im Hauptbahnhof. Zusammen mit der Biwakmütze, dem Holster, den Patronen und den französischen Alcatel-Handys. Der alte Nomad-Rucksack enthielt so viel Material, dass ein Kripoteam damit locker eine Woche im Labor zubringen könnte. Er hatte das ganze Zeug letzte Nacht dort deponiert, weil er den Kripo-Besuch fast schon erwartet hatte.

Würde er sich was einbrocken, wenn er die Schusswaffe jetzt abholte und zum Flughafen mitnahm? Die Detektoren in Schiphol spielten schon verrückt, wenn bloß eine rostige Büroklammer ins Jackenfutter geraten war. Bei jedem normalen Charter- oder Linienflug würde er sofort herausgewunken.

Allerdings bezweifelte er, dass er heute auch nur in die Nähe einer Sicherheitsschleuse gelangen würde. Und dass der britische Zoll mitten in der Hochsaison Hobbyflieger aus der niederländischen Provinz, die in einmotorigen Maschinen Vergnügungsflüge unternahmen und auf unbedeutenden Flughäfen in der Pampa landeten, mit vergleichbarer Gewissenhaftigkeit durchleuchten würde, glaubte er auch nicht.

Frank hatte begriffen, dass mit seiner Unternehmung irgendwas nicht ganz koscher war. Eric hatte seinen Flug bereits angemeldet.

Und Eric brauchte Geld. Also war er käuflich.

Und vielleicht auch bereit, Risiken einzugehen.

Das konnte viel ausmachen.

Er legte den Rückwärtsgang ein, manövrierte den Carrera aus der schmalen Parkbucht heraus und fuhr los, Richtung Bahnhof.

44

In der sengenden Sonne liefen Menschen zwischen Marktständen mit Brathähnchen, Stoffbahnen und Geschirr hin und her. Im ersten Stock eines historischen Altbaus stand hinter den doppelt verglasten Fenstern ein Mann, an dem das bunte Treiben auf dem Marktplatz völlig vorüberging. In Gedanken versunken, ließ er die Fingerspitzen über das lackierte Eichenholz der Fensterbank wandern wie über eine Klaviatur.

Irgendwo im Laufe dieses vielversprechenden Prozesses war etwas schiefgegangen, und von jenem Augenblick an hatte Murphys Gesetz seine Wirkung voll entfaltet. Eine schlechte Nachricht hatte sich an die andere gereiht.

Alles hatte damit angefangen, dass er den Kolumbianer beauftragt hatte, Nielsen unter Druck zu setzen, und es dem erfahrenen Ex-Kommandanten überlassen hatte, was darunter zu verstehen war. »Unter Druck setzen«, hatte Miguel ziemlich wörtlich aufgefasst. Und war dann in St. Maure zu spät dran gewesen, um seinen Fehler wiedergutzumachen.

Der Tierarzt war ihm zuvorgekommen. Und wie. Er hätte es Nielsen niemals zugetraut, aber es war tatsächlich geschehen.

Benoît hatte in seiner Mail die Vermutung ausgesprochen, dass Nielsen sich in Frankreich hatte helfen lassen. Anscheinend hatte er einen Fahrer gehabt. Miguel hatte Ähnliches gemeldet: Beim Verlassen der Tierarztpraxis hatte er einen Typen hinter dem Lenkrad von Nielsens Auto sitzen sehen. Bestimmt war das derselbe.

Wie er die Sache klärte, konnte Miguel später überlegen.

So oder so, der Schlamassel war vollendet. Miguel hatte in St. Maure die Spuren verwischt und etwaiges Beweismaterial aus der Tierarztpraxis entfernt. Das waren, soweit er es überblickte, die einzigen beiden Punkte, bei denen alles reibungslos verlaufen war. Von Nielsens Tod konnte man das nicht behaupten. Als Selbstmord ging der jedenfalls nicht durch.

Ganz bestimmt nicht.

Zum Glück stand er selbst nicht im Verdacht.

Er riss seinen Blick los und setzte sich an seinen Schreibtisch. Hier stapelte sich jede Menge Papier. Arbeit, die er eigentlich heute noch erledigen musste.

Er kam nicht dazu. Er gab sich alle Mühe zu verstehen, was eigentlich geschehen war. Wie hatte etwas so Erfolgversprechendes und Kinderleichtes sich plötzlich in eine regelrechte Hölle verwandeln können. Wie hatte es so weit kommen können.

Verdammt, bislang hatte er immer nur Geld in die Sache hineingepumpt. Seine Reserven gingen zur Neige. Eine Investition von zweihunderttausend Euro war komplett verpufft. Aber im Verhältnis zu den Summen, die fließen würden, wenn das Zeug endlich auf den Markt kam, waren das Peanuts.

Daran klammerte er sich.

Er musste sich andere Leute suchen. Zuverlässige Leute. Einen neuen Standort. Aber für den Bau eines neuen Labors brauchte er erst wieder Geld. Geld, Arbeitskräfte und Zeit.

Er konnte wieder ganz von vorn anfangen.

Und schließlich war da noch diese andere Sache, die ungefähr zur gleichen Zeit wieder akut geworden war. Als hätte der Teufel seine Hände im Spiel. Ein altes Problem, das plötzlich eine ganz neue Relevanz bekommen hatte. Das dringend geworden war.

Jeanny würde die Geschichte ihrer Tochter erzählen. Das stand hundertprozentig fest. Wenn jetzt ans Licht kam, was sie vor zwanzig Jahren so sorgfältig verscharrt hatten, dann war endgültig Schluss. Mit allem.

Aber so weit würde es nicht kommen.

Er ging ins Internet und rief die Hotmail-Seite auf. Gab seine E-Mail-Adresse und sein Passwort ein.

Eine Mail von Miguel im Posteingang. Von heute, vor nicht mal einer halben Stunde verschickt. Von einem Internetcafé aus, zwei kurze Zeilen.

Er las sie einmal, dann noch einmal. Merkte, wie er allmählich wütend wurde.

Jetzt das.

Nach den katastrophalen Fehlschlägen in Frankreich und Den Bosch war der Tacofresser anscheinend übervorsichtig geworden. Jeanny wohnte am Rand von einem Nationalpark. Internetcafés gab es da nicht. Wenn Miguel ihm also eine Mail schicken konnte, war er offenbar nicht mal in der Nähe von Jeanny und Susan Staal. Wo er gefälligst zu sein hatte, zum Teufel noch mal!

Er beugte sich über die Tastatur, tippte wütend eine Weisung und klickte auf Senden. Dann löschte er die erhaltene Nachricht, leerte die Chronik und schloss das Browser-Fenster.

Heute Abend würde Miguel die Nachricht lesen. Dann war hoffentlich alles schon vorbei.

45

»Das wird ein Problem.«

Maier musste den Kopf fast in den Nacken legen, um seinem Gegenüber ins Gesicht sehen zu können. Eric Benders, sein Privatpilot, war ein Hüne von Mensch. Kahlrasierter Kopf und eindringliche, tiefliegende graue Augen mit schweren Lidern. An der einen Hand trug er einen Siegelring.

Maier zog eine Augenbraue hoch. »Ein Problem?«

»Du weißt verdammt gut, was ich meine«, antwortete Benders. Deutete mit zwei Fingern vage in Richtung der Terrasse vor dem Vereinsheim des Aeroklubs. »Bevor du eine Kiste auch nur angucken darfst, musst du erst mal an dem Typen vorbei, der da steht.« Er zuckte mit den Schultern, was aussah wie ein kleiner Erdrutsch. »Aber du musst es selbst wissen. Es ist ganz deine Party.«

Maier sah in die angedeutete Richtung. Ein Mann mit schmierigem Seitenscheitel, der eine dunkelblaue Militärpolizeiuniform trug, war ins Gespräch mit einem Kollegen vertieft. Am Gürtel trug er ein Gerät. Einen tragbaren Metalldetektor.

»Der lässt sich nicht irgendwie umgehen?«

Der Pilot schüttelte den Kopf. Dann hielt er ihn schief, steckte sich mit seinem Zippo eine Zigarette an und klappte das Messing-Feuerzeug schwungvoll zu. »Nicht, wenn ich fliege. Die behalten mich hier im Blick, verstehst du, genauso wie meine Ladung. Drüben in Wales übrigens auch.«

»Kann ich mir was drunter vorstellen«, sagte Maier nachdenklich.

So viel zu seinem Plan.

»Ich muss noch schnell was aus dem Wagen holen«, fügte er hinzu.

»Klar«, meinte Benders. Er verzog den Mund zu einer Art von Lächeln, sodass einer seiner Mundwinkel leicht nach oben deutete. Es machte ihn nicht gerade sympathischer.

Leise vor sich hin fluchend, verließ Maier das Vereinsheim und ging zum Parkplatz zurück. Öffnete den Kofferraum des Carrera, sah sich noch einmal um, zog die Glock aus dem Hosenbund und legte sie zurück. Öffnete seinen Rucksack, nahm alles heraus, was einen Zollbeamten oder Militärpolizisten aus der Ruhe bringen könnte, schmiss das Zeug auf die Glock und knallte wütend den Kofferraum zu.

Keine Schusswaffe, kein Messer, und dann auch noch einen Piloten, der nicht anpassungsfähig und käuflich, sondern eine Art arischer King Kong war – und vermutlich vorbestraft.

Großartig.

Er drehte sich um und kehrte zu dem Gebäude zurück. Der Fliegerklub lag auf dem Flughafen Eindhoven zwischen dem Gelände der Luftwaffe und den Terminals. Hinter dem Klubheim aus Holz ragte eine weiße Halle mit Spundwandprofil auf. Kleine Propellerflugzeuge rollten über die Startbahn. In der Ferne, hinter hohen Abzäunungen, stand eine Passagiermaschine mit Riesenturbinen im Probelauf.

Die Luft flimmerte vor Hitze.

Benders fing ihn beim Eingang ab. »Hier entlang.«

In der Halle kam der Militärpolizist auf sie zu, auf den Benders ihn gerade schon hingewiesen hatte. Ein Kollege gesellte sich zu ihm. »Das ist unsere Standardprozedur«, entschuldigte sich der Mann. »Die Engländer wollen das so.«

Sie öffneten den Reißverschluss von Maiers Tasche und warfen einen Blick auf seinen Pass. Der Mann mit dem schmierigen Seitenscheitel scannte seinen Bauch, die Seiten des Oberkörpers und die Beine mit einem Metalldetektor.

Während Maier die Kontrolle gelassen über sich ergehen ließ, ging Benders bereits zur Cessna hinüber. Ein rotweißer Hochdecker mit Propeller, die oberhalb der Kabine angebrachten Tragflächen waren schätzungsweise zehn Meter lang. PH-BSX prangte in großer Schrift auf der Seite. Das geflügelte Klub-Logo und die Darstellung einer Frau am Ende des Rumpfes erinnerten ihn an Maschinen aus dem Zweiten Weltkrieg. Diese schien nicht viel jüngeren Datums zu sein.

Benders stand gebückt unter der linken Tragfläche, lehnte sich ins Cockpit hinein und holte ein flaches gelbes Päckchen heraus, das er Maier zuwarf. »Schwimmweste«, sagte er.

»Was soll ich damit?«

»Überziehen. Vorschriften. Nicht aufblasen, sonst passen wir in die Kiste nicht mehr rein.«

Kurz wendete Maier die Schwimmweste in den Händen, zog sie dann über. »Warum nicht gleich einen Fallschirm?«, murmelte er und zurrte die Schnüre fest.

Benders' Lachen blieb aus.

»In Ordnung«, hörte er den Militärpolizisten sagen.

Benders hob Maiers Rucksack auf und warf ihn achtlos über die Lehnen der Vordersitze hinweg in den hinteren Teil der Maschine. Unter dem rechten Flügel hindurch schlüpfte Maier auf den Sitz neben dem Piloten. Viel Platz hatte er nicht. Viel Platz hatte man im Innenraum des kleinen Flugzeugs ohnehin nicht. Das Armaturenbrett erstreckte sich über die gesamte Breite des Cockpits, die kaum mehr als einen Meter betrug: runde, schwarze Nadelanzeigen, Drehknöpfe und verschiedene kryptische Codes auf kleinen aufgeklebten Plastikstreifen. Man saß Schulter an Schulter.

Er verdrehte den Hals, um sich umzuschauen. Direkt hinter den beiden Vordersitzen befanden sich zwei Plätze in ausgeblichenem Bordeauxrot, auf denen jetzt sein Rucksack lag. Dahinter gab es einen offenen, gepolsterten Stauraum von etwa einem halben Meter Tiefe. In seinem Auto hatte Maier mehr Bewegungsfreiheit.

Benders hielt ihm ein Headset hin, er setzte es auf.

Die beiden Steuerknüppel verschwanden nahezu vollständig in den enormen Händen des Piloten. Der Propeller setzte sich in Bewegung. Die kleine Maschine schüttelte sich, bockte und kroch langsam vorwärts. Die anderen Leute, die in der Halle herumliefen, schenkten ihr keinerlei Beachtung.

Draußen manövrierte Benders das Flugzeug zur Startbahn, wobei der mürrische Pilot kurz aus der Rolle fiel: Seine Augen glänzten, und seine Mundwinkel zogen sich leicht nach oben. »Giddy-up go«, rief er.

Ein Mann in seinem Element.

Die Cessna beschleunigte, zuckelte rumpelnd über den Asphalt und löste sich kurz vor dem Ende der Startbahn vom Boden. Der Lärm in der Kabine war unbeschreiblich.

Das Gefühl in Maiers Magen auch. Ähnliches hatte er zum letzten Mal empfunden, als er auf dem Rummelplatz in der Achterbahn gesessen hatte. Da hatte er sich sicherer gefühlt.

Der Abstand zum Boden wurde größer. Keine fünf Minuten später brachte Benders die Cessna in waagerechte Position.

»Ein Schneckentempo, was?«, tönte eine scheppernde Stimme aus Maiers Kopfhörer. »Dabei schafft die Kiste zweihundertfünfundsiebzig Stundenkilometer, aber von hier oben wirkt es wie Fahrradfahren. Gut zweihundert Stundenkilometer werde ich jetzt halten. In etwa drei Stunden landen wir bei Brecon.« Benders ließ eine kurze Pause entstehen, um dann mit deutlich hörbarer Begeisterung fortzufahren: »Dies ist ein Nichtraucherflug. Leider haben wir heute auch keinen Film im Angebot. Für diese Unannehmlichkeiten bitten wir höflichst um Entschuldigung.«

Maier starrte vor sich hin. Die Frontscheibe hatte Spiel, wie ihm auffiel, und der Kunststoff knarrte beängstigend in den

Fugen. Er warf einen kurzen Blick in die Tiefe. Eindhoven glitt unter ihnen hinweg.

Ohne den Blick von der Stadt abzuwenden, rief er in das Mikro: »Gibt es dort, wo wir landen, einen Autoverleih?«

»The middle of nowhere, kein Hertz.«

»Ich brauche irgendein Fortbewegungsmittel.«

»Das kriegen wir schon hin«, plärrte die Stimme im Kopfhörer. »Mach dir keine Sorgen. Ich kenne da ein paar Leute.«

46

In der Küche herrschte eine sonderbare Atmosphäre. Auf der Tischplatte aus Kiefernholz lag ein Jagdgewehr. Es roch nach Waffenöl. Susan schaute von der Schusswaffe zu ihrer Mutter, die mit dem Rücken zu ihr an der Spüle stand und Äpfel schälte, als ob nichts wäre. Im Kühlschrank stand Teig, der langsam fest wurde.

Vielleicht, überlegte Susan, versuchte Jeanny jetzt, an einem Tag zwanzig Jahre wiedergutzumachen, und der Apfelkuchen, auf den sie der angespannten Lage zum Trotz großen Wert zu legen schien, gehörte zu den besonders dringend nachzuholenden Mutter-Kind-Angelegenheiten.

»Wart ihr gut befreundet?«, fragte Jeanny.

»Ja, schon. Ich kannte ihn noch nicht so lange, aber Sven war jemand, mit dem man sich leicht anfreundete. Sehr hilfsbereit und nett. Tierarzt von Beruf.« Sie hörte sich selbst diese Sätze sagen, doch merkwürdigerweise empfand sie wenig dabei. Dass Sven nicht mehr da war, kam ihr geradezu unwirklich vor. Geweint hatte sie nicht. Vielleicht später. Hier, fernab der bewohnten Welt in den walisischen Bergen, erschien ihr das Leben in den Niederlanden sowieso unendlich weit entfernt.

Auch Sil.

»Ist er überfallen worden oder so?«

»Ich weiß es nicht«, sagte Susan. »Das hat Sil nicht gesagt.«

»I don't get it. Was soll der Kerl denn hier zu suchen haben? Auf meinem Grundstück? Ich kenne deinen Nachbarn nicht mal.«

Susan zuckte mit den Schultern. Am liebsten hätte sie ihre Mutter in alles eingeweiht, aber sie hielt sich zurück. Erst musste sie mit Sil sprechen, zumal sie nicht sicher war, ob sie wirklich gut daran täte, ihre Mutter ins Vertrauen zu ziehen. Allerdings fühlte sie sich auch nicht wohl dabei, dass sie Verstecken spielte, während Jeanny sich umgekehrt ihrer Tochter durchaus geöffnet hatte, in all ihrer Verletzlichkeit.

»Eigentlich glaube ich, dass dein Freund sich irrt«, fuhr Jeanny fort. »Aber gruselig fand ich den Typen auch. Bloß gut, dass Howard gerade vorbeikam. Darüber hab ich mich noch nie so gefreut wie vorhin.«

»Howard passt gut auf dich auf«, sagte Susan, um dem Gespräch eine Wendung zu geben.

»Howard passt auf alle unverheirateten Frauen gut auf. Ich habe auch Skip von ihm bekommen. Eine Frau, die allein lebt, braucht einen Wachhund, meinte er. Aber in Wirklichkeit war es ein Vorwand, um manchmal vorbeikommen zu können. Was er seitdem fast jede Woche tut.«

»Fällt er dir auf die Nerven?«

»O nein, gar nicht«, sagte Jeanny, während sie die Apfelstücke mit eingeweichten Rosinen mischte. »Die Leute hier sind ziemlich verschlossen. Man merkt, dass sie sehr an ihrer Familie und am Freundeskreis hängen.« Sie sah kurz auf. »Sie sind nett, das schon, sie sagen Hallo und fragen, wie's einem geht, aber darüber hinaus geht es kaum. Sie mauern sich mit ihrer Freundlichkeit ein, pflege ich zu sagen. Howard ist da eine erfreuliche Ausnahme. Und na ja, im Grunde war es mir ganz recht so. Irgendwann fangen die Leute ja doch an, darüber nachzudenken, was für ein Leben man wohl früher hatte.«

»Und Howard?«

Sie lächelte. »Howard ist ein guter Freund. Er hilft mir bei ein paar technischen Dingen, und ich helfe ihm, wenn er Welpen oder kleinen Lämmern die Flasche geben muss, weil die

Mutter nicht genug Milch hat oder gestorben ist. Howard ist bei so was viel zu ungeduldig.«

»Verstehe. Aber hat er denn nicht wissen wollen, woher du gekommen bist und so weiter? Was hast du ihm erzählt?«

»Dass ich eine kinderlose Witwe bin und schon immer in Wales leben wollte. Hier fühle ich mich zu Hause, und hier möchte ich alt werden, habe ich gesagt. Er hat nie nachgebohrt. Ich bin auch nicht die einzige Fremde, die sich hier niedergelassen hat.«

Jeanny nahm die Teigschüssel aus dem Kühlschrank. Wischte die Anrichte sauber, streute Mehl aus, legte den Teig darauf und begann ihn mit der Küchenrolle auszuwalzen.

Plötzlich kam Susan eine Frage in den Sinn, auf die sie immer noch keine Antwort hatte: »Woher weiß Walter eigentlich, dass du hier wohnst?«

Jeanny wandte sich zu ihrer Tochter um. »Er ist meine Verbindung zu den Niederlanden.« Ein Lächeln trat auf ihr Gesicht. »Walter erzählt mir immer, wie es euch so geht.«

»Hast du die ganze Zeit über Kontakt zu ihm gehalten?«

»Nein, nicht von Anfang an. Aber mir drängten sich immer mehr Fragen auf. Ob ihr schon von zu Hause ausgezogen wart. Wie ihr inzwischen wohl lebtet, deine Schwester und du. Ob Sabine und Michael tatsächlich geheiratet hatten und ob du dein Studium beendet hattest. Ob ich vielleicht schon … Oma geworden war. Es verging kein Tag, an dem ich nicht daran gedacht hätte. Irgendwann habe ich Walter aufgespürt und ihn angerufen.«

»Warum Walter? Warum hast du nicht einfach Papa angerufen?«

Jeanny schüttelte den Kopf. »Da war zu viel kaputt. Schon bevor ich wegmusste. Mit Walter bin ich immer gut ausgekommen. Ich betrachtete ihn als eine Art Bruder. Außerdem wusste er, was geschehen war und wie ich mich fühlte.«

»Bei uns hat er sich seitdem nie wieder blicken lassen.«

»Ich weiß. Das Verhältnis zwischen ihm und deinem Vater ist ziemlich den Bach heruntergegangen. Walter hat ihm nie verziehen. Er hat immer gesagt, dass es nie so weit gekommen wäre, wenn Geran mir mehr Aufmerksamkeit geschenkt hätte. Wenn er zugänglicher gewesen wäre und mir mehr Freiheit gelassen hätte. … Aber na ja, das ist natürlich Unsinn. Es war einfach meine eigene Schuld.«

»Hast du viel Kontakt zu Walter?«

»Nein. Alle paar Monate rufe ich ihn mal an, und wenn nicht, dann meldet er sich. Er hat für mich ein paar Dinge über euch recherchiert.«

»Was hat er denn da erzählt?«

»Dass Sabine mit Michael in Illinois lebt. In einem kleinen Dorf, fünfhundert Kilometer von Springfield entfernt. Da haben sie einen Bauernhof und bauen Getreide an. Ein großes Haus, mit Angestellten. Und du bist Fotografin geworden. Eine gute Fotografin.« Sie lächelte. »Warte mal, ich hab ein paar Fotos von dir.«

Jeanny wusch sich die Hände, verließ den Raum und kam im nächsten Augenblick mit einem Schuhkarton voller Zeitungsschnipsel zurück. Sie deponierte den Inhalt in kleinen Stapeln auf dem Küchentisch. Abgegriffene Ausschnitte aus Zeitungen und Zeitschriften. Susan kannte jedes einzelne Bild. Wusste noch genau, wo sie welches gemacht hatte. Erinnerte sich an die Gerüche, den Lichteinfall, die Menschen, denen sie jeweils vor Ort begegnet war. Hier lagen Ausschnitte aus vielen Jahren. Die Arbeit vieler Jahre.

Während sie über die Schnipsel gebeugt dasaß, hörte sie plötzlich Lärm von draußen. Es war das Dröhnen eines Motorrads, dem sogleich Gekläffe von Skipper folgte.

Susan stand auf und schaute durch die Gardinen.

Sil.

47

Eine Frau mittleren Alters machte die Tür auf und musterte ihn aufmerksam. Susan stand hinter ihr. Sie trug Jeans und T-Shirt und hatte die Haare zu einem Pferdeschwanz zusammengebunden.

Maiers Blick wanderte von der Frau zu Susan und wieder zurück. Jeanny war schmächtiger als Susan und gut zehn Zentimeter kleiner. Aber die Ähnlichkeit war nicht zu übersehen.

»Komm schnell rein«, sagte Jeanny. Sie schloss die Tür hinter ihm ab und gab ihm die Hand. Eine sehnige, knochige Hand.

»Jane Morris. Äh … Jeanny«, korrigierte sie sich. »Susans Mutter.«

»Sil Maier.«

Er wandte sich Susan zu. Jeanny drängte sich an den beiden vorbei und verschwand im nächsten Zimmer.

Sil legte die Hände an Susans Wangen. »Ich hab dich vermisst.«

Sie schwieg, ließ auch seine Liebkosung unbeantwortet. Er strich mit den Daumen über ihre Wangen. »Ist der Kerl noch mal aufgetaucht?«

Sie schüttelte den Kopf.

»Ich war vor einer Stunde schon mal hier.« Er schüttelte den Rucksack ab. »Ich habe das Motorrad ein Stück weiter oben abgestellt und bin zu Fuß zurückgelaufen, um zu sehen, ob ich irgendetwas entdecke. Aber mir ist nichts weiter aufgefallen. Entweder der Kerl weiß sich gut zu verstecken, oder er ist tatsächlich nicht mehr da.«

»Wo steht das Motorrad jetzt?«

»Im Schuppen.«

»Was will der Mann hier, Sil?« Sie schluckte. »Wer ist das?«

»Ich weiß es nicht. Jedenfalls ist er im Auftrag hier. Der wird dafür bezahlt.«

»Woher weißt du das?«

»Ich weiß es nicht, aber ich nehme es an. Es sieht alles danach aus.«

»Ein Auftragsmörder«, folgerte sie.

»Offensichtlich.«

Er konnte nicht richtig einschätzen, was sie dachte. Was genau in ihr vorging. Von nebenan kam ein gedämpftes Husten.

»Was hast du deiner Mutter erzählt?«, fragte er schließlich, weil er wusste, dass sie nicht endlos Zeit hätten, Dinge unter vier Augen zu besprechen. Wenn sie gleich in den anderen Raum hinübergingen, wäre es damit vorbei.

»Wenig. Ich habe gesagt, du hättest Svens Mörder weglaufen sehen und dass es vermutlich derselbe war, der hier nach einem Gästezimmer gefragt hat. Sonst nichts. Das wäre mir … unvernünftig erschienen. Vorerst.«

»Und umgekehrt, wie sieht ihre Geschichte aus?« Mit einem Nicken deutete er in die Richtung, wo Susans Mutter gerade verschwunden war.

Susan versuchte, Jeannys Geschichte kurz zusammenzufassen. Die Stasi, das Safe-House-Projekt, Carl Ecke, Roger Wendel und seine egoistischen Manipulationen. Dass ihre Mutter einem Henry Geld gestohlen hatte, viel Geld, das aber Roger gehört hatte, dass sie sich einen falschen Pass organisiert hatte und jetzt schon seit Jahren unter falschem Namen hier lebte und sich mit einem Bed & Breakfast über Wasser hielt. Als schließlich der Name Walter Elias fiel, wurde sie von Maier unterbrochen.

»Walter Elias?«

Sie nickte.

»Von Beruf Richter?«

»Das weiß ich nicht, kann aber gut sein. Meine Mutter sagte, er hätte damals Jura studiert. Warum?«

»Valerie ist mit einem Richter verheiratet, der Walter Elias heißt«, sagte er.

»Svens Ex?«

Er nickte. »Lang und hager, Svens Beschreibung zufolge.«

»Das kommt hin. Ich war ja gerade noch bei ihm. Aber die Verbindung zu Svens Exfrau ist mir nicht in den Sinn gekommen. Keine Sekunde lang.« Sie schaute auf. »Was für ein Zufall … oder?«

Maier dachte kurz nach. »Deine Mutter hat also in jedem Fall *einen* Feind: Roger Wendel, ein Mann, der vor zwanzig Jahren mit deinem Vater und Walter Elias befreundet war. Habe ich das richtig zusammengefasst?«

»Ja.«

»Und diesen Wendel will sie aufsuchen, meinst du?«

Sie nickte.

»Das finde ich nicht vernünftig.«

»Ich auch nicht.«

Maier schwieg. Sein Magen gab ein lautes Knurren von sich.

»Hast du was gegessen?«

Er schüttelte den Kopf. »Bislang nicht.«

»Meine Mutter hat Apfelkuchen gebacken.« Ehe er noch etwas sagen konnte, hatte sie schon die Küchentür geöffnet.

Maier folgte ihr widerwillig. Am liebsten wäre er noch stundenlang in dem kleinen Flur stehen geblieben, um weiter mit Susan zu reden, sie im Arm zu halten, ihr Haar zu riechen. Er konnte nur hoffen, dass es Susan genauso ging, aber ganz sicher war er sich nicht. Eigentlich hatte er einen anderen Empfang erwartet. Mehr Begeisterung.

In der stimmungsvoll eingerichteten Küche hingen überall

kupferne und gusseiserne Pfannen, die vor allem eine dekorative Funktion zu haben schienen. Der Duft von frischem Kaffee mischte sich mit dem von warmem Apfelkuchen. Wäre die Lage nicht so angespannt gewesen, hätte man es hier richtig gemütlich finden können.

Sein Blick fiel sofort auf den Küchentisch. Dort lag ein altes Jagdgewehr. Er hob es hoch, wog es in der Hand. Es wirkte antik: viel Holz und bearbeitetes Metall. Aus der Nähe konnte man die in zierlicher Schrift eingravierten Buchstaben erkennen: William Powell & Son. Allein der Lauf war schätzungsweise fünfundsechzig Zentimeter lang.

»Kennst du dich aus mit Jagdgewehren?«, hörte er Jeanny fragen.

»Nicht gut«, sagte er wahrheitsgemäß. Dass Jeanny ihn aufmerksam musterte, entging ihm nicht. Im Gegenteil, er fand es unangenehm. Geradezu aufdringlich.

Er war sich durchaus bewusst, wie er aussah und was für einen Eindruck er auf Unbekannte machen musste. Millimeterkurz geschorenes Haar, unrasiert, Ringe unter den Augen. Vom vielen Krafttraining und Laufen eingefallene Wangen. Ein verblichenes schwarzes T-Shirt, aus dem kräftige, im Fitnesscenter durchtrainierte Arme herausragten. Ein paar ausgetretene Bergschuhe unter einer ziemlich abgenutzten Tarnfarben-Hose mit Seitentaschen. Außerdem stank er nach Benzin und Auspuffgasen. Das alte Motorrad, das Eric Benders für ihn organisiert hatte, hatte überall lecke Stellen.

Die Missbilligung war Jeannys Blick deutlich abzulesen. Oder vielleicht bildete er sich das auch nur ein.

»Setz dich doch«, sagte Jeanny. »Hast du schon was gegessen?«

Maier schüttelte den Kopf und rang sich ein Lächeln ab. »Nein, aber ich könnte was vertragen.« Er setzte sich und nahm das Gewehr auf den Schoß. Entriegelte es und klappte es auf.

Aus den Munitionskammern des doppelten Laufs schoben sich zwei große Patronen ein paar Zentimeter vor.

»Schrotpatronen«, sagte Jeanny, während sie eine Tasse Kaffee und ein Stück Kuchen vor ihn auf den Tisch stellte. »Damit werden hier Fasane gejagt.«

Fasane. Jeder Fasan, der aus nicht allzu großem Abstand von einer dieser Patronen getroffen wurde, musste auf der Stelle zu einem dreidimensionalen Puzzle für hochbegabte Mikrochirurgen degenerieren.

»Wo hast du die denn her?«, fragte er.

»Hier im Haus gefunden, nachdem ich es gekauft hatte. Keine Ahnung, wie alt das Ding ist.«

Maier klappte den doppelten Lauf wieder zu, sicherte das Gewehr und legte es auf den Tisch zurück. Es war eine hervorragende Waffe. Auf zehn bis fünfzehn Meter Abstand ziemlich tödlich. Nicht nur für Fasane.

»Warst du damit auf der Jagd?«

Jeanny setzte sich ans Kopfende des Tisches. »Ich? O nein. Bis du angerufen hast, wusste ich gar nicht mehr, dass ich das Ding noch hatte.« Leise fügte sie hinzu: »Aber ich hab mich lang genug in die Ecke drängen lassen.«

Maier gab ein Brummen von sich.

»Was machen wir jetzt?«, fragte Susan.

»Abwarten.« Er probierte den noch warmen Kuchen.

»Ich habe wenig Lust, hier den Lockvogel zu spielen.«

»Das tätest du in den Niederlanden genauso«, sagte Maier. »Wenn es derselbe Kerl ist, dann war er gestern Abend noch in Den Bosch. Da kann man nichts machen, solche Leute finden dich überall. Jetzt ist er hier in Wales. Am besten bleiben wir auch hier, dann geht die Sache schneller.«

Und ich halte ihn von Susans Wohnung fern, fügte er im Stillen hinzu.

Während Maier seinen Kuchen aß, spürte er Jeannys Blicke

auf sich ruhen. Um sein äußeres Erscheinungsbild wettzumachen, versuchte er, möglichst nett und zuvorkommend zu sein, aber es wollte ihm nicht recht gelingen. Vielleicht war er auch nur halb bei der Sache, weil seine andere Hälfte am liebsten mit Susan allein gewesen wäre. Und weil Jeannys forschende Blicke ihm nur allzu bewusst machten, dass er auch mit Schlips und Kragen, mit bestem Willen und größtmöglicher Liebenswürdigkeit, alles andere war als der ideale Schwiegersohn.

»Das war sehr lecker.« Demonstrativ schob er den Teller ein Stück von sich weg. »Ich würde mich gern kurz aufs Ohr legen.«

»Schlafen? Es ist vier Uhr nachmittags.«

Über den Tisch warf er Susan einen Blick zu. »Kannst du mich heute Abend gegen elf oder zwölf wecken? Wenn du früher ins Bett willst, eben früher.«

Ihr Gesicht war ein einziges Fragezeichen.

»Ich will nicht ausschließen, dass er heute Nacht wiederkommt«, erklärte er. »Dann möchte ich einen klaren Kopf haben. Also lege ich mich besser jetzt eine Weile hin.« Er schob den Stuhl zurück und erhob sich. Sein Blick fiel auf das Jagdgewehr. Dann auf Jeanny.

Kurz zweifelte er. Es war ihres.

Aber er wollte es lieber griffbereit haben.

»Ich würde das Gewehr gern mitnehmen, wenn es geht.«

»Wie du willst«, sagte Jeanny. »Ich kann sowieso nicht damit umgehen. Als ich das letzte Mal damit geschossen hab, hätte der Rückstoß mir fast den Arm ausgekugelt.«

Maier grinste. Er sah es lebhaft vor sich: die zartgliedrige Frau mit dem schweren Jagdgewehr. Der Stoß war wahrscheinlich ziemlich heftig gewesen.

»Hast du überall abgeschlossen?«, fragte er.

Jeanny nickte.

»Hättest du was dagegen, wenn ich im Erdgeschoss noch mal alles abgehe?«

»Nein. Aber nötig ist es nicht.«

Küchenfenster und Haustür hatte er gleich nach seiner Ankunft überprüft. Er ging nun weiter durch die Küche nach hinten, wo er auf ein Wohnzimmer stieß, das so ähnlich aussah wie Susans. Kiefernholz, verschiedene Gelb- und Blautöne. Auch hier kontrollierte er die Fenster. Alles war fest verschlossen. Wenn der Kerl hier reinkommen wollte, musste er einbrechen, und das würde nicht ohne einen Heidenlärm abgehen.

Über das Wohnzimmer gelangte er in einen Flur. Die Hintertür war ebenfalls verschlossen. Er stand nun vor einer weiteren Tür, die zur Waschküche führte. Auf einer Waschmaschine stand ein Wäschekorb, davor war ein Bügelbrett aufgestellt. Plötzlich hörte er hinter sich ein Geräusch. Er drehte sich um.

Jeanny.

Die Ähnlichkeit zu ihrer Tochter war fast schon unheimlich. Für den Bruchteil einer Sekunde kam es ihm vor, als blickte er in die Zukunft. Als stünde Susan in der Tür, fünfundzwanzig Jahre später.

Es waren schlimmere Aussichten denkbar.

Aber anders als bei ihrer Tochter lag in Jeannys Blick keine Wärme.

»Susan erzählte, du hättest eine Softwarefirma gehabt.« Sie verschränkte die Arme. »Mit fünfzig Beschäftigten.«

»Ja, stimmt.«

Sie sah ihn forschend an. »Aber die hast du nicht mehr.«

»Nein, jetzt nicht mehr.«

Wieder dieser bohrende Blick.

Er schaute zur Seite. Verspürte auf einmal das Bedürfnis nach einer Zigarette.

»Mir kannst du nichts erzählen«, sagte sie plötzlich mit leicht erhobener Stimme. »Ich habe genug Soldaten gesehen, um einen zu erkennen, wenn er vor mir steht.«

»Du täuschst dich.«

»Ich verlasse mich auf meine Augen und Ohren. Du gibst nichts preis, wenn du sprichst, du bewegst dich wie eine große Katze, und genauso funkelst du auch aus den Augen. Du hast eine lange Reise hinter dir, hast nichts gegessen oder getrunken, und das Erste, was du hier in die Hand nimmst, ist das Jagdgewehr: um zu prüfen, ob es geladen ist. *Seen it, been there, have the T-shirt.*« Sie unterbrach sich kurz und schien im nächsten Augenblick durch ihn hindurchzuschauen, als wäre er Luft. »Sil Maier, du bist kein Programmierer.«

Es war überaus bizarr. Maier wollte ihr schon etwas entgegenhalten, besann sich dann aber. Es war sinnlos. Was auch immer er hätte vorbringen können, es hätte sie nur bestärkt.

»Sei gut zu meiner Tochter«, sagte sie leise. »Mach ihr Leben nicht kaputt. Mein eigenes ist vermurkst, und schuld daran sind Männer wie du.«

Verdammt, schoss es ihm durch den Kopf.

In der Tür blieb sie stehen. Schweigend sahen sie einander an. »Danke, dass du auf sie aufpasst«, sagte sie schließlich. Maier meinte leisen Spott aus ihrer Stimme herauszuhören.

Geräuschlos verschwand sie wieder.

Einen Moment lang stand er so da, wartend, rieb sich den Arm.

Wenn du lang genug in der Scheiße rührst, Maier, bleibt der Gestank an dir hängen.

Er wartete, bis Jeannys Schritte auf den Dielen in der Küche zu hören waren, dann zog er die Gardine vor dem Fenster zu.

Zurück in der Küche, nahm er das Gewehr vom Tisch und nickte Jeanny zu. Sie tat, als wäre nichts gewesen.

Susan stand auf. »Ich komme schnell mit«, sagte sie.

Über die Treppe gelangte man auf einen breiten, kurzen Flur, von dem vier Türen abgingen.

»Hier rechts.« Sie zeigte ihm das Badezimmer, wo auch ihr Kulturbeutel stand. Er suchte darin nach einer Zahnbürste.

Das Badezimmer sah typisch britisch aus: Blümchentapete, hellgrüner Teppich und allerlei Porzellankram. Anders als in den Niederlanden, wo die Wände meistens steril gekachelt waren wie im Schlachthof, herrschte hier eine durch und durch weibliche Atmosphäre. Vor lauter Angst, das Porzellan von den Regalbrettern hinunterzustoßen, wagte er sich kaum umzudrehen. Er putzte sich die Zähne, wusch sich die Hände und spritzte sich Wasser ins Gesicht. Vermied dabei den Blick in den Spiegel. Er hatte heute schon genug Konfrontationen hinter sich.

Die ganze Zeit über stand Susan hinter ihm. Er ließ sich ein Handtuch von ihr geben und trocknete sich das Gesicht ab.

»Das Schlafzimmer ist dort drüben.« Über den hellgrünen Teppich im Flur ging sie voraus.

Doch bevor er sich hinlegte, wollte er wenigstens wissen, woran er war. In den letzten Stunden war sie ihm derart sachlich gegenübergetreten, dass es ihn sonderbar verunsichert hatte. Nicht die kleinste Berührung, kein Augenzwinkern, kein kurzer Blick des Einverständnisses.

Susan wollte schon wieder gehen, doch er hielt sie fest. Mit dem Fuß stieß er die Tür hinter sich zu und drängte Susan im gleichen Augenblick an die Wand.

Eigentlich hatte er sie fragen wollen, wie es mit ihrem Vater gewesen war. Ihr sagen wollen, dass es ihm leidtat. Oder was auch immer sie hören wollte. Hauptsache, sie senkte endlich den Schild.

Aber jetzt, da sie ihm so nahe war, dass er sie riechen konnte, wurde dieser Impuls von einem anderen überlagert.

»Ich hab dich vermisst«, sagte er und streichelte unter ihrem T-Shirt die weiche Haut neben ihrem Rückgrat. Seine Hände glitten über ihre angespannten Rückenmuskeln bis unter ihren Hosenbund und kneteten ihre Pobacken, die sich kühl und fest anfühlten. Ganz kurz hielt er die Luft an.

»Ich habe Angst«, sagte sie leise.

Er grub sein Gesicht in ihren Hals, fuhr mit der Zunge bis zu ihrem Ohr. Ein Schauder durchlief sie. Er spürte, wie ihm das Blut im Kopf rauschte. Wie seine Beine zitterten.

»Du hättest tot sein können«, hörte er sie sagen. »Alle sterben plötzlich. Mein Vater, Sven …«

»Psst … nicht denken.« Er drückte sein Gesicht noch fester in ihren Hals, küsste die warme Kuhle, wo dieser in die Schulter überging. »Du riechst so gut.«

»Seit ich dich kenne, gibt es ständig Tote. Ich hab noch nie so viele tote Leute …«

Er tat, als hörte er sie nicht. Sie roch fantastisch. Ihr Körper fühlte sich fantastisch an. Er wollte sie besitzen.

Jetzt.

»Entspann dich«, flüsterte er.

»Verdammt, Sil …«

Er hielt ihren Kopf fest und strich mit seinen Lippen über die ihren. »Schalte mal ab. Nur jetzt. Nur kurz. Okay? Nicht nachdenken.«

Sie sah ihn an. Was hinter ihren dunklen Augen vor sich ging, bekam er noch immer nicht zu fassen.

»Du bist ein Scheißkerl, Sil Maier«, sagte sie heiser. »Ich hasse dich.«

»Halt diesen Gedanken fest.« Seine Hand verschwand unter ihrem T-Shirt und umfasste die volle, weiche Sanftheit ihrer Brüste. Als er gerade ihren BH nach oben schieben wollte, spürte er erst einen Luftzug und dann plötzlich einen heftigen, völlig unerwarteten dumpfen Schmerz im Gesicht. Ein taubes Gefühl in der Nase. Eisengeschmack im Mund. Reflexartig hielt er sie an den Armen fest und drückte sie an die Wand.

»Was soll denn das?«, hörte er sich selbst fragen, völlig außer Atem.

Sie zitterte, bebte, ihre Augen sprühten Funken. »Sil Maier, wie er leibt und lebt, in Reinkultur, in schönster egoistischer Reinkultur. Essen, schlafen, ficken, wann immer sich die Gelegenheit bietet. Die drei Grundregeln eines Straßenköters. Innerhalb der letzten dreißig Minuten hast du sie alle drei in die Praxis umzusetzen versucht.«

Er hielt sie weiter fest, ohne jedoch zu wissen, wie er mit der Situation umgehen sollte. In seiner Nase setzte ein dumpfes Pochen ein, seine Augen fingen zu tränen an. Der Schlag war ein Volltreffer gewesen.

»Falls dir das noch nicht in den Sinn gekommen sein sollte«, fuhr sie fort, »ich habe Gefühle. Ich bin keine Gummipuppe, die du schnell mal aus dem Schrank holen kannst, wenn's dich in den Eiern juckt.«

Finster sah er sie an. Wie eine Marionette hing sie an der Wand, die Arme über dem Kopf. Fixierte ihn, außer Atem und ganz zittrig vor Wut. Ihre Wut war ihm lieber als diese unnatürliche Distanziertheit.

Viel lieber.

»Entschuldige«, sagte er schließlich und verminderte den Druck auf ihre Arme. »Du hast recht. Das war grob von mir.«

Sie hob den Kopf. »Entschuldigen? Was soll ich entschuldigen? Diese Annäherung eben? Oder Svens Tod?« Ihre Stimme wurde schwächer. »Dass du nicht da warst, als mein Vater gestorben ist, und ich das Haus ohne dich ausräumen musste, mit Reno? Dass du dich unentbehrlich gemacht hast, um mich dann doch allein zu lassen?«

Wie gebannt starrte er sie an. Viele Frauen taten besser daran, sich nicht aufzuregen, weil es sie nicht gerade attraktiver machte. Für die meisten Männer galt das genauso. Aber wenn Susan einen Adrenalinstoß bekam, sah sie großartig aus. Unwiderstehlich. Ihre Augen blitzten. Ihre Haut glühte. Die Urkraft der Erde schien sich in ihrem Körper zusammenzuballen. Er konnte den Blick gar nicht mehr von ihr losreißen. Die Spannung in seiner Lendengegend nahm zu.

»Ich hasse mich selbst dafür, dass du mir so viel bedeutest«, sagte sie noch leiser. »Du bist meine personifizierte Charakterschwäche. Verstehst du das? Kriegst du das in deine stumpfen grauen Zellen irgendwie rein? Oder hat die Abteilung *Verständnis* heute schon Feierabend?«

Noch immer ganz außer Atem, sah er sie an, außerstande, irgendetwas vorzubringen.

Im nächsten Augenblick riss sie sich von ihm los, hielt seinen Kopf fest, fuhr ihm mit der Zunge über die Unterlippe. »Verstehst du das? Du Scheißkerl?«, flüsterte sie.

Er war erregt. Sehr erregt. Umfasste sie und zog ihr T-Shirt hoch.

»Arschloch.« Sie schmiegte ihren Körper an seinen und strich ihm mit den Händen übers Gesicht. Küsste ihn auf die Nase. »Tut's weh? Das will ich hoffen. Geschieht dir recht.«

Er wollte sagen, dass sie total gestört war, hielt sich aber rechtzeitig zurück. Er lag ohnehin schon vier Punkte im Rückstand.

An den Lippen spürte er ihre glatte Zunge. Dann biss sie ihn, absichtlich ein klein wenig zu fest.

Er beantwortete die Geste, indem er ihren Po fester umklammerte und sein Becken an sie drückte. Sie hatte zu viel an, viel zu viele Klamotten. Ungeduldig zerrte er ihr das T-Shirt vom Leib, schob dann ihren BH hoch. Senkte den Kopf, wog ihre Brüste in den Händen. Schloss die Lippen um die Brustwarzen und saugte abwechselnd an ihnen, bis er merkte, dass sie sich mit ihrem ganzen Gewicht gegen ihn lehnte, sich alleine kaum noch auf den Beinen halten konnte.

Er hob sie hoch und legte sie aufs Bett. Der steife Stoff der Bettdecke knisterte. Sie streifte die Schuhe ab, während er an ihrer Jeans zerrte und sie ihr schließlich zusammen mit dem Slip über den Po nach unten zog. Er begrub das Gesicht zwischen ihren Beinen, wo sie feucht und warm war, ihn willkommen zu heißen schien. Er spürte, wie ihre Finger sich an seinem

Hinterkopf festkrallten. Sie hob das Becken und bog den Rücken durch, als wollte sie ihn ermutigen. Stöhnte.

Er versuchte, einen klaren Kopf zu behalten, um Geräusche, die eventuell von draußen, von unten oder von der Treppe kamen, nicht zu überhören. Aber er konnte sich ihrem Körper, ihrem Geruch und dem Glücksgefühl, das sie ihm schenkte, nicht entziehen. Sein Herz raste unbändig.

Er richtete sich auf, legte seine Hand zwischen ihre Beine und streichelte das weiche Fleisch mit den Fingern. Ihre Blicke begegneten sich.

In ihren Augen war jetzt unendlich viel zu lesen. Vorwürfe, Traurigkeit, Lust, Angst. Und Liebe.

Verbundenheit.

Mehr brauchte er nicht zu wissen.

»Komm her«, sagte sie mit rauer Stimme. »Ich hab dich vermisst.«

Er drehte sich auf die Seite und zerrte an seiner Hose, bis sie ihm wie ein Stoffklumpen am Fuß hing und er sie mit den Schuhen zusammen abschütteln konnte.

Er zog Susan über sich. »Ich möchte dich anschauen.«

Langsam ließ sie sich heruntersinken, vorsichtig, mit einer lenkenden Hand, bis sie rittlings auf ihm saß.

Während er sah, wie sie sich im gedämpften Licht der zugezogenen Gardinen auf und ab bewegte, mit sanft hin und her schaukelnden Brüsten, vergaß er, wer er war.

Die Entladung kam zu schnell. Viel zu schnell.

Er zog sie an sich und umklammerte mit beiden Händen ihren Po. Zuckend und mit leisem Stöhnen kam er, ihre Haare fielen ihm wie ein Schleier vors Gesicht.

»Ich liebe dich«, murmelte er, als allmählich die Spannung in seinen Lenden abebbte. »Ich liebe dich.«

Er versuchte, sich aufzurichten, aber sie klammerte sich an ihn.

»Bleib in mir. Halt mich fest.«

Er legte die Arme um sie.

Kurz blieb es still. Ihr Atem strich ihm über das Gesicht, und er küsste sie auf die Wange.

Warme Tropfen fielen auf seine Haut. Sie weinte, so gut wie stumm. Die salzige Flüssigkeit lief ihm über die Ohren und sickerte ins Kissen.

Sanft küsste er sie. Auf die Nase, die Stirn, die Wangen, die Schläfe. Wischte ihr mit dem Daumen die Tränen ab.

Das Weinen ging allmählich in Schluchzen über.

»Was ist denn bloß los?«, flüsterte sie. »Was ist denn bloß geschehen?«

Er konnte ihr keine Antwort geben. So vieles geschah. Und abgesehen von den wenigen eben verstrichenen Minuten war das meiste nicht besonders erfreulich.

»Warum gerade Sven? Das ist nicht gerecht.«

Maier schwieg. Das war typisch Susan. Sie wollte Gerechtigkeit finden. Zusammenhänge sehen. Und die gab es nicht. Die Dinge passierten einfach. Wer heute noch mit beiden Füßen im Leben stand, konnte morgen schon tot sein. Einfach so. Ohne Grund. KZ-Schinder wurden auf argentinischen Haciendas steinalt. Kinder und Frauen traten auf Landminen. Oder liefen vor ein Auto, dessen Fahrer zu viel getrunken hatte. Ein launisches Staatsregime, ein Sturz von der Treppe, eine schleichende Krankheit, eine verirrte Kugel. In dieser Willkür, mit der der Tod die Menschen aus dem Leben riss, einen roten Faden oder auch nur einen individuellen Grund erkennen zu wollen, war sinnlos. In Hollywood-Filmen war Gerechtigkeit die Norm. Im wirklichen Leben war sie ein Unikum, bloßer Zufall.

Shit happens.

»Er wusste, dass er Risiken einging«, sagte er schließlich. »Bevor wir losgefahren sind, hat er mir gesagt, für seinen Sohn würde er sein Leben opfern. Und das hat er auch gemeint.«

»Aber da wusste er noch nicht, dass …«

Er legte ihr einen Finger auf den Mund. Küsste sie. »Nein, das wusste er nicht. Aber wenn er es gewusst hätte, hätte er sich nicht anders verhalten. Da bin ich sicher. Deine Mutter hat für dich dasselbe getan.«

Sie gab ein leises Schnauben von sich. »Aber sie lebt wenigstens noch.«

»Denk nicht darüber nach. Es ist sinnlos. Es ist einfach geschehen.«

»So leicht würde ich auch gern darüber hinweggehen können.«

Er strich eine feuchte Haarsträhne hinter ihr Ohr. »Ich gehe nicht darüber hinweg. Ich mache mir bloß bewusst, dass es wenig Sinn hat, im Nachhinein ewig darüber nachzugrübeln.«

»Ewig? Es war erst gestern!«

Gestern.

Es kam ihm vor, als sei schon ein Monat vergangen.

»Hast du denn gar kein Gefühl?«

Er zog ihre Wange an seine Brust und begann ihr den Nacken zu massieren. »Das weißt du doch wohl besser, oder?«

»Ich bin eben keine Superfrau, okay?«, murmelte sie. »Vergiss, was ich dir zu Hause gesagt habe. Ich kann mein Gefühl nicht einfach so an- und ausschalten wie du. Ich kann es einfach nicht.«

Er hielt sie weiter fest. Streichelte ihr den Rücken und den Kopf und merkte, wie sie sich allmählich entspannte. Das Schluchzen hatte aufgehört. Ihr Körper zuckte manchmal noch leicht, aber ihr Atem wurde immer ruhiger, immer tiefer.

Er seufzte. Strich gedankenverloren über ihr Haar. Merkte, wie er immer träger, immer schläfriger wurde.

Augenblicke des Glücks sind neurologische Momentaufnahmen.

Dies war ein solcher Moment.

48

Miguel lag regungslos zwischen zwei klotzigen Steinen. Er hatte sich ein Netz, in das Unkraut und Moos hineingeflochten waren, über den Kopf gezogen. Von Weitem und selbst aus der Nähe war er nicht zu erkennen. Schon vor Jahren hatte er gelernt, wie man das machte.

Manche Dinge vergaß man nie.

Der Beobachtungsposten von heute lag keine hundert Meter von dem Haus entfernt, das sich etwa dreißig Meter unterhalb von ihm am Fuß des Hügels befand. Die Sicht war hervorragend. Durch das Zielfernrohr seiner CZ 700, das er mit Jute umwickelt hatte, um unnatürliches Glitzern zu vermeiden, konnte ihm nicht viel entgehen. Allerdings gab es ohnehin nicht viel zu sehen. Seit der ältere Mann gestern Nachmittag gegangen war, hatte sich dort unten keine Menschenseele mehr blicken lassen.

Bis eben.

Ein Motorradfahrer, der vor dem Haus innehielt und dann weiterfuhr. Etwa eine Stunde später war der Mann zurückgekehrt. Er hatte seine Maschine im Schuppen abgestellt und war ins Haus gegangen.

Miguels Gedächtnis für Gesichter war fast mysteriös gut. Woher er dies Gesicht kannte, wusste er auf Anhieb. Diesem Mann hatte er genau in die Augen gesehen, und zwar als er die Tierarztpraxis verließ.

Zu jenem Zeitpunkt hatte er wenig tun können. Bei dem dichten Verkehr hätte es vor Zeugen nur so gewimmelt. Außerdem wusste er nicht, ob der Mann womöglich eine Schusswaffe im Schoß liegen hatte. Es wäre eine reine Kamikazeaktion gewesen, ein solches Risiko einzugehen.

Er richtete den Blick wieder auf das graue Bauernhaus im Tal. Friedlich sah es aus. Wer die beiden Frauen waren, hatte sein Chef ihm nicht erklärt. Aber anscheinend hatten sie irgendetwas mit diesem Nielsen oder einem seiner Helfer zu tun.

Was hätte dieser Kerl sonst hier zu suchen?

Nachdem sein erstes Erstaunen abgeflaut war, wurde ihm die Ironie bewusst. Dass der Typ nun hier aufgetaucht war, ersparte ihm zumindest eine mühsame Suche.

49

Allmählich konnte Maier sich vorstellen, was es bedeutete, als Bodyguard zu arbeiten. Ein ziemlicher Scheißjob. Die permanente Bedrohung, das Verantwortungsgefühl und die Vorstellung, dass die Dinge jederzeit aus dem Ruder laufen konnten. Nervenzerfetzend. Wenn sein Finanzpolster irgendwann aufgebraucht wäre, würde das sicher nicht sein neuer Job.

In der ersten in Jeannys Haus verbrachten Nacht war es zu keinerlei Zwischenfällen gekommen. In der zweiten ebenso wenig. Gestern hatten sie die letzten Dosen Heinz Baked Beans aufgewärmt, die sie in Jeannys ohnehin nicht gerade prall gefüllten Vorratsschränken gefunden hatten.

Sie mussten dringend etwas einkaufen.

Im Zentrum von Brecon standen die grauen und pastellfarbenen Fassaden so nah beieinander, und die Gassen waren so eng, dass Sil Maier ganz klaustrophobisch zumute wurde. Die Trottoirs schienen für Leute wie Popeyes Schwester Olive Oyl entworfen zu sein, und es waren derzeit offenbar mehr Leute auf den Beinen, als die Logistik der Gemeinde bewältigen konnte. Wenn er sich umsah, fing er allerlei Gesprächsfetzen auf. Touristen, vor allem Engländer. Fischer. Einheimische.

Keine Spur von einem Typen mit miserabel zusammengeflickter Visage.

»Komm«, sagte Jeanny und öffnete die schwere Eingangstür zum Pub.

Drinnen war es düster und lärmig. Jeanny wollte sich irgendwo in der Mitte an einen runden Tisch setzen, aber Maier fasste sie am Ellbogen und dirigierte sie in den hinteren Teil des Raums. Er setzte sich neben ein paar andere Gäste auf eine Holzbank. Von hier aus konnte er einerseits den Kneipenraum überblicken, andererseits hatte er durch die Fenster eine passable Sicht nach draußen. Jeanny und Susan nahmen ihm gegenüber Platz.

Maier sah sich um. An der Bar saßen zwei junge Typen, die, ihrem Sprachgebrauch und -volumen nach zu urteilen, schon ziemlich voll waren. Viele Leute mit Einkaufstaschen.

Er warf einen Blick auf seine Seiko. Halb drei.

Dann schaute er wieder nach draußen. Er saß da wie auf heißen Kohlen. Es waren zu viele Leute unterwegs.

Während Jeanny sich zwischen angetrunkenen Männern einen Weg zur Bar bahnte, um Kaffee zu holen, sagte Susan plötzlich: »Du machst dir zu viele Sorgen. Vielleicht war es gar nicht derselbe Typ. Das wäre doch sonst ein unglaublicher Zufall.«

Er hob eine Augenbraue.

»Wir können nicht wochenlang so weitermachen«, sagte sie. »Das ist doch kein Leben.«

»Sven hat auch kein Leben mehr.«

Er schaute nach draußen. Dann wieder zur Bar. Jeanny hatte bestellt, der Barkeeper hatte drei Tassen neben den Espressoautomaten gestellt.

»Du musst aufhören, dir Vorwürfe zu machen«, sagte Susan. »Und außerdem hast du doch inzwischen auch deine Zweifel, ob es wirklich derselbe ist.«

»Ob ich meine Zweifel habe oder nicht, spielt keine Rolle.«

»O doch! Komm, du hast in der Dämmerung einen Kerl wegrennen sehen, und tags darauf taucht er angeblich hier auf. Wie lang sollen wir denn noch …«

»Nicht mehr lange«, unterbrach er sie. Seine Stimme klang angespannt, und so fühlte er sich auch.

»Das sagst du schon seit zwei Tagen.«

Sie sahen sich an. Er kannte diesen Blick bei ihr. So schaute sie Reno an, wenn der in einer seiner querköpfigen Phasen war.

Er ergriff ihre Hand. »Bin ich ungerecht?«

»Ich weiß es nicht. Ich weiß einfach nicht mehr, was ich glauben soll. Wenn du recht hast, und der Typ ist tatsächlich hierhergeschickt worden, worauf wartet er dann seit zwei Tagen, Sil? Seit zwei Tagen und drei Nächten?«

Während er noch nach Worten suchte, um ihr den Ernst der Lage begreiflich zu machen, kam ihm ein neuer Gedanke: Susan hatte in gewisser Hinsicht recht. Dass dieser Kerl, mit dem er schon in der ersten Nacht gerechnet hatte, auch in den zwei folgenden Nächten noch nicht gekommen war, hatte etwas zu bedeuten. Er analysierte. Ging von allen möglichen Ausgangspunkten an die Sache heran und kam schnell zu einer Schlussfolgerung. Schnell, aber nicht überstürzt, nicht voreilig, vielleicht, weil das Resultat stimmte.

Zwei Tage bedeuteten gar nichts. Wenn er selbst Beobachtungsposten bezogen hatte, war Maier häufig wochenlang in Deckung geblieben. Tagein, tagaus, um sich ein klareres Bild davon machen zu können, was ihn erwartete. Um die Gewohnheiten, die Wege seiner Zielperson kennenzulernen. Bekam diese regelmäßig an bestimmten Tagen und zu bestimmten Uhrzeiten Besuch, und wenn ja, von wem? Auf solche Details kam es an. Eine gute Vorbereitung war ausschlaggebend.

Wenn es sich tatsächlich um denselben Typen handelte, musste er, um mittags bereits hier sein zu können, unmittelbar nach dem Mord an Sven nach Wales weitergefahren sein und hatte folglich keine Zeit gehabt, sich auszuschlafen und die Lage zu peilen. Dieser Fehler in seiner Vorbereitung hatte sich sofort gerächt. Vielleicht war er nun vorsichtiger geworden. Ließ sich mehr Zeit für die Planung. Vielleicht wollte er sichergehen, dass ihm niemand in die Quere kam, wenn er zuschlug. Vielleicht schlug er nächste Woche zu. Oder nächsten Monat.

Je nachdem, wie lange er brauchte, um sich über Jeanny und ihr Umfeld eine Übersicht zu verschaffen.

Plötzlich wurde ihm alles klar.

Warum hatte er das bloß vorher nicht gesehen?

Jeanny kehrte zum Tisch zurück und stellte die ersten beiden Tassen Kaffee ab. Ging die dritte holen und setzte sich wieder neben Susan.

»Du müsstest gleich noch mal Geld für mich wechseln«, sagte er zu Jeanny.

Sie blickte auf.

»Hier gibt es doch wohl eine Bank?«, fragte er rasch.

»Wales ist kein Entwicklungsland.«

Er rang sich ein Lächeln ab. »Schön.«

Ein armeegrünes Hawke Blackwatch Endurance für zweihundert englische Pfund in der Hand, versuchte Maier sich zu erinnern, wie die Angaben auf Ferngläsern zu lesen waren. Wenn er sich recht entsann, stand die erste Zahl für den Vergrößerungsfaktor: Je höher diese Zahl war, umso größer wurde das Objekt wiedergegeben. 10 x 42, lautete die Angabe hier. Die Standardvergrößerung war sieben, also musste es für seine Zwecke ausreichen. Die Schärfe hing unter anderem von der zweiten Zahl ab, dem Linsendurchmesser. Je größer der war, desto mehr Licht fiel in die Linse, und desto ruhiger und zitterfreier wurde das Bild. Fast noch wichtiger war jedoch die Qualität der Linsen und der Beschichtung. Dieses Hawke wurde besonders wegen seiner speziellen, grün beschichteten Gläser empfohlen. Den vollmundigen Werbesprüchen auf der Verpackung nach zu urteilen, war der Fabrikant davon ziemlich begeistert.

Aber ein Fernglas konnte noch so ausgeklügelt sein – vor allem musste es zu der Person passen, die es benutzte. So ähnlich wie eine Jacke zu ihrem Träger.

Er hob das Fernglas an die Augen und nahm durch das Schaufenster die Menütafel eines Restaurants auf der anderen Straßenseite in den Blick. Ein Frühstück mit Baked Beans und Wurst für sieben Pfund. Er schwenkte leicht nach links in die Straße und stellte auf ein Verkehrsschild scharf. Auch in dieser größeren Distanz blieb das Bild gut. Wenig Zittern, hell, klare Konturen.

Er legte das Fernglas aus der Hand und wandte sich den Nachtsichtgeräten zu. Drei verschiedene Modelle standen zur Auswahl, mehr als er zu hoffen gewagt hatte. Mit Nachtsichtgeräten hatte er sich schon mehrmals beschäftigt, weil er schon öfter eines hatte kaufen wollen. Gemerkt hatte er sich vor allem, dass man eins mit eingebautem Infrarot brauchte. In stark bewölkten Nächten und geschlossenen Gebäuden sieht man mit einem gewöhnlichen Nachtglas nicht viel mehr als mit bloßem Auge. Eingebautes Infrarot wirkt wie ein Lichtbündel, wobei die Objekte, auf die das Licht fällt, in Grüntönen erscheinen. Und für das menschliche Auge ist Infrarotlicht nicht wahrnehmbar, sodass man selbst halbwegs unsichtbar bleibt.

Er schaute sich die Verpackungen an. Nur ein einziges mit einem solchen Infrarot-Illuminator war darunter, von der Marke Bushnell. Das Blickfeld betrug etwa siebzig Meter, und auf etwa dreißig Meter Distanz war das Bild in Ordnung. Das brachte eher wenig. Modernes Militärgerät schaffte eine Reichweite von ein paar hundert Metern. Dieses Modell war eher eins für Haus, Garten und Küche, darauf deutete auch der Preis hin. Aber es hatte einen Vorteil: Man konnte es mit einem Stirnband am Kopf befestigen, sodass man die Hände frei hatte.

Er prüfte, ob Batterien schon dabei waren, und legte beide Gläser auf den Tresen, um in den hinteren Teil des Ladens zu gehen. Dort standen Kleiderständer auf Rädern, vollgehängt mit grau-grün-braun gescheckter Tarnkleidung. Er entschied sich für eine wasserfeste Hose mit Seitentaschen und eine

Deerhunter-Jacke, nahm noch ein paar dicke Socken und eine feldgrüne Biwakmütze aus einem Regal und legte alles zusammen auf den Tresen zu den Ferngläsern.

Dahinter gab es eine schmale Vitrine, die von Halogenscheinwerfern ausgeleuchtet war. In den dünnen Lichtstrahlen tanzten kleine Staubflocken. Auf grünem Samt lagen Jagdmesser.

Sein Blick glitt über die Stahlklingen, die Holzgriffe, das geschliffene Metall. Kurz stand ihm wieder Sven vor Augen, in seinem Operationszimmer, an den Wandschrank gelehnt. Dann Thierry, auf dem harten Boden in St. Maure.

Auf den Anblick von Messern reagierte Maier mittlerweile mit äußerstem Widerwillen.

Der Verkäufer war ein älterer Mann mit dünnem, grauem Haar und leicht vorstehenden Augen. Ausdruckslos sah er Maier an, einen Zigarettenstummel in der Hand. Als Maier auf eines der Messer zeigte, steckte er sich den Stummel zwischen die Lippen und öffnete die Vitrine. Er wickelte das Messer in ein Stück Papier und verstaute die Sachen dann alle zusammen in zwei großen Plastiktüten. Die gesamte Ausrüstung kostete gut eintausendeinhundert englische Pfund.

Maier bezahlte und verließ den Laden. Er stellte die Tüten hinten in Jeannys Landrover und stieg ein. Susan musterte ihn von der Seite.

»Heute Nacht«, sagte er. »Wenn die Umstände günstig sind.«

Er erzählte ihr nicht, dass in dem Laden zwei Sicherheitskameras hingen und er mit ziemlicher Wahrscheinlichkeit Probleme bekam, wenn in der Usk demnächst eine Wasserleiche trieb.

Wenn er den Mann fände und die Sache aus dem Ruder liefe, hätte er hinterher gleich die nächste Herausforderung vor sich. Er versuchte, nicht darüber nachzudenken.

First things first.

50

Die Umstände waren günstig. Der Himmel war fast wolkenlos. Die Hügel lagen bläulich im Schein des Halbmonds.

Maier hatte Jeanny und Susan eingeschärft, Türen und Fenster geschlossen zu halten und dieselben Vorsichtsmaßnahmen zu ergreifen wie in den vergangenen Nächten. Während er davonschlich, dicht am Boden und im Schatten des Hauses, schüttelte er das Gefühl des Unbehagens von sich ab. Er sagte sich selbst, dass sie dort drinnen sicher waren. Alles war fest verriegelt. Im Flur lag der Hund. Der einzige Unterschied war, dass er selbst nicht dort war, dass er nicht wie gestern hellwach mit einem starken Kaffee am Küchentisch saß, allein, in Gesellschaft einer sadistischen Uhr, die halb so schnell tickte wie eine normale. Nächtliche Stunden, in denen sich nichts ereignete und er alle Zeit der Welt hatte, über seine Sünden nachzudenken, ja durch die Stille fast dazu gezwungen wurde.

Er hatte lieber etwas zu tun.

Er befand sich nun auf halber Höhe des Hügels hinter dem Haus, den Doppellauf der Flinte in der rechten Hand. Wie eine Raubkatze, so dicht am Boden, dass er von der Umgebung nicht zu unterscheiden war. Die stoppelige, abgegraste Weide fühlte sich feucht an unter seinen Händen, genau wie die vielen Schafskötel, denen er unmöglich ausweichen konnte. Sie lagen überall, wie Konfetti auf dem Bürgersteig nach einem Straßenfest. Ab und zu rutschte er auf einem Stück Fels aus oder bahnte sich einen Weg durch einen schmalen Wasserlauf hindurch, behutsam und gelenkig. Seine Haut war feucht, die Kleidung klamm. Weder seine Jacke noch die Hose konnten strömendes Wasser abhalten, mochte es auch nur wenige Zentimeter tief sein. In einiger Entfernung standen Schafe. Sie bemerkten ihn durchaus, er sah ihre Ohren wackeln, doch sie gerieten nicht in Panik und kamen auch nicht neugierig näher.

Er nutzte natürliche Deckung so weit es ging. Sträucher, vorstehende Felsstücke, das Gefälle der Hügelflanke, kleine Bäche. Stets darauf bedacht, dass der andere vielleicht auf dieselbe Idee gekommen war und irgendwo in der Nähe seinen Posten bezogen hatte.

Maier musste wachsam bleiben.

Den Infrarot-Illuminator hatte er ausgeschaltet, um die Batterien zu schonen. Er sah genug: Das Nachtglas lieferte ein gutes, klares Bild. Die Phosphorschicht, auf die das Bild der Umgebung projiziert wurde, färbte alles grün und schwarz ein, als würde man die Umgebung an einem hellen Sonnentag durch dicke dunkelgrüne Brillengläser betrachten. Anfangs war das Gerät ihm schwer vorgekommen – es wog etwa ein halbes Kilo –, aber durch das Stirnband wurde das Gewicht gut verteilt. Er hatte sich ziemlich schnell daran gewöhnt.

Während er sich im Zickzackkurs allmählich zum höchsten Punkt des Hügels vorarbeitete, blieb er alle zehn Meter still liegen, horchte in die Weite und sah sich im Radius von hundertachtzig Grad vorsichtig um. Immer mehr fühlte er sich in seinem Element. Er hatte sich noch nie zuvor in solchem Maß eins mit der Natur gefühlt wie hier, eine Stunde nach Mitternacht, auf dem kalten walisischen Felsenboden.

Im Stillen hoffte er darauf, dass es zu einer Konfrontation käme. Mehr denn je war er dazu bereit. Zwei Tage und drei Nächte mit der taufrischen Schwiegermutter auf begrenztem Raum eingeschlossen zu sein, hatte ihm absolut gereicht. Es hätte nicht viel länger dauern dürfen. Das lag nicht an Jeanny. Sie hatte ihm am Nachmittag seiner Ankunft gesagt, was sie ihm zu sagen hatte, und es dabei belassen. Am nächsten Morgen hatte sie Eier mit Speck für ihn gebraten und seine Klamotten gewaschen. Eigentlich war das ziemlich fair.

Aber es war ihm nach wie vor unangenehm, dass er das Gefühl hatte, sich nicht frei äußern zu können. Sie hockten sich einfach zu nahe auf der Pelle, und auf der gesamten Situation lag ein enormer Druck. Kein guter Nährboden für ein harmonisches Verhältnis.

Wenn es ihm gelang, seinen Gegner aufzuspüren und ihm ein paar Antworten aus der Nase zu ziehen, würde es zumindest vorangehen. Svens Mörder konnte sie zu dem Drahtzieher führen, der den Mord veranlasst hatte, oder zumindest zu demjenigen, der das Feuer an die Lunte gelegt hatte, die Maier hinter sich herschleifte.

Falls das nicht gelang, gab es immer noch die Option, nach Frankreich zu fahren, nach Le Chesnay, und dem alten Freund von Sven einen Besuch abzustatten. Der hatte Alain gekannt und konnte ihm also mehr erzählen. Aber Maier wusste genau, wie jämmerlich sein Französisch war. Zwar konnte er seine grauen Zellen normalerweise bei Bedarf rasch in Schwung bringen. Aber anders als John Travolta in *Phenomenon* war er nicht von einem kosmischen Lichtstrahl getroffen worden, sodass er innerhalb einer halben Stunde ein Portugiesisch-Wörterbuch inklusive Grammatik hätte auswendig lernen können.

Davon war er weit entfernt.

Und Sven fiel als Dolmetscher aus.

Als ihm dieser Gedanke durch den Kopf ging, musste er auch wieder an seine Freunde in Uniform denken, den Fragensteller und den Beobachter. Vielleicht hatte sein Hinweis auf das Telefonat, das Sven angeblich geführt hatte, ja schon genügend Anknüpfungspunkte geliefert. Dann würde er sich eher verdächtig machen, wenn er plötzlich in Le Chesnay auf der Bildfläche erschien. Denn er hatte dort, nüchtern betrachtet, nichts verloren.

Wie er den beiden Ermittlern seine plötzliche Abreise aus Den Bosch erklären sollte, musste er sich später auch noch mal gründlich überlegen. Vorausgesetzt, dass er dazu noch kam.

Er drückte sich tiefer auf den Boden, blieb still liegen und konzentrierte sich. Fünfzig Meter rechts von ihm rauschten die Bäume. Etwa dreißig Meter hügelabwärts waren die Hufe und die unruhige Flankenatmung von ein paar Schafen zu hören.

Sein Ziel lag schräg rechts von ihm, etwa zweihundert Meter Luftlinie hügelaufwärts. Am gestrigen Nachmittag hatte er sich vor dem Schlafengehen vom Haus aus noch einmal genau die Umgebung eingeprägt. Hügel, Bäume, Felsen, hohe Hecken, Wassergräben und von Unkraut überwucherte Mauern aus aufeinandergestapelten Steinen. Mehrere Stellen kamen als potenzielle Aussichtsposten in Frage. Auf einem Notizblock hatte er eine grobe Skizze angefertigt und die jeweiligen Stellen mit Kreuzen markiert. Diese Karte hatte er nun im Kopf. Sechs dieser Stellen wollte er sich in dieser Nacht näher ansehen. Drei davon befanden sich auf dem Hügelrücken hinter dem Haus.

Sein erstes Ziel war ein kleines Waldstück. Er wollte sich ihm vom Gipfel des Hügels aus nähern, was am wenigsten logisch und gerade deshalb am besten war. Sollte der Kerl von dort aus das Haus im Blick behalten, könnte Maier ihm bald von hinten auf die Schulter tippen.

Er setzte sich wieder in Bewegung, auf dem Bauch, sich mit gespreizten Knien und Ellbogen vorwärtsrobbend, das Kinn höchstens ein paar Zentimeter über dem Boden. Die in künstlichem Grün aufleuchtende Umgebung tanzte ihm vor Augen. Es war nicht leicht, sich selbst zu sagen, dass dies die Wirklichkeit war, kein Film. Steine, Gras, Zweige – das Nachtsichtgerät tauchte alles in Grün und Schwarz.

Er war fast oben angekommen. Einige Meter unterhalb des Gipfels hielt er inne. Was man bei solchen Aktionen unbedingt beherzigen musste, war, dass man nie, aber auch wirklich niemals eine Silhouette vor dem Hintergrund abgeben durfte. Wollte man nicht auffallen, tat man gut daran, irgendwo zwischen Dingen hindurchzugucken oder an ihnen vorbei. Oben drüber zu sehen, war falsch. Das menschliche Gehirn war so gestrickt, dass Lücken in einer Landschaft oder abweichende Formen in natürlichen Steigungen sofort auffielen. Das galt besonders für obere Ränder. Vom Gipfel hielt er sich also lieber fern.

Da oben hatte er eh nichts zu suchen.

Langsam kroch er weiter, parallel zum Hügelrücken, bis links das kleine Waldstück in Sicht kam, das sich nun etwa dreißig Meter unterhalb von ihm befand.

Das Atmen der Schafe war aus dieser Entfernung nur noch gedämpft zu hören. Der Wind hatte ein wenig zugenommen und trug das Geräusch von leise gluckerndem Wasser an sein Ohr. Ein kaum zwanzig Zentimeter breites, grünliches Rinnsal plätscherte über Felsbrocken und schlängelte sich zwischen den Bäumen hindurch. Dort wurde das Bild undeutlich.

Er ließ sich Zeit, um die Laubbäume eingehend zu betrachten. Die Linien, die Kontraste. Am Boden vor den Stämmen wurzelten ein paar Sträucher. Um einen erwachsenen Mann zu verbergen, sahen sie zu klein aus. Aber das wollte noch nicht viel heißen. Hier gab es überall natürliche Gräben und Kuhlen, manche waren über einen halben Meter tief. Möglicherweise hatte der Gesuchte sich auch für eine Position ein paar Meter über dem Boden entschieden. Maier selbst hätte eine Kuhle bevorzugt, um jederzeit wegzukönnen, aber im Grunde war ein kräftiger Baumstamm genauso gut geeignet. Vielleicht sogar besser.

Er nahm einen Baum nach dem anderen ins Visier, ließ den Blick über die Stämme und die unbelaubten Äste wandern, die sich dunkel gegen den Sternenhimmel abhoben. Ihm fiel nichts Besonderes auf.

Nach etwa einer Viertelstunde machte er sich an den Abstieg. Geduckt und wachsam, auf jede Bewegung und jeden Laut achtgebend.

Er hatte das Waldstück fast erreicht. Das leise Gluckern des Wassers klang nun eher wie ein Prasseln. Als ginge das plätschernde Rinnsal auf der Höhe des Waldstücks in einen kleinen Wasserfall über. Er konnte ihn von hier aus nicht sehen, wohl aber hören. Der Wind kam jetzt von links und trug ihm das gedämpfte Geräusch von Hufen auf weichem Boden zu. Auch das Schnauben von Tieren, die sich in der dunklen Nacht Schutz suchend aneinanderdrängten.

Er wusste nicht, was genau seinen Instinkt alarmierte.

Kein Geräusch. Kein Luftzug. Eher ein Gefühl. Das Gefühl, beobachtet zu werden.

Langsam, Zentimeter für Zentimeter, drehte er den Kopf. Mit einem Schock wurde ihm bewusst, dass er nicht alleine war.

Auf dem Gipfel des Hügels stand ein Mann.

Er konnte die Konturen nur vage erkennen, aber die breiten Schultern und der Kopf ließen eindeutig auf eine menschliche Gestalt schließen. An der linken Seite des Schattens ragte etwas hervor, das langsam nach oben glitt. Ein Arm, ein Ellbogen.

Eine Schusswaffe!

Instinktiv duckte er sich, brachte sich ins Rollen.

Der Schuss war seltsamerweise kaum zu hören.

Piiiuu.

Pollen, Gras und Sand, Kieselsteine und Schafsköttel fielen mit dumpfem Geräusch neben ihm ins Gras, keinen Meter entfernt. Ein Kieselstein traf ihn an der Schläfe. Blitzartig schoss ihm durch den Kopf, dass dies kein Jäger oder Bauer war, der zu viel getrunken hatte, sondern ein Profi. Der Knall war für eine ungedämpfte Waffe viel zu leise.

Piiiuu.

Ein heftiger Schmerz durchfuhr seine Seite. Er warf den Kopf in den Nacken und stieß einen Schrei aus. Reflexartig richtete er sich auf und fing an, in Richtung des Waldstücks zu laufen. Rutschte auf einem glatten Stein aus, rappelte sich aber sofort wieder auf. Er stolperte über den unebenen Boden auf die Bäume zu. Strauchelte ein paar Meter durchs Gestrüpp und ließ sich zu Boden fallen. Kroch und robbte über den feuchten Boden weiter. Er hielt das Jagdgewehr fest umklammert. Es war die einzige Fernwaffe, die er besaß, er wollte sie nicht verlieren, nicht jetzt. Immer wieder blieb die Flinte hinter Zweigen hängen, wobei er ein heftiges Zerren an der Hand verspürte.

Er verlor den Boden unter den Füßen. Seine Knie sackten in einen flachen Graben. Sofort duckte er sich und drehte sich um. Das Nachtglas baumelte seitlich neben seinem Kopf. Er zog es an die Augen. Es funktionierte noch, aber die Sicht war nicht ausreichend. Den Gipfel des Hügels konnte er von hier aus nicht erkennen, der lag außerhalb der Dreißig-Meter-Reichweite. Er klappte das Ding auf. Der Grünstich fiel weg. Es war auf einen Schlag vollkommen dunkel. Das war bestimmt eine Frage der Zeit, seine Augen mussten sich daran gewöhnen.

Der Schmerz in seiner Seite wurde heftiger, und er merkte, dass er am ganzen Körper zitterte. Er atmete flach und schnell, während das Herz in seinem Brustkorb unregelmäßig auf und ab zu hüpfen schien, als befände es sich in Gefangenschaft und suchte mit Gewalt einen Ausweg.

Er mahnte sich selbst zur Ruhe. Panik würde nicht helfen. Er versuchte sich zusammenzureißen und holte tief Luft. Erst einmal, dann noch einmal. Seine Zunge fühlte sich an wie ein Lederlappen, das Blut brauste durch seine Adern. Beinahe meditativ fokussierte er einen grauen Fleck in der Ferne, wahrscheinlich einen Stein. Konzentrierte sich ganz auf seine Atemzüge. Ignorierte den brennenden Schmerz in seiner Seite.

Neben seinen eigenen gehetzten Atemzügen hörte er in der Ferne jetzt auch den Hufschlag von Schafen. Die Tiere machten sich aus dem Staub.

Er konzentrierte sich weiter auf den Stein. Wusste, dass er Körper und Geist blitzschnell unter Kontrolle bekommen musste. Der andere würde es hierbei bestimmt nicht bewenden lassen. Wie ein Großwildjäger würde er sich Zeit lassen, wissend, dass seine Beute verwundet war, Schmerzen hatte und langsam geworden war. Es war nur eine Frage der Zeit, bis er ihn gefunden hätte.

Die Fokussierung auf den Stein funktionierte. Sein Herzschlag wurde langsamer, sein Atem ruhiger. Tiefer.

Mit bloßem Auge scannte er den Horizont hinter dem Hügel. Wolken waren vor den Mond gezogen. Auf seiner Netzhaut bildeten sich vage Schatten in Schwarz, Grau und Dunkelblau. Er klappte sich das Nachtglas wieder vor die Augen und schaltete mit zitternder Hand den Illuminator ein. Das Bild wurde auf Anhieb scharf und klar. Ein Riesenunterschied. Er schaute den Hügel hinauf, nach links, nach rechts. Nichts als Gras und Steine.

Es schien, als wäre der Mann dort nie gewesen.

Wo bist du, Arschloch?

Vorsichtig zog er das Jagdgewehr etwas näher an sich heran. Es fühlte sich kalt und feucht an. Allerlei Unkraut hatte sich hinter dem Sicherheitsriegel und anderen vorstehenden Teilen festgesetzt. Er zog das Grünzeug heraus und rieb so lange mit den Fingern über das Metall, bis er sicher wusste, dass nichts mehr im Weg war und sich alles ungehindert bewegen ließe. Hoffentlich funktionierte die alte Waffe noch. Vorsichtig schulterte er das Jagdgewehr, betätigte mit dem Daumen den schwerfälligen Sicherheitsriegel, legte den Zeigefinger locker an den Abzug. Über den Doppellauf hinweg schaute er um sich.

Während er mit den Augen die Umgebung abtastete, versuchte er den Schmerz in seiner Seite so weit wie möglich zu ignorieren. Es konnte nichts Ernsthaftes sein. Es kam kein Blut hoch, wenn er atmete, also war seine Lunge unverletzt. Arme und Beine taten es offenbar auch noch. Es war nur der Schmerz. Er warf einen raschen Blick auf die Wunde. Seine Jacke hatte einen Riss abbekommen. Darunter blutete es. Das war wenig überraschend. Er überdachte die Situation noch einmal und kam zu dem Schluss, dass das kleine Waldstück beträchtlichen Schutz bot. Da es rundum von Weideland umgeben war, konnte sein Verfolger sich schwerlich ungesehen nähern. Aber Maier konnte auch nicht alle Richtungen, aus denen man sich nähern konnte, gleichzeitig im Blick behalten. Für einen Einzelnen war das ein Ding der Unmöglichkeit, mit oder ohne Restlichtverstärker.

Das Waldstück hatte eine leicht ovale Form und war in der Mitte etwa zwanzig Meter breit. Der andere Mann konnte sich mittlerweile auch südlich von ihm befinden oder westlich. Er konnte überall sein. Unwillkürlich blickte Maier über die Schulter. Nichts.

Er rappelte sich auf. Die Bewegung versetzte ihm einen heftigen, stechenden Schmerz in der Seite. Er sagte sich noch einmal, dass es nicht so schlimm sein konnte. Eine Schürfwunde, ein Missgeschick. Nichts Besonderes. Nur schmerzhaft.

Er ging ein Stück weiter und blieb an einem der Bäume stehen. Strich mit der Hand über die Rinde. Eine dicke, schorfartige Borke, unregelmäßig und knorrig. Er schob den Sicherheitsriegel der William Powell auf »safe« und warf sich das Jagdgewehr über die Schulter, sodass die Waffe an dem improvisierten Tragegurt auf dem Rücken baumelte. Seine Hände schlossen sich um den untersten Ast. Das feste Gummi seiner Schuhsohlen fand an der Baumrinde Halt, und er stieß sich ab. Stück für Stück arbeitete er sich nach oben. Biss die Zähne zusammen vor Schmerz, der jetzt, da eine offenbar beschädigte Muskelpartie beansprucht wurde, umso heftiger war.

Die Blätter raschelten, während die Zweige sich unter seinem Gewicht durchbogen und zurücksprangen. Fast schon außer Atem, kletterte er weiter, bis er eine Höhe von etwa fünf Metern erreicht hatte.

Er schaute nach unten. Das Blattwerk nahm ihm die Sicht auf den Boden. Umso besser. Das bedeutete, dass der Kerl umgekehrt auch ihn nicht sehen konnte.

Der Ast war dick genug, um sein Gewicht zu tragen. Rücklings mühte er sich hinauf, den Stamm als Rückenstütze benutzend, und zog die Beine nach. Presste den Rucksack gegen den Stamm und fand ins Gleichgewicht. Minutenlang blieb er still sitzen, nur das Geräusch des plätschernden Wassers unter sich und das leise Rauschen der Blätter um sich herum.

Nichts geschah.

Durch einen Blätterkranz hindurch schaute er nach links, in das Weideland. Grün fluoreszierender Phosphor tanzte vor seinen Augen. Es war nichts Ungewöhnliches zu sehen.

Alles sah ganz still aus. Fast schon verlassen.

Aber er wusste, dass dieser Gedanke schon öfter Menschen das Leben gekostet hatte.

Nach weiteren langen Minuten, in denen nichts geschah, fasste er einen Entschluss. Er ließ sich hinabsinken, bis er auf dem nächsten Ast, der dick und vom Tau ganz glatt war, neuen Halt fand. Zwischendurch blickte er immer wieder um sich. Jetzt wurde auch der Boden sichtbar. Jedes welke Blatt, jeder einzelne Grashalm leuchtete grün auf. Sein Blick fiel auf eine platt getretene Coladose.

Er ging in die Hocke und nahm die Flinte von der Schulter. Indem er, um das Klicken zu dämpfen, das kalte Metall mit der einen Hand abdeckte, entsicherte er die Waffe. Stützte den Kolben an die Schulter. Scannte über den doppelten Lauf hinweg die Gegend.

Er hörte etwas knacken. Links von sich. Es klang so leise, dass er es gar nicht bemerkt hätte, wäre nicht jede Faser in seinem Körper bis zum Zerreißen angespannt gewesen. Reflexartig wandte er den Oberkörper nach links und drückte das Jagdgewehr fester an die Schulter.

Da war er.

Der Mann bewegte sich so langsam und fließend, dass es kaum auffiel. Von einem im Weideland vorstehenden Felsbrocken aus kroch er geradewegs auf das Waldstück zu. Dicker Buckel auf dem Rücken – ein Rucksack. In der Hand hielt er etwas Längliches – eine Schusswaffe.

Maier konzentrierte sich. Folgte mit dem Blick dem stählernen Lauf der Waffe und versuchte, den Abstand zu schätzen. Dreißig Meter? Der guten Sicht nach zu urteilen, vermutlich eher weniger. Zwanzig Meter? Vielleicht. Noch ein bisschen näher, und er konnte ihn tödlich treffen.

Doch das durfte er nicht.

Maier schloss das linke Auge. Legte die Wange an das nasse Holz des Kolbens, klemmte diesen zwischen Wange und Schulter, um die Waffe zu stabilisieren. Er legte an. Konzentrierte sich auf das Ziel. Spannte den Finger fester um den Abzug. Im nächsten Augenblick wurde seine Schulter zurückgerissen, als hätte jemand mit dem Fuß heftig dagegengetreten. Die Stichflamme, die aus der Waffe hervorgeschossen kam, wurde durch das Nachtsichtgerät in eine Explosion weißer Flecken verwandelt, die ihn für einen Augenblick blind machten. Der beißende Geruch von Schießpulver erfüllte die Nacht.

Es dauerte einige Sekunden, bis das Phosphor im Nachtsichtgerät sich wieder beruhigt hatte. Grobkörnig nahm die Landschaft nach und nach wieder Kontur an. Er richtete den Blick dorthin, wo er den Mann zum letzten Mal gesehen hatte.

Am Rand seines Blickfelds war schattenhaft der Umriss einer Gestalt zu erkennen, die sich gerade aufrappelte. Hatte er ihn nicht getroffen? Langsam kroch er näher an den Waldrand, wagte sich dann auf die offene Weide hinaus. Das Bild wurde klarer.

Der Mann schleppte sich voran, geradewegs auf den Gipfel des Hügels zu. Schien genau zu wissen, wo er hinwollte.

Er musste ihm nach. Maier griff in die Seitentasche seiner Hose, suchte nach der Munitionsschachtel. Griff in die andere Seitentasche. Durchsuchte seine Jackentaschen.

Sie war weg.

Musste ihm beim Klettern in den Baum aus der Tasche gefallen sein. Oder schon vorher, als auf ihn geschossen worden war.

Verdammt.

Das bedeutete, dass er nur noch eine einzige Patrone hatte.

Der Schatten wurde vager, das Bild körnig. Der Mann kroch immer noch weiter, jedenfalls kam es Maier so vor. So dicht am Boden und mit dem Rucksack auf dem Rücken wirkte er wie eine Riesenschildkröte.

Maier zögerte. Eine einzige Schrotpatrone, kein Munitionsvorrat.

Es musste trotzdem sein. So eine Chance kam nicht wieder.

Er kroch hervor und nahm die Verfolgung auf. Unwillkürlich entwich ihm ein Zischen. Schmerz. Aufrecht zu laufen wäre bequemer und bestimmt weniger schmerzvoll, würde ihn aber zur Zielscheibe machen. Er konzentrierte sich. Das Bild war so grob und undeutlich, dass er nicht erkennen konnte, wo und wie er den Mann getroffen hatte. Denn *dass* er ihn getroffen hatte, davon ging er mittlerweile aus. Es war der einzige logische Grund dafür, dass der Kerl davonkroch und seine verwundete Zielperson zurückließ.

Es gab also noch nichts zu feiern. Noch konnte keine Rede von einem Sieg oder auch nur einem Vorsprung sein. Allenfalls hatten sie gleichgezogen.

Vielleicht war es aber auch ein Ablenkungsmanöver, das ihm Sand in die Augen streuen sollte, ihn dazu verführen, dass er sich näher heranwagte. Ins Schussfeld.

Maier kroch weiter. Die nasse Kleidung scheuerte an seiner Haut und bei jeder Bewegung über die Wunde an seiner Seite. Das Bild wurde schärfer. Er beobachtete die kriechende Gestalt. Die Waffe, die er gerade noch ganz eindeutig hatte identifizieren können, konnte er jetzt nicht mehr entdecken. Vielleicht war sie durch die Schrotkugeln beschädigt worden, und der Kerl hatte sie liegen lassen. Vielleicht war er an den Händen verwundet und konnte sie nicht mehr mitschleppen. Der Abstand war zu groß, um es richtig einschätzen zu können.

Der Mann hatte jetzt fast den Gipfel erreicht. Es schien Maier besser, nicht direkt hinter ihm herzukriechen, sondern sich etwas rechts zu halten, sodass er oben etwa zwanzig Meter von dem anderen entfernt herauskäme.

Vielleicht hatte der Kerl dort, hinter dem höchsten Punkt, einen Beobachtungsposten, wo noch irgendwelche Waffen versteckt lagen. Vielleicht würde er Maier dort erwarten. Dann war mit einer Wahrscheinlichkeit von zehn zu eins demnächst sowieso Ende der Vorstellung.

Maier kroch auf Ellbogen und Zehenspitzen vorwärts und hielt dann leicht rechts, um weit genug von dem Waldstück entfernt zu bleiben. Er zischte und fluchte zwischen zusammengebissenen Zähnen vor sich hin. Der Schmerz in seiner Seite schien immer schlimmer zu werden. Schließlich war er auf dem Gipfel angekommen. Er duckte sich hinter einen größeren Felsen und spähte nach vorn.

Sein Mann war noch da. Bewegte sich ungehindert weiter, im langsamen, aber stetigen Tempo wie zuvor, auf ein paar hohe Sträucher zu Füßen einer steilen Felswand zu.

Und im nächsten Augenblick war er verschwunden.

Als hätte er sich in der Dunkelheit aufgelöst.

Maier blinzelte mit den Augen. Prüfte, ob der Illuminator noch an war. War er. Angespannt kam Maier hinter dem Felsen zum Vorschein und kroch ein Stück weiter vor, bis die Felswand sich im Schärfebereich des Nachtsichtgeräts befand. Strengte die Augen aufs Äußerste an.

Der Mann war nirgends mehr zu sehen.

Verwirrt starrte Maier auf die Felswand. Nach links. Nach rechts.

Er hatte ihn verloren.

51

Es war Viertel nach drei. Susan starrte auf den Wecker. Die Zahlen auf der Digitalanzeige tanzten vor ihren Augen, der rote Schein fiel auf das Nachtschränkchen. Ihre Augen juckten vor Müdigkeit, aber sie konnte nicht einschlafen.

Wenn Sil recht hatte, machte Svens Mörder schon seit Tagen seine Runden ums Haus. Wartete und beobachtete sie.

Sie unterdrückte ein Schaudern.

Seit sie in Wales war, rissen die Alpträume sie nicht mehr nachts aus dem Schlaf, sondern kamen, wenn sie hellwach war, und verschwanden nicht, wenn sie das Licht anschaltete.

Sie drehte sich auf die andere Seite und klemmte sich das Kissen unter den Kopf. Erst nach ein paar Tagen war ihr bewusst geworden, wie sehr sie an die nächtliche Geräuschkulisse der Stadt bereits gewöhnt war. Vorbeifahrende Autos und Motorräder, Jugendliche aus der Kneipe ein paar Häuserblocks weiter, die auf dem Weg nach Hause herumgrölten, wobei sie Laternenpfählen und Müllcontainern Fußtritte versetzten. Sie hatte sich nie daran gestört. Es hatte sie beruhigt zu wissen, dass dort draußen Leute waren. Dass die Welt sich weiter drehte.

Sie kämpfte gegen den Impuls an, nach unten zu gehen, Tee aufzusetzen und im Fernseher Discovery Channel oder National Geographic einzuschalten. Ein Infomercial-Sender hätte es auch getan. Sich erklären zu lassen, warum ihr Leben schnöde und fad bliebe, wenn sie nicht eine revolutionäre Antifaltencreme oder ein paar lebensechte Tierskulpturen aus Plastik bestellte, war ihr immer noch lieber als diese unangenehme Stille. Die kam ihr bedrohlich vor.

Sie musste jetzt wirklich versuchen, etwas Schlaf zu finden. Niemand hatte etwas davon, wenn sie wach blieb. Sil würde auch total erledigt sein, wenn er zurückkam.

Falls er denn zurückkam.

In ihrem Bauch breitete sich immer mehr Unbehagen aus.

Sie stopfte sich das Kissen zwischen Kopf und Schulter. Nicht mehr nachdenken.

Schlafen.

Sie versuchte, sich ein Thermometer vorzustellen. Das tat sie öfter, wenn die Zahnräder in ihrem Gehirn einfach nicht stillstehen wollten und sie nicht einschlafen konnte. Die Grade über Null bedeuteten Aktivität: je höher, desto aktiver. Sie zwang sich selbst, das Thermometer zu beeinflussen. Von fünfundzwanzig auf zwanzig. Von zwanzig auf fünfzehn. Und noch tiefer. Allmählich spürte sie sich wegsacken, auf den Nullpunkt zu, in einen Schlummerzustand.

Plötzlich schnellte die Quecksilbersäule in die Höhe.

Ein Kratzlaut.

Sie hob den Kopf vom Kissen. Ein leises Kratzen, wie von Fingernägeln auf Holz.

War es der Heizkessel? Das Holz, das arbeitete?

Unwillkürlich atmete sie schneller.

Wieder das Kratzen.

Auf einen Arm gestützt, richtete sie sich halb auf. Der Überzug der Bettdecke rutschte ihr auf die Hüften.

Das Schürfgeräusch war immer noch da. Leise, unregelmäßig.

Ein Zweig an der Dachrinne auf der Rückseite des Hauses? Skip, unten im Flur, der sich kratzte und dabei mit seinen Krallen an die Tür oder an die Wand kam?

Gespenster, Susan.

Wenn etwas nicht in Ordnung wäre, hätte Skip schon längst Alarm geschlagen. Der Hund war die Wachsamkeit selbst, bis in die kleinste Nervenfaser angespannt. Wenn hier nachts jemand eindringen wollte, schlief dieser Hund bestimmt nicht einfach weiter.

Sie zog sich die Decke über die Schulter. Wenn sie jetzt nicht schnell einschlief, war sie morgen ein Zombie.

Sie schaute noch einmal auf den Wecker. Drei Uhr fünfundzwanzig.

Kratzen. Gedämpft.

Sie zog die Schublade des Nachtschränkchens auf und holte das Stungun heraus, das Sil in Paris gekauft hatte. Während der ganzen Fahrt nach Wales hatte das Ding im Handschuhfach gelegen, und seit Sils Anruf hatte sie es bei sich getragen. Jetzt deponierte sie die Waffe neben sich und ließ die Hand locker darauf liegen.

Nun müsste sie sich doch besser fühlen. Sicherer.

Das war nicht der Fall.

Wieder dieses Kratzen.

Sie überlegte, ob sie dieses Geräusch in der letzten Nacht auch schon gehört hatte, konnte sich aber nicht erinnern. Überspannte Nerven, sagte sie sich. Genau wie bei Skip. Weil Sil nicht da war. Das war alles. Sie schloss wieder die Augen.

Skip bellte.

Kein unsicheres Bellen, als zweifele er an seiner eigenen Sinneswahrnehmung oder als würde er im Traum eine Katze verfolgen. Sondern ein Gebell wie eine Maschinengewehrsalve.

Skip war sich seiner Sache sicher.

Susan sprang aus dem Bett, als hätte jemand einen Startschuss abgegeben. Rannte auf den Flur hinaus, das Stungun in der Hand, riss die Tür zu Jeannys Schlafzimmer auf. Das Licht war an, sie blinzelte kurz mit den Augen. Jeanny stand mitten im Zimmer, die graumelierten Locken fielen ihr lang über das weiße Nachthemd. Zitternd legte sie den Zeigefinger an ihre Lippen.

Skips Gebell schallte über die Treppe und durch den Flur. Seine Stimme überschlug sich beinahe vor Aufregung.

Susan schloss die Tür hinter sich und betrachtete sie genauer. Da war kein Schloss. Sie drehte sich zu Jeanny um, die noch immer wie erstarrt im Raum stand. Total perplex, wie gelähmt vor Panik. Wortlos blickte sie Susan an, außerstande, irgendetwas zu sagen oder zu tun.

Susan sah sich im Raum um. Suchte nach irgendetwas, womit sie die Tür verbarrikadieren könnten. Im ganzen Raum war nichts Brauchbares zu finden. Der Schrank war zu schwer. Das Nachtschränkchen hingegen, auf dem ein Emily-Brontë-Taschenbuch mit dünnen Zeitungspapierseiten lag, konnte man allenfalls werfen. Eine Nachtlampe aus Plastik war über dem Bett an die Wand geschraubt, ein paar Pantoffeln lagen auf dem Boden. Susan öffnete den Kleiderschrank. Begleitet von Skips lautem Gebell durchstreifte sie mit den Händen die Klamotten. Die Kleiderbügel waren zumeist aus Plastik, teils hatte Jeanny auch dünne Metallbügel aus der Reinigung, die sich unter dem Gewicht der Kleider durchbogen.

Im ganzen Raum war nichts zu finden, was man vor die Tür schieben oder was auch nur einigermaßen als Waffe dienen könnte.

Es dauerte einen Moment, bis ihr bewusst wurde, dass Skips Gebell verstummt war. Es war nicht etwa langsam leiser geworden, sondern auf einen Schlag verstummt, als hätte jemand einen Schalter umgelegt.

Auf die kurze Stille folgten dumpfe Laute. Jemand kam die Treppe herauf. Zögernde Schritte. Er, oder wer auch immer es war, ließ sich Zeit. Susan kämpfte gegen den unsinnigen Impuls an, sich unter dem Doppelbett zu verkriechen.

Stattdessen sprang sie die paar Meter bis zur Tür und stemmte sich mit dem Rücken dagegen. Indem sie sich mit den Füßen auf den Dielen abstützte, versuchte sie, den Gegendruck zu erhöhen. Mit zitterndem Daumen betätigte sie den Plastikriegel an dem Stungun, woraufhin, begleitet von elektrischem Knistern, zwischen den beiden Kontaktpunkten eine dünne Lichtschnur in wackligem Blau erschien. Die Waffe war funktionsbereit.

Susan schaltete sie aus.

Plötzlich stand Jeanny neben ihr. Legte die Hände an die Tür und senkte die Stirn auf das Holz, mit geschlossenen Augen. Erfolglos schien sie gegen die lähmende Panik anzukämpfen. Sie stemmte sich mit aller Macht gegen die Tür, als wollte sie sie aus dem Rahmen herausdrücken.

Die Schritte kamen näher. Unter dem Gewicht knarrten die Stufen.

Susan bemühte sich, einen klaren Kopf zu behalten. Richtete den Blick auf die Tür, die aus Fichten- oder Kiefernholz bestand, wie die unter dem antiken Lack durchscheinenden Jahresringe besagten. Gegendruck schien sinnlos. Ein Tritt, und dieses Holz würde zersplittern. Oder ein Schuss.

Durch diese Tür kam eine Kugel ohne Weiteres hindurch. Diese Tür hielt nichts und niemanden auf.

Susan schaute zum Fenster, das sich auf der anderen Seite des Raums über dem Bett befand.

Schritte auf dem oberen Treppenabsatz.

Sie löste sich von der Tür und rannte zum Fenster. Drehte nervös an dem ovalen Knauf, bis die beiden Flügel nach innen aufgingen. Kühle Abendluft strömte ins Schlafzimmer.

Ohne noch auf die Schritte oder auf ihre Mutter zu achten, schwang sie das eine Bein über die Fensterbank, sodass sie rittlings auf dem Rahmen saß, und schaute nach unten. Sie befand sich vielleicht drei oder vier Meter über dem harten, dunklen Boden, von dem sie so gut wie nichts sehen konnte – das finstere Loch dort unten konnte ebenso gut eine tiefe Grube sein.

Sie erschauderte.

Was, wenn ich mir den Rücken breche?

Einen Augenblick zögerte sie.

Im nächsten Moment flog die Schlafzimmertür auf. Erschrocken wandte sie den Kopf.

Den Mann, der breit grinsend in der Tür stand, erkannte sie auf Anhieb.

52

Maier lehnte mit dem Rücken an einem bemoosten Fels. Rechts von ihm befand sich eine Öffnung in der Felswand, ein Riss im massiven Gestein, breit genug, um einen erwachsenen Mann hindurchschlüpfen zu lassen. Wegen der meterhohen, wilden Weißdornsträucher war das Loch vom Gipfel aus nicht zu sehen gewesen. Dies war die letzte Möglichkeit, die noch blieb. Dort drinnen musste der Schütze sich versteckt halten.

Er schaltete den Illuminator ein. Die Umgebung leuchtete mit schärferen Kontrasten auf, als man sie an einem sonnigen Tag durch eine grüne Brille hindurch hätte sehen können. Er legte sich auf den Bauch und kroch auf den Felsspalt zu. Spähte hinein. Auf den ersten Blick schien es höchstens ein bis zwei Meter in die Tiefe zu gehen, dann aber stellte er fest, dass die Öffnung gut viermal so weit reichte. Er kroch noch ein Stück voran. Als er sich schließlich sicher sein konnte, dass niemand dort war, erhob er sich und ging aufrecht weiter. Zu seiner Linken fand sich in Brusthöhe ein natürliches, mit Moos und Grasbüscheln bewachsenes Plateau, dahinter eine weitere Öffnung. Er legte das Jagdgewehr an die Schulter, den Finger um den Abzug und spähte in die Öffnung. Ein Durchgang, wenn man es so nennen wollte: kaum einen Meter breit. Rauer Stein mit Moos und Kalkablagerungen.

Er stützte den Ellbogen auf das Plateau und stieß sich mit den Füßen ab. Schwang erst das eine, dann das andere Bein hinauf. Ging in die Hocke und legte das William Powell wieder an seine Schulter.

Womöglich hatte der Mann es sich irgendwo dort im Hintergrund gemütlich gemacht und wartete nun auf ihn. Er hatte vielleicht keine Waffe mehr, konnte aber auch mit einem Messer ganz gut umgehen. Maier musste wachsam bleiben.

Der Restlichtverstärker verschaffte ihm einen gewissen Vorteil. Hier herrschte zwar eine Grabesfinsternis, aber mit Hilfe des Infrarotstrahlers konnte er sich bewegen wie am helllichten Tag.

Alles blieb still.

Er legte sich erneut auf den Bauch und arbeitete sich auf Knien und Unterarmen langsam voran. Bei jeder Bewegung scheuerte ihm Kleidung über die offenen Wunden. Es brannte höllisch, als würde jemand Salzsäure darüber sprenkeln. Er stieß einen gedämpften Fluch aus und kroch weiter.

Er war nun ringsum von Felswänden umgeben, in denen unregelmäßige, vor Feuchtigkeit glänzende Risse klafften. In ein paar Metern Entfernung wurde der Durchgang schmaler und machte eine Biegung nach rechts. Er kroch weiter. Atmete durch den Mund ein und aus. Spürte sein Herz schnell und unregelmäßig pochen.

Die Decke wurde immer niedriger. Sein Rucksack schleifte am Gestein entlang und blieb immer wieder hängen. Er befreite seine Arme aus den Trageriemen und ließ den Rucksack zurück.

Während er immer tiefer ins Innere des Felsens hineinkroch, stellte er sich vor, dass Tausende Tonnen massiven Gesteins auf ihm lasteten, ihn einschlossen und immer näher kamen. Zunehmend streifte er mit der Schulter an den rauen Felswänden entlang, und um sich nicht an vorstehendem Gestein zu stoßen, musste er sich immer mehr ducken. Ein Schauder durchlief ihn.

Er schluckte. Erst einmal, dann noch einmal. Sein Mund war papptrocken. Kurz hielt er die Luft an und schloss die Augen. Versuchte, sich Mut zuzusprechen. Das gelang ihm nicht so recht.

Wenn dies nun gar kein Durchgang war? Wenn es nur immer schmaler und enger würde, bis er schließlich feststeckte?

Und wenn der andere sich irgendwo in der Nähe versteckt gehalten hatte, um sich von hinten zu nähern, ihn aufzuschlitzen und als Futter für die Füchse hier liegen zu lassen?

Der Gang war zu schmal, als dass er hätte umkehren oder auch nur das Gewehr auf ein Ziel richten können, das nicht direkt vor ihm lag. Die feuchten Wände schienen zu atmen, schienen sich im Rhythmus seiner Atemzüge zusammenzuziehen und wieder auszudehnen und ihn immer weiter einzuschließen. Als wollten sie ihn ersticken. Als wäre er in den Darm eines riesigen Fossils hineingeraten.

Langsam bemächtigte sich seiner eine Panik, die ihn vollständig lähmte. Er erstarrte. Seine zitternden Muskeln versagten ihm den Dienst. Er konnte weder vor noch zurück. Kalter Schweiß brach ihm aus, und in seinen Ohren hörte er ein Pfeifen. Im Stillen beschimpfte er sich wegen dieser irrationalen Angst. Versuchte, sie mit Hohn zu übertönen.

Diesen Gang gab es wahrscheinlich schon seit Jahrhunderten, überlegte er. Er hatte sich vermutlich schon in der Eiszeit gebildet, als die Leute noch in Bärenfellen herumgelaufen waren. Oder noch früher. Der würde nicht jetzt plötzlich einstürzen. Jetzt nicht, nächste Woche nicht, überhaupt nicht.

Reiß dich zusammen! Einatmen, ausatmen.

Minutenlang blieb er still liegen, das Blut rauschte ihm in den Ohren, er konnte seinen eigenen Atem hören. Er ermahnte sich selbst, Ruhe zu bewahren. Konzentrierte sich auf seine Atemzüge.

Es schien zu funktionieren. Allmählich ließ das Zittern nach. Das Rauschen in seinen Ohren verklang.

Langsam, aber sicher bekam er sich wieder in den Griff. Sein Rücken war schweißüberströmt. Auf seiner Stirn, den Wangen und den Lippen perlten salzige Tropfen. Irgendwie schaffte er es, die eine Hand ein Stück vorzustrecken. Zittrig, unsicher. Dann die andere. Schließlich auch das Knie.

Ungelenk kroch er vorwärts. Gab ein Zischen von sich, als das eine Glas des Nachtsichtgeräts gegen ein vorstehendes Stück Stein tickte. Die Wirkung war so ähnlich, als hätte ihm jemand einen kräftigen Schlag ins Gesicht versetzt. Er biss die Zähne zusammen und konzentrierte sich auf den Weg, der vor ihm lag. Sagte sich erneut, dass er nichts zu befürchten hatte.

Nichts, womit er nicht umgehen konnte.

Die William Powell vor sich streckend, kroch er weiter.

Allmählich wurde der Gang wieder breiter und höher. Er konnte den Kopf heben, gewann Freiraum an den Ellbogen. Als ein wenig Geröll unter seinen Füßen in Bewegung kam, erstarrte er kurz: Er durfte kein Geräusch von sich geben. Ein paar Minuten wartete er, horchte. Hörte ein Tröpfeln. Das Geräusch, das von den Felswänden widerhallte, kam anscheinend aus den tiefsten Abgründen der Grotte.

Von außen drang kein Laut hierher.

Er kroch weiter. Um größeren Steinen und Felsbrocken auszuweichen, hob er die Knie. Kurz spielte er mit der Idee, umzukehren und seinen Rucksack zu holen, aber der bloße Gedanke an die Enge in dem Gang raubte ihm den Atem. Also verzichtete er darauf. Noch immer hielt er das Gewehr fest umklammert, während das Jagdmesser sich in der Seitentasche seiner Hose befand. Der leicht abschüssige Boden mündete schließlich in einen offenen Raum, eine Grotte, etwa drei Meter tief, die sich links und rechts von ihm als breiter, langer, unterirdischer Gang erstreckte. Die Decke war hoch genug, um aufrecht stehen zu können, etwa zwei Meter. Endlich Platz. Kein enger Gang mehr.

Die Erleichterung war von kurzer Dauer.

Schräg gegenüber, keine sechs Meter entfernt, saß ein Mann auf dem Boden, den Rücken an die Wand gelehnt.

Ein Schock durchfuhr Maier: Es war Svens Mörder. Er hatte

ihn wiedererkannt. Der Kerl mochte fünf oder sechs Jahre älter sein als er selbst, vielleicht war er aber auch schon fünfzig. Verwitterte Haut mit zahllosen Unebenheiten, von dunklen Flecken umschattete Narben von Schürfwunden. Die schlecht verheilten Wunden, die als Erstes ins Auge sprangen, sahen makaber aus. Sie rührten eindeutig nicht von einem Sturz durch eine Glasscheibe oder dergleichen her.

Was dieser Mann erlebt hatte, wollte Maier lieber nicht wissen.

Er trug dunkle Kleidung. Seine eine Hand, die in einem fleckigen Verband steckte, lag reglos auf seinem Oberschenkel. In der anderen hielt er eine kleine Faustfeuerwaffe, die er nervös hin- und her schwenkte, synchron mit den Bewegungen seines Kopfes, als wären Arm und Kopf miteinander verbunden.

Immer dorthin zielen, wohin man schaut.

Dieser Mann hatte eine militärische Ausbildung genossen, das stand fest. Seine ganze Haltung strahlte das aus. Aufmerksam blickte er um sich, konnte aber nichts sehen. Fühlte sich in die Enge getrieben.

Maier versuchte, sich Klarheit über die Situation zu verschaffen. Minutenlang blieb er wie angefroren auf dem harten Felsuntergrund liegen, um den Schützen zu beobachten. Neben dem Mann stand ein Rucksack auf dem Boden. Das Gewehr, das er vorhin noch mit sich herumgeschleppt hatte, war nirgends zu sehen. Seine Hand blutete anscheinend immer noch, die dunklen Flecken auf dem Verband schienen immer größer zu werden. Er hatte ihn also doch getroffen, dort draußen. Schrotmunition konnte auch aus dem Abstand äußerst unangenehme Wunden verursachen. Vielleicht hatte einer der anderen Schüsse das Gewehr getroffen und demoliert – nur das könnte erklären, dass jemand die eigene Waffe irgendwo zurückließ.

Die Aufmerksamkeit des Mannes schien nun abzunehmen. Er senkte die Waffe und legte den Kopf in den Nacken, an die

Wand, schaute in einen imaginären Himmel und atmete tief durch. Schloss die Augen.

Maier überlegte. Der Mann hatte ihn offenbar gehört, nachdem es aber so lange still geblieben war, das Geräusch als das irgendeines nachtaktiven Tiers abgetan, das in der Grotte herumscharrte. Oder als Sinnestäuschung, stressbedingt.

Während Maier den Mann beobachtete, wusste er, dass er ihn jederzeit umlegen konnte. Aus dieser Entfernung war es leichter als auf dem Schießstand – solange er nicht die Augen zusammenkniff und an den engen Gang zurückdachte, war es praktisch undenkbar, dass er sein Ziel verfehlte. Seine letzte Ladung Schrot würde dem Mann ein Loch in den Leib reißen, so groß wie ein Tennisball. Wenn nicht größer.

Und er würde nie wieder aufstehen.

So wenig wie Sven.

Aber Maier wusste auch, dass er diesen Mann noch brauchte. Dass er ihm mehr über seinen Auftraggeber würde erzählen können und warum dieser ihn geschickt hatte.

Ihm das Hirn aus dem Kopf pusten, das konnte er auch später noch tun.

Fieberhaft dachte Maier darüber nach, wie er aus dieser Sackgasse wieder herauskäme. Eins war klar: Der Typ würde beim geringsten Anlass abdrücken. Er würde zwar in der vollkommenen Dunkelheit nicht richtig zielen können, aber welche Bahn die Kugeln nehmen würden, wäre nicht vorherzusagen. Sie würden von den massiven Felswänden abprallen.

Minutenlang blieb er still liegen. Der brennende Schmerz in seiner Seite schien zuzunehmen. Er verlagerte sein Gewicht. Unter ihm knirschte es.

Der andere reagierte auf Anhieb. Hob den Kopf, den Arm, schwenkte die Pistole hin und her.

Maier kauerte sich flach auf den Boden und blieb wie versteinert liegen.

Er kann nichts sehen, schoss es Maier durch den Kopf. Nur hören, riechen. Vielleicht fühlen.

Er sieht mich nicht.

Allmählich wurde ihm klar, dass er irgendetwas tun musste. Solange der andere mit dem Finger am Abzug dasaß, war an eine Befragung nicht zu denken.

Maier zog sich hinter die dicke Felswand zurück und schob sich langsam wieder ein Stück in den schmalen Gang hinein. Er griff nach einem Stein, wog ihn kurz in der Hand und schleuderte ihn dann wie eine Granate aus dem Laufgraben in den Raum vor sich. Duckte sich sofort auf den Boden und hielt sich die Ohren zu. Der Stein prallte mit einem lauten Knall von der Wand ab, kollerte dann etwa fünf Meter über den Boden und blieb liegen. Er hörte ihn nicht mehr. Die drei Schüsse, die mehr oder weniger unmittelbar darauf folgten, betäubten sein Gehör.

Er hatte den Mann richtig eingeschätzt. Seine Lunte war nur noch sehr kurz. Er hatte Schmerzen, fühlte sich bedroht und reagierte entsprechend heftig.

Maier robbte nach vorn. Sein Opponent hatte sich halb aufgerichtet, spähte um sich und hielt die Waffe vor sich ausgestreckt. Sein anderer Arm hing schlaff herunter.

Maier zog sich zurück und hob erneut einen Stein vom Boden auf. Das Ding wog sicher ein halbes Kilo. Mit enormer Kraftanstrengung warf er ihn in den offenen Raum hinein. Er sah gerade noch, wie der Mann sich in Richtung des Lärms umdrehte, dann duckte er sich.

Drei Schüsse, in ultrakurzen Abständen.

Peng-peng-peng.

Das Getöse hallte von den Wänden der Grotte wider, Schallwellen wie von Peitschenschlägen, die sich immer weiter fortpflanzten. Zurück blieb ein tiefes Pfeifen in seinem Hörnerv. Sein Gehör konnte er allmählich abschreiben. Der andere musste mittlerweile genauso taub sein.

Taub und blind.

Okay, dachte Maier grimmig, du hast jetzt sechs Patronen weniger. Mal sehen, was du noch zu bieten hast.

Den dritten Stein warf er nach rechts. Der Mann reagierte prompt mit zwei Schüssen.

Ein dritter Schuss blieb aus.

Maier wartete noch ein paar Sekunden und kroch dann vorsichtig nach vorn. Der Kerl beugte sich eben vor, um nach seinem Rucksack zu greifen.

Mit einem Sprung hechtete Maier in den Raum hinein. Schmerz spürte er keinen mehr. Während er auf den Mann zulief, drehte der sich um. Maier sah eine Faust auf sich zukommen und wich aus. Er umklammerte das William-Powell-Gewehr mit beiden Händen und benutzte es als Stoßwaffe. Mit voller Kraft rammte er dem anderen den schweren Kolben in den Körper. Das massive Walnussholz gab keinen Millimeter nach. Mit einem tiefen Stöhnen aus dem Bauch klappte der andere zusammen. Maier riss die Waffe hoch, holte nochmals aus. Der Kolben traf den Mann voll am Unterkiefer. Er machte Anstalten wegzurollen, senkte das Kinn auf die Brust und trat Maier heftig gegen das Schienbein. Ein heftiger Schmerz durchfuhr ihn. Dem nächsten Tritt wich Maier durch einen Sprung zur Seite aus. Noch mehr Schmerz. Als Reaktion trat er dem Mann, der jetzt auf dem Boden lag, in den Rücken. Rammte ihm nochmals den Gewehrkolben in den Leib. Mit einem Schrei ließ der Mann seine Waffe los.

Maier trat sie mit dem Fuß beiseite. Drehte sich dann blitzschnell um, wobei er das Jagdgewehr als Stoßwaffe vor sich hielt.

Es folgte kein weiterer Angriff. Der Mann krümmte sich, zog die Knie an die Brust. Hielt Hände und Arme wie ein Schutzschild vors Gesicht. Spannte in Erwartung weiterer Schläge die Muskeln an. Blieb still liegen, wartete. Atmete schwer.

Es war fast mitleiderregend.

Fast.

Dieses Arschloch hat Sven die Kehle durchgeschnitten.

Der Mann lag auf dem Boden, gekrümmt, jammernd, zuckend. Ein Tritt gegen den Schädel sorgte für Abhilfe.

Maier kniete sich hin und zog den Rucksack des Mannes zu sich. Große Überraschungen enthielt der nicht. Eine Taschenlampe, deren Glas teilweise mit schwarzem Band abgeklebt war, um den Lichtkegel zu begrenzen. Er drehte die Lampe an, das Licht war ziemlich schwach. Die Batterien fast leer. Außerdem fand er lose 9-Millimeter-Patronen, die mit dünnem Klebeband in einer Reihe aneinander befestigt waren, sodass sie nicht verrutschen oder klirren konnten – ein einfacher kleiner Trick, wie man ihn entweder bei der Ausbildung oder durch jahrelange Erfahrung lernte. Zwei flache Dosen Cornedbeef, eine Sägeschnur. Etwas Gerätschaft, eine kleine Flasche Waffenöl, ein Kompass. Was Maier suchte, befand sich ganz unten im Rucksack, zwischen einem Seil und ein paar Packungen Apfelsaft.

Schwarzes Isolierband. Er kratzte das Ende von der Rolle ab und band dem Mann hinter dem Rücken seine Handgelenke zusammen. Zog dann seine Hosenbeine hoch: Oberhalb von einer der durchnässten Socken war mit einem Klettband ein Messer am Unterschenkel befestigt. Er steckte sich das Messer selbst in die Tasche. Holte wieder das Klebeband hervor, um die nackten Fußgelenke des Mannes straff zu fesseln. Jetzt war er bewegungsunfähig.

Der kam hier nicht mehr so leicht weg.

Mit Schwung schleuderte Maier den Rucksack weg, das feste Kanevas-Gewebe schlitterte über das Steingeröll außer Sichtweite. Dann beugte er sich über den am Boden liegenden Mann und zog den Reißverschluss seiner Jacke auf, die von der Feuchtigkeit des walisischen Bodens genauso klamm war wie seine eigene Kleidung. Ein leeres Pistolenholster. Er blickte sich um.

Die Waffe lag zwei Meter entfernt auf dem Boden. Er hob sie auf: eine schwarze, halbautomatische Pistole. Er klickte das Magazin aus dem Metallgehäuse. Leer. Zog den Schlitten zurück und kontrollierte die Kammer. Nichts.

Die Pistole folgte dem Rucksack.

Maier ging zu dem Mann zurück. Der atmete jetzt etwas schneller.

Er sah aus, als könnte er ein paar Schläge vertragen. Er hatte offensichtlich schon öfter die Fresse poliert bekommen.

Und zwar gründlich.

Er konnte jeden Moment zu sich kommen.

Maier hievte den Mann hoch, drückte ihn mit dem Rücken an die Felswand und setzte sich ihm gegenüber. Dann wartete er ab.

Während er still dasaß und sein Gegenüber betrachtete, empfand er sonderbarerweise keinen Hass. Er war bestimmt ein ehemaliger Berufssoldat, der sich vom jeweils Höchstbietenden in Dienst nehmen ließ. Keine Ringe, nichts Persönliches trug er am Körper. Nichts außer einer funktionalen, wasserdichten Uhr, deren Marke Maier nichts sagte, und einer selbst angebrachten Tätowierung am Unterarm. Eine Flagge oder ein Logo mit Zahlen und Buchstaben, deren Konturen in der rauen Haut zerfaserten. Der Mann wirkte zu alt, um tatsächlich noch in militärischen Diensten zu stehen. Aber auch zu jung und womöglich finanziell nicht gut genug gepolstert, um sich zu Hause hinter Blumentöpfen zu verkriechen oder in einem spanischen Küstendorf eine Kneipe zu eröffnen und sein Rentenalter zu genießen.

Maier war solchen Leuten mehr als einmal begegnet. Verirrte Seelen. Von ihrer Truppe ausgespien und unfähig, ein normales Dasein aufzubauen, ergriffen sie jede Gelegenheit, um an ihr altes Leben anzuknüpfen. Als Bodyguards, als Trainer von Aufständischen in weniger stabilen Erdteilen. Oder als Killer.

Aber es würde nie so werden wie früher.

Susan hatte diesen Mann als Monster umschrieben, als unheimlichen Typen. Auf Maier wirkte er nicht so.

Eine immense Traurigkeit ging von diesem bewusstlos an der Wand lehnenden Mann aus. Ein Mörder, ein Auftragsmörder. Er hatte Sven ermordet, hatte ein Kind entführt und sich Gott weiß was noch alles zuschulden kommen lassen. Aber er hatte auch eingesteckt, das war deutlich.

Und zwar eine ganze Menge.

Maier war sich nicht recht darüber im Klaren, warum ihn das so berührte. Vielleicht, ganz vielleicht, fühlte er sich in der Abgeschlossenheit dieser Grotte irgendwie mit dem Fremden verbunden. Während ihm bewusst wurde, dass er selbst so nicht enden wollte.

Denn dass es hier enden würde, war unvermeidlich.

Der Kerl war darauf angesetzt worden, Jeanny und Susan zu ermorden. Und er war eine der lebensgefährlichen offenen Fragen. Schon deshalb durfte Maier ihn nicht entkommen lassen.

Der Mann kam zu sich. Erwartungsgemäß machte er daraus kein großes Drama. Erfasste die Lage und schaute gleichgültig vor sich hin. Harrte der Dinge, die da kommen würden.

»Für wen arbeitest du?«, fragte Maier.

Der Mann grinste. Seine Zähne färbten sich dunkel vor Blut. Auch aus seiner aufgerissenen Unterlippe quoll es hervor.

Er gab keine Antwort.

»Okay«, sagte Maier mit seinem Seufzen. Er griff in seine Innentasche und holte eine Packung Camel hervor. Steckte sich eine an. »Ich habe Zeit.«

Er setzte sich zwei Meter entfernt im Schneidersitz hin. Sah sein Gegenüber teilnahmslos an, während das Nikotin seine Wirkung entfaltete.

Der andere wirkte überrascht. Zumindest vorübergehend. Dann blickte er ebenso unbeteiligt in Maiers Richtung.

»Ich brauche dir das nicht zu erklären, oder?«, fragte Maier. Zog an seiner Zigarette, sodass der andere kurz sein Gesicht und das Nachtglas sehen musste. »Wenn du nicht antwortest, werde ich dir Schmerzen zufügen. Irgendwann machst du dann doch den Mund auf, und dann ist das alles umsonst gewesen. Denn sterben wirst du ohnehin. Es kann schmerzlos und schnell gehen. Es kann aber auch lang dauern und ziemlich problematisch werden. Überleg's dir.«

Der Mann erbebte und kniff kurz die Augen zusammen. Er musste Schmerzen haben, wusste sie aber gut zu verbergen.

»Warum hast du auf mich geschossen?«

»Auftrag«, sagte der Mann hustend. »Du und dieser Tierarzt.«

Das war unmöglich. Niemand außer Susan konnte wissen, dass er in Frankreich gewesen war. »Woher hast du meinen Namen?«

»Hey, ich hab deinen Namen nicht, okay? Er kann mir auch gestohlen bleiben. Es hieß, dieser Nielsen hätte noch jemanden bei sich, und als ich die Praxis verließ, saßt du da im Auto. Ich konnte dich nicht an Ort und Stelle umlegen, also musste ich wegen dir noch mal los. Am selben Abend bin ich hierhergeschickt worden, und prompt tauchtest du auf. Kinderspiel, Kumpel. Ich brauchte bloß zu warten.«

Der Mann war hörbar kein Niederländer.

»Wer hat mich auf deine Liste gesetzt?«, fragte Maier in ruhigem, besonnenem Ton.

Der Mann starrte mit leerem Blick in seine Richtung. »Keine Ahnung. Interessiert mich auch nicht. Der Typ ist paranoid bis dorthinaus. Wir haben nur per Mail Kontakt. Willst du ihm mailen? Viel Spaß. Ich kann dir seine Hotmail-Adresse geben.«

»Einen Namen, bitte.«

Der Mann hustete, wobei wieder frisches Blut aus seinen Lippen quoll. »Hab ich nicht, Kumpel. Ich weiß nicht mal, wo er lebt.«

»Und wie kommst du an dein Geld?«

»Das hinterlässt er in St. Maure. Einmal im Vierteljahr.«

Maier gab ein unterdrücktes Zischen von sich. Die Wunde an seiner Seite fing wieder an zu brennen, und am Knöchel spürte er einen dumpf pochenden Schmerz.

»Wie sieht er aus?«

»Keine Ahnung.«

»Wie, keine Ahnung?«

»Ich hab ihn nie gesehen. Läuft alles per Mail.«

»Du hast deinen Chef im Internet aufgegabelt?«

»Ein Bekannter hat den Kontakt hergestellt.«

»Wer war das? Dieser Bekannte?«

Müde hob der andere den Kopf. Versuchte, einen Blick auf sein Gegenüber zu erhaschen, das ihm aus der Dunkelheit Fragen stellte. »Ach«, sagte er, »was soll's? Der Arsch kann mich mal. Keinen Bock, für den zu verbluten. Alain Lardin. Franzose. Tierarzt.«

»Und warum sollten Jeanny und Susan ums Leben gebracht werden? Was haben die mit Sven Nielsen und dem Pferdedoping zu tun?«

Auf die blutverschmierten Lippen des Mannes trat ein Lächeln. »Heißen die so?«

Maier schwieg.

»Du raffst es nicht, oder? Ich bin nicht hier, um die Weiber umzubringen. Ich muss aufpassen, dass nicht jemand anders das erledigt.«

Dieses Gespräch wurde immer sonderbarer.

»Wer?«

»Kumpel, die erzählen mir auch nicht alles. Erst hab ich auf dich getippt. Aber als du heute Nachmittag mit den beiden zum Shoppen losgezogen bist, hab ich kapiert, dass ich mich getäuscht hatte.«

»Du bist in Brecon gewesen?«

Wieder ein Grinsen. »Du bist gut, aber du musst noch viel lernen. Supermarkt, Kneipe, Jagd- und Fischgeschäft. In der Reihenfolge.«

Maier nahm einen nervösen Zug von seiner Zigarette.

»War er ein Kumpel von dir?«, hörte er den Mann fragen.

»Wer?«

»Dieser Nielsen.«

Maier schaute auf. »Ja.«

»Scheiße für dich. Sollte eigentlich sauber ablaufen: Überdosis Heroin, Selbstmord. Aber der hat gekämpft wie ein Löwe. Die Abwicklung war suboptimal.« Er unterbrach sich und hustete. »Mein Chef war nicht zufrieden.«

Maier stand auf und warf die Kippe weg. Ging ein paar Schritte auf den Gang zu.

Kam wieder zurück. Er konnte sich nicht erinnern, jemals in einer derart verwickelten Situation gewesen zu sein. Er wusste beim besten Willen nicht, was er mit dieser Sache anfangen sollte. »Woher wusste dein Chef, dass wir zu zweit waren?«, fragte er schließlich. »Dass Sven jemanden bei sich hatte?«

»Augen und Ohren.«

Plötzlich fiel es Maier wie Schuppen von den Augen. Benoît. Benoît … Chavanne, oder so ähnlich. Der Tierarzt in Le Chesnay, der Svens Schusswunde behandelt hatte. Der nette Typ, der Idealist, der mit Alain befreundet gewesen war. Der dunkelhaarige Kerl mit dem weißen Kittel, der Sven beim Abschied noch vor die Tür gebracht hatte.

Und ihn wahrscheinlich hinter dem Steuer des Laguna hatte sitzen sehen.

»War das dein Werk, da in St. Maure?«, fragte der Mann.

Maier wandte ihm den Kopf zu. »Ja«, sagte er knapp und schaute wieder weg.

»Von wegen suboptimaler Abwicklung.«

Maier zog die Nase hoch.

»Der Typ mit dem Mercedes wollte nicht spuren«, fuhr der andere fort. »Den hatte ich selbst schon auf dem Kieker. Die beiden anderen waren geeigneter. Der Ältere, dieser kurzbeinige Typ, der hatte selbst eine siebenjährige Tochter. War früher mal Jockey, bis irgendein Gaul ihn abgeworfen hat. Seitdem hatte er's mit dem Rücken.«

Olivier. Der Monoprix-Mann.

»Dass er selbst Vater war, hat ihn anscheinend nicht daran gehindert, ein Kind zu entführen.«

»Das war ich. Ich und dieser *güevón.*«

»Ich hab selbst gesehen, wie er den Kleinen durch die Gegend gekarrt hat.«

Der andere zuckte mit den Schultern. »In meinem Auftrag. Dieser Nielsen sollte eingeschüchtert werden. War eigentlich nur … wie sagt man, Panikmache. Wir hätten dem Gör nichts getan. Als mein Chef hörte, dass ich mir das Kind geschnappt hatte, ist er total ausgeflippt.«

Ruckartig wandte Maier ihm den Kopf zu. »Aber du hättest es getan. Wenn das der Auftrag gewesen wäre.«

»Was?«

»Das Kind ermordet.«

Der Mann zog die Brauen hoch. Gab ein Schnauben von sich. »Was sonst? Dazu haben wir doch unsere Ausbildung, Kumpel, oder nicht?«

Maier schwieg. Dieser Mann ging über Leichen. Zur Not auch über Kinderleichen. Und sie hielten hier ein Schwätzchen wie beim Fußballgucken in der Kneipe.

Es war absurd.

Und er hatte fast angefangen, den Typen sympathisch zu finden.

»Du bist also nicht hier, um Jeanny und Susan zu ermorden?«

Der andere schüttelte den Kopf. »Nein. Nur um den Typen,

der das tut, selbst umzulegen, und um hinterher die Sauerei wegzumachen.«

»Wer wartet sonst noch auf Berichte von dir?«

»Niemand. Du hast mein komplettes Team niedergemacht. Ich kann dir nicht weiterhelfen. Jedenfalls nicht in dieser Sache.« Als Maier nicht reagierte, fügte er schnell hinzu: »Das ist die Wahrheit, okay? Ich hab verdammt noch mal keine Lust, für dieses Arschloch zu verbluten.«

Maier stand auf. Warf dem Mann noch einen Blick zu, wandte sich dann von ihm ab und ging ein Stück in den Gang zurück. Aus dem Rucksack, der an der Wand lag, holte er die Packung 9-Millimeter-Patronen. Die schwarze Pistole lag ein Stück weiter weg auf dem Boden. Er klickte das Magazin los und lud die Waffe durch. Entsicherte, zog den Schlitten zurück und kehrte zu dem Mann zurück.

Der starrte vor sich hin. Sagte kein Wort, saß nur da.

»Du kennst das Prinzip«, sagte Maier mit einem Kloß im Hals. »Ist nicht persönlich gemeint.«

53

Er stand breit grinsend im Schlafzimmer, im dunkelblauen Anzug mit goldenen Manschettenknöpfen. Das Haar sorgfältig geschnitten und geföhnt. Mit einem Lächeln, das auf gruselige Weise unecht, ja fast schon unmenschlich wirkte, entblößte er eine makellose Zahnreihe.

Sein Blick wanderte von Jeanny zu Susan und wieder zurück. Er wirkte amüsiert.

Stand seelenruhig da, schien es zu genießen.

Roger Wendel, der Anstifter der ganzen Sache. Der Mann, der ihre Mutter davongejagt hatte. Der ihr Leben kaputtgemacht hatte. Nicht der Zombie, der Sven ermordet hatte. Kein Serienmörder mit einem Messer zwischen den Zähnen. Sondern Roger. Wie konnte der es wagen, hier aufzutauchen.

Was für eine Dreistigkeit.

Eine enorme Wut stieg in Susan auf. Sie schwang das Bein über den Fensterrahmen ins Zimmer zurück. Fest umklammerte sie das Stungun, zitternd fand ihr Daumen den Schieberegler.

Dass ihre Mutter sie zurückzuhalten versuchte, wurde ihr nur halb bewusst. Sie sagte etwas, aber Susan hörte es nicht. Sämtliche Denkfunktionen waren ausgeschaltet.

Muskellähmung. Je länger der Kontakt, desto größer die Wirkung.

Mit wenigen Schritten hatte sie Roger erreicht. Drückte ihm die Kontaktpole des Stunguns an die Brust. Die elektrische Gewalt ließ Rogers Körper erbeben. Mit einer unkontrollierten

Armbewegung sprang er zurück. Für den Bruchteil einer Sekunde starrte Susan verstört auf die Auswirkungen. Sein Grinsen war verflogen, er blinzelte verwirrt mit den Augen, und wo das Stungun sein Hemd berührt hatte, waren zwei dunkle Brandflecken entstanden.

»Susan!«, hörte sie Jeanny schreien.

Erst spürte sie nur einen Luftzug, der von irgendwo unterhalb ihres Blickfelds zu kommen schien. Im nächsten Moment kam es ihr vor, als explodierte ihr Magen. Sie sank auf dem Teppich in sich zusammen, würgte, hustete.

Aus dem Augenwinkel sah sie Jeanny auf Roger zustürzen, außer sich vor Wut. Sie sah, wie Roger ausholte. Jeanny hatte nicht die geringste Chance.

Ich muss ihr helfen, fuhr es Susan durch den Kopf. Ich *muss* ihr helfen! Sie zog die Knie an den Bauch, wälzte sich auf die Seite, stützte sich auf Händen und Füßen ab. Der Schmerz war unerträglich. Sie schluckte Galle hinunter.

Stand auf, unsicher, wankend.

Es wurde still im Raum. Sie blickte auf.

Roger stand hinter ihrer Mutter. Hatte die Fäuste in ihrem Nacken zusammengeballt und hielt etwas fest. Jeanny krallte die Hände an ihren Hals. Ein Draht. Roger ging rückwärts auf die Wand zu und zog sie mit. Hilflos fingerte Jeanny an dem Draht herum, ihr Mund bildete einen stummen Schrei. An ihrem Hals zeichneten sich angespannte Sehnen und Muskeln ab.

»Ihr Scheißweiber«, hörte sie Roger atemlos hervorstoßen.

Susan setzte zu einem neuen Angriff an.

»Das würde ich lassen«, sagte Roger. Seine Stimme klang seltsam beherrscht, wodurch sie noch weit bedrohlicher wirkte, als wenn er laut gebrüllt hätte.

Susans Blick wanderte von ihrer Mutter zu Roger. Sie ließ den Arm sinken.

»Und, hat deine Mutter dir ein bisschen von ihren Eskapaden erzählt?«

Entgeistert starrte Susan ihn an. Wusste nicht, was sie tun sollte.

Ohne den Blick von Susan abzuwenden, wandte er sich an Jeanny, flüsterte ihr ins Ohr.

»Was hast du ihr erzählt, Jeanny? Deinem lieben Töchterchen? Hattet ihr ein herzliches Wiedersehen?«

Rasselnd holte Jeanny Luft, während sie unermüdlich versuchte, den Draht von ihrem Hals wegzuziehen. Es war vollkommen nutzlos. Sie stand auf den Zehenspitzen. Hielt die Augen geschlossen.

»Deine Mutter hat im Atelier deines Vaters mit einem deutschen Spion gevögelt. Wusstest du das, Susan?«

Es macht ihm Spaß, musste Susan plötzlich denken. Der Arsch genießt das richtig.

»Freust du dich, dass ich dich wiedergefunden habe, Jeanny?«, lispelte er. »Und zwar in einem so glücklichen Moment, zur Feier des Tages, an dem du dich mit deiner jüngsten Tochter wiedervereinst. Ist das nicht großartig? Schade, dass die Freude nur von so kurzer Dauer sein wird. Wie alle schönen Dinge im Leben.«

»Was hast du hier zu suchen?«, fragte Susan unvermittelt. »Warum bist du hergekommen? Hast du nicht schon genug Unheil angerichtet? Meine Mutter hat zwanzig Jahre ihres Lebens verloren, verdammt! Ich habe keine Ahnung, worum's dir geht, aber irgendwann muss damit mal Schluss sein.«

Roger sah irritiert auf.

»Geht es um das Geld?«, fuhr sie fort. »Das kann sie zurückzahlen.«

Er wirkte nicht sonderlich beeindruckt. »Ach ja? Das ist schön.« Jeanny kam noch immer kaum mit den Füßen auf den Boden.

Susan konnte es nicht mehr mitansehen. »Hör auf, gleich erstickt sie, hör auf!« Es war eher eine Reaktion auf den Todeskampf ihrer Mutter direkt vor ihren Augen, als dass sie tatsächlich geglaubt hätte, irgendeinen Einfluss zu haben.

Er lächelte. »Die gute Jeanny hier hat mich ganz schön sitzen lassen.« Er wandte sich wieder an Jeanny, flüsterte ihr ins Ohr. »Na, was ist das für ein Gefühl, wenn jemand dich erwürgt? Hab ich dir nicht gesagt, ich würde dich finden, wenn du wegläufst? Und was ich dann mit dir machen würde, habe ich dir auch gesagt.«

Dann sah er Susan direkt ins Gesicht. »Und jetzt ist Schluss mit lustig, junge Dame. Lass dein Spielzeug da auf den Boden fallen und stoß es mit dem Fuß zu mir rüber.«

Susan zögerte. Sil hatte ihr eingeschärft, in lebensbedrohlichen Situationen nie, aber auch wirklich niemals auf irgendwelche Wünsche oder Forderungen einzugehen. Er hatte es ihr geradezu eingehämmert: Nie unter Zwang in ein Auto steigen, sich nie freiwillig fesseln lassen, um den Gegner zu besänftigen. Und nie die eigene Waffe aus der Hand geben. Niemals. Denn sobald man sich ausliefert, ist man jede Kontrolle über das eigene Leben los. Nie zulassen, dass jemand anders die Entscheidungen trifft, die man selbst treffen muss. Sondern im Zweifelsfall kämpfen, sich mit aller Kraft wehren. Es ist wahrscheinlich die letzte Chance, mit dem Leben davonzukommen.

Ihre Finger schlossen sich fester um das Stungun. Sie sah ihre Mutter an, die das Gesicht vor Angst zu einer Grimasse verzogen hatte und krampfhaft auf den Zehenspitzen balancierte, die den Teppich kaum berührten. Roger schmiegte grinsend seine Wange an Jeannys, als tanzten die beiden einen makaberen Tango. Sein Kopf war rot vor Anspannung.

Kämpfen.

Sie setzte mit einem Sprung auf ihn zu und rammte ihm das Stungun in den Hals. Er schrie auf, wehrte sie ab und verlor das Gleichgewicht. Im Fallen riss er Jeanny mit. Susan stürzte sich auf ihn und stieß ihm die Kontaktpunkte erneut gegen den Hals. Das elektrische Geknister, das durch seinen Körper jagte, wurde von seiner Haut absorbiert. Er zappelte, schrie, fluchte, mähte mit den Armen durch die Luft.

Mistding, wird's endlich!

Im nächsten Augenblick lag er reglos da. Alle Muskelspannung war aus seinem Körper gewichen, seine Augen waren geschlossen, sein Mund stand halb offen, entspannt, als ob er schliefe.

Jeanny versuchte, sich von Roger zu befreien. Susan löste seine Finger von den beiden Holzblöcken, die an den Enden des Eisendrahts befestigt waren. Zog an seinem Arm, versuchte, Roger auf die Seite zu drehen, ihn von Jeannys Körper herunterzuwälzen. Er war von gewöhnlicher Statur, schien ihr aber dreihundert Kilo schwer zu sein.

Auf den Ellbogen kam Jeanny unter ihm hervorgekrochen. Sie befreite ihren Hals von dem Draht. Schnappte nach Luft, atmete tief durch. Musste husten, Tränen traten ihr in die Augen. Schräg über ihren Hals lief ein dunkler, violetter Streifen, wie Susan nun sah. Jeanny rieb mit der Hand darüber.

Kurz sahen sie einander in die Augen.

Es dauerte einen Moment, bis Susan bewusst wurde, dass sie sich beeilen mussten. Roger würde nicht ewig bewusstlos bleiben. »Schnell, er kann gleich wieder zu sich kommen.«

Jeanny kniete auf dem grünen Teppich und rieb sich die Kehle. Sie hatte Mühe zu atmen und hörte Susans Worte kaum.

Susans Blick fiel auf Rogers Schlips. Glänzender Stoff mit gelben und blauen Querstreifen. Sie begann den Knoten zu lösen.

»Halt seine Hände fest«, sagte sie. »Hilf mir.«

Jeanny kam in Gang und zog Roger die Arme nach hinten auf den Rücken. Sie arbeiteten nicht mit. Susan knotete ein Schlipsende um eines der Handgelenke, wand den glatten Stoff dann um das andere und zog beide zusammen. Machte einen Knoten und zog diesen so fest zusammen, wie sie konnte. Machte noch einen Knoten. Und einen dritten.

Es funktionierte nicht. Das Material war zu elastisch.

Sie griff nach dem Eisendraht, den ihre Mutter gerade noch am Hals gehabt hatte. Zog Rogers Beine zusammen und fing an, sie mit dem Draht zu umwinden, direkt über den Knien. Sie arbeitete gehetzt, wissend, dass er jeden Augenblick wieder zu sich kommen und ihr einen Tritt verpassen konnte.

Von dem vorigen hatte ihr Magen sich noch längst nicht erholt. Sie wusste, dass sie nicht die Kraft haben würde, noch einmal zu kämpfen. Der Adrenalinstoß und der Schmerz hatten sie ziemlich erschöpft.

Der Eisendraht ließ sich nicht verknoten.

Roger begann sich zu bewegen. Murmelte etwas, als würde er aus dem Schlaf erwachen, schien dann aber wieder wegzudämmern.

Für den Bruchteil einer Sekunde begegneten sich ihre Blicke.

Jeanny sprang auf. »Ich gehe was holen.«

Susan hörte ihre Schritte auf der Treppe. Dann einen schrillen Schrei: »Skip!«

»Beil dich«, kreischte Susan, »er kommt zu sich, mach schnell!«

Sie mühte sich nach Kräften, aus dem Draht einen Knoten zu machen, aber das Material ließ sich nicht richtig biegen.

Roger hustete. Murmelte. Bewegte sich.

»Breites Klebeband«, schrie Susan ihrer Mutter hinterher, »oder ein Stück Schnur, irgendwas! Schnell!«

Sie hörte Jeanny in der Küche herumfuhrwerken. Schubladen auf- und wieder zuziehen, alles Mögliche fiel auf den Boden.

Roger kam zu sich. Es ging beängstigend schnell.

Das Stungun. Fieberhaft blickte sie um sich.

Wo war das Ding abgeblieben?

Sie kniete sich hin, stützte die Hände auf den Boden. Schaute unters Bett. Nichts. Legte die Wange auf den Boden, suchend. Unter den Schrank war das Ding gerutscht. Sie kroch hin und legte sich flach auf den Bauch. Sie konnte das Kunststoffgehäuse der Waffe mit den Fingerspitzen berühren. Drehte den Kopf zur Seite, machte sich so lang wie möglich und tastete danach.

»Das wird dir noch leid tun, Kleine«, hörte sie Roger zwischen den Zähnen hervorstoßen.

Eine Hand an ihrem Fußknöchel. Reflexartig trat sie nach hinten aus, trat aber ins Leere. Im nächsten Augenblick wurde sie von dem Schrank weggezogen. Es ging so schnell, dass sie es kaum mitbekam. Als sie den Kopf zu Roger drehte, sah sie einen glänzenden Lederschuh auf ihr Gesicht zukommen. Sie kniff die Augen zu. Spannte alle Muskeln an.

Ein dumpfes Knacken.

Mehr nicht.

Mit einem Knall fiel ihr Bein auf den Boden zurück.

Langsam wurde ihr bewusst, dass sie keinerlei Schmerz gespürt hatte. Sie öffnete die Augen.

Roger lag in einer anormalen Haltung auf dem Boden, wie eine Marionette mit gekappten Fäden. Aus seinem Ohr lief ein dünnes Rinnsal Blut.

Susan blickte auf.

Mit dem Rücken zur Wand stand Jeanny vor ihr, die eine Hand zitternd auf der Stirn.

In der anderen Hand hielt sie eine der gusseisernen Pfannen, die als Wanddekoration in der Küche dienten.

54

»Aua.«

Susan zog den Verband von Maiers Wunde. Das letzte Stück ließ sich nicht ablösen, es klebte fest am geronnenen Blut.

»Soll ich ihn nass machen?« Sie wollte den Wasserhahn aufdrehen. »Dann wird er weich.«

»Ich kann auch drumherumschneiden. Der Schorf wird schon irgendwann abfallen.«

Susan sah zu, wie Maier dem Verband energisch mit der Schere zu Leibe rückte. Ein hart gewordenes, dunkelbraunes Stück mit ausgefransten Enden blieb in der Mitte hängen. Drumherum war die Wunde so gut wie ausgeheilt.

Die Wunde war die letzte greifbare Erinnerung an die letzte Nacht in Wales, die mittlerweile anderthalb Wochen zurücklag.

Als Jeanny und Susan Rogers Leiche die Treppe hinuntermanövriert hatten – um es weniger persönlich wirken zu lassen, hatten sie über seinen Kopf eine Mülltüte gestülpt –, hatte plötzlich Sil unten im Flur gestanden.

Er hatte todmüde ausgesehen. Jacke und Hose hingen ihm in durchweichten Fetzen am Leib. Ein Geruch wie von abgestandenem, fauligem Wasser. Dreckige und aufgeschürfte Hände. Graues Gesicht, als hätte er sich in Asche gewälzt. Ein gehetzter Blick in den Augen.

Ohne Fragen zu stellen, überhaupt ohne weitere Worte, hatte er Rogers Beine von Jeanny übernommen. Erst da bemerkte Susan, dass er verwundet war, aber Sil tat es ab und wollte von medizinischer Versorgung nichts wissen. Sie begruben Roger im Wald. Danach desinfizierte und verband Sil seine Wunde selbst. Am nächsten Morgen waren sie in die Niederlande aufgebrochen.

Jeanny schlief nun auf dem Einpersonenbett in Susans Arbeitszimmer, das sie in aller Eile gekauft hatten, Reno hatte das Wohnzimmersofa mit Beschlag belegt. Die Stadtwohnung war eigentlich auf eine Person zugeschnitten, aber die räumliche Beengtheit und der Mangel an Privatsphäre machten Susan nichts aus.

Vielmehr war es Sils Verhalten, das ihr Sorgen bereitete.

Er hatte Jeanny in den letzten Tagen Tausende von Fragen gestellt. Über Roger, Walter, Geran und Carl Ecke.

Über das, was er selbst in jener letzten Nacht in Wales erlebt hatte, hatte er erstaunlich wenig erzählt. »Hundebiss«, so erklärte er die klaffende Wunde. »Ein Rottweiler, richtig großes Viech.«

Sie hätte ihm gern geglaubt, wenn sein Blick, sein ganzes Benehmen und seine Haltung diese Worte nicht so deutlich Lügen gestraft hätten.

»Musst du heute Abend wieder irgendwohin?«, fragte sie, als er in seine Jacke schlüpfte.

»Ich hab jemandem versprochen, sein Computersystem auszumisten. Dem Typen, der mir den Flug nach Wales besorgt hat. Kann sein, dass ich erst morgen früh wiederkomme.«

»Du fährst mitten in der Nacht zu einem Kunden?«

Er zuckte mit den Schultern. »Wenn ich tagsüber daran arbeite, lege ich alles still. Nachts ist da zumindest kein Personal, das mir in die Quere kommen könnte. Und ich hab meine Ruhe. Willst du nicht mit deiner Mutter in die Stadt? Gönnt euch doch ein bisschen Entspannung, macht euch einen schönen Abend.«

Sil wich ihrem Blick aus, während er sprach.

Er heckte irgendetwas aus.

Und sie sollte es nicht wissen.

55

Walter stieg in seine Schlappen, erhob sich vom Bett und zog einen Morgenmantel an. Warf einen traurigen Blick auf Valeries Betthälfte. Unberührt.

Vor einer Woche hatte sie ein paar Sachen zusammengepackt und Thomas mitgenommen. Sie bräuchte Zeit zum Nachdenken, um die Ereignisse zu verdauen – und seine Reaktion darauf. Sie hatte es zwar nicht ausgesprochen, aber es lief darauf hinaus: Er hatte sie enttäuscht.

Gedankenversunken ging er die Treppe hinunter. Das Holz knarrte unter seinen Schritten. Ohne Valerie und Thomas war es so still im Haus. Still und leer. Er wollte, dass sie wiederkamen, möglichst heute noch. Das Alleinsein war nicht seine Sache.

Er trat ans Fenster seines Arbeitszimmers und zog die Gardinen auf. Zu dieser frühen Stunde gehörte der Garten ganz den Vögeln. Durch die Fensterscheiben drang eine Kakophonie von Vogelstimmen. Dünne Nebelschleier hingen über dem Rasen. In einer halben Stunde würden sie sich verzogen haben, vertrieben von der gerade aufgegangenen Sonne.

Er atmete tief durch und starrte mit leerem Blick nach draußen.

Miguel schien sich in Luft aufgelöst zu haben. Er hatte nun schon zwei Wochen lang nichts mehr von ihm gehört. Alle möglichen Gedanken spukten ihm durch den Kopf: Vielleicht war der Kolumbianer zu einem neuen Chef übergelaufen, der besser zahlte, oder er war verwundet. Er konnte auch tot sein. Die Unsicherheit nagte an ihm. Er wollte wissen, was sich dort abgespielt hatte, in Wales, weit außerhalb seines Gesichtskreises. Der Einzige, der es ihm hätte sagen können, Roger, war genauso unauffindbar wie Miguel.

Rogers Handy war ausgeschaltet, und bei seinem Festnetzanschluss nahm er nicht ab. Roger wohnte alleine in einem Penthouse, er hatte weder Frau noch Kinder, und auch sonst gab es niemanden, der ihn möglicherweise vermisste und den Walter hätte fragen können. Zu guter Letzt hatte er Rogers Sekretärin angerufen, die hatte ihm aber auch nur gesagt, ihr Arbeitgeber sei im Urlaub und sie erwarte ihn nächste Woche zurück.

Die Situation war alles andere als angenehm. Roger schien sich in Luft aufgelöst zu haben. Miguel meldete sich nicht. Andere Leute, die ihm zu Informationen hätten verhelfen können, gab es nicht. Bis auf Jeanny oder ihre Tochter. Falls die noch lebten.

Nicht einmal das wusste er.

Nie zuvor war er so nervös gewesen. In der letzten Woche hatte er bestimmt zehn Mal seine Autoschlüssel gegriffen, entschlossen, auf der Stelle nach Wales aufzubrechen. Die Dinge selbst in Augenschein zu nehmen.

Aber er hatte sich nicht getraut. Aus Angst vor dem, worauf er möglicherweise stoßen würde.

Noch einen Tag, vielleicht zwei. Wenn er dann immer noch nichts von Roger oder Miguel gehört hätte, würde er doch noch nach Brecon fahren. Vielleicht. Er seufzte tief und fuhr sich durch das krause graue Haar.

Drehte sich um. Der Schreck, der ihm in die Glieder fuhr, war maßlos. Lähmte ihn. Von einem Augenblick auf den nächsten verweigerten ihm die Beine den Dienst. Er sank auf die Knie.

Ein fremder Mann stand in seinem Arbeitszimmer. Auf seinem Perserteppich. Kräftige Statur, millimeterkurzes Haar, finsterer, harter Adlerblick. Markante Gesichtszüge.

Ganz in Schwarz gekleidet.

Er hatte ihn nie zuvor gesehen.

»Wer sind Sie?«, fragte er, nahezu atemlos.

»Ihr schlechtes Gewissen.«

Walter wollte aufstehen, aber seine Beine waren wie gelähmt. Kurz glaubte er, er träume, er läge noch im Bett und wäre bloß im Traum in sein Arbeitszimmer spaziert. Denn sonst könnte er doch noch gehen? Er presste sich die Fingernägel in die Handballen.

Der Schmerz war echt.

Gebannt sah er zu, wie der Mann sich in den Sessel gegenüber von seinem Schreibtisch setzte. Stifte und Notizzettel hin und her schob. Seinen Kalender zur Hand nahm und durchblätterte.

»Ich wollte ein paar Dingen nachgehen«, hörte er den Mann sagen. »Ich habe da nämlich eine Theorie.«

»Das ist Hausfriedensbruch«, antwortete Walter. Er versuchte, seiner Stimme Autorität zu geben. »Ich rufe die Polizei.«

Die Lippen des Eindringlings kräuselten sich zu einem Lächeln. »Schräg gegenüber der Auffahrt sitzt ein verdeckter Ermittler in einem dunkelblauen Opel Astra. Sie wechseln sich ab. Schichtdienst. Wenn meine Anwesenheit Ihnen missfällt, brauchen Sie die Herren nur hereinzubitten.«

Ein verdeckter Ermittler?

Wurde sein Haus beschattet? Oder er selbst?

Das war unmöglich. Keine einzige Spur führte hierher. Das einzig Greifbare war eine Hotmail-Adresse, und der Account war auf den Namen einer vierzigjährigen kanadischen Hausfrau registriert.

»Die haben Sie schon seit einer Woche im Visier«, fuhr der Mann fort. »Es wird allenfalls noch ein paar Tage dauern, bis die ersten Zeitungsschlagzeilen kommen: Richter verlässt Boden des Gesetzes.«

»Das ist absurd.«

Der Mann reagierte nicht.

»Wovon reden Sie?«

»Von Doping, Elias.«

Walter gab sich Mühe, so auszusehen, als würde ihm der Begriff nichts sagen. Aber er konnte nichts dagegen tun, dass er rot anlief und seine Hände zu zittern anfingen.

»Dafür jedenfalls wollen die Sie drankriegen. Und ich schätze mal, dass sie das auch hinbekommen. Wie genau, dazu habe ich so meine Theorien. Ich nehme zum Beispiel an, dass Sie Ihren Kumpels in Frankreich von Ihrem eigenen Büro aus gemailt haben, stimmt's? Mit diesem Computer hier.« Der Mann tippte mit den Fingerspitzen auf die Rückseite des auf dem englischen Schreibtisch aufgestellten Monitors. »Gute Idee, so ein Hotmail-Account. Schön anonym. Aber eine IP-Adresse ist genauso individuell wie eine Postanschrift, Elias. Die führt geradewegs zu diesem Anschluss.«

Walter klappte die Kinnlade runter. Eine IP-Adresse? Konnte man die zurückverfolgen, wenn man über eine Website E-Mails verschickte?

Doch wohl nicht, oder? Verdammt.

»Das kann nicht sein«, stieß er hervor.

»Nein? Vielleicht hat sich ja dieser Tierarzt in Le Chesnay, dieser Benoît, von der französischen Gendarmerie schnappen lassen. Und vielleicht hat er Ihre Mails nicht gelöscht. Es gibt viele Kriminelle, die über so was stolpern, Elias. Sie als Richter müssten das doch wissen. Verbindungslinien, rückverfolgbare Spuren, kleine Unachtsamkeiten. Vielleicht haben Sie sich zu sehr darauf verlassen, dass die anderen mit derselben Sorgfalt zu Werke gehen wie Sie. Das ist selten der Fall.«

Walter merkte, wie ihm der kalte Schweiß ausbrach. Dieser Kerl redete von Benoît, von Doping. Es gab nur wenige Personen, die davon wussten. Und die meisten waren inzwischen tot. Der Einzige, der außer ihm selbst noch übrig war …

»Oder ist Ihrem Pitbull vielleicht der soundsovielste Fehler unterlaufen«, fuhr Maier ungerührt fort. »Vielleicht ist er übergelaufen.«

Miguel. Der dreckige Opportunist.

Walter spürte das Blut durch seinen Kopf rauschen. Zum Aufstehen hatte er noch immer nicht die Kraft. Seine Beinmuskeln waren wie Pudding. Er nahm sich vor, nichts zu sagen. Kein Wort, solange er nicht wusste, wo dieses Gespräch hinführte. Was dieser Kerl von ihm wollte.

»Aber nicht deshalb bin ich hier«, hörte Walter ihn sagen. »Mir geht es vielmehr um Mord.«

Walters Gesicht lief nun feuerrot an. Er rieb sich die Stirn. So sehr er auch versuchte, sich zu beruhigen, sich zur Räson zu rufen, es gelang ihm nicht.

»Wer … wer hat dich geschickt?«, stieß er hervor. Er war so aufgeregt, dass seine Stimme brüchig klang.

»Warum sollte mich jemand geschickt haben?«

Walter wollte schlucken, aber auch diese Körperfunktion schien außer Kraft gesetzt.

Alles aufgedeckt. Alles.

»Wo ist Valerie? Und wo Thomas?«

Mit leerem Blick sah Walter auf. »Die … sind zu Valeries Eltern gefahren. Weil …«

»Weil Valerie zu angeschlagen war, um hierzubleiben, nach der schlampigen Entführung ihres kleinen Sohns, die du selbst angezettelt hast?«

»Nein! Nein!« Walter schrie nun beinahe. »Das stimmt nicht! Das … das waren die Leute, mit denen ihr Exmann zusammengearbeitet hat!«

Der Mann sprang aus dem Sessel auf, als würde er herauskatapultiert. Keine Sekunde später stand er direkt vor ihm. Auf seiner Stirn traten Adern hervor, seine Augen sprühten Funken, er beugte sich vor, ballte die Faust, schien außer sich vor

Wut. Reflexartig zuckte Walter zusammen. Kniff die Augen ganz fest zu.

Die Schläge blieben aus.

Vorsichtig öffnete Walter die Augen.

Der Mann stand noch immer über ihn gebeugt, atmete hörbar durch die Nase, biss die Zähne zusammen. Eine zitternde Faust schwebte über Walter in der Luft. Wenn Blicke töten könnten, hätte es ihn nun erwischt. Er hätte sich wahrscheinlich in Luft aufgelöst oder in einen vom Fußboden aufsteigenden Rauchkringel.

»Ihr Exmann, den du hast umbringen lassen, meinst du?«, hörte er den Mann atemlos hervorstoßen. »Dem du die Kehle hast durchschneiden lassen?«

Walter schwieg. Wandte den Kopf ab.

Es schien eine Ewigkeit zu dauern, bis er hörte, wie sich die Schritte des Mannes entfernten. Vorsichtig schaute er auf.

Der Mann stand nun vor dem Fenster. Hatte ihm den Rücken zugekehrt, den Kopf gesenkt. Geballte Fäuste in den Hosentaschen. »Sven Nielsen unter Druck setzen«, fuhr der Eindringling fort. Seine Stimme klang nun wieder ruhig. »So lautete der Auftrag. Und er ist ziemlich zur Sache gegangen, was? Hat gleich mal Svens kleinen Sohn entführt. Nur dummerweise wusste er nicht, dass der Kleine das Stiefkind seines Auftraggebers war. Das konnte er auch nicht wissen, schließlich wusste er nicht, wo du wohnst oder wie du aussiehst. Er wusste überhaupt nichts von dir. Du seiest paranoid, meinte er. Eure Zusammenarbeit musste unter allen Umständen geheim bleiben. Verständlich, wenn man weiß, womit du deinen Lebensunterhalt verdienst.«

Darauf konnte er unmöglich von selbst gekommen sein. Dieser Mann musste mit Miguel gesprochen haben. Aber Miguel kannte nicht einmal ihn. Außer Alain wusste niemand, wer er war.

»Der Einzige, der wusste, dass Miguel für dich arbeitet«, fuhr der Mann fort, »war Alain Lardin. Der hatte ihn nämlich angeschleppt. Und Lardin kanntest du wiederum über Sven Nielsen, der dir von der Sache mit den Rennpferden in Frankreich erzählt und dich mit seinen dortigen Verbindungsleuten in Kontakt gebracht hat. Du lässt deine Stuten in Frankreich decken, weil die Fohlen dann mehr einbringen. Also pendelst du sowieso ein paar Mal im Jahr nach Poitiers und wieder zurück. Von Alain Lardin lässt du dir erzählen, dass es Möglichkeiten gibt, noch mehr Geld zu verdienen, viel mehr sogar. Du wirst sein Sponsor. Von einem Tag auf den anderen stehst du an der Spitze eines komplizierten, aber lukrativen Dopinghandels. Hatte vielleicht Valerie so hohe Ansprüche, dass du wegen ihres Lebensstandards zu solchen Machenschaften gezwungen warst? Das Klagelied hab ich nämlich schon mal gehört.«

Der Mann stand noch immer mit dem Rücken zu ihm. Entgeistert starrte Walter ihn an. Ein Schauder lief ihm über den Rücken. »Woher … weißt du das?«

Der Eindringling drehte sich kurz zu ihm um. »Das eine oder andere hat mir dein Pitbull erzählt, und ansonsten habe ich ein paar Puzzlestücke an die richtige Stelle gelegt. Aber so richtig knifflig war es gar nicht, Elias. Das Konstrukt war nicht schlecht, aber auch nicht wirklich gut. Du hast Fehler gemacht.« Er blickte wieder nach draußen. Geisterhaft spiegelte er sich in der Glasscheibe. »Weißt du«, hörte Walter ihn sagen, »ich glaube, ich weiß, was du getan hast, und ich weiß auch, warum. Bis zu einem gewissen Grad weiß ich sogar, wie. Aber eines begreife ich einfach nicht. Du hast Nielsen deine eigenen Pferde behandeln lassen. Obwohl du die Risiken kanntest. Warum? Gab es dir einen Kick, dabei zuzusehen? Wolltest du kontrollieren, ob er seine Sache auch ordentlich machte? Oder hast du einfach einen etwas eigenwilligen Humor, Elias?«

»Was … was für Fehler?«

»Abgesehen davon, dass du nachlässig mit deiner IP-Adresse umgegangen bist? Du warst der Einzige, der wusste, wo Jeanny wohnte. Du schickst also Susan zu ihrer Mutter, aber obwohl du so ein gutes Verhältnis zu ihr hast, herrscht dann völlige Funkstille. Du sagst ihr kein Wort davon, dass ihre Tochter zu ihr kommen wird. Das war dein erster Fehler.«

»Ich wollte … den beiden das Wiedersehen nicht verderben. Ich hatte keine Ahnung, wie sie reagieren würde, wenn plötzlich ihre Tochter vor ihr stünde, also dachte ich, … ich … täte besser daran, das Wiedersehen so natürlich wie möglich …«

»Du redest wirres Zeug«, entgegnete der Mann scharf. Er drehte sich zu ihm um. »Wenn Susan nach so vielen Jahren zum ersten Mal wieder mit ihrer Mutter sprechen würde, dann würde sie doch wissen wollen, warum diese damals verschwunden ist. Und der Grund dafür, Elias, war die Beseitigung von Carl Ecke.«

Walter erstarrte, als der Name fiel.

»Du hast dabei geholfen, eine Leiche zu beseitigen, Elias. Und du hattest eine Heidenangst, dass Jeanny das ihrer Tochter erzählen würde.«

»Ich … ich weiß es nicht, ich …«

»Der Mord ist inzwischen verjährt, Jeanny ist aus dem Schneider. Aber ein Richter, der Zeuge eines Mordes war, ja der sogar dabei geholfen hat, die Leiche verschwinden zu lassen, und all die Jahre über geschwiegen hat …« Mit einem Zischen stieß Maier Luft zwischen den Zähnen hindurch. »Den würde man sich krallen. Das war ein Problem, stimmt's? Eine unmittelbare Bedrohung. Also hast du statt zu Jeanny lieber zu Roger Wendel Kontakt aufgenommen, weil du wusstest, dass der mit ihr noch eine Rechnung offen hatte. Und weil du so eine Ahnung hattest, dass Wendel keine halben Sachen machen würde. Dann wärst nicht du derjenige, der sie um die Ecke brächte, sondern Wendel. Denn irgendwo in der Tiefe deiner Gehirnwindungen war dir bewusst, dass du sonst niemals deinen Frieden hättest. Stimmt's? Du mochtest Jeanny, du selbst hättest ihr kein Härchen krümmen können. Aber noch lieber hattest du dich selbst. Also ließest du einen anderen entscheiden.«

Walter starrte ihn mit weit aufgerissenen Augen an. Sein Mund stand leicht offen. Alles stimmte. Alles. »Du bist der Mann, der mit Sven Nielsen in Frankreich war«, sagte er plötzlich. »Und du warst auch in Wales.«

Der Eindringling drehte sich wieder um, schaute in den Garten hinaus. Steckte die Hände in seine tiefen Hosentaschen. »Das war jedenfalls dein zweiter Fehler. Du schickst Roger Wendel nach Wales, und wieder sagst du Jeanny vorher nicht Bescheid. Was soll sie sich denken? Dass Wendel ihren Namen im Telefonbuch gefunden hat? Außer dir wusste niemand, wo sie wohnt, aber ein paar Tage nach ihrer Tochter taucht plötzlich auch er dort auf. Zufall? Unwahrscheinlich.«

Schweigend blickte Walter den Fremden an. Miguel hatte ihm gemailt, was mit Thierry, Olivier und Alain geschehen war. Wenn dies derselbe Mann war, der Sven Nielsen in Frankreich beigestanden hatte, dann war nun auch er selbst in Lebensgefahr.

Dieser Mann ging über Leichen.

Walter saß nicht weit entfernt von der Teppichkante. Seine Schusswaffe, der Colt, lag in Reichweite, unter dem Teppich, unter der Luke. Geladen. Der Eindringling stand noch immer mit dem Rücken zu ihm. Walter spürte, wie ihm der Schweiß die Schläfen herunterlief.

Unsicher schaute er erst zu dem Mann hinüber, dann wieder auf den Teppich.

Der Colt. So nahe.

Im nächsten Augenblick stürzte er nach vorn, schlug den Teppich zur Seite, zog die Luke auf, holte den Revolver hervor.

Der Mann am Fenster hatte sich kaum gerührt. Stand da wie zuvor, die Hände in den Hosentaschen.

Zitternd und ungenau richtete Walter die Waffe auf ihn. Er hielt den Colt so fest umklammert, dass seine Fingerknöchel weiß wurden. Er würde schießen, wenn es sein musste.

Er war kurz davor.

»Ihr seid tief gesunken, Euer Ehren.« Die Stimme klang leise. Langsam drehte der Eindringling sich um. »Jetzt seid Ihr sogar schon soweit, dass Ihr höchstselbst einen Mord begehen würdet. Seht an, ein Mann, der über andere urteilt, ein leuchtendes Vorbild für unsere Gesellschaft. Wenn ich Jeanny Staal darüber reden höre, wie idealistisch und zuverlässig du bist, welch Fels in der Brandung, dann kriege ich fast einen Kloß im Hals. Die Frau sieht dich als ihren Retter, und du hast ihr blindes Vertrauen mit Füßen getreten. Ging es dir wirklich nur um Geld und Status, als du dich entschieden hast, Richter zu werden, Elias? Hattest du keine Ideale? Keine Prinzipien?«

Unwillkürlich drängten sich Walter Bilder aus seiner Studienzeit auf. Ideale. Ja. Darum hatte er seinerzeit, als die anderen sich um ihre Karriere bemühten, mit dem Jurastudium angefangen. Er hatte auch von Anfang an gewusst, dass er nicht Anwalt werden, sondern den Hauptpreis erringen wollte: Richter. Als Richter hielt man selbst die Fäden in der Hand, fällte das endgültige Urteil. Die höchste Macht, die ein Mensch erringen konnte, bestand darin, über das Los eines anderen bestimmen zu können. Vielleicht war das sogar sein Hauptantrieb gewesen.

Doch er hatte sich getäuscht. Die richterliche Macht war nur ein Spruch. Ein Richter zählte überhaupt nichts. Die Drogendealer, die Mörder, die Menschenschmuggler und der sonstige Abschaum, dem er mittlerweile begegnet war – sie alle fuhren im neuesten Mercedes oder BMW vor, begleitet von sauteuren Strafverteidigern, großkotzig bis dorthinaus, als gehörte ihnen der ganze Planet. Und die Anwälte fanden immer irgendeine Gesetzeslücke, um einen Freispruch durchzukriegen oder zumindest dafür zu sorgen, dass ihre Mandanten nur einen Bruchteil dessen aufgebrummt bekamen, was der Staatsanwalt eigentlich verlangt hatte. Und dann die verdammten Verwaltungsfehler … es sah nicht nur so aus, sondern es war tatsächlich so: Woanders war das Gras grüner. Nämlich dort, wo das Gesetz nicht hinreichte. So grün wie Dollarscheine.

Allmählich hatte er angefangen, die Welt von der anderen Warte aus zu betrachten. Sich die Sichtweise erfolgreicher Männer wie Roger Wendel zu eigen zu machen. Aalglatte Typen, denen es ins Gesicht geschrieben stand, dass sie irgendwelche krummen Dinger drehten, die aber durch die Maschen der Gesetze schlüpften.

Und es hatte so kinderleicht ausgesehen.

Der schwere Revolver in seiner Hand zitterte. Langsam berappelte er sich. Stand auf und nutzte seine fast zwei Meter Körperlänge, um buchstäblich auf den Mann herabzusehen, der in seinem Arbeitszimmer stand, als ob nichts wäre. Als ob keine tödliche Schusswaffe auf ihn gerichtet wäre, die seinem Leben in weniger als einer einzigen Sekunde ein Ende bereiten konnte.

Ich kann die Sache jetzt zu Ende bringen. Hier und jetzt. Es liegt in meiner Hand.

Buchstäblich.

Woher er den Mut nahm, wusste er nicht, aber im nächsten Augenblick spannte sein Finger sich um den Abzug. Fester.

Wie in Zeitlupe sah er die Drehung des Zylinders. Ein metallisches Klicken folgte.

Er drückte noch einmal ab. Und wieder. Und noch einmal.

Klick-klick-klick-klick.

»Vermisst du die hier?«, hörte er den Mann fragen.

Walter sah, wie der andere sich in die Hosentasche griff. Die Hand vorstreckte. Auf seinem Handteller stießen ein paar zwanzig Jahre alte .357-Magnum-Patronen klimpernd aneinander.

»Die Alarmanlage taugt nichts, Euer Ehren. Ich beobachte dich schon eine ganze Weile. Ohne dass ich dafür in einem blauen Astra vor der Tür sitzen oder irgendwelche Formulare ausfüllen müsste. Aber gut, das ist jetzt nicht das Thema.«

Der Eindringling kam auf Walter zu. Verstört starrte dieser vor sich hin und atmete schwer. Als Maier ihm die Waffe aus der zitternden Hand nahm, leistete er keinen Widerstand.

Maier bugsierte ihn in Richtung Schreibtisch. »Setz dich.«

Bebend nahm Walter in seinem Sessel Platz. Er war vollkommen erledigt.

Erst jetzt wurde ihm richtig bewusst, welche Entscheidung er soeben, im Bruchteil einer Sekunde, gefällt hatte. Wäre die Waffe geladen gewesen, hätte er jetzt eine Leiche. Hätte jemanden eigenhändig erschossen, in seinem eigenen Haus.

Was war in ihn gefahren? Was hatte er getan?

Das Herz schlug ihm bis zum Hals.

»Wenn Wendel getan hätte, weswegen du ihn losgeschickt hast«, hörte Walter den anderen in seinem Rücken sagen, »dann wärst du mit deinen beiden Fehlern davongekommen. Aber es ist anders gelaufen. Willst du wissen, wie?«

Walter reagierte kaum darauf. Ein sonderbares Gefühl überkam ihn, als stünde er plötzlich außerhalb seines eigenen Körpers. Als ob all dies nicht wirklich geschähe. Der Mann hinter ihm sprach leise. Er stand so nahe, dass Walter seinen Atem auf dem Gesicht spürte.

»Wendel brachte es nicht fertig, Jeanny etwas anzutun. Nach einem langen, klärenden Gespräch hat er beschlossen, darauf zu verzichten. Dein Pitbull war auch dabei. Er durfte sich aussuchen, ob er eine Kugel durch seinen entstellten Kopf gejagt bekommen oder lieber abhauen wollte. Es wird dich vielleicht nicht wundern, er hat sich für Letzteres entschieden. Aber vorher haben wir uns in aller Ruhe unterhalten: Jeanny, Susan, Roger Wendel und dein Pitbull. Ein richtig gutes Gespräch war das. Sehr erhellend. Vor allem für Roger Wendel. Der war ganz Ohr.«

Walter stockte der Atem. Er hatte Miguel beauftragt, Roger zu ermorden.

Das wusste Roger nun also.

Mein Leben ist vorbei.

»Roger hat selbst Dreck am Stecken«, brachte Walter mit Mühe hervor. Er wollte sich umdrehen, dem anderen in die Augen sehen, spürte aber eine schwere Hand auf seiner Schulter und sank in den Sessel zurück.

»So what? Denk mal nach. Was hat Roger zu verlieren? Was kann ihm angelastet werden? Die Sache mit Jeanny würde nicht mal auf den Tisch kommen. Und was den Mord an Carl Ecke angeht, damit wird Roger auch keine großen Probleme haben. Der lässt seine Sache jetzt an allen Ecken und Enden begutachten und wasserdicht absichern. Ein ganzes Heer von Anwälten arbeitet für ihn, und die machen ihre Sache gründlich, Elias. Am Ende wird er unschuldig aussehen wie ein neugeborenes Kind, dafür werden seine Leute schon sorgen. Am kürzeren Hebel sitzt du. Du bist derjenige, der etwas zu verlieren hat. Du bist doch ein rational denkender Mensch, du kannst Dinge einschätzen. Schau dir an, in was für einer Lage du dich befindest: Die Polizei ist dir auf den Fersen, was bedeutet, dass Benoît die Nerven verloren hat und eingebuchtet worden ist. Dein Pitbull hat die Beine in die Hand genommen, vorher aber drei Zeugen alles erzählt, was er wusste. Roger Wendel hat vorläufig noch genug damit zu tun, vor seiner eigenen Türe zu kehren, aber er wird auf dich zurückkommen.

Er ist nämlich ein bisschen böse auf dich, Elias. Jeanny und ihre Tochter werden alles, was sie jetzt wissen, morgen früh der Polizei erzählen. Die Geschichte von Carl Ecke, dein Gekungel mit der Stasi, das Doping, den Mord an Sven und den Auftrag, Wendel aus dem Weg zu schaffen ... Ich würde sagen, du hast ein Problem. Jetzt denk mal in Ruhe nach, wie du da rauskommst. Ich habe Zeit.«

Walter hielt die Augen geschlossen. Schweiß stand ihm auf der Stirn. Seine Knie zitterten heftig.

»Ich helfe dir noch ein wenig auf die Sprünge«, sagte der Mann hinter ihm. Er sprach jetzt fast im Flüsterton: »Du hast dich mit Doping eingelassen. Du warst Zeuge eines Mords und hast dabei geholfen, die Leiche zu beseitigen. Du hast zwei Morde in Auftrag gegeben, und der eine wurde auch tatsächlich begangen. Sie werden dich einlochen und dir die Hölle heiß machen, Elias. Sie werden dein Innerstes nach außen kehren. Sie werden Valerie abholen und unter Druck setzen, weil sie davon ausgehen, dass sie als deine Partnerin von deinen Machenschaften gewusst haben muss. Noch diese Woche wird sie davon Kenntnis bekommen, dass du ihren Exmann hast ermorden lassen. Den Vater ihres Kindes. Das kommt in die überregionalen Nachrichten, in die Zeitungen und Zeitschriften. Du kommst ins Fernsehen, Elias, du wirst berühmt. Ein hoher Baum fängt viel Wind, Euer Ehren.«

Langsam begriff Walter die Botschaft, die diese Worte enthielten. Roger Wendel wollte Blut sehen. Die Polizei war ihm auf den Fersen. Genügend Geld, um auf stilvolle Art und Weise zu flüchten, hatte er nicht. Er konnte nirgendwo hin. Sein Leben war seine Arbeit. Seine Pferde. Der Traum, in etwa zehn Jahren steinreich in Rente zu gehen. Zusammen mit Valerie und Thomas.

Es war aus. Vorbei. Alles.

In seinem Rücken hörte Walter etwas klimpern. Es schien

von weit her zu kommen, wie aus einem anderen Zimmer, einem anderen Haus.

Aus einer anderen Dimension.

Als würde jemand Patronen in den Zylinder eines Revolvers schieben.

Aus irgendeinem Grund jagte ihm das keine Angst ein.

Es gab keine Zukunftsperspektive. Kollegen, mit denen er noch zusammen zu Mittag aß, würden ihm die kalte Schulter zeigen, weil er mit seinem Tun die gesamte Zunft, deren öffentliches Ansehen in den letzten Jahren ohnehin gelitten hatte, in ein schlechtes Licht stellte. Valerie würde ihn hassen, sie würde damit nicht umgehen können. Wenn das Ganze jetzt und hier zu Ende ginge, bliebe ihm zumindest der Gesichtsverlust erspart.

Seinethalben konnte noch heute alles vorbei sein.

Keine Lügen mehr, kein Stress, keine Angst.

Am rechten Rand seines Blickfelds nahm er eine Bewegung wahr. Eine Hand mit einem dünnen Handschuh, wie ihn Ärzte bei einer Operation tragen. Die Hand hielt seinen Revolver an dessen Lauf. Reichte ihm die Waffe.

Er starrte seinen Colt an. Konzentrierte sich auf den glänzenden Stahl. Hörte das Blut in seinem Kopf rauschen. Es war, als würde er sich von seinem Körper lösen und in einen Dämmerzustand abgleiten.

»Morgen werden es alle erfahren«, durchbrach die Stimme das Schweigen. »Kannst du mit der Schande leben, Walter Elias? Was glaubst du, werden deine Freunde dich besuchen kommen, wenn du in Haft sitzt? Und deine Frau? Wird sie kommen, mit dem kleinen Thomas an der Hand, wenn du beim Essen, beim Arbeiten und beim Ausgang im Innenhof mit dem Abschaum der Gesellschaft zusammengesperrt bist – wenn du selbst zum Abschaum gehörst? Was glaubst du, wie viel sie dir aufbrummen werden? Du hast ein Amt, in dem du als gesellschaftliches

Vorbild giltst, du kommst da nicht nach zehn bis fünfzehn Jahren wieder raus. Und wenn du wieder rauskommst, gehst du gebückt und hast die vergangenen zwanzig Jahre in Kloschüsseln aus Stahl geschissen und Autofußmatten geflochten, während die Wachleute dir in den Nacken gespuckt haben. Wenn Thomas irgendwann alt genug sein wird, um das Ganze zu verstehen, wird er dich dafür hassen. Dich und seine Mutter, die diesen Verrat mit dem Mörder seines Vaters zusammen begangen hat. Ist dir aufgefallen, wie sehr der Kleine seinem Vater ähnelt? Jedes Mal, wenn er in den Spiegel schaut, wird er ihn vor sich sehen und sich fragen, warum er keinen Vater haben durfte. Und wissen, dass ein Mann, der für Recht und Ordnung hätte einstehen müssen, der aller Leute Vertrauen genoss, ihm seinen Vater genommen hat. Für Geld. Für Geld, Elias.«

Wie in einem Traum sah Walter die Waffe im sanften Licht der Schreibtischlampe glänzen. Sah die Hand an ihrem Lauf. Die andere lag noch immer schwer auf seiner Schulter.

Langsam näherte sich seine eigene Hand der Waffe. Umfasste den Griff. Er betrachtete den amerikanischen Revolver, als sähe er ihn zum ersten Mal. Die Waffe hatte Carl Ecke gehört. Die Patronen, die jetzt in dem Zylinder steckten, waren einst für Geran Staal bestimmt gewesen.

Das lag gut zwanzig Jahre zurück.

Es kam ihm vor wie gestern.

Murphys Gesetz. Schon vor zwanzig Jahren war es in Kraft getreten. Zitternd näherte sich sein Zeigefinger dem Abzug. Langsam und unsicher hob er den Arm, näherte den Lauf seiner Schläfe. Die Waffe war schwer. Kalt war der Stahl an seiner Haut.

»Du brauchst das nicht zu tun«, hörte er die Stimme. Die Worte klangen, als würden sie ihm durch ein kilometerlanges Rohr ins Ohr geflüstert. So weit entfernt. In seinem Kopf rauschte das Blut. Seine Arme und Beine schienen sich von seinem Körper zu lösen. Er spürte das kalte Metall an der Haut seines Fingers. Den er um den Abzug spannte.

Ein kurzer Gegendruck.

Den Schuss hörte er nicht mehr.

Durch den Rückschlag wurde Walters Körper an seinen Schreibtisch geschleudert. Sein Arm fiel zur Seite, und die Waffe landete mit einem lauten Knall auf dem Boden. Langsam sackte er in sich zusammen. Sein Gesicht und die eine Schulter sanken auf die Schreibtischplatte. Feine Blutspritzer verteilten sich über seinen Anzug, landeten auf seinen Haaren, tropften wie Regen auf den Perserteppich, fielen auf den Schreibtisch, wurden von dem grünen Löschblatt auf der ledernen Schreibunterlage aufgesogen.

Das Einschussloch der .357-Magnum befand sich in seiner Wange, die bis unter das Auge aufgerissen war.

Maier trat einen Schritt zurück. Der scharfe Pulverdampf war beißend in den Augen. Er betrachtete seine Hände. Blutspritzer auf den dünnen Operationshandschuhen, auf dem schwarzen T-Shirt kleine Feuchtigkeitsflecken.

Er musste hier weg.

Aber er blieb noch ein paar Augenblicke stehen.

Um zu sich zu kommen. Um zu begreifen, dass das, was seine Sinne registriert hatten, auch tatsächlich stattgefunden hatte.

Walter Elias war tot. Er hatte seinem Leben ein Ende bereitet. Er warf einen letzten Blick auf den Toten.

»Viele Grüße an Sven«, sagte er leise zu den halb geschlossenen Augen.

Dann drehte er sich um. Ging über den Teppich zum Flur und hinaus zur Auffahrt. Zog mit dem Ellbogen die Tür hinter sich zu. Stülpte die Innenseite der Chirurgenhandschuhe nach außen, knüllte sie zusammen und steckte sie sich in die

Hosentasche. Ging zur Pforte, kletterte drüber. Schaute nach links. Nach rechts.

Am Straßenrand standen ein paar Autos. Aber kein dunkelblauer Opel Astra.

Der hatte nie dort gestanden.

Zwei Wochen später

»Was für eine Lichtempfindlichkeit benutzt du hierfür?«

»Vierhundert ISO. Genau wie für dieses«, sagte Susan und zog ein weiteres Foto aus dem Stapel. »Für Innenräume werden oft auch achthundert genommen, aber ich finde den Unterschied zu vierhundert gar nicht so groß. Gegen Bewegung hilft es sowieso nicht.«

Maier sah schräg zu Susan und Jeanny auf, während er sich die Schnürsenkel zuknotete. Fotografie war schon den ganzen Morgen das Thema.

Seit Jeanny bei ihnen eingezogen war, drehten die Gespräche sich nur noch um Fotografie, um alte Bekannte und entfernte Verwandte. Zwanzig bis dreißig Jahre alte Erinnerungen wurden wieder lebendig. Es war auch viel geweint worden. Um Sven und Geran. Um Skip, der die Konfrontation mit Roger Wendel nicht überlebt hatte. Und um alle möglichen Dinge, die früher geschehen waren und von denen Susan ihm nie erzählt hatte.

In der Zeit, die Susan und er zusammenwohnten, hatte er sich schon des Öfteren gefragt, warum sie nie über ihre Jugend hatte sprechen wollen. Seit Jeanny wieder aufgetaucht war, wusste er, warum. Erinnerungen kramte man zusammen mit jenen Menschen aus, mit denen man sie teilen konnte, nicht mit anderen, die erst später in das eigene Leben getreten waren. Ein anderer konnte nie dasselbe empfinden, so aufmerksam er auch zuhören und so sehr er sich auch bemühen mochte, sich hineinzuversetzen. Er konnte nie ganz nachempfinden, was man selbst erlebt hatte. Er konnte zuhören. Aber nicht teilhaben.

So wie jetzt hatte er Susan nie zuvor gesehen. Sie hatte keine Angstträume mehr und machte sogar Scherze. Zog Grimassen, strahlte und strotzte vor Energie. War entspannt, locker.

Es war eine Susan zum Leben erwacht, die er nicht gekannt hatte.

Sie war glücklich.

Vorgestern hatte sie einen Flug nach Illinois gebucht, weil Jeanny dabei sein wollte, wenn Sabines Baby zur Welt kam.

Die Flugtickets lagen im Sekretär.

Drei Stück hatte Susan gekauft, und ohne die Miene zu verziehen, hatte er auf dem einen die Nummer seines eigenen Reisepasses gelesen. Er wusste, dass er nicht mitkommen würde. Er hatte nur noch nicht genug Mut gefasst, es ihr zu sagen.

Susan ordnete einen Stapel mit Zeitungsausschnitten und schaute kurz in seine Richtung. Ihre Augen wanderten von seinem Gesicht zu seinen Händen. Er hielt immer noch die Schnürsenkel seiner Laufschuhe in der Hand. Kurz sah er den Glanz aus ihren Augen weichen.

Ein Schatten zog über ihr Gesicht, dann war der Augenblick wieder verflogen. »Gehst du joggen?«, fragte sie.

»Ja, kurz.«

Er zog die Tür hinter sich zu und schlenderte in Richtung Park.

So würde es bleiben, wurde ihm bewusst. Jedes Mal, wenn er alleine wegginge, würde sie wissen wollen, wohin. Sich im Stillen fragen, ob er die Wahrheit sagte. Ob er zurückkommen würde. Das würde sich nicht mehr ändern.

Allmählich beschleunigte er seine Schritte, fiel in einen lustlosen, gemächlichen Trab. Die Sonne schien. Ein englischer Reisebus ließ gerade seinen Inhalt auf die Altstadt los: Fröhliche Briten mit Rucksäcken strömten in alle Himmelsrichtungen davon. Maier ging im Schatten der Bäume auf dem Parkplatz vom Parade-Theater weiter, von wo aus man einen Blick auf die gotische Kathedrale mit ihrem potthässlichen Backsteinturm hatte. Vorbei am Theater und einem Restaurant mit einer weißen, über die Gracht hinausragenden Holzterrasse. Kam an dem mit Patina überzogenen Bronze-Denkmal für den Widerstand vorbei, das Gefangene aus dem Zweiten Weltkrieg darstellte: an den Handgelenken aneinandergekettet, mit grimmigen Gesichtern.

Es war nur ein kleiner Teil der Stadt, die zehn Monate lang sein Zuhause gewesen war.

Während er die Altstadt hinter sich ließ und am Stadtwall schneller zu laufen begann, dachte er noch einmal an die letzten zwei Wochen zurück.

Es war viel passiert.

Letzte Woche war Jeanny mit Susan zu Walter Elias gefahren. Als sie dieses Vorhaben beim Essen angekündigt hatte, hatte er sich beinahe verschluckt und sich dann irgendeine Ausrede überlegt, um nicht mitzumüssen.

»Ich finde es immer noch komisch«, hatte Jeanny gesagt, »dass Walter mich nicht angerufen hat, um mir Susans Besuch anzukündigen. Das passt nicht zu ihm. Und ich frage mich auch, wie das mit Roger war. Walter wusste doch, wie es zwischen Roger Wendel und mir stand. Ich kann mir nicht vorstellen, dass er ihm einfach so meine Adresse gegeben hat. Aber bevor ich irgendwelche falschen Schlüsse ziehe, möchte ich das lieber von ihm selbst hören.«

»Du willst ihn anrufen?«, hatte Susan gefragt.

»Nein«, hatte sie geantwortet. »Ich möchte ihm dabei in die Augen sehen können. Ich fahre hin.«

Keine zwei Stunden später waren sie wieder nach Hause gekommen, völlig außer Fassung: Der Mann, der Jeannys große Stütze gewesen war, hatte vor einer Woche Selbstmord begangen. Die Spekulationen über seinen plötzlichen Tod und die Verbindung mit Roger und Walter, ja sogar mit dem Tod Svens, zogen sich tagelang hin.

»Dass dieser Walter Elias mit Valerie verheiratet war«, hatte Susan ihm eines Nachts im Bett zugeflüstert, »ist das nicht ein sonderbarer Zufall? Das gibt einem doch zu denken, oder? Dieser Selbstmord, Roger, mein Vater … liegt das an mir, bilde ich mir was ein? Da muss es doch einen Zusammenhang geben.«

Er hatte irgendetwas gemurmelt, unbestimmt geantwortet.

Susan hatte schon genug zu verarbeiten gehabt. Mittlerweile schlief sie zumindest wieder gut, das war ja schon mal anders gewesen. Und was Jeanny anging, ihr wollte er das Bild von ihrem alten Freund nicht kaputt machen. Die Freundschaft mit Walter Elias zählte zu den wenigen guten Erinnerungen, aus denen Jeanny noch Kraft schöpfte, und sie reichte zurück in eine Zeit, in der sie von allen Menschen, die ihr etwas bedeutet hatten, abgeschnitten gewesen war. Mittlerweile hatte sie zwar so ihre Zweifel, aber die würden sich mit der Zeit schon legen.

Die Wahrheit zu erzählen, wäre einfach egoistisch gewesen. Und in Sachen Egoismus hatte er sich in den letzten Jahren ohnehin schon zu Genüge hervorgetan. Es wurde allmählich Zeit, dass sich das änderte.

Manchmal war die Wahrheit nichts als Ballast.

Drahtige Kerle liefen schweigend an ihm vorbei. Leistungssportler. Automatisch beschleunigte er das Tempo. Spürte, wie sein Herzschlag und sein Atemrhythmus ebenfalls schneller wurden.

Mofas flitzten knatternd an ihm vorbei, und lange Autoschlangen warteten in der flimmernden Hitze geduldig auf Grün.

Maier sah sie nicht. Hörte sie nicht. Sein interner Dialog übertönte alles.

Dass Susan sich blind für ihn entschieden, sich auf seine

destruktive Welt eingelassen hatte und bei ihm geblieben war, konnte nichts anderes sein als ein Schrei nach Liebe. Nach Liebe, wie Susan sie seit ihrem vierzehnten Lebensjahr hatte entbehren müssen. Keine Mutter, ein Vater mit emotionalen Störungen, der ihr keine Liebe schenken konnte, und eine Schwester, die in absehbarer Zeit auf die andere Seite der Erdhalbkugel verschwunden sein würde. Sie musste verdammt einsam gewesen sein, um schon so jung in einen Ehebund zu flüchten, der nicht gehalten hatte, weil er aus den falschen Gründen geschlossen worden war. Danach hatte sie sich aus zahllosen Möglichkeiten ausgerechnet einen solchen Beruf ausgesucht, der sie rund um die Welt führte, sie aber nie irgendwo lang genug festhielt, um Bande knüpfen zu können.

Ihm war es als Einzigem gelungen, den Abwehrpanzer, den sie trug, zu durchbrechen. Darum war sie an ihm hängen geblieben.

Nur darum.

Ihre leidenschaftliche Hingabe war ein Ersatz. Ein Behelf für eine verletzte Seele. Symptombekämpfung.

Er brauchte es nicht künstlich aufzubauschen. Besser, er sah die Dinge möglichst klar. Rational. Erfasste, was hinter diesen Gefühlen steckte. Betrachtete die Sache aus der Vogelperspektive. Aber so sehr er sich auch bemühte, das Bild blieb unscharf.

Denn was immer der ursprüngliche Anlass gewesen sein mochte – sie hatten doch etwas Besonderes miteinander geteilt. Etwas Seltenes.

Er liebte sie.

Aber das reichte nicht aus. Nicht auf lange Sicht. Es würde einfach nicht funktionieren. Nicht, solange er noch tagtäglich mit sich selbst auf dem Kriegsfuß stand.

Eine gute Beziehung, zusammen alt werden, Freud und Leid miteinander teilen – das waren einfach nicht seine Prioritäten im Leben. Obwohl er eine Weile lang genau das geglaubt hatte.

Susan brauchte jemanden, für den sie im Mittelpunkt stand. Jemanden, bei dem sie nicht stark zu sein brauchte, der ihr nicht ständig abverlangte, über ihre Grenzen zu gehen.

So jemand war ihre Mutter.

Und wenn sie so voller Leben und Fröhlichkeit blieb, wie sie jetzt war, und wenn sie ihre soziale Intelligenz weiter entfaltete, dann begegnete sie eines Tages bestimmt einem Kerl, der sich Hals über Kopf in sie verliebte. Einem Mann mit Mehrwert. Und der würde dann nicht, so wie er vor drei Jahren, auf einen Schutzschild treffen, den er erst mit Gewalt durchstoßen müsste.

»Mein Leben ist vermurkst, und schuld daran sind Männer wie du«, hatte Jeanny am ersten Abend in der Waschküche in Wales gesagt. Damals hatte er im Stillen mit Hohn darauf reagiert. Lächerlich hatte er es gefunden.

Aber Jeanny hatte es scharfsinnig erfasst.

Er hatte hier nichts mehr zu suchen.

Das würde er ihr heute Abend sagen. Er würde Susan zum Stadtwall mitnehmen. Sie würden nebeneinandersitzen, auf die Wiesen und die hohen Gebäude in der Ferne schauen, er würde ihre Hand halten und es ihr sagen. Es wäre das erste Mal, dass er etwas für sie tat, was wirklich von Wert war.

Also durfte es eigentlich auch nicht wehtun, verdammt.

Tat es aber.

Danksagung

Unser Dank gilt allen, die uns während der achtzehn Monate, in denen *Unter Druck* (Arbeitstitel: *Safe House*) entstanden ist, geholfen haben. Viele haben dazu beigetragen, indem sie ihre Kenntnisse auf bestimmten Fachgebieten mit uns teilten, indem sie uns (Fach-)Begriffe, Anekdoten, Fakten oder neue Kontakte in die Hand gaben: Arno, Axel, Bart, Cécile, Christa, Diana, Neil, Robert und andere, die wir jetzt möglicherweise vergessen haben: danke!

Oft ging es auch um mehr als Fachkenntnisse oder einzelne Begriffe. Besonderen Dank schulden wir den folgenden Menschen: Ton Hartink – als Waffenexperte und mit seiner langjährigen Erfahrung bei der Polizei konnte er uns an vielen Stellen weiterhelfen, seine Kenntnisse und seine Hilfe waren von entscheidender Bedeutung; Paul Mak, dem Psychologen aus Oss, der das ganze Manuskript durchgelesen und die Psychologie der Figuren unter anderem auf ihre Stimmigkeit hin überprüft hat; Piet Hein Debets, Gerichtsdirektor in Dordrecht, der uns in den Alltag eines Strafrichters eingeweiht hat; C. Judkins, eine in Wales lebende Niederländerin, die uns über das Land, seine Hintergründe und Bewohner vieles erzählt hat, was wir bei unseren Reisen nach Wales nicht hatten einordnen können; Stanley Bijmholt von der Firma Benel BV, der die technischen und praktischen Informationen über Nachtgläser und Restlichtverstärker geprüft hat; Dr. K. Claij, einen auf Pferdedoping spezialisierten Tierarzt, der den medizinischen Teil auf seine Schlüssigkeit hin überprüft hat – manches habe ich

(Esther) aus meiner Erinnerung ausgegraben, und falls jetzt Einzelnes übertrieben oder falsch ist, nehme ich das ganz auf meine Kappe. Dank gebührt auch verschiedenen Mitgliedern des Eindhovener Motorflugzeug-Klubs, vor allem Frits Veltr, der uns Hintergrundinformationen über (internationale) Flüge mit einer Cessna zur Verfügung gestellt hat. Und schließlich haben wir einigen alten Freunden sowohl aus Frankreich als auch aus den Niederlanden zu danken: Unsere gemeinsamen Erlebnisse haben die Grundlage dieser Erzählung gebildet.

Moralische Unterstützung ist mindestens genauso wichtig. Dafür ein Dank an unsere Leser: Anita, Jeanine, Sacha, José und last but not least Peter. Eure Anmerkungen waren uns sehr willkommen und hilfreich.

Ein besonderer Dank geht an Renate Hagenouw, die auf ihrem Gebiet ganz, ganz groß ist: für ihre kritische Redaktion, für zahllose Tipps und dafür, dass sie uns stets eine große Stütze war.

Bei dem autobiographischen Buch, das Sil Maier gelesen hat, handelt es sich um *Close Quarter Battle* von Mike Curtis.

Musik: unter anderem Bush, Nirvana, U2, Megaherz, SoiL, Rammstein, Kane, System of a Down, The Church, Talk Talk und The Blue Nile.

Bitte lesen Sie weiter:

Ihre exklusive Leseprobe
zum dritten Band
der Thrillerreihe um Sil Maier

ESTHER VERHOEF
& BERRY ESCOBER

Verschleppt

Thriller

Deutsch von
Ilja Braun

erscheint im Februar 2012 im Goldmann Verlag
ca. 400 Seiten, ISBN 978-3-442-47161-4

Ein Jahr zuvor

»Ganz ruhig«, rief Wadim Juri zu. Unverwandt hielt er den Blick auf die Rückseite eines davonrasenden Land Cruisers gerichtet, der noch immer einige hundert Meter Vorsprung hatte. »Er kann nirgends hin. Es gibt keinen anderen Weg. Wir kriegen ihn auf jeden Fall.«

Juri reagierte nicht. Er saß vorgebeugt. Klammerte die Hände so fest um das Lenkrad des Peugeot 206, dass seine Knöchel ganz weiß waren.

Auf der gegenüberliegenden Seite des Tals zeichneten sich rote Felsen vor einem rosafarbenen Himmel ab. Wüssten sie's nicht besser, die beiden Brüder könnten denken, sie befänden sich auf dem Mars. In Wirklichkeit fuhren sie durch die Verdonschlucht, wo der Touristenstrom zu dieser Jahreszeit größtenteils versiegt war.

Vor einem Internetcafé in Saint Tropez hatten sie gestern ihre Zielperson ausgemacht und sie seither keine Sekunde aus den Augen gelassen. Sie hatten abwechselnd geschlafen, waren immer wachsam gewesen und hatten ausgiebig aus dem Schatz ihrer Kenntnisse und Erfahrungen geschöpft, um unsichtbar zu bleiben, fest entschlossen, diese Geschichte zu einem Abschluss zu bringen. Es war ihr Job, und sie machten ihn gut.

Vor noch nicht mal einer Stunde hatten sie es geschafft, ihn zu überwältigen. Er hatte mutterseelenallein in einer düsteren Kirche gesessen und vor sich hingestarrt: Sil Maier, einen Meter fünfundachtzig groß, millimeterkurzes dunkles Haar, noch unter vierzig und in außergewöhnlich guter körperlicher Verfassung.

Beeindruckt waren sie davon nicht gewesen. Aber auf der Hut. Maier war ein harter Brocken. Unberechenbar und gerissen.

In der kühlen Kirche hatten sie ihm eine Pistole an den Hinterkopf gehalten und ihn nach draußen geführt. Von der Geschichte, die er ihnen nach einigem Drängen aufgetischt hatte, glaubten sie kein Wort: dass die einhundertzwanzigtausend Euro, die er der Organisation entwendet hatte – ein paar Leichen hatte er dabei auch hinterlassen –, angeblich in den Niederlanden in einem Tresor lagen.

Sie wollten ihn erst dort wegholen, lebend und unversehrt, fort von der Kirche und den vierhundert ausgetretenen Stufen, die zu ihr hinaufführten, fort von diesem touristischen Bergdorf am Stausee. Sie wollten ihn mitnehmen zu ihrem in den Bergen gelegenen Versteck, um dort in aller Ungestörtheit die Wahrheit aus ihm herauszupressen.

Es hatte ganz einfach ausgesehen. Aber es war anders gekommen. Trotz der Wunden, die sie ihm beigebracht hatten, war er entkommen. Später, als sie an einer verlassenen Straße in den Bergen auf seinen Wagen gestoßen waren – ihr Sender unter dem Fahrgestell noch unbeschädigt –, hatten sie geglaubt, ihre Fehleinschätzung ausbügeln zu können.

Auch darin hatten sie sich verkalkuliert.

Wadims Blicke schossen von der gewundenen Straße, die vor ihnen lag, zu der zerknitterten detaillierten Umgebungskarte. Zittrig strich sein Zeigefinger über das Papier. Der Motor kreischte. Als Juri eine Kurve nahm, verloren zwei der Räder kurz den Bodenkontakt.

»Verdammt, ganz ruhig, hab ich gesagt, ruhig!«

»Der Arsch wird uns nicht noch mal entwischen«, bemerkte Juri grimmig. Seine graugrünen Augen verengten sich, und an seinem Hals traten die Sehnen hervor.

»Bestimmt nicht. Er kann nirgends hin.«

Während sie im Affenzahn über die schmale Straße rasten,

sah Wadim zum wiederholten Mal eine scharfe Kurve beängstigend nah herankommen. «Bremsen, bremsen, verdammt!«, schrie er seinem Bruder zu.

»Das tu ich! Tu ich doch!«

Mit unverminderter Fahrt schnellte der Wagen auf die Haarnadelkurve und die metallene Leitplanke zu.

Mit dem linken Fuß stampfte Juri das Bremspedal bis zum Anschlag in den Fahrzeugboden, immer wieder, als wollte er ein Loch hineintreten. »Kein Druck!«, schrie er und zog instinktiv an der Handbremse. »Jemand hat an den Bremsen gefummelt!«

Das Auto wurde herumgeschleudert, blockierte kurz die Straße, die Reifen schlitterten seitlich über den Asphalt, fanden dann wieder Halt. Der Peugeot machte einen Satz nach vorn, schrammte die Felswand, landete ruckelnd auf der gegenüberliegenden Straßenseite. Ein dumpfer Knall, dann stand der Wagen still.

Wadim war wohl kurz bewusstlos gewesen. Während er noch zu begreifen versuchte, was geschehen war und wo er sich befand, registrierte er eine geborstene und mit frischem Blut beschmierte Windschutzscheibe, den Gestank von Benzin und schwelendem Gummi sowie einen schwerverletzten Juri, der regungslos über dem Lenkrad hing.

Benommen zog er sein Bein unter dem verbogenen Armaturenbrett hervor und zerrte an den Schultern seines Zwillingsbruders, um ihn in eine aufrechte Sitzposition zu bringen.

Juris Kopf fiel zur Seite. Sein Gesicht wies eine widerliche Delle auf: Eine Augenhöhle war gebrochen und der Wangenknochen beim Aufprall eingedrückt worden. Die Nase geschwollen und mit dunkelrotem Blut verschmiert, die Unterlippe tief eingerissen. Unter der Wunde sah man die demolierten Zähne. Juri atmete flach und schwach.

Erst dann bemerkte Wadim die sanfte Schaukelbewegung des Autos. Das in dem beengten Wageninnern deutlich zu vernehmende Knarren und Knirschen. Er richtete den Blick nach draußen.

Nur ein ramponiertes Stück der Leitplanke hielt die Hinterräder des französischen Wagens noch über dem Abgrund. Sie bog sich gefährlich durch und protestierte mit heftigem Knarren gegen die Gewichtsbelastung. Es war eine Frage von Minuten, bis das Metall nachgeben würde.

Mechanisch drehte Wadim den Beifahrersitz ganz runter, drückte die hintere Tür auf und zerrte seinen Bruder mühsam an den Schultern nach draußen. Rückwärts humpelnd schleifte er ihn über die schmale Serpentine in den Schutz der Sträucher.

Er war unsicher auf den Beinen, und erst als er keuchend neben Juris Körper zu Boden sank, wurde ihm bewusst, dass auch er selbst nicht unverletzt war. Sein ganzer Körper bebte nach von der Erschütterung. Brustkorb, Bein und Nacken fingen an, fiese Schmerzsignale auszusenden, bis tief ins Rückenmark. Sein eines Bein blutete heftig, und durch die Risse in seiner Jeans sah er das Weiß eines Knochens hindurchschimmern. Sein Schienbein hatte eine tiefe Fleischwunde.

Er versuchte, den Schmerz zu verbeißen, und zog seinen Bruder noch ein Stück weiter in die Sträucher hinein, damit er von der Straße aus möglichst nicht zu sehen war.

Maier konnte wiederkommen. Darauf musste Wadim gefasst sein. Allerdings lag seine Waffe noch im Peugeot. Wadim wusste, dass er nicht mehr zum Auto zurückgehen konnte, um die Waffe sicherzustellen. Der barbarische Schmerz würde ihm möglicherweise erneut das Bewusstsein rauben, und das könnte seinen Tod bedeuten. Seinen Tod und auch den seines Bruders.

Wenn Maier zurückkehrte, kam Wadim hoffentlich nahe genug an ihn heran, um ihn auszuschalten. Das Messer, das er sich ums Bein gebunden hatte, war beim Unfall verrutscht und hatte ihm das Schienbein filetiert. Wadim krempelte das zerrissene Hosenbein hoch, zog das Messer aus dem Klettverschluss heraus und legte es neben sich auf den Boden. Wenn es sein musste, wenn es doch noch zum Kampf kam, konnte er Maier damit außer Gefecht setzen.

Er konzentrierte seine Aufmerksamkeit ganz auf Juri, der noch nicht wieder bei Bewusstsein war. Alles andere trat vorübergehend in den Hintergrund.

Sein Bruder war sein Ein und Alles. Sie waren vierzig Jahre alt und in all den Jahren keinen Tag voneinander getrennt gewesen. Juri durfte nicht sterben. Es durfte einfach nicht sein. Sie hatten zusammen so viele Schläge eingesteckt, erst bei der Armee, später dann bei der Spetznaz, der Spezialeinheit des russischen Nachrichtendienstes. Und erst recht in den letzten Jahren, in denen sie für die Organisation verschiedene düstere Angelegenheiten erledigt und dabei beträchtlich Kohle gemacht hatten. Sie hatten sich durchaus öfter Verwundungen zugezogen. Und sich immer davon erholt. *Immer.*

Juri atmete schwach, und bei jedem Ausatmen quoll frisches Blut über das raue Fleisch, das einmal seine Lippen gewesen waren. Wadim hatte oft genug Männer sterben sehen, Auge in Auge, um zu wissen, dass auch Juri jetzt ein Sterbender war. Er wusste das nicht nur aus Erfahrung, vielmehr *spürte* er es ganz körperlich, bis in die Tiefen seiner Seele. Ein intensiver Schmerz, der seine eigenen Verwundungen überlagerte.

Es war, als müsste er selbst sterben.

Er zog Juri halb zu sich auf den Schoß, wiegte ihn in den Armen und streichelte ihm den blutigen Kopf, fuhr mit seinen wunden Fingerspitzen über die Kante der gebrochenen Augenhöhle und flüsterte ihm auf Russisch leise ein paar Worte zu, die nur Juri verstehen konnte. Unaufhörlich zitterten Wadim die Beine, schlugen seine Zähne aufeinander. Er biss sich so lange auf die Lippe, bis er Blut schmeckte. Sein Blick wurde trübe.

Das anschwellende Dröhnen eines schweren Dieselmotors nahm sein von Trauer und Schmerz betäubter Verstand zunächst kaum war. Von dem Versteck aus beobachtete er, wie der Land Cruiser zurückkehrte. Mechanisch griff er nach dem Messer und blieb regungslos sitzen.

Die Zielperson wendete den Geländewagen so, dass der Frontschutzbügel die Stoßstange des Peugeots berührte. Schob dann den Mietwagen Zentimeter für Zentimeter auf den Abgrund zu.

Das Arschloch ist zurückgekommen, um die Sache zu Ende zu bringen.

Das reißende Metall der Leitplanke gab ein bedrohliches Knarren von sich und wurde schließlich zur Seite gebogen. Der Peugeot stürzte in die Tiefe.

Langsam tickten die Sekunden dahin. Wadim hörte außer dem laufenden Motor des Land Cruisers nur sein eigenes Blut in den Adern rauschen – bis endlich der Wagen unten auf die Felsen schlug, Hunderte von Metern tiefer. Der Lärm von zersplitterndem Glas und durch die Gegend geschleuderten Plastikteilen hallte durch das rote Tal.

Zitternd vor Schmerz, Ohnmacht und Wut sah er zu, wie Maier unversehrt aus seinem Geländewagen ausstieg und über den Rand des Abgrunds in die Tiefe spähte. Dann verschwand er unter seinem Toyota, schnitt den Sender ab und schleuderte ihn in hohem Bogen in die Schlucht.

Bebend saß Wadim da, leicht benommen, den klebrigen Kopf seines Bruders in den Armen, gelähmt von dem Bewusstsein, dass er nichts für ihn tun konnte. Mit finsterem Blick sah er Maier in den Land Cruiser einsteigen und in aller Ruhe wegfahren. In diesem Augenblick wurde ihm klar, dass er noch nie jemanden so gehasst hatte wie diesen Mann.

Wadim klammerte sich an seinen Bruder, als könnte er ihn dadurch bei sich halten, sein Abgleiten in die ewige Dunkelheit verhindern. Er streichelte ihm die Wangen und das Haar, beugte sich dann ganz nah an das Gesicht des Sterbenden und gab im Flüsterton ein Versprechen ab.

1

Auf den ersten Blick sah alles aus wie immer.

In Susans beengter Innenstadtwohnung waren noch dieselben Kiefernholzdielen, vor dem vertrauten Zweisitzer lag derselbe blaue Teppich. Neben der Tür zu dem kleinen Flur hingen das Bild von ein paar Koikarpfen und die Vergrößerung einer Strandaufnahme aus dem ägyptischen Hurghada. Die Töpfe, die sie vor zwei Wochen schnell noch abgewaschen hatte, vor ihrer Abreise nach Illinois, standen unverräumt auf dem Abtropfständer.

Anscheinend hatte Reno den Zimmerpflanzen während ihrer Abwesenheit gelegentlich Wasser gegeben, jedenfalls schien im schwer geprüften Feigenbaum bei den Flügeltüren zur Dachterrasse noch ein Rest von Leben zu stecken. Unter den Stummeln von Renos Joints, die sich auf dem Wohnzimmertisch an einer Stelle auftürmten, befand sich wohl der Aschenbecher. Daneben lag ein Stapel mit Post und Reklamewurfsendungen. Den würde sie sich später vornehmen, im Lauf der Woche.

Sie leerte den Aschenbecher und machte die Türen zur Dachterrasse weit auf. Für Ende Oktober war es ein ziemlich warmer Tag, mit wolkenlosem Himmel. Leise drangen Stimmen von einem Café in der Hauptstraße an ihr Ohr. Die Atmosphäre war freundlich und sanft. Ein schärferer Kontrast zu ihrer eigenen Gestimmtheit war kaum denkbar. Sie schloss die Augen, holte tief Luft und schlang ihre Arme um sich.

Es hatten sich durchaus ein paar Dinge verändert. Wesentliche Dinge.

Zunächst einmal hatte sie keinen fröhlichen, leicht naiven Nachbarn mehr, der sie mit seinen Erzählungen zum Lachen brachte. Svens Wohnung stand leer und würde binnen Kurzem vermutlich zum Verkauf angeboten.

Es lagen auch keine Asics mehr im Flur herum. Keine Hanteln im Wohnzimmer. Der Rasierapparathalter unter dem Abstellbrett im Badezimmer war leer. Und unter dem Kleiderschrank lagen keine Reisetaschen mit Bargeld, Biwakmützen und Munition mehr.

Der Eigentümer dieser Gegenstände war vor gut zwei Wochen fortgegangen, kurz bevor er mit Susan und ihrer Mutter nach Springfield, Illinois, hätte fliegen sollen. Sie wusste nicht, wo er jetzt war. Was er tat. Ob er eine andere Freundin hatte. Sich einsam fühlte.

Ob er überhaupt noch lebte.

»Oh … du bist ja schon wieder da.«

Erschrocken drehte sie sich um.

Reno stand schafsköpfig vor ihr und grinste. Er trug eine schlabberige Unterhose und ein T-Shirt mit Aufdruck. *I was not thinking*. Seine tief in die Stirn hängenden Strähnen waren kürzlich von einem nicht besonders akkuraten Friseur blondiert worden.

Er trat ein paar Schritte vor und küsste sie auf die Wange. Seine Bartstoppeln kratzten.

»Deine Haare sind ja gelb«, bemerkte sie.

Reno fuhr sich mit knochigen Fingern über den Schädel, zog Streifen in die fettigen Locken. Er grinste wieder. »Tja … gelb …«

»Hast du heute Nacht hier geschlafen?«

»Ja.« Er hustete und rieb sich über den Arm. »Ich, und äh …«

In der Türöffnung des Schlafzimmers erschien ein Mädchen, das kaum älter sein konnte als siebzehn. Ihr wildes Zottelhaar war schwarz-violett gefärbt, und ihr junges Gesicht war mit schweren Piercings verunstaltet.

»… sie«, beendete Reno mit einer undeutlichen Armgeste seinen Satz. »Äh, Dingens.«

»Jolanda«, sagte das Mädchen leise. Sie hatte ihr schwarzes Sweatshirt verkehrtherum an. Ihre kurzen Fingernägel waren schwarz lackiert. Es war nicht zu übersehen, dass sie sich genierte.

»Jolanda«, wiederholte Reno schuldbewusst und holte tief Luft. »Und die also.«

»Na, ich geh dann mal wieder.« Das Mädchen wich Susans Blick aus, schaute noch einmal verstohlen auf Reno und schlich zur Tür hinaus.

»Hattest du einen Auftritt gestern?« Susan wusste nicht, ob sie laut loslachen oder böse auf ihn sein sollte.

Reno hatte eine ganze Reihe von Problemen. Das vordringlichste war ein hartnäckiger Mangel an Realitätssinn. Deshalb war er immer wieder obdachlos, das Prinzip »Miete bezahlen« war ihm unbekannt. Susan hatte nichts dagegen, dass er bei ihr übernachtete, nur dass er Unbekannte in die Wohnung ließ, gefiel ihr nicht. In Renos Menschenkenntnis hatte sie kein sonderlich großes Vertrauen.

»Auftritt?« Schlaftrunken rieb er sich die Augen. »Ja, im W2 … glaube ich. Sorry, ich zieh mir eben was über. Ich hatte noch gar nicht mit dir gerechnet. Wolltest du nicht erst am Nachmittag nach Hause kommen?«

»Es ist schon drei Uhr.«

»Ach«, sagte er und schaute sich verstört um. »War mir gar nicht klar.«

Schließlich trat doch ein verhaltenes Lächeln auf ihre Lippen. Auf dem langen Flug von den USA in die Niederlande hatte sie schon darüber nachgedacht, was es für ein Gefühl wäre, zu Hause eine leere Wohnung vorzufinden. Nun war sie alles andere als leer. Sie konnte Reno eigentlich nur dankbar sein.

Er zumindest war noch da.

Sie ging in das Zimmer, wo ihr Computer stand, und schaltete ihn ein. Das Bett, das in dem engen Raum an der linken Wand stand, sah einwandfrei und ordentlich aus. Hier schlief ihre Mutter. Die wenigen Besitztümer, die sie mitgebracht hatte, als sie bei Susan eingezogen war, hatte sie in Plastikbehältern auf kleinen Rollen verstaut und unters Bett geschoben.

Das Telefon klingelte. Sie stürzte zum Handset neben dem Computer. »Hallo, hier ist Susan?«

»Hier ist deine Mutter. Hattest du einen guten Flug?«

Die Frau hatte ein geradezu unheimliches Timing. »Ja, sogar einen ganz hervorragenden. Ich bin wirklich gerade erst zur Tür rein. Wie geht's Sabine?«

»Gut. Deine Schwester und ich waren noch schnell einkaufen, nachdem wir dich zum Flughafen gebracht hatten, aber sie kann nicht sehr lange laufen. Ich wünsche ihr bloß, dass es bald anfängt.«

»Das wünsche ich ihr auch.«

»Und wie fühlst du dich?«

»Geht schon.«

Kurz blieb es still am anderen Ende. Dann in zögerlichem Tonfall: »Hätte ich nicht doch besser mitkommen sollen?«

»Nein, Mam. Mach dir bitte keine Sorgen. Sabine braucht dich jetzt dringender als ich … Bei mir geht es so auf und ab, das legt sich schon mit der Zeit.«

»Du musst was unternehmen, das habe ich ja gestern schon gesagt. Damit du was zu tun hast. Wenn du immer nur alleine …«

»Mam, ist schon gut, wirklich. Und ich bin auch nicht allein, Reno ist hier. Mach dir keine Sorgen. Wir sehen uns dann in einem Monat.«

»Passt du auch gut auf dich auf?«

»Pass du mal besser auf dich auf«, sagte Susan, »statt mitten in der Nacht herumzutelefonieren.«

»Es ist schon Morgen. Und ich konnte sowieso nicht mehr schlafen. … Wenn irgendwas ist, meldest du dich. Abgemacht?«

»Na klar. Und du sagst mir Bescheid, wenn ich Tante geworden bin, ja? Sobald ich hier alles auf die Reihe gekriegt habe, steige ich wieder ins Flugzeug zurück nach Springfield.«

»Versprochen.«

Sie beendete das Gespräch und meldete sich auf ihrem Computer an. Morgen früh stand ein Fotoauftrag auf dem Programm, tags drauf noch einer. Seit Sil nicht mehr da war, musste sie sich, was die Arbeit anging, ein bisschen ranhalten, um ihre Miete bezahlen zu können.

Wie erwartet hatte die Redaktion der Zeitschrift ihr die Locations und Wegbeschreibungen gemailt. Sie druckte beides aus und legte die A4-Blätter neben die Tastatur. Die eine Mail, auf die sie wider besseres Wissen gehofft hatte, war nicht dabei. Sie loggte sich aus und ging in die Küche, um Kaffee aufzusetzen.

Reno kam aus dem Schlafzimmer wieder zum Vorschein. Er trug noch dasselbe T-Shirt, das ihm wie ein Bettlaken um den knochigen Leib hing, und eine fleckige Jeans.

»War das deine neue Freundin?«

»Vielleicht.« Reno zwängte sein Haar in einen unordentlichen Pferdeschwanz. »Sie kannte sämtliche Songs auswendig.«

Reno war Sänger und Gitarrist einer Rockband, die chronisch unbekannt blieb, was einen gewissen Frauentyp zumeist jüngeren Alters allerdings nicht davon abhielt, ihn zu vergöttern, als wäre er Chester Bennington persönlich. Lange hatte sich Renos Leben nur um seine Musik gedreht. Die zahllosen Groupies hatte er eher als lästige Nebensache empfunden. Anscheinend hatten sich seine Prioritäten in letzter Zeit verschoben, was Susan für ein gutes Zeichen hielt, eine gesunde Entwicklung. Als sie ihn kennengelernt hatte, war er völlig in sich gekehrt gewesen.

»Großartig«, reagierte sie ohne sonderliche Begeisterung. »Ist sonst noch irgendwas passiert?«

»Wie meinst du?«

»Na, in den letzten zwei Wochen zum Beispiel.«

Er verdrehte die Augen nach oben, als müsste er angestrengt nachdenken. »Nicht dass ich wüsste. Keine Ahnung eigentlich.« Damit ließ er sich aufs Sofa fallen und fing an, sich einen Joint zu drehen. »Wie geht's denn deiner Schwester?«

»Gut. Sie ist glücklich, glaube ich. Aber so richtig enge Vertraute werden wir wahrscheinlich doch nicht mehr, fürchte ich.« Leise fügte sie hinzu: »Ich werde ihr nie verzeihen, dass sie mich früher mit meinem Vater in dem beschissenen Haus hat sitzen lassen. Und jetzt hat sie nur noch Babys im Kopf, Babykleidung, Babynamen …«

Reno verzog das Gesicht. »Anstrengend.«

»Ziemlich, ja. Hier, Kaffee.« Sie gab ihm einen Becher schwarzen Kaffee und ließ sich ihm gegenüber in den Sessel sinken.

Reno inhalierte den Rauch, hielt ihn lange in den Lungen und blies ihn dann wieder langsam aus. Er legte den Kopf an die Rückenlehne und fing an, leise vor sich hin zu singen. »Jolanda … Jo-lan-da, Jolanda …«

»Genau darüber wollte ich gerade mit dir reden«, sagte sie in scharfem Tonfall. »Ich hab nichts dagegen, dass du hier übernachtest, aber dass du alle möglichen Leute mit herschleppst, finde ich eher nicht so prickelnd.« *Oder dass du mein Bett für deine Leibesübungen missbrauchst*, fügte sie in Gedanken hinzu.

»Sorry. Ich wusste nicht mal, dass …« Er kratzte sich an der Schläfe. »Ich weiß nicht mal mehr genau, was …«

»Egal«, unterbrach sie ihn, nun schon etwas weniger giftig. »Ich will mich auch nicht anstellen, aber … na ja, du weißt schon, was ich meine.«

Er trank ein paar große Schlucke von seinem Kaffee und schaute sie schuldbewusst an. »Okay, San. Sorry.«

Fast unmerklich schüttelte sie den Kopf. Morgen würde er das schon wieder vergessen haben.

Ein Gespräch mit Esther Verhoef und Berry Escober

Esther Verhoef, Sie gehören zu den erfolgreichsten Autorinnen der Niederlande und wurden für Ihre Bücher vielfach mit Preisen geehrt. Weniger bekannt ist in Deutschland allerdings, dass Sie auch gemeinsam mit Ihrem Ehemann Berry Escober eine Thrillerreihe, die Sil-Maier-Trilogie, geschrieben haben. Wie ist die Idee zu diesem Buchprojekt entstanden?

Esther: Berry und ich arbeiten schon lange von zu Hause aus, jeder an seinen eigenen Projekten. Wenn man so viel zusammen ist, vermischt sich manches wie von selbst. Er hat mir zum Beispiel aus der Klemme geholfen, wenn ich eine Figur in eine unmögliche Position geschrieben hatte. Dieses »Aus-der-Klemme-Helfen« hat sich dann irgendwann zu einer Co-Autorenschaft entwickelt.

Dass Autoren gemeinsam Bücher schreiben, kommt selten vor. Was sind Ihrer Meinung nach die Voraussetzungen dafür, dass eine solche Zusammenarbeit gelingt?

Esther: Keinen Geltungsdrang zu haben, den anderen nicht übertrumpfen zu wollen. Seine eigene Persönlichkeit hintanstellen und die gemeinsamen Kräfte bündeln zu können, um ein so gutes Buch wie möglich zu schreiben. Wir wissen beide, wo unsere Stärken liegen. Wir haben Respekt vor der Meinung des anderen und sind beide nicht leicht eingeschnappt.

Berry: Unsere Biorhythmen sind unterschiedlich. Esther schreibt vor allem abends und nachts, ich tagsüber. Wir schreiben nie gleichzeitig, also sind wir uns auch konkret nie im Weg.

Wie sieht Ihre Zusammenarbeit in der Praxis aus? Gibt es zum Beispiel eine klar definierte Aufgabenverteilung?

Esther: Wir haben keine feste Aufgabenverteilung oder eine bestimmte Reihenfolge. Unsere Bücher entstehen allmählich, fast organisch. Normalerweise besuchen wir die Handlungsorte eines Buches, das brauchen wir, um uns auf das Buch und aufeinander einzustimmen. Zum Beispiel wollten wir in *Verschleppt,* dem Schlussteil der Trilogie, Maier auf die Suche nach seinen Wurzeln gehen lassen. Die liegen in München. Weil wir die Gegend noch nicht kannten, sind wir nach Bayern gereist. Indem er sich mit Münchnern unterhielt, kam Berry auf die Idee für die Handlung. Schon allein dadurch, dass ich mich an einem Ort aufhalte, dort esse und meine Beobachtungen mache, erfasse ich die Atmosphäre und finde das Lokalkolorit für das Buch. Später, wenn ich daran schreibe, kann ich die Szenen an den jeweiligen Orten wie einen Film vor mir ablaufen lassen.

Berry: Esther schreibt intuitiv, szenenhaft, sie versetzt sich intensiv in eine Situation hinein, was die Handlung sehr unmittelbar macht. Ich beschäftige mich hauptsächlich mit den Charakteren und den Handlungssträngen. Auf diese Art und Weise ergänzen wir uns gegenseitig.

Gibt es aus Ihrer Sicht markante Unterschiede zwischen den Büchern, die Sie als Autorenduo verfasst und den Büchern, die Sie, Esther Verhoef, allein geschrieben haben, wie »Hingabe« und »Der Geliebte«?

Esther: Die Escobers sind um einiges härter als meine Solothriller. Es gibt mehr Action, wenn auch nie auf Kosten der Charakterdarstellungen und des Tiefgangs. In einem Solothriller vermeide ich die Beschreibung von Gewalt so weit es geht und betone eher den psychologischen Aspekt.

Berry: Es gibt aber auch Übereinstimmungen. Immer wieder hören wir von Lesern und Rezensenten, dass sich sowohl Esthers Solothriller als auch die Bücher, die wir gemeinsam schreiben, »echt« anfühlen. Den Lesern fällt es leicht, sich in die Atmosphäre, die Figuren und Situationen hineinzuversetzen. Als erlebe man es selbst oder verliere sich in einem guten Film, wobei dieser Film bei einem Escober düsterer, extremer und roher ist. Die Ereignisse folgen schneller aufeinander.

Man erfährt in der Sil-Maier-Trilogie viele kenntnisreiche Details, von der Funktionsweise des organisierten Verbrechens über das Eindringen in unbekannte Gebäude bis hin zum optimalen Einsatz diverser Waffentypen und der Behandlung von Wunden. Wie gehen Sie bei der Recherche vor und wie wichtig ist dabei für Sie der persönliche Kontakt zu Experten?

Esther: Wir recherchieren uns dumm und dämlich! Alles, was in einem Escober geschieht, muss auch tatsächlich möglich sein. Das macht das Schreiben eines Escobers manchmal schrecklich mühselig. Aber auch interessant: Für *Verraten* habe ich gemeinsam mit einem Waffenexperten einen Nachmittag auf einem Schießstand verbracht. Meine persönlichen Erfahrungen fließen praktisch eins zu eins in *Verraten* ein, wenn Susan Staal Schießunterricht erhält. Einmal habe ich eine Zeit lang in einer Tierarztpraxis hospitiert und ein andermal jemanden befragt, der internationale Ziele mit Cessnas anfliegt.

Berry: Im Laufe der Zeit haben wir Kontakte zu einer Gruppe von Experten aufgebaut, die wir bei Fragen über ihr Fachgebiet anmailen oder anrufen können: unser A-Team. Manches probiere ich selbst aus. In *Verraten* wird Sil Maier in einem ausgeschlachteten Badezimmer gefangen gehalten. Da habe ich mich selbst in so ein Bad gesetzt, um herauszufinden, ob und wie man da herauskommen kann. Man hält immer Augen und Ohren offen.

Jeder der drei Thriller ist abgeschlossen und kann für sich gelesen werden. Als roter Faden zieht sich jedoch durch alle Romane die Beziehung der Protagonisten Sil und Susan. Können Sie uns etwas mehr über Ihre Hauptfiguren erzählen und darüber, was beide aneinander fasziniert?

Berry: Sie sind Seelenverwandte, füreinander bestimmt oder zueinander verdammt, je nach Blickwinkel des Betrachters.

Esther: Ich glaube, dass sie beide auf ihre Art sehr einsam sind und diese Einsamkeit im anderen wiedererkennen.

Sil hat eine außergewöhnliche Beschäftigung, von der er geradezu besessen ist: Er beobachtet kriminelle Organisationen, dringt unter Lebensgefahr in ihre Schaltzentralen ein und raubt deren Beute. Was hat Sie auf diese Idee gebracht?

Esther: Sie ist aus meiner eigenen Rastlosigkeit heraus entstanden. Damals war ich in einem Schema gefangen, habe hundert Stunden pro Woche gearbeitet. Verdient habe ich genug, aber mir fehlte die Inspiration.
Maier tut, wovon viele Leute träumen: Er lebt seine Verliebtheit tatsächlich aus und setzt dadurch seine Ehe aufs Spiel, er rächt sich tatsächlich an dem arroganten Chef seiner Frau. Er ist die Personifizierung der dunklen Fantasien, die wir alle manchmal haben. Sein Charakter ist im Laufe des Schreibprozesses entstanden, intuitiv, nicht geplant. Im Nachhinein wirkt alles stimmig: Was Maier tut, ist für ihn die ultimative Form der Suche nach dem Kick. Der Mann ist intelligent, schnell gelangweilt, durchtrainiert. Bungeejumping ist ihm zu passiv, und für einen Job als Ermittler oder Soldat ist er zu sehr Einzelgänger.

Berry: Und jeder Autorität abhold. Zwar ist Maier gesellschaftlich in jeder Hinsicht erfolgreich, aber erfüllt von extremer existenzieller Unruhe. Die Leser reagieren ziemlich unterschiedlich auf ihn, das ist ein Aspekt, der seine Figur so attraktiv macht. Der eine sieht einen Serienmörder oder egoistischen Gefahrensucher in ihm, ein anderer wird beim Lesen von spontaner Sympathie erfasst.

Der gefährlichste Gegner von Sil ist Wadim, ehemals Angehöriger einer militärischen Spezialeinheit und heute als Auftragsmörder tätig. Er arbeitet hochprofessionell, ist mitleidslos und äußerst brutal. Doch trotz seiner Härte und Grausamkeit ist er unter allen Verbrechern Ihrer Trilogie die zwiespältigste Figur. Können Sie uns etwas mehr über ihn erzählen?

Esther: Die Idee zu den russischen Zwillingsbrüdern Yuri und Wadim wurde geboren, nachdem ich eine Dokumentation über die schreckliche Armut und hoffnungslose Situation der russischen Bauern gesehen hatte, eine große Bevölkerungsgruppe, die von ihrer eigenen Regierung ganz einfach negiert wird. Das hat mich stark beeindruckt. Ich hatte außerdem gelesen, dass junge Männer einen Ausweg suchten, indem sie zur russischen Armee gingen, obwohl das beinahe bankrotte Land ihnen monatelang keinen Sold auszahlen konnte. In diesem Fall ist es nur eine Frage der Zeit, wann solche jungen Männer von kapitalkräftigen Kriminellen rekrutiert werden. Diese Informationen habe ich kombiniert. Indem ich Yuri und Wadim eine persönliche Geschichte gebe und diese in eine historische Perspektive rücke, wirken sie lebensechter. Werden menschlich.

Häufig werden Menschen in Extremsituationen geschildert: Sie stehen unter größtem Stress, müssen starke Schmerzen und Folter ertragen, um ihr Leben kämpfen und dem Tod ins Auge sehen. Wie versetzen Sie sich in die Lage dieser Menschen, um ihre physischen und psychischen Reaktionen glaubwürdig schildern zu können?

Esther: Ich lese viel über solche Themen, wahre Geschichten, Bücher über Traumata und Psychologie. Wir reisen viel und begegnen dabei natürlich auch Leuten, die viel mitgemacht haben. Einem amerikanischen Soldaten, der eine Explosion in Bagdad überlebt hat, einem Ermittler, der eine Kugel in die Schulter abbekommen hat. Diese Erfahrungen absorbiert und speichert man. Danach muss man sich sehr intensiv in die jeweilige Person hineinversetzen, ihr ganz nahe rücken und sehen, was sie sieht, riechen, was sie riecht, fühlen, was sie fühlt. Ich schreibe oft nachts, weil ich dann müde bin und mich dadurch besser in einen Zustand der Übermüdung und Erschöpfung hineinversetzen kann. Auch bestimmte Musik hilft dabei, in die richtige Stimmung zu kommen.

An keiner Stelle tritt die Polizei als ernstzunehmende ermittelnde Behörde in Erscheinung. (Die einzige Polizistin, die Sil auf die Spur kommt, wurde strafversetzt und ermittelt auf eigene Faust.) Die Lösung in Ihren Romanen beruht daher auch nicht auf einer offiziellen Klärung von Fällen, sondern auf einem anderen Prinzip. Glauben Sie an Gerechtigkeit?

Esther: Die Polizei spielt in unseren Büchern keine Rolle, weil wir beide uns nicht mit dem Ermittlerkrimi identifizieren können. Unsere Bücher handeln ja auch nicht von der Aufklärung eines Mordfalls, sondern von sehr unterschiedlichen Menschen, die in extreme Situationen geraten – oder sich bewusst in solche hineinbegeben. Gerechtigkeit ist ein schönes Wort, aber wie viele Verbrechen bleiben ungestraft? Und wie viele liebe, nette Erwachsene und Kinder müssen schlimmste Qualen erdulden? Nein, ich glaube nicht an Gerechtigkeit.

Berry: Das Schöne am Schreiben ist für mich, dass man jemanden moralisch verwerflich handeln lassen, aber trotzdem so porträtieren kann, dass er Sympathien weckt. Im wahren Leben sind die Menschen auch nicht nur schlecht oder nur gut.

Welche Rolle spielt für Sie die Musik als Inspirationsquelle?

Berry: Musik ist für Esther essenziell. Ohne Musik kein Buch. Die Musik versetzt sie in die nötige Stimmung. Jede Szene, aber auch jede Figur hat ihre eigene Stimmung und daher auch ihre eigenen Stücke.

Esther: Mit Sil Maier sind ganz stark mehrere Bands verknüpft. Wenn ich die höre, werde ich sofort in den »Maier-Modus« versetzt. Bother von Stone Sour zum Beispiel und Chop Suey von System of a Down, oder Zen von Bush. Ich habe auch ganze Kapitel zur Musik von Alter Bridge und Talk Talk geschrieben. Jedes Stück hat seine eigene Atmosphäre. Wenn ich mir Monate später eine solche Szene noch einmal vornehme, lege ich die dazu passende Musik auf und versetze mich sofort hinein.

Könnten Sie sich vorstellen, auch in Zukunft gemeinsam Bücher zu schreiben?

Berry: Ja, natürlich. Gemeinsam haben wir vier Bücher geschrieben, die Sil-Maier-Trilogie und *Chaos,* über einen traumatisierten Ex-Soldaten. Es gibt schon Pläne für ein fünftes Buch.

Übersetzt von Stefanie Schäfer